GRANDHOTEL GIESSBACH

10
09
08
07
06
05
04
Kegelbahn
Eiskeller
Spielplatz
Kegelbahn
Pavillon

Unterholz
Rütte
Der tit. Gemeinde Brienz
11
02
01
03
Gasfabrick
Turbinenhaus
01 Anlegestelle
02 Drahtseilbahn
03 Kraftwerk
04 Giessbach
05 Grandhotel Giessbach
06 Wandelgang
07 Bierhalle
08 Chalet
09 Pension für Hydrotherapie
10 Pension Beausite
11 Wäscherei
TEMPUS FUGIT

Geboren 1977 und aufgewachsen im Schweizer Kanton Aargau, arbeitet Phil Brutschi seit 2001 als Bauingenieur und Senior Projektleiter. Parallel schuf er zahlreiche Songtexte, Sketche, Drehbücher und Skripte für Werbe- und Filmproduktionen.

PHIL BRUTSCHI

GRAND HOTEL GIESSBACH

HISTORISCHER ROMAN

emons:

Bibliografische Information der Deutschen Nationalbibliothek
Die Deutsche Nationalbibliothek verzeichnet diese Publikation in der Deutschen Nationalbibliografie; detaillierte bibliografische Daten sind im Internet über http://dnb.d-nb.de abrufbar.

FSC www.fsc.org MIX Papier aus verantwortungsvollen Quellen FSC® C083411

Umschlagmotiv: shutterstock.com/alex74, shutterstock.com/Verlion
Umschlaggestaltung: Nina Schäfer
Karte S. 2–3: Staatsarchiv des Kantons Bern, AA 2280 (bearbeitet)
Gestaltung Innenteil: DÜDE Satz und Grafik, Odenthal
Lektorat: Lothar Strüh
Druck und Bindung: CPI – Clausen & Bosse, Leck
Printed in Germany 2021
ISBN 978-3-7408-1224-9
Historischer Roman
Originalausgabe

Unglück macht Menschen,
Wohlstand macht Ungeheuer.
Victor Hugo: »Les Misérables«

PROLOG

Montag, 9. Mai 1910, später Nachmittag

Claudette juckte es an fünf Stellen ihres Körpers, aber sie wagte es nicht, sich zu kratzen. Sie kauerte auf einer Mischung aus Kies, Staub und undefinierbarem Moder, in dem vereinzelte braune Gräser steckten. Claudette konnte sich keine Vorstellung machen, wie in dieser schattigen Welt jemals hatten Pflanzen sprießen können. Spinnweben und Fetzen von etwas, was vermutlich einst Spinnweben gewesen waren und jahrelang Dreck und Insektenpanzer gesammelt hatte, hingen von den Holzdielen, die sich unmittelbar über ihrem Kopf hinzogen. Der Rock ihrer Mägdeuniform war ihr bis zur Wade hochgerutscht, und sie hatte das Gefühl, als krabbelte und wuselte das Ungeziefer überall um sie herum.

Unbedeutende Widrigkeiten, mahnte sie sich durchzuhalten.

Dass Claudette das erste Opfer in einer Reihe von Opfern sein sollte, die die gerade erst beginnende »Giessbach-Affäre« noch forderte, konnte sie zu diesem Zeitpunkt nicht ahnen. Erste Opfer ahnten nie, was das Schicksal für sie bereithielt. Und doch hätte Claudette die Gefahr, der sie sich gerade aussetzte, besser einschätzen sollen. Je höher das Risiko, umso höher der Ertrag, hieß es zwar immer, und daran hielt sie eisern fest, aber manchmal war der Preis für Leichtsinn auch einfach zu hoch.

Über ihrem Versteck scharrten zwei Paar blank polierte Schuhe auf den Dielen. Sie gehörten Émile Lambert, dem Chef des französischen Geheimdienstes, dem Deuxième Bureau, und seinem Gegenüber Alain Le Fèvre. Es war ein milder Frühlingsabend in der Provence, und die beiden saßen gerade einmal zwei Armlängen von ihr entfernt in der Laube von Lamberts Landhaus an einem roh gezimmerten Tisch bei Wein, Brot und ein paar auserlesenen Käsesorten.

»Was ist der eigentliche Grund für die Einladung auf Ihren Landsitz?«, fragte Le Fèvre, der amtierende Verteidigungsminister Frankreichs.

»Ich brauche einen größeren Etat«, erwiderte Lambert offen heraus, und Claudette erspähte durch einen Spalt im Holzboden, wie er sich ein Stück Brie von der Käseplatte klaubte.

»Sie haben mich eingeladen, bloß um mich um Geld anzubetteln?« Die Empörung Le Fèvres wirkte gekünstelt.

»Uns fehlt es hinten und vorne.«

»Dann sparen Sie! Sie wissen ja selbst, dass der öffentliche Druck uns genötigt hatte, das Deuxième Bureau nach dem Debakel der Dreyfus-Affäre zu schließen.«

Dem Artilleriehauptmann Alfred Dreyfus wurde vorgeworfen, militärische Geheimnisse an das Deutsche Reich weitergeleitet zu haben, und die Justiz hatte ihn wegen Landesverrats zu lebenslanger Verbannung verurteilt. Als zwei Jahre später Beweise für seine Unschuld auftauchten, wurden diese von höchster Stelle vertuscht. Doch sie sickerten durch, und der öffentliche Aufruhr war immens. Die Öffentlichkeit forderte, dass einige hochrangige Köpfe rollten. So hatte auch das Deuxième Bureau aufgrund seiner Verwicklungen in die Affäre seine Tore schließen müssen.

»Das ist jetzt elf Jahre her«, gab Lambert zu bedenken.

»Sie können froh sein, dass wir das Bureau überhaupt wieder reaktivieren konnten. Wenn auch nur inoffiziell. Ich habe mich immer für Sie eingesetzt, doch kann ich dafür auch nicht mehr als die mir zur Verfügung stehenden Mittel einsetzen. Bleiben Sie dabei, kleine Baguettes zu backen, Lambert. Halten Sie Ihren Geheimdienst noch eine Zeit lang geheim.«

Unter ihnen begannen allmählich Claudettes Schenkel zu brennen, viel zu eng war ihr Horchposten. Auch wenn sie nicht gerade groß gewachsen war, musste sie bald ihre Beine ausstrecken, ganz sachte, ohne auf dem Kies ein Geräusch zu verursachen. Doch noch biss sie sich durch. Viel mehr beschäftigte sie, dass sich ihre Geduld nicht auszuzahlen schien. Den gesamten

Abend lang hatten die beiden Männer gespeist und über Belanglosigkeiten wie Pferderennen, die Fischerei und die Regeln beim Péton palavert. Nun zeichnete sich allmählich ab, dass Claudette heute keine nachrichtendienstlichen Informationen mehr aufschnappen würde.

Sie nahm ihren Notizblock zur Hand und den weichen Bleistift – damit die Belauschten das Kratzen auf dem Papier nicht hören konnten – und notierte: »Grund des Treffens: Lambert bittet den Minister um mehr Geld«.

Zwischen den Spinnweben erblickte sie das frech grinsende Skelett eines Kleintieres – einer Maus oder einer Kröte, sie kannte sich bei Skeletten nicht aus.

»Ihre Zeit wird kommen, mein Freund. Gedulden Sie sich!« Le Fèvres Stimme hatte einen beschwichtigenden Ton angenommen.

»Bei unserer Aufgabe geht es um die nationale Sicherheit. Es wäre unverantwortlich, alles den Cretins der Sûreté nationale zu überlassen«, gab Lambert zu bedenken.

»Denken Sie nicht, Sie überdramatisieren?«

»Keineswegs. Wir sind da etwas auf der Spur. Wenn wir diese Angelegenheit aufdecken, können wir mit Pauken und Trompeten zurück an die Öffentlichkeit.«

Kommt da doch noch etwas? Claudette spitzte die Ohren.

»Von welcher Angelegenheit sprechen Sie?«, wollte der Minister wissen.

»Es tut mir leid, Monsieur Le Fèvre, aber dazu haben Sie nicht die erforderliche Sicherheitsklassifizierung.«

»Wenn Sie meine Hilfe wollen, dann müssen Sie mir auch etwas anbieten.«

Lambert überlegte. Er griff nach seinem Glas, nahm einen gehörigen Schluck und sagte: »Der 1903er Château de Balroq harmoniert vorzüglich mit dem Camembert, finden Sie nicht?« Er schmatzte vernehmlich. »Ich darf Ihnen wirklich nichts verraten. Aber Sie kennen ja bereits die Liste der vom Deuxième Bureau überwachten Personen, die regelmäßigen Kontakt zum

Deutschen Kaiserreich pflegen. Unter ihnen ist ein Friedrich Klemens.«

Claudette notierte sich den Namen. Es schien, als würde sie doch noch etwas von Interesse aufschnappen. Ihr Herz begann so sehr zu pochen, dass sie fürchtete, die beiden Belauschten könnten es hören.

Le Fèvre erinnerte sich. »Klemens. Schweizer Großindustrieller. Schokoladenbaron. Man hat ihn des Öfteren in der Gesellschaft eines deutschen Generalleutnants beobachtet.«

»Wahrscheinlich wissen Sie auch bereits, dass er einen Kongress in seinem eigenen Nobelhotel in den Alpen in die Wege geleitet hat«, mutmaßte Lambert.

»Gewiss. Der Kongress für Zukunftsbetrachtungen. Offizieller Veranstalter ist die Orion-Gesellschaft für Fortschrittsfragen, ein Zusammenschluss von Wirtschaftskapitänen und hohen Tieren der Politik. Sie üben großen Einfluss auf die Schweiz und weit über die Grenzen hinaus aus. Aber was soll mir das sagen?«

»Wie gesagt, Sie verfügen nicht über die erforderliche Klassifizierung.« Wieder schien Lambert um einen Entschluss zu ringen. »Aber es wäre denkbar, dass Sie zufällig über dieses Schreiben hier gestolpert sind.«

Claudette hörte etwas rascheln, als würde Lambert ein Papier aus seinem Jackett ziehen, es auffalten, auf den Tisch klatschen und glatt streichen.

»Ein Telegramm?«, fragte der Minister und las vor: »›Beginn Kongress im Giessbach in fünf Tagen. Klemens erwartet deutsche Delegation. Kann Beweismittel beschaffen. Bitte um weitere Instruktionen.‹ – Sie haben einen Agenten im Grandhotel Giessbach stationiert?«

Lambert schwieg.

Le Fèvre überlegte. »Es wundert mich, dass eine deutsche Delegation in den Kongress eingeladen wurde. Für gewöhnlich kümmern sich die Eidgenossen um ihre eigenen Angelegenheiten.«

Lambert ging nicht darauf ein und ließ den Minister seine eigenen Schlüsse ziehen.

»Mir ist nicht bekannt, dass jemand von uns eingeladen wurde. Ich hätte es durch interne Bulletins erfahren müssen. Wie ist es mit den Engländern?«

Zwischen den Dielen hindurch sah Claudette, wie Lambert den Kopf schüttelte.

»Die Österreicher? Die Russen?«, fragte Le Fèvre weiter.

Wieder schüttelte Lambert den Kopf.

»Das gefällt mir nicht. Deutschland rüstet schon seit einiger Zeit zum Krieg, auch wenn sie vorgeben, es wären reine Verteidigungsmaßnahmen. Bloß eine Reaktion auf die Aufrüstung Großbritanniens.«

»Sie verstehen also die Brisanz dieser Angelegenheit?«, fragte Lambert.

Claudette schwellte die Brust. Es machte sie stolz zu hören, wie das Deutsche Kaiserreich die Franzosen erzittern ließ.

Als Magd war es ihr möglich, sich auf dem Anwesen frei zu bewegen. Bevor sie hier mit der Arbeit beginnen durfte, hatte sie eine personelle Überprüfung über sich ergehen lassen müssen. Die hatte sie mit Leichtigkeit bestanden – wer rechnete schon damit, dass ein einfaches Mädchen aus der nördlichen Provence für den deutschen Nachrichtendienst arbeitete?

Fernab vom nächsten Dorf lag Lamberts Anwesen eingebettet in eine idyllische Landschaft von Heiden und Ufergehölz. Claudette verrichtete einfache Arbeiten im Haus, im Garten oder in den Stallungen. Abends konnte sie müde und zufrieden in ihr Bett fallen. Doch wenn der Hausherr hier residierte, erhaschte sie so manche für das Kaiserreich verwertbare Information.

Claudettes Liebhaber Heiner hatte sie dazu bewogen, für den deutschen Nachrichtendienst zu arbeiten, und war nun ihr Verbindungsmann. Was man nicht alles für die Liebe tat. Und natürlich auch fürs Geld. Sie verdiente fürstlich für ein Mädchen vom Lande. Heiner hatte sie ausgebildet und meinte, sie sei ein

Naturtalent, neige allerdings zum Leichtsinn. Er hatte ihr stets eingebläut, sich zweifach oder dreifach abzusichern, anstatt zu improvisieren. Dabei war gerade die Improvisation ihr Talent. So träumte sie davon, den ganz großen Coup zu landen. Wollte eines Tages mit den besten Spionen an den größten Fällen arbeiten.

»Wie gedenken Sie in der Giessbach-Angelegenheit vorzugehen?«, wollte Le Fèvre wissen.

»Das darf ich Ihnen nun wirklich nicht verraten. Nur so viel, ich werde meinen besten Mann einsetzen.«

Lambert reichte Le Fèvre eine Schachtel, und dieser entnahm eine Zigarre. Er zog sie unter der Nase durch und sog dabei laut vernehmbar ihren Duft ein. Dann schnitt er sie an und ließ sich von Lambert Feuer geben.

»Nun gut. Ich werde Ihren Etat erhöhen«, sagte der Minister, nachdem er den Rauch ausgestoßen hatte. »Sagen wir, um zehn Prozent?«

»Fünfundzwanzig.«

»In Ordnung.«

Frankreich hatte die Niederlage im Deutsch-Französischen Krieg noch immer nicht verarbeitet, obwohl der schon beinahe vierzig Jahre her war. Die Grande Nation hatte damals Elsass und Lothringen an die Deutschen abtreten müssen. Hinzu kam, dass der Krieg die zahlreichen deutschen Länder geeint und dem damaligen Kanzler Bismarck die Gelegenheit geboten hatte, sie zu einem großdeutschen Nationalstaat zusammenzuschließen. So war das Deutsche Reich zu einer bedrohlichen Großmacht angewachsen. Frankreichs Selbstbewusstsein schwand dahin im Anblick dieses mächtig gewordenen Nachbarn. Auch Großbritannien fürchtete um seine Kolonien, weil Deutschlands unberechenbarer Kaiser Wilhelm II. seine Marine ausbauen ließ.

Ein Automobil brauste heran, und Claudette nutzte den Lärm, endlich ihr Bein auszustrecken.

»Erwarten Sie noch jemanden?«, fragte Le Fèvre.

»Das muss Bailleul sein. Er fährt wie ein Henker.«

»Antoine Bailleul?«

»Mein bester Agent.«

»Mich beschleicht das Gefühl, dass Sie von Anfang an damit gerechnet haben, dass ich einlenke.«

Claudette würde noch heute Nacht ins Dorf eilen und eine Brieftaube losschicken. Sie musste ihren Auftraggeber so schnell wie möglich darüber in Kenntnis setzen, dass dieses Grandhotel Giessbach in der Schweiz infiltriert wurde.

Der Wagen glitt mit stehenden Reifen ein Stück auf dem Kiesplatz, bis er zum Stillstand kam. Kurz darauf wurde ein Mann durch das Château zur Laube hinausgeleitet. Er hatte einen dynamischen Gang, seine Schritte polterten auf den Dielen über Claudette. Lambert und Le Fèvre erhoben sich zum Gruße, doch Bailleul stampfte wortlos an ihnen vorüber und vollführte einen beherzten Sprung über die Brüstung. Im Gras ging er auf die Knie und zerrte die kreischende Magd an einem Fuß unter der Laube hervor. Sie an ihren goldenen Zöpfen in Schach haltend, brachte er sie an den Tisch.

Claudette hatte sich vor Schreck in den Notizblock gekrallt, anstatt ihn rechtzeitig fallen zu lassen. Lambert entwand ihn ihren Fingern. Er blätterte darin, und das Gelesene ließ seine Brauen in die Höhe schnellen, was seinem Blick einen Hauch peinlicher Verlegenheit verlieh. Der Chef des französischen Geheimdienstes wurde von einem einfachen Mädchen ausspioniert! Noch dazu in der Gegenwart des Ministers. Nachdem er nach einem langen Augenblick die Contenance wieder gefasst hatte, gab er Bailleul mit einer fahrigen Geste zu verstehen, was als Nächstes zu tun war.

Bailleul zerrte die Spionin über eine Wiese zu einem entfernten Schuppen. Es duftete nach frisch gemähtem Gras. Die Grüntöne kamen ihr gerade sehr intensiv vor. Im Schuppen sah sie das Messer aufblitzen. Kurz darauf hörte Claudette auf zu existieren.

KAPITEL 1

Dienstag, 10. Mai 1910, früher Abend
Fünf Tage vor der Eröffnung des Kongresses

Feierabend im kleinen Dorfteil Thäli unweit der Aare. Nachdem die Mechaniker und Vorarbeiter die Fertigungshalle der Dädalus-Werke laut schwatzend verlassen hatten, war Ruhe eingekehrt. Carl Lohser vollführte seinen allabendlichen Kontrollgang zwischen den Maschinen hindurch etwas hastiger als sonst. Auch die Inspektion der drei im Aufbau befindlichen Automobile führte er nur oberflächlich durch. Er hatte noch etwas Gewichtigeres zu erledigen. So löschte er das Licht, trat ins Freie und verriegelte die Tür zur Fabrik. Über den frisch gewischten Vorplatz erreichte er mit strammen Schritten das Wohnhaus. Am Fuß der Treppe zur oberen Kammer traf er auf Gisela, die Haushälterin, die ein Tablett mit einem Teller dampfender Hühnerbrühe, Brot und einer Tasse süßen Tee vor sich hertrug.

»Ich übernehme das.« Carl nahm ihr das Tablett ab. »Ich habe noch etwas mit ihm zu besprechen.«

»Wie Sie wollen, Carl«, meinte Gisela etwas säuerlich.

Carl erklomm die Treppe und betrat das stickige und von einer einzigen Glühbirne erhellte Zimmer seines Vaters. Er stellte das Tablett auf das Nachttischchen. »Ich werde an deiner Stelle am Kongress teilnehmen.«

Jakob Lohser, der von allen »Köbi« genannt wurde, richtete sich vorsichtig in seinem Bett auf. »Das kommt überhaupt nicht in Frage«, ächzte er. Seine Haare klebten als asphaltgraue Strähnen am Kopf.

»Ich glaube kaum, dass du in fünf Tagen wieder auf dem Damm bist.«

Köbi hustete und hinterließ im Nastuch braune Flecken. Das

Atmen bereitete ihm Schmerzen. »Die haben eine vorzügliche Wasserheilanstalt da oben, und der Arzt ist eine Kapazität auf seinem Gebiet.«

»Dieser Arzt würde dir bloß verordnen, nach Hause zu gehen und dich ins Bett zu legen, Vater. Mit einer Lungenentzündung ist nicht zu spaßen.«

Köbi suchte vergeblich nach einer Erwiderung. Wenn er einmal so weit war, dass ihm das Debattieren schwerfiel, ging es ihm wirklich nicht gut. Stattdessen ergriff er das braune Fläschchen Suppenwürze und reicherte sein Mahl mit Aromen an. Wie immer, ohne vorher probiert zu haben.

»Aber du gehst mir auch nicht dahin.« Köbi blies sachte auf den vollen Löffel.

»Ich habe mich bereits einschreiben lassen.« Carl zog einen Stuhl neben das Bett und setzte sich. Als Köbi nichts erwiderte, erklärte Carl: »Jemand muss unseren Betrieb da oben vertreten. Diese Gelegenheit haben wir nur alle vier Jahre.«

»Aber du bist kein Mitglied der Orion-Gesellschaft.«

»Ich habe mich als Gastredner angemeldet.«

Köbi hustete.

»Ich werde mit der Gans II anreisen«, informierte Carl seinen Vater weiter.

Köbi schaute seinen Sohn an, als hätte der sich aus bloßem Jux blau angemalt. »So weit kommt es noch.«

»Wenn ich schon für unseren Betrieb Geldgeber suchen soll, dann muss ich auch unser neustes Produkt vorführen können.«

»Ausgeschlossen, wie sähe das aus? Ein Prahlhans, der mit einem Automobil vor dem Hotel vorfährt, zu dem alle anderen Gäste mit dem Schiff anreisen.«

»Die werden mir sofort den seriösen Ingenieur ansehen.«

»Es gibt auch andere Wege …« Sein Atem rasselte.

»Wir können nicht bis zum nächsten Kongress rote Zahlen schreiben.«

»Ich kenne die Bücher. Hör mir einmal zu, Junior.« Köbi erhob den Löffel wie einen mahnenden Finger. »Du bist Ingenieur und kein Verkäufer. Dazu kommt, die meisten da oben werden dich nicht ernst nehmen, weil du schlichtweg zu jung bist.«

»Ich bin dreiunddreißig Jahre alt, Vater. Wenn ich vor die Tür gehe, sehen die Leute einen gestandenen Mann, der gemeinsam mit seinem Vater einen Qualitätsbetrieb führt«, verteidigte sich Carl.

»Auf dem Kongress sind nicht dieselben Leute anzutreffen wie vor unserer Haustür. Du bist halb so alt wie die meisten Herrschaften dort oben.«

»Damit werde ich zurechtkommen.«

Köbi grübelte, während er den Suppenteller auslöffelte. »Was, wenn die Gans einen Defekt hat? Sie befindet sich noch immer im Entwicklungsstadium«, warf er ein.

»Dann repariere ich sie wieder.«

Jakob stellte den leeren Teller zurück aufs Tablett. Das Brot hatte er nicht angerührt. Zu rau für seine wunde Kehle.

»Werd du nur wieder gesund und lass mich machen.« Carl legte seinem Vater die Hand auf die Schulter. »Bleib schön im Bett und lass dich von Gisela umsorgen.«

Gisela neigte zu einem etwas resoluten Ton, was die beiden Männer das eine oder andere Mal vielleicht auch brauchten. Sie hielt das Wohnhaus von Jakob und Carl in Schuss, die sich hier oftmals nur zum Essen und Schlafen aufhielten. Den größten Teil ihres Lebens verbrachten die beiden ohnehin im Büro in der Fertigungshalle.

Carl hatte keine Geschwister und war seit seinem dreizehnten Lebensjahr von seinem Vater allein großgezogen worden. Anfänglich noch von der Trauer über den Verlust von Carls Mutter überschattet, hatte Jakob die Verantwortung der Erziehung pflichtbewusst wahrgenommen. Dazu gehörte auch mütterliche Fürsorge, die er jedoch geflissentlich unter einer gehörigen Portion väterlicher Aufsicht verbarg.

An jenem schicksalhaften Tag war Mutter nicht von der Arbeit heimgekehrt. Sie habe einen Unfall gehabt, sei jetzt an einem besseren Ort, hatte man Carl gesagt. Was genau geschehen war, hatte ihm nie jemand erklärt. Er hätte vor der grausamen Wahrheit verschont bleiben sollen. Aber Wissbegier war schon seit jeher Bestandteil von Carls Naturell, und das Ereignis war noch lange das größte Gesprächsthema im Dorf. In allen Einzelheiten schilderte man sich den Vorgang, hielt aber inne, wenn der arme Junge aufgetaucht war, und bemaß ihn mit mitleidvollen Blicken. Doch nicht jeder hatte ihn rechtzeitig bemerkt. So erfuhr Carl die Einzelheiten. Teile eines blutigen Puzzles.

Schon seit ihrer Errichtung vor Jahrzehnten wurde die Weberei, in der Marlis Lohser angestellt gewesen war, mit einem Wasserrad betrieben. Es brachte die Hauptwelle in Drehung, die alle Webstühle mit frei liegenden Transmissionsriemen antrieb. Eine unermüdliche Übertragung von Bewegungsenergie. Kraftvoll. Unbarmherzig. Einem jeden wurde eingetrichtert, sich davor fernzuhalten. Man passte aufeinander auf. Aber jeder hatte schon beobachtet, wie ein Riemen ein Stück Stoff zerriss oder ein unachtsam hingelegtes Werkzeug in ein Geschoss verwandelte. Bis zu jenem Tag war immer alles gut gegangen. Der Direktor, dem die Gefahrenquelle ebenfalls bewusst war, mahnte stets zur Vorsicht, weniger aus Angst davor, einen Arbeiter zu verlieren, als vielmehr vor der Arbeitsunterbrechung und dem damit verbundenen finanziellen Schaden. Ein Gitter oder Schutzblech anzubringen, stand für ihn nicht zur Debatte. Zu teuer. Zu umständlich bei Unterhalt und Reinigung.

Auch an jenem Tag wurden die Stoffrollen mit dem Karren quer durch die Fabrik befördert, um sie bei der Rampe zu verladen. Viel zu schnell waren sie zwischen den auf Hochtouren laufenden Webstühlen unterwegs gewesen, das Wochensoll gab es zu erfüllen. Marlis huschte zur Seite. Ein Moment der Unachtsamkeit. All dies konnte der junge Carl in Erfahrung bringen. Setzte es Stück für Stück zusammen. Der Riemen hatte sie am rechten Arm erfasst, riss sie von den Füßen und aus ihrem Leben. Sie flog fünf Meter durch die Halle, erzählte man sich.

Vielleicht zehn. Genickbruch. Kleid zerrissen. Sofortiger Tod. Den Arm hatte man in einer Ecke im Staub gefunden.

Womöglich hatte dies Carl dazu bewogen, Elektrotechnik zu studieren. Elektrische Kabel und Motoren ließen Antriebsriemen überflüssig werden. Mit Bestimmtheit aber lag hier der Grund für Carls Einstellung Fehlern gegenüber. Ein einziger Fehler konnte das Leben grundlegend verändern. Der Fehler des Fabrikanten, die schon lange bekannte Gefahrenquelle nicht zu beheben. Der Fehler des Vorarbeiters, keine besseren Vorsichtsmaßnahmen zu treffen. Der Fehler der Hilfsarbeiter, den Karren zu ungestüm vor sich herzuschieben. Der Fehler von Marlis, in der Eile ihre Achtsamkeit aufzugeben. Alle hatten sie Fehler gemacht. Aber Jakob und Carl oblag es, die Konsequenzen zu tragen.

Zur Trauer hatte sich damals Wut gemischt. Deshalb hatte sein Vater ihm gezeigt, wie er die Wut kanalisieren konnte: Wie man fließendes Wasser mittels eines Wasserrades nutzen konnte, um etwas zu fabrizieren, so konnte auch die Wut zum Antrieb genutzt werden, etwas zu schaffen. Mit ihrer gemeinsamen Arbeit halfen sie sich über den Schicksalsschlag hinweg. Doch Marlis würde ihnen ihr Leben lang fehlen.

Köbi blies den Dampf von der Teetasse. Carl verstand noch immer nicht, wieso sein Vater sich so vehement dagegen wehrte, dass er ihn vertrat. An seinen Fähigkeiten konnte es nicht liegen. Auch wenn Köbi bisweilen ein unverbesserlicher Nörgler war, so wusste Carl doch um die Anerkennung seines Vaters. »Du warst doch immer gerne auf den Kongressen. Wenn es dir da so gefallen hat, erklär mir, wieso es für mich dann gefährlich sein soll.«

»Nicht gefährlich. Sondern …« Köbi brach ab.

Carl wartete.

»Es ist halt einfach nichts für dich.« Mehr kam nicht.

»Dann habe ich also deinen Segen, Vater?«

»Du tust ja sowieso, was du willst.«

Carl bedeutete seinem Vater, dass er noch etwas Suppe im Bart hatte. Jakob wischte sie hastig weg, und Carl verließ die

Kammer, nicht ohne einen leichten Anflug von Vorfreude auf den bevorstehenden Ausflug.

***

Von der Nachtschicht an der Rezeption abgesehen, war Luc de Phiton im Grandhotel Giessbach derjenige, der am längsten in die Nacht hinein arbeitete. Es verschaffte ihm die Freiheit, noch ungestört ein Telegramm an das Deuxième Bureau abzusetzen. Zu diesem Zweck hatte er im Verborgenen einen Kleintelegrafen an die offizielle Leitung des Grandhotels eingehängt. Routinemäßig überprüfte er vor dem Telegrafieren den Draht nach laufenden Telefongesprächen, um zu vermeiden, dass seine Aktivitäten bemerkt wurden. Dann und wann stieß er dabei tatsächlich auf ein Gespräch. In einem Hotel vom Format eines Giessbachs war es keine Seltenheit, dass nachts Telefonate in ein Land mit einer anderen Zeitzone geführt wurden. Uninteressant für Luc. Doch gelegentlich wurden Gespräche geführt, die nicht mitgehört werden sollten. In dieser Nacht war ebendies der Fall.

»Ich habe eine Änderung in der Teilnehmerliste des Kongresses zu vermelden.« Luc erkannte den Concierge des Hotels an seiner gestelzten Sprechweise.

»Ja, bitte.« Der Empfänger war Deutscher, was Lucs Aufmerksamkeit erregte.

Der Concierge erläuterte: *»Ein Jakob Lohser lässt sich abmelden. Grund: Krankheit. An seiner Stelle hat sich sein Sohn als Gastreferent einschreiben lassen.«*

Luc notierte die personellen Angaben, die der Concierge durchgab: *»Carl Lohser, Geburtsdatum 04. Mai 1877, Größe: 182 Zentimeter, Postur: schlank.«*

Die Stimme auf der deutschen Seite fragte nach. Der Concierge erklärte: *»Postur. Das heißt Wuchs. Schreiben Sie: ›Körperbau: schlank‹. Haarfarbe: dunkelbraun. Ingenieur, Mitinhaber der Dädalus-Werke nebst seinem Vater, Wohnort: Thäli.«*

Dies musste der Concierge buchstabieren. Danach fuhr er fort: »*Zivilstand: ledig. Lohser gehört keiner Partei an und ist in keinem Verein eingetragen. Keine Straftaten gemeldet.*«

Damit war das Gespräch beendet, und Luc vernahm das Knacken in der Leitung. Der Concierge handelte zweifelsohne auf Geheiß von Klemens. Es war Luc nicht neu, dass Klemens alle Teilnehmer des Kongresses penibel durchleuchtet und geprüft hatte. Dass die gesammelten Personalien aber an die deutschkaiserliche Bürokratie weitergegeben wurden, ließ ihn aufhorchen. Misstrauisch, wie die »Teutonen« waren, würden sie eine zweite Personenüberprüfung durchführen. Das bedeutete, dass sie auch ihn, Luc, überprüft hatten. Er musste darauf vertrauen, dass seine Legende wasserdicht war.

Nun, da die Leitung frei war, ergänzte Luc seine Meldung mit der neuen Erkenntnis, verschlüsselte sie sorgfältig und setzte das Telegramm ab.

Dr. Friedrich Klemens war einer der großen Schweizer Schokoladefabrikanten. Ermittlungen des Deuxième Bureaus hatten ergeben, dass er zahlreiche Reisen ins Deutsche Kaiserreich unternommen hatte und mit einem Generalleutnant Manfred Brechtesloh in Verbindung stand, der seinerseits im Fokus des Bureaus stand. Als dann Klemens das Grandhotel Giessbach erworben hatte, war das für den französischen Geheimdienst Grund genug gewesen, Luc hier einzuschleusen. Sechs Monate lang konnte er nur wenig über Klemens und den bevorstehenden Kongress für Zukunftsbetrachtungen in Erfahrung bringen. Eine offizielle Agenda oder Teilnehmerliste gab es nicht. Es lag in der Natur von Verbindungen wie der Orion-Gesellschaft für Fortschrittsfragen, dass derlei geheim gehalten wurde. Selbst die Teilnehmer wurden erst nach der Eröffnung über das Programm in Kenntnis gesetzt.

Doch dann war plötzlich Leben in die Angelegenheit gekommen. Wie heute war Luc vor ein paar Tagen schon auf ein spätnächtliches Telefongespräch gestoßen, das mit einem Empfänger im Deutschen Reich geführt worden war. Es ging um die Unterkunft eines Gastes, der für die Dauer des Kongresses im Grandhotel residieren sollte. Der Gast wurde »der Preuße« genannt. Luc hatte vernommen, dass für den Preußen eine Suite bereitzustellen sei. Für den Oberst, der ihn begleitete, und einen Personenschützer sollten zwei kleinere Zimmer reichen.

Eine Delegation von drei deutschen Militärs am Kongress, schlussfolgerte Luc. Ob es sich beim »Preußen« um Generalleutnant Brechtesloh handelte? Luc war davon überzeugt. Er hatte die Informationen auch da postwendend an das Bureau weitergegeben und als Antwort erhalten, dass man ihm Verstärkung zukommen lassen werde.

KAPITEL 2

Freitag, 13. Mai 1910, früher Morgen
Zwei Tage vor der Eröffnung des Kongresses

Als die Sonne ein gutes Stück über dem entfernten Schloss Lenzburg prangte, bestieg Carl die Kabine der Gans II. Er betätigte das Pedal und ließ die Dädalus-Werke im Thäli hinter sich. Die Reise ins Berner Oberland begann. Die Nacht zuvor hatte ihn eine Unmenge von Gedanken wach gehalten. Was würde ihn am Kongress für Zukunftsbetrachtungen erwarten? Hatte er bei seinen Vorbereitungen auch an alles gedacht? Carl hatte sich die Route mit Hilfe der detaillierten Siegfriedkarte festgelegt. Sie sollte ihn durch das Emmental und den Thunersee entlang nach Interlaken führen. Danach würde er den Brienzersee halb umrunden und beim Grandhotel Giessbach vorfahren. Er würde sich Zeit nehmen, um die Fahrt und das schöne Wetter zu genießen.

Er kam gut voran. Die erdigen Straßen waren trocken. Am Himmel begleitete ihn der Halley'sche Komet, der zeitweise auch tagsüber als verschmierter weißer Punkt auszumachen war. Vom fahrenden Automobil aus betrachtet, wanderte er am Horizont mit und tauchte immer wieder hinter Bäumen ab. Das erinnerte Carl an eine Geschichte über einen Delphin, der ein Schiff begleitete. Es war bereits der zweite Komet in diesem Jahr, der die Erde besuchte. Die Zeitungen hatten schon lange vor seinem Auftauchen vom Halley'schen Kometen berichtet, der im April und Mai zu sehen sein würde. So hatte die Ankunft eines Schweifsterns im Januar alle überrascht. Kein Berechnungsfehler. Nicht Halley. In Südafrika wurde er zuerst gesichtet und wurde daraufhin Johannesburger Komet genannt. Zwei Kometen in einem Jahr. Wer spirituell angehaucht war, vermutete ein schlechtes Omen. Carl indes betrachtete solcherlei Zufälle nüchtern.

Unterwegs begegnete er Fuhrwerken, die mit Weinfässern oder Getreidesäcken beladen waren und von massigen Kaltblütern gezogen wurden. Eselkarren und Reiter hoch zu Ross kamen ihm entgegen. Dann und wann überholte er einen Velocipisten. Die meisten Leute aber gingen zu Fuß, nicht selten mit schweren Lasten beladen. Auf andere Automobile traf Carl nur selten. Man winkte sich zu, wenn man sich kreuzte. An Sonntagen hingegen kam es häufiger vor, dass man bei einer Begegnung mit einem anderen Automobilisten ein wenig ins Plaudern kam. Stolz berichtete man über seine Erfahrungen und über die Vorzüge seiner Maschine. Carl kam des Öfteren in Verlegenheit, wenn er erklärte, er habe sein Fahrzeug in der heimatlichen Werkstatt selbst entwickelt. Er behielt dies lieber für sich, profitierte aber von den Automobilisten, die ihn bereitwillig an ihrem Erfahrungsschatz teilhaben ließen.

Ein gut betuchter und besonders gesprächiger Familienvater hatte Carl einmal erzählt, dass er in seinem Gefährt stets den Schminkspiegel seiner Frau mitführte. Auf diese Idee war er gekommen, als er einen steifen Nacken gehabt hatte und es ihn jedes Mal schmerzte, wenn er durch das Rückfenster nach hinten spähen musste. Carl war fasziniert von dem Gedanken und montierte kurzerhand Helénes Handspiegel unten ans Kabinendach. Zwar musste er seiner damaligen Verlobten einen neuen Spiegel besorgen, doch von da an verkaufte er jeden Wagen mit diesem Zubehör, ein Verkaufsargument, das schon den einen oder anderen Käufer dazu bewogen hatte, eine Dädalus Gans I zu erstehen. Im Prototyp, der Gans II, mit dem er heute unterwegs war, hatte er denselben Spiegel wieder montiert. Rein aus Nostalgie.

Carl erreichte schon bald das Emmental. Sanfte runde Hügelchen mit Wiesen und Wald besetzt erhoben sich. In einem kleinen Dorf hörte er schon von Weitem Marktrufer, die lauthals auf ihre Brote, Fische, Schinken und Zöpfe aus Zwiebeln aufmerksam machten. Schon bald fand sich Carl in einem bunten Markttreiben wieder, und es ging nur noch stockend voran.

Er kurvte die Gans II um ein Gatter voller Mastschweine und musste einer musizierenden Spielmannsgruppe ausweichen. Mehrmals war er gezwungen, durch die geöffnete Kabinentür mit einem lauten *»Äxgüse!«* auf sich aufmerksam zu machen. Entschuldigend huschten die erschrockenen Marktbesucher zur Seite und blieben am Straßenrand stehen. Einige betrachteten das Automobil voller Andacht, andere mit unverhohlener Skepsis.

Vor einem gut besuchten Stand mit geräucherten Fleischwaren musste Carl nun vollends anhalten. Ein kleiner Junge und sein größeres Schwesterchen mit schmutzbeflecktem Kleidchen standen mitten auf der Straße und starrten mit weit aufgerissenen Augen und Mündern auf das ankommende Vehikel. Sie führten einen Berner Sennenhund mit sich, der einen Karren großer und kleiner Töpfe zog. Die Kutsche des kleinen Mannes, wie man so schön sagte. Ein freundliches Winken und das gerufene *»Äxgüse!«* halfen nichts.

Carl setzte seinen Hut auf und stieg aus, worauf die beiden Kinder mitsamt Hund und Wägelchen auf ihn zukamen. Noch bevor er etwas sagen konnte, fragte das Mädchen, wo denn bei seiner Kutsche die Pferde seien. Carl ging in die Hocke und gab den Kleinen bereitwillig Auskunft, dass dieses Automobil mit Strom laufe. Es fresse kein Gras und auch kein Holz. Er erlaubte den beiden, es anzufassen, sie hatten wohl noch nie ein Automobil von Nahem betrachtet. Als er ihnen einen Batzen schenkte und sich umschaute, stellte er fest, dass seine Gans II zum Mittelpunkt des Markttreibens geworden war. Selbst ein bunt gekleideter Gaukler, der zuvor noch mit Gemüse jongliert hatte, stand im Ring der Zuschauer, der sich um sein Gefährt gebildet hatte. Nach einer nicht ganz bühnenreifen Verbeugung bestieg Carl die Fahrerkabine und fuhr unter begeistertem Händeklatschen wieder los. Bald hatte er das Dorf hinter sich gelassen.

Die Fahrt bot ihm die Gelegenheit, das Fahrverhalten der Gans II zu studieren. Er hatte schon Dutzende Kilometer mit diesem Wagen zurückgelegt und ihn so weit optimiert, dass er auch für lange Reisen gewappnet war. Jeder zusätzliche Test brachte weitere Erkenntnisse mit sich, selbst wenn es nur die war, dass alles ordnungsgemäß funktionierte. Diese Erkenntnis war ihm die wertvollste.

Nach einer Biegung um einen bewaldeten Hügelfuß tat sich vor ihm ein übersichtliches, schnurgerade gezogenes Stück Überlandstraße auf. Weit und breit war keine Menschenseele zu sehen. Einen bestimmten Test hatte er mit der Gans II noch nie durchgeführt. Sein Vater hätte ihm davon abgeraten, dem Wagen so richtig die Sporen zu geben, doch nichtsdestotrotz trat Carl das Pedal durch und beschleunigte.

Das schnellste Elektroautomobil, von dem er je gelesen hatte, war vor acht Jahren der amerikanische Baker Torpedo gewesen. Ein Hochgeschwindigkeitswagen, der für nichts anderes konstruiert worden war als für den Geschwindigkeitsrekord. Er glich einem Bügeleisen ohne Griff, dafür mit vier Rädern, und sollte über hundertzwanzig Kilometer pro Stunde erreicht haben. Beim letzten Rekordversuch war eine Achse gebrochen. Zwei Zuschauer kamen dabei ums Leben. Moderne Züge waren mit bis zu hundert Kilometern pro Stunde unterwegs. Schnelle benzinbetriebene Automobile erreichten in etwa dieselbe Höchstgeschwindigkeit.

Carl spürte die Beschleunigung. Spürte die Euphorie in sich aufsteigen. Den Gedanken »Werde nicht unvernünftig!« verdrängte er durch ein »Ich tu es im Namen der Wissenschaft!«. Der DEUTA-Geschwindigkeitsmesser, den Carl unlängst für viel Geld direkt bei der Deutsche Tachometerwerke GmbH erstanden und eingebaut hatte, zeigte zweiundvierzig Stundenkilometer an. Mehr war nicht herauszuholen. Immerhin.

Weiter vorne, wo das gerade Wegstück zu Ende war, bog ein einspänniger Heuwagen um die Ecke. Es wurde Zeit, den Wagen wieder abzubremsen. Carl stieg in die Eisen und hielt die Gans II am rechten Straßenrand an, um den Heuwagen vorbeizulassen. Das Pferd tänzelte unruhig. Ein alter Emmentaler mit wallendem Bart und fein verzierter Tabakspfeife im Mundwinkel hielt die Zügel lose in krummen Fingern. Als er das wartende Auto kreuzte, fixierte er Carl aus zusammengekniffenen Augen. Nachdem sie ihn passiert hatten, sah Carl durch Helénes Innenspiegel, wie sich das Pferd aufbäumte. Es machte einen Satz zur Seite. Die Versuche des alten Sennen, es zu zügeln, blieben ergebnislos. Der Heuwagen geriet von der Straße in ein frisch angesätes Feld und kam zum Stehen. Carl stieg aus und eilte dem Mann zu Hilfe.

Der alte Senn keuchte und krallte sich mit seinen Gichtfingern in die Banklehne. Sein hochrotes Gesicht bot einen starken Kontrast zu seinem weißen Bart. Die gelblichen Augen hatte er weit aufgerissen. Carl näherte sich sachte dem Pferd und hielt es am Zaumzeug fest. Während er die Nüstern streichelte, redete er ihm mit sanfter Stimme zu. Nachdem es sich beruhigt hatte, wandte er sich dem Sennen zu. »Ist alles in Ordnung bei Ihnen?«

Dieser murrte etwas Unverständliches in die Pfeife, stieg ungelenk vom Kutscherbock, überprüfte die Ladung und stellte fest, dass nur ein paar wenige Büschel verloren gegangen waren. Carl führte das Pferd mitsamt Wagen wieder auf die Straße zurück. Der Alte stieg wieder auf, nahm die Pfeife aus dem Mund und deutete mit dem Mundstück auf Carl. »Der Furz mit diesen Automobilen wird auch wieder mal vergehen, sobald es den Bonzen verleidet ist.« Ohne ein weiteres Wort setzte er mit einem Zügelschlag das Fuhrwerk in Bewegung und zog seines Weges.

Kein Dankeschön. Nichts. Obwohl ihm Carl gerade geholfen hatte, das Pferd zu beruhigen, das der Alte selbst nicht im Griff hatte. Carl hatte seine Schuhe und den guten Kittel verdreckt, um den Heuwagen wieder auf die Straße zu schleppen. In einem Punkt hatte der Alte aber recht: Diese Vehikel waren noch immer eine Domäne der Reichen. Genau das wollte Carl ändern.

***

Nicu erklomm federnden Schrittes die Treppe und betrat das hohe Vestibül des Grandhotels Giessbach. Dr. Friedrich Klemens hatte ihm und Fritz aufgetragen, stets pünktlich zu erscheinen. Pünktlich hieß: eine Viertelstunde früher. Falls man unterwegs aufgehalten wurde, hatte man noch immer eine Chance, rechtzeitig anzukommen. Nicu prüfte im Spiegel seinen Schnurrbart, den er sich an diesem Morgen zu einem schmalen Streifen über der Lippe rasiert hatte. Mit dem Anzug, der Schiebermütze und diesem Schnauzer hatte er durchaus etwas Schneidiges, fand er.

Auch Fritz traf ein, sein Schnurrbart stand wie immer zu allen Seiten ab, er musste aber frisch gebadet haben, stellte Nicu fest, für einmal zog er keine Schweißfahne hinter sich her. Auch das hatte ihnen Klemens eindringlich nahegelegt: Wenn man in gepflegter Gesellschaft arbeitete, hatte man gepflegt zu erscheinen. Doch was sollte der Tölpel machen? Er neigte nun einmal zu starkem Körpergeruch. Nach einem langen Arbeitstag mit Fritz hatte Nicu bisweilen das Gefühl, als ob sich der Geruch in seiner Nase festgesetzt hatte. Er befürchtete dann sogar, selbst zu riechen. Gerüche hatten immer mit Bakterien zu tun, hatte Nicu irgendwo aufgeschnappt. Folglich stellte sich ihm die Frage, ob Körpergeruch ansteckend war.

Fritz war ein grobschlächtiger Holzfäller um die vierzig. Auch wenn es einem gelang, einen Ochsen in einen Anzug zu zwängen, so blieb er noch immer ein Ochse. Eines musste man ihm aber lassen, der Schaffhauser konnte ausgesprochen gut mit der Axt umgehen. Damit waren aber auch schon alle seine Fähigkeiten aufgezählt. Fritz war ein Trottel, und niemand würde Nicu vom Gegenteil überzeugen können. Fritz verbarg seinerseits nicht, dass er zu einer ausgeprägten Ausländerfeindlichkeit neigte. Schon gar nicht gegenüber dem Rumänen Nicu Butoi mit seinem hölzernen Akzent.

Die beiden brachten sich breitbeinig an der Wand gegenüber der Rezeption in Aufstellung. Diskretion war eine wahre Wissenschaft, und sie hatten sie inzwischen verinnerlicht. Auf die

Details kam es an, das hatte Nicu gelernt. Selbst Fritz machte Fortschritte in diesen Belangen, auch wenn er aufgrund der zu breiten Statur und seiner Neandertalerstirn nicht gerade unauffällig war.

Sie taten, wofür Klemens sie eingestellt hatte: Sie standen da. In Hotels, an Empfängen und Kongressen. Der rechte und der linke Handschuh des Großindustriellen Friedrich Klemens, sinnierte Nicu. Wobei der rechte Handschuh, aufgrund seiner ausländerfeindlichen Gesinnung, natürlich Fritz sein musste. Nicu fand diese Analogie ziemlich gelungen und musste schmunzeln.

Ihre Namen standen nicht auf der offiziellen Lohnliste der Schokoladenfabrikkette Klemens. Klemens wahrte zu ihnen die nötige Distanz, denn dann und wann wurden von den beiden Tätigkeiten verlangt, die sich jenseits der Legalitätsgrenze befanden. Und der Moral. Vermutlich verfügten die meisten erfolgreichen Firmenpatrone dieser Tage über Leute mit vergleichbarem Pflichtenheft. Man musste schauen, wo man blieb. Klemens musste sich dank seiner beiden Handschuhe die Hände nicht schmutzig machen. Noch eine Analogie zu den Handschuhen, Nicus Gewitztheit war in voller Fahrt. Nur schade, dass sie nicht gefragt war.

Offiziell verdingte sich Nicu als Tagelöhner, mal schippte er Kohle, mal schleppte er Weinfässer oder zog einen Leiterwagen voller Gemüse. Für die Dauer des Kongresses im Grandhotel Giessbach hatte er sich freinehmen müssen. Noch nie hatte einer von Nicus Arbeitgebern Fragen gestellt, wenn er von seiner Arbeit abgezogen wurde. Er hegte den Verdacht, dass dies im Verborgenen von Klemens persönlich geregelt wurde. Für ihre Einsätze in gepflegter Gesellschaft wurden Nicu und Fritz Anzüge geliehen, die ein Bote bei ihnen ablieferte und die sie nach dem Einsatz wieder abgeben mussten. Schäden an den Kleidungsstücken wurden ihnen vom Gehalt abgezogen. Leider war es bei der Arbeit, die von ihnen verlangt wurde, nicht immer einfach, die Kleidung schadlos zu halten.

Noch zwei Minuten, verriet ihm die Uhr über der Rezeption. Der Telefonapparat auf der Theke klingelte. Der Concierge hob ab, flüsterte eine Antwort, winkte mit schmaler Hand einen Pagen herbei, dem er – ebenfalls flüsternd – eine kurze Anweisung erteilte. Der Page bat Nicu und Fritz, ihm zu folgen, wenig später erreichten sie im zweiten Stock eine massive Eichentür. Sie blieben davor stehen, ohne anzuklopfen.

Nach einigen Sekunden öffnete Friedrich Klemens die Tür. Nicu hätte seine beste Hose darauf verwettet, dass exakt im selben Augenblick der Minutenzeiger der Rezeptionsuhr auf die Zwölf klickte. Die von Klemens geforderte Pünktlichkeit trieb er selbst auf die Spitze.

Klemens trug einen steifen Dreiteiler, der mehr Geld gekostet haben musste, als Nicu je zu Gesicht bekommen würde.

»Guten Tag, Herr Dr. Klemens«, begrüßten Nicu und Fritz ihren Brötchengeber wie aus einer Kehle.

Klemens blieb stehen und musterte sie eingehend. »Ihr Stümper seht wieder zum Kotzen aus!« Den Zeigefinger auf Nicu gerichtet, befahl er: »Du, Krawatte richten!« Dann an Fritz gewandt: »Was für einen Dreck hast du da auf den Schultern?« Tatsächlich waren dort vereinzelte Flusen auszumachen.

»Woher sollt ihr auch wissen, wie man sich anzieht? Ich müsste jemanden einstellen, der es euch immer wieder langsam und deutlich erklärt.« Klemens wandte sich ab. »Aber für solchen Humbug habe ich jetzt keine Zeit.«

Nicu hasste Klemens dafür, dass er ihnen dauernd unter die Nase rieb, wer der feinen Gesellschaft und wer dem Pöbel angehörte. Es wollte ihm einfach nicht gelingen, den Tonfall zu überhören. Wieder musste er seinen Ärger herunterschlucken. Zudem hatte er den Eindruck, dass Klemens von Nicu mehr verlangte als von Fritz, wobei Klemens mit Fritz auch nicht gerade kameradschaftlich umging. Fritz' voller Name war Friedrich Huggentobler, doch Friedrich Klemens verbot ihm, sich ebenfalls Friedrich zu nennen. »Wo kommen wir denn hin, wenn der Gorilla gleich heißt wie der Patron?«

Nicu hatte beobachtet, dass Fritz jedes von Klemens' Worten wie ein Schwamm aufsog, ohne gekränkt zu wirken. Auf eine für Nicu unverständliche Art und Weise ermunterten Klemens Zurechtweisungen den Holzfäller sogar dazu, sich mehr anzustrengen. Vermutlich war Fritz so sehr davon eingenommen, Teil von etwas Großem sein zu dürfen, dass er es über sich ergehen ließ. Nicu musste versuchen, es auch so zu handhaben.

Klemens entnahm etwas seiner Dokumententasche. Nicu wusste genau, was jetzt kam. Es war schon beinahe ein Ritual. Auch Fritz neben ihm wechselte von einem Fuß auf den anderen. Klemens kam auf sie zu und drückte jedem eine Tafel Schokolade aus seiner Produktion in die Hände. Nicu versuchte gegen den Glanz in seinen Augen anzukämpfen. Er hatte den Verdacht, dass Klemens seine beiden Leibgardisten doch insgeheim mochte. Der Gedanke hatte etwas Rührendes, aber Klemens wusste nur zu gut diesen Anschein zu überspielen. »Diese Tafeln sind Ausschussware aus der Fabrik. Lassen sich so nicht mehr verkaufen. Aber anstatt sie wegzuwerfen …«

Die Verpackung der Klemens-Schokolade hatte das Bild eines süßen Mädchens aufgedruckt, das mit dunklen Flecken um den Mund genüsslich Schokolade mampfte. Der Schriftzug und die Verzierungen entsprachen nicht mehr ganz der allerneusten Mode. Im Grunde genommen entsprach gar nichts in Klemens' Umfeld der allerneusten Mode. Er war eher konservativ eingestellt, was an seinem fortgeschrittenen Alter von siebzig Jahren liegen mochte.

An Nicus Abneigung gegenüber Klemens änderte das süße Präsent jedoch nichts. Vielmehr machte es ihn noch wütender, dass Klemens sie damit manipulierte, und obwohl Nicu ihn durchschaut hatte, gelang es dem Alten jedes Mal von Neuem. *Zuckerbrot und Peitsche.* Klemens hatte als Industriekapitän sein Schiff jahrzehntelang durch die rauen Gewässer der Wirtschaft manövriert, da würde er zweifellos solche Strategien verfolgen. Ja, Nicu durchblickte langsam, wie die Welt sich drehte. Er war nicht mehr länger der Tumbe von der Straße. Er las nun Bücher, investierte seinen Zusatzverdienst aus den Leibgardistenaufträgen in seine Bildung. Die Schokolade liebte er dennoch. Jeder liebte die Klemens-Schokolade.

Es klopfte an der Tür, und Klemens ließ bitten. In diesem Augenblick verlor Nicu sein Herz. Ein Wesen von göttlicher Anmut schwebte ins Büro. »Guten Tag, Herr Klemens. Es freut mich, von Ihnen persönlich empfangen zu werden«, hauchte es. Es hatte mandelbraune Augen.

»Fräulein Amanda«, begrüßte Klemens sie und wies ihr den Stuhl vor dem Schreibtisch. »Nehmen Sie Platz!«

Amanda. Wie dieser Name klingt! Sie hatte ein dezentes Parfüm angelegt. Nelken und noch etwas Blumiges konnte Nicu ausmachen. Es war um ihn geschehen. Sie war von feinem Körperbau, das Kleid hatte das Weiß von Schönwetterwolken am Sommerhimmel und betonte an den richtigen Stellen ihre Vorzüge. Ihr gigantischer Hut musste wohl von einem der Meister in Paris kreiert worden sein. Die Federn, Maschen und Spitzen darauf waren allesamt in demselben Weiß gehalten wie das Kleid. Eine Grazie.

Klemens machte sich weder die Mühe, der Dame den Stuhl zurechtzurücken, noch, sich nach ihrem Befinden und der Anreise zu erkundigen. Er kam direkt zum Punkt. »Sie werden sich an der Rezeption melden und Ihr Zimmer beziehen. Es ist alles in die Wege geleitet. In den nächsten sieben Tagen werde ich voraussichtlich mehrmals nach Ihnen schicken lassen, wenn Ihre *besonderen Dienste* gefragt sind.«

Wie Klemens »besondere Dienste« betonte, ließ Nicu aufhorchen.

»Sehr wohl, Herr Klemens«, antwortete sie.

»Herr *Doktor* Klemens, Fräulein Amanda!«, korrigierte er sie.

»Entschuldigen Sie bitte. Herr Doktor Klemens!«

Wer war die Dame, und warum behandelte Klemens sie wie

eine Angestellte? Für gewöhnlich war er recht charmant zu Frauen, die nicht halb so viel Klasse hatten wie diese Dame.

Klemens erhob sich und wies ihr die Tür. »Guten Tag.«

Damit verließ Amanda den Raum, und Nicu meinte, erst jetzt wieder zu Atem zu kommen.

***

Carl erreichte Burgdorf und somit das erste Etappenziel seiner Tour. Viel weiter würde er heute nicht kommen. Die Akkus waren nur noch zu einem Fünftel geladen, wie ihm das Voltmeter in der Fahrerkabine verriet. Hier wohnte und arbeitete sein Freund Mario Chiorazzo, ein Nachkomme italienischer Einwanderer. Carl pflegte mit Mario regen Briefkontakt und hatte schon vor einiger Zeit eine Einladung in sein Heim erhalten.

Mario empfing Carl mit offenen Armen und einem Chianti in der Bastflasche. Er bewohnte ein altehrwürdiges Bauernhaus mit einem für die Region typischen strohgedeckten Dach, das beinahe bis zum Boden reichte. In der benachbarten Scheune war eine Spenglerwerkstatt eingerichtet. Für den Bau der Dädalus Gans II hatte Carl Mario beauftragt, die Blecharbeiten für die Karosserie zu entwerfen, so lag es auf der Hand, dass Mario nach einem ersten Anstoßen mit dem Rotwein die Spenglerarbeiten an der Gans prüfte. Er freute sich, das erste Mal seine Arbeit für ein Automobil in die Tat umgesetzt zu sehen. Mario lud Carl zu einem leichten Mahl mit Trockenfleisch, hiesigem Käse und Rotwein ein, wozu sich auch seine Frau und die Sprösslinge gesellten. Danach begaben sich die beiden auf einen Spaziergang und schlenderten einen Feldweg entlang, vorbei an der Bartholomäuskapelle und dem Siechenhaus, das bis ins 17. Jahrhundert als Pflegehaus für Aussätzige gedient hatte.

Da seine Geschäfte gut liefen, überlegte Mario, seinen alten Lastesel durch ein Automobil zu ersetzen, und bat Carl, ihm mit seinem Rat zur Seite zu stehen. Carl riet ihm, es zuallererst vom Budget abhängig zu machen, was für ein Automobil es sein sollte. Wobei er Mario beim Kauf eines Dädalus einen großzügigen Freundschaftsrabatt zusichern könne.

»Danke für das Angebot. Aber ich habe bereits mit einigen Automobilisten gesprochen, und die rieten mir, einen Wagen mit Verbrennungsmotor anzuschaffen.«

Carl hatte die Diskussion schon Dutzende Male geführt. »Automobile wären ›bloß ein Furz, der wieder vergeht, wenn es den Bonzen verleidet ist‹, hat mir heute ein alter Senn an den Kopf geworfen.« Carl kickte einen Stein weg. »Wenn etwas ein Modetrend ist, dann sind es Automobile, die mit Sprit, Petrol oder Benzin betrieben werden. Diese Motoren sind laut und stinken.«

Mario schob seinen Kiefer vor. »Damit kann ich leben.«

»Die Mechanik der benzinbetriebenen Automobile ist viel komplexer und dadurch um einiges störanfälliger. Sie benötigen ein aufwendiges Getriebe mit mehreren Gängen, im Gegensatz zum Elektroauto. Der Vergaser muss während der Fahrt immerzu nachgeregelt werden, dafür muss sich der Fahrer eine gewisse Handfertigkeit aneignen. Nicht, dass ich dir das nicht zutrauen würde, Mario.«

»Das will ich auch meinen!«

»Der laufende Verbrennungsmotor rüttelt am gesamten Wagen, selbst im Stand. Vor der Abfahrt müssen eine Menge Handgriffe durchgeführt werden, bis das Fahrzeug endlich in Bewegung gesetzt werden kann. Zum Beispiel muss die Handkurbel an der Front des Wagens kräftig gedreht werden, damit der Motor in Gang kommt. Nicht selten verletzt man sich dabei an der Hand, wenn die Kurbel ausschlägt. Selbstredend musst du auch bei Regen, Wind und Schnee an der Kurbel drehen.«

»Haben strombetriebene Wagen keine Kurbel?«, fragte Mario.

»Nein, du setzt dich rein und fährst einfach los.« Sie nahmen eine Biegung zum Dorf zurück. »Außerdem musst du für einen Verbrennungsmotor dauernd zu einer Apotheke oder einem

Händler gehen, um Spiritus oder Benzin zu besorgen. Dieses Zeug ist übrigens hochgiftig.«

»Das elektrische Automobil hänge ich einfach zu Hause an die Stromversorgung an und lade es über Nacht«, griff Mario Carls Gedanken auf. »Wie ist es mit der Leistung und der Reichweite? Es heißt, die wären deutlich geringer als bei Benzinmotoren.«

Dem musste Carl beipflichten. »Zugegeben, es gibt auch Schwächen beim elektrischen Antrieb. Die Energiedichte. Mit einem Kilogramm Batterie kommt man nicht so weit wie mit einem Liter Tankfüllung. Wenn auch ein Benziner mit seinem großen Motor und den ganzen mechanischen Teilen, insbesondere dem Getriebe, recht schwer ist, so sind aufgrund der großen Zahl an Batteriezellen die Strombetriebenen auch nicht leichter. Mit einer Tankfüllung beträgt die Reichweite um die dreihundert Kilometer, mit geladenen Akkumulatoren kommst du hundert Kilometer weit.«

Mario lachte. »So warst du gezwungen, mich einmal besuchen zu kommen, um dein Automobil zu laden.«

»Wie oft fährst du weiter als hundert Kilometer?«

»Nicht sehr oft«, sagte Mario.

Carl verriet Mario Chiorazzo, dass er seine Entwicklungsarbeit bei den Dädalus-Werken an genau diesem Punkt angesetzt hatte. Er entwickelte Techniken, welche die Reichweite von elektrisch betriebenen Fahrzeugen deutlich erhöhen sollten. Diese wollte er auf dem Kongress dem Publikum präsentieren.

Zurück bei der Spenglerei wechselten sie das Thema und schwelgten in Erinnerungen an ihre gemeinsame Zeit am Polytechnikum. Nach einem reichhaltigen Nachtessen – Marios Frau beherrschte die italienische Küche, als wäre sie damit aufgewachsen – setzten sie sich an eine noch warme Grundmauer des Wohnhauses, und Mario fragte: »Du bist also der Meinung, die Benzintechnik ist die schlechtere?«

»Die Technik an sich ist nichts Schlechtes«, antwortete Carl. »Ich kann die Zuneigung der Benzinenthusiasten schon nachvollziehen, die Freude an der komplexen Mechanik, die gefühlvolle Hingabe zur lustig knatternden und rauchenden Maschine. Wenn es keucht und sich schüttelt –«

»So wie mein alter Esel!«, warf Mario lachend ein.

»Genauso ist es, wie ein liebes Tierchen, um das man sich kümmern muss, damit es nicht den Geist aufgibt. Die Technik ist schlichtweg unausgereift. Aber bei Fortbewegungsmitteln geht es um Zuverlässigkeit und Komfort. Und da hat der elektrische Antrieb die Nase ganz klar vorne. Es ist einfach der einzige logische Antrieb für ein Fahrzeug.«

Mario schenkte einem Gedanken nachhängend jedem ein Gläschen Grappa ein, und noch bevor er die schlanke Flasche wieder verkorkt hatte, sagte er: »Man müsste ein Netz von Läden aufmachen, die Benzin verkaufen. Oder wenn ich noch weiterspinne, ein Netz von Läden, bei denen man geladene Akkus gegen leere Akkus austauschen könnte.«

»Die Idee ist gut«, fand Carl. »Nur möchte ich meine teuren Akkus der Accumulatoren-Fabrik Oerlikon nicht gegen schlechte austauschen müssen.«

»Auch wieder wahr.«

Mario vertagte seine Entscheidung auf später. Vielleicht würde er sich auch wieder einen jungen Esel zulegen.

KAPITEL 3

Samstag, 14. Mai 1910, Vormittag
Ein Tag vor der Eröffnung des Kongresses

Luc de Phiton hörte Schritte den Flur entlangkommen. Es waren nicht die Schritte von jemandem, der sich in einem Nobelhotel als Gast heimisch fühlte, sondern von jemandem, der sich bis in die letzte Faser seines Selbst die Diskretion eines Hotelangestellten angeeignet hatte. Die Schritte waren vorsichtig und zurückhaltend, aber nicht etwa lautlos wie die eines Geistes, denn ansonsten hätte man die Gäste erschreckt. Es waren Schritte, die aussagten: *Hier kommt ein Hotelangestellter, der nur seine Arbeit erledigt, damit Sie sich hier wohlfühlen.* Auf solche Details wurde in einem Etablissement wie dem Grandhotel Giessbach großer Wert gelegt.

Doch Luc – obwohl er selbst ein Angestellter dieses Hotels war – wollte nicht im zweiten Stock gesehen werden. Insbesondere nicht vor der Tür von Friedrich Klemens' Büro, wo er mit einem nachgemachten Schlüssel im Schloss rüttelte. Er hatte ihn offenbar nicht sauber genug geschliffen. Aber das Unterfangen konnte nicht verschoben werden, es musste ihm jetzt gelingen. Klemens und seine beiden Schergen waren unterwegs, um Dinge zu erledigen. Luc war aufgefallen, dass der Schokoladenfabrikant ein neues Notizbuch bei sich trug. Er hatte ein Auge für solche Details, was ihm in seiner mehrjährigen Tätigkeit als geheimdienstlicher Mitarbeiter schon oft von Nutzen gewesen war.

Klemens ging nie ohne ein Notizbuch vor die Tür. Mit seinem Gedächtnis stand zwar noch alles zum Besten, aber er musste sich mehr Informationen merken als die meisten Leute, und da halfen ihm die Notizen. Klemens führte immerhin einen Konzern und hatte nebenbei den Kongress in die Wege geleitet.

Wenn jemand mit einem solchen Engagement kein Notizbuch brauchte, war er eine Zirkusattraktion.

Der Schlüssel wollte die Stifte im Schloss noch immer nicht bewegen. Die Schritte kamen näher, Luc schätzte, dass der Page in zwei oder drei Sekunden um die Ecke biegen und ihn erkennen würde.

Der Umstand, dass Friedrich Klemens ein neues Notizbuch benutzte, führte Luc zu der Annahme, dass das alte voll war und in diesem Büro aufbewahrt wurde. Er erhoffte, in den Notizen eine Fülle von aufschlussreichen Informationen den Kongress betreffend vorzufinden.

Die Tür zum Büro, das vor acht Monaten noch das Büro von Victor Hauser gewesen war, war neu eingebaut worden. Unter den Hotelangestellten rankten sich die verrücktesten Gerüchte, wie die Beschädigung der alten Tür Hauser zum Verkauf des Grandhotels bewogen hatte. Die neue Tür indes, aus massiver Eiche gefertigt, war ein wahres Bollwerk mit Scharnieren. Diese schlug so schnell niemand ein. Zudem war sie absolut schalldicht. Aber die beste Tür ist nicht so sicher wie ihr Schloss.

Es knackte, und das Schloss öffnete sich just in dem Augenblick, als der Page um die Ecke bog. Er trug zwei mit Clochen bedeckte Teller auf einem Tablett, daneben stand eine schmale Jugendstilvase mit einer gelb-roten Tulpe. Der Zeitpunkt hätte nicht schlechter sein können. Luc, ein Hotelangestellter, der nichts in diesem Stockwerk zu suchen hatte, stand mit aufgerissenen Augen vor der offenen Tür zum Chefbüro. Der Page starrte ihn fragend an.

Zeit, zu improvisieren. »Danke, dass Sie mich empfangen, Herr Dr. Klemens«, rief Luc kurzerhand in das leere Büro und trat in aller Selbstverständlichkeit ein. »Ja, in Ordnung, ich schließe die Tür.« Er ließ sie hinter sich ins Schloss fallen. Erleichtert atmete er aus. Ob der Page den Brocken geschluckt hatte?

Es klopfte. Luc wäre beinahe vor Schreck aufgesprungen. Es war ein diskretes und vorsichtiges Klopfen, das jedoch gut zu hören war. Das Klopfen eines Hotelangestellten. Des Pagen. Was sollte er tun? Es wäre ein Einfaches, den Jungen hereinzubitten und mit einer Klaviersaite zum Schweigen ... Er brach den Gedanken ab. Der Junge würde vermisst werden. Abgesehen davon war er ein guter Junge. Sehr aufmerksam.

Luc öffnete die Tür einen Spalt und streckte den Kopf hindurch. »Herr Dr. Klemens lässt ausrichten, dass wir nicht gestört werden wollen!«

Der Page antwortete: »Ich bin untröstlich, aber richten Sie ihm bitte aus, er hat seinen Schlüssel außen stecken lassen.« Womit er diesen vom Schloss abzog und Luc überreichte. Dann wandte er sich ab und widmete sich weiter dem Zimmerdienst.

Luc verriegelte die Tür von innen. Reine Vorsichtsmaßnahme. Erstaunlicherweise passte der Schlüssel auf dieser Seite des Schlosses besser. Dann sah er sich um. Geschmacklose Einrichtung. Ausgestopfte Tiere, antike Waffen und Ausstellungsstücke aus Afrika, Indien und Brasilien. Ansonsten alles penibel aufgeräumt, Luc erblickte nirgendwo ein Staubkorn. Also, wo könnte der Alte sein altes Notizbuch aufbewahrt haben?

Luc wurde beim Deuxième Bureau als Agent zweiter Klasse gehandelt. Ein Agent zweiter Klasse reichte wohl, um die Stellung im Grandhotel Giessbach zu halten. Damals, 1905 in Marokko, waren Fehler passiert. Fehler, die zwar nicht Luc unterlaufen waren, doch sie hätten seinen Augen nicht entgehen dürfen. Unterlagen über die Truppenstärke französischer Forts waren beinahe in die Hände des Deutschen Kaiserreichs gefallen, was er in letzter Minute noch verhindern konnte. Wäre ihm dies nicht gelungen, hätte die Marokkokrise, wie sie von den Zeitungen genannt wurde, eine ganz andere Wendung genommen. Die Urheber der Fehler wurden weggesperrt. Luc hatte mehr Glück. Unterlassene Kontrolle hatte man ihm vorgeworfen, doch sein beherztes Eingreifen wurde zu seinen Gunsten angerechnet. Es blieb bei einer Degradierung.

Nichtsdestotrotz erledigte er seinen neuen Auftrag mit voller

Hingabe. Vor einem halben Jahr hatte er sich vom Hotel einstellen lassen, mit Hilfe einer penibel durchdachten Legende. Selbst seine äußerliche Erscheinung hatte er so weit verfremdet, dass nie der Gedanke aufkommen könnte, er wäre als Spion tätig. Bereits vor Wochen hatte er sich einen Zweitschlüssel für Klemens' Büro geschliffen, als sich ihm die Gelegenheit geboten hatte, sich das Original einen Tag lang zu borgen.

Die Aktenablage auf dem Schreibtisch hatte er abgesucht. Auch in den unverschlossenen Schreibtischschubladen fand er das Notizbuch nicht. Als Nächstes würde er das Bücherregal durchsuchen müssen.

Antoine Bailleul hatte sich diesen Vormittag an der Rezeption als Pièrre Trusseau eingeschrieben. Es war nicht geplant, dass er über Nacht bleiben würde. Nachdem Bailleul sein Gepäck auf das Zimmer hatte bringen lassen, hatte er Luc einen kurzen Blick zugeworfen. Das Zeichen. Nach fünf Minuten Wartezeit verließ Luc das Grandhotel und stieg den Wanderweg den Giessbachfällen entlang hinauf. Den Treffpunkt hatte Luc vorgängig erkundet. Es war ein gehöriger Aufstieg, höher, als die meisten Touristen zu gehen bereit waren, was sie beide vor neugierigen Blicken schützte, zudem übertönte das Rauschen des Baches ihr Gespräch. Eine womöglich übertriebene Maßnahme, doch sicher war sicher.

Bailleul war ein Dreckskerl. Schon immer gewesen. Schon damals, als sie in der Fremdenlegion im selben Fort nahe Algiers gedient hatten.

»Man könnte fast meinen, du willst mir an die Wäsche, wenn du mich in ein solch lauschiges Eckchen lockst!« Bailleul lachte allein, was ihn aber nicht zu stören schien. »*Sacrebleu!* Wie siehst du eigentlich aus? Gab es Rabatt auf Schnurrbart in der Familienpackung?« Wieder sein kehliges Lachen. Er musste sich ein Tränchen aus dem Augenwinkel wischen.

»Der Schnurrbart ist Bestandteil meiner Tarnung«, erklärte Luc.

»Gehört der zur Ausrüstung eines Agenten zweiter Klasse?«

»Lass uns zum Geschäftlichen kommen.«

»Schön hast du es hier oben. Muss ich schon sagen. Großartige Landschaft! Und dieses Hotel! Das kann sich mit den besten messen. Glaube mir, ich habe schon in einigen dieser Preisklasse residiert. Bringt meine Anstellung als gefragter Agent so mit sich, *n'est-ce pas*?«

Antoine war offenbar auf der Suche nach Anerkennung. Von Luc würde er die nicht kriegen.

»Vor fünf Tagen war ich beim Chef auf seinem Château«, fuhr Bailleul fort. »Der Minister saß ebenfalls in der Laube. Als ich gerade so über die Bretter marschierte, erblickte ich durch einen Spalt einen blassen Unterschenkel. Du weißt, ich kenne mich mit blassen Unterschenkeln aus!« Er versuchte, Luc mit dem Ellenbogen in die Seite zu knuffen. Luc wich rechtzeitig zurück.

»Was ich dann unter der Laube hervorgezogen habe, war eine Angestellte des Chefs, die für die Deutschen geschnüffelt hat. Du hättest den Chef sehen sollen, wäre vor Scham am liebsten im Erdboden versunken. Stell dir vor, eine Spionin bei Lambert zu Hause!«

»Was habt ihr mit ihr gemacht?«, fragte Luc.

Antoine zog seinen Daumen über seine Kehle. »Schade um sie. War noch eine Hübsche. Aber ich glaube, das hat Lambert und den Minister ziemlich beeindruckt. Weißt schon, gekonnt ist gekonnt.«

»Wenn du meinst.« Luc begann sich zu langweilen.

Antoine bewunderte die Aussicht und rieb sich gedankenverloren die Narbe über dem linken Auge. Sie war von der Art, die ein Gesicht nicht entstellte, sondern dem Träger einen verwegenen Ausdruck verlieh. Bailleul trug sie mit Stolz.

»Also, was ist unsere Mission?«, kam er nun endlich zur Sache. »Ich wurde nur dahingehend informiert, dass ich hier aufkreuzen, den Touristen mimen und ein Souvenir mit nach Hause bringen soll. Hast du es da?«

Luc hatte das »Souvenir« noch immer nicht. Er suchte in Klemens' Büro das gesamte Bücherregal nach dem Notizbuch ab. Es war Bestandteil der Mission, die Unterlagen erst nach der Ankunft Bailleuls zu beschaffen. So standen die Chancen besser, dass Bailleul diese bereits außer Landes gebracht hatte, wenn ihr Fehlen bemerkt wurde.

Natürlich musste der Agent zweiter Klasse in das Büro einbrechen und das Notizbuch beschaffen und nicht etwa der Topagent. Dieser musste ja auch nicht seine seit einem halben Jahr mühsam aufgebaute Tarnung riskieren. Andererseits, wenn man wollte, dass etwas richtig gemacht wurde, dann machte man es am besten selbst.

Nachdem Luc sämtliche Ablagemöglichkeiten durchsucht hatte, blieb nur noch der Aktenschrank mit den abgeschlossenen Schubladen übrig. Wo würde jemand wie Klemens die Schlüssel dazu aufbewahren? Bestimmt in der einzigen abschließbaren Schublade des Schreibtisches. Und wo hatte Klemens den Schlüssel hierzu? Vermutlich am Schlüsselbund, den er bei sich trug.

Luc untersuchte das Schloss. Im Gegensatz zum modernen Türschloss war dies ein altes und einfaches Fabrikat. Plötzlich wurde von außen ein Schlüssel in die Tür gesteckt. Luc erstarrte.

Wolken von der Farbe von Ambossen waren aufgezogen, als Luc einige Stunden zuvor neben Bailleul gestanden hatte. Es würde jeden Augenblick zu regnen beginnen. Von hier oben am Giessbach, eingebettet in die monumentale Landschaft, sah das Grandhotel winzig, wie ein detailreiches Touristensouvenir aus. Ich hätte schon früher heraufkommen und die Aussicht genießen sollen, hatte Luc gedacht.

Bailleul wollte keinesfalls heute schon abreisen. Er habe ein Zimmer gebucht und könne genauso gut eine Nacht bleiben. »Lasst uns einen einzigen Tag opfern, um vielleicht ein ganzes Leben zu gewinnen«, sagte er.

Hatte er eben aus »Les Misérables« zitiert? Luc starrte ihn

an. Er hätte nicht gedacht, dass dieser Holzklotz fähig war, ein Buch zu etwas anderem zu verwenden, als eine Spinne totzuschlagen.

»Der Kongress beginnt doch erst morgen. Mir gefällt es hier«, fügte Bailleul hinzu.

»Ich halte das für keine gute Idee, Antoine. Das ist ein unnötiges Risiko«, gab Luc zu bedenken. Aber Bailleul war im Grunde genommen Lucs Vorgesetzter. Er hatte die Befehlsgewalt, und wenn er entschied zu bleiben, dann war es so.

Sie hatten Ort und Zeit für das nächste Treffen verabredet. Wenn alles gut ging, würde er ihm das Notizbuch aushändigen. Wenn es nicht gut ging, dann … Darüber wollte Luc im Grunde gar nicht nachdenken.

Jetzt hörte Luc, wie Klemens in sein Büro trat. Zornig hastete der Alte zum Schreibtisch und durchsuchte in gebückter Haltung den Aktenstapel. Seine Lippen bewegten sich flüsternd.

Luc zwang sich, leise zu atmen. Die schweren Gardinen vor seinem Gesicht dufteten frisch gewaschen. Wenn er die Hand ausgestreckt hätte, hätte er Klemens am grauen Jackett packen können.

Plötzlich schoss Klemens hoch und verließ mit einer Mappe unter dem Arm den Raum. Gewissenhaft verriegelte er von außen die Tür, damit ja niemand eindringen konnte. Die Ironie in Kombination mit der Erleichterung ließ Luc schmunzeln. Er kam hinter dem Vorhang hervor. Es war nicht verboten, auch einmal etwas Glück zu haben.

Nun musste er das Schloss der Schreibtischschublade knacken. Auch wenn er keinen Schlüssel dazu hatte, war er nicht unvorbereitet. Er kniete sich hin und entnahm der Innentasche seiner Livree eine kleine lederne Werkzeugrolle, die er auf der Tischplatte auslegte. Er suchte sich zwei Werkzeuge aus. Das eine, den Spanner, führte er in das Schloss, bis der auf den Schlosskern drückte. Mit dem anderen, dem Haken, tastete er nach dem ersten Stift. Mit oft eingeübten Bewegungen ruckelte er am Haken, bis sich der Stift in die entriegelte Position hebeln ließ. Das Gleiche wiederholte er mit den übrigen Stiften, bis ein leichtes Klicken signalisierte, dass sich die Schublade nun öffnen ließ.

Sie beinhaltete eine Menge Büromaterial wie Schreibfedern, Klammern, Brieföffner, Tintenfass, aber auch allgemein Nützliches wie Schnur, Nägel, eine 38er und einen Kaffeelöffel. Darunter lag ein Ring mit zwölf Schlüsseln für zwölf abschließbare Aktenschubladen.

Der Aktenschrank erhob sich wie ein kleines Gebirge vor Luc. Er öffnete die erste Schublade in der Hoffnung, auf ein Verzeichnis zu stoßen, doch die Register begannen mit einem großen Reiter, auf dem ein aufwendig verschnörkeltes »A« prangte. Ein horizontaler Stapel Papier breitete sich vor ihm aus. Lucs Finger tänzelten über die kleineren Reiter, die »… Abrechnung, Akonto, Aufträge, Ausland …« verhießen. Jeder war mit einer Vielzahl Mappen belegt. Er verlor Zeit, jeden Augenblick konnte Klemens wiederauftauchen, und dieses Mal würde es Luc nicht gelingen, rechtzeitig die Schublade zu schließen und erneut hinter der Gardine in Deckung zu gehen.

Luc öffnete die letzte Schublade unten rechts. Auch hier stieß er auf kein Verzeichnis. Weder zuhinterst, hinter dem Register »Z«, noch unter »V«. Unter »I« wie »Inhalt« wurde er nicht fündig, genauso wenig wie unter »R« wie »Register«. Schweiß brach ihm aus. Er musste es anders angehen. Wenn ein Verzeichnis existierte, so war es nicht in den Schubladen abgelegt. Aufs Geratewohl zog er eine Schublade in der Mitte heraus. »N« wie »Notizen« womöglich. Und tatsächlich erspähte er eine Lücke in den Papieren und Mappen, die durch ein rehbraunes Notizbuch gebildet wurde, das von kleinerem Format war als die Akten. Luc zog es heraus und schlug es auf. Es war bis zur letzten Seite mit Klemens' krakeliger Handschrift und vereinzelten Skizzen gefüllt und enthielt zudem einen Umschlag mit zwei gefalteten Karten. Nun aber schleunigst raus hier!

Nachdem Luc sorgfältig seine Spuren beseitigt und sich vergewissert hatte, dass sich niemand im Flur aufhielt, verließ er das Büro und begab sich eiligst in seine Bedienstetenkammer im Dachgeschoss. Bevor er das Notizbuch an Bailleul aushändigte, wollte er selbst einen kurzen Blick hineinwerfen, um zu sehen, ob es die ganze Mühsal wert gewesen war.

Was Luc darin las, sträubte ihm die Haare.

Der Kongress musste verhindert werden! Luc hätte es zum Wohl seines Landes selbst in die Hand nehmen können. Es hier und jetzt beenden, bevor Schaden entstand. Doch wie? Sollte Luc das Grandhotel in Brand setzen? Das würde das Problem nicht lösen, der Kongress würde kurzfristig nach Interlaken oder Thun umdisponiert werden. Sollte Luc Friedrich Klemens eine Kugel verpassen? Oder dem Preußen? Oder beiden? Auch dies löste das Problem nicht. Neue Männer würden kommen. Für jeden abgeschlagenen Kopf würden zwei neue nachwachsen.

Luc schwirrte der Kopf. Er hatte nicht alle erforderlichen Informationen, um die Situation richtig einschätzen zu können. Vielleicht löste er mit seinem Einmischen sogar einen internationalen Zwischenfall aus. In diesen gespannten Zeiten, da Europa sich zu einem regelrechten Pulverfass entwickelt hatte, genügte nur ein Funke.

Es war Sache des Bureaus zu entscheiden, wie mit den Informationen weiter verfahren werden sollte. Mit diesen Unterlagen hatte Émile Lambert die Handhabe, die französische Regierung in Kenntnis zu setzen. Und diese dann die Schweizer Regierung. Vielleicht wäre etwas Nachdruck von Frankreich erforderlich, aber wenn sich alle beeilten, könnte die Katastrophe noch verhindert werden, bevor der Kongress zu Ende war.

Luc blieb nichts anderes übrig, als die Unterlagen Bailleul auszuhändigen, damit der sie nach Paris brachte. Dabei würde er, so wie Luc ihn kannte, die ganzen Lorbeeren selbst einheimsen, und Luc erhielt nicht mehr als einen warmen Händedruck. Aber er hatte seine Befehle zu befolgen und die Stellung zu halten. Es ging um die Zukunft Frankreichs. Darum, dass Frankreich überhaupt noch eine Zukunft hatte!

Der Salon war leer, die Herrschaften saßen im Saal und aßen zu Mittag. Danach würde der eine oder andere an der Bar auftauchen und etwas Herzhaftes ordern. Es schickte sich nicht, schon vor dem Mittagessen Alkoholisches zu bestellen. Man war doch kein Prolet. Man überbrückte den Vormittag mit dem Flachmann im Jackett.

Luc sah sich noch einmal verstohlen um und händigte Bailleul das Notizbuch aus. Bailleul erzählte derweil im Plauderton, dass er sich vorgenommen hatte, heute wandern zu gehen, im Kurhaus ein Bad zu nehmen und sich ein Diner zu Gemüte zu führen, sodass der Spesenkasse in Paris die Tränen kamen. Vielleicht genehmigte er sich zwischendurch noch eine Schweizerin. Mal sehen, was der Tag so zu bieten hatte.

Luc versuchte Bailleul noch einmal zu überzeugen, unvermittelt abzureisen und die Unterlagen schnellstmöglich an das Bureau abzuliefern. »Die Zukunft Frankreichs steht auf dem Spiel!«, sagte er mit Nachdruck.

»Tut sie das nicht immer? Werde etwas lockerer, Luc!«, versuchte Bailleul ihn zu beschwichtigen. »Das ist so ein wunderbarer Ort hier.«

»Bis der Generalleutnant hier eintrifft, musst du weg sein. Der bringt seine eigenen Sicherheitsleute mit.«

»Den Preußen kannst du vergessen. Für den ist gesorgt«, sagte Bailleul.

»Was heißt ›für den ist gesorgt‹?«

Bailleul vollführte mit seiner Rechten die Geste einer Pistole, die einen Schuss abgibt.

Luc beschloss, ihm zu glauben. »Aber dann trag wenigstens das Notizbuch nicht die ganze Zeit bei dir!«

»Das musst du mir nicht sagen. Ich bin kein Anfänger«, gab Bailleul zurück. »Oder gar Agent zweiter Klasse.« Damit verließ er den Salon.

Einen Augenblick später kam Klemens herein. Seine zwei Wachhunde im Anzug folgten ihm. Sie würdigten Luc keines Blickes.

Das war knapp!

***

Carl hatte sich mit vollgeladenen Batterien auf die zweite Etappe seiner Reise gemacht. Kurz bevor er losgefahren war, hatte Mario gesagt: »Ein wunderbares Automobil hast du da. Nur an diesem komischen Namen musst du noch arbeiten.«

Carl und sein Vater Köbi Lohser hatten sich nie zum obersten Ziel gesetzt, ebenso elegante Automobile wie die Franzosen oder Amerikaner zu schaffen. Die Form sollte funktionell und einfach zu fertigen sein, damit der Wagen auch zu einem günstigen Preis angeboten werden konnte. Der Name »Gans II« war so gut wie jeder andere und klang sicherlich freundlicher als Bezeichnungen wie »24HP« oder »4CV«.

Carl passierte bald den Thunersee auf einer schmalen Uferstraße zwischen Wasser und Fels. Der Niesen, der sich über das gegenüberliegende Seeufer erhob, hüllte sich in aufkommende Regenwolken. Als Carl das obere Ende des Sees erreichte, wo sich die Ebene von Interlaken zwischen den steil aufragenden Felswänden der Voralpen auftat, gab es plötzlich kein Weiterkommen mehr. Ketten und Seile waren über die Straße gespannt, festgemacht an zwei zischenden und schnaubenden Lokomobilen. Gut zwanzig Männer halfen auf der Seite der Maschinen mit, eine dritte Dampfmaschine wieder auf die Räder zu bringen. Sie lag umgekippt im Wiesengras wie ein totes Rhinozeros.

Kurzerhand eilte ihnen Carl zu Hilfe und griff beherzt an einem Seil zu.

Was denn hier geschehen sei, fragte er seinen Nachbarn, einen vierschrötigen Berner Oberländer Mechaniker im Blaumann.

»War viel zu schnell unterwegs gewesen in der Kurve. Da

kam ihm einer entgegen. Der Chauffeur hat dann das Steuer überrissen. Sollte man nicht tun.«

Carl entdeckte von seinem Standort aus die Spuren im Gras. Die beiden rechten Räder waren auf die Schräge der Straßenkofferung geraten, was das haushohe Stahlungetüm hatte seitlich wegkippen lassen.

Die beiden Maschinisten riefen einander Kommandos zu, und die Dampfmaschinen wurden hochgefahren und begannen zu keuchen. Carl spürte ihre unbändige Kraft im Erzittern des Bodens und der Bewegung im Seil. Er tat es den anderen gleich und griff fester zu. Er stemmte die Haken in den Wiesenboden und zog weit zurückgelehnt mit all seiner zur Verfügung stehenden Kraft.

Es gab mehrere Arten von Geduld. Zwei, um genau zu sein, eine positive, die beispielsweise ein Großvater seinen Enkeln gegenüber aufbrachte. Dann gab es eine negative, zynische, die aus der Erkenntnis resultierte, dass es sowieso keinen Wert hatte, sich einzumischen. Der Mann am Steuer des sich nähernden roten Automobils verfügte über keine der beiden. Er musste die Strecke den See entlang gerast sein, die eben erst auch Carl hergekommen war. Schon von Weitem hupend signalisierte er sein Begehr zur Durchfahrt. Hinter der Gans und einer Handvoll Fußgängerinnen mit Kopftuch und Weidenkörben, die in der Zwischenzeit angekommen waren, kam er zum Stehen.

Carls Absatz grub sich tiefer in die Erde. Allmählich hob sich die liegende Dampfmaschine an. Richtete sich träge auf. Offenbarte ihren wie ein Kartenhaus zusammengeklappten Führerstand. Eine böse Vorahnung erfasste Carl.

»Der Chauffeur?«, fragte er. Der Mechaniker senkte seinen Blick. Dann schüttelte er den Kopf.

Das rote Automobil hupte erneut, kam in Bewegung, passierte die Bäuerinnen und die Gans und kam bis an die gespannten Ketten heran. Ein Cabriolet. Zwei Männer saßen darin, beide mit Schutzbrillen. Der Fahrer fuchtelte mit den Armen, man möge ihn doch endlich durchlassen.

Bald. Nur noch ein, zwei Meter und sie hätten den Koloss über seinen Schwerpunkt befördert. Das musste der Fahrer doch auch sehen. Erst danach konnte die Straße wieder frei gemacht werden.

Doch dann begann das Stahlungetüm, sich widerspenstig zu verhalten. Genau genommen war es nicht das Ungetüm, das aufgerichtet werden sollte, sondern eines der beiden ziehenden Lokomobile. Carl verspürte den Ruck am Seil. Das Rhinozeros schien schwerer zu werden. Wollte sich zurück zum Schlafen hinlegen. Der Maschinist auf der Carl näher stehenden Dampfmaschine rief aus: »Ich rutsche!«

Ein Knarren folgte, dann ein Knacken. In der Folge zischte etwas durch die Luft. Eine Kette war gerissen.

»Loslassen!«

Die Helfer ließen von den Seilen ab. Keiner sollte sich die Hände daran verletzen. Die Dampfmaschinen drosselten ihren Zug und ließen sich in derselben Geschwindigkeit rückwärts ziehen, wie sich die andere wieder hinlegte.

»Wir brauchen eine dritte Zugmaschine«, erklärte der Mechaniker Carl. »Danke für deine Hilfe.«

Kaum war die Straße von den Ketten und Seilen geräumt, gab das rote Cabriolet Gas, machte Weg gut und hinterließ den Geruch nach abgebranntem Brennsprit in der Luft.

Carl ging ein paar Schritte zurück und betrachtete zwei Fahrzeuge aus unterschiedlichen Epochen. Vor ihm der im Gras liegende weidwunde Dinosaurier, ein stählerner Koloss, dessen Tage gezählt waren. Veraltete Technik. Die Straße und die Zeit hatten ihn niedergerungen. Im Hintergrund seine Gans, ausgestattet mit der modernsten Elektrotechnik, wie sie munter mit ihren schmalen Reifen dastand. Hätte er eine Fotokamera besessen, so hätte er den Anblick festgehalten und das Bild in der Firma an die Wand gehängt. Wie eindrucksvoll hätte er damit seinen Kunden vor Augen führen können, wie modern die Gans II war. Carl stieg wieder ein und setzte seinen Weg fort.

Interlaken, die Stadt in den Alpen, die gar keine Stadt war. Erbaut zwischen den Seen und getauft auf den Namen, der ebendies verhieß. Es schien, als diente sie nur einem Zweck: dem florierenden Tourismus. Interlaken war den einen Urlaubsziel und den anderen Umsteigeort, um in die malerischen Alpentäler weiterzureisen, wie dem Lauterbrunnental im Süden. Das imposante Dreigestirn Eiger, Mönch und Jungfrau war von hier aus zu sehen, imposant, mächtig, majestätisch überragte es die Landschaft.

Der dicht bebaute Dorfkern war üppig mit Blumen geschmückt, und Carl versuchte immer wieder, zwischen den nahe an der Straße aufragenden Häusern einen Blick auf die drei berühmten Berge zu werfen. Er kam nur gemächlich voran. Ein jeder schien hier zur Mittagsstunde unterwegs zu sein. Gerade als Carl konstatierte, dass die aufgezogene Wolkendecke die Aussicht auf die Schneeberge verhüllte, vernahm er bis in seine Kabine das Röcheln und Spotzen eines lauter werdenden Automobils. In seinem Innenspiegel erkannte er, wie ein offener roter Zweisitzer rasant herankam und androhte, Carl zu rammen. Er bremste viel zu nahe hinter der Gans ab und hupte enervierend. Dieselbe Hupe, derselbe sündhaft teure »Marquis AT-AT« wie bei den Dampfmaschinen. Vor Carl schleppte sich ein Fuhrwerk behäbig voran. Das müsste doch der Fahrer des roten Sportwagens auch sehen. Stattdessen ließ dieser sich zurückfallen und gab Gas, um erneut so zu tun, als wollte er die Gans von der Straße schieben. Carl wandte sich in der Kabine um und deutete mit nach oben gehaltenen Handflächen an, dass er nichts gegen den langsamen Verkehr ausrichten konnte. Als Antwort hupte der Fahrer.

Drängler! Die meinten, jeder müsse auf ihre Ungeduld Rücksicht nehmen. Nur weil dieser viel zu nahe hinter Carls Gans II auffuhr, wurde der Maulesel vor ihnen auch nicht schneller.

Kurz entschlossen änderte der Maulesel hinter Carl seine Strategie und überholte. Dachte sich, er hätte der Rücksicht Genüge getan, wenn er die Straßenbenutzer auf der Gegenfahrbahn mit hochdrehendem Motor und stetem Hupen warnte. Die Feriengäste und handkarrenschiebenden Einheimischen machten ihm wohl oder übel den Weg frei. Eine Urlauberin ließ vor Schreck ihren Sonnenschirm fallen, als sie zur Seite springen musste. Der Schirm geriet unter die Räder und verwandelte sich im Dreck schnell zu etwas, was einer riesigen toten Spinne ähnlich sah. Die Frau hob die Fäuste und echauffierte sich lauthals in englischer Sprache. Der rote Wagen gewann an Boden. Carl schüttelte den Kopf.

Bei einem rustikalen Wirtshaus in Interlaken machte Carl halt und fragte die Wirtin, ob er seine Akkus noch etwas laden durfte, während er zu Mittag aß.

Ihre Feststellung »Ich dachte immer, die fahren mit Sprit« ließ er nicht unaufgeklärt. Er bestellte einen Teller Älplermagronen, die Mahlzeit der Sennen, die auf ihren Alpen nichts hatten außer Kartoffeln, jede Menge Rahm und Käse und Teigwaren von den italienischen Gastarbeitern. Auf das Gläschen Rotwein verzichtete er. Sein Kopf brummte noch von Chiorazzos Chianti. Als sein Mittagessen den Weg auf seinen Tisch fand, musste es draußen gerade zu regnen begonnen haben, denn dem Manne, der durch die Tür trat, tropfte es von der Lederkappe und der Schutzbrille. Langsam und mit breitem Gang, als ob er nach langem Ritt gerade von seinem Ross gestiegen war, defilierte er durch die Gaststube. Kein Publikum schien ihm zu klein, selbst hier nicht, wo nur sieben Personen zugegen waren. Der Mann ließ seinen Blick schweifen, der aussagte: *Sehet, ich bin ein leibhaftiger Automobilist!* Es gab Leute, die erkannte man als Großmaul, noch bevor sie den Mund öffneten.

Als ihre Augen sich trafen, nickte ihm Carl so beiläufig wie möglich zum Gruße zu.

»Gehört Ihnen der Dädalus da draußen?«, fragte ihn der Automobilist. In Carls Ohren klang es herablassend. Der Automobilist setzte sich laut ächzend an den Nebentisch und befreite seine Wampe aus einer quietschenden Lederjacke.

»Strom, was? Hat *einen* Vorteil. Kann man während dem Mittagessen laden.«

»Einer von vielen Vorteilen«, erwiderte Carl und häufte etwas gebratene Zwiebeln auf seinen nächsten Bissen.

»Ich fahre einen Marquis. Ganz andere Liga. Dieser Typ hat schon einige Rennen gewonnen.« Das musste also der Raser von vorhin sein. Als er seine Lederkappe und die Schutzbrille abnahm, erkannte Carl ihn. Ein Fabrikant aus Solothurn, der mit der Herstellung von Produkten aus Ebonit ein Vermögen gemacht hatte. Erhärteter Kautschuk, aus dem Telefonhörer und Lampenfassungen gefertigt wurden. Auch die Kapseln von Carls Akkumulatoren wurden da hergestellt. Leicht wie Holz und man konnte es in alle möglichen Formen bringen. Wie war noch mal der Name dieses Fabrikanten?

Die Wirtin servierte dem Automobilisten ein Bier und verkündete stolz, dass es hier in Interlaken gebraut wurde.

»Was ist mit Ihrem Beifahrer? Muss der im Regen warten?«, fragte Carl.

»Alphonse? Nein, Alphonse ist nicht mein Beifahrer. Der ist mein Chauffeur und Mechaniker. Wer etwas auf sich hält, hat einen Chauffeur, fährt aber selbst.« Er lachte. »Sie fahren allein?«

»Ich brauche keinen Mechaniker«, entgegnete Carl.

Der Automobilist ging nicht darauf ein. Er nippte an seinem Glas und verzog angewidert das Gesicht. »Fräulein! Bringen Sie mir ein *richtiges* Bier, ein Cardinal zum Beispiel.«

»Ihr Überholmanöver vorhin auf der Bahnhofstraße war ziemlich gefährlich.«

»Verwegen, was?« Er lachte, missverstand Carls Rüge als Anerkennung. Carl ließ es gut sein. Er hatte zu Ende gegessen und verlangte die Rechnung.

»Wollen Sie denn schon gehen?«, stellte der Automobilist fest. »Trinken Sie doch noch ein Bier mit mir. Das Cardinal schmeckt vorzüglich.«

Carl lehnte dankend ab.

»Aber es regnet ja!«

»Im Gegensatz zu Ihrem eleganten Marquis hat mein Wagen eine Kabine.«

»Wohin geht denn die Reise?«

»Zum Grandhotel Giessbach.«

Der Automobilist schlug sich auf den Oberschenkel. »Ach? Sie nehmen auch am Kongress teil? Was für ein Zufall.«

»Ja. Als Gastredner.« Carl nahm seinen Hut und stand auf.

Der Automobilist hielt Carl am Arm zurück und meinte: »Dann werden wir sicher noch die Gelegenheit haben, zusammen ein Bier zu trinken und etwas über Automobile zu plaudern.« Er streckte seine fleischige Hand aus. »Laurenz Darius Palanti.«

Palanti heißt er also.

»Carl Lohser.«

Die Tür zur Gaststube öffnete sich, und Palanti wandte seinen Kopf. Der Chauffeur oder Mechaniker trat ein und musterte Carl. Auch er war durchnässt.

»Nun dann, Herr Lohser, will ich Sie nicht länger aufhalten. Ich wünsche eine gute Fahrt!«

Carl setzte seinen Hut auf und trat in den Regen. Ein fernes Donnergrollen fand seinen Weg den Thunersee hinauf. Neben der akkurat parkierten Gans II stand fahrig hingestellt der rote Marquis. Abgedeckt mit einer Plane.

»Schöne Automobile sind das! Ist das Ihres?«, hörte Carl. Er schaute sich um. Ein Tourist – dem Akzent nach ein Österreicher – hatte in einem überdachten Hauseingang Schutz gesucht. Carl bejahte und stieg ein.

»Besser eine Kabine bei diesem Sauwetter, was? Fahren Sie ohne Ihren Mechaniker ab?«, fragte der Österreicher.

Carl berichtigte: »Der Mechaniker gehört zum roten Automobil.«

***

Ein Schuss fiel. Das Projektil prallte als Querschläger vom Eisenbahnwaggon ab und sirrte unter die Perronüberdachung des Centralbahnhofs Bern. Oberst Gerhard von Fürstenfeldt-Kamp ging reflexartig in die Knie. Es folgte ein heilloser Tumult. Fahrgäste auf dem Bahnsteig stoben wild durcheinander. Gepäckstücke wurden fallen gelassen, Kinder eiligst weggezerrt. Weitere Schüsse folgten. Kaliber achtunddreißig, Fürstenfeldt erkannte es am Klang. Sie wurden alle in ihre Richtung abgefeuert. Er blickte zu seinen beiden Begleitern hinüber. Wenn der Generalleutnant getroffen würde, wäre ihre Mission gescheitert.

Die Massen teilten sich hektisch. Ein junger Mann in roter Arbeiterhose und grobem Hemd kam mit dem Revolver im Anschlag auf sie zu. Seine Hand zitterte, doch verrieten seine Augen bittere Entschlossenheit. Er nahm Manfred Brechtesloh, den Generalleutnant, aufs Korn.

Leutnant Peer Christiaan Witt, die Leibwache des Generalleutnants, schob sich vor seinen Offizier. Gerade noch rechtzeitig. Der nächste Schuss traf Witt und ließ ihn zurücktaumeln. Nun war die Schussbahn wieder frei, der Generalleutnant ungedeckt. Der Schütze blieb stehen. Er legte die zweite Hand an die Waffe und fasste einen sicheren Stand. Zwischen Mündung und Brechtesloh lagen nur noch gute sechs Meter. Ein sicheres Ziel. Er zog erneut den Abzug. Das Schießeisen gab ein Klicken von sich. Er hatte nicht mitgezählt. War also unerfahren, folgerte Fürstenfeldt. Trillerpfeifen der Stadtpolizei erschollen. Sie würden zu spät ankommen. Mit einem Fluch wandte sich der Attentäter ab, tauchte in der Menge unter. Er durfte nicht entkommen. Witt war getroffen, nun lag es an Fürstenfeldt. Er sprang aus seiner Kauerstellung hoch und setzte dem Schützen nach, der sich rücksichtslos seinen Weg durch die aufgeschreckten Reisenden bahnte. Er stieß eine ältere Dame aus dem Weg, blickte zurück und bemerkte, dass ihm jemand folgte. Auf dem Nebengleis fuhr ein Zug ein. Der Schütze sprang vor der zischenden Dampflokomotive auf die Geleise und erreichte mit einem Satz den nächsten Bahnsteig.

Fürstenfeldt *musste* ihn erwischen. Er schätzte seine Chancen ab. *Jetzt oder nie.*

Seine Knie schmerzten, als er im Schotterbett landete, und gerade als er den anderen Bahnsteig erklommen hatte, fuhr die warnend pfeifende Lokomotive hinter ihm ein. Trotz dem seitlich ausgestoßenen Dampf der Maschine erkannte er den Schützen, der von den anstehenden Fahrgästen ausgebremst wurde. Fürstenfeldt nahm wieder Tempo auf, er konnte ihn noch einholen. Der Schütze riss einen hohen Gepäckwagen aus Messingstangen um. Fürstenfeldt versuchte den kullernden Gepäckstücken am Boden auszuweichen. Als er eine Golftasche übersprang, durchfuhr ihn wieder der Stich in den Knien. *Beiß durch, Soldat!*, spornte er sich selbst an.

Zwanzig Sekunden später verließ der Oberst die Bahnhofshalle und gelangte auf den Bahnhofsplatz hinaus. Der Vorsprung des Verfolgten hatte sich schon beträchtlich vergrößert. Fürstenfeldt keuchte, und seine Lungen brannten. Auf der Höhe des Tramhäuschens kam er zum Stillstand. Krümmte sich, um zu Atem zu gelangen. Sterne tanzten vor seinen Augen. Er war besiegt. Der Schütze entkommen.

»Wo ist er?« Die Stimme Witts hinter ihm. Fürstenfeldt hob den Finger, deutete auf die rote Hose des Schützen, die ein gutes Stück weiter gerade in eine Seitengasse einbog.

»Kehren Sie zurück zum Generalleutnant!«, sagte Witt und machte bereits mit langen Schritten Weg gut. Als Leutnant hatte Witt zwar keine Befehlsgewalt über den Oberst, doch war Fürstenfeldt froh, dass der deutlich jüngere und ausdauerndere Soldat die Verfolgung übernahm. Mit seinen dreiundfünfzig Jahren war Fürstenfeldt nicht mehr der Jüngste. Die Kopfhaare hatte er bereits eingebüßt, ohne seine Brille war er verloren und sein Lebenswandel in den letzten Jahren hatte ihm eine Wampe beschert, die ihn schwerfällig hatte werden lassen. Er diente der kaiserlich deutschen Reichsarmee mit seinem technischen Wissen. Das Gerenne war den Jüngeren vorbehalten, er hatte das schlichtweg nicht mehr nötig. »Der klügste Krieger ist der, der niemals kämpfen muss«, wusste schon Sun Tzu.

Die beiden Stadtpolizisten passierten Fürstenfeldt. Witt hatte bereits die Ecke erreicht, hinter der der Schütze aus ihrem Blickfeld verschwunden war.

Oberst Gerhard von Fürstenfeldt-Kamp kraulte seinen Backenbart. Der Attentäter war zur richtigen Zeit am richtigen Ort gewesen. Er, Brechtesloh und Witt waren im Begriff gewesen umzusteigen, um ihre Reise fortzuführen. Der Attentäter hatte ihren Fahrplan gekannt. Hinzu kam, er wusste genau, auf welche Person er feuern musste, obwohl sie in ziviler Kleidung reisten. Fürstenfeldt hoffte, dass Witts Verfolgung Licht ins Dunkel bringen würde.

Es begann zu regnen. Fürstenfeldt machte sich zurück zum Generalleutnant. Es galt nun als Erstes, ihn weg aus Bern und in Sicherheit zu bringen. Sie würden eine neue Strategie für die Weiterreise ausarbeiten müssen.

***

Carl ließ die gepflasterten Straßen Interlakens und die neugierigen Blicke der Touristen hinter sich, während es in Strömen goss. Er hatte schon früher einige Testfahrten bei Regen absolviert und die eine oder andere undichte Stelle an der Kabine abdichten müssen. Um die Frontscheibe vom Regenwasser zu befreien, betätigte er immer wieder den Hebel, der mittels Schwingarm ein Gummiblatt über die Scheibe bewegte. Einmal hin und dann wieder zurück. Schon des Öfteren hatte er sich überlegt, wie er diese Bewegung von einem kleinen Elektromotor ausführen lassen konnte. Die Handgriffe lenkten zu sehr vom Geschehen auf der Straße ab. Man konnte gar meinen, bei Regen habe ein Fahrer die Wahl zwischen schlechter Sicht auf die Straße und gar keinem Blick auf die Straße, weil man den Hebel betätigen musste.

Und prompt: Nach dem kleinen Dorf Ringgenberg übersah er beinahe einen Stein in der Größe einer Kokosnuss. Mit einem heftigen Schwenker am Steuer gelang es ihm, diesem auszuweichen.

Jedoch nur mit den Vorderrädern.

Es holperte, und ein Knall ging durch die gesamte Konstruktion. Carl fuhr ein eisiger Stich durch Mark und Bein. Dieselbe Empfindung, als ob man jemanden beobachtete, dem etwas Schmerzliches widerfuhr.

Ein »*Tamisiech!*« entfuhr Carls Lippen. Zischend zog er die Luft zwischen den Zähnen ein. Schweiß brach ihm aus. Er betätigte die Bremse. Sie funktionierte noch. Er horchte. Der Wagen machte keine ungewöhnlichen Geräusche, soweit er das beim Prasseln auf das Kabinendach hören konnte. Sachte bewegte er das Steuer hin und her. Die Lenkgeometrie schien noch intakt zu sein, der Stein hatte ja ein Hinterrad erwischt. Selbst der Elektromotor, der zwischen den Hinterrädern angeordnet war, lief wie gewohnt. Es schien noch einmal alles gut gegangen zu sein.

Was hatte er für ein Glück. Dennoch, er hatte nicht aufgepasst! Carl hätte sich ohrfeigen können. Lagen doch hier und da Steine auf dem Weg, die sich von einer Felswand gelöst hatten. Er sollte auch beim Wischen der Scheibe besser achtgeben. Er drosselte seine Geschwindigkeit und schärfte seine Aufmerksamkeit.

Zu seiner Rechten befand sich das, was bei diesem Wolkenbruch vom See noch zu sehen war: eine diffuse, silbergraue Fläche, die sich schon nach wenigen Metern im Schleier des Regens in ein Nichts auflöste. Linker Hand grasten Kühe auf sattem Grün, unbeeindruckt vom Wetter. Die steilen Wiesen wechselten sich mit Wald und Felsabbrüchen ab. Vor ihm müsste gemäß Karte langsam Oberried kommen.

Quietschte da eine Federung? Er hatte vor Kurzem erst neue Federn montiert, die er noch nicht auf Herz und Nieren geprüft hatte. Vielleicht waren sie schwächer als die alten. Carl beschloss, anzuhalten und nachzusehen. Mit aufgespanntem

Regenschirm und prüfendem Blick ging er vor dem linken Hinterrad in die Hocke. Obwohl es über den Stein gerumpelt war, konnte er keinen Schaden ausmachen. Er stellte seinen Fuß auf das Trittbrett und wippte. Wieder quietschte es leise. Nichts, was sich nicht durch etwas Öl beheben ließe. Er umrundete den Wagen. Da er schon ausgestiegen war, konnte er auch gleich die vordere Federung untersuchen. Er stieg auf das vordere Ende des Trittbretts und bewegte sich auf und ab.

Dann knackte es laut. Der Wagen gab unter seinen Füßen nach.

Erschrocken sprang Carl ab, landete im Gras. Die Gans war in die Knie gegangen, das linke Vorderrad stand in einem Winkel ab, der sich von dem des rechten unterschied. Carl kniete sich auf die nasse Straße, um einen Blick darunter zu werfen. Was er da sah, jagte ihm einen Schauer über den Rücken, kalt wie ein Grabeshauch. Die Radaufhängung war abgeknickt. Hatte er den Stein doch mit dem Vorderrad erwischt? Plötzlich war er sich da nicht mehr sicher. Nach einigen vergeblichen Reparaturversuchen wurde ihm das Ausmaß bewusst. Mit dem wenigen Werkzeug, das er mit sich führte – genauer: ohne eine komplette Werkstatt –, war der Schaden nicht zu beheben. An eine Weiterfahrt war unter diesen Umständen nicht mehr zu denken.

Carl fluchte ausgiebig, warf den Zwanziger-Schlüssel in den Brienzersee und stampfte davon, den Wagen im Straßengraben zurücklassend.

In Oberried traf er auf einen Mann namens Gottfried von Allmen, der eine Handvoll Sennen in »tannigen Hosen« zusammenrottete. Carl beauftragte sie, sein Gefährt bis zum Grandhotel Giessbach zu befördern. Dabei hatte er das Gefühl, dass die Berner Oberländer ihn nur deshalb nicht verspotteten, weil er gut zahlte und aufgrund seines glimmenden Zorns besser in Ruhe gelassen wurde. Dennoch bemerkte er, als sie gemeinsam zur Gans II marschierten, munteres Murmeln und verkniffenes Schmunzeln unter den Helfern. Er ließ es gut sein. Taten sie doch recht daran, ihn heimlich auszulachen, diesen geschniegelten Kerl mit seinen nassen Hosen und dem liegen gebliebenen Automobil.

Bei der Gans angekommen, beschloss von Allmen, ein paar Mulis aufzutreiben, um sie davorzuspannen. Die schweren Akkumulatoren und das Gepäck würden sie auf einen zusätzlichen, von einem Esel gezogenen Holzkarren verladen.

Carl befüllte den Handkoffer mit dem Nötigsten, verließ die Helfer und erstand in Oberried eine Schiffsfahrkarte erster Klasse.

***

Herr Dr. Friedrich Klemens war außer sich. Eine gezackte Ader pochte auf seiner Stirn, sein dünnlippiger Mund verkam zu einem Strich. Nicu Butoi hatte den sonst so disziplinierten Großindustriellen noch nie so in Rage gesehen. Für gewöhnlich waren er und Fritz das Ventil für Klemens' Wutausbrüche, doch dieses Mal gab es nichts, was er ihnen hätte vorwerfen können. Es war seine eigene Unvorsichtigkeit, die zu diesem Desaster geführt hatte. Ausgerechnet am Tag vor der Eröffnung des Kongresses.

Klemens war auf eine dunkle Vorahnung hin in sein Büro gehastet, und Nicu und Fritz waren ihm auf den Fersen gefolgt. Klemens entriegelte die Schreibtischschublade, entnahm ihr einen Schlüssel, schloss die sechste Aktenschublade auf und blätterte im Register unter dem Buchstaben »N«. Er zog eine leere Mappe hervor, blickte hinein und verharrte einen langen Moment. Sein Gesicht verfinsterte sich zusehends. Was dann geschah, ließ seine beiden kräftig gebauten Leibgardisten zwei Schritte zurückweichen. Klemens versetzte dem hölzernen Bürosessel einen Tritt und wischte die Aktenablage vom Tisch. Er riss den Warzenschweinkopf von der Wand und warf ihn donnernd gegen den blechernen Schubladenschrank. Einen solchen Radau hatte es in diesem Raum nicht mehr gegeben, seit der ehemalige Eigner Victor Hauser überzeugt werden musste, das Grandhotel zu verkaufen.

Klemens dachte laut nach. »Ich habe diesem Kerl noch nachgeschaut, als er den Salon verließ. Dabei ist mir doch noch aufgefallen, dass er ein Notizbuch mit sich trug, das meinem verblüffend ähnlich sah.« Klemens kaufte seine Notizbücher aus Kalbsleder bei einem Buchmacher in Biel. Die Angewohnheit, alles Mögliche in einem Buch zu notieren, hatte Nicu nie verstanden.

»Habt ihr den Kerl gesehen, der uns aus dem Salon entgegengekommen ist?«, fragte Klemens.

Nicu brachte es nicht über sich zu antworten. Ihm war niemand aufgefallen. Zu seiner Überraschung aber antwortete Fritz: »Jawohl, Herr Dr. Klemens!«

»Bringt ihn mir! Sofort! Sorgt dafür, dass er mein Notizbuch dabeihat! Wendet Gewalt an, wenn nötig!«

Die beiden Leibgardisten bejahten zackig und stürmten zur Tür hinaus. Endlich wieder einmal ein Auftrag, bei dem sie die Fäuste sprechen lassen –

»Nicu! Fritz!« Klemens pfiff sie zurück. »So geht das nicht!«, erklärte er, als ob es ihre Idee gewesen wäre, den Dieb zu jagen. »Wir müssen subtiler vorgehen. So kurz vor der Eröffnung können wir uns keinen Tumult leisten.«

Er traf einen Entschluss. »Fragt euch an der Rezeption diskret durch, wer der Mann ist, und schickt diese Amanda zu mir!«

***

Auf dem Schiffsteg in Oberried stand eine schmale Gestalt neben einem Reisekoffer. Sie hielt einen Regenschirm in der Hand und starrte in die Ringe auf der Wasseroberfläche. Es war nicht der schwere Regen, der Carl Lohser an diesem Nachmittag so sehr ärgerte. Auch wenn das Regenwasser die Ursache war, dass er den Stein auf der Straße übersehen hatte. Er ärgerte sich auch nicht darüber, dass sein Gefährt infolge der gebrochenen

Radaufhängung und des schräg abstehenden Vorderrads nicht mehr fahrtüchtig war. Ebenso wenig ärgerte er sich über die Berner Oberländer und ihre Sprüche über die gepflegten Herren, die ihr schickes Automobil nicht im Griff hatten. Dass er die Reise gestern an einem Freitag, den Dreizehnten, begonnen hatte, war Carl zwar bewusst, doch war er nicht abergläubisch. Was sollten denn Wochentage, die zwangsläufig immer auf ein Datum trafen, Einfluss auf das Glück eines Menschen haben? Wenn es denn das Konzept Glück überhaupt gab, so war Carl der Meinung, dass jeder seines eigenen Glückes Schmied war. Doch das Schmieden hatte er gründlich vergeigt. Und ebendies ärgerte ihn so sehr.

Carl ging mit seinen Mitmenschen bei Weitem nicht so streng um wie mit sich selbst. Dies machte ihn zu einem geduldigen und umgänglichen Zeitgenossen. Gleichzeitig trieb er sich selbst zur Meisterleistung an. Wenn er sich einmal ärgerte, lag der Ursprung für gewöhnlich darin, dass ihm selbst ein Fehler unterlaufen war. Oder ein Missgeschick. Oder ein Fehlentscheid. Dann zeterte er, warf mit dem nächstbesten Gegenstand um sich und stapfte davon, nur um sich nach Verrauchen des Zorns mit neuen Lösungsansätzen wieder dem Problem zuzuwenden. Meistens führte dies am Ende zum gewünschten Ergebnis.

Hier verhielt sich die Sache jedoch anders. Sie wog schwerer.

Es hätte sein stärkstes Argument auf dem Kongress sein sollen, dass seine Arbeit robust und nicht störanfällig war. Aber nun war die Gans eingeknickt. Dieser Schaden würde ihn zum Gespött auf dem Podium machen. Wie sollte er da fruchtbare Beziehungen knüpfen und Aufträge mit nach Hause bringen?

Carl spähte auf den See hinaus, in den grauen, undurchdringlichen Schleier des Niederschlags, und versuchte angestrengt, sich von diesem Gedanken loszureißen. Ein Stockentenpaar erhob sich schnatternd in die Lüfte. Irgendwo dahinten lag es, das Grandhotel. Es war bekannt dafür, nur per Wasserweg oder zu Fuß über Pfade erreichbar zu sein, doch

Carl hatte darauf gebaut, mit dem Automobil vorzufahren. Auf einer alten Karte hatte er ausgemacht, dass es früher einmal von Osten her einen Waldweg gegeben hatte, der beim Bau der Gebäude angelegt wurde, um die Baumaterialien heranzukarren. In welchem Zustand sich der Weg heute befand, war Carl nicht bekannt. Zu vage war die Antwort des Hotelangestellten auf sein Telegramm gewesen. Aber Carl ging davon aus, dass nach wie vor Güter angeliefert wurden, die nicht mit dem Schiff und der Zahnradbahn zum Hotel hinaufgebracht werden konnten. Der Weg müsste also zumindest einigermaßen befahrbar sein.

Ein Gastredner, der mit einem im eigenen Hause entwickelten Elektrowagen vor einem schwer zugänglichen Nobelhotel erschien und seine zukunftsweisenden Techniken vorstellte, würde große Anerkennung ernten. Doch dass die Dädalus Gans II sich schon kurz nach Interlaken dem Regen gebeugt hatte, warf kein gutes Licht auf sein Werk. Als ob Vater geahnt hätte, dass ein Malheur wie dieses geschehen würde. Dabei ging es Carl ja gar nicht darum, sich Köbi gegenüber zu beweisen, darüber war er schon lange erhaben. Oder machte er sich da etwas vor? Vielleicht wollte er seinem Vater zeigen, dass der sich zurücklehnen und auf seine alten Tage langsam Carl die Führung des Betriebs überlassen durfte.

Stattdessen schien es jetzt naheliegend, geradewegs wieder nach Hause zurückkehren und sein Versagen einzugestehen.

Nein, das steht nicht zur Debatte, mahnte er sich selbst und schüttelte den Kopf. *Ich bin nicht so weit gekommen, um zu scheitern.* Carl musste das wieder in Ordnung bringen. Sobald der Wagen beim Grandhotel ankam, würde er ihn ohne großes Aufsehen wieder auf Vordermann bringen. Falls ihm dennoch jemand zusähe, sollte dieser sehen, was für ein geschickter Mechaniker er war und wie behände er den Schaden beheben konnte.

Carl atmete tief durch. Er hatte nicht bemerkt, dass es aufgehört hatte zu regnen. Inzwischen hatten sich einige Leute unter dem Vordach auf den Steg hervorgewagt, um das Einlaufen des Schiffs nicht zu verpassen.

***

»Ein deutscher Offizier verkriecht sich nicht, nur weil ein paar Schüsse auf ihn abgefeuert wurden«, verkündete Generalleutnant Manfred Brechtesloh.

»Nennen wir es nicht ›verkriechen‹, nennen wir es einen ›Taktikwechsel‹«, schlug Oberst Gerhard von Fürstenfeldt-Kamp vor.

Sie saßen in der Kabine einer Kraftdroschke. Die Luft war feucht und stickig, draußen fiel schwerer Regen.

»Nennen Sie es, wie Sie wollen, Oberst. Kurz vor dem Ziel in einem anderen Hotel abzusteigen und zu warten, bis Gras über die Sache gewachsen ist, nenne ich ›verkriechen‹. Das kommt überhaupt nicht in Frage.« Brechtesloh lehnte sich vor und öffnete die Trennscheibe zum Lenker des Wagens, der nur durch die Windschutzscheibe und ein Planendach vor der Witterung geschützt war. »Zieländerung! Bringen Sie uns zur Schiffsanlegestelle Interlaken Ost.«

»Bei allem gebührenden Respekt, Generalleutnant, Sie übersehen da etwas Wesentliches. Nicht der Schütze war der Urheber des Anschlags. Das war ein unerfahrener Halbstarker. Jemand muss ihn angeheuert haben, und der wusste, mit welchem Zug wir anreisen und wo wir umsteigen.«

»Worauf wollen Sie hinaus?«, fragte Brechtesloh.

»Dieser Jemand wird auch unser Reiseziel kennen.«

»Dann stellen wir uns ihm am Giessbach entgegen. Als Soldaten. Ein Krieger flieht nicht vor der Schlacht.«

Fürstenfeldt wusste, dass nun ihr alter Zwist wieder aufflammte. Brechtesloh erkannte Fürstenfeldt nicht als richtigen Soldaten an, weil er in seiner immerhin dreiunddreißigjährigen Dienstlaufbahn nie an der Front gekämpft hatte. Zudem war Fürstenfeldt Süddeutscher und kein Preuße.

In Bern hatte Fürstenfeldt erfolgreich darauf gedrungen, noch vor der Rückkehr Witts abzureisen. Sie hatten eine Droschke bestellt, ihr Gepäck verladen lassen und dem Fahrer erst nach der Abfahrt ihr Ziel bekannt gegeben. In einem waren sie sich einig gewesen: Eine Weiterfahrt mit dem Zug, wie ursprünglich geplant, kam nicht in Frage.

»Wie sähe das aus? Der Abgesandte der kaiserlich deutschen Armee erscheint nicht auf dem Kongress, weil er Angst vor einem Attentäter hat«, polterte Brechtesloh weiter.

»Niemand sagt, dass wir es so aussehen lassen müssen. Wir kommunizieren, dass Ihnen eine dringende Angelegenheit dazwischengekommen ist.«

»Welche Art von Angelegenheit sollte das sein?«

»Eine vertrauliche«, schlug Fürstenfeldt vor. »Eine militärische, wenn Sie so wollen. Eine Angelegenheit der Art, die den Fragenden einen Scheiß angeht, weil Sie schließlich den Posten eines Generalleutnants der kaiserlich deutschen Armee innehalten.«

»Das wäre denkbar.« Brechtesloh prüfte seine Rasur. »Aber es wird nicht nötig sein.«

»Herr Generalleutnant –«

Brechtesloh fuhr mit erhobener Stimme fort: »Witt kennt das Ziel unserer Reise. Er wird im Grandhotel zu uns stoßen. Er bietet uns die erforderliche Unterstützung, falls tatsächlich jemand hinter uns her ist.«

»Ihr Soldatenstolz in aller Ehre. Das oberste Ziel ist unsere Mission. Das muss ich Ihnen wohl nicht erklären.«

»Die Mission funktioniert nicht ohne mich, Oberst.«

»Genauso ist es. Wenn Sie, Gott behüte, einer Kugel erliegen sollten, wäre es das gewesen mit unserem Vorhaben. Sie sind der Dreh- und Angelpunkt für die Mission. *In persona.* Der Verlust von Ihnen würde alles um Jahre zurückwerfen. Und das Reich hat keine Jahre mehr.« Es konnte nicht schaden, an Brechteslohs Kaisertreue zu appellieren. »Was würde Ihnen der Kaiser befehlen?«

Brechtesloh schwieg. Das Stottern des Kraftwagenauspuffs drang laut in die Kabine. Regen prasselte auf das Blech.

Fürstenfeldt setzte nach: »Der Schütze hatte es nur auf Sie abgesehen, mich hat er gar nicht beachtet.«

Es passte Brechtesloh nicht in den Kram, was ihm deutlich anzusehen war. Doch lenkte er endlich ein. »Aber *Sie* werden sich noch heute im Giessbach einquartieren!«

Fürstenfeldt wollte erwidern, dass es in Brechteslohs Lage besser wäre, wenn er sich nicht allein in einem anderen Hotel aufhielt, entschied sich jedoch dagegen. Er wollte die Diskussion nicht von Neuem beginnen, nun, da er seinen Vorgesetzten endlich überzeugt hatte.

Brechtesloh fuhr fort: »Sie werden mit Witt nach seiner Ankunft das Anwesen, die Gäste und die Angestellten in Augenschein nehmen. Dann setzen Sie mich so schnell wie möglich in Kenntnis, wann ich nachkommen kann.«

»Zu Befehl, Herr Generalleutnant.«

Wenig später hielt die Droschke. Der Fahrer öffnete den Wagenschlag und verkündete, dass sie die Anlegestelle nun erreicht hätten.

Brechtesloh antwortete: »Der Herr Oberst steigt hier aus. Fahren Sie mich danach zu einem Gasthaus in Bönigen.«

***

Das Schiff walzte heran. Die Schaufelräder paddelten rückwärts und drosselten wasseraufschäumend die Fahrt. Ein prachtvolles Gefährt, blütenweiß mit einer munter flatternden Schweizerfahne. Auf der Seite prangte in goldenen Lettern und mit Ornamenten verziert der Name »Jungfrau«. Die Matrosen machten es mit dicken Tauen fest und hängten die hölzerne Laufbrücke an der Reling ein.

Nur eine Handvoll Fahrgäste verließ das Schiff. Ein gutes Dutzend ging mit Carl zusammen an Bord. Er steuerte auf die Treppe zum Deck der ersten Klasse zu. Ein Mitsechziger mit

Ziegenbart und Nickelbrille hatte dasselbe Ziel. Carl überließ ihm den Vortritt. Der andere lüftete daraufhin den Hut zum Dank. Oben angekommen drehte er sich zu Carl um und sagte: »Jetzt haben wir gerade die Jungfrau bestiegen.«

»Bitte?«, machte Carl.

»Verstehen Sie nicht? Die Jungfrau. Wie auf dieser Postkarte, die es überall zu kaufen gibt. Die mit den kleinen Bergsteigern, die an der Jungfrau herumkraxeln, und die Jungfrau ist wirklich als junge Frau gezeichnet. Lustig, nicht?« Er gluckste vor Lachen.

»Ach so«, machte Carl.

»Heinz-Peter Zwyssig mein Name.«

Carl schüttelte artig die dargebotene Hand. »Carl Lohser.«

»Sind Sie Tourist?«

»Ich nehme an einem Kongress teil.«

»Der Kongress im Giessbach? Ich auch.« Er strahlte vor Freude. »Dann werden wir noch viel Zeit zum Plaudern haben. Ein phantastisches Schiff, die ›Jungfrau‹, nicht wahr?«

Ein Vibrieren ging durch den Rumpf. Ein Rumpeln und Stampfen verriet, dass die Schaufelräder sich drehten. Die Passagiere hielten inne in ihren Gesprächen und ließen auf sich wirken, wie die gigantische Maschine sie in Bewegung versetzte.

»Haben Sie gewusst, dass sie seit zwölf Jahren im Dienst steht?«, fragte Zwyssig. »Die Vereinigte Dampfschifffahrts-Gesellschaft hatte sie bei der Escher Wyss in Zürich in Auftrag gegeben. In den zwei Jahren der Produktion traf man auf Schwierigkeiten mit den Stabilitätsverhältnissen im Wasser. Selbst heute hat man noch das Gefühl, dass sie nicht so beständig im Wasser liegt.« Zwyssig legte seine Hand auf die Reling. »Fühlen Sie es? Fühlen Sie!«

Carl tat ihm den Gefallen, konnte sich aber nicht vorstellen, wie die Lage im Wasser an der Reling spürbar sein sollte, und spürte auch nichts. »Ich kenne mich mit Schiffen nicht aus.«

»Fühlen Sie es?«

»Arbeiten Sie denn im Seefahrtssektor?«, fragte Carl.

»Ich? Ach nein, nein. Wussten Sie, dass die Jungfrau zweiundfünfzig Meter fünfundsiebzig lang ist, elf Meter achtundneunzig breit und einen Tiefgang von nur einem Meter achtundfünfzig hat? Sie fasst fünfhundert Passagiere, stellen Sie sich das einmal vor! Ihre Verdrängung beträgt zweihundertzwanzig Tonnen.«

Es hatte aufgeheitert, und die Sonne begann, immer größere Löcher in die Wolkendecke zu schmelzen. Einige Nebelfetzen hatten sich in den tiefgrünen Berghängen rund um den See verfangen. Dunst stieg aus den Schluchten. Es hatte etwas Mystisches.

Allmählich heiterte auch Carls Stimmung auf. Er spähte auf das untere Deck hinab, auf das bunte Durcheinander der zweiten Klasse. Touristen von überallher. Carl vernahm Satzfragmente in Englisch, Deutsch und österreichisch gefärbtem Deutsch. Sie hatten sich mit den einheimischen Familien und Arbeitern durchmischt, die das Schiff als Transportmittel nutzten, um von einem Dorf über den See zum anderen zu gelangen. Eine Bäuerin mit braunem Kopftuch hatte einen Chratten Hühnereier neben sich abgestellt, den sie vielleicht auf dem Markt in Interlaken feilbieten wollte. Kinder tollten zwischen den Fahrgästen umher und spielten Fangen. Ein alter Sennenhund saß neben seinem Herrchen und himmelte ihn müde an.

Carl setzte sich unter die Zeltplane, von der es an den Rändern noch immer tropfte, und Zwyssig gesellte sich zu ihm. »Auf dem Thunersee sind schon seit 1835 Ausflugsschiffe in Betrieb, genauer gesagt hat das Hotel Bellevue für seine Gäste die ›Bellevue‹ in Verkehr gestellt. Sie hatte das Monopol für den Transport der Post. Später wurde sie zum Brienzersee transportiert und dann da eingesetzt. Sie wurde auf den Namen ›Faulhorn‹ umgetauft.«

Auf dem Deck der ersten Klasse war für die Reisenden viel mehr Platz, obwohl es kleiner war als das untere. Männer in dunklen Anzügen und mit Hüten und gepuderte Damen mit ausladenden Röcken, Korsetts und aufwendig geschmückten Kopfbedeckungen unterhielten sich mit einem Gläschen Weißwein in der Hand.

Carl hätte sich auch einen Fahrschein für die zweite Klasse kaufen sollen, nur schon deshalb, weil er die Dädalus-Werke nicht mit großen Ausgaben belasten durfte. Als Besitzer eines kleinen Betriebs waren die Lohsers dem dünn gesäten Mittelstand zuzuordnen. Sie gehörten weder zur Oberschicht, die nicht wusste, was sie mit ihrem Geld alles anstellen sollte, außer es zu vermehren, und in ihren Betrieben die Arbeiter ausbeutete, noch zu den Arbeitern, die sechseinhalb Tage in der Woche malochen mussten, die ihre Kinder aus der Schule nahmen, um sie ebenfalls arbeiten zu lassen, und jeden Tag in der Fabrik Suppe und hartes Brot vorgesetzt bekamen, was ihnen obendrauf noch vom kümmerlichen Lohn abgezogen wurde.

Die Lohsers konnten sich immerhin am Wochenende Fleisch erlauben und sich im Sommer ein paar Tage freinehmen, um in die Ferien zu fahren. Ein Automobil aber hätten sie sich nicht leisten können, wenn sie nicht selbst eine Automobilfabrik betrieben hätten. Carl war sich sein Leben lang wie zwischen Stühlen und Bänken vorgekommen, in der Schulzeit, im Studium und auch in der Arbeitswelt. Die Leute neigten dazu, jeden zu klassifizieren: Entweder war man einer der ihren oder einer der anderen. So nannten die Arbeiter Carl einen »Geschniegelten«, doch mit den Reichen mitzuhalten, konnte er sich schlichtweg nicht leisten.

»Nach nur vierzehn Jahren Dienst auf dem Brienzersee kam die ›Faulhorn‹ wieder zurück in den Thunersee, wo sie bei einem Sturm dann sank«, erklärte Zwyssig.

Carl hatte ihn ins Leere reden lassen. Wenn ihn auch das Gesprächsthema nicht sonderlich interessierte, so war es äußerst unhöflich, ihm keine Aufmerksamkeit zu schenken. Zwyssig war demnach ein Schifffahrtsenthusiast. Der Anstand gebot es Carl, sich am Gespräch zu beteiligen. Für Schiffe eignete sich der

Dampfantrieb sehr gut. Die Nachteile des Dampfantriebs konnten bei einer Schifffahrtsgesellschaft durch zahlreiches Personal wieder wettgemacht werden. Zum Beispiel das stundenlange Einheizen des Kessels, bevor die Fahrt losging. Auch während der Fahrt waren genügend Angestellte zugegen, um den Motor in Betrieb zu halten. Ein Dampfmotor drehte sehr langsam, was ideal für den Antrieb der Schaufelräder war. Auch lag es in der Natur von Schiffen, genügend Wasser für die Maschinen zur Verfügung zu haben. Ob es in Zukunft möglich sein würde, Schiffe mit Elektromotoren zu betreiben? Sie wären leiser und vibrationsarm. Der Rauch, der bei ungünstigen Windverhältnissen den Passagieren zusetzte, fiele weg.

Carl unterbrach Zwyssigs Monolog. »Was meinen Sie, Heinz-Peter? Man könnte Schiffe doch eigentlich auch mit Strom betreiben, oder?«

Den Blick, mit dem Zwyssig ihn daraufhin maß, konnte Carl nicht recht einordnen. Fühlte er sich einfach aus dem Konzept gebracht, oder hielt er Carl für übergeschnappt?

»Nein, das sind alles Dampfschiffe. Die laufen mit Dampf. Auf dem Brienzersee steht neben der ›Jungfrau‹ seit 1871 die ›Brienz‹ im Dienst, sie fasst ebenfalls fünfhundert Passagiere und hat eine Verdrängung von zweihundertfünf Tonnen. Die ›Oberland‹ ist seit 1870 im Dienst, fasst dreihundert Personen und verdrängt hundertdreiunddreißig Tonnen, die …«

Nun gut, Carl hatte es versucht. Zwyssig schien gar nicht an einem Zwiegespräch interessiert zu sein. *Auch recht.*

In Interlaken gingen die meisten Passagiere von Bord, und reichlich Volk wartete darauf, zusteigen zu können. Gut möglich, dass darunter weitere Mitglieder des Giessbach-Kongresses waren, um ihren letzten und zweifelsfrei schönsten Abschnitt der Reise zum Grandhotel Giessbach anzutreten. Carl musterte die Gesichter, während Zwyssig nun die im Thunersee eingesetzten Dampfschiffe aufzählte. Redete er nur um des Redens willen?

Ein Herr in den Vierzigern mit strengen Gesichtszügen

und perfekt sitzendem Anzug stieg zu und kam die Treppe zur ersten Klasse herauf. Es war Walter Boveri, einer der beiden Gründerväter der »Brown Boveri & Cie.« in Baden. Sie hatten das elektrische Licht in die Schweizer Haushalte gebracht. Die BBC als Investor für die Dädalus-Werke zu gewinnen, wäre der Haupttreffer. Sollte Carl ihn ansprechen? Das Deck eines Schiffes schien ihm nicht der richtige Ort dafür. Es würden sich in den nächsten Tagen bessere Gelegenheiten bieten.

»Auf dem Vierwaldstättersee war ab 1837 die ›Stadt Luzern‹ das erste Dampfschiff.«

Lass es gut sein, Zwyssig, dachte Carl.

»Heute ist die ›Victoria‹ in Betrieb, die ›Germania‹, die ›Italia‹, die –«

»Heinz-Peter, ist das dort drüben nicht Walter Boveri von der BBC?«

»Wo?«

Zwyssig sprang von der Bank hoch und bahnte sich einen Weg durch die Reisenden direkt auf Boveri zu. Dort angekommen streckte er ihm seine Rechte entgegen. »Heinz-Peter Zwyssig mein Name.« Boveri fühlte sich genötigt, die Hand zu ergreifen. »Sie leiten die BBC«, erklärte Zwyssig, was Boveri bereits wusste. »Jetzt haben Sie auch die Jungfrau bestiegen.«

Es hatte etwas Amüsantes zu beobachten, wie Boveri, augenscheinlich müde von den Reisestrapazen, mit jeder Faser seines Körpers Ablehnung signalisierte und Zwyssig sich davon nicht beirren ließ und munter auf ihn einredete.

Carl lehnte sich zurück und ließ die Landschaft auf sich wirken.

Vom Erste-Klasse-Deck aus wirkte das Grandhotel Giessbach wie ein Schloss, das majestätisch über dem See auf einem Geländevorsprung thronte. Die spitzen Türmchen und die blütenweiß gestrichene Fassade verhießen Exklusivität und Kostspieligkeit. Die »Jungfrau« steuerte die Anlegestelle an. Unweit davon warf die Mündung des Giessbachs schäumende Wellen auf. Mit einer letzten Kaskade fand er zwischen sattgrünem Laub sein Ende im Brienzersee.

Die einhundert Meter Höhendifferenz von der Anlegestelle zum Hotel hätte Carl leicht zu Fuß überwinden können, doch er war neugierig auf die legendäre Standseilbahn des Hotels. Der Stationsangestellte trug eine schwarze Uniform mit dem Emblem des Hotels und einen Schnauzbart mit sechs gezwirbelten Enden. Er erinnerte an einen Zirkusdirektor. Er trieb die Fahrgäste zur Eile an und zählte mit flüsterndem Mund mit. Carl stieg die Treppen hinauf und trat geduckt in das zweitoberste Abteil des abgestuften und rot lackierten Holzwagens. Nachdem alle Fahrgäste einen Sitzplatz gefunden hatten, eilte der Wagenführer zu einer Tafel und betätigte mehrmals einen elektrischen Schalter aus glänzendem Messing. Carl vermutete, dass er so der Bergstation signalisierte, wie viele Leute eingestiegen waren. Die Fahrgäste warteten schnatternd auf die Abfahrt. Boveri und Zwyssig waren nicht unter ihnen. Carl hatte beobachtet, wie Boveri, nachdem er an Land gegangen war, auf das Betriebsgebäude des Kleinkraftwerks zugesteuert war, das auf der anderen Seite der Giessbachmündung am Ufer stand. Schließlich musste er sich als Leiter der BBC schon von Berufes wegen dafür interessieren. Zwyssig war ihm nachgelaufen.

Carl drehte sich auf seinem Sitz um und musterte die Fahrgäste, bis er sich im Blick einer bemerkenswert hübsch zurechtgemachten Dame in einem blauen Kleid im untersten Abteil verfing. Einen langen Moment, in dem Carl der Atem stockte, sahen sie sich an. Ihr Gegenüber sagte etwas zu ihr. Sie riss sich von Carl los und schenkte ihrem Begleiter ein Lächeln, das leicht gekünstelt wirkte.

Ein elektrisches Klingelzeichen gab die Fahrt frei. Ein Ruckeln ging durch den Wagen, dann nahm er knarzend an Fahrt auf. Die Geräusche, die die Bahn dabei verursachte, erinnerten Carl an einen Reim aus einem Kinderbuch.

Rickeracke! Rickeracke! Geht die Mühle mit Geknacke.

Seine Mutter hatte ihm aus dem Buch vorgelesen, als er noch

ein kleiner Junge war. Erst Jahre später hatte er festgestellt, dass sie das letzte Kapitel der Geschichte jedes Mal weggelassen hatte, in welchem Max und Moritz in die Mühle geworfen wurden und ihr Ende in den Mägen von Gänsen fanden.

Hier kann man sie noch erblicken. Fein geschroten und in Stücken.

Doch sogleich verzehret sie, Meister Müllers Federvieh.

Eine arg haarsträubende Geschichte für Kinder, wenn man so darüber nachdachte.

Das Revolutionäre an dieser Standseilbahn war, dass sie nur eine Spur für die beiden Wagen hatte. In der Mitte der rund dreihundert Meter langen Strecke, die sich größtenteils auf einer Brücke befand, war eine Ausweichstelle angeordnet. Als sie diese erreichten, ruckte der Wagen auf die rechte Schiene, die haarscharf am Rand der Brücke montiert war. Carl spähte neben dem Wagen hinab und erblickte unter sich die tosenden Wasser des Bergbaches. Der von oben herabkommende Wagen passierte sie auf der danebenliegenden Spur. Als ob es einer internationalen Konvention unterlag, winkten die Fahrgäste einander zu.

Zwischen den Bäumen hindurch erschien das Grandhotel. Von hier aus betrachtet wirkte es anders als vom See. Abweisender. Carl hatte den Eindruck, als krieche der Besucher in der Bahn demütig zu Kreuze, und das Gebäude würdigte ihn keines Blickes. Vielmehr schaute es wie eine höfische Dame auf ihr fettes Doppelkinn gestützt und über etwas Tristes sinnierend auf den See hinaus. Schnell verschwand sie wieder hinter dem Vorhang dunkler Föhren. Carl lief ein eisiger Schauer über den Rücken. Es dauerte einen Augenblick, bis er realisierte, dass dies nicht an der Dame mit Doppelkinn lag, sondern von dem kalten Sprühnebel der großen Kaskade des Giessbachs herrührte, der die Reisenden der Bahn fein benetzte.

Auf der Bergstation, die weder über Wände noch Dach verfügte, ließ Carl zuerst die übrigen Fahrgäste aussteigen, sodass er in aller Ruhe die Mechanik unter dem Wagen studieren konnte. Große Wasserbehälter waren da angebracht, die in der Bergstation mit so viel Giessbachwasser befüllt wurden, dass der hinabfahrende Wagen den unteren Wagen hochziehen konnte. Das erklärte auch, wieso der Wagenführer der Bergstation die Anzahl der Fahrgäste übermittelte. Ein simples System, gänzlich ohne mechanischen Antrieb. Doch was ihn noch mehr faszinierte, waren die Räder. Rechts waren sie mit inneren Spurkränzen versehen, links nicht. Beim anderen Wagen, der sich jetzt unten befand, musste es gerade umgekehrt sein. So sah also das Geheimnis aus, dass auf der Ausweichstelle der eine Wagen immer auf der rechten und der andere immer auf der linken Spur blieb. Die einfachsten Lösungen waren oft die besten.

Der dritte Eindruck, den die höfische Dame mit ihren spitzen Türmchen machte, war ein viel zugänglicherer. Nun, da Carl ihr auf Augenhöhe begegnete, erschien sie ihm wie eine reifere Dame, die er zu früh am Morgen in unpässlicher Verfassung angetroffen hatte, die sich jetzt aber nach ihrem ersten starken Kaffee und dem allmorgendlichen Ritual des Auflegens ihrer Kosmetika in einem vergnüglichen Licht präsentierte. Beinahe frivol wirkte sie in der Gegenwart der ausgelassenen Gäste und umhertollenden Kinder und verströmte gleichzeitig mit den Holzverzierungen und roten Fensterläden die Heimeligkeit eines Berner Chalets.

Der Haupteingang befand sich sonderbarerweise im ersten Stock und konnte über eine wuchtige Außentreppe erreicht werden. »Herzlich willkommen im Grandhotel Giessbach, liebe Kongressteilnehmer«, begrüßte der Concierge Carl und zwei weitere Männer bei der Rezeption, nachdem sie sich hatten einschreiben lassen. Er bot ihnen an, sie auf dem Anwesen herumzuführen. Noch im Vestibül erklärte er: »Das Grandhotel – also das Haupthaus, in dem Sie sich gerade befinden – wurde 1875 vom Berner Architekten Eduard Davinet erbaut. 1884 wurde es als eines der ersten seiner Art mit elektrischer Beleuchtung ausgerüstet. Bestimmt haben Sie das Kraftwerksgebäude an der Ländte bemerkt.«

»Nicht schlecht, der Bunker«, kommentierte einer der beiden Herren. Er trug einen abgetragenen Dreiteiler, hatte ein schmales Gesicht und lange Schneidezähne, zwischen denen eine Lücke klaffte, die problemlos einem zusätzlichen Zahn Platz geboten hätte.

»Wunderschöne Stuckaturen«, schwärmte der andere. Ein Herr im greisen Alter, der sich auf einen Gehstock stützte und zur Decke blickte.

»Gips-Stuckaturen. Dafür hast du wieder Augen«, lachte Zahnlücke.

Im hinteren Teil der Eingangshalle befand sich der Treppenaufgang zu den Zimmern. Hundertfünfundzwanzig Betten waren gemäß den Ausführungen des Concierge im Hotel untergebracht. Sie stiegen aber bloß ein halbes Stockwerk hinauf, verließen durch eine Hintertür das Gebäude und fanden sich in einem überdeckten Wandelgang wieder, der das Haupthaus und die Pension für Hydrotherapie verband, sodass die Gäste auch bei schlechtem Wetter trockenen Fußes von einem Gebäude zum anderen gelangen konnten. Linker Hand stieg das Gelände steil an, während sie rechts eine Bierhalle und ein Chalet passierten, in dem der Therapiearzt wohnte und ein Zimmer für medizinische Notfälle untergebracht war.

Ein Mann mit fuchsrotem Haarkranz und vorwitzig abstehendem Schnauzbart kam ihnen entgegen. Er erkannte die beiden Herren schon von Weitem.

»Walter, Franz! Wie lange ist es her?«

»Gregor! Ich würde sagen, vier Jahre. Seit dem letzten Kongress«, sagte Zahnlücke und schüttelte seine Hand.

»In Thusis«, ergänzte der Greis.

»Nein, es war in Laax. Vor *acht* Jahren war der Kongress in Thusis«, berichtigte ihn Zahnlücke.

»Auf jeden Fall ist es schön, euch hier zu treffen, was treibt ihr so?«, fragte der Rotfuchs.

»Wir lassen uns von dem netten Concierge etwas herumführen.«

»Schön ist's hier.«

»Wisst ihr noch, wie wir in Laax über eine allfällige Zusammenarbeit gesprochen haben?«

»Ja«, sagte der Alte. »Hat sich halt nicht ergeben.«

»Ihr beide arbeitet aber oft zusammen«, gab der Rotfuchs zu bedenken.

»Bauunternehmer wie Franz kaufen nun mal Gipsplatten«, erklärte der Alte.

»Wenn ich mal Seidenbändchen brauche, dann melde ich mich bei dir. Ganz bestimmt«, lachte Zahnlücke.

»Vielleicht ergibt sich ja in den nächsten Tagen einmal etwas«, schlug der Rotfuchs vor.

»Wir werden sicher den einen oder anderen mit dir heben, stoßen auf deinen Posten als Stadtpräsident an.«

»Meine lieben Herren, können wir dann weitermachen?«, drängte der Concierge.

Der Rotfuchs schloss sich ihnen an, und der Concierge berichtete von einem Brand, der 1883 die oberen beiden Stockwerke des Grandhotels zerstört hatte. Innert weniger Monate wurde es wiederaufgebaut und erhielt ein neues Gesicht. Anstelle der zwiebelförmigen, barocken Turmspitzen wurden dem Palast markante Spitztürme aufgesetzt, die besser zum Schweizer Holzstil passten.

Sie passierten eine üppige, mit Rosenranken angelegte Parkanlage und kamen am hinteren Ende der Geländemulde beim Kurhaus an. Es war ein breiter fünfstöckiger Bau mit reich verzierten Dachgiebeln und Balkonen, der an sich schon recht imposant erschienen wäre, hätte der Prunkbau des Grandhotels ihm nicht den Rang abgelaufen. Im Kurhaus war die Wasserheilanstalt untergebracht.

»Gehen hier die Verrückten baden?«, unterbrach Zahnlücke die Führung.

»Nicht nur die Verrückten. Ich komme selbst gerade von

einem sehr entspannenden Kräuterbad. Man kann damit gut die Anspannungen des Alltags abwerfen«, sagte der Rotfuchs.

»Für Entspannung habe ich keine Zeit«, meinte der Alte.

»Nun, jetzt haben wir sechs ganze Tage, um es uns gut gehen zu lassen«, überlegte Zahnlücke.

»Immerhin bezahlt alles die Orion-Gesellschaft«, gab Rotfuchs zu bedenken.

Das Gebäude war 1857 anfänglich noch als reines Gasthaus eröffnet worden und verfügte über sechzig Betten für die Kurgäste. Zwischen den Bäumen hindurch, ein gutes Stück über dem Kurhaus, war die Pension Beau Site zu erkennen. Ein vierstöckiges Chalet, das zum Giessbach-Anwesen gehörte und sich ebenfalls sehen lassen konnte. Es verfügte über vierzig Betten und beherbergte Touristen mit kleinerem Budget. Der Concierge erklärte, dass es für die Dauer des Kongresses geschlossen war.

Für den Rückweg wählte der Concierge nicht den Wandelgang, sondern den Kiesweg, der sich unterhalb des Ärztechalets hinzog. Carl wies auf ein Haus neben dem Giessbach. Es war so eng von Bäumen umstanden, dass man es leicht übersehen konnte. »Gehört dieses Haus auch dazu?«

»Die Wäscherei. Man benutzt reinstes Bergbachwasser für die Reinigung Ihrer Wäsche«, erklärte der Concierge.

Zahnlücke drehte sich zu Carl um, als ob er ihn erst jetzt wahrgenommen hätte. »Und wer sind Sie?«

»Carl.«

Er musterte ihn von oben bis unten. »Gastreferent?«

»Korrekt«, antwortete Carl.

»Nun ja.« Damit verlor er sein Interesse wieder.

Als sie beinahe die Terrasse des Grandhotels erreicht hatten, blickte der Concierge nochmals zum Wasserfall hoch, der sich am gegenüberliegenden Berghang wie ein lebendiger weißer Bart durch den Wald hinabzog, und blieb unvermittelt stehen, sodass seine Folger beinahe auf ihn aufgelaufen wären. »Schauen Sie sich einmal den Giessbach an!« Er hatte einen schwärmerischen Tonfall angenommen. »Ein Naturdenkmal! Ein Quell der Energie! Ein wahrer Kraftort!«

»Hört, hört! Ein Kraftort.« Der Alte, leicht spöttisch.

Der Concierge wechselte zu handfesteren Fakten. »Vierhundert Höhenmeter stürzt er zu Tale, von der Schweibenalp bis zum See. Dabei bildet er vierzehn Kaskaden. Dreitausend Liter jede Sekunde, und nach heftigen Gewittern kann es das Dreifache sein!«

Der Giessbach war auch von Brienz aus sichtbar, und so war es auch ein Brienzer gewesen, der ihn Schritt für Schritt für Wanderer erschlossen hatte. Der Lehrer Johannes Kehrli ebnete 1818 einen Pfad in das schwer zugängliche Gelände und errichtete später eine überdachte Sitzbank direkt am Wasserlauf. Fünf Jahre später stand eine Blockhütte mit einem Angebot an Erfrischungen da, und weitere elf Jahre später erbaute er ein erstes Gasthaus an der Stelle, wo sich nun das Grandhotel befand.

»›Salamitaktik‹ nennt man das«, überlegte Zahnlücke.

»Damit kennt sich der Bauunternehmer ja bestens aus«, kommentierte der Rotfuchs.

***

»Herr Oberst.«

Fürstenfeldt fuhr zusammen, als er Witts Stimme plötzlich neben sich vernahm.

Er hatte ihn nicht kommen hören, was auch kein Wunder war, er saß an einem Tischchen unter dem Sonnenschutz, und um ihn herum herrschte die unbeschwerte Betriebsamkeit eines Touristenortes, während er in die Lektüre der örtlichen Zeitung vertieft war und sein zweites Bierchen genoss. Die hatten tatsächlich eine kleine Bierhalle neben dem Grandhotel.

»Leutnant Witt. Geht es Ihnen gut?«, begrüßte er ihn.

Der Soldat sah stark mitgenommen aus. Der ansonsten stramme Hüne ging leicht gebeugt, und sein markanter Kiefer war von verschiedenen Blessuren gezeichnet. Sein rechter

Arm hing kraftlos herab. Krusten geronnenen Blutes waren am schwarzen Jackett auszumachen. Bei näherer Betrachtung erblickte Fürstenfeldt durch ein ausgefranstes Loch den durchgebluteten Stoff eines Verbands. Die Schussverletzung, erkannte Fürstenfeldt. »Es gibt einen guten Arzt hier«, sagte er, während er seine Zeitung zusammenklappte.

»Vielleicht später«, sagte Witt. »Wo ist der Generalleutnant?«

»In Sicherheit. Lassen Sie uns ein Stück gehen.«

Gemeinsam stiegen sie den gewundenen Pfad zu der Stelle des Giessbachs hinab, wo er einen Knick zum See hin machte und ein kleines Becken bildete.

Witt hielt sich den Oberarm. Der Jackettärmel wies auf der Rückseite ebenfalls ein Loch auf. Offenbar ein glatter Durchschuss. Witt hatte noch mal Glück gehabt, aber um einen Arztbesuch würde er nicht herumkommen.

Fürstenfeldt setzte Witt darüber in Kenntnis, wo der Generalleutnant zeitweilig untergebracht war, was Witt zu beruhigen schien, soweit man dies bei seinen stets beherrschten Gesichtszügen beurteilen konnte. Witt berichtete ausführlich, wie er die Verfolgung des Schützen aufgenommen hatte.

Er hatte Weg gutzumachen gehabt, nachdem er auf dem Berner Bahnhofsplatz Fürstenfeldt zum Generalleutnant zurückgesandt hatte. Er hatte zu einem kurzen Spurt angesetzt, damit er den Verfolgten nicht in den Gassen der Stadt aus den Augen verlor. Sein rechter Arm war dabei erheblich in seiner Bewegung eingeschränkt gewesen. Blut tropfte ihm von den Fingern. Ohne anzuhalten, betastete er die aufgerissene Stelle seines Jackettärmels, wo ihn die Kugel erwischt hatte. Den Schmerz hielt er weit von sich entfernt, eine Fähigkeit, die er sich in seinem früheren Leben angeeignet hatte. Noch im Rennen band er mit dem Gürtel notdürftig den Oberarm ab. Für mehr war keine Zeit. Der Schütze war schließlich zwischen Passanten, Fuhrwerken und elektrischen Trams verschwunden.

Fürstenfeldt stellte sich vor, wie Witt seine im afrikanischen Busch erlernten Fähigkeiten des Spurenlesens eingesetzt hatte. Das Spurenlesen in einer Stadt unterschied sich nicht wesentlich von dem in der Steppe. Hier wie da galt, so viele Hinweise wie möglich zu erfassen und nur den relevanten Aufmerksamkeit zu schenken.

Eine bürgerliche Dame hatte ihre Tragtasche fallen gelassen, ein Marktstandbesitzer die erhobene Faust geschüttelt, ein Pferd gescheut. Aufgeschreckte Passanten hatten etwas hinterhergeschaut, das sich schnell entfernte. Witt folgte ihren Blicken. Der Schütze bog vor einem reich verzierten Brunnen in eine Seitengasse ein.

Die beiden Stadtpolizisten, die am Ort der Schießerei aufgetaucht waren, hatten sich kurzerhand an Witts Fersen geheftet, offenbar in dem Glauben, er sei derjenige gewesen, der auf dem Bahnsteig geschossen hatte. Witt hörte die beiden Trillerpfeifen von Weitem. Dem Klang nach hatten sie schon deutlich an Kraft eingebüßt. Sie würden nicht mehr lange mit ihm Schritt halten können.

Als Witt in die Seitengasse einbog, erspähte er an deren Ende den Schützen, der sich zu ihm umsah und nach rechts abzweigte. Dabei rempelte er den Krückstock eines alten Herrn an, der lautstark seinen Unmut kundtat. Der Abstand zwischen ihnen hatte sich verkürzt, die Ausdauer des Schützen schwand ebenfalls. Die beiden Gendarmen schienen inzwischen vollends auf der Strecke geblieben zu sein.

Ausdauer war in Witts früherem Leben von höchster Notwendigkeit gewesen. Seine Familie war deutscher Abstammung, heimisch jedoch in der unabhängigen Südafrikanischen Republik. Er hatte in mehreren Kriegen in einem aufgewühlten Afrika gekämpft, das sich immer wieder gegen die Besatzungsmächte auflehnte. Er hatte den Kampf der Guerillas sowie den eines Heeres erlernt, dazu das Überleben im Busch, in der Steppe und im Siedlungsgebiet. Sowie das Fährtenlesen und das Aufspüren einer Gazelle, eines Löwen oder eines Namib-Soldaten.

Erneut bog der Schütze ab. So wie er sich in den Gassen Berns zurechtfand, verfügte er über umfassende Ortskenntnisse. Witt folgte ihm und traf unvermittelt auf reges Treiben: Touristen flanierten, Geschäftsleute in Anzügen eilten zu ihrem nächsten Kunden, Ladenbesitzer kehrten in den Galerien trockene Blütenblätter zusammen. Fuhrwerke wurden entladen, Arbeitskräfte trugen Fässer, Säcke und Kisten in die Gewölbekeller, die von der Straße her über Treppen zugänglich waren. Nur der Attentäter schien wie vom Erdboden verschluckt. Witt schärfte seine Sinne und hielt nach verräterischen Bewegungen Ausschau. Womöglich kauerte der andere hinter abgestellten Fässern oder hatte sich in eine der schmalen Seitengassen verdrückt. Sich hier in diesem Getümmel zu verstecken, war ein Leichtes. Jemanden zu finden, dagegen nicht.

Witt musste den Schützen zwingend in seine Hände kriegen. Er musste ihn befragen, musste herausfinden, ob noch mit weiteren Anschlägen zu rechnen war und wer dahintersteckte. Die Mission des Generalleutnants stand auf dem Spiel.

Das Klingeln eines herannahenden Berner Trams zwang Witt, einen Satz zur Seite zu machen. Das Tram fuhr recht zügig durch die belebte Straße. Laub und Zeitungspapier wirbelten auf. Dabei stach ihm ein Papier besonders ins Auge. Er hob es vom Pflaster und drehte es in seinen Fingern. Ein mit Orden hochdekorierter Offizier in preußischer Paradeuniform blickte ihn mit Stolz und Würde an. Eine Fotografie seines Schützlings, des Generalleutnants Manfred Brechtesloh. Das war kein Zufall. Witt war noch immer auf der richtigen Fährte.

Eine langsame Bewegung erregte seine Aufmerksamkeit. Unweit von ihm entfernt senkten sich zwei Holzläden, die den Eingang zu einem Gewölbekeller abdeckten. Witt konnte eben noch das Blitzen eines Augenpaares wahrnehmen.

Witt unterbrach seine Erzählung, als sich ihm und Fürstenfeldt eine Touristenfamilie näherte. Die zwei Sprösslinge rannten ungestüm an ihnen vorbei auf das Becken des Giessbachs zu. Einer hielt einen Terrier an der Leine, der freudig bellte, als sie im Wasser tollten und einander nass spritzten. Die Eltern sahen ihnen eine Weile amüsiert zu, doch Fürstenfeldt registrierte, wie sich die Miene der Mutter verfinsterte, als ihr Witts ramponiertes Jackett mit den Flecken ins Auge fiel.

»Kinder, lasst uns ein Eis essen gehen«, rief sie.

Die beiden Jungen kamen den Hund hinter sich herzerrend zurück. »Au ja!«

Nachdem sich die Familie ausreichend entfernt hatte, fragte Fürstenfeldt: »Und wie ging es weiter? Haben Sie den Schützen wiedergefunden?«

Witt fuhr fort und erzählte, wie er in den Keller hinabgestiegen war und die beiden Holzläden hinter sich geschlossen hatte.

Der Geruch nach geräucherten Würsten stieg ihm in die Nase, der Keller diente dem über ihm gelegenen Fleischwarenladen als Lager. Seine Augen gewöhnten sich schnell an die dunklen Lichtverhältnisse.

Der Junge kauerte hinter leeren Mostflaschen und sah die Unsinnigkeit seines Verstecks auch bald ein. Er kroch hervor und zog die Achtunddreißiger. Mit vorsichtigen Schritten und ohne sein Gegenüber aus den Augen zu lassen, ging er auf Witt zu, der ihn um gut einen Kopf überragte. »Dreh dich um!«, befahl er.

Witt schnaubte nur amüsiert über den Bluff. Dem leer geschossenen Schießeisen keine Beachtung schenkend, ergriff er den Arm des Jungen und drehte ihn auf den Rücken. Der Junge winselte, während die Waffe mit einem Klackern auf dem Erdboden auftraf. Witt hielt ihm die Fotografie vor die Nase.

»Ich werde nichts verraten«, sagte der Junge trotzig.

Die Schulter knackte laut. Ein Aufschrei folgte.

Zwei Minuten später wusste Witt alles, was der Schütze wusste. Gerade als er die Treppe emporsteigen wollte, wurden die Holzläden von außen aufgerissen. Das Tageslicht blendete ihn.

»Ja, *heytere Fahne*! Wer bist denn du?«, rief der Mann, der vor ihm stand. Der Fleischermeister hatte drei kräftig gebaute Metzgergesellen bei sich, die Schinken und Schweinehälften an Haken schleppten. Er versperrte Witt den Weg und schaute in den Keller hinab zu dem jammernden Jungen mit der ausgekugelten Schulter.

»Geht es dir gut, Werni?« Das Winseln als Antwort gefiel dem Fleischer ganz und gar nicht. Er drängte den Soldaten mit der Unterstützung seiner Gesellen zurück. Der letzte schloss die Läden hinter sich. Sie umkreisten ihn und ließen die Fäuste sprechen.

Witt setzte sich zur Wehr, und es gelang ihm, mit seiner Linken einige wirksame Schläge zu landen. Doch nach einem Augenblick der Unachtsamkeit spürte er eine kalte Klinge an seiner Kehle. Kräftige Metzgersarme zwangen ihn auf die Knie.

»Was willst du von meinem Jungen?«

Witt schwieg.

Eine Faust traf ihn. »Rede!« Wieder ein Faustschlag.

Witt schätzte seine Chancen ab. Seine Verwundung beeinträchtigte ihn erheblich, zudem waren die vier Fleischer nicht aus Pappe. Aber waren sie kampferfahren genug? Kneipenschlägereien womöglich. Revierkämpfe unter ihresgleichen vielleicht. Sie waren schnell bereit gewesen, Gewalt anzuwenden. Aber sie waren keine Krieger. Ihre Reflexe hatten sie verraten. Ihre Fähigkeiten waren nur eingeübt, nicht verinnerlicht.

Ein weiterer Faustschlag.

Schmerz war nur ein Signal. Es teilte einem mit, wo gerade am Körper Schaden entstanden war. Ein Schlag aufs Jochbein. Das mit sadistischem Eifer ausgeführte Herumdrücken an seiner Schussverletzung. Bloße Signale für etwas, was Witt ohnehin schon wusste.

Der Druck der Klinge am Hals verstärkte sich. Sie drang durch die Haut. Es musste bereits Blut ausgetreten sein. Das Einzige, was Witt in Schach hielt: Fleischer konnten gut mit Messern umgehen. Nicht zu unterschätzen. Er legte seinen Fokus auf diese eine Stelle. Sobald der Druck nachließ, konnte es weitergehen.

Die Läden zum Keller wurden erneut von außen aufgerissen. Der Lärm des Kampfes hatte die beiden Stadtpolizisten auf sie aufmerksam gemacht. Mit breiten Schritten kamen sie die Treppe herab.

Der Fleischermeister raunte ihnen zu: »Wir regeln das hier auf unsere Art.«

Der behäbigere der Polizisten zeigte auf Witt. »Dieser Mann hat heute am Bahnhof auf einen Fahrgast geschossen. Wir nehmen ihn aufs Wachtlokal mit zur Befragung.«

Der andere gab zu bedenken: »Sie wollen sich doch nicht der Staatsgewalt widersetzen?«

Der Fleischer überlegte einen langen Augenblick. Unwillig lenkte er ein und gab den Weg frei. Die Gendarmen kamen auf Witt zu und befahlen dem Metzgergehilfen, das Messer wegzulegen.

Im nächsten Moment verschwand der Druck von Witts Kehle.

Los!

Witt sprang auf die Beine, nutzte den Schwung, um mit dem Ellenbogen dem hinter ihm Stehenden die Nase platt zu schlagen. Packte das Messer. Wirbelte herum und presste dem einen Polizisten die Klinge an den Hals. Hielt ihn vor sich fest und vergewisserte sich, dass niemand hinter ihm stand. Das Blatt hatte sich gewendet.

Der andere Gendarm griff an sein Gürtelholster und fummelte nervös am Knopf des Sicherheitsriemens herum, der die Waffe vor unerlaubtem Zugriff sicherte.

»Heben Sie die Hände so, dass ich sie sehen kann!«, pfiff ihn Witt zurück.

Dann gab er seiner Geisel die Order, ganz langsam seinen Revolver aus dem Halfter zu ziehen. Mit verstärktem Druck der Klinge am Hals überzeugte er ihn, von jeglichen Dummheiten abzusehen. Als Witt mit der Rechten nach der Waffe griff, durchfuhr ihn der Schmerz, sodass vor seinen Augen weiße Punkte aufblitzten. *Nur Signale. Verdammte Signale!*

Schnell hatte er sich wieder unter Kontrolle, und es gelang ihm, den Revolver so weit zu heben, dass er die Metzgersleute in Schach halten konnte. Er befahl dem anderen Gendarmen, seine Waffe zu entladen.

Kaum regneten die Patronen zum Kellerboden, stieß Witt seine Geisel mit einem Tritt in die Kniekehle von sich und eilte die Treppe zur Straße hinauf. Draußen versperrte er die Läden mit einer Kohleschaufel, steckte den Revolver in den Hosenbund und machte sich auf den Weg zurück zum Centralbahnhof.

Dann und wann traf er auf Spuren seines eigenen Blutes, das auf dem Pflaster Berns eintrocknete.

»Und? Was haben Sie herausgefunden«, wollte Fürstenfeldt wissen.

»Der Schütze wurde für das Attentat gut bezahlt.«

»Die Franzosen?«

Witt nickte. »Blond, kräftig gebaut, mit einer Narbe auf der Stirn.«

Gemächlich stiegen sie den Pfad zum Grandhotel empor.

»Fragen Sie im Kurhaus nach einem Dr. Blumer. Er wird Sie versorgen. Gemäß Klemens ist er diskret.«

»Danke, Herr Oberst«, sagte Witt.

KAPITEL 4

Samstag, 14. Mai 1910, früher Abend
Ein Tag vor der Eröffnung des Kongresses

Das Zimmer im zweiten Stock war mehr als großzügig. Bett, Schrank, zwei Sessel und ein Tischchen waren in zeitgemäßem Jugendstil gehalten und das dunkle Holz mit aufwendigen Schnitzereien von Blumenranken, Baumgeäst und Laubäderchen versehen. Eine Tiffany-Deckenleuchte aus mit Lötnähten zusammengefügten Buntglasfragmenten bildete den Mittelpunkt des Zimmers und durchflutete es, als Carl das elektrische Licht aufflammen ließ, mit einer bunten Strahlenlandschaft, die wie die Fäden einer Marionette das Mobiliar in eigentümliche Bewegungen versetzte.

Das Fenster bot einen grandiosen Ausblick auf die Kaskaden des Giessbachs, die sich im Lichte des frühen Abends glitzernd eine Schneise durch das üppige Grün hinabbahnten. Als er es öffnete, war das Zimmer augenblicklich erfüllt vom Klang des tosenden Wassers. Die Stille, die Carl bei seiner Ankunft trotz schnatternder Gäste und quiekender Kinder empfunden hatte, stellte sich als Trugschluss heraus. Vielmehr rührte sie daher, dass der Grundpegel des Rauschens die gesamte Geländemulde wie in Watte packte und die übrigen Geräusche dämmte. Es erzeugte eine Atmosphäre von Geborgenheit.

Carl schloss das Fenster wieder, um die Kühle im Zimmer nicht entweichen zu lassen.

Was sollte er nun tun? Für das Abendessen war es noch zu früh. Er hatte sich so sehr auf sein Referat fokussiert, dass er sich gar keine Gedanken darüber gemacht hatte, was er in der übrigen Zeit während seines Aufenthaltes hier anstellen sollte. Er hätte sich ein Buch mitnehmen sollen oder etwas Arbeit von zu Hause.

Er packte seinen Reisekoffer aus. Das Rasierzeug, die Notfallgarnitur an Unterwäsche, die Hose und das Hemd aus leichtem Leinen, die er bei der Gans aus den anderen Koffern entnommen hatte, waren schnell im Schrank deponiert. Er hoffte, die mit dem Transport der Gans beauftragten Sennen gingen sachte mit seinem Gepäck um. Noch mehr hoffte er, sie gingen behutsam mit der Gans um. Nicht auszudenken, was durch ihren Transport alles Schaden nehmen konnte. Carl hatte von Allmen als einen verantwortungsbewussten Mann eingeschätzt, aber war zu jenem Zeitpunkt auf sein eigenes Urteilsvermögen auch wirklich Verlass gewesen?

Wie lange es wohl dauern mochte, bis sie eintrafen?

Das Zimmer vermochte Carl nicht lange zu halten. Er schlüpfte in die Leinensachen und verließ das Grandhotel durch den Haupteingang. Auf der Terrasse herrschte noch immer dieselbe Betriebsamkeit wie bei seiner Ankunft. Er begegnete neben europäischen Touristen auch Asiaten und Arabern. *Ob ihnen unser Land ebenso exotisch vorkommt wie ihres uns?*

Carl ging in einen lockeren Lauf über und schlug den Weg zum See hinab ein. Ein gesunder Geist in einem gesunden Körper. Heléne hatte schon damals über ihn gelacht, als er rennen gegangen war. Seine verflossene Liebe. Sie waren glücklich miteinander gewesen. Hatten sich ewige Liebe geschworen. Er dachte noch immer täglich an sie, obwohl sie seit fünf Jahren kein Paar mehr waren. Sie hatte ihn immer gefragt, wovor er denn davonlaufe, wenn er rennen ging. Es half ihm, seine Gedanken zu ordnen, und er konnte besser einschlafen, wenn er sich nicht nur geistig, sondern auch körperlich verausgabt hatte. Es verschaffte ihm einen Ausgleich.

Damals hatte er nichts gehabt, wovor er davonlaufen musste. Wie verhielt es sich heute? Rannte er vom Tumult des Grandhotels davon oder vor der Aufgabe, die er hier am Kongress zu erledigen hatte? Vor den Sorgen über die Gans und die Sennen? Vor der Langeweile, die ihn plagen würde, weil er bis zum Abendessen nichts zu tun hatte? Wäre er zu Hause, hätte er sich jetzt am Konstruktionstisch beschäftigt oder administrative Pendenzen abgearbeitet.

***

Er lag auf Amanda, schwitzte und keuchte, während er immer schneller und heftiger in sie hineinstieß. Man sagte den Franzosen nach, gute Liebhaber zu sein, was bei diesem Pièrre Trusseau aber nicht zutraf. Er war grob, rücksichtslos und offenbar frei von Leidenschaft. Als befolgte er bloß die Befehle eines angeborenen Triebes. Ob er zu Hause eine Freundin hatte, eine Ehefrau? Sie täte Amanda leid. Sie selbst kannte das zur Genüge. Wusste damit umzugehen. Schon bald würde es überstanden sein, und bis dahin musste sie sich nur ihr Honorar vor Augen halten. Freilich, es war nicht gerade ein Beruf wie jeder andere, aber war nicht auch die Arbeit auf dem Bau oder unter Tage mit großen Anstrengungen, Widrigkeiten und bisweilen mit körperlichen Schmerzen verbunden? Bauarbeiter und Grubenkumpel verdienten zudem weniger. Deutlich weniger!

Aber noch etwas anderes beschäftigte Amanda. Wäre es möglich, dass Trusseau sie nicht als die Eroberung betrachtete, als die sie sich ihm ausgegeben hatte? Durchschaute er ihr Spiel? Könnte er ihr am Ende gar gefährlich werden?

Nein, sagte sie sich. Sie hatte alles im Griff.

Zu Beginn des Nachmittags hatte Klemens sie in sein Arbeitszimmer zitieren lassen. Es bedurfte nicht ihrer feinen Sensorik, um zu erkennen, dass er seine Wut unterdrückte, die daher rührte, dass bei ihm eingebrochen worden war und jemand sein Notizbuch gestohlen hatte. Klemens beschrieb den Täter als kräftig gebaut und Mitte dreißig. Er sei glatt rasiert und trage gescheiteltes blondes Haar.

Nicu, der kleinere der beiden Leibgardisten, hatte den Namen an der Rezeption ausfindig machen können: Pièrre Trusseau. Zudem wusste er zu berichten, dass sich Trusseau für nur eine

Nacht ein Zimmer gebucht hatte. Folglich war er kein Kongressteilnehmer.

Als Amanda das Arbeitszimmer verlassen hatte, hatte es gerade aufgehört zu regnen. Zusammen mit einigen Gästen, die von den ersten Sonnenstrahlen aus dem Hotel gelockt wurden, trat sie nach draußen. Sie schaute sich um, ob sie einen Einzelgänger sah, auf den die Beschreibung zutraf. Plötzlich stand Fritz neben ihr. Er hatte stets etwas Bedrohliches in seinem Wesen. Einen Zug von Brutalität um den Mund. Er beugte sich zu ihr herunter und zeigte mit seiner Rechten in Richtung Bergstation der Giessbachbahn. »Er steht in der Schlange«, raunte er.

Seinem Finger folgend erblickte sie Trusseau unter den Anstehenden. Er wollte doch nicht etwa schon abreisen? Sie stellte sich ebenfalls an, stieg in den Wagen, und die Bahn fuhr los. Er saß vier Reihen vor ihr. Ihr Herz pochte ihr bis zum Hals.

Was tue ich da? Ich beschatte einen Mann!

Die Frage war doch, warum dieser Trusseau Klemens ein Notizbuch aus dem Arbeitszimmer entwendet hatte. War er womöglich ein sozialistischer Dynamitant, von denen man so viel in den Zeitungen las? Oder ein Spion? Amanda betrat ein Terrain, das ihr nicht behagte.

Bei der Anlegestelle angekommen, verließen die Fahrgäste die Bahn und standen für das gerade eintreffende Schiff an. Trusseau reihte sich nicht ein, er brachte sich daneben in Aufstellung und überblickte die aussteigenden Passagiere. Ob er das Notizbuch bei sich hatte und im Begriff war, es einem Verbindungsmann auszuhändigen? Oder einer Verbindungsfrau? Gerade betrat eine junge Frau die Landungsbrücke, und Trusseau ging auf sie zu. Anmutig war sie und ihrer Kleidung nach zu urteilen aus gutem Hause. Jung, beinahe noch ein Backfisch. Sie schien ihn erst wahrzunehmen, als er sie ansprach.

Amanda hörte nicht, was er sagte. Womöglich eine geheime

Parole, um sich zu erkennen zu geben. Dabei lächelte er und strahlte sie regelrecht an. Es wollte einfach nicht so recht mit dem Bild zusammenpassen, das Amanda von Spionen hatte. Andererseits, was wusste sie schon von Spionage? Nicht mehr als das, was sie über Agenten gelesen hatte, die gelegentlich in romantischen Romanen auftauchten. Auch die Verbindungsfrau reagierte nicht so, wie man es erwartet hätte. Sie schaute ihn bloß verwundert an, und als er ihr den Arm vertraulich um die Schulter legte, wirkte sie nervös. Ein Ehepaar hinter dem Mädchen machte sich bemerkbar. Der Mann trat vor und zerrte die junge Frau unter Trusseaus Arm hervor. Schließlich brachte er sie – mit der forschen Unterstützung seiner Gemahlin – aus der Reichweite des aufdringlichen Herren. Das mussten die Eltern sein.

Trusseau ist auf der Suche nach einem Abenteuer, erkannte Amanda erst jetzt und musste beinahe loslachen. Sie würde leichtes Spiel mit ihm haben.

Allmählich löste sich die Menschenansammlung wieder auf. Die einen gingen an Bord, die anderen auf die Bahn, und wieder andere begaben sich auf eine Wanderung. Trusseau schaute dabei noch dem einen oder anderen Rockzipfel hinterher. Bald würde er Amanda entdecken, und das war auch beabsichtigt. Er musste auf *sie* zukommen. Es wurde Zeit für ihren großen Auftritt. Amanda machte sich sichtbar: Sie spannte den Sonnenschirm auf und brachte sich am Wasser in Stellung. Körperspannung war das Geheimnis einer unwiderstehlichen Ausstrahlung. Wie beim Tanzen. Sie drückte ihren Rücken durch, hob die Brust und klemmte die Pobacken zusammen. Aber sie durfte nicht zu selbstbewusst wirken. So senkte sie ihr Kinn und schaute mit sehnsüchtigem Blick auf den Brienzersee hinaus. Plötzlich spürte sie, wie er hinter ihr stand.

»Bonjour, Mademoiselle«, sprach er sie auf Französisch an. »So ganz allein?«

Amanda gab sich erschrocken. Mit großen Augen sah sie zu ihm auf und wandte sich sofort wieder dem See zu. Zu leicht sollte sie nicht zu haben sein. Er war ein Mann, der sich nahm, was er wollte, das hatte sie erkannt, als sie ihn observiert hatte. Aber was er nicht erobern musste, war nur halb so interessant. Plötzlich spürte sie seine Hand im Kreuz. Er hatte den Köder geschluckt. Sie drehte sich zu ihm um.

»Ich heiße Pièrre. Was tut Mademoiselle so allein an diesem wunderschönen Ort?«

Den erschrockenen Ausdruck hielt sie noch einen Augenblick aufrecht. »Ich warte«, sagte sie in gebrochenem Schulfranzösisch. Sie musste ihm nicht auf die Nase binden, dass sie die Sprache fließend sprach. Die Sprache der Liebe aus dem Land der Liebe gehörte schließlich zu ihren Grundkenntnissen.

»Dann haben Sie großes Glück«, sagte er lächelnd. »Ihr Warten hat ein Ende, ich bin ja jetzt da.«

Sie kicherte und betrachtete seine Narbe auf der Stirn. Sie entstellte ihn keineswegs.

»Hat das sehr wehgetan?«, fragte sie in naivem Tonfall.

»Das?« Er strich darüber. »I wo. Sie sollten einmal den anderen sehen.«

»Wie ist das passiert?«

»Armen Leuten wurde Unrecht angetan. Ich habe es wieder berichtigt. Manchmal müssen dafür Opfer gebracht werden.«

»Wie edelmütig von Ihnen«, heuchelte Amanda.

Ausführlich erzählte er seine Heldengeschichte. In den Straßen von Lyon habe er sich im Alleingang einer marodierenden Bande von Bewaffneten entgegengestellt, die im Begriff gewesen seien, die rechtschaffenen Leute auszunehmen. Einer von ihnen habe mit einem mittelalterlichen Streitkolben wild um sich gefuchtelt und ihn am Kopf getroffen. Nur dank seiner beherzten Unnachgiebigkeit – wie er es formulierte – sei es ihm schließlich gelungen, allesamt in die Flucht zu schlagen. »So bin ich halt«, schloss er mit gespielter Bescheidenheit. »Die Narbe erinnert mich jeden Tag daran, Gutes zu tun.«

»Sie sind ja ein wahrer Held«, säuselte Amanda ehrfürchtig. Wahrscheinlich hatte er sich die Verletzung auch bloß bei einer Kneipenschlägerei zugezogen oder sich den Kopf an einem Balken gestoßen, doch bei den Frauen kam seine Version mit Sicherheit besser an.

»Um Ihre Frage zu beantworten, was ich hier tue«, begann Amanda *ihre* Legende, die sie sich in aller Ausführlichkeit zurechtgelegt hatte: »Ich habe gerade überhaupt nicht mehr zu tun, als die Zeit totzuschlagen. Ich bin die Sekretärin eines großen Fabrikanten, der im Hotel residiert. Er produziert im großen Stile –«

»Jaja«, unterbrach er sie. Ihre Geschichte schien ihn nicht im Geringsten zu interessieren. Es war offensichtlich: Er wollte ihr an die Wäsche, nicht sie kennenlernen. »Lassen Sie uns doch etwas trinken gehen«, schlug er stattdessen vor.

Amanda mochte Trusseau nicht. Aber das war unerheblich. Ihre Branche erlaubte es nicht, allzu wählerisch zu sein. Sie hatte gelernt, ihre Abneigung zu überspielen. Er ließ sie ihre Fahrkarte für die Bahn selbst bezahlen und führte sie in die Bierhalle beim Grandhotel. Amanda bestellte sich einen Tee, und Trusseau erzählte, wie er in jungen Jahren ein erfolgreicher Fußballer in Lyon gewesen sei. Ein hoffnungsvolles Naturtalent. Der Ball habe nur so an seinem Fuß geklebt. Er aber habe sich zu Höherem berufen gefühlt, habe den Menschen helfen wollen, seinem Vaterland dienen. So sei er der Fremdenlegion beigetreten und habe manches Gefecht gefochten. Ohne ihn hätte Frankreich einpacken können.

Aus der Selbstverständlichkeit, wie er sich in den höchsten Tönen rühmte, schloss Amanda, dass er damit bei den Frauen Erfolg haben musste. Es war seine Art, dieses Spiel zu spielen.

Sie machte mit, gab sich erstaunt und angetan von seinen Ausführungen. Begegnete ihm mit Bewunderung und Staunen, schaute ihn mit Rehaugen an. Wandte sich beschämt von ihm ab, wenn er sie ansah, ließ ihn jedes Blickduell gewinnen, auch wenn es ihr ein Leichtes gewesen wäre, ihn in Grund und Boden zu starren. So spielte *sie* dieses Spiel: ihn zu verführen, indem sie ihn dazu brachte, dass er sie verführte. Dennoch, ein Essen hatte er ihr nicht angeboten, er fühlte sich lediglich dazu bemüßigt, ihr die fünfunddreißig Rappen für den Tee zu bezahlen. In seinem Jackett, das er über die Stuhllehne gehängt hatte, konnte sich das Notizbuch nicht befinden, er führte es also nicht bei sich. Wäre auch zu einfach gewesen. Es musste weitergehen. Und so waren sie bald in seinem Zimmer gelandet.

Sie machte ihm vor, unerfahren zu sein. Gab sich erschrocken, als er sich über sie hermachte. Setzte sich zur Wehr. Nur ein wenig. Bewusst unentschlossen. Wie eine Frau, die nicht wusste, ob sie es mit sich geschehen lassen sollte oder nicht. Sie ließ ihm die Illusion, ihr seinen Willen aufzuzwingen, gab sich fügsam, was ihn erst recht in Fahrt brachte. Alles lief wie geplant.

Trusseau stank. Nicht, dass er ungewaschen war, im Gegenteil, er war sehr gepflegt. Auch lag es nicht am Duft seines Eau de Cologne. Es war der Geruch darunter, der von ihm selbst ausging. Der ureigene Körpergeruch, der bei jedem einzigartig war, wie ein Fingerabdruck. Er war jemand, den sie »nicht gut riechen konnte«. Ungeachtet dessen, dass er ein ungehobelter Rüpel im Bett war, passte die Chemie zwischen ihnen beiden schlichtweg nicht. Sie hätte mit ihm auch nichts anfangen können, wenn er ein kultivierter und anständiger Zeitgenosse gewesen wäre. Über all das war sie jedoch erhaben. Professionell genug, diese Unannehmlichkeiten zu ignorieren. Sie hatte alles im Griff.

Hatte sie das wirklich?

Sie hatte ihn nicht als diese Gewalt eingeschätzt, als die er sich nun gebar. Er übte Macht auf sie aus. Hielt sie nieder, ihren Körper wie auch ihren Geist. Einige mochten es im Bett grob. Noch mehr mochten es, selbst grob zu sein. Aber das, was er hier vollzog, war etwas anderes. Er drohte, sie in den unbarmherzigen Tiefen der Laken zu ertränken.

Die Tränen in ihren Augen, die nicht die ihren waren, sondern die der Sekretärin, die er gerade erst am See kennengelernt hatte, beeindruckten ihn nicht. Es schien, als sei es seine einzige Absicht, ihr Innerstes zu brechen. Obwohl ihm Amanda vorspielte, dass er sie bereits gebrochen hatte, drang er weiter vor. Weiter bis zum Kern, den sie sich aufrechterhielt, um darin ihr wahrstes und verletzlichstes Selbst aufzuheben. Alles konnten ihre Freier haben, nur nicht das, was dieser Kern barg, den letzten Widerstand und das, was von dem Mädchen mit dem gebürtigen Namen Klara Zumstein noch übrig war. Als schien er diesen Rückzugsort zu erahnen, war Trusseau nun drauf und dran, ihn zu knacken.

Allmählich entglitt ihr die Kontrolle, erste Risse bildeten sich am Kern. Eine kalte Furcht schwoll an, griff um sich, drohte durch die Risse zu dringen. Amanda rang mit der Furcht, versuchte sie zu bändigen, stattdessen wurde sie gebändigt wie ein Tiger im Zirkus, den ein eingeübter Dompteur mit unüberwindlicher Dominanz dazu brachte, entgegen seiner Natur durch den Ring aus Feuer zu springen. Wie lange würde Trusseau noch durchhalten? Wie lange würde sie noch durchalten können?

Amanda musste sich ausklinken. Dem Kampf um ihr Innerstes den Rücken kehren. Sie durfte nicht auch noch ihre eigene Furcht an ihr nagen lassen. Sie hatte schon Schlimmeres überstanden. Immerhin hatte sie sich ohne fremde Hilfe hochgearbeitet und die Gosse hinter sich gelassen. Sie musste sich vor Augen halten, dass es ihr allein gelungen war, sich zu einer Meisterin in ihrem Fach zu entwickeln. Sie war zur erfahrenen Gespielin geworden für Spielarten, für die es keinen Namen gab. Jemand hatte ihr einst anvertraut, dass sie es beherrsche, Sphären der Lust zu vermitteln, die man sonst wo nie wieder erreichen könne. Mehr noch, Amanda durfte stolz darauf sein, eine Liga erreicht zu haben, in der sie immer häufiger von Kunden engagiert wurde, die sie auf andere ansetzten. Sie vermochte die Konkurrenten, Rivalen oder Feinde ihrer Kunden dazu zu bewegen, ihr ihre dunkelsten Geheimnisse preiszugeben. Amanda veranlasste sie, bereitwillig Dinge zu tun, die ihren Auftraggebern zugutekamen. Es war vielleicht nicht der Beruf, den sie sich erträumt hatte, aber sie galt als eine der Besten, also würde sie auch mit diesem Trusseau fertigwerden.

In seinem Gesicht las sie endlich, dass er gleich zu einem Ende käme. Nur Augenblicke später ließ er sich auch schon schwer auf sie fallen. Er wälzte sich von ihr und verzog sich schnell ins Badezimmer.

Es war überstanden. Aber es blieb ihr keine Zeit, erleichtert aufzuatmen oder dem Wunsch nachzuspüren, in eine Wanne heißen Badewassers zu steigen und sich gründlich sauber zu schrubben. Noch während das Schloss hinter ihm einrastete, schoss sie hoch und blickte sich im Zimmer um.

Wo könnte dieser Kerl Klemens' Notizbuch versteckt haben? Sie huschte zum Kleiderschrank.

***

Nicu Butoi stand bereits seit geraumer Zeit im Hotelflur. Inzwischen waren einige Gäste und Zimmermädchen an ihm vorbeigegangen und hatten ihn verwundert beäugt. Er schaute zum hundertsten Mal um die Ecke zur Zimmertür, hinter der Amanda arbeitete. Noch immer war nichts zu erkennen.

Friedrich Klemens hatte das Grandhotel mit einem Aktenkoffer verlassen. Aus geschäftlichen Gründen, hatte er erklärt, doch Nicu vermutete, es hatte damit zu tun, dass nur zwei der drei deutschen Offiziere beim Grandhotel erschienen waren. Fritz hatte die arbeitsfreien Stunden dazu genutzt, in seiner Kammer auf der faulen Haut zu liegen. Nicu indes wurde aufgetragen, Amanda in einiger Entfernung zu folgen, um ihr im Notfall beizustehen. Dabei musste er beobachten, wie sie sich diesen Franzosen geangelt hatte. Oder besser gesagt, wie sie sich hatte angeln lassen. Nicu war ihnen in der Bahn nachgereist und hatte sich in der Bierhalle in einiger Entfernung zu ihnen hingestellt. Wie der Franzose um sie herumgeschwänzelt war. Wie sie über seine Witze gelacht und ihm aufmerksam zugehört hatte, als wären die beiden die einzigen Menschen auf Erden. Nicu hatte sich zusammenreißen müssen, dass er nicht zu diesem Aufschneider hinging und ihm eine verpasste. Bei ihm hätte es Amanda besser gehabt. Er hätte sie so behandelt, wie es dieses wunderbare Wesen verdiente. Hätte sie umsorgt, sie auf Händen getragen. Dabei war er ihr gestern zum ersten Mal begegnet.

Noch immer rührte sich nichts an der Zimmertür. Nicu hätte sich einen Hocker beschaffen sollen, wagte es nun aber nicht mehr, seinen Posten zu verlassen. Nicht auszudenken, wenn Amanda ihn brauchte und er nicht zur Stelle war.

Ob sie Klemens' Notizen fand?

***

Trusseau hatte sich eines der wenigen Zimmer in diesem Hotel geleistet, das über einen eigenen Baderaum verfügte. Amanda fragte sich, ob einem Spion die Ausgaben zurückerstattet wurden.

Sie öffnete den Kleiderschrank. Traf auf zwei akkurate Anzüge. Zwei dazu passende Hüte hatte er ordentlich auf das oberste Brett gelegt. Ein Koffer lag offen im Schrank. Amanda griff hinein. Hob Hemden, Hosen, Socken, Sockenhalter, Unterwäsche und Pflegeprodukte an. Tastete Wände und Außenhülle ab. Kein Notizbuch. Wenn Trusseau sie vor dem offenen Schrank erblickte, wäre sie erledigt. Er würde sofort wissen, was vor sich ging.

Hinter einer schmaleren Schranktür stand ein weiterer, kleinerer Koffer, der erstaunlich schwer wirkte, als sie ihn hervorzog. Oder lag es an ihr selbst? Tatsächlich fühlte sie sich verausgabt. Geschwächt von seiner Machtdemonstration.

Noch immer gänzlich unbekleidet legte sie den Koffer ab und löste die Schnallen.

Dann zuckte sie zusammen. Trusseau hustete.

Die Tür war dünn und dämmte die Geräusche kaum ab. Aber sie blieb geschlossen. Sie musste vorsichtig sein. Hastig durchsuchte Amanda auch diesen Koffer. Regenmantel, Lederschuhe, Schirm, Notizbuch, Taschenmesser.

Ein Notizbuch!

Die Toilettenspülung rauschte. Jeden Moment würde sich die

Tür öffnen. Ihr blieb keine Zeit mehr, die Schnallen des Koffers zu schließen. Ungeahnte Kräfte mobilisierend, wuchtete sie ihn in die Senkrechte und zurück in den Schrank. Das Rauschen der Spülung überdeckte das Geräusch des Schabens. Jeden Augenblick erwartete sie das Klicken des sich öffnenden Türschlosses. Sie hastete zurück ins Bett, legte sich in kümmerlicher Haltung hin, so, wie er sie anzutreffen erwartete.

Das Notizbuch! Sie hatte es in der Eile vor dem Schrank auf dem Boden liegen lassen. Wenn Trusseau jetzt die Tür öffnete, würde ihm zuallererst das rote Buch ins Auge fallen. Amanda ging ihre Optionen durch. Aufspringen, das Buch in den Koffer zurücklegen und dabei in Kauf nehmen, ertappt zu werden. Wie sollte sie ihm das erklären? Oder konnte sie es darauf ankommen lassen?

Aber die Tür öffnete sich nicht. Stattdessen begann Wasser zu rauschen. Das Quietschen von Füßen auf dem Messing der Badewanne lies Amanda erleichtert aufatmen.

Was er auch war, Spion, Agent, Terrorist, er hatte ihr die unschuldige Landpomeranze abgenommen und ließ sie allein in dem Zimmer gewähren. Er war sich seiner Macht über sie offenbar so sicher, dass er seine Vorsicht schleifen ließ. Dennoch durfte sie nicht unvorsichtig werden. Sie schalt sich eine Närrin, das Buch in ihrer Hast liegen gelassen zu haben. Auf Zehenspitzen eilte sie zurück zum Schrank, griff es sich, wickelte das Band ab, von dem es zugehalten wurde, und klappte es auf. Ein Rinnsal bahnte sich klamm seinen Weg zwischen ihren Schenkeln hinunter. Sie schauderte vor Ekel. Sie hatte sich unerfahren geben müssen, dazu hätte es nicht gepasst, ihm einen Pariser zu reichen.

Im Buchumschlag lagen Fahrkarten für das Schiff, mehrere Billetts für die Bahnen von Lyon nach Interlaken sowie Trusseaus Reisepass. Das Buch selbst war beinahe bis zur letzten Seite vollgekritzelt. Amanda erkannte eine Handvoll Zitate aus »Les Misérables«. Er hatte sie sich vermutlich notiert, um bei den Frauen zu trumpfen. Sie fand Gedichte auf Französisch, die er selbst verfasst haben musste, ungelenke Zeichnungen und Akte. Das Buch war der Beweis, dass Trusseau in musischen Dingen absolut talentfrei war. Aber es war nicht Klemens' Notizbuch. Amanda musste weitersuchen. Sie verstaute die Kladde fein säuberlich im Koffer und stellte ihn zurück in den Schrank. Danach widmete sie sich der Matratze und steckte beide Hände tastend darunter. Etwas Hartes, Metallenes streifte ihre Finger. Der Lauf eines Revolvers! Trusseau war gefährlich, so viel war jetzt sicher.

Die Duschbrause schwieg. Wie lange schon?

Die Tür öffnete sich. »Du bist noch da?«

Amanda lag zusammengekauert unter der Decke.

»Geh jetzt!«, befahl er. »Los, raus!«

Er packte sie am Arm, zerrte sie aus dem Bett und beförderte sie zusammen mit ihren Kleidungsstücken in den Hotelflur. Als sie den Rock aufhob, musterte er unverhohlen ihre Blöße. Schien sich zu fragen, ob er sich doch noch einmal über sie hermachen wollte.

Aus dem Augenwinkel machte Amanda hinten im Flur ein bekanntes Gesicht aus, das um die Ecke linste. Dann zog etwas ihre Aufmerksamkeit wieder auf Trusseau. Noch während er sich ins Zimmer zurückzog und im Begriff war, die Tür zu schließen, blickte er zum Schrank. Unvermittelt packte er Amanda wieder am Arm und zerrte sie zurück. Ein unterdrückter Schrei entfuhr ihr, als er sie aufs Bett warf.

Trusseau knallte die Zimmertür zu, und Amanda erkannte die verräterische Schranktür, die sich wieder geöffnet hatte. Trusseau warf sich auf sie, sodass ihr schlagartig die Luft aus der Lunge entwich. Schwärze umfing sie.

Trusseau schüttelte sie zurück ins Bewusstsein. »Was hast du da drin gesucht? Für wen arbeitest du?« Er schüttelte sie weiter. Ihr Kiefer klackte. »Antworte! Los! Arbeitest du für Klemens?«

Schlaff fiel sie zurück aufs Bett. Er hatte von ihr abgelassen.

Als Amanda aufblickte, sah sie, dass ein kräftiger Arm seinen Hals umwand wie eine behaarte Schlange. Das Gesicht des Leibgardisten erschien neben Trusseaus verkrampfter Visage.

Dann wich in Trusseaus Gesicht die Überraschung einem Ausdruck von bitterer Entschlossenheit. Er zog die Beine an und stieß sich vom Bettrahmen ab. Die Männer taumelten rückwärts, bis Nicu krachend auf die Kommode traf. Ein Kerzenhalter fiel zu Boden. Die Wucht ließ Nicu kurz einknicken, und Trusseau entwand sich dem Würgegriff. Er langte zu – zweimal –, traf Nicu seitlich am Kopf.

Nicu entzog sich dem dritten Schlag, doch Trusseau, offenkundig geübt im Faustkampf, zog den Arm weiter durch und erwischte seinen Gegner mit dem Ellenbogen. Nicu sank auf die Knie, fasste sich aber wieder und stürmte in geduckter Haltung mit dem Kopf voran in Trusseaus Magengegend.

Sie krachten gegen die Schranktür. Trusseau packte seinen Gegner an den Ohren und schlug den Kopf gegen sein hochgezogenes Knie, was sich verheerend auf Nicu auswirkte. Er ging zu Boden.

Aber Trusseau war noch nicht mit ihm fertig. Immer wieder trat er hart gegen den Kopf, während Nicu sich mit den Armen zu schützen versuchte. Raserei war in Trusseaus Gesicht zu lesen wie auch der Entschluss, dem am Boden Liegenden den Rest zu geben. Nicu drehte sich weg, was aber nichts brachte. Trusseau hielt erst ein, als er den Hahn seines eigenen Revolvers klicken hörte.

»Keine Bewegung!« Amandas Stimme hörte sich in ihren eigenen Ohren an wie die eines kleinen Mädchens. Doch die Worte und die auf Trusseau gerichtete Waffe in ihren Händen verliehen ihr die erforderliche Autorität.

So dachte sie zumindest.

Trusseau sah das anders.

Er wirbelte herum. In einer fließenden Bewegung entwand er ihr die Waffe aus den Fingern. Sie war nicht entschlossen gewesen abzudrücken. Hatte sich aufs Drohen beschränkt.

Trusseau hingegen war dazu entschlossen. Amanda starrte auf den Finger am Abzug, der sich zu krümmen begann.

Ein widerliches Geräusch erklang.

Der Revolver traf zuerst auf dem Teppich auf.

Pièrre Trusseau folgte und blieb regungslos liegen.

Nicu stand schnaufend mit dem bronzenen, fein ziselierten Jugendstil-Kerzenständer in der Hand da.

Stille kehrte ein.

Draußen hatte es wieder zu regnen begonnen. Die Tropfen prasselten gegen die Fensterscheibe. Es war düster, selbst für diese frühe Abendstunde. Die Luft im Zimmer war stickig geworden.

***

Das Restaurant befand sich im Erdgeschoss unter der Rezeption. Es war gut besucht, nun, da der erneut einsetzende Regen die Gäste von der Terrasse hereingezwungen hatte. Carl fand einen Sitzplatz an einem runden Tisch, an dem bereits ein Touristenpaar saß und sich mit einer Frau unterhielt. Sie schien gerade gehen zu wollen, hatte schon ihre Tasche und den Schirm fest im Griff. Ferner saß noch ein Mann in Wanderbekleidung am Tisch. Carl studierte die Karte und entschied sich für den Fisch. Aus dem Gespräch vernahm er, dass die Frau ihren Mann nach Hause holte, der hier vier Wochen in Kur gewesen war. Sie rühmte die Wasserheilanstalt im benachbarten Kurhaus wie auch den leitenden Kurarzt Dr. Leonard Blumer, eine Kapazität in der Hydrotherapie. Dennoch sei sie besorgt, dass der Aufenthalt ihres Mannes viel zu kurz gewesen war.

»Es soll hier ein Kongress stattfinden, deshalb werden alle Kuren unterbrochen«, erklärte sie. »Aber es ist zu früh, er ist noch nicht wieder derselbe wie früher«, gab sie zu bedenken. Ihn plagte die »nervöse Erschöpfung«. Er war jahrelang der Meinung gewesen, im Betrieb Übermenschliches leisten zu müssen. Dann plötzlich sei er während einer Zugfahrt hysterisch geworden, und einige Tage darauf mochte er nicht mehr aus dem Bett aufstehen.

Die Bedienung, ein Mädchen in einer Berner Oberländer Tracht, servierte Carl eine Gerstensuppe. Ein anderes dem Touristenpaar zwei Teller Rösti mit Speck.

Die Frau nutzte die Unterbrechung, sagte: »Jetzt muss ich aber …«, und verschwand.

Nun war das Touristenpaar auf der Suche nach einem neuen Gesprächspartner. Aus dem wortkargen Wanderer, der Schaum von einem Bier nippte, brachten sie gerade einmal heraus, dass er nach dem Bier das Schiff nehmen würde und Herr Bärchtig hieß. So wandte sich die kommunikationsfreudige Mittvierzigerin an Carl und stellte sich und ihren Mann als Herr und Frau Meier vor. Die beiden hatten im Hotel Giessbach die letzte Nacht ihres Urlaubs vor sich und würden morgen schweren Herzens heimreisen.

Gerade als sie Carl über seinen Beruf befragten, betrat eine hochgeschossene Frau mit forschem Kinn und in Begleitung eines untersetzten Mannes, den sie mit den hochhackigen Schuhen und dem ausladenden Hut deutlich überragte, den Speisesaal. Der Mann ging gebeugt. Obwohl er etwa im selben Alter wie sie war, wirkte er wie ein Kind, das allein nur mit Trotz bewaffnet gegen die Mutter angetreten war. Und verloren hatte. Carl war bereits an der Rezeption aufgefallen, wie sie sich gezankt hatten. Es war darum gegangen, dass sie das Hotel nicht wie erwartet vor dem Abend verlassen hatte, sondern entschlossen war, eine Nacht länger zu bleiben und erst morgen abzureisen.

Die beiden näherten sich dem Tisch, als Carl gerade den Suppenlöffel ablegte. Der Mann machte keine Anstalten, der Frau den Stuhl zu rücken, sodass Carl sich genötigt sah, aufzustehen und für ihn einzuspringen. Auch wenn sie keinen Reifrock trug, sondern ganz der neuen Mode entsprechend einen gerade geschnittenen, gebot es doch die Höflichkeit. Sie wies Carl zurück, kaum dass er sich erhoben hatte, mit der Bemerkung, sie könne auch ohne Hilfe Platz nehmen. Ihr Gatte setzte sich mit einem frechen Grinsen.

Auf Frau Meiers Frage hin stellten die beiden Neuankömmlinge sich als Olaf und Hilde Inderbitzin-Längi vor.

»Olaf Inderbitzin, der Direktor der Schuhfabrik Längi in Biel?«, wandte Carl sich an den Herrn.

»Im Grunde genommen leite ich den Betrieb«, wurde er prompt von Hilde korrigiert. »Das ist ja inzwischen kein Geheimnis mehr.«

Hilde Inderbitzin-Längi war die einzige Schweizer Matriarchin. Die Grande Dame der Schuhindustrie. Carl hatte von ihr gelesen und wusste, dass die Fabrik seit Generationen in der Hand der Familie Längi war. Hilde war die älteste Erbin, und ihr Vater hatte keinen Jungen gezeugt. Unter solchen Umständen war es nicht unüblich, die Tochter mit einem Mann zu verheiraten, der die Leitung des Betriebs übernehmen sollte. Durch geschicktes Taktieren war es dann auch Olaf Inderbitzin senior gelungen, seinen Sohn Olaf in die Familie Längi einzuheiraten. Ihm wurde eine Stelle als Abteilungsleiter zugewiesen, bei der er nicht sehr überzeugte, soweit man hörte. Nachdem der alte Längi abgedankt hatte, wurde Olaf als Direktor eingesetzt. Sein Mangel an Führungskompetenz offenbarte sich bald. Wie auch sein mangelndes Engagement sowie mangelnde Sozialkompetenz. Zudem hatte er keine Ahnung von Schuhen. Hilde hingegen fühlte sich dem Betrieb ihrer Familie mehr als verpflichtet und offenbarte großes Talent für den Posten. Sie unterstützte ihren Mann auf dem Direktionsstuhl, wo immer möglich, während Olaf sich mehr darauf verlegte, das Familienvermögen auszugeben. Er investierte in Villen, Jachten, Automobile, leichte Mädchen und das Glücksspiel.

Die Bedienung servierte Carl das Eglifilet auf Müllerinnenart garniert mit Blattspinat und nahm die Bestellung der Inderbitzins auf. Frau Meier, die ebenfalls schon von der Direktorin der »Längi Schuhe« gehört hatte, zeigte sich begeistert, eine Berühmtheit am Tisch sitzen zu sehen. Sie fragte Hilde, wie es für sie sei, an einer solchen Position zu arbeiten, welche bis anhin nur von Männern bekleidet wurde.

Hilde zeigte sich überraschend offen und gab bereitwillig Auskunft. Anfänglich sei es noch ein Geheimnis gewesen, dass im Grunde genommen sie den Betrieb geleitet hatte. Doch da sie ihrem Mann immer mehr Verpflichtungen habe abnehmen müssen, habe zuerst die administrative Abteilung, später das Kader und schließlich die gesamte Arbeiterschaft erkannt, wer wirklich das Sagen hatte. Die meisten seien verwundert gewesen, dass es so etwas überhaupt gab. Einige regelrecht empört.

»Als die Belegschaft jedoch erkannte, dass der Betrieb mehr Ertrag abwarf als bisher und die Arbeiter die viel besseren Arbeitsbedingungen hatten als bei der Konkurrenz, beschlossen sie, zu ihrer Brotgeberin zu halten«, verkündete sie nicht ohne Stolz.

Olaf Inderbitzin beteiligte sich nicht an dem Gespräch. Er machte einen betont gelangweilten Eindruck.

»Nehmen Sie auch am Kongress teil?«, wollte Carl von Hilde wissen.

»Die Orion-Gesellschaft für Fortschrittsfragen ist noch zu wenig fortgeschritten, als dass sie weibliche Mitglieder zuließe. Die Herren der Schöpfung wollen unter ihresgleichen bleiben.« Sie nippte enerviert an ihrem Glas Chablis. »Setz dich aufrecht hin, Olaf!«, maßregelte sie ihren Mann.

Während er sich augenblicklich straffte, erklärte sie, sie werde am kommenden Morgen abreisen, bevor der Kongress offiziell begann. »Ich will nicht unter den Begleitdamen auf meinen Mann warten. Ich habe schließlich eine Fabrik zu leiten.«

Begleitdamen? Carl war irritiert. Was für eine Art Kongress stand ihm da bevor?

»Würden Sie eine Frau zur Leitung Ihrer Fabrik anstellen, Herr Lohser?«, holte Hilde Carl aus seinen Gedanken.

»Das kann ich mir gut vorstellen, sofern die Ausbildung stimmt.« Carl war aufgeschlossen genug, dass er Frauen dieselben Fertigkeiten zutraute wie Männern.

»Seien Sie da nicht zu voreilig, Herr Lohser. Es gibt zu bedenken, dass nicht die Frau auf dem Direktionsposten das Problem ist, sondern die Reaktion der Kundschaft.«

»Ist das Ihre Erfahrung?«

»Ein Kunde, der denkt, eine Frau sei nicht imstande, die Firma zu leiten, wird aus Misstrauen Ihr Produkt nicht kaufen. Ein Kunde, dem es nicht in den Kram passt, dass nun auch Frauen Betriebe leiten dürfen, wird aus Missgunst das Produkt nicht kaufen.«

Carl konnte sich das gut vorstellen und musste ihr beipflichten. Auch die Meiers nickten nachdenklich. Herr Bärchtig bestellte sich noch ein Bier.

»Engagieren Sie sich in der Frauenrechtsbewegung?«, fragte Frau Meier.

»Ich unterstütze einige Frauenvereine mit verschiedenen Programmen. Eine aktive Beteiligung lässt meine Agenda leider nicht zu. Schließlich muss man als Frau mindestens das Doppelte leisten, um anerkannt zu werden«, seufzte Hilde. »Zudem ist es nicht gerne gesehen. Wer kauft schon Schuhe von einer Frauenrechtlerin? Schauen Sie nur auf die Suffragettenbewegung in England. Diese Frauen werfen Schaufenster ein und rotten sich zu militanten Kundgebungen zusammen. Sie meinen, Taten, nicht Worte, würden das Wahlrecht bringen, und werden ins Gefängnis gesperrt. Ich frage mich, wie soll man so die Gesellschaft überzeugen, dass Frauen genauso fähig und mit Bedacht wählen können wie Männer?«

Herr Meier meldete sich zu Wort: »Ich habe gelesen, dass es inzwischen zwei Richtungen in der Schweizer Frauenbewegung gibt.«

»Es findet ein Umbruch statt. Der alte Ansatz geht davon aus, dass Frauen und Männer von Natur aus unterschiedlich sind. Die traditionelle Geschlechterhierarchie wird hierbei nicht in Frage gestellt. Der Mann ist der Herr im Hause und geht arbeiten, während die Frau für den Haushalt und die Kinder sorgt. Diese Frauen kämpfen für mehr Rechte und bessere Bedingungen bei ihrer Arbeit in den Familien und sorgen sich um die Moral in der Gesellschaft.«

»Gibt es denn noch einen anderen Ansatz?«

»Der neue Ansatz gewinnt immer mehr Zustimmung. Die Frauen fordern politische und rechtliche Gleichberechtigung. Sie gehen davon aus, dass Frauen zu denselben Tätigkeiten fähig sind wie Männer, wenn ihnen nur die Möglichkeit geboten würde. Dazu ist eine bessere Berufsbildung für Frauen erforderlich und gleicher Lohn für gleiche Arbeit.«

»Und natürlich das Frauenstimmrecht«, ergänzte Carl. Aus seiner Sicht passte es nicht in eine fortschrittliche Welt, dass die Frau noch immer als Eigentum des Mannes betrachtet wurde. Ein Mann definierte sich durch seinen Beruf und sein Einkommen. Die Frau hingegen wurde durch ihren Mann und seine soziale Stellung definiert. Sie hatte bloß eine repräsentative Aufgabe und ihren beschränkten Einflussbereich im Haus.

Bärchtig stürzte sein frisches Bier hinunter, bezahlte und ging. Vielleicht, um sein Schiff noch rechtzeitig zu erreichen. Vielleicht, um den Anwesenden zu signalisieren, was er von diesem Thema hielt.

Hilde dozierte weiter. »Das traditionelle Frauenbild wird sich in nicht allzu ferner Zukunft ändern. Ich schätze, dass in den nächsten zehn Jahren die Frauen endlich ihr Stimmrecht und für dieselbe Arbeit auch dasselbe Salär erhalten werden wie die Männer.«

Carl hatte den Eindruck, als kannte ihr Mann dieses Gespräch zur Genüge, als würde sie es bei jeder Gelegenheit aufgreifen. Olaf gaffte – während er sich den Löffel Gerstensuppe an die Lippen hielt und blies – dem Hintern der Bedienung nach.

Carl blickte auf die Zenith an seinem Handgelenk und verabschiedete sich, um an der Rezeption nachzufragen, ob sein Automobil inzwischen angeliefert worden sei. Vielleicht hatte man einfach vergessen, ihn zu informieren. Der Concierge verneinte mit gekünsteltem Bedauern.

Wie lange würden die Berner Oberländer Sennen für den

Transport der Gans II noch benötigen? Die Strecke war doch höchstens zehn oder zwölf Kilometer lang. War am Ende doch noch etwas schiefgegangen? Kaum auszudenken, was alles geschehen konnte. Carl hielt sich an der Hoffnung fest, dass die Helfer nur deshalb so lange benötigten, weil sie sein Automobil schadlos halten wollten.

Er beschloss, sich in den Salon zu begeben, um den ereignisreichen Tag mit einem Schlummertrunk zu beenden.

***

Amanda war vollkommen neben sich gewesen. Sie hatte nur dagestanden und auf den Toten am Boden gestarrt. Nicu hatte gesehen, wie sich ihr Brustkorb in einer Geschwindigkeit hob und senkte, die sicherlich nicht gesund war. Nun, da sie beide allein waren, hätte er gerne etwas Zeit mit ihr verbracht. Doch es schien ihm in Anbetracht der Umstände – dem Kampf, der Bedrohung mit dem Revolver und der auf dem Teppich liegenden Leiche – nicht angemessen, sich zu ihr zu setzen, um sie besser kennenzulernen. Stattdessen wollte er ihr zeigen, was für ein verständnisvoller Kerl er war. Er hatte ihr ihre Kleidung gereicht und angeboten, alles zu regeln, damit sie sich in ihr Zimmer zurückziehen konnte.

Nachdem sie den Raum verlassen hatte, stand er einen Augenblick inmitten dieses Schlamassels und überlegte das weitere Vorgehen. Der Franzose starrte Nicu mit offenem Mund und aufgerissenen Augen an. »Da staunst du! Das hättest du mir nicht zugetraut, was?«, raunzte Nicu den Toten an. »Ja, jeder unterschätzt mich, auch du, du dämlicher Froschschenkelfresser!«

Zuallererst musste er sich eine Lösung für das Leichenproblem überlegen. Er musste sie fortschaffen und brauchte dazu die Hilfe von Fritz. Er fand ihn in der Bierhalle. Gemeinsam wickelten sie den Franzosen in den blutbefleckten Teppich und machten sich daran, im Zimmer aufzuräumen. Als Nicu die

Kommode an ihren angestammten Platz zurückschob, fragte er sich, ob sie Klemens in die Sachlage miteinbeziehen sollten, entschied sich aber schnell dagegen. Er konnte ihm immer noch im Nachhinein berichten, wenn alles erledigt war. So würde Klemens sehen, dass Nicu die Dinge selbstständig regeln konnte. Als sie vor rund einem halben Jahr Hauser hatten überzeugen müssen, das Hotel zu verkaufen, war Klemens ja auch zufrieden gewesen, wie sie die Sache gehandhabt hatten.

Fritz versuchte bereits seit einer Ewigkeit, das Bett zu machen. Seine Hände waren nun mal nicht dafür geschaffen, mit dem Stoff eines Bettlakens umzugehen. Als Nicu den Kerzenleuchter auf die Kommode zurückstellte, entdeckte er an dessen Fuß Blutflecken und Haare. Wie praktisch war es da, dass dieses Hotelzimmer einen dieser modernen Baderäume hatte, die sich nur die Reichen leisten konnten. Die Kammer, in der er und Fritz während des Kongresses untergebracht waren, hatte so etwas nicht, doch immerhin war es ihnen erlaubt, die Waschräume auf der Etage zu benutzen. Zu Hause galten nicht dieselben Anforderungen an die Reinlichkeit wie hier. Da ging er zweimal die Woche ins öffentliche Bad, öfter als die meisten, die er kannte. Wie oft sich wohl die Reichen wuschen? Etwa nach jedem Toilettengang?

Während er am Waschtrog unter laufendem Wasser die Flecken am Kerzenständer abrieb, grübelte er, was sie mit der Leiche anstellen sollten. Fritz' Vorschläge dazu waren komplett unbrauchbar: den Toten in einer Tonne hinter dem Haus verbrennen oder die Leiche in Stücke hacken und im Abfall wegbringen lassen oder den Körper im See versenken. Auch den Vorschlag, Trusseau einfach im Hotelzimmer liegen zu lassen, verwarf Nicu.

Fritz fehlte das erforderliche kriminalistische Denken, das in einer solchen Situation unabdingbar war. Es bedurfte eines ausgeklügelten Plans. Es sollte aussehen wie ein Unfall. Oder besser: Selbstmord. In Nicus Verstand manifestierte sich allmählich ein raffinierter Plan. Es sollte so scheinen, als ob Trusseau seines Daseins überdrüssig gewesen war und sich das Leben genommen hatte. Und was bot sich dafür im Grandhotel Giessbach am besten an? Der Giessbach! Nicu gefiel der Plan, und es kam noch besser: All die Wasserfallstufen würden Trusseau so bearbeiten, dass die verräterische Wunde am Hinterkopf gar nicht mehr auffiele, falls er überhaupt je gefunden wurde.

Als Nächstes nahm sich Nicu den Schrank vor. Er packte Trusseaus Kleidungsstücke in die Koffer und die Hüte in die Schachteln. Die Versuchung war groß, die Taschenuhr und einen Anzug an sich zu nehmen. Doch wenn Klemens davon erführe, würde Nicus Anstellung schlagartig der Vergangenheit angehören. So hielt er sich zurück.

Als er auf ein Büchlein stieß, stutzte er zuerst, bemerkte aber schnell, dass es sich nicht um das gesuchte Notizbuch handelte. Es hatte bloß einen billigen Kartonumschlag und war mit handschriftlichen Notizen und Zeichnungen des Franzosen vollgekritzelt. Dies brachte Nicu auf eine Idee. Es war das i-Tüpfelchen für seinen Plan. Um den Selbstmord zu untermauern, musste ein Abschiedsbrief gefunden werden. Mit Hilfe der Notizen im Büchlein würde es Nicu möglich sein, die Handschrift des Franzosen zu imitieren. Schwierig, aber machbar.

Nicu musste zuerst einmal innehalten und die Genialität seines Plans auf sich wirken lassen.

***

Dieser verdammte Dreckskerl von Generalleutnant hatte Fürstenfeldt in ein Zimmer auf der rückwärtigen Seite des Hotels einquartieren lassen. Ein Zimmer mit »Waldsicht«, wie die das hier oben nannten. Es gab Zimmer mit Seesicht, Zimmer mit Sicht auf den Giessbach und vereinzelte, die kostengünstigeren, deren Fenster den Blick auf die Büsche und Felsen hinter dem Haus freigaben. Brechtesloh wusste genau, wie wichtig Fürstenfeldt eine gute Aussicht war. Da steckte Absicht dahinter.

Fürstenfeldt schluckte seinen Ärger hinunter. Das Gepäck

hatte das Hotelpersonal bereits neben das Bett gestellt. Man hatte auch seinen Anweisungen Folge geleistet, keinen der Koffer zu öffnen. Er setzte sich auf das Bett, schloss den kleinen braunen Koffer auf und löste die Riemen, die das Gerät darin festhielten. Es entsprach der neusten Generation, war aber nicht sonderlich robust. Fürstenfeldt untersuchte es auf seine Unversehrtheit und war zufrieden. Dann verließ er mit dem braunen Koffer in der Hand das Hotel. Es war an der Zeit, Maßnahmen zur Gegenspionage zu ergreifen.

Beim Kleinkraftwerk am Seeufer öffnete ihm ein bärtiger Mann vom enormen Wuchs eines Bären die Tür. Fürstenfeldt überreichte ihm ein Schreiben, auf welchem stand:

Vor Ihnen steht Oberst Gerhard von Fürstenfeldt-Kamp. Er handelt in meinem Einverständnis. Befolgen Sie seine Anweisungen. Über diese Angelegenheit ist absolutes und zwingendes Stillschweigen zu halten!
Gezeichnet: Dr. Fried. Klemens

Fürstenfeldt fragte nach der Telefonleitung, und der Mechaniker führte ihn in den hintersten Winkel des Betriebsraums, wo hinter dem Ersatzteillager des Kraftwerks der Draht entlang der Wand montiert war. Mit dem Werkzeug, das ihm der Mechaniker zur Verfügung stellte, durchtrennte er die Leitung und verband anschließend die beiden losen Enden mit seinem Gerät.

***

Es klopfte an der Tür, und Nicu trat ein. Er blickte sich neugierig in Amandas Zimmer um und fragte sie nach ihrem Befinden.

»Es geht schon«, log sie.

»Ich habe mir Sorgen um Sie gemacht«, erklärte er. »Ich kann mir gut vorstellen, dass Sie einen Schock erlitten haben, aber trösten Sie sich, ich war es ja, der mit dem Kerzenständer zugeschlagen hat, nicht Sie, Fräulein Amanda.«

Amanda wusste nicht, wie sie das trösten sollte, schließlich war heute Abend in ihrer Gegenwart ein Mann gestorben.

»Ich habe noch nie jemanden getötet, das müssen Sie mir glauben. Aber ich komme klar damit. Nicht, dass Sie das jetzt falsch verstehen, es war auch für mich schrecklich, aber ich habe schon früh lernen müssen, mit Schicksalsschlägen umzugehen. Ich hatte es nicht leicht in meinem Leben auf der Straße.« Er griff nach ihrer Hand. Amanda zog sie weg. Dann fuhr er fort: »Ich habe ja aus Notwehr handeln müssen. Sonst wären wir beide jetzt nicht mehr da.«

Er rutschte ein Stück näher zu ihr hin. Amanda rutschte weg.

»Dass der Franzose gestorben ist, war ja bloß ein Unfall. Mit so etwas muss man rechnen, wenn man mit einem Revolver auf Leute zielt. Er war selbst schuld. Das muss ein Spion doch in der Spionageschule lernen.«

Es war seine Art, das Erlebte zu verarbeiten. Amanda ließ ihm die Gelegenheit, darüber zu sprechen. Schließlich hatte er ihr das Leben gerettet. Aber so einfach, wie er die Geschehnisse zusammenfasste, war es nicht. *Sie* war verantwortlich dafür, dass Trusseau gestorben war, auch wenn sie den tödlichen Schlag nicht selbst ausgeführt hatte. Sie hatte über ihrer Kompetenz gehandelt. Sie hatte sich angemaßt, einen ausgebildeten Spion täuschen zu können. Hochmut, reiner Hochmut. Sie konnte froh sein, dass sie nicht selbst tot auf dem Fußboden lag.

Beinahe hatte sie geschossen. Es wäre Mord gewesen, jeder hätte den Schuss gehört, die Polizei wäre gekommen und hätte sie als Mörderin festgenommen. Sie sah die Schlagzeile vor sich: »Kurtisane lockt französischen Agenten ins Bett und erschießt ihn kaltblütig«.

Womöglich hätte dies zu einem Konflikt mit Frankreich geführt, und die Eidgenossenschaft wäre politisch gezwungen gewesen, die Luzerner Guillotine an ihr einzusetzen. Amanda spürte, wie die Farbe ihrem Gesicht entschwand.

Nicu musste es ebenfalls bemerkt haben. »Machen Sie sich keine Sorgen, Fräulein Amanda.« Er nahm ihre Hand, und sie gewährte es ihm. »Ich habe mit Fritz die Leiche aus dem Zimmer geschafft, und wir werden sie, wenn es Nacht ist, verschwinden lassen.«

Das Bild, wie der tote Mann vor ihr auf dem Boden gelegen und sie mit diesem Vorwurf im Blick angestarrt hatte, würde sie für den Rest ihres Lebens nicht mehr vergessen. Sie musste sich immer wieder in Erinnerung rufen, dass er ein Spion war und sich der Gefahr, die sein Handeln mit sich brachte, bewusst gewesen sein musste. Er war ein gewalttätiger und grober Zeitgenosse gewesen. Dabei hatte er im Tod so hilflos gewirkt.

Ein Herz hatte aufgehört zu schlagen, ein Geist aufgehört zu träumen.

Was hatte er wohl als Nächstes vorgehabt? Wollte er nach Beendigung seines Auftrags zu seiner Frau zurückkehren? Amanda konnte nicht anders, als sich vorzustellen, wie Madame Trusseau, oder wie auch immer sie heißen mochte, in einer französischen Kleinstadt ihre Kinder zu Bett brachte. Wie sie sich noch etwas in der Stube hinsetzte, um an ihrer Stickerei zu arbeiteten. Wie es klopfte und, als sie öffnete, ein fremder Bote davor stand, der ihr einen Umschlag aushändigte. Amanda sah es vor sich, wie die Frau einfach so dastand, nachdem sie den Brief mehrere Male durchgelesen hatte, um sich zu vergewissern, dass sie den Inhalt auch richtig verstanden hatte. Der Brief verkündete, dass man zutiefst bedauere, ihr mitteilen zu müssen, dass ihr Mann im Ausland in ehrenhafter Ausübung seiner Pflicht für das Vaterland verschieden sei. Amanda stellte sich vor, wie sie die ganze Nacht weinte, doch das Schlimmste lag noch vor ihr: Sie musste es ihren Kindern erklären. Dabei waren die noch viel zu jung, um zu verstehen, was es bedeutete, wenn jemand nie mehr zurückkam. Ihr Leben würde ein anderes sein ohne ihn. Kummer und Trauer würden über ihnen hereinbrechen. Vielleicht würde die Familie ohne seinen Verdienst in Ruin und Armut stürzen.

Amanda hatte immer gewusst, dass ihr Beruf gefährlich werden konnte, war aber immer wieder bereit gewesen, das Risiko einzugehen. Schuldgefühle nagten an ihr. Sie wimmelte Nicu mit der Begründung ab, dass bei ihr alles in Ordnung sei und sie jetzt bloß etwas Zeit für sich allein brauche.

Nachdem er ihr Zimmer verlassen hatte, nahm sie den Nachttopf und übergab sich.

***

Zurück im Hotel betrat Fürstenfeldt den Speisesaal. An einem Tisch an der Wand, wo er die anderen Gäste im Auge behalten konnte, saß Leutnant Witt, der appetitlos in einer Schüssel Hühnerbrühe rührte. Fürstenfeldt setzte sich zu ihm. Witt trug seinen lädierten Arm in einem zur Schlinge geknüpften Stofftuch. Er war nur noch ein Abbild des kraftstrotzenden Hünen.

»Was meint der Arzt?«, fragte Fürstenfeldt.

»Ich werde durchkommen.«

»Hat er Fragen gestellt?«

»Nein.«

»Gut.«

Fürstenfeldt bestellte sich das Chateaubriand, eine Flasche Bordeaux und für Witt ein Bier.

Während Fürstenfeldt aß, ließ Witt seinen Blick über die Hotelgäste schweifen. Er hielt Ausschau nach jemandem, welcher der Beschreibung des Schützen entsprach. Jemand mit einer markanten Narbe auf der Stirn.

Aufgewachsen im Oranje-Freistaat im Süden Afrikas, hatte Peer Christiaan Witt gleich mehrfach den Krieg kennenlernen müssen. Als Sechsjähriger kehrte sein Vater nicht mehr nach Hause zurück, als die britischen Rotröcke die beiden jungen Nationen der Buren vereinnahmen wollten. Beim zweiten Burenkrieg kämpfte Witt bei Pretoria gegen das britische Heer in einem Guerillakrieg. Doch währenddessen kamen seine Schwestern und Brüder mitsamt deren Familien in den britischen Konzentrationslagern ums Leben.

Entwurzelt von seiner Heimat, die vom britischen Imperium

schließlich vereinnahmt wurde, trat Witt als Söldner der kaiserlichen Schutztruppe in Deutsch-Ostafrika bei. Dabei traf er auf die Askaris, schwarze Soldaten aus jeder Ecke Afrikas, die für die Schutztruppe angeheuert wurden und treu für die deutsche Kolonialmacht kämpften.

Als die Hottentotten in Deutsch-Südwestafrika angriffen, wurden die Schutztruppe und damit auch Witts Einheit mobilisiert. Kaum hatten sie den Krisenherd im Westen erreicht, gerieten sie in einen Hinterhalt. Dabei rettete Witt einem Kommandanten das Leben. Sein Name war Manfred Brechtesloh. Als dieser bis zum Range des Generalleutnants aufstieg, stellte er den »weißen Askari« als seine Leibwache ein, und Witt verließ den riesigen, heißen und unzivilisierten Kontinent.

Als Fürstenfeldt den Braten vertilgt und die Flasche geleert hatte, lehnte er sich zurück. Die Strapazen des Tages forderten auch bei ihm ihren Tribut. Gerade als er sich überlegte, eine Zigarre zu ordern, fragte Witt: »Wie gehen wir weiter vor?«

Der Leutnant hatte recht. Nun war nicht die Zeit für Müßiggang. Immerhin war er, Oberst Gerhard von Fürstenfeldt-Kamp, der Stratege. Mit einem Ächzen richtete er sich in seinem Sessel auf. »Es wird Zeit, etwas über den Agenten in Erfahrung zu bringen. Folgen Sie mir!«

Gemeinsam verließen Sie den Speisesaal und steuerten die Rezeption an, vor der sich eine kleine Schlange gebildet hatte.

»Lassen Sie mich vor.« Fürstenfeldt drängte sich vorbei. Den Protest der Anstehenden überhörte er geflissentlich. Er klopfte auf die Theke und unterbrach den Concierge dabei, einem ankommenden Gast eine geruhsame Nacht zu wünschen.

Der Concierge kam auf ihn zu, sein Lächeln hatte etwas Käsiges. »Ja, bitte?«

»Kommen Sie ein Stück mit!«, befahl Fürstenfeldt.

»Ich bin gerade sehr beschäftigt, mein Herr.«

»So kommen Sie jetzt!« Zur Bekräftigung schlug er mit einer Hand auf die Marmorabdeckung.

»Sehr wohl, der Herr.«

Außer Hörweite der Rezeption brachte Fürstenfeldt sein Anliegen vor. »Wir sind auf der Suche nach einem Herrn. Groß gewachsen, blond und mit einer Narbe über dem linken Auge.«

Der Concierge schwieg.

»Sein Alter …«, Fürstenfeldt sah Witt an.

»In den Dreißigern«, sagte Witt.

»Erinnern Sie sich an diesen Herrn?«

»Das Grandhotel Giessbach legt großen Wert auf Diskretion.« Der Concierge rang seine Hände, sein Blick wechselte unruhig von Fürstenfeldt zu Witt und dann zur Rezeption. Seine Angestellten waren voll und ganz mit dem Ansturm der Hotelgäste beschäftigt. »Sie verstehen, ich darf solcherlei Informationen nicht einfach herausgeben.«

»Dann rufen Sie Klemens an!«

Fürstenfeldt hätte sich selbst an Klemens gewandt, wenn der sich hier im Giessbach aufgehalten hätte. Stattdessen hatten er und der Generalleutnant notgedrungen die letzten Vorbereitungen für den Kongress und für die bevorstehenden Gespräche in Brechteslohs Unterschlupf in Bönigen verlagern müssen. So musste sich Fürstenfeldt halt an diesen Kasper von Concierge wenden.

»Herr Klemens möchte nicht gestört werden.«

»Für uns möchte er gestört werden. Sagen Sie, Oberst Gerhard von Fürstenfeldt-Kamp hätte gefragt.«

»Ich werde tun, was ich kann.« Der Concierge kehrte hinter den Tresen zurück und griff den Telefonhörer. Er schien niemanden erreichen zu können. Mit ratloser Miene schaute er sich nach den beiden Offizieren um. Dann blätterte er im Gästebuch, nahm einen Zettel und die Feder zur Hand und notierte etwas.

Mit watschelndem Gang kam er zurück und streckte Fürstenfeldt den gefalteten Zettel hin. »Voilà.«

Fürstenfeldt faltete den Zettel auf und las: »Pièrre Trusseau, Zimmer 147«.

Der Concierge hatte sich bereits wieder abgewandt, um sich zurück zur Rezeption zu retten, als Fürstenfeldt sagte: »Ich brauche auch noch den Schlüssel.«

Vor dem verschlossenen Zimmer mit der Nummer 147 gab Fürstenfeldt mit seiner Luger Witt vom Flur aus Deckung, als dieser ebenfalls mit gezogener Waffe die Tür öffnete. Das Zimmer war leer bis auf die vor dem Bett bereitstehenden Gepäckstücke: zwei Koffer, Hutschachteln und in Schutzhüllen gepackte Anzüge. Witt kontrollierte das dem Schlafraum angeschlossene Badezimmer. »Sauber.«

Die Luft war stickig. Fürstenfeldt konstatierte, dass Trusseaus Zimmer einen prächtigen Ausblick auf den See bot.

»Lassen Sie uns wieder verschwinden«, sagte er.

***

Als Carl den Salon betrat, fühlte er sich zwar nicht wirklich in ein fernes, exotisches Land versetzt, aber der Ausstattung des Salons mit Teppichen, Krummsäbeln, Kissen, ja sogar einer ornamentierten Kulisse mit gemalten Mauern und Spitzbogenfenstern gelang es, ein Ambiente des Morgenlandes zu vermitteln, das er gerne auf sich wirken ließ. Da und dort war zwar eine Brienzer Schnitzerei zwischen den Ausstattungsstücken zu erblicken, und an der hintersten Wand hing ein gigantisches Gemälde eines Schwingfestes, was dem ganzen Eindruck jedoch keinen Abbruch tat. Die Krönung der Ausstattung entdeckte Carl erst, als er sich an den Bartresen setzte. Es war der Barmann selbst! Mitte dreißig, vielleicht auch jünger, mit wuchtigen dunklen Augenbrauen und einem noch wuchtigeren Schnurrbart. Er trug das purpurne Gewand eines Muselmanen und einen passenden Fez. Dem starken Akzent nach, als er Carl fragte, was er ihm servieren dürfe, war er tatsächlich ein Muselmane. Oder Perser. Das Hotel hatte ihn eigens passend zur Dekoration eingestellt.

Carl musste schmunzeln, bestellte ein Bier und blickte sich um. An den Tischchen saßen hauptsächlich Zigarre oder Pfeife schmauchende Teilnehmer des Kongresses. Zumindest schätzte Carl sie als solche ein, denn sie unterschieden sich in der Kleidung, der Haltung und ihrem Gebaren deutlich von Touristen und Kurgästen, die morgen abreisen mussten und angesichts der bevorstehenden Reisestrapazen sich früh in die Zimmer zurückgezogen hatten. Carl erblickte unter ihnen Heinz-Peter Zwyssig, Olaf Inderbitzin und auch den großmäuligen Automobilenthusiasten Palanti. Keine zehn Pferde würden ihn jetzt dazu bringen, sich zu ihnen zu gesellen. Er drehte sich wieder der Bartheke zu. Der Muselmane wischte mit einem Lappen den Tresen, der bereits makellos sauber war, eine Eigenart, die allen Barmännern gemein war, um beschäftigt zu wirken, wenn sie nichts zu tun hatten. An der Bar war Carl der einzige Gast. Für die Gäste im übrigen Salon, der immerhin halb voll war, waren die Serviererinnen zuständig.

»Wenn Sie etwas brauchen, rufen Sie nach Mustafa.«

»Carl«, stellte Carl sich vor.

Mustafas Schnurrbart hob sich an beiden Enden. »Haben Sie sich gut amüsiert mit Herrn und Frau Inderbitzin?«

Die direkte Frage verwunderte Carl. »Eine faszinierende Persönlichkeit, die Hilde Inderbitzin«, antwortete er. »Ich würde gerne miterleben, wie sich die Wirtschaft der Schweiz entwickelt, wenn es noch mehr Frauen wie sie gäbe.«

Mustafa wollte auf etwas anderes hinaus. »Ich habe die beiden jetzt mehrere Tage erleben dürfen. Zwei Originale, sag ich Ihnen, Carl.« Er legte seinen Lappen beiseite und nippte an einem Glas Wasser. »Olaf gafft jedem Rockzipfel nach, ohne es vor ihr zu verbergen. Hilde aber schaut dann nicht weg wie jede andere anständige Dame, sondern stutzt ihn wie einen Schuljungen zurecht. Köstlich mitanzusehen.«

Carl nickte und schwieg dazu.

»Nun, ich sehe, Sie sind nicht jemand, der gerne tratscht. Sehen Sie es mir nach, Carl, es gehört zum Pflichtenheft eines guten Barmanns, ein wenig zu tratschen. Damit unterhält er die Gäste und sorgt für den Umsatz von Alkoholika.«

Carl hatte eine bessere Idee. »Erzählen Sie mir doch, wo Sie herkommen.«

So erzählte Mustafa bereitwillig die Geschichte seiner Herkunft, während er mit einem Tuch ein bereits sauberes Glas polierte. Aufgewachsen in Ostanatolien, am Fuße des ruhenden Vulkans Ararat – auf dem der Bibel nach Noahs Arche angelandet war –, hütete er mit seinem Vater Ziegen. Mädchen liebte Junge, Junge liebte Mädchen. Die Familien verfeindet, eine verbotene Liebe. Ein Kräftemessen aus Selbstüberschätzung seinerseits war gefolgt, was zum Verstoß aus der Familie geführt hatte. Er ging davon, sie folgte ihm. Einträchtig reisten sie durch das Osmanische Reich, schlossen sich Karawanen von Pilgern an, nächtigten in Zelten von Händlern, bis sie in der Hauptstadt ankamen. Konstantinopel. Wo der Osten endete und der Westen begann. Die Verheißungen der großen, weiten Welt waren zu mächtig für das Paar aus den Bergen. Zuerst gaben sie sich selbst auf, dann einander. Sie blieb. Er überschritt den Bosporus und kam erst in Wien wieder zur Besinnung. Hunger führte zu Arbeit, Arbeit zu Renommee und dieses schließlich zur Anstellung im Grandhotel Giessbach. Glatt und geschliffen war die Erzählung. Wie schon einhundertmal vorgetragen.

»Aber Sie, Carl? Was treibt Sie hierher?«

»Der Kongress.«

»Mitglied der Orioner?«

»Gastreferent, mein Vater ist Mitglied, kann aber krankheitsbedingt nicht kommen.«

»Was ist Ihr Thema?«

»Mein Schaffen in der Elektroautomobilbranche.« Carl führte aus, wie es zur Panne gekommen war, erzählte von den eingespannten Sennen und davon, wie er sich sorgte, dass sein Wagen noch immer nicht hier angekommen war.

»Im Oberland geht alles etwas gemächlicher zu und her. Machen Sie sich nicht verrückt deswegen. Haben Sie Familie?«

Das war nicht Carls liebstes Thema, besonders nicht bei jemandem, der zu Tratsch neigte. »Nein. Ich bin mit der Fabrik verheiratet.«

Mustafa entging Carls Zurückhaltung nicht, er verzichtete aber darauf, weiter nachzuhaken. »Man ist ja nicht nur Barmann, sondern auch Psychotherapeut wie dieser vor Kurzem populär gewordene Österreicher Sigmund Freud. Man ist Seelsorger, und manchmal neige ich dazu, es auch ›emotionaler Abfallentsorger‹ zu nennen.« Nachdenklich nippte er an seinem Glas.

»Der Alkohol lockert die Zungen, sagt man«, half ihm Carl auf die Sprünge.

»Er lockert die Zungen, aber auch die Moral. Am Tresen werden mehr Sünden gebeichtet als in der Kirche. Und mehr Sünden begangen als sonst wo. Der Neurastheniker offenbart mir seine Kümmernisse, der Liebeskranke klagt mir seinen Herzschmerz, der Casanova macht mit meinen Getränken eine Eroberung nach der anderen, und irgendwelche dicken Geschäftsleute mit dicken Zigarren machen dicke Geschäfte, die am Ende mehr Leid verursachen als Neurasthenie, Liebeskummer und Vielweiberei zusammen.«

Auf eine sonderbare Art und Weise vermochte sich dieser redselige Osmane ziemlich wortgewandt auszudrücken. In Carl festigte sich immer mehr der Eindruck, dass Eloquenz, Barmann und Akzent nicht so richtig ineinandergreifen wollten, hätte aber nicht sagen können, weshalb. So ließ er ihn noch etwas reden. »Was wird uns auf dem Kongress erwarten? Haben Sie schon einmal für die Orion-Gesellschaft gearbeitet?«, fragte Carl.

Mustafa holte aus, dass er erst seit sechs Monaten hier arbeite. Zudem wusste er, dass der Kongress die Örtlichkeiten wechselte und das erste Mal im Giessbach durchgeführt wurde. Während er so dahinplauderte, fielen Carl immer wieder kleine Risse im Akzent des Muselmanen auf. Ausdrücke, Betonungen.

Bereits im Eidgenössischen Polytechnikum in Zürich, als Carl mit Studenten aus der gesamten Schweiz zusammengetroffen war, hatte er an den verschiedenen Schweizer Dialekten Gefallen gefunden. Es fanden sich Bündner, Appenzeller, Walliser und Basler in der renommierten Bildungsstätte ein. So entwickelte er ein Ohr für die regionale Herkunft seiner Kommilitonen. Sein guter Freund Mario Chiorazzo mit seinem breiten, aber italienisch gefärbten Emmentaler Dialekt war eines der besten Beispiele. Und Carls Ohr sagte ihm, dass bei Mustafa etwas nicht stimmte. Nur eine winzige Nuance zwar, aber an verräterischen Stellen.

»Mustafa, Sie sind kein Osmane«, stellte er ihn und ließ seine Behauptung einen Moment lang über dem Tresen schweben.

Mustafa schwieg.

»Auf Basel würde ich mich nicht festlegen«, tastete Carl sich vor. »Da ist noch etwas Geschliffenes, Gehauchtes darin. Vom südlichen Elsass vielleicht?«

Mustafa hätte einen guten Pokerspieler abgegeben. Nach einem langen Augenblick, in dem er Carl mit seinem Blick maß, schaute er sich verstohlen um, um sich zu vergewissern, dass niemand mithörte. Er beugte sich zu Carl über den Tresen und raunte ihm leise zu: »Ich bitte Sie, Carl, behalten Sie dieses Geheimnis für sich!«

Carl lachte. Mustafa entspannte sich etwas und erklärte in vollkommener Abwesenheit des orientalischen Akzents: »Sie haben recht. Ich bin kein Ottomane. Ich bin Theaterschauspieler aus Colmar. Ich habe diese Stelle nur erhalten, weil ich dauerhaft in die Rolle des Mustafa geschlüpft bin. Nicht einmal der Hoteldirektor, der mich einstellte, weiß von meiner wahren Identität. Sehen Sie sich um, Carl, alles, was exotisch ist, interessiert die Leute heutzutage.«

»Machen Sie sich keine Sorgen, ähm …«

»Jean, aber bleiben Sie bitte bei Mustafa.«

»Sie haben mein Stillschweigen.« Carl lachte erneut. »Aber ich erkenne Ihr großes Talent an. Diese Sprechweise und Ihre Rolle Tag für Tag aufrechtzuerhalten.«

»Man tut, was man kann, in diesen harten Zeiten.« Da war er

wieder, der Akzent. »Der Alkohol lockert nicht nur die Zungen der Gäste, sondern auch die des Barmanns.«

Als Carl den Salon verlassen wollte, hielt ihn beim Passieren einer Gruppe von gesprächigen Fabrikanten eine Hand am Hemdsärmelstoff zurück.

»Laurenz.« Es war Heinz-Peter Zwyssig. »Ich möchte dir Herrn Lohser vorstellen. Er interessiert sich auch sehr für die Dampfschifffahrt.«

Bevor Carl die Behauptung berichtigen konnte, drehte sich der Angesprochene zu ihnen um.

»Lohser? Wir sind uns heute schon begegnet.« Es war Palanti, der Kunststoffhersteller. »Wo haben Sie denn Ihr Automobilchen? Ich habe es gar nicht gesehen, als ich den Marquis im Schuppen eingestellt habe. Hat es etwa einen besseren Stall gefunden?«

»Gewissermaßen«, sagte Carl, und gerade als er sich abwenden und weitergehen wollte, rief ihm jemand zu: »Ah, der Gastreferent! Sie heißen Lohser?« Zahnlücke, der eigentlich Franz Kandlbaur hieß, wie Carl inzwischen in Erfahrung gebracht hatte, hielt ihn jetzt am Hemdsärmel fest. Alle Köpfe der Gesprächsrunde drehten sich Carl zu.

»Verwandt mit unserem Köbi Lohser?«

»Der Sohn, ja«, antwortete Carl.

»Kommen Sie, gesellen Sie sich zu uns«, lud ihn Walter Wyss, der Greis, ein, der sich ebenfalls unter ihnen befand. »Wir debattieren gerade über den Ausgang der Finalspiele der Serie A im Juni.«

»Ihr Herz wird sicher für den FC Aarau schlagen«, vermutete Wyss.

»Aarau wird Servette Genf kaum etwas entgegenzusetzen haben«, behauptete Kandlbaur mit nasser Aussprache.

»Du bist ja bloß neidisch, dass es Stella Fribourg wieder nicht geschafft hat«, meinte ein gut alkoholisierter Sechziger mit dicken Brillengläsern und goldener Uhrenkette.

»Immerhin hatten sie ein besseres Torverhältnis als deine Young Fellows Zürich.«

»*Ein* Tor, sag ich. Nur ein einziges Tor!«, rechtfertigte Uhrenkette.

»Auch dieses Jahr werden es wieder die Young Boys Bern machen, ihr werdet es schon sehen«, weissagte Wyss.

Carl versuchte, sich aus dem Staub zu machen.

»Lohser!« Wieder Palanti. »Wie stehen Sie zur Abseitsfrage? Lassen Sie mal hören!«

Alle Köpfe drehten sich wieder Carl zu, der sich inzwischen bereits einige Schritte von der Gruppe entfernt hatte. Wollte Palanti ihn bloßstellen?

»Die Abseitsfrage erübrigt sich mir schon durch die Frage, was an Fußball interessant sein soll«, sagte Carl. Da er sich mit dieser Aussage gleich selbst ins Abseits gespielt hatte, ließen sie ihn ziehen, und er konnte sich endlich im Zimmer schlafen legen.

KAPITEL 5

Sonntag, 15. Mai 1910, früher Morgen
Am Tag der Eröffnung des Kongresses

Noch vor Sonnenaufgang bat Fürstenfeldt beim Kleinkraftwerk um Einlass. Er wies den Mechaniker an, ihn allein zu lassen, und entnahm dem Morseschreiber den beschriebenen Papierstreifen. Er steckte ihn sich in die Jacketttasche und kehrte zurück in sein Hotelzimmer.

An dem kleinen Tischchen beim Fenster setzte er sich hin, rückte seine Brille zurecht und übersetzte die Dits und Dahs auf dem Papierstreifen nach dem Morsealphabet in geschriebenen Text. Es waren drei eingehende und fünf ausgehende Telegramme wie: »Ihre Reservation für den 10. Juni wurde wie gewünscht annulliert. Gute Besserung.« Oder: »Bin angekommen, Kongress beginnt heute, vergiss nicht, den Papageien zu füttern. M.«

Alle Telegramme betrafen den Hotelbetrieb und die Gäste. Nichts, was Fürstenfeldt verdächtig vorkam. So war ihm das am liebsten. Das hieß aber nicht, dass er sich zufrieden zurücklehnen konnte. Der Generalleutnant wollte regelmäßig über den Stand informiert werden. Fürstenfeldt begab sich an die Rezeption und nahm den Concierge zur Seite.

»Erinnern Sie sich an den Mann, nach dem ich Sie gestern Abend befragt habe?«, fragte er ihn.

Das aufgesetzte Lächeln des Concierge erstarb. »Gewiss, Herr Fürstenfeldt.«

»Ist er in der Zwischenzeit hier erschienen?«

»Ich bedaure.« Mit seiner ablehnenden Haltung signalisierte er deutlich, wie sehr ihm der Bruch der Diskretion widerstrebte. »Er hat sich nicht an der Rezeption gemeldet.«

Fürstenfeldt bat darum, das Telefon benutzen zu dürfen, und

brachte den Apparat, so weit es das Kabel zuließ, von der Theke weg. Er setzte sich in einen in der Nähe stehenden Sessel, sog schwer die Luft ein, hob ab und ließ sich mit Brechtesloh im anderen Hotel verbinden. Es graute ihm vor dem Gespräch, und er hoffte beinahe, sein Vorgesetzter würde sich nicht melden. Er musste gute zehn Minuten warten, bis die scharfe Stimme des Generalleutnants am anderen Ende ertönte: »Haben Sie denn unseren *Freund* noch immer nicht – *gefunden*?« Telefone können abgehört werden. Brechtesloh vermied Formulierungen wie »Spion« und »unschädlich machen«.

»Wir sind nicht untätig.« Fürstenfeldt flüsterte beinahe. »Ich kann aber sagen, wir sind ihm auf der Spur.« Es konnte nicht schaden, ihren Fortschritt etwas zu beschönigen. Sie hatten eine Zimmernummer, den Namen Trusseau – vermutlich ein Deckname – und eine vage Beschreibung seiner Merkmale. In Tat und Wahrheit aber hatten Witt und er den Urheber des Attentates noch immer nicht. Auch die Durchsuchung seines Zimmers am Vorabend war nicht sonderlich aufschlussreich gewesen.

»Wir haben sogar an seine Zimmertür geklopft.«

»Dann klopfen Sie nochmals! Machen Sie vorwärts! Es dient unserem Unterfangen in keiner Weise, dass ich hier zur Untätigkeit verdammt bin, während ich bereits Verhandlungen führen könnte.«

»Wir werden alles veranlassen, was möglich ist.«

»Tun Sie mehr! Liefern Sie Ergebnisse!«

Brechtesloh stellte es sich von seiner Warte aus einfacher vor, als es war. »Jawohl.« Damit war das Gespräch beendet.

Sun Tzu sagte schon: »Die größte Verwundbarkeit ist die Unwissenheit.« Aber was konnten sie noch tun? Ihnen waren die Hände gebunden. Sie mussten sehr behutsam vorgehen, sie konnten nicht einfach jeden über einen Mann mit einer Narbe befragen. Der französische Agent hätte es bemerkt und wäre gänzlich untergetaucht.

Fürstenfeldt würde sich weiterhin im Salon und auf der Terrasse aufhalten und über eine Zeitung linsend die Gäste im Auge behalten, während Witt das Anwesen erkundete. Irgendwann musste er ihnen in die Fänge geraten.

Zuerst aber würde er mit Witt nochmals das Zimmer kontrollieren. Dies war das Naheliegendste, dennoch hasste Fürstenfeldt allein die Aussicht darauf. Es war mit erheblicher Gefahr verbunden, in ein Zimmer eines ausgebildeten Agenten einzudringen. Sie konnten leicht abgeknallt werden, sobald sie die Tür öffneten. Er würde wieder den Leutnant vorschicken.

***

Der Oberst und der Leutnant waren gestern im Grandhotel aufgetaucht. Luc hatte sie im Restaurant beobachtet. Von ihrem Vorgesetzten, dem Generalleutnant, hingegen fehlte jede Spur. War Bailleuls Plan tatsächlich aufgegangen? War der Generalleutnant nun liquidiert? Die Information war nicht gerade ausführlich, als er gesagt hatte: »Für den Preußen ist gesorgt.«

Die Deutschen im Speisesaal hatten vorsichtig gewirkt, alarmiert, hatten sämtliche Gäste beäugt. Aber wären sie hier, wenn der Generalleutnant tatsächlich umgekommen war? Luc hasste es, im Dunkeln zu tappen. Es war an der Zeit, dass Bailleul ihn endlich aufklärte. Aber wo war er bloß? Er hatte sich noch immer nicht bei ihm zurückgemeldet, um ihm die Telegrafencodes zu übergeben. Die Codes wurden in unregelmäßigen Abständen gewechselt, was es der Gegenseite unmöglich machte, abgefangene Nachrichten zu entschlüsseln. Aber ohne die Chiffrekarten konnte Luc sich nicht an das Bureau wenden, um weitere Befehle anzufordern.

Dass Bailleul letzte Nacht nicht mehr aufgetaucht war, konnte Luc noch damit abtun, dass Antoine wohl eine nette Damenbekanntschaft gemacht hatte. Man konnte von ihm so einiges sagen: dass er einen Kollegen hängen ließ, wenn er eine Gespielin gefunden hatte, dass er einem gehörig auf den Wecker ging, wenn er nur das Maul aufmachte, und dass er in mancherlei Hinsicht ein wahrer Dreckskerl war. Aber er würde nie seine

Pflichten als Agent vernachlässigen, und die Weitergabe der Codes war eine dieser Pflichten.

Ein Blick in das Gästebuch an der Rezeption verriet Luc, dass Antoine noch nicht ausgetragen war. Luc blieb nur eines übrig, er musste einen Blick in Antoines Zimmer werfen, noch bevor eine Putzfrau darin auf was auch immer traf und Alarm schlug. Beiläufig ließ er zwei Schlüssel mitgehen. Er schlängelte sich im Flur an den Hotelgästen und Bediensteten vorbei, schloss die 144 auf und spähte durch den Türspalt auf die 147. Nichts schien sich da zu regen. Lucs Unterfangen war mit einem erheblichen Risiko behaftet. Falls ein ausgebildeter Spion der Gegenseite Bailleul unschädlich gemacht hatte, brauchte jener bloß darauf zu warten, ob sich sonst noch jemand für das Zimmer interessierte. Luc würde sofort als Komplize Bailleuls entlarvt. Er riskierte, seine Tarnung auffliegen zu lassen, wenn er Bailleuls Zimmer aufschloss. Andererseits war es vielleicht die einzige Möglichkeit, ihren Auftrag zu retten.

Oder steckte eine einfache Erklärung dahinter, wieso er noch nicht aufgetaucht war? Luc konnte es förmlich hören, wie Antoine ihn hänselte, nachdem er sich Zutritt zum Zimmer verschafft hatte und auf den Genossen neben einer oder zwei Damen im Bett traf. »Du machst dir zu viele Sorgen, Agent zweiter Klasse«, würde er herablassend herausposaunen.

Wie würde Luc ihm die Leviten lesen! Er würde ihm seine glänzende Kauleiste einschlagen. Luc wünschte es sich beinahe, Antoine hinter der Tür anzutreffen. Er würde beim Deuxième Bureau Meldung machen und ihnen etwas über ihren sogenannten besten Agenten und dessen Pflichtbewusstsein erzählen.

Eine schon etwas in die Jahre gekommene Putzfrau nahm ihm den Entscheid ab, sie klopfte bei der 147 und rief »Zimmerdienst«, wie sie es gelernt und seit Jahren täglich mehrere Dutzend Male ausgeübt hatte. Als sie von drinnen keine Stimme vernahm, steckte sie den Schlüssel ins Loch. Luc sprang aus seiner Stellung hervor. »Es ist gut, ich erledige das hier.«

Sie kannte ihn. »Ach, Sie sind es, Herr –«

»Gehen Sie ruhig weiter«, unterbrach er sie. »Sie leisten großartige Arbeit!«

Ihr Name war Irma, wenn sich Luc recht erinnerte. Verzückt über das unerwartete Kompliment schwebte sie hinter ihrem Putzwagen zur nächsten Tür, klopfte dort, rief »Zimmerdienst« und betrat das Zimmer.

Da sich aus der Nummer 147 niemand auf Irmas Rufen hin bemerkbar gemacht hatte, wagte Luc einen vorsichtigen Blick hinein. Der Raum schien leer zu sein. Er vergewisserte sich, dass sich auch niemand im Nebenraum mit den sanitären Anlagen befand. Dann zog er die Tür zu, verriegelte sie und schaute sich im Zimmer um. Es wirkte aufgeräumt, doch etwas stimmte hier nicht. Als Erstes fiel ihm der Schweißgeruch auf. Niemand hatte das Fenster geöffnet, um einmal richtig durchzulüften. Der Schrank war leer geräumt, Antoines Sachen mussten sich alle in den Koffern und Gepäckstücken befinden, die vor dem Bett standen. Das Bett selbst war auf eine unsorgfältige Weise gemacht, die jeder Putzfrau ihre Anstellung kosten würde: Das Leintuch war faltig unter die Matratze gestopft worden, Kissen und Decken waren nicht sauber aufgeschüttelt.

Dann war da noch etwas. Luc brauchte einen Augenblick, um darauf zu kommen. In jedem Zimmer dieser Preisklasse befand sich ein Teppich. Doch hier fehlte er. Kein gutes Zeichen. Es bedeutete, dass Bailleul entweder etwas Unerfreuliches angestellt hatte, oder ihm war etwas Unerfreuliches zugestoßen. Beides gefiel Luc nicht.

Auf dem Bett lag ein Zettel. Luc faltete ihn auf, und als er ihn las, hatte er Gewissheit, dass Antoine Bailleul der Vergangenheit angehörte.

In unbeholfener Handschrift, die nicht die Bailleuls war, stand da:

Adieu Welt!
Trusso

Es klopfte, und Luc fuhr zusammen. Eine Männerstimme säuselte: »Zimmerdienst.«

Im nächsten Moment wurde ein Schlüssel ins Schloss geschoben, die Tür wurde entriegelt und schwungvoll aufgestoßen. Luc hörte das Klicken eines Pistolenhahns. Von seiner Position unter dem Bett aus konnte er lediglich den Fußboden des Flurs überblicken. Zwei auf Hochglanz polierte Armeestiefel erschienen.

»Sauber.« Es war die Stimme des groß gewachsenen Leutnants.

Zwei weitere Stiefel kamen hinzu.

»Es scheint, dass sich seit gestern nichts verändert hat.« Die Stimme des Obersts. »Wo treibt sich dieser Kerl bloß rum?«

Sie schlossen die Tür wieder ab, und Luc hörte ihre Schritte sich im Flur entfernen.

Die Deutschen suchten auch nach Bailleul, was einerseits bedeutete, dass der Topagent enttarnt war, andererseits aber, dass sie nichts mit seinem Verschwinden zu tun hatten.

Der gefälschte Abschiedsbrief lag noch immer zerknüllt in Lucs Hand, als er unter dem Bett hervorkroch. Die Offiziere hatten das Fehlen der Notiz nicht bemerkt. Folglich musste der Zettel *nach* ihrer letzten Durchsuchung hinzugelegt worden sein. Die unzulänglich durchgeführten Aufräumarbeiten und das fingierte Schreiben ließen nur einen Schluss zu: Klemens' Schergen hatten Bailleul ausgeschaltet.

Luc steckte das Papier ein und durchsuchte trotz des Risikos, entdeckt zu werden, Bailleuls Gepäck. Wie erwartet fand er aber weder Klemens' Notizbuch noch die Chiffrekarten. Er packte alles wieder zusammen und arrangierte die Koffer und Schachteln sorgfältig wieder so, wie er sie angetroffen hatte. Dann verließ er den Raum.

***

»Carl Lohser! Carl Lohser! Ihr Automobil ist beim Kurhaus angekommen.« Ein aufgeregter Page.

»Ja, hier. Danke.« Kurzerhand ließ Carl den Teller mit dem Brötchen und der gerade eben geschöpften Zwetschgenkonfitüre auf dem Frühstücksbuffet stehen und machte sich auf den Weg. Das halbe Restaurant wusste nun Bescheid.

Nicht gerade diskret.

Die letzte Nacht hatte Carl noch lange wach gelegen und seinen Gedanken nachgehangen. Er hätte die Gans II nicht zurücklassen sollen. Sie war sein Kapital, sein Trumpf, seine Visitenkarte, um für die Dädalus-Werke Investoren zu finden. Investoren aus den Reihen der Oberschicht. Dieser Oberschicht, der er nie angehören würde, weil ihm schlichtweg der Reichtum fehlte. Oder vielleicht auch, weil er sich gar nicht zu dieser elitären Klasse zählen wollte. Aber war er wirklich besser als sie? Er, der sein eigenes Meisterwerk aus Frustration und Wut zurückgelassen und sich ein Erste-Klasse-Billett für das Schiff gekauft hatte, um zu seinem Reiseziel zu gelangen – zu diesem kleinen Stück Paradies für Wohlhabende, fernab jeglichen Elends dieser Welt?

Er hatte das Bett verlassen, das Fenster geöffnet, die nächtlich frische Bergluft in sich eingesogen und den Giessbach im blauen Schein des Mondlichts betrachtet. Als er sich zurück ins Bett legte, fasste er einen Entscheid. Er würde mit dem Schiff nach Oberried zurückreisen und die Strecke wenn nötig zu Fuß ablaufen, um nach der Gans zu suchen. Er musste seinen Fehler wieder berichtigen. Direkt nach dem Frühstück würde er abreisen, hatte er beschlossen, während das unablässige Rauschen ihn umhüllte. Dann hatten sich seine Gedanken aufgelöst, und er war endlich eingeschlummert.

Die Suche nach seinem Automobil blieb ihm nun glücklicherweise erspart. Endlich war es eingetroffen. Carl rannte durch die gedeckte Wandelhalle am Chalet vorbei zum Kurhaus hinauf. Ein feiner Dunst lag in der Luft. Die Feuchtigkeit des vergangenen Regentages hing noch in den Tannen. Er sah sie schon von Weitem, seine Gans II. Die Maulesel – sechs an der Zahl – wurden gerade beiseitegeführt. Hotelgäste hatten sich versammelt und schauten dem Geschehen zu. Die Berner Oberländer Sennen werkelten am Automobil herum. Als Carl hinzukam, sah er, wie sie Hanfseile lösten, welche die Gans auf einer abenteuerlichen Konstruktion mit Querbalken und großen hölzernen Wagenrädern festhielten.

Von Allmen wandte sich Carl zu und begann ohne ein Wort des Grußes: »Wir mussten dieses Viech auf die Vorderachse eines Leiterwagens binden. Es geriet alle paar Schritte von der Straße.«

Einer der Sennen, der die Seile löste, riss plötzlich die Hände hoch und rief aufgeregt: »Hoh! Hoh!«, worauf die bei der Vorderachse kauernden Helfer eiligst einen Schritt wegtaten. Das Gewicht der losgelösten Gans ließ die Wagenachse nach hinten kippen, sodass die Deichsel pfeifend durch die Luft hochschnellte, die Vorderräder rollten von der Holzachse und trafen wippend auf dem Boden auf. Der Deichsel fehlte nun das Gegengewicht, sie peitschte, beschleunigt durch die Erdanziehung, mit einem hölzernen Scheppern auf den gepflasterten Boden. Dabei traf sie um ein Haar einen Sennen an der Schulter. Vor Schreck schrie er auf, und als er erkannte, dass er unverletzt geblieben war, fluchte er ausgiebig, sodass die Mulis scheuten.

Carl erschrak über diese Demonstration grobmotorischen Pragmatismus und sah sich gezwungen, die Gans nach Schäden zu untersuchen. Die Herren waren nicht gerade zimperlich mit ihr umgegangen. Beide hinteren Kotflügel wiesen Beulen auf, und das ganze Automobil strotzte nur so vor Dreck. Schlammspritzer hatten sich bis zu den Scheiben hinauf festgesetzt. Laub und Äste hatten sich an der Kabine und im Scheibenwischer verfangen. Carl machte sich sofort daran, mit bloßen Händen Grasbüschel und Wurzelschlingen aus den Speichen und Spalten im Blech zu entfernen.

»Die Axalpstraße ist nicht gerade für solche Transporte geeignet«, meinte von Allmen lapidar, nachdem er eine Zeit lang dem Herrn im Anzug zugesehen hatte.

Was haben diese Rüpel meinem Meisterwerk bloß angetan?

Carl war empört. Sie hatten es wie einen Baumstamm durch den Wald gezerrt! Er spürte, wie ihm die Hitze ins Gesicht stieg. Er blickte von Allmen an, erkannte erst jetzt, wie dieser über und über mit Dreck und Grasflecken beschmutzt war. Die Strapazen der letzten Nacht hatten bei jedem einzelnen der Sennen Spuren hinterlassen. Die Gesichter verrieten, dass sie zu keiner Minute Schlaf gekommen waren. Zudem wartete bei jedem zu Hause seine tägliche Arbeit, ungeachtet, ob er müde war oder nicht. Eintausend Flüche mussten vergangene Nacht in die Landschaft ausgestoßen worden sein. Für sein Meisterwerk. Für ihn, der sie angestellt und sich allein überlassen hatte.

Nachdem sie sein Gepäck und die Akkumulatoren vom danebenstehenden Eselwagen abgeladen hatten, bezahlte Carl die Sennen großzügig und entließ sie mit aufrichtiger Dankbarkeit.

So stand er nun da und betrachtete die geschundene Gans mit ihrem schräg abstehenden Vorderrad neben dem Stapel Akkumulatoren. Die neugierigen Zaungäste um ihn herum warteten gespannt, was als Nächstes geschehen würde. Er hatte den Eindruck, dass immer mehr dem Spektakel beiwohnen wollten. Denn genau das war es, was er ihnen bot: ein Spektakel. Eine Darbietung seines Scheiterns, eine Demonstration seines Versagens. Es fühlte sich an, als wäre er ganz unten angekommen.

»Lohser! Mein Gott, was hast du deinem armen Stromautomobilchen angetan?«

Der hatte Carl gerade noch gefehlt. Palanti stand feist grinsend mit einer Zigarre im Mund bei seinem roten Sportwagen, ein Bein stolz auf das Trittbrett gestellt. Er musste ihn eigens für diesen Auftritt aus der Scheune geholt haben.

»Meine Damen und Herren! Darf ich vorstellen, ein *richtiges* Automobil, der Marquis AT-AT.« Die Schaulustigen wandten sich schnell vom traurigen Anblick der Gans II ab, umkreisten den Marquis und beehrten Palanti mit Fragen und anerkennenden Bemerkungen zu seinem Gefährt. Die Leute wollten Sieger sehen, keine Verlierer.

Palanti breitete die Arme aus. »Einhundert Pferdestärken. Eine Spitzengeschwindigkeit von sage und schreibe neunzig Kilometer die Stunde. Mit diesem Automobil werden Rennen gefahren!« Er machte eine rhetorische Pause. »Und natürlich gewonnen!«

Vor Carl lag ein großes Stück Arbeit. Er begann damit, indem er sich im Kurhaus einen Eimer Wasser beschaffte.

Der Marquis musste auf dieselbe Weise wie die Gans zum Hotel hinaufbefördert worden sein, vermutete Carl. Doch hatte Palanti sicherlich eine versiertere Mannschaft zur Verfügung gehabt, die den Wagen mit Planen vor Kratzern und Dreck geschützt hatte. Danach hatten sie noch genügend Zeit gehabt, alles gründlich zu säubern und das rot lackierte Blech auf Hochglanz zu polieren. Nun glänzte es wie die Goldzähne seines grinsenden Besitzers, der dabei keinen einzigen Finger krumm gemacht hatte.

Nachdem Carl den gesamten Schmutz beseitigt hatte, offenbarte sich der Schaden als nicht ganz so schwerwiegend wie befürchtet. Die feinen Kratzer im Lack von den Zweigen konnte er hier zwar nicht beseitigen, doch machte er sich mit einem Holzhammer lautstark daran, die Dellen in den Kotflügeln herauszuarbeiten. Mit dem Einbau der Akkumulatoren würde er noch warten. Er wollte den Wagen für die Reparatur noch so leicht wie möglich halten.

Palanti und sein Publikum hatten sich in der Zwischenzeit wieder zerstreut, der Marquis war im Schuppen verschwunden. Nur dann und wann blieben flanierende Gestalten bei Carl stehen, um ihn beim Hämmern zu beobachten. Das regelmäßige Scheppern hallte von den bewaldeten Bergflanken wider.

Es war ein heiterer Tag, der sommerlich warm zu werden versprach. Während Carl die Beulen aus dem Blech dengelte und sich Schweißperlen auf seiner Stirn bildeten, schob sich ein großer Schatten über ihn.

»Sie machen da einen ganz schönen Krach!«

Carl hielt ein und blickte erschrocken hoch. Neben ihm hatte sich ein Gebirge erhoben. Ein Gebirge mit wallendem Bart, hoch wie eine Tür und genauso breit. Die linke Hand hatte sich zur Faust geballt, groß wie ein Ziegelstein. Die andere umfasste etwas mit eisernem Griff. Carl blinzelte gegen den Schatten an. Die Gestalt setzte den Gegenstand auf dem Boden ab, der dabei ein metallenes Scheppern von sich gab. Dann beugte sich der Schatten bedrohlich Carl entgegen.

Jetzt ist genug! Carl stand hastig auf, dass ihm Sterne vor den Augen blitzten. Er hielt den Hammer in der Rechten, bereit, ihn einzusetzen, machte einen Schritt zur Seite und erkannte erst jetzt, dass ihm die Gestalt die Hand entgegenstreckte. Die Augen im Gewusel aus Haaren und Bart hatten einen verdutzten Ausdruck angenommen ob Carls plötzlichem Ausweichmanöver. Der Mann trug einen blauen Arbeitsanzug mit Ölflecken in der Form von abgewischten Fingern an den Beinen.

Er nahm einen zweiten Anlauf. »Ich bin der Bär. Vom Kraftwerk.« Seine Stimme war heller, als man bei seiner Körperfülle erwartet hätte.

»Carl«, sagte Carl.

»Ich habe hier Werkzeug. Dachte, du könntest es gebrauchen.« Tatsächlich stand neben ihm eine Werkzeugkiste.

»Danke. Sehr aufmerksam.«

»Also gut, reparieren wir dein Automobil!«

Mit schierer Kraft, einer Naturgewalt gleich, hob Bär jeweils ein Vorderrad der Gans an, damit Carl Holzblöcke unterlegen konnte.

»Darunterkriechen musst du aber selber!«

Was Carl auch sofort tat. Nun, da die Gans aufgebockt war, konnte er einigermaßen komfortabel den Schaden der Lenkung in Augenschein nehmen. Dieser bestätigte, was er bereits erahnt hatte. Die Spurstange, die dafür sorgte, dass die beiden Räder die Rechts-links-Bewegungen des Steuers ausführten, war beim linken Rad gebrochen. Bär kniete sich hin und reichte ihm den Zwanziger-Schlüssel.

Bald kroch Carl mit den beiden Teilen der Spurstange in der Hand unter der Gans hervor. Er betrachtete sie. Die Bruchkante war auf eine sonderbare Weise leicht gezackt. Am Rande der beiden Flächen stand ein kurzes abgebogenes Stück ab. Da stimmte etwas nicht!

Bär begutachtete in der Zwischenzeit jeden der acht Akkumulatoren neben dem Wagen. Er nahm sich zwei heraus.

»Die beiden nehmen wir auch lieber mit. Haben Risse im Gehäuse.«

»Wohin?«

»Na, in die Werkstatt.«

So stiegen sie zu Fuß zum Kraftwerk hinab, und der Bär erzählte, dass er ganz in der Nähe in Hasliberg aufgewachsen sei. Als ältester Sohn eines einfachen Bergbauers habe er schon von Kindsbeinen an gelernt, hart zu arbeiten. Der groß gewachsene Bernhard Eggenschwiler wurde bald nur noch »Bär« genannt. Als Jugendlicher verkrachte er sich mit seinem Vater, als er beschloss, den Familienbetrieb nicht übernehmen zu wollen. Er wolle stattdessen etwas Anspruchsvolleres lernen, etwas, das mit dieser »Elektricität« zu tun hatte, die eben erst aufgekommen war und Glühbirnen zum Leuchten brachte. Er erhielt dafür von seinem Vater einen Watsch um die Löffel und begann eine Lehre im Elektrizitätswerk.

Strom vermochte noch heute eine enorme Faszination auf ihn auszuüben. Was war sie, diese Macht, die Dinge in Bewegung setzen konnte, Licht erzeugte, Wärme, Geräusche? Hilfe, Schönheit und Gefahr. Wanderte durch Drähte, verharrte in Batterien. Die Macht eines Zauberers. Der Götter. Die Blitze des Zeus. Sie konnte kitzeln, schütteln oder einem einen Schlag versetzen. Und ebendies war ihm dann auch widerfahren. Bei einer Reparaturarbeit im Lehrbetrieb hatte ihn ein Stromstoß quer durch den Raum befördert. Benommen und mit schmerzenden Gliedern hatte er sich wieder aufgerafft. Sein damaliger Meister hatte gelacht: »Jetzt ist der Bär getauft.«

Im Betriebshaus des Kleinkraftwerks am Seeufer summte

zufrieden der Generator, der für das Grandhotel und die dazugehörenden Gebäude den Strom erzeugte. Weit oben am Giessbach wurde Wasser abgezweigt und in einer Rohrleitung auf die Turbine geführt, die den Generator antrieb.

Carl legte die Stücke der Spurstange auf die Werkbank und nahm die Lampe zur Hand, um sie genauer zu betrachten. Was er sah, gefiel ihm nicht. Ganz und gar nicht. Er wollte seinen Befund nicht wahrhaben. Er wollte es von jemand anderem hören.

Bär hatte ein Flacheisen aus einem Regal geholt und gesellte sich zu ihm.

»Was stimmt an dieser Bruchkante nicht?«, fragte Carl.

Bär nahm sich die Stücke und fuhr mit dem öligen Daumen darüber. »Als ob sie angesägt wurde ...«

Nun war es ausgesprochen.

Es schien den Mann aber nicht weiter zu kümmern. Bär versah die beiden Stücke der Spurstange mittels der elektrischen Bohrmaschine mit jeweils zwei Bohrungen, sägte zwei Flacheisen ab und bohrte auch bei diesen vier Löcher. So konnte er die Eisen zu beiden Seiten der Spurstange anbringen und befestigte das Ganze mit vier Schrauben, wie ein Chirurg, der einen Knochenbruch fixierte.

»So!«, machte der Bär. »Wieder wie neu!«

Es sah nicht gerade wie ein Kunstwerk aus, doch Carl war überzeugt, dass die Spurstange so montiert und die Gans II wieder gelenkt werden konnte.

Bär holte sich einen Blechkessel mit Harz und pinselte damit unter Verwendung von etwas Werg über die Risse in den Ebonithüllen, um die beiden beschädigten Akkumulatoren abzudichten.

Er erzählte dabei, wie letzten Abend Walter Boveri bei seiner Ankunft das Kraftwerk besichtigt habe. Er habe sich besonders für die Leistung des Generators interessiert und dafür, wie zuverlässig er seinen Dienst verrichtete. Ganz anders sei da die Herangehensweise von Boveris Geschäftspartner

Brown gewesen, der diesen Morgen angekommen und auch hier aufgetaucht war. Sein Zugang zu Turbine und Generator sei sinnlicherer Natur. Er habe sie abgetastet, die Vibrationen erfühlt und mit aufgelegtem Ohr den Geräuschen nachgehorcht. Waren doch beide Aggregate Kinder von Browns Zeichenbrett.

»Die beiden Väter der Elektrizität. Hier in meinem kleinen Kraftwerk! Stell dir vor!« Seine Augen funkelten.

»Die beiden werden die nächsten Tage hier am Kongress sein. Vielleicht kommst du auch einmal hoch.«

»Ich halte es für gewöhnlich nicht so mit den Herrschaften, die im Hotel residieren. Die interessieren sich nur für mich, wenn das Licht ausfällt«, winkte Bär ab. »Besser, ich bleibe hier und sorge dafür, dass ebendies nicht geschieht.«

Zurück auf dem Vorplatz des Kurhauses kroch Carl erneut unter die Gans und montierte die reparierte Spurstange an der Lenkung, während Bär das Rad in Position hielt. Danach entfernten sie die Holzblöcke, und da der Wagen wieder auf eigenen Rädern stehen konnte, verluden und verkabelten sie die Akkumulatoren unter der Fronthaube und im Heck. Wieder hatte sich eine neugierige Menschenmenge um sie herum versammelt. Bär räumte sein Werkzeug zusammen, und Carl setzte sich ans Steuer, fuhr los und drehte einige Runden auf dem Platz. Die Lenkung arbeitete einwandfrei, und auch sonst schien alles wie gewohnt zu funktionieren. Als er ausstieg, applaudierten die Zuschauer.

Carl hätte Bär gerne noch zu einem verspäteten Mittagessen eingeladen, doch der hatte sich bereits aus dem Staub gemacht. Manchen Menschen war Dankbarkeit unangenehm.

Als Carl die Gans im Schuppen einstellte und das Tor verriegelte, beschloss er, sein verpasstes Mahl allein nachzuholen.

Auf der Terrasse, vor einem Teller vertilgten Wurstsalats, beobachtete Carl das Treiben der Touristen und Kurgäste, die abreisten. Mit einem Stück Brot tupfte er die Reste der Soße auf, lehnte sich zurück und ließ sich die Sonnenstrahlen aufs Gesicht scheinen, die zwischen den Blättern der Linde hindurch den Weg zu ihm fanden.

Er hatte sein Automobil zurück und es wieder zum Laufen gebracht. Eine Last war von ihm abgefallen. Gerade als er entschied, den Aufenthalt auf dieser Hotelanlage zu genießen und später die Gespräche mit potenziellen Geldgebern für die Dädalus-Werke anzugehen, drang ein finsterer Gedanke durch die Wände seines aufgeräumten Denkpalastes.

Der finstere Gedanke, den er nicht fertig gedacht hatte. Er wollte ihn auch nicht zu Ende denken, es würde nichts Erbauliches dabei herauskommen. Da er sich aber nun in den Vordergrund gedrängt hatte, blieben auch seine Anstrengungen, ihn zu verdrängen, fruchtlos. Nicht einmal der Dackel mit dem lustig wedelnden Schwanz und der um den Hals gebundenen roten Masche, der von einem kleinen Junge mit andächtigem Ernst über die Terrasse geführt wurde, vermochte in Carl das Bild der falschen Bruchkante an der Spurstange zu vertreiben.

Als ob sie angesägt wurde ...

Aber von wem? Oder konnte die Erklärung woanders gesucht werden? Phänomene, Umstände, kein boshafter Akt eines Menschen? Womöglich hatte ein anderes Bauteil die ganze Fahrt lang an dieser Stelle geschabt und gerieben, bis eine Kerbe entstanden war, eine Schwachstelle, die brach, als Carl auf das Trittbrett gestiegen war und gerüttelt hatte. Auch das hätte eine Struktur hinterlassen, die wie angesägt aussah. Ebenfalls eine beunruhigende Vorstellung, aber immer noch besser als das, was Carl befürchtete. Bei der Demontage der Spurstange unter dem Wagen war ihm aber kein Bauteil aufgefallen, das in Frage kam. Carl hatte bei der Planung gewissenhaft alles so angeordnet, dass ebensolche Reibungen zwischen Bauteilen nicht vorkamen.

Mach dir nichts vor. Es sieht wie angesägt aus, weil es angesägt wurde!

Womöglich hatte es ein Mechaniker mit guter Absicht durchsägen wollen, damit der die gesamte Lenkgeometrie besser ausbauen und warten konnte. Er wurde bei seiner Arbeit unterbrochen und hatte später vergessen, sie zu Ende zu führen. *Aber meine Leute sind nicht so leichtsinnig!* Er hatte ihnen immer wieder Zuverlässigkeit und Sorgfalt eingebläut.

Die Fakten waren gnadenlos, es steckte Absicht dahinter. Und es kam nur eine Absicht für das Ansägen einer Spurstange in Frage: Sabotage!

Carl stellte es die Nackenhaare auf.

Wo hätte das geschehen können? Zu Hause? Carl hatte es nie für nötig befunden, die Gans jede Nacht im Schuppen wegzusperren, er ließ sie oft einfach vor dem Haus stehen. Das Areal war schließlich mit einem hohen Zaun umfriedet.

Weshalb sollte jemand Carl sabotieren? Aus Missgunst oder Rivalität? Hatte der Saboteur im Auftrag eines Konkurrenten gehandelt?

Das Weshalb führte zum Wer. Am Ende einer seiner Angestellten? Carl hatte unlängst einen kleinen Disput mit einem leitenden Mechaniker namens Heusi gehabt. Die Zusammenarbeit zwischen ihnen hatte nicht mehr funktioniert. Heusi war schlichtweg nicht imstande gewesen, Carl als seinen Vorgesetzten zu akzeptieren. Hatte getan, was ihm gerade in den Kram passte. War ziemlich aufgebracht gewesen, als Carl ihm die Stelle kündigen musste. Aber war er zu einer solchen Tat fähig?

Man kann nicht in die Menschen hineinsehen.

Der Giessbach rauschte unablässig. Carls Folgegedanke schnürte ihm den Hals zu: Was wäre geschehen, wenn die Spurstange bei voller Fahrt nachgegeben hätte? Die Gans wäre ausgebrochen, wäre von der Straße abgekommen und unkontrolliert gegen einen Baum geprallt oder einen Abhang hinabgestürzt. Carl hätte dabei ums Leben kommen können! Unter Umständen hätte er dabei noch unbeteiligte Personen mit in den Tod gerissen. Man las in den Zeitungen immer wieder von derartigen Unfällen.

War der Stein auf der Straße vor Oberried am Ende gar ein Glücksfall gewesen, der ihn vor Schlimmerem bewahrt hatte?

Der Wurstsalat lag Carl schwer im Magen.

***

Noch immer war Leutnant Peer Christiaan Witts und Oberst Gerhard von Fürstenfeldt-Kamps Suche nach dem französischen Agenten ohne Ergebnisse geblieben. Für den Nachmittag hatten sie vereinbart, den Wanderweg zur nächsten Alp hochzusteigen und die Lage aus der Vogelperspektive zu beurteilen. Nicht dass sie erwartet hätten, von da oben den Spion auszumachen, doch war eine taktische Übersicht nie falsch. Zudem konnte etwas Bewegung nicht schaden, sagte sich Fürstenfeldt in Anbetracht seines Schmerbauchs. Auch er war einst schlank gewesen, wenngleich nicht so athletisch gebaut wie der Leutnant, als er im Osmanischen Reich am Bau der Anatolischen Eisenbahn mitgewirkt hatte. Er war damals auch besser mit der Hitze zurechtgekommen. Zwanzig Jahre war das inzwischen her.

Auf der Schweibenalp angekommen, gönnten Witt und Fürstenfeldt sich eine kurze Rast. Es herrschte diese feuchte Hitze, wie sie vor Gewittern häufig vorkam und einem sofort den Schweiß aus den Poren trieb. Fürstenfeldt schwitzte wie ein Schwein, während Witt selbst nach dem langen Aufstieg nicht mehr als einen glänzenden Film auf der Stirn hatte. Der Söldner hatte sich für den »leichten Fußmarsch«, wie er es nannte, mit Leinenhemd und Khakihosen eingekleidet. Fürstenfeldt hingegen nutzte die Gelegenheit, seine Wanderausrüstung auszuführen. Er trug Knickerbocker, Kniesocken und Bergschuhe. Den Kopf beschattete ein grüner Filzhut mit Gamsbart, ein Wanderstock mit Horngriff rundete das Ensemble ab.

Als sie sich auf den Abstieg zurück zum Grandhotel machten, fragte Fürstenfeldt: »Wie geht es Ihrem Arm?«

»Auf dem Weg zur Besserung.«

Tatsächlich erkannte Fürstenfeldt, wie Witt bei einigen Bewegungen zusammenzuckte.

»Der Generalleutnant hat sich große Sorgen gemacht, als wir Bern ohne Sie verlassen mussten«, erzählte er, als sie den Pfad um eine Biegung hinabschritten.

»Wir haben im Vorfeld festgelegt, dass der Generalleutnant weiterreisen würde, wenn jemand zurückbleibt«, erklärte Witt.

»Selbstverständlich hat er das nicht offen gesagt. Ein Preuße würde niemals zugeben, wenn er sich um jemanden sorgte. Nun, ich muss dieses Preußentum ja nicht verstehen.« Fürstenfeldt ging hinter Witt und tupfte sich mit einem weißen Stofftuch den Schweiß von der Stirn. »Jedenfalls hält er große Stücke auf Sie. Bei mir sieht das wohl etwas anders aus. Sie sollten einmal mein Zimmer sehen. Ich darf die Aussicht auf den Felsen hinter dem Hotel genießen und werde auch rechtzeitig durch Düfte informiert, was die Küche für das nächste Diner zubereitet.«

Witt sagte nichts. Als Soldat hatte die ihm zugeteilte Kammer im Dachgeschoss zu genügen. Ein überdachter Raum zur Übernachtung, mehr brauchte er nicht. Eine Landschaft durch das Fenster zu genießen, gehörte nicht zu den Bedürfnissen des Südafrikaners. Die Bescheidenheit des Soldaten.

Aber Fürstenfeldt hatte höhere Ansprüche, und das wusste Brechtesloh auch. »Er wollte mir deutlich machen, wer das Sagen hat. Dabei ist meine Rolle hier von ebenbürtiger Relevanz. Soll ich Ihnen verraten, wieso er diese Abneigung gegen mich hat? Weil ich kein Preuße bin! Vermutlich kann ein Preuße gar keine Achtung vor einem Nichtpreußen haben! Da liegt der Hund begraben.«

Fürstenfeldt war in der Nähe von Stuttgart aufgewachsen und hatte auch dort studiert. Freilich, er hatte auch nie in einem Kriegseinsatz an der Front gestanden oder je eine Waffe auf einen Menschen richten müssen. Vermutlich ging auch Witt mit Brechtesloh in dieser Angelegenheit einig. Er schwieg aber geflissentlich.

Fürstenfeldts gegenwärtige Tätigkeit in der »Technischen Sektion« ließ ihn einen Blick in die Zukunft der Kriegsführung werfen. Die gute alte Soldatenehre hatte ausgedient. Der nächste Krieg würde nicht durch die besseren Soldaten, sondern durch die bessere Technik entschieden. Aber da redete er bei Brechtesloh und Witt gegen eine Wand an. Ihnen fehlte die erforderliche Weitsicht.

Der Pfad führte sie näher an den Giessbach, das Rauschen wurde lauter.

»Die preußische Art ist doch lächerlich, habe ich nicht recht, Witt?«, musste sich Fürstenfeldt weiter Luft machen.

Witt meinte: »Ich habe dazu keine Meinung, Herr Oberst.«

»Sehen Sie sich nur mal Brechteslohs Exerzierplatzmentalität an. Seinen geistigen Stechschritt und seine übertrieben strenge Befolgung der preußischen Tugenden von Ordnung, Fleiß, Bescheidenheit und Gottesfürchtigkeit. Je nach Situation kommen da noch mehr Eigenschaften dazu, wie Disziplin, Gehorsam, Tapferkeit, Gerechtigkeit und Volksverbundenheit.« Fürstenfeldt lachte. »Ich glaube, die Preußen suchen sich einfach die wohlklingendsten Worte aus, die ihnen gerade in den Kram passen.«

Witt blieb plötzlich stehen, sodass Fürstenfeldt beinahe mit ihm zusammenprallte. War er jetzt zu weit gegangen?

Doch Witt erhob nicht die Faust gegen ihn. Stattdessen betrachtete er die Landschaft, die sich vor ihnen auftat. Dennoch sollte sich Fürstenfeldt etwas zügeln bei seinen Äußerungen.

»Sehen Sie sich das einmal an, Leutnant! Dieses wunderbare Stückchen Erde!« Fürstenfeldt zog vernehmlich die Luft ein und blies sie wieder aus. »Schade, dass man von hier aus die Schneeberge nicht sieht. Übrigens, wissen Sie, wie der höchste Berg des Deutschen Kaiserreiches heißt?«

»Ich kenne mich in der deutschen Geografie nicht sehr gut aus, Oberst.«

»Na, das müssen Sie auch nicht, Witt. Der höchste Berg des Deutschen Kaiserreichs ist mit rund fünftausendneunhundert Metern der Kilimandscharo.«

»So gesehen. Wenn man die Kolonien miteinbezieht.«

Nach einer Minute des Schweigens fragte Fürstenfeldt: »Sehen Sie die ganzen Hotelgäste, die sich bereit machen, das Hotel zu verlassen?«

Weit unter ihnen standen Männer in hellen Anzügen mit Koffern und Frauen mit Sonnenschirmen für die Talfahrt der Giessbachbahn an oder kamen aus dem Hotel, um nach ihren Kindern Ausschau zu halten. Vor dem Kurhaus glänzte ein Automobil im Sonnenlicht, das von einigen Hotelgästen bewundert wurde. Das Kläffen eines Köters drang trotz des Rauschens des Giessbachs bis zu ihnen herauf.

»Was denken Sie, Witt, ob sich der französische Spion gerade in diesem Moment da unten aufhält?«

»Es kommt uns zugute, dass die unbekannten Hotelgäste abreisen.«

Fürstenfeldt verstand, worauf Witt hinauswollte. »So bleiben nur die zurück, die von uns auch überprüft wurden.«

»Aber wir müssen trotzdem wachsam bleiben, keine Prüfung ist unfehlbar«, schob Witt nach. Er stieg eine Stufe hinab, stutzte dann aber. Etwas im Bachbett zu seiner Rechten hatte seine Aufmerksamkeit erregt.

»Was sehen Sie da?«, fragte Fürstenfeldt.

»Ich bin mir nicht sicher.«

»Bloß irgendwelche Lumpen, die jemand in den Bach geworfen hat.«

»Nein, sehen Sie, hier stimmt etwas nicht.«

Fürstenfeldt stellte sich neben Witt. »Sie haben recht.«

Witt griff mit seiner Linken nach einem Baum und versuchte, mit einem Fuß in der Böschung Halt zu finden. Fürstenfeldt hielt ihn zurück. »Seien Sie kein Narr! Mit Ihrem Arm kommen Sie nicht weit.«

Kurz entschlossen kletterte Fürstenfeldt die Böschung selbst hinab. Sie war stellenweise glitschig, und er hatte Mühe, einen sicheren Tritt zu fassen. Unten angekommen, balancierte er über die Felsblöcke hinweg den Bachlauf hinab. Nur wenige

Meter unterhalb der Lumpen stürzte der Giessbach rauschend über eine seiner zahlreichen Kaskaden ins Tal.

»Herr Oberst, was sehen Sie?«

»Es hat sich im Ufergehölz verfangen!«, rief Fürstenfeldt zu ihm hinauf und beugte sich auf seinen Stock gestützt über das Bündel.

Was sich ihm da plötzlich offenbarte, ließ ihn hochschrecken, und er glitt auf dem Untergrund aus. Er fiel der Länge nach hin, worauf ihn dic Strömung augenblicklich mitriss. Panisch ruderte er mit beiden Händen und fand Halt in den Stoffstücken. Doch nur für einen kurzen Moment. Noch während der Wanderstock über die Kante den Wasserfall hinunterstürzte, löste sich das Bündel, und Fürstenfeldt suchte Wasser aufspritzend nach neuem Halt. Das Bündel wurde ebenfalls über die Geländekante gespült und verschwand im weißen Sprühnebel.

»Herr Oberst, ist bei Ihnen alles in Ordnung?«

»Leutnant! Verhindern Sie, dass es bis zum Hotel gelangt. Los!«

Witt eilte die Treppenstufen hinab. Fürstenfeldt zog sich am Ufergehölz das Bachbett hoch und erklomm die Böschung zum Pfad. Seine Kleidung troff. Weiter unten sah er Witt den Pfad entlangrennen. Fürstenfeldt machte sich ebenfalls auf den Weg.

Ein halbes Dutzend Mal entfernte sich der Pfad vom Bach, nur um sich nach der nächsten Biegung diesem wieder anzunähern. Das Wasser fiel in weißer Gischt zu Tale und besprühte Fürstenfeldt mit kaltem Nebel. Er nahm die Tropfen jedoch nur entfernt wahr, zu sehr war er von der Höhe des Wasserfalls eingenommen, den er beinahe hinabgestürzt wäre. Eine tödliche Höhe!

Aber jetzt zählte nur eines: Das Bündel durfte das Hotel nicht erreichen. Nicht auszudenken, was geschähe, wenn Touristen oder gar Kinder es entdeckten!

Endlich erreichte Fürstenfeldt das Tosbecken des Wasserfalls. Er verließ den Pfad, um es besser überblicken zu können. Das Wasser schäumte auf und bildete Wirbel, bevor es mit starker Strömung zur nächsten Kaskade abfloss. An Witts Hemd war ein dunkelroter Fleck durch die Maschen gedrungen und hatte sich ausgebreitet. Die Naht musste aufgerissen sein. Unter Einsatz all seiner Kräfte zerrte er das Bündel aus der Strömung. Fürstenfeldt watete durchs knietiefe und eiskalte Wasser, um ihm zu Hilfe zu eilen. Gemeinsam gelang es ihnen, das Bündel zu bergen.

Es bestand aus Kleidungsstücken. Und in diesen Kleidungsstücken steckte die Leiche eines Mannes.

»Bedecken Sie ihn, Leutnant.«

»Sie haben es gesehen?«

»Die Narbe«, bestätigte Fürstenfeldt, »soweit man dies noch beurteilen kann.«

»Was schätzen Sie, ist die Gefahr für den Generalleutnant nun gebannt?«

Fürstenfeldt überlegte lange. Dann meinte er düster: »Vielmehr ist der Feind nun vorsichtiger!«

***

Noch an diesem Nachmittag spürte Nicu die Anstrengung der letzten Nacht in seinen Knochen. Die Plackerei, den Leichnam den Pfad neben dem Wasserfall hinaufzuschleppen, hatte ihm einige Stunden Schlaf geraubt. Aber alles hatte einwandfrei funktioniert. Nachdem er und Fritz den Spion oben in den Bach geworfen hatten und den ganzen Weg wieder zum Grandhotel hinabgestiegen waren, überkam ihn eine beschwingte Erleichterung, das Problem gelöst zu wissen. Er freute sich auf die ihm zustehende Mütze Schlaf und wollte bloß noch todmüde in sein Bett fallen. Fast so tot wie der Franzose, der nun den perfekten Anschein erweckte, als hätte er sich selbst den Wasserfall hinabgestürzt, um seinem Leben ein Ende zu setzen.

Nicu war zufrieden mit sich und der Welt, und Herr Dr. Klemens würde ebenfalls zufrieden mit ihnen sein. So wie er es vor ein paar Monaten schon einmal gewesen war, als sie den früheren Hoteleigner Victor Hauser zum Verkauf des Giessbach-Anwesens bewogen hatten. Das war an einem milden Herbsttag geschehen, als Nicu und Fritz das erste Mal beim Grandhotel Giessbach aufgekreuzt waren.

So wie manche Stadtbezirke den Armen vorbehalten waren – Nicu war in einem aufgewachsen –, so war das Grandhotel Giessbach so etwas wie ein Ghetto für Wohlhabende. Überall unterhielten sich champagnertrinkende Damen, die diese lächerlich großen Hüte und aufgeplusterte Röcke trugen. Die Männer steckten allesamt in edlen Anzügen.

Vor der Holztür zu Hausers Büro vernahmen sie die dumpfe Stimme eines Mannes, der, mangels Stimme eines Gesprächspartners, mit jemandem telefonieren musste. Nicu gab seinem Kameraden mit einem stillen Nicken das Zeichen. Fritz entnahm der Tasche aus Segeltuch, die er mit sich trug, eine Axt. Damit holte er aus und ließ sie auf das Türblatt krachen.

Drei Schläge benötigte er. Nicu zog sich die Schiebermütze tiefer ins Gesicht, und die beiden traten ein. Hauser stand kreidebleich hinter dem Schreibtisch, mit dem Telefon in der einen und dem Hörer in der anderen Hand.

Nicu befahl ruhig: »Aufhängen!«

Hauser regte sich nicht.

»Häng das verdammte Telefon auf!«

Sodann kam Leben in den Angesprochenen. Er gehorchte und zitterte.

Keine allzu großen Worte!, mahnte sich Nicu. »Wir haben einen gemeinsamen Freund«, begann er.

Fritz starrte Hauser nur grimmig an und ließ die Axt in die offene Handfläche klatschen.

»Und dieser Freund möchte, dass du das hier unterschreibst.« Nicu entnahm seinem Jackett einen Umschlag und schob ihn über die Tischplatte.

Victor Hauser war nicht der Typ, der mit Situationen wie dieser gut zurechtkam, das erkannte Nicu sofort. Er war sichtlich überfordert, und es bildeten sich Schweißtropfen auf seiner Stirn. Sein unsteter Blick wanderte von Nicu zur Axt und wieder zurück. Er sah offenbar ein, dass ihm kein Ausweg blieb. Mit zittriger Hand tastete er nach dem Füllfederhalter. Resigniert signierte er.

Mit dem unterschriebenen Dokument in den Händen klappten Nicu und Fritz die Überreste der Tür hinter sich zu und machten sich auf den Rückweg.

Erstaunlich, wie schnell man jemanden überzeugt hatte, einen Vertrag zu unterschreiben, wenn man anstatt mit der Klinke seine Bürotür mit der Axt öffnete.

Auf dem Rückweg, zu Fuß den Pfad am See entlang, hielt es Nicu vor Neugier nicht mehr aus, er zog das frisch unterschriebene Angebot aus dem Umschlag und las.

Dicke Post!

Das gesamte Grundstück mit dem Grandhotel, dem Kurhaus, der Pension, der Schiffsanlegestelle, der Standseilbahn sowie diversen kleineren und größeren Nebengebäuden war seit vierzig Jahren im Besitz der Familie Hauser gewesen und ging nun für den Betrag von dreihunderttausend Franken an Friedrich Klemens über. Nicu wusste nicht, was so eine Hotelanlage kostete, doch er war sich sicher, dass Klemens eben ein sehr profitables Geschäft gemacht hatte. Und dabei sparte der elende Knauserer noch die paar Kröten für die Schiffsfahrt seiner beiden Schläger.

Als sie zurück waren, hatte ihnen Klemens natürlich nicht direkt gesagt, dass er mit ihnen zufrieden war, aber für Nicu klang es aus seinem Munde wie ein Kompliment: »Ich hatte schon beinahe damit gerechnet, dass ihr das in den Sand setzt.«

Nachdem Klemens das Hotel übernommen hatte, machte er Hausers Büro zu seinem und ließ eine schwere Eichentür einbauen.

An diesem Nachmittag aber hatte Nicu nichts zu tun und begann, sich in seiner Kammer zu langweilen. Er nahm Trusseaus rotes Büchlein aus der Nachttischschublade. Es hatte ihm am Vortag bei der Imitation der Handschrift gute Dienste geleistet, und womöglich konnte es ihm auch noch bei etwas anderem dienlich sein. Wie war es Trusseau gelungen, dass Amanda so von ihm angetan gewesen war, als sie sich in der Bierhalle unterhalten hatten? Gewiss, sie war von Klemens auf ihn angesetzt worden, aber sie hatte gelacht und interessiert seinen Geschichten gelauscht, sie hatte ihm regelrecht an den Lippen gehangen und dabei so verlockend süß mit einer Haarsträhne gespielt. Nicu wollte dies mit ihr auch erleben können.

Sorgfältig entnahm er dem Büchlein die losen Reisedokumente, die in die Umschlagseiten eingelegt waren, legte sie neben sich auf die Matratze. Dann schlug er das Buch auf.

Nicu stieß auf Handnotizen, die er nicht verstand. Mussten Französisch sein. Alle Zeilen waren in etwa gleich lang. Die letzten Worte der Zeilen wiesen ähnliche Buchstabenkombinationen auf. Sie schienen sich zu reimen. Trusseau musste Gedichte geschrieben haben. Weiter fand Nicu Zeichnungen von Frauen mit wallenden Gewändern und auch gänzlich nackte. Waren es diese Talente, welche die Frauen auf ihn ansprechen ließen? Trusseau war ein französischer Agent und obendrein noch Dichter und Kunstmaler gewesen. Würde Nicu damit je mithalten können? Sein Talent bestand in seiner Tätigkeit als Leibgardist. Und er hatte zudem ein Talent für taktische Überlegungen, wie die Entsorgung der Leiche gezeigt hatte. Aber würde das reichen, um eine Frau wie Amanda für sich zu gewinnen?

Nicu fiel ein kleiner, unscheinbarer Umschlag bei den Reisedokumenten auf dem Bett ins Auge. Er nahm ihn auf und drehte ihn in seinen Fingern. Kurzerhand riss Nicu ihn auf, und zum Vorschein kamen drei Karten mit Zahlen. Unmengen von Zahlen, in Tabellen zu Vierergruppen zusammengefasst. Für das ungeübte Auge ergaben sie keinen Sinn. Aber Nicus Auge war nicht ungeübt. Er wusste, was er da in seinen Händen hielt, denn er hatte einmal in einem Buch – musste ein Spionageroman gewesen sein – etwas über die Codierung von Botschaften gelesen. Dies hier waren Chiffrekarten, so viel stand fest. Aber wieso hatte Trusseau das Couvert nicht selbst geöffnet?

Weil es nicht für ihn bestimmt war.

Aber für wen denn sonst?

Nicu nahm nochmals den Umschlag zur Hand. Er war gänzlich unbeschriftet. Kein Name, kein Hinweis, gar nichts. Als er ihn wieder hinlegen wollte, fiel das Licht vom Fenster darauf und offenbarte eine sanfte Vertiefung am Rand des Papiers. Nicu betrachtete sie näher. Erhob sich und duckte sich unter die Lukarne ganz nahe an das Fenster. Eine Spur von Schmutz war in der Vertiefung auszumachen. Nein, nicht Schmutz. Es war Rost. So als ob das Couvert von einer rostigen Metallklammer gehalten worden war.

Nicu suchte die Klammer unter den auf der Matratze ausgebreiteten Reisedokumenten und Zetteln. Doch da war keine.

Auf einem Zettelchen jedoch fielen ihm ebenfalls Rostspuren ins Auge. Der Zettel war nicht mehr als ein von einem größeren Papier abgerissenes Stückchen mit der nachlässig hingekritzelten Notiz »LDP14.5.«. Nicu begab sich wieder unter die Lukarne und hielt das Zettelchen und das Couvert übereinander. Die Vertiefungen stimmten überein. Diese beiden Papierstücke waren eine Zeit lang aneinandergeheftet gewesen.

Was wohl »LDP14.5.« zu bedeuten hatte?

Nachdem Klemens am späten Nachmittag von seiner Arbeit in Brechteslohs Unterschlupf wieder ins Grandhotel zurückgekehrt war, hatte er nach Nicu schicken lassen. Als Nicu das Büro betrat, war Klemens mit einem Berg Akten beschäftigt, der sich auf dem Tisch auftürmte. Nicu vermutete, dass Klemens sich in den Kopf gesetzt hatte, ihn noch vor der Eröffnungsfeier durchzuarbeiten. Ohne von seiner Schreibarbeit aufzublicken, erkundigte Klemens sich über den Stand der Lage mit dem französischen Spion. »Fasse dich kurz!«, drängte er.

Dies war der Teil des Gesprächs, der Nicu im Vorfeld Bauchschmerzen bereitet hatte. Zugegebenermaßen war nicht alles optimal gelaufen. So berichtete er Klemens vom Zwischenfall mit Trusseau. Er sei gezwungen gewesen, beherzt einzuschreiten, da er ansonsten Amanda etwas angetan hätte. »Ich habe den Franzosen von hinten gepackt, doch er hatte die Kraft eines Stiers, und so war es ihm gelungen, mich zurückzudrängen –«

»Verschone mich mit den Details. Ich bezahle euch dafür, dass ihr solcherlei Unannehmlichkeiten für mich erledigt. Wo ist der Franzose jetzt?« Klemens zog eine Akte aus dem Stapel, öffnete und studierte sie.

»Er wurde beim Kampf bedauerlicherweise getötet.« Das war jetzt der Auslöser für das Donnerwetter, das gleich über Nicu hereinbrechen würde. Er legte sich in Gedanken bereits seine nächsten Worte zurecht, wie er sein Handeln rechtfertigen konnte.

»Habt ihr euch der Leiche entledigt?«

Das war alles? Keine Zurechtweisung? Die Gelassenheit von Klemens erstaunte Nicu dermaßen, dass er aus dem Konzept geriet.

»Ist auch alles erledigt?«, hakte Klemens nach, immer noch ohne aufzusehen.

Nicu musste sich wieder fassen und die Gelegenheit nutzen, Klemens seinen ausgeklügelten Schachzug darzulegen. »Ich habe eine Strategie ausgearbeitet, und wir haben die Leiche –«

»Ich will nicht wissen, wie. Mich interessiert nur: Ist es für mich erledigt?«, klemmte ihn Klemens ab.

Nicu nickte eifrig. »Jawohl, niemand wird es auf uns zurückführen können.«

»Und das Notizbuch?«

»Wir haben es leider noch nicht gefunden. Aber ich habe eine heiße Spur. Im Hotel ist ein zweiter Spion, Herr Dr. Klemens«, ließ Nicu im vollen Brustton der Überzeugung die Katze aus dem Sack.

Endlich blickte Klemens auf. »Ein zweiter Spion? Wie kommst du darauf?«

»Ich habe beim Franzosen dieses Büchlein gefunden.« Er reichte es seinem Brötchengeber, und dieser blätterte darin.

»Und?«, fragte Klemens.

»Das sind Trusseaus Zeichnungen und Notizen auf Französisch. Ganz offensichtlich reimen sich hier einige der Notizen, es muss sich hier um Gedichte –«

Klemens klappte das Büchlein zu und legte es auf den Tisch. Er schien bereits wieder das Interesse verloren zu haben. »Schön, war's das?«, fragte er.

Das war es noch nicht, Nicu musste zum Punkt kommen. »Zusätzlich zu diesem Büchlein habe ich ein Couvert gefunden.«

»So?«

»Ja. Und in diesem Couvert waren Kärtchen.« Stolz überreichte er diese Klemens.

Klemens betrachtete sie eingehend.

»Das sind Chiffrekarten«, half Nicu ihm auf die Sprünge. »Die werden benutzt, um –«

»Ich weiß, was eine Chiffrekarte ist!«

»Zum Couvert gehört ein Zettel.« Nicu überreichte Klemens den Papierschnipsel. »Sehen Sie hier die Vertiefungen? Spuren von Rost.«

Klemens betrachtete Nicu genervt. »Mach vorwärts!«

»Jedenfalls gehören die zusammen. ›LDP14.5.‹ steht hier.«

»Ich kann selber lesen.«

»›14.5.‹, der 14. Mai. Das war gestern. Das Datum, ab wann die Chiffrekarten gültig sind.«

Klemens lehnte sich im Stuhl zurück. »Und was bedeutet ›LDP‹ deiner Meinung nach?«

»Trusseau hatte sich eine Notiz gemacht, an wen der Umschlag gehen soll.«

»An LDP?«

Nicu nickte eifrig. »Ich bin an der Rezeption das Gästebuch durchgegangen. Der zweite Spion ist Herr Palanti, Herr Dr. Klemens.«

»Palanti? Blödsinn!«

»Laurenz Darius Palanti. LDP.«

»Palanti ist doch kein Spion. Er ist ein langjähriges Mitglied der Orion-Gesellschaft. Sämtliche Mitglieder wurden ausgiebig überprüft.«

»Es sind immer die, die man am wenigsten –«

»Schweig! Ich muss überlegen.«

Klemens erhob sich, begab sich zum Fenster und blickte mit hinter dem Rücken gefalteten Händen auf den See hinaus. Dunkle Wolken waren aufgezogen, es würde erneut Regen geben. Er stand eine Weile so da und überlegte dann laut: »Palantis Familie hat Wurzeln an der Côte d'Azur.« Wieder versank er in finsteres Grübeln. »Vor einem halben Jahr hat Palanti eine französische Automobilmanufaktur gekauft. Die Marquis.« Der Verdacht begann sich zu erhärten. »Vielleicht konnte er Einfluss auf seine personelle Überprüfung nehmen.«

Klemens schritt zurück an den Schreibtisch, als ob er mit diesem Standortwechsel seinen unliebsamen Bedenken zu entkommen hoffte. Was ihm aber nicht gelang. »Man kann nicht in die Leute hineinschauen. Ein Spion in den eigenen Reihen? Diese Angelegenheit ist mit höchster Sensibilität anzugehen. Unser Verdacht darf nicht nach außen dringen.«

»Ich werde mich dessen mit größter Sorgfalt annehmen«, schlug Nicu vor.

»Nein. Es gibt nur eine Person, die über das erforderliche Fingerspitzengefühl verfügt.«

»Sie selbst, Herr Dr. Klemens?«, fragte Nicu.

Klemens bemaß Nicu mit einem Blick, der zur Gänze frei von Verständnis war. »Nein, nicht ich, Nicu. Nicht ich selbst.«

***

Amanda hatte sich auf der Terrasse an einem Tischchen unter einem Sonnenschirm niedergelassen und spähte über den Rand ihrer Teetasse. Laurenz Darius Palanti stand ein gutes Stück von ihr entfernt und unterhielt mit ausladenden Gesten eine Gruppe Fabrikanten. Alle trugen sie maßgeschneiderte Dreiteiler und warteten schon ungeduldig auf die offiziellen Eröffnungsfeierlichkeiten des Kongresses. Palantis Schnauzbart war gezwirbelt, und er hatte zu viel Pomade im Haar. Sie konnte nicht glauben, dass er ein französischer Spion sein sollte, mit seinem unförmigen Bauch und den kurzen Beinen. Sie stellte sich Spione anders vor. Mehr so … wie Trusseau.

Amanda fühlte sich nicht bereit für ihren nächsten Auftrag. Zu sehr saß ihr noch der Schrecken des Trusseau-Vorfalls in den Knochen. Aber sie hatte nicht ablehnen können. Sie nahm sich vor, immerhin die Kontaktaufnahme bis nach der Eröffnung hinauszuzögern. Ihr blieben vier bis fünf Stunden. Falls bis dahin Klemens sich bei ihr erkundigen sollte, wieso sie noch nichts unternommen habe, würde sie ihm erklären, sie hätte Herrn Palanti zuerst beobachten müssen, um einen Zugang zu ihm zu finden. Sie würde behaupten, dies sei ihre bewährte Vorgehensweise. Klemens konnte nicht wissen, dass sie bereits wusste, wie man das Vertrauen eines Mannes wie Palanti gewann. Leichtes Spiel: Auch wenn Palantis kolossales Selbstbewusstsein die Größe eines Grandhotels Giessbach mitsamt Nebengebäuden überstieg, wusste er doch, dass er die Frauen nicht mit seinem Aussehen gewann und schon gar nicht mit seinem Charme. Amanda musste sich für sein Geld und seine Macht interessieren, wie alle Frauen, die etwas von ihm wollten. Nur so würde sie einem Palanti glaubwürdig erscheinen.

So versiert die Männer in allen möglichen Künsten auch sein mögen, im Kampf der Geschlechter sind sie für Frauen leichte Beute.

Dennoch. Sie musste die Stunden, bis es losgehen konnte, noch für sich haben. Zu viel beschäftigte sie.

Was den Trusseau-Vorfall betraf, nahm sie sich vor, es wie der Rumäne zu sehen. Sie hatten in Notwehr handeln müssen, weil der Franzose ansonsten sie beide getötet hätte. Zudem hatte nicht sie den Kerzenständer geführt. Ein kläglicher Trost, aber es musste reichen, ihr die erforderliche Distanz zu den Geschehnissen zu verschaffen, damit sie sich aufraffen und weitermachen konnte. Welch seltsame Fügung, dass sie sich ausgerechnet an den Rat eines einfach gestrickten Mannes von der Straße wie Nicu hielt.

Aber auch ihn musste sie im Auge behalten. Ihn, der sie gestern mit diesem besonderen Blick angesehen hatte. Ein Blick, den Amanda nur zu gut kannte. Er hatte sie nicht bloß wie ein Mann angesehen, der die Anmut einer schönen Frau betrachtete, sondern wie jemand, der ihr bereits hoffnungslos verfallen war. Sie wusste, es lag an ihrem Auftreten, ihren Bewegungen, der Kleidung und selbst am Parfüm, die allesamt dahin abzielten, die Männer um den Verstand zu bringen. Sie hatte lange daran gearbeitet, diese Macht ausüben zu können. Das Geheimnis ihres Erfolgs. Dass auch Männer für sie entbrannten, auf die sie es gar nicht abgesehen hatte, war so etwas wie die kleinen Fische, die versehentlich mit ins Netz gingen. Beifang. Nur leider war es in Amandas Fall nicht so einfach, die kleinen Fische wieder zurück ins Wasser zu werfen. Sie hoffte, dass Nicu ihr keine Schwierigkeiten bereiten würde.

Neben der Bewunderung und Verklärtheit in seinen Augen war aber noch etwas anderes. Bedauern. Bedauern darüber, dass er sich eine Frau ihres Kalibers nicht leisten konnte. Gewiss malte er sich aus, dass, wenn er nur ausreichend vermögend wäre, sie glücklich bis an ihr Lebensende zusammen sein konnten. Denn woher sollte er auch wissen, dass das Problem woanders lag? Amanda würde sich nicht in ihn verlieben können, und sie würden niemals glücklich bis an ihr Lebensende zusammen sein. Amanda hatte seit Emil nie wieder ihr Herz an jemanden verloren, obwohl sie durch ihre Tätigkeit zahllose nähere Bekanntschaften mit Männern gemacht hatte. Sie war sechzehn gewesen, als Emil sie verlassen hatte. Jetzt war sie beinahe doppelt so alt. Sie hatte ein Alter erreicht, in dem sie sich immer wieder fragen musste, wie lange sie ihre Tätigkeit überhaupt noch ausüben konnte. Noch drei Jahre? Vielleicht fünf? Sie würde nicht ewig ihr strahlendes und jugendliches Aussehen aufrechterhalten können. Was würde danach geschehen? Was sie sich über die Jahre vom Munde abgespart hatte, reichte bei

Weitem nicht, um auszusteigen und sich zurückziehen zu können. Aber wollte sie überhaupt noch so lange Männer für Geld verführen? Ein Mann war gestorben. Und sie beinahe auch.

Eine lautstark schwatzende, lachende und den Herren Luftküsse zuwerfende Meute junger und auch nicht mehr ganz junger Frauen erregte Amandas Aufmerksamkeit. Sie erklommen den Weg von der Bahnstation zur Terrasse. Es waren gut zwei Dutzend in den Uniformen von Putzfrauen und Zimmermädchen. Wie sie gingen, wie sie kicherten – keine ausgebildeten Hotelangestellten. Amanda kannte diese Gattung. Erkannte sogar das eine oder andere Gesicht unter ihnen wieder. Die Bordsteinschwalben fielen über das Grandhotel Giessbach her.

Amanda hatte bei den Vorbereitungen zu ihrem Einsatz im Grandhotel Giessbach erfahren, dass vor einigen Jahren zuerst nur seriöse Begleiterinnen bei den Kongressen zugelassen wurden. Sie heiterten den tristen Alltag auf und sorgten für ein behaglicheres Ambiente an der Tafel. Es brachte die Herren dazu, sich auch über andere Dinge als nur übers Geschäft zu unterhalten. Aber einigen Teilnehmern war das nicht genug. Von ihren Frauen getrennt und einander am Kongress der Geheimhaltung verpflichtet, wollten sie die Gelegenheit nutzen, sich zu amüsieren. Die Begleitdamen hingegen entschieden selbst, ob sie sich mit jemandem auf intime Kontakte einließen oder nicht. So hatte die Orion-Gesellschaft entschieden, auch Freudenmädchen für den Kongress aufzubieten. Jedes von ihnen musste zuvor einer personellen Überprüfung standhalten, was mit großem Aufwand verbunden war, man aber gerne in Kauf nahm, da sich dieses Arrangement großer Beliebtheit erfreute. So wurden sie ein ums andere Mal immer zahlreicher. Wie viele es bei dem diesjährigen Anlass sein sollten, wusste Amanda nicht, sie vermutete aber, dass der eben angekommenen Gruppe noch weitere folgen würden.

Der Concierge kam aufgeregt winkend aus der Eingangshalle die Treppe zur Terrasse hinabgeeilt. Seine über Jahre eingeübte Diskretion verbot es ihm, die Stimme zu erheben. So scheuchte er sie zischelnd wie eine Herde Schafe zum Eingang unter der Treppe. Mit verstohlenen Blicken vergewisserte er sich, ob die Ankunft der Frauen nicht zu viel Aufsehen erregt hatte.

»Frischfleisch«, kommentierte Palanti, der das Spektakel belustigt beobachtet hatte, und erntete zustimmendes Gelächter von seinem Gefolge. Daraufhin beschlossen sie, in den großen Saal zu wechseln und sich die strategisch bestgelegenen Sitzplätze für die Eröffnungsfeierlichkeiten zu sichern.

Auch die Begleiterinnen würden in Kürze beim Hotel eintreffen. Amanda würde sich unter sie mischen. Ihre Tarnung, damit sie ihren Spezialaufträgen nachgehen konnte. Die Kurtisanen, wie sie auch genannt wurden, pflegten ein etwas höheres Niveau, und es war nur ihnen gestattet, sich zu den Herren an den Tisch zu setzen. Bei den Eröffnungsfeierlichkeiten wollten die Männer unter sich sein, um die traditionellen Rituale in aller Ernsthaftigkeit durchzuführen. In den kommenden Tagen jedoch würde diese Ernsthaftigkeit gehörige Risse erfahren.

Der Wind frischte auf und brachte den Duft mit sich, als wollten sich die aufgezogenen Wolken demnächst entleeren. Amanda nahm den letzten Schluck des inzwischen erkalteten Tees und zog sich auf ihr Zimmer zurück.

KAPITEL 6

Sonntag, 15. Mai 1910, Abend
Am Tag der Eröffnung des Kongresses

Carl hörte von Weitem den Chor durcheinandersprechender Männerstimmen, als er sich dem großen Speisesaal näherte. Es saßen schon alle, von ein paar Nachzüglern wie ihm abgesehen.

Aber er hatte entschieden, trotz aufziehender Regenwolken noch etwas laufen zu gehen. Er musste die nagenden Gedanken aus seinem Kopf herauslüften und nutzte gleichzeitig die Gelegenheit, den Weg, den die Oberländer Sennen mit der Gans II genommen hatten, in Augenschein zu nehmen. Als Fußpfad für Wanderer taugte er alleweil, nicht aber für den Transport eines Automobils. An den Bäumen und Sträuchern hatten Äste abgesägt werden müssen. Tiefe Radspuren und Fußabdrücke in der durch die Regenfälle der letzten Tage aufgeweichten Erde waren Zeugen der Anstrengungen, die der Transport den Sennen abverlangt hatte. Kein Wunder, dass sie erst heute Morgen hier eingetroffen waren.

Nach seiner Rückkehr hatte Carl sich gewaschen, umgezogen und eiligst in den Speisesaal begeben, wo die Kongressteilnehmer an den langen Tischen saßen, redeten und verschiedenste Alkoholika konsumierten. Die Orion-Gesellschaft für Fortschrittsfragen hatte über hundert Mitglieder. Dazu kamen zwei Dutzend geladene Gäste und Gastreferenten wie Carl. Das Durchschnittsalter lag tatsächlich gut dreißig Jahre über Carls Alter, und beinahe jeder der hier anwesenden Patriarchen und Fabrikanten hatte einen stattlichen Wohlstandsbauch. Die Luft war durchzogen von Schwaden Dutzender Zigarren, Pfeifen und Zigaretten, die nicht so recht durch die geöffneten Fenster abziehen wollten. Draußen hatte es wieder zu regnen begonnen.

Carl blickte sich um und überlegte, wo er sich hinsetzen

sollte. Als er eine bekannte Stimme aus den Gesprächen heraushörte, wusste er sofort, wo er sich nicht hinsetzen würde. Es war Palanti, der mal wieder über seine eigene Großartigkeit palaverte.

Dann lachte zu Carls Linken eine Handvoll Herren auf. Wo man lacht, da lass dich ruhig nieder, ging es ihm durch den Kopf. Er konnte etwas Aufheiterung gut gebrauchen. Kaum dass er sich gesetzt hatte, sprach ihn sein Gegenüber an. Es war der Rotfuchs, der bei der Besichtigung der Hotelanlage zu ihrer kleinen Gruppe gestoßen war und Gregor Rhynegger hieß. »Du bist doch dieser Tüftler, der hier heute sein Automobil repariert hat.« Rhynegger wandte sich seinem Sitznachbarn Wyss zu. »Du hättest ihn sehen sollen. Am Anfang hatte man das Gefühl, der Wagen würde nie wieder laufen. Doch der Herr hat in die Hände gespuckt, ihn wieder repariert und eine Testfahrt auf dem Vorplatz gedreht«, führte Rhynegger weiter aus.

Carl wollte nicht den ganzen Ruhm allein ernten. »Nun, ich muss zugeben, ich hatte eine große Hilfe. Ohne ihn hätte ich –«

»Sicher, sicher. Der Herr vom Kraftwerk. Aber Sie! Sie sind einer von uns! Der sich nicht zu schade ist, sich die Hände schmutzig zu machen!«

Einer von ihnen? Carl wusste nicht so recht.

»Die Leute lieben Verlierer, die sich wieder ganz nach oben arbeiten. Sie haben bei einigen hier großen Eindruck gemacht!«

Ein Speckgesicht mit kurz geschnittenem Schnurrbart schaute Carl mit dem Glanz von reichlich konsumierten Spirituosen in den Augen an. »Ich wollte Sie seit heute Nachmittag fragen: Waschen Sie auch selber? Wie kriegen Sie Ihre Hosen jemals wieder sauber?« Gelächter ging um. Carl lächelte aus Anstand mit.

»Sehen Sie es dem werten Herrn Bänzli bitte nach«, beschwichtigte Rhynegger. »Er ist Direktor einer Schlachterei am Zürichsee. Die haben einen etwas speziellen Humor.«

»Die von den Schlachtereien oder die am Zürichsee?«, wollte

Zahnlücke Kandlbaur wissen, der gegenüber von Rhynegger saß.

Tja, wo man lacht …

Das elektrische Licht ging aus. Nur noch ein paar Kerzen flackerten. Exakt auf den feinen Glockenschlag der Pendeluhr öffnete sich die Tür, und ein ohrenbetäubendes Geläute brandete auf. Die Gespräche unter den Kongressteilnehmern wurden jäh unterbrochen, man verstand sein eigenes Wort nicht mehr. Dann erschienen die Urheber dieses Lärms, zwei Gestalten in Kutten betraten treichelnschwingend den Saal. Die beiden flankierten eine dritte Gestalt, die einen halben Schritt hinter ihnen eintrat und ein schweres Buch vor sich hertrug. Zuhinterst folgte eine Gestalt mit dem Banner der Orion-Gesellschaft für Fortschrittsfragen. Es stellte den Kopf eines Steinbocks mit beträchtlichem Gehörn dar. Zwischen den Hörnern war ein Zahnrad angebracht. Carl stach das Motto der Gesellschaft ins Auge: *»Tempus fugit«*.

Die vier Gestalten trugen ausladende Kapuzen, und da sie demütig den Kopf gesenkt hielten, waren ihre Gesichter tief darunter verborgen. Sie bewegten sich auf ein mit schwarzen Schlangen verziertes Rednerpult zu, das Carl zuvor gar nicht aufgefallen war. Die mittlere Gestalt legte andächtig das Buch auf dem Pult ab. Noch immer läuteten die Glocken. Ihre Tonlagen waren offenbar harmonisch aufeinander abgestimmt, sodass sich ein durchdringender Oberton herausschälte, eine Resonanz, die den Raum gewaltsam einnahm und einem einen Schauer über den Rücken jagte. Carl las in den Gesichtern der Anwesenden freudige Entzückung, aber auch Skepsis. Der Fleischer vom Zürichsee wirkte gar eingeschüchtert.

Der Kapuzenträger mit dem Buch hob langsam die Hände bis auf Kopfhöhe, nach einem Moment des Ausharrens riss er sie plötzlich zur Seite, während im selben Augenblick die Treicheln verstummten. Die Glockenträger hatten die Klöppel geschickt mit den Händen gefangen und hielten sie fest. Doch anstelle der erwarteten Stille hörte man ein Nachklingen dieses seltsamen Obertons, als ob er durch die Flure des Grandhotels irrte und nach einem Ausgang ins Freie suchte.

Die Gestalt am Rednerpult regte sich. Sie lüftete die Kapuze, als gleichzeitig das elektrische Licht wieder anging. Sie entpuppte sich als August Reichenbach, der Kongressleiter. Er erntete begeisterten Klopfapplaus von hundertzwanzig Knöcheln auf schweren Tischplatten. Ein sehr effektvoller Auftritt, musste Carl anerkennen.

»Meine Herren«, begann Reichenbach salbungsvoll und mit kräftiger Stimme, »hiermit eröffnen wir den Kongress der Orion-Gesellschaft für Fortschrittsfragen neunzehnhundertzehn im Grandhotel Giessbach!«

Wieder Klopfapplaus und zustimmender Jubel. Reichenbach ließ diesen mit einem Wink verstummen. »Neunzehnhundertzehn! *Tempus fugit.* Die Zeit flieht. Wir befinden uns in einer rasanten Zeit, so wird immer wieder gesagt. Der Fortschritt rast. Elektrizität gehört heute zum Alltag, selbst wenn wir alle noch im Lichte der Petrollampen gediehen waren. Dampflokomotiven sind inzwischen schon ein alter Hut und werden nach und nach durch elektrische Loks ersetzt. Immer mehr Automobile erscheinen auf den Straßen und werden in wenigen Jahren die Fuhrwerke vollständig verdrängt haben. Vor bald einem Jahr hat ein Aeronaut in seinem Flugapparat den Ärmelkanal überquert. Das Telefon bringt uns unsere Tante Olga innerhalb weniger Sekunden ins Wohnzimmer – zum Glück kann man sie aber auch genauso schnell wieder loswerden, indem man einfach den Hörer einhängt.«

Ohne ein Abklingen des Lachens abzuwarten, fuhr Reichenbach fort: »Wenn das nicht schnelllebig ist! Wir kaufen unsere Kleidung nicht länger beim Schneider, sondern gehen zum Loeb oder Globus ins Warenhaus. Oder wir bestellen vom Telefonapparat aus, was uns im Jelmoli-Katalog gefällt. Die Unterhosen werden uns dann mit der Post geliefert, und wir können sie zu Hause anprobieren. Fotografien erlauben uns, Augenblicke festzuhalten. Dann das großartige Kino, meine Herren! Der

Film haucht der Fotografie Leben ein. Der Zuschauer wird zum Augenzeugen und ist mittendrin im Geschehen. So etwas hat es zuvor noch nie so gegeben!«

Reichenbach nickte anerkennend. »Die Welt wird zu einem Dorf. Die Handelsgesellschaften transportieren Rindfleisch aus Südamerika, Früchte aus der Südsee und Getreide aus Afrika nach Europa, und oft sind diese Güter noch kostengünstiger, als wenn sie bei uns produziert würden! Wie schnelllebig unsere Zeit ist, sehen wir auch mit einem Blick über den großen Teich, genauer gesagt nach New York. Das Park Row Building war nur neun Jahre lang das höchste Hochhaus der Welt, dann haben die Amerikaner das Singer Building gebaut, das mit seinen hundertsiebenundachtzig Metern um sage und schreibe siebzig Meter höher ist. Doch nach nur einem Jahr musste dieses den Titel als höchstes Haus weitergeben, denn der kürzlich fertiggestellte Metropolitan Tower ist über zweihundert Meter hoch geraten. Sind wir gespannt, wie lange der den Rekord halten mag, und sind wir gespannt, ob es den Hochhäusern eines Tages gelingt, die beinahe dreihundertzwanzig Meter eines Eiffelturms zu erreichen. Schließlich wollen die Pariser den Giraffenkäfig doch noch etwas länger stehen lassen, die nun nach zwanzig Jahren abgelaufene Konzession wurde um weitere achtzig Jahre verlängert. Doch es sind heute auch andere großartige Bauwerke am Entstehen, wie zum Beispiel der Panamakanal. Die größte Baustelle der Welt schafft eine Abkürzung für die Schifffahrt, damit man vom Atlantik in den Pazifik gelangen kann, ohne ganz Südamerika umrunden zu müssen und bei Feuerland in die stets unruhige See zu geraten.«

Reichenbach deutete nach Süden und ließ die Blicke der Zuschauer schweifen. »Nicht zu vergessen die Baustelle, die gerade einmal zwanzig Kilometer Luftlinie von hier entfernt liegt. Dahinten wird die höchstgelegene Eisenbahn in Europa gebaut, meine Herren! Die Jungfraubahn.«

Reichenbach setzte ein Glas an die Lippen und benetzte die

Kehle. Dem verkniffenen Gesichtsausdruck und dem Zischen, das er von sich gab, nach zu urteilen, war es nicht bloß Eptinger Mineralwasser.

Der säuft während seines eigenen Referats, staunte Carl.

Reichenbach wechselte das Thema und meinte, dass viele Leute dem Fortschritt skeptisch gegenüberstünden, sich darüber ereiferten, dass Fortschritt so viel Schlechtes bringe. »Die Dampflokomotiven rußen alles voll, die Schornsteine der Fabriken verdunkeln den Himmel, und die Menschen würden Nervenkrankheiten von diesem Fortschritt erleiden, weil alles immer schneller läuft. Aber sie irren. Fortschritt ist nicht als ein Ziel zu verstehen. Hier kommt das Sprichwort ›Der Weg ist das Ziel‹ zum Tragen. Fortschritt gelangt niemals an einem Endpunkt an, sondern muss stetig weitergehen.«

Wie ein Prediger stand er da, hatte seine Hände erhoben, als segnete er seine Schäfchen.

»So werden auch die Argumente der Fortschrittsgegner außer Kraft gesetzt. Fortschritt wird die Entwicklungen fortlaufend verbessern. Das Automobil wurde auch nicht erfunden und dann so belassen, wie es war. Der Benz-Patentmotorwagen ist nicht mehr Stand der Technik. Nein! Das Automobil wurde weiterentwickelt, jetzt sitzen wir in Kabinen geschützt vor Nässe und Staub. Gummireifen ermöglichen ein sanftes Rollen, und die Entwicklung des Automobils wird noch lange weitergehen, davon bin ich überzeugt, meine Herren!«

Bei diesem Thema straffte Carl sich auf seinem Stuhl. Er machte seine Arbeit gut, dieser Reichenbach. Die Leute lauschten ihm gebannt.

Wie wohl Carls Referat morgen Vormittag beim Publikum ankam? Das Charisma eines Reichenbachs würde er nicht aufbringen können. Auch wenn es nicht sein erstes Referat war, so war Carl doch jetzt bereits etwas aufgeregt.

»Der Kongress findet bekanntlich alle vier Jahre statt, und der gegenwärtige ist bereits der fünfzehnte. Wir feiern also das sechzigjährige Jubiläum. Dieses Jahr ist auch deshalb ein besonderes, weil unsere Erde vom Halley'schen Kometen besucht wird. Sicherlich hat ihn in den letzten Tagen jeder hier schon am Himmel bewundert. Man deutet ihn als einen Botschafter einer neuen Epoche. Einer Epoche des Friedens und des Fortschritts. Aber Vorsicht! Wissenschaftler sollen Cyanid im Schweif dieses Kometen entdeckt haben. Keine Ahnung, wie die das herausgefunden haben wollen. Ob sie mit dem Zeppelin schnell hinaufgeflogen sind, um zu schnuppern? Auf jeden Fall wird die Erde den Schweif in der Nacht vom kommenden Mittwoch auf den Donnerstag durchqueren.«

Reichenbach schlug einen mysteriösen Tonfall an. »Einige Gruppierungen sagen für diese Nacht den nächsten Weltuntergang voraus. Wir feiern dann den Kongressabend, und dafür haben wir etwas ganz Besonderes für Sie vorbereitet. Wenn die Welt tatsächlich untergehen sollte, soll danach niemand sagen können, die Orion-Gesellschaft hätte das Ereignis nicht gebührend gefeiert!«

Reichenbach wurde wieder ernst. »Mir wurde aufgetragen, Sie nochmals an unsere Verschwiegenheitspflicht zu erinnern, die Sie durch die Teilnahme an dieser Veranstaltung eingehen. Alles, was an diesem Kongress geäußert oder entschieden wird, bleibt im Kreise der Teilnehmer. Es wird gegenüber der Öffentlichkeit keine Korrespondenz über den Inhalt geführt. Somit kann jeder frei reden ohne Rücksicht auf Programme seiner Partei oder die Zensur. Doch das, meine lieben Herren, muss ich wohl nicht gesondert erwähnen, denn es hat in der Orion-Gesellschaft noch nie ein Leck gegeben, und es wird auch nie eines geben!« Mit durchdringendem Blick schaute Reichenbach in die Reihen der Zuschauer an ihren Tischen.

»Wir müssen zugeben, der technische Fortschritt in der heutigen Zeit geht rasant voran, und man fürchtet sich schon mal, die Übersicht zu verlieren. Mit einem gebildeten Verstand wie dem unseren, meine Herren, kann man gerade noch so mithalten. Man versteht in groben Zügen noch, wie etwas funktioniert. Anders verhält es sich aber mit den Forschungsarbeiten eines

Albert Einstein, eines Sigmund Freud oder einer Marie Curie: Röntgenstrahlen, das Weltall oder die unendlichen Weiten der menschlichen Psyche! Hier werden Themen in ihrer komplexesten Abstraktheit bearbeitet, die sich weit jenseits unseres Verständnisses bewegen. Zumindest des meinigen, das muss ich einräumen. Sicherlich wird es dem einen oder anderen in diesem Saale ähnlich ergehen. Das mag einem schon zu denken geben, nicht wahr?«

Reichenbach hielt kurz inne, als sinniere er tatsächlich einen Moment darüber nach. »Was für Kräfte schlummern hier, die plötzlich freigesetzt werden könnten? Welchen Leviathan beschwören wir aus den dunkelsten Tiefen herauf? Sollten wir nicht da aufhören, wo wir mit unserem Verständnis an die Grenzen gelangen?«

Reichenbach blickte nickend und nach Zustimmung suchend von einem Zuhörer zum anderen. »Ist nicht jetzt der Zeitpunkt gekommen, wo wir diese Grenzen erreicht haben, wo wir es gut sein lassen sollten?«

Wieder nickte er, blickte sorgenvoll in die Gesichter. Dann heiterte sich seine Miene wieder auf. »Da stimmt mir niemand von euch zu!«, bemerkte er mit sichtlicher Genugtuung. »Nein! Natürlich nicht! Ebensolche Aussagen von rückwärtsgerichteten Reaktionären oder vonseiten der Religion haben den Fortschritt viel zu lange aufgehalten. Schaut nur mal zurück ins Mittelalter, meine Herren! Tausend Jahre Stillstand, null Fortschritt! Und in dieser Zeit war man sogar noch rückständiger als die Römer und Griechen zuvor. Wir leben jetzt in der Moderne, im Zeitalter des Fortschrittes. Die Zeit ist gekommen, mit Siebenmeilenstiefeln in eine glorreiche Zukunft voranzuschreiten! *Tempus fugit.*«

Reichenbach hatte einen feierlichen Ton angenommen. Erneut vermochte er die Begeisterung der versammelten Gemeinschaft zu schüren. »Wir alle sind hier, weil wir an den Fortschritt glauben! Fortschritt ist unsere Religion! Fortschritt ist die Lösung aller Probleme! Und wenn wir den Leviathan aus seinen Tiefen aufwecken, dann spannen wir diesen Seedrachen vor einen Generator und lassen ihn für unsere Fabriken Strom produzieren!«

Begeisterter Applaus brandete auf. Die Zuhörer klatschten, standen auf und jubelten, als Reichenbach theatralisch und mit grimmig verkniffenem Mund seine Kapuze überwarf und die Treicheln erneut zu schellen begannen. Von der Standarte begleitet, verließen die Kuttenträger unter Getöse wieder den Saal.

»Besten Dank, August Reichenbach!«, wandte sich Max Bossard an die Versammelten. Er brauchte sich nicht vorzustellen. Man kannte den »Dogen«, das Oberhaupt der Orion-Gesellschaft. Erfolgreicher Fabrikant, Politiker und ideologisch dem Fortschritt verpflichtet. Seine Art zu sprechen war eine träge und langsame, die nach den lebendigen Worten Reichenbachs behäbig wirkte. »August Reichenbach wird den Kongress neunzehnhundertzehn leiten. Sie werden also noch ein paarmal in den Genuss seiner feurigen Ansprachen kommen.«

Bossards schwere Augenlider vermittelten den Eindruck, als wäre er eben erst aufgewacht. Sein Bauchumfang ging deutlich über den eines stattlichen Wohlstandsbauchs hinaus. Er stützte sich mit seiner Linken auf der Tischplatte ab, während er mit der Rechten sparsame Gesten in der Luft vollführte.

»Die Organisation des Kongresses oblag dem ehrenwerten Dr. Friedrich Klemens.«

Ein dünner Siebzigjähriger erhob sich, nickte zackig zum Gruße und setzte sich wieder.

Der Doge konsultierte einen Zettel, auf dem er sich die Traktanden notiert hatte. Er entschuldigte vier Mitglieder der Orion-Gesellschaft, die an diesem Kongress nicht teilnehmen konnten, und führte dabei geschäftliche sowie auch gesundheitliche Gründe an. Unter ihnen vernahm Carl auch den Namen seines Vaters.

Ferner erwähnte der Doge das älteste Mitglied der Orion-Gesellschaft: »Ehrenhalber gilt es, Walter Wyss zu begrüßen.

Er hatte bereits 1850, damals noch als junger Mann, beim ersten Kongress teilgenommen. Er hat einen kräftigen Applaus verdient.«

Es wurde geklatscht, und dem Alten war die Rührung anzusehen.

»Damals herrschten noch die Römer über Helvetien«, sagte Zahnlücke Kandlbaur halblaut.

Nach Verklingen des Applauses fuhr Bossard fort. In den vier Jahren seit dem vergangenen Kongress waren sieben Mitglieder verstorben. Als Mitglied hatte man die Ehre, nach seinem Tode bei der Eröffnungsrede des Dogen namentlich erwähnt zu werden und auf eine knappe Zusammenfassung der geschäftlichen Leistungen in seinem Leben. Die nachfolgende Schweigeminute galt für alle sieben Verstorbenen zusammen und dauerte etwa vierzig Sekunden.

Ohne merklichen rhetorischen Stimmungswechsel leitete Bossard zum geselligen Teil des Abends über. Er stellte den preisgekrönten Chefkoch des Grandhotels Giessbach vor, der unter der Servicetür erschienen war. Er trug ein sauberes Kochhemd mit scharfen Falten, das er sich für seinen Auftritt gerade erst übergezogen haben musste, und kündete das Menü an. Es schien, als seien ihm die Worte in den Mund gelegt worden, es wollte einfach nicht so recht zusammenpassen, wie er da von »Sehnsuchtsprodukten aus Übersee« sprach und dabei nervös an seinem Hemdknopf herumnestelte.

Die Gäste dürften ein exotisches Diner erwarten, das durchaus als »Demonstration des Fortschritts« bezeichnet werden könne, stammelte er vor sich hin. Die Zutaten bestünden ausnahmslos aus Kolonialwaren, die »von überall auf unserem Globus« mit dem Schiff nach Europa und schließlich in die Küche des Grandhotels Giessbach gebracht worden seien, um am Ende von den Mitgliedern des Kongresses verspeist zu werden. Als Vorspeise werde ein Hummer serviert, der »nicht etwa aus Frankreich«, sondern von der amerikanischen Westküste importiert worden sei. Der erste Gang bestehe aus einem Gericht mit Reis aus China, Gewürzen aus Ceylon, garniert mit Bananen aus Niederländisch Ostindien. Selbst das Kalbfleisch komme nicht aus dem benachbarten Haslital, sondern aus Argentinien. Es sei unvergleichlich.

Carl ließ sich das Menü schmecken, konnte sich aber nicht des Eindrucks erwehren, dass die Zutaten nur aufgrund ihrer möglichst weit entfernten Herkunft gewählt worden waren. Zum Nachtisch wurde eine Crème mit Kokosnuss aus den feuchtwarmen Tropen Deutsch-Neuguineas gereicht, die mit Kakao aus São Tomé verfeinert worden war. Die Atlantikinsel vor Afrika war zusammen mit ihrer Schwesterinsel Príncipe eine portugiesische Kolonie und der größte Kakaoproduzent der Welt. Leider herrschten da für die einheimischen Arbeiter noch immer sklavereiähnliche Bedingungen.

***

Auf »Drei!« wuchteten Witt und Nicu das Paket über den Rand des Ruderbootes, worauf es von den zwei zuvor ins Wasser gelassenen Steinen zum Grund des Brienzersees gezogen wurde. Das Ruderboot schwankte heftig, und ein Schwall Wasser schwappte über den Rand.

»Adieu, amigos!«, sagte Nicu.

»Es heißt *›Adieu, mon ami‹*. Er war Franzose«, berichtigte Witt, während er seinen Arm wieder in die Schlinge legte.

Es war schnell dunkel geworden, und inzwischen entluden sich hemmungslos die Regenwolken. Ein Wetter wie geschaffen für Entsorgungen dieser Art. Auch wenn einem das Wasser in den Kragen lief, so blieb man hinter einem Schleier aus Tropfen verborgen.

Nicu griff sich die Ruder, wendete das Boot und legte sich in die Riemen, dem schwachen Lichtschein der Laterne am Ufer entgegen. Witt saß im Bug. Der verletzte Söldner aus Afrika ließ sich rudern wie ein Mädchen, das auf eine Bootstour ausgeführt wurde. Nicu verkniff sich ein Lachen. Er musste aber auch feststellen, wie es Witt dabei gelang, seine würdevolle Haltung zu bewahren.

»Dieses Problem wäre auch gelöst«, meinte Nicu zufrieden. »Warum hast du die Leiche nicht im Giessbach gelassen?«

»Weil ihr Erscheinen vor dem Hotel zu ungünstigen Umständen geführt hätte«, erwiderte Witt knapp.

»Aber jeder hätte geglaubt, der Franzose hätte sich selbst den Giessbach hinabgestürzt«, sagte Nicu. »Es gibt sogar einen Abschiedsbrief.«

»Einen Abschiedsbrief? Was weißt du über die Leiche?«, wollte Witt wissen.

Nicu hatte schon zu viel verraten. Er versuchte, das Thema zu ändern. »Wie ist es da so, in Afrika?«

»Ein ganzer Kontinent voller Massaker und Kriege«, antwortete Witt. »Würde dir guttun.«

Beim Ufergehölz angekommen, warf Witt Fritz das Tau zu. Dieser stellte die Petrollaterne ab und machte das Boot an einem Baum fest. Sie hatten Fritz am Ufer zurücklassen müssen, er hatte nie gelernt zu schwimmen. Stattdessen musste der Söldner mit dem verletzten Arm mit Nicu aufs Wasser hinausfahren.

»Wie ist das möglich, dass einer in einem Land voller Seen und Flüsse aufwächst, ohne schwimmen zu lernen?«, war die berechtigte Frage von Witt gewesen.

Fritz hatte sich einer Rechtfertigung enthalten.

Nicu zog die Ruder ein und verstaute sie unter der Bank. Witt blieb sitzen. Als Nicu an ihm vorbei und an Land steigen wollte, packte er ihn unvermittelt am Kragen und tauchte Nicus Kopf in das schwarze Wasser des Brienzersees. Nach einem Augenblick riss er ihn wieder hoch.

Nicu keuchte und stammelte: »Was? Was?«

Witt wartete, bis der Rumäne wieder zu Atem kam.

Nicu sah hilfesuchend Fritz an, aber dieser strich sich bloß über seinen struppigen Schnurrbart, nahm die Laterne wieder zur Hand und zeigte sich ungerührt.

Als sich Nicu beruhigt hatte, fragte Witt: »Nun erzählt mir mal, was wisst ihr über den Toten?«

Die Intensität des Regens nahm weiter zu, der Wind frischte auf, und vom Hotel her war das ferne Läuten von Treicheln zu vernehmen, während Nicus Zunge sich löste. »Der Tote war ein französischer Spion, der sich hier im Hotel einquartiert hatte. Sein Name war Trusseau. Wir haben uns an ihn drangehängt. Dabei kam es zu einem kleinen Unfall. Wir haben abgewartet, bis es Nacht wurde, und ihn den halben Giessbach hochgetragen. Es sollte aussehen, als hätte er Selbstmord begangen und sich den Wasserfall hinabgestürzt. Ich habe sogar einen Abschiedsbrief verfasst und im Hotelzimmer hinterlegt. Niemand würde Verdacht schöpfen, wir haben an jedes Detail gedacht.«

»Und Klemens hatte euch diesen Blödsinn aufgetragen?«, fragte Witt.

»Nein, er hat uns freie Hand gelassen. Er weiß, dass er auf uns zählen kann.«

»Ihr müsst ja irgendwie herausgefunden haben, dass Trusseau der Spion war.«

»Dies war ein Glücksfall. Klemens hatte bemerkt, dass einer der Gäste ihm das Notizbuch gestohlen hatte.«

»Dann seid ihr ihm nach, habt ihn umgebracht und in den Giessbach gelegt?« Das Ganze ergab für Witt einfach keinen Sinn.

»Nein. Dass er gestorben ist, war reiner Zufall.«

»Unfall, Glücksfall, Zufall …« Doch dann stutzte Leutnant Peer Christiaan Witt. »Was für ein Notizbuch?«

***

Die Gespräche, die nach dem Essen wieder aufgenommen wurden, verebbten nach und nach im Saal, bis sich eine einzige einnehmende Stimme herausschälte. Carl erkannte den Sprecher als den Papierfabrikanten und Nationalrat Erich Züst. »So standen plötzlich die Maschinen still, und ich fand die gesamte

Belegschaft vor meiner Villa wieder. Zweihundertvierunddreißig Nasen mit Schildern in den Händen. Aufgebrachte und alkoholisierte Streikende! Sie rüttelten am Zaun. Zum Glück aus massivem Schmiedeeisen. Als ich hinaustrat, hörte ich Buhrufe und Beschimpfungen. Undankbares Pack! Ohne meine Fabrik hätten die alle nichts zu fressen.« Er knallte die Faust auf den Tisch, sodass das Geschirr klapperte.

Jemand am Nebentisch wusste zu berichten: »Nirgends wird dieser Tage so viel gestreikt wie in der Schweiz.«

Züst fuhr fort: »Aber ich blieb ruhig, verlangte zu wissen, was die wollten. Ein fünfköpfiges Komitee trat vor, und ich habe sie in meine Villa gelassen. Drei Vorarbeiter und einer meiner erfahrensten Meister, der schon seit fünfundzwanzig Jahren bei mir arbeitet. Eine treue Seele, so dachte ich bis zu diesem Tag. Das hat mich am meisten getroffen! Die müssen dem eine Gehirnwäsche verpasst haben.«

Züst setzte sich das Weinglas an den Mund und sprach weiter, noch bevor er richtig geschluckt hatte. »Der Fünfte war ein Fremder. Er wurde mir als ein Streikführer aus Zürich vorgestellt. Stellt euch vor! Die haben dafür extra einen auswärtigen Spezialisten hinzugezogen. Der musste meiner Belegschaft diese Flausen in den Kopf gesetzt haben. In meinem Speisezimmer sahen sie sich mit großen Augen um. Wahrscheinlich haben die sich Gedanken gemacht, ob sie da einmal einbrechen wollen.«

Wahrscheinlich hatten sie große Augen gemacht, als sie sahen, was sich der Patron mit dem Geld, das sie einbrachten, alles leisten konnte, vermutete Carl.

»Dann stellten sie die Forderungen. Sie verlangten bessere Arbeitsbedingungen, mehr Lohn und eine gerechte Versorgung bei Arbeitsausfall.« Züst spuckte die Worte regelrecht aus, als wären sie aus bitterer Galle. Er sprang aus seinem Stuhl hoch. »Gar nichts gibt es! Habe ich gesagt. Gar nichts! Und dann habe ich sie aus der Hütte gejagt. Stellt euch einmal diese Frechheit vor!«

Die Fabrikarbeiter verdienten schlecht. Gerade einmal zwischen zehn und vierzig Rappen pro Stunde. Die Männer und Frauen mussten über sechzig Stunden die Woche arbeiten, und zu Hause wartete weitere Arbeit auf sie, wie Waschen, Kochen und das Aufziehen der Kinder. Die Arbeiterfamilien wohnten in winzigen Wohnungen in den Kosthäusern. Um zu sparen, nahmen sie weitere Kostgänger auf. Es gab kein fließendes Wasser, und das Plumpsklo teilten sie mit anderen Wohnungen. An die siebzig Prozent der Familieneinkünfte wurden für Essen ausgegeben, und selbst dann gab es nur Brot, Kartoffeln, Linsen und Gemüse. Wer sich verkalkuliert hatte, musste hungern. Dasselbe galt, wenn jemand bei der Arbeit ausgefallen war. So standen die Arbeiterfamilien dauernd unter Druck. Eines der billigsten Nahrungsmittel war der Schnaps, der vermeintlich auch noch Trost spendete. Mangelernährung und Alkoholismus waren weitverbreitet. Dass da die Arbeiter unzufrieden waren, verwunderte Carl nicht.

Der an diesem Kongress viel gepriesene Fortschritt und die neuen Technologien hätten – richtig eingesetzt – diesem Elend den Riegel vorschieben können, aber tatsächlich war das Gegenteil der Fall. Sie verschlimmerten die Lage noch. Die Elektrifizierung der Betriebe steigerte zwar die Produktivität und sorgte für mehr Profit, doch der ging ohne Umwege in die Säcke der Fabrikanten. Die elektrischen Maschinen gaben ein neues Tempo vor, das die Arbeiter überanstrengte. Viele kamen an ihre Belastungsgrenzen und wurden krank. Dies hieß wiederum: kein Geld fürs Essen. Die Orion-Gesellschaft wäre mächtig genug, diesem Umstand Einhalt zu gebieten. Schließlich saßen hier im Saal Dutzende der größten Fabrikanten des Landes.

»Die Fabrik stand keine drei Tage still. Ich setzte Arbeiter von außerhalb ein. An dieser Stelle möchte ich dem Dogen für seine Hilfestellung danken.« Züst hob das Glas in Richtung Bossard. Dieser setzte eine würdevolle Miene auf und hob seinerseits das Glas, als sich alle Köpfe zu ihm umdrehten.

Züst fuhr fort: »Wenn die einen Streikführer aus Zürich

hinzuziehen, dann ziehe ich Personal hinzu, damit der Betrieb wieder läuft. So einfach ist das. Am vierten Tag kamen meine Arbeiter auf den Knien zurückgekrochen. Sie bangten um ihre Stellen, nun, da sie fremde Leute an den Maschinen stehen sahen. Sie konnten nicht auf ihre Einkünfte verzichten. Schließlich zahle ich nicht fürs Streiken.« Mit kalter Stimme fügte er hinzu: »Wer den Streikenden vorangeschritten war, wer am lautesten gerufen hatte, wurde sofort entlassen. Auch wer sich weigerte, in die Fabrik zurückzukehren. Es waren nicht mehr viele. Bedauerlicherweise aber waren auch ein paar Tüchtige darunter. Der Streik verlief sich ins Leere. Dem Dogen konnte ich seine Leute bald wieder zurücksenden.«

Als ob er neben sich stand, hörte Carl sich sagen: »Warum verbessert ihr nicht einfach die Bedingungen für eure Arbeiter?«

Nationalrat Züst verschränkte die Arme vor der Brust. »Es kann ja jeder gehen, wenn es ihm nicht passt! Schließlich ermöglichen wir ihnen Arbeitsplätze und zu fressen auf den Tisch!«

Bossard schaltete sich nun quer über den Tisch ein. »Lohser? Von den Dädalus-Werken?« Ohne eine Antwort von Carl abzuwarten, schob er nach: »Wie ich erfahren habe, steht es um die Bücher eures Betriebes nicht gerade zum Besten.«

Carl erwiderte: »Unsere Arbeiter sind seit Jahren zufrieden. Wir zahlen ihnen deutlich mehr Lohn. Niemand muss hungern. Wir kennen das Problem von Streiks nicht.«

»Naiver Träumer. Es nutzt dir nichts, zahme Arbeiter zu haben, wenn du den Betrieb schließen musst.«

Carl konnte das nicht auf sich sitzen lassen. »Währenddessen helfen *Sie* ihm dabei, seine Arbeiter zu unterdrücken. Die streiken nicht, weil es ihnen Spaß macht. Die Arbeiter haben ihre Gründe.«

Bossard kommentierte feixend: »Lohser, der Weltverbesserer.«

Er erntete den einen oder anderen Lacher aus dem Saal. Doch Carl erkannte in einigen der Gesichter auch Zustimmung für seine Ansicht, was ihn ermutigte. »Anstatt euch gegen die Arbeiteraufstände zu verbünden, könnte man eine einflussreiche Organisation wie die Orion-Gesellschaft dazu einsetzen, der landesweiten Armut entgegenzuwirken. Es braucht nicht einmal viel, den Arbeitern bessere Bedingungen zu schaffen.«

Der Doge fixierte ihn mit einem giftigen Blick. »Ich finde, Sie nehmen sich etwas viel heraus, Lohser. Sie zerreißen sich hier vor allen das Maul und sind nicht einmal Mitglied.«

Carl setzte noch zu einer Erwiderung an, ließ es dann aber zähneknirschend bleiben. Bossard wandte sich ab und eröffnete ein Gespräch mit seinem Tischnachbarn. Im Saal begann man wieder über Fußball und die häufigen Regenfälle in den letzten Tagen zu sprechen.

Irgendwann würden es auch die Arbeiter verstehen, dass sie gemeinsam stärker waren als die Fabrikanten. Ein Einzelner konnte zwar rebellieren, doch kümmerte es niemanden weiter. Eine ganze Belegschaft einer Firma konnte streiken und erreichte höchstens ein paar wenige Verbesserungen. Wenn überhaupt, was Züst bewiesen hatte. Aber wenn sich die Arbeiter landesweit organisierten, einen Generalstreik heraufbeschworen, dann erst würden sie etwas erreichen können. Anschaulichstes Beispiel: die Französische Revolution. Die Fabrikanten forderten es schlichtweg heraus.

Die Orion-Gesellschaft hatte sich dem Fortschritt verschrieben. Genauso wie Carl. Wie war es dann möglich, dass sich ihre Vorstellungen von einem erfolgreichen Fortschritt so sehr von seinen unterschieden? Sie hatten eine soziale Verantwortung zu tragen, dachten aber ihr Bestreben nicht bis zum Ende durch. Wenn ihre Arbeiter mehr verdienten, könnten sie sich auch die Produkte leisten, die sie herstellten. Der Absatz stiege, der Betrieb könnte vergrößert werden. Das war es doch, worauf Unternehmer abzielten, Wachstum. Ein willkommener Nebeneffekt wäre, dass es den Arbeitern dadurch besser ging, und sie wären wiederum leistungsfähiger in der Fabrik. Wieso also strebte niemand dieses Ziel an?

Carl musste etwas übersehen haben. War wirklich Wachstum das oberste Ziel der Unternehmer? Mit Ernüchterung wurde ihm klar, dass auch er den Gedanken nicht zu Ende gedacht hatte. Die Fabrikanten wollten nicht irgendwann einmal große Profite einfahren, sondern jetzt! Also was nutzte es ihnen, in ihre eigenen Arbeiter zu investieren, mit dem großen Risiko, dass andere Fabrikanten nicht mitzogen und der gesellschaftliche Aufschwung ausblieb? Sie bevorzugten es, kurzfristig jeden Tropfen aus der Zitrone herauszupressen.

Lagen dann Carl und sein Vater falsch? Falsch mit ihrer Weise zu wirtschaften? Waren sie fortschrittlich oder doch nur naive Träumer? Als Mittelschichtfamilie waren sie immer gut über die Runden gekommen. Klar hätten er und sein Vater ihre Arbeiterschaft ebenfalls rücksichtslos auspressen können. Geld anhäufen und ins Bürgertum aufsteigen. Dann noch eine strategische Hochzeit in eine einflussreiche Familie, und sie würden in Saus und Braus leben. Aber was die Dädalus-Werke stattdessen vorzuweisen hatten, waren fähige Mitarbeiter, von denen einige schon seit Jahrzehnten bei ihnen tätig waren. Deren Erfahrung und technisches Geschick waren eine enorme Bereicherung, gar einer der wichtigsten Standpfeiler der Fabrik. Allein hätte Carl die Gans II nicht entwickeln können. Er hatte eine starke Mannschaft. Er war selbst Bestandteil dieser Mannschaft und hatte sich vorgenommen, es auch dann noch zu bleiben, wenn er die Firma übernahm. Freilich, mit ausreichend Vermögen konnte man andere Manufakturen aufkaufen, deren Wissen, deren Spezialisten und sogar deren Kundenstamm vereinnahmen. Doch wenn es auch verlockend schien, so war eine feindliche Übernahme einfach nicht richtig. Und Carl war fest entschlossen, richtig zu wirtschaften, auch wenn die Geldsäcke ihn vom Gegenteil zu überzeugen versuchten.

Es mussten nur noch die Aufträge kommen.

***

Fürstenfeldt ließ seinem Vorgesetzten, Generalleutnant Manfred Brechtesloh, mitteilen, dass sie den französischen Agenten aufgespürt hatten – tot. Der Generalleutnant fackelte nicht lange und ließ sich postwendend mit einer Barkasse zum Grandhotel Giessbach befördern.

Fürstenfeldt nahm Brechtesloh in Empfang und bat ihn um eine Unterredung. »Der Schütze in Bern war ein Anhänger der Sozialisten«, erklärte er.

Brechtesloh verstand. »So war er bereit gewesen, das Attentat für Frankreich auszuüben.«

»Wenn das Attentat erfolgreich gewesen wäre, hätte man die Sozialisten zur Verantwortung gezogen. Weder das Deutsche Reich noch die Schweizer hätten Frankreich dafür belangen können.«

»Ein geschickter Schachzug der Franzosen«, räumte der Generalleutnant beinahe anerkennend ein. »Dann ist also das Versteckspiel zu Ende.«

»Dennoch rate ich Ihnen, weiterhin vorsichtig zu sein. Witt sollte an Ihrer Seite bleiben, wann immer möglich.«

»Gemäß Ihren Ausführungen haben Sie den Leichnam bereits am Vormittag gefunden. Ich hätte schon früher zurückkehren und an den Eröffnungsfeierlichkeiten teilnehmen können.«

»Das war eine reine Vorsichtsmaßnahme. Zuerst sollte die Leiche entsorgt werden. Sie sollten sich nicht am selben Ort aufhalten wie der tote Spion.« Fürstenfeldt erkannte, dass Brechtesloh nicht derselben Meinung war, so fügte er hinzu: »Für den Fall, dass Witt bei der Entsorgung der Leiche aufgeflogen wäre.«

»Dennoch hätte ich es bevorzugt, dass der Präsident mich bei der Eröffnung offiziell den Mitgliedern vorstellt. Sie und Ihre übertriebene Vorsicht, Oberst.« Da war wieder diese Geringschätzung in seiner Stimme.

Fürstenfeldt überhörte sie. »Leutnant Witt hat noch etwas anderes in Erfahrung gebracht, als er mit Klemens' Lakaien auf dem See war.«

»Ihr Notizbuch wurde gestohlen?« Brechtesloh hatte sich auf den Stuhl hinter dem massiven Schreibtisch Friedrich Klemens' gesetzt und ließ diesen in seinem eigenen Büro stehen. Offenbar hatte Klemens eine Vorliebe für Afrika. Speere und Fellschilde von Eingeborenenstämmen und ausgestopfte Tiere dekorierten den Raum im Übermaß. Fürstenfeldt mutmaßte jedoch, dass Klemens nie einen Fuß auf den ungezähmten Kontinent gesetzt hatte.

»Ja«, antwortete Klemens schmallippig. Sein Bemühen, einen gelassenen Ausdruck von Würde zu bewahren, wollte ihm nicht überzeugend gelingen. Er war ein Mann in einer Position, in der er es nicht mehr gewohnt war, dass ihm jemand den Kopf wusch.

Brechtesloh hakte nach: »Nur dass wir uns richtig verstehen, Sie haben in einem Notizbuch sämtliche Einzelheiten über unser Vorhaben festgehalten?« Er blickte Klemens mit einem durchdringenden Blick an. Klemens hielt diesem stand und schwieg. »Und dieses Notizbuch ist in die Hände des französischen Agenten geraten?« Klemens schwieg weiter. »Stimmt das, Herr Klemens?«

Klemens schluckte, straffte sich und schlug die Hacken zusammen. »Jawohl, Generalleutnant.«

Er imitierte gelegentlich die preußische Art. Er sah sich selbst gerne als den »Schweizer Preußen« und leitete auch seine Betriebe mit militärischer Strenge. Klemens hatte immer mit Stolz verkündet, dass sein Großvater in Frankfurt am Main geboren worden und vor gut neunzig Jahren in die Schweiz eingewandert sei. Dabei unterließ er aber zu erwähnen, dass Frankfurt gar nie Bestandteil Preußens gewesen war. Wenn er das denn überhaupt wusste.

Neben dem Paradepreußen Brechtesloh wirkte der Schweizer Preuße ohnehin wie ein Schuljunge. Es amüsierte Fürstenfeldt zu beobachten, wie Brechtesloh den siebzigjährigen Fabrikketteninhaber zurechtstutzte.

»Ich gehe davon aus, Ihnen ist die Tragweite dieser Unvorsichtigkeit bewusst, oder irre ich mich da?«

»Wir haben diesen Spion immerhin dingfest gemacht«, meinte Klemens.

»Dingfest? Umgebracht haben Sie ihn! Witt hätte ihn noch befragen können. Stattdessen haben ihn Ihre Leute tot im Wasserfall abgelegt«, berichtigte Brechtesloh. »Bis vor Kurzem hatten hier noch Kinder am Wasser gespielt, Herrgott noch mal! Wenn die Leiche vor dem Hotel aufgetaucht wäre, hätte man die Polizei informiert. Mit ihr wären die Zeitungsfritzen aufgetaucht. Ist das Ihre Vorstellung von einer diskreten Abwicklung?«

Klemens schob trotzig sein Kinn vor.

»Was mich aber am meisten erstaunt, ist, dass wir erst jetzt davon erfahren. Offenbar hatten Sie es nicht für nötig befunden, mich schon gestern darüber zu informieren.«

Klemens wandte den Blick ab. »Meine Leute haben nicht nach meinen Anweisungen gehandelt«, sagte er kleinlaut. »Ich werde sie zur Rechenschaft ziehen, wenn die Zeit gekommen ist. Doch die Gefahr ist damit gebannt.«

»Heißt das, Sie haben das Notizbuch zurückerhalten?«, fragte Brechtesloh.

Klemens schüttelte kaum merklich den Kopf. »Meine Leute sind noch auf der Suche danach.«

»Wir wissen ja inzwischen, wie gründlich Ihre Leute arbeiten.«

Klemens lief vor Ärger rot an.

»Sie haben die Situation schlichtweg nicht im Griff!«, polterte Brechtesloh. »Sie und Ihre Taugenichtse von Handlangern gefährden unser Vorhaben mit unbedachtem Handeln!«

Klemens fand nun offenbar doch, dass er sich verteidigen musste. »Solche Bagatellen kommen nun einmal vor. Wo gehobelt wird, fallen auch Späne. Dann nimmt man den Besen und kehrt sie beiseite. Aber halten Sie sich eines vor Augen, Generalleutnant.« Klemens' Augen funkelten, während er mit dem Finger auf Brechtesloh zeigte. »Sie und Ihre Leute wären gar nicht hier, wenn ich nicht alles bis ins kleinste Detail vorbereitet hätte. Was ich hier in die Wege geleitet habe, ist von kriegsentscheidender Bedeutung für das deutsche Volk!«

»Sie stellen das dar, als hätten Sie aus bloßer Großzügigkeit gehandelt. Die Profite, die Ihrem Konzern hieraus erwachsen, dürfen Sie in diesem Zusammenhang ruhig auch erwähnen.« Nun war es Brechtesloh, der mit dem Finger auf Klemens zielte.

***

Nun, da seine Gattin Hilde den Kongress verlassen hatte, blühte Olaf Inderbitzin regelrecht auf. Er hatte schon ein paar Schlucke über den Durst getrunken, und um ihn herum hatten sich gut zwei Dutzend rauchende und gläserschwenkende Herren versammelt. Wer keine Sitzgelegenheit mehr gefunden hatte, lehnte sich lässig ans Mobiliar. Inderbitzin hatte auf einem Chaiselongue Platz gefunden und gab eine Geschichte zum Besten, die ihm widerfahren war, als er vor eineinhalb Jahren mit seiner verehrten Frau Gemahlin in Grindelwald residiert hatte. »Wir hatten dort geschäftlich zu tun.«

Wyss, der neben ihm stand, wandte ein: »Da hatte wohl eher Frau Inderbitzin geschäftlich zu tun.«

Inderbitzin ging nicht drauf ein. »An einem Samstagmorgen haben mich die Pistolenschützen von Grindelwald zu ihrem Schießen eingeladen. Früher gingen sie dazu immer zum Unteren Gletscher hinauf, ganz nah am Eis, hat man mir erzählt. Doch haben sie es dann dort aufgegeben, weil es immer so saukalt war. So haben sie im Dorf einen neuen Schießstand eröffnet. Die Herren Pistolenschützen waren sowieso eher von der unkomplizierten Sorte. Wenn sie alle Zielscheiben zerschossen hatten, stellten sie einfach Weinflaschen als Ziele hin. Die mussten natürlich vorher geleert werden.«

Inderbitzin nippte an seinem Glas und lachte. »Haben wir da gesoffen an diesem Morgen! Die hatten sogar zwei Ranglisten, eine ›mit Wein‹ und eine ›ohne Wein‹. Ja, ist tatsächlich wahr!«

Er vergewisserte sich, dass er noch die ungeteilte Aufmerksamkeit besaß. »Es kommt noch dicker! Ich durfte auch ein paar Schüsse abfeuern, man schießt da mit modernen Pistolen, die ein Büchsenmacher aus Thun den Schützen zur Verfügung stellt. Die lagen gut in der Hand.«

Auf die Frage hin, ob er denn gut geschossen habe, meinte Inderbitzin, das könne er jetzt gar nicht mehr so genau sagen, aber er erinnere sich, dass schon die eine oder andere Flasche in die Brüche gegangen sei.

»Der Großrat Adolf Boss war ebenfalls an diesem Schützenfest anwesend. Ihm gehört in Grindelwald das Hotel Adler. Und ich mag mich noch erinnern, wie der an diesem Morgen die Klappe aufgerissen hatte und meinte, die anderen hätten bloß Spielzeugpistolen. Dann zog er einen riesigen, uralten Revolver aus dem Kittel. Man mochte meinen, der wäre schon im Wilden Westen im Einsatz gewesen. Der Großrat verkündete, richtige Männer schössen mit einem richtigen Gerät, und machte sich auf zum Schießstand, wo sich alle um ihn herum versammelten. Sie wollten sehen, ob er denn auch so gut traf, wie er palavern konnte.«

Inderbitzin nippte erneut an seinem Glas. Weinbrand, schätzte Carl. Er hätte sich auch gerne etwas an der Bar geholt, doch war er neugierig darauf, wie die Geschichte weiterging. Inderbitzin fuhr fort: »Der Großrat machte ein richtiges Brimborium. Er dehnte die Oberschenkel und Arme, kreiste mit den Schultern und dem Hals, als ob er sich zum Turnen aufwärmte. Dann stellte er sich breitbeinig hin. Suchte eine Ewigkeit lang mit den Füßen nach einem festen Stand. Die Schützenkameraden um ihn herum lachten und beobachteten ihn gebannt. Und als ob es darauf ankäme, legte der Herr drei Mal neu an. Dann plötzlich wurde es ganz ruhig um den Großrat und seinen Wildwest-Revolver. Er atmete tief ein und halb wieder aus und zielte.«

Inderbitzin genoss förmlich die Aufmerksamkeit, mit der er in diesem Augenblick beehrt wurde. Genau wie der Großrat Adolf Boss in seiner Geschichte.

»Der Großrat übte Druck auf den Abzug aus, und – ihr

werdet es nicht glauben! – ein Knall – ohrenbetäubend! – erschütterte wie ein Erdbeben das Tal. So etwas habe ich noch nie erlebt. Alle, die da waren, gingen vor Schreck in die Knie und rissen die Arme über den Kopf. Leute rannten aus ihren Häusern. Der Gemeindeschreiber Häsler machte einen gewaltigen Satz aus dem Scheißhäuschen und stand dann mit weit aufgerissenen Augen und heruntergelassener Hose da. Der Revolverheld Adolf Boss ist einfach umgekippt wie ein Brett. Als wir uns alle wieder einigermaßen gefasst hatten, blickten wir uns ratlos an. Was war da gerade geschehen? Das konnte nicht der alte Revolver gewesen sein. Der hatte ja nicht einmal einen Schuss abgegeben. Plötzlich zeigte jemand zum Eiger hoch, und da stieg eine Wolke aus Staub und Rauch auf.«

Zwyssig nahm die Pointe vorweg: »Die Baustelle der Jungfraubahn!«

Inderbitzin nickte. »Erst später haben wir erfahren, dass da dreißig Kisten, also insgesamt hundertfünfzig Kilogramm, Sprengstoff hochgegangen sind. Es war, als wäre der Eiger explodiert. Bei acht Hotels sind die Fenster zersprungen, jemand ist aus dem Ruhebett gefallen und hat sich verletzt. Immerhin hat es keine Toten gegeben. An diesem Tag haben sie da oben nicht gearbeitet.«

Carl erinnerte sich daran, wie die Zeitungen darüber berichtet hatten. In Thun habe man den Knall wie einen Donnerschlag gehört, und selbst im entfernten St. Gallen sei die Explosion noch zu vernehmen gewesen.

»Mir pfeifen noch heute die Ohren«, schloss Inderbitzin seine Geschichte.

Carl erblickte Mustafa an der Bar, begab sich an den Tresen und bestellte eine *vieille prune*. »Und? Ist Ihnen vielleicht heute nach Tratsch zumute?«, fragte Mustafa lachend.

»Was haben Sie denn anzubieten?«

»Frische Gerüchte über den Suppenkönig Julius Maggi. Eben erst reingekommen.«

»Dann lassen Sie mal hören«, forderte Carl ihn auf.

»Haben Sie gewusst, dass Maggi jahrelang eine Schauspielerin in Paris als Geliebte gehalten hat?«

»Ja, das haben mir die Zeitungen bereits verraten«, sagte Carl.

»Maggi hat vier Dampfjachten in Frankreich. Die heißen Maggi I, Maggi II, Maggi III und Maggi IV«, versuchte Mustafa es weiter.

»Nicht gerade einfallsreich, die Namensgebung«, erwiderte Carl, musste dann aber an die Gans II denken.

»Seine Frau wusste die ganze Zeit nur von einer Jacht.«

»Was haben Sie noch?«, fragte Carl.

»Maggi war von seiner Erfindung – dem getrockneten Gemüsemehl für die Leguminosen-Suppe – so begeistert, dass er seine erste Tochter Leguminosa taufen wollte. Es heißt, man konnte es ihm nur schwer wieder ausreden.«

Zwei Männer kamen an die Bar. Mustafa wurde plötzlich wieder ernst und kaute auf seiner Unterlippe, als er sie bediente. Beide sahen müde und abgekämpft aus. Die Anzüge, die sie trugen, wollten nicht so recht zu ihnen passen. Bei genauerem Hinschauen erblickte Carl etliche Flecken.

***

Nicu und Fritz waren frustriert. Als Angestellten war es ihnen zwar verboten, sich im Salon aufzuhalten und an der Bar ein Getränk zu bestellen, doch das war ihnen inzwischen egal. *Sollen sich alle dahin scheren, wo der Pfeffer wächst!*

Eben war der Tag noch von Nicus Triumphgefühl beherrscht gewesen, weil er den zweiten Spion entlarvt hatte, und schon hatte alles eine unglückliche Wendung genommen. Witt hatte Trusseau gefunden und nun auch noch erfahren, dass Klemens das Notizbuch gestohlen worden war. Die Deutschen hatten ein Mordsfass aufgemacht deswegen. Und Klemens hatte den Schwarzen Peter an Nicu und Fritz abgeschoben. Niemand übernahm mehr die Verantwortung in der heutigen Zeit. *Wo kommen wir denn da hin?*

Erneut waren Blätter und Akten durch Klemens' Büro geflattert wie aufgeschreckte Hühner. Nach allen Regeln der Kunst hatte er sie zurechtgestutzt.

»Seid ihr Hohlköpfe eigentlich noch bei Trost, die Leiche in den Giessbach zu werfen?«, hatte er gekrächzt. »Wollt ihr uns die Zeitungsfritzen auf den Pelz hetzen? Denkt ihr Blindgänger überhaupt einmal über das nach, was ihr tut?«

Nicu hätte sich verteidigen können: dass er in der brenzligen Situation schnell handeln musste und Klemens ja nicht zugegen gewesen war, um von ihm das Vorgehen absegnen zu lassen. Doch er ließ es bleiben, er wollte das Gespräch nicht unnötig in die Länge ziehen.

»Jetzt wissen die Deutschen vom Verschwinden meines Notizbuches!«, führte Klemens weiter aus.

Dies musste der Hauptgrund für seinen Ausraster gewesen sein. Seine eigene Schuld, sich sein Notizbuch klauen zu lassen – überhaupt, seine Geheimnisse in ein Buch zu schreiben. Doch auch dazu hatte Nicu geschwiegen.

Der Barmann im purpurnen Gewand wirkte irgendwie unruhig, als er ihre Getränke zubereitete. Beim Schneiden der Zitronen säbelte er sich sogar in den Finger und fluchte: *»Zut alors!«*

Auf der Anrichte mischte sich das Blut langsam mit dem Zitronensaft. Ein anderer Angestellter nahm seinen Platz ein und schnitt eine frische Zitrone an. Als er mit dem Getränk fertig war, überreichte er Nicu und Fritz die Gläser, und sie steuerten auf den hintersten Teil des Salons zu. Sie gingen an einer Gruppe sich laut unterhaltender Patrons vorbei. Unter ihnen erblickte Nicu Amanda, wie sie sich auf der Armlehne eines Sessels rekelte. Neben ihr auf dem Sessel hockte Palanti. Sie hatte den zweiten Spion bereits an der Angel. Amanda lachte über etwas, das er gesagt hatte, und rutschte näher an ihn heran.

Wenn Nicu doch bloß Geld hätte. Er würde ihr ein Leben ermöglichen, damit sie mit alldem hier aufhören konnte. Er würde sie zur Frau nehmen und ihr fünf wunderschöne Kinder schenken.

Nicu und Fritz setzten sich an ein Tischchen vor einem gigantischen Gemälde, das sich beinahe über die gesamte hintere Wand des Salons ausdehnte.

Wieso hatte Klemens sich eigentlich für ihn und Fritz als seine Leibwache entschieden, wenn er sie doch für Pfeifen hielt? Nicu fragte sich das nicht zum ersten Mal.

Angefangen hatte alles letztes Jahr, als Nicu eine Gelegenheitsarbeit bei einem Gärtner gefunden hatte. Im Frühjahr gab es für Gärtnereien immer viel zu tun, sodass diese gerne auf zusätzliche Arbeitskräfte zurückgriffen, die sie nach der Saison ohne großes Brimborium wieder loswurden. Als Ausländer hatte Nicu ohnehin keine große Wahl. Man nahm, was einem geboten wurde.

So hatte er in einem Park rund um die Villa eines Firmenbonzen gearbeitet, der gutes Geld mit einer Schokoladenfabrik gemacht hatte. Nicu schob die Garette und transportierte Erde für den Gärtnermeister, als unmittelbar vor ihm eine schlanke Birke aufschlug. Der Stamm schrammte an der Schubkarre vorbei und kippte sie aus, die Äste rissen Nicu zu Boden. Die Gartenarbeiter lachten, als er sich aus dem Gewirr von Blättern und Zweigen befreite. Am lautesten lachte der Holzfäller, der die Birke gefällt hatte. Es war Fritz, der damals noch Friedrich hieß. Alle verspotteten ihn! Nicu packte der Jähzorn, und er ging auf den Holzfäller los, auch wenn dieser gut eine Handbreit höher und zwei Hände breiter gewachsen war als er. Er würde es ihm zeigen! Der Gärtnermeister handelte geistesgegenwärtig und ging sofort dazwischen. Wer konnte wissen, was Fritz mit Nicu angestellt hätte, denn auch er hatte rotgesehen, als er Nicus fremdländischen Akzent hörte.

Am darauffolgenden Tag kurz vor Feierabend, als Nicu wieder die Garette schob und Fritz Bäume entastete, kam der Gärtnermeister zu ihnen und meinte, er habe einen »speziellen Auftrag« für sie. Sie wurden durch einen Bediensteten in die

Villa geführt, der sie anwies, sich zu waschen und die bereitgelegten Anzüge überzustreifen. Kurz darauf fanden sie sich in einem vornehmen Salon wieder, mit Stuckatur und dem Gemälde einer Frau an der Decke, die Speer und Schild hielt. Nicu erkannte sie als die auf dem Einfränkler.

Nach ein paar Minuten kam der Eigentümer der Villa hinzu und musterte sie mit wenig Begeisterung. »Das muss reichen«, waren die ersten Worte, die sie den reichen Sack sagen hörten, den ihnen der Bedienstete als Herrn Dr. Friedrich Klemens vorgestellt hatte.

Was zum Teufel geht hier vor?, hatte sich Nicu gefragt.

Drei Männer wurden hereingebeten. Die beiden älteren setzten sich gegenüber Klemens an den Konferenztisch. Der dritte brachte sich wie Nicu und Fritz im Hintergrund in Stellung – später würde ihn Nicu als Leutnant Peer Christiaan Witt kennenlernen. Selbstbewusst und mit strammer Haltung war er dagestanden und hatte diese Autorität ausgestrahlt, die Nicu so an ihm bewunderte. Offenbar handelte es sich bei ihm um einen geübten Leibgardisten. Nicu schaute sich Witts gelassene Mimik ab und schwellte die Brust. Aus dem Augenwinkel nahm er wahr, dass auch der Holzfäller strammstand.

Was Klemens und seine deutschen Gäste bei diesem Treffen zu besprechen hatten, musste irgendetwas Geschäftliches gewesen sein, Nicu hatte es nicht mitverfolgt. Stattdessen betrachtete er ein unsäglich hässliches Gemälde an der Wand gegenüber.

Nach der Sitzung zahlte man ihm und Fritz den doppelten Tageslohn aus. Sie konnten wieder ihre alten Sachen anziehen und wurden auf die Straße gestellt. Nicu war noch lange beeindruckt von diesem Erlebnis.

Von da an wurden beide immer wieder für den Schokoladenbaron von ihrer Arbeit abkommandiert, wenn er Gäste empfing. Offenbar war er mit ihnen zufrieden gewesen, obwohl sie nichts anderes zu tun hatten, als nur breitschultrig dazustehen. Sie hatten keine Fragen gestellt und keine Erklärungen erhalten.

In der Zwischenzeit aber musste Klemens seine Haltung zu ihnen grundsätzlich geändert haben. Nachdem an diesem Abend seine Schimpftirade vorüber war, hatte er Nicu und Fritz eine geraume Zeit lang nur noch angestarrt. »Dieser Blödmann von Gärtner hat mich übers Ohr gehauen! ›Bring mir deine beiden besten Männer‹, habe ich ihm gesagt.«

Die Aussage hatte Nicu zu denken gegeben. Sein Verhältnis zum Gärtnermeister war, gelinde gesagt, angespannt gewesen. Zudem war Nicu bloß eine Hilfskraft. Auch von Fritz konnte man nicht behaupten, dass er einer der Besten gewesen war. Bei Weitem nicht.

Hatte Klemens sie eingestellt, weil er anfänglich dachte, sie seien überaus fähige Männer, und jetzt, wo ihre Pflichten über das Herumstehen hinausgingen, versagten sie? Sie hatten doch mit Victor Hauser einen großen Erfolg verbuchen können. Oder hätte der womöglich auch ohne Nicus geniale Taktik unterschrieben? Denkbar wäre ja, dass ihnen Klemens' Ruf vorausgeeilt war, der für gewöhnlich kriegte, was er wollte, und sie beide waren bloß die Boten, die ganz nebenbei eine Tür eingeschlagen hatten.

Klemens musste sie beide für die größten Deppen der Welt halten, und nun, da der Kongress in vollem Gange war, konnte er sie nicht mehr durch fähigere Männer ersetzen.

Fritz murmelte etwas.

»Was hast du gesagt?«, fragte Nicu.

»Dieses ›*Sü talor!*‹ vom Dattelfresser hinter der Bar, war das Französisch?«

***

Carl betrachtete die imposante und kunstvoll gefertigte *carafe fontaine*, die auf der äußeren Ecke des Bartresens stand. Der Absinthbrunnen war gut fünfzig Zentimeter hoch, und in den Glasbehälter waren florale Ornamente geritzt. Die aufgehende Knospe einer Lilie von der Größe einer Faust zierte den Deckel aus Silber. Der ebenfalls in Silber gefertigte Fuß war mit verspielten Ranken, geschwungenen Blütenblättern und sich daraus schälenden barbusigen Feen mit Libellenflügeln verziert. Das Gefäß stand auf einem massiven Sockel aus Marmor. Der Rotfuchs hatte sich eben einen Absinth bestellt und an diesem Brunnen das Wasser über den Zuckerwürfel träufeln lassen. Seit einem halben Jahrhundert schon war es in Paris *chic*, abends zur grünen Stunde einen Absinth zu sich zu nehmen. Und was in Paris schick war, musste natürlich bald überall in Europa nachgeahmt werden.

Mustafa kehrte an die Bar zurück. Er trug nun einen dicken Verband um den linken Daumen.

»Möchten Sie auch ein Gläschen?«, fragte er Carl. Auf seinen Ausrutscher mit dem Zitronenmesser ging er nicht ein.

Carl lehnte dankend ab. »Ich mag den Geschmack nach Anis nicht«, sagte er. Und nach einer Gedankenpause: »Wer waren diese beiden Kerle?«

»Die Leibgardisten von Friedrich Klemens.«

»Dem Schokoladenbaron?«

»Ebendiesem. Sämtliche Vorbereitungsarbeiten für den Kongress gingen über seinen Tisch.«

»Und er hat eine Leibwache?«, fragte Carl.

»Leibgardisten, Handlanger, Männer fürs Schmutzige, nennen Sie es, wie Sie wollen.«

Carl nickte. Nach einem Augenblick fragte er: »Führen Sie hier auch dieses neue alkoholfreie Getränk?«

Mustafa verschwand einen Augenblick in der Kammer hinter dem Tresen und kehrte mit einem Fläschchen mit gelbem Inhalt zurück. »Eisgekühlt! Wussten Sie, dass sich der Name ›Sinalco‹ vom lateinischen *sine alcohole*, also ›ohne Alkohol‹, ableitet?«

Carl nippte. »Schmeckt sehr … süß!« Dann zeigte er mit dem Finger zum Absinthbrunnen. »Damit ist ab Oktober Schluss, nicht wahr?«

»Ein Jammer, ja! Eine beispiellose Demonstration der Ignoranz unserer Zeit!« Das Thema schien Mustafa zu echauffieren.

»Da wurde die Bluttat Lanfrays geschickt ausgenutzt, damit mehr Wein verkauft werden kann.«

Energisch wischte er über den Tresen und wirbelte mit der freien Hand in der Luft herum. Ganz der Franzose, den er ja zu verstecken versuchte. »Die haben das ganze Volk für dumm verkauft, nur so kann ich mir dieses Abstimmungsergebnis erklären.« Er überlegte. »Ich trete Ihnen hoffentlich nicht zu nahe. Sie könnten ja auch für das Verbot von Absinth gestimmt haben.«

Carl meinte: »Schon in Ordnung, ich war auch gegen die Volksinitiative.«

»Soll ich Ihnen einmal aufzählen, was dieser Landarbeiter Jean Lanfray alles gesoffen hatte, bevor er zu Hause seine Familie massakrierte?« Ohne eine Antwort abzuwarten, fuhr Mustafa fort: »Der war im Waadtländischen ja schon lange als Alkoholiker bekannt.« Mustafa lehnte sich an die Theke und zählte an den Fingern ab. »Also, da wären zuerst einmal sieben Gläser Wein, sechs Cognacs, zwei Crème de Menthe, zwei Gläser Absinth und ein Kafi-Schnaps. Und das gerade einmal zum Mittagessen. Das habe ich nicht erfunden, das war die Aussage des Wirtes.«

Die Geschichte war 1905 noch lange in den Zeitungen herumgeschleppt worden. Lanfray ging nach Hause und brach einen Streit mit seiner Ehefrau vom Zaun. Dann holte er das Gewehr aus dem Kleiderschrank, das er als Reservist der Schweizer Armee zu Hause aufbewahrte, und erschoss sie und seine beiden Töchter gleich mit. Sein anschließender Suizidversuch missglückte. Er zertrümmerte sich dabei lediglich den Kiefer.

Wenn auch der Absinth eine große Anhängerschaft hatte, so war er dennoch in Verruf geraten. Die in den ätherischen Ölen des Wermuts enthaltene Substanz Thujon war in großen Dosen ein Nervengift, und man vermutete, dass sie süchtig machte. Sie führte angeblich zum »Absinthismus« und verursachte epileptische Konvulsionen, Gewalttätigkeit und Geisteskrankheit.

»Für die Staatsanwaltschaft war klar, Lanfray hatte viel zu

große Mengen Alkohol konsumiert. Doch die Verteidigung plädierte auf Unzurechnungsfähigkeit. Er sei aufgrund der Substanz Thujon im Absinth wahnsinnig geworden, behauptete sie und machte die zwei Gläser Absinth geltend.«

Sie kamen damit aber nicht durch. Das Argument der Unzurechnungsfähigkeit wurde abgelehnt und Jean Lanfray zu dreißig Jahren Haft verurteilt. Kurz darauf klappte es doch noch mit dem Suizid. Er erhängte er sich in seiner Zelle.

»Die Geschichte wurde in den Zeitungen in ganz Europa herumgeschleppt. Man empörte sich. Gab dem Absinth die alleinige Schuld für diese Gräuel. Die Belgier verboten ihn noch im selben Jahr. Und wissen Sie, wer in der Schweiz die Volksinitiative für das Verbot lanciert hat?«

Carl wusste es, doch ließ er Mustafa, der gerade so in Fahrt war, weitersprechen.

»Es waren die Abstinenzler, was keine Überraschung ist. Aber die haben sich mit der Vereinigung der Weinbauern zusammengetan. Die Winzer sahen die Gelegenheit, um zu erreichen, dass weniger Absinth und dafür wieder mehr Wein verkauft wird.« Mustafa atmete tief durch, er musste sich beruhigen. »Wir werden es erleben. Nach Inkrafttreten des Verbots.« Er griff am Regal aus Dutzenden Flaschen eine heraus. »Pastis. Das soll der harmlose Nachfolger des Absinths werden. Ganz ohne Thujon, dafür mit ähnlichem Aroma. Heißt es. Doch ich sage Ihnen, das wird sich nie im Leben durchsetzen!« Er stellte die Flasche vor Carl hin. »Wollen Sie ein Glas versuchen?«

Carl winkte ab. Er hatte genug getrunken. Zudem musste er morgen früh für sein Referat in Bestform sein. Er verabschiedete sich, um sich in sein Zimmer zurückzuziehen.

Im Hotelflur vernahm er ein Rumpeln und Kreischen. Zwei Zimmermädchen rannten ihn beinahe um. Ihre weißen Schürzen und die schwarzen Arbeitskleider waren unordentlich. Bei einer der beiden war die Schulter entblößt. Die andere strich ihren Rock zurecht, noch während sie rannte. Sie kicherten. Ihnen auf den Fersen war ein Mann um die sechzig mit hochroter Stirnglatze. Er versuchte, die beiden mit den Händen zu erhaschen, und erwischte eine an der Schürze. »Hab ich dich, du kleines Luder!«, lachte er. Sie quiekte vergnügt. Er zog sie an sich. Dann erst bemerkte er, dass Carl stehen geblieben war und die drei verwundert anstarrte. Der Mann blickte nur kurz hoch und gab das Lachen eines Betrunkenen von sich, worauf er sich wieder den sich spielerisch entwindenden Leibern zuwandte.

Olaf Inderbitzin. Ganz in seinem Element.

***

Amanda saß mit Palanti und seinen Freunden im orientalischen Salon um ein niederes Tischchen. Sie hatte sich neben ihm auf der Armlehne des Ohrensessels niedergelassen. Ein Mann mit Haaren in der Farbe von Schnee von gestern saß mit in ihrer Runde. Er hatte sich Amanda als Herr Wyss vorgestellt und erzählte nun: »Ich hatte gerade eine, die heißt Lulu. Und stellt euch vor …« Er neigte sich vor und schlug einen verschwörerischen Tonfall an. »Die kann ihren Namen sagen, während sie es einem mit dem Mund macht.«

Wie sollte Amanda hier im Salon herausfinden, ob Palanti ein Spion war? Im Augenblick war da nichts zu machen. Vor den anwesenden Personen würde er sich kaum zu erkennen geben. So lachte sie mit, wenn alle lachten, und nickte eifrig, um Palanti Zustimmung vorzugaukeln. Innerlich aber fühlte sie sich noch immer leer und aufgewühlt zugleich. Im Moment graute es ihr davor, sich mit ihm auf ein Schäferstündlein einzulassen.

Was war bloß mit ihr geschehen? Früher hätte sie ihre Pflicht getan, ohne sich zu zieren. Selbst bei übleren Gesellen als diesem Palanti.

Klemens' Männer waren vor einigen Minuten an ihnen vorbei zur Bar gestampft, und Nicu hatte sie wieder mit diesem Blick angeschaut, als ob es ihn schmerzte, sie zu sehen.

Zurück ins Wasser mit dir, kleiner Fisch! Es ist nur zu deinem Besten.

Nicu und Fritz hatten sich an der Bar ein Getränk geordert, wo auch dieser junge Tüftler saß, dem Amanda heute eine Zeit lang bei der Reparatur seines Automobils zugesehen hatte. Er und der Mechaniker schienen sich dabei gut zu verstehen. Auch wie er sich mit dem orientalisch gekleideten Barmann unterhielt, vermittelte Amanda den Eindruck, dass er sich in Gesellschaft des Personals wohler fühlte als bei den Kongressteilnehmern. Er war jung. Vielleicht zwei, drei Jahre älter als sie. Mit dem Dreiteiler, den er trug, und dem penibel gestutzten Schnauzer machte er durchaus einen schneidigen Eindruck.

Als ob er ihr Mustern gespürt hätte, sah er zu ihr herüber. Eine wohltuende Wärme lag in seinen Augen. Schnell riss er den Blick aber wieder los und hörte dem Barmann zu, der über das bevorstehende Absinthverbot wetterte. Eines der häufigsten Themen in Salons und Trinkhallen dieser Tage, wo sich auch kaum ein Befürworter des Verbots fand.

Amanda hätte für das Verbot gestimmt, hätten Frauen stimmen dürfen. Zahllose Male hatte Klara Zumstein, wie Amanda als Kind noch hieß, ihren Vater bei der Zubereitung dieses Schnapses beobachtet. So fing es immer an. Wenn es Kummer und Frust zu ertränken gab, trank er sich einen Rausch an, der ihn viel zu oft dazu bewog, seine Frau und sein einziges Kind zu verprügeln. Und als der Vater dann seine Anstellung in der Fabrik verloren hatte, gab es reichlich Kummer und Frust zu ertränken. Klara war gerade einmal dreizehn, als sie das Haus verließ.

Schon als Kind hatte sie ein einnehmendes Wesen gehabt und vermochte die Leute um den Finger zu wickeln. Sie war das süße Mädchen mit den großen Augen, das immer aufgestellt wirkte, auch wenn es schmutzig und nur in Lumpen gehüllt war. Eine Überlebensstrategie. Klara hatte früh erkannt, dass man mit einem fröhlichen Naturell mehr erreichte als mit Tränen und einer Geschichte voller Leid. Wenn ein Kind am Boden lag, half man ihm auf die Beine. Doch wenn ein Mädchen fröhlich und willens war zu arbeiten, gab man ihm warme Mahlzeiten und eine Unterkunft für ein paar Tage oder Wochen.

So kam es dann, dass Klara als Haushaltshilfe bei den gutbürgerlichen Schatzmanns unterkam, wo sie Emil kennenlernte. Eine Liebe unter Jugendlichen, noch so rein und unschuldig. Doch er brach ihr bald das Herz.

Rückblickend war Amanda überzeugt, dass dies der Auslöser gewesen war, der sie dazu bewog, die Liebe verstehen zu wollen. Klara verinnerlichte jedes Wort, jede Erklärung und Schilderung der Liebe aus Büchern und, wann immer sich ihr die Gelegenheit bot, auch von der Bühne herab. Sie beobachtete Paare im Park und selbst Vögel bei der Balz. Sie lernte bei den Meistern wie Goethe, Schiller, Shakespeare, Shelley, aber auch de Sade. Es war, als ob sie ihnen bei ihrer Arbeit über die Schulter zusehen konnte, indem sie in ihre Bücher abtauchte, mit den Gedichten mitschwebte und sich in Theaterstücke einsaugen ließ. Jedes romantische Sprüchlein auf winzigen Papierfitzelchen verinnerlichte sie, selbst die Bilder aus weggeworfenen Schmuddelheften. Den Zugang zur eigenen Liebe hatte sie zwar seit Emil nicht wiedererlangt, doch verhielt es sich bei Klara so wie bei einem Ägyptologen. Das Studium des alten Ägyptens ermöglichte es einem auch nicht, physisch bei den Pharaonen zu leben. Wohl aber in den Träumen. Eine naive Sicht und Romantisierung, dessen war sie sich bewusst, doch profitierte sie noch heute von dem Wissen, das sie in der Zeit angehäuft hatte.

Es eröffnete ihr eine Welt, die sie unwahrscheinlich faszinierte und mit der sich, wie sie schnell erkannt hatte, auch gutes Geld machen ließ. Mehr als mit der Arbeit einer Näherin. Sie hatte sich zu einer durchaus ansehnlichen Frau gemausert und bereits so manchem den Kopf verdreht. Anfänglich verdingte sie sich bei Männern aus der Arbeiterklasse. Die Schneiderei, bei der sie angestellt war, eröffnete ihr aber auch den Zugang ins Bürgertum, wo sich ihr Talent erst richtig auszuzahlen begann.

Aus Klara Zumstein wurde Amanda Amon.

»Träumst du etwa, mein Täubchen?«

Alle Blicke waren auf Amanda gerichtet. Palanti zog sie aus dem Sessel hoch und unter anzüglichen Sprüchen der Anwesenden fort aus dem Salon des Grandhotels Giessbach in sein Zimmer.

Zwei Stunden später trieben sich im nach Alkoholatem und kaltem Zigarrenrauch stinkenden Salon nur noch wenige Nachteulen herum. In den Sesseln unter den gekreuzten Krummsäbeln unterhielten sich leise zwei Fabrikanten. Ein dritter schäkerte mit einer Begleiterin unter der Fotografie eines bepackten Dromedars. An einem der hinteren Tische – vor dem gigantischen, vielleicht etwas süßlich geratenen Gemälde eines Schwingfestes – hatte ein Kongressteilnehmer bereits damit begonnen, seinen Rausch auszuschlafen. Drei Serviererinnen putzten und räumten auf, damit der Salon am nächsten Morgen wieder im gewohnten Glanz erstrahlte.

Amanda hatte mit einem gewinnenden Lächeln den Barmann dazu bewegen können, ihr noch einen Tee aufzusetzen. Sie nippte an der Tasse und nahm die wohlige Wärme in sich auf. Sie war noch zu aufgewühlt, um ins Bett zu gehen, und wenn ihr auch nicht nach Gesprächen zumute war, so wollte sie doch gerne Leute um sich haben. Der Barmann, er hatte sich ihr als Mustafa vorgestellt, leerte die *carafe fontaine* in den Waschtrog. Morgen würde er sie wieder mit Mineralwasser aus der Giessbachquelle füllen, das Heilkräfte besaß, wie es hieß.

Sie war nicht immer unabhängig gewesen. Ein findiger Geschäftsmann namens Josef Hagerter hatte sie lange Zeit als Kurtisane an betuchte Kundschaft vermittelt und ein halbes Vermögen mit ihr gemacht. Er behandelte Amanda stets anständig und zahlte ihr auch einen mehr als gerechten Lohn. Eines hatte er dabei aber übersehen, nämlich dass Geld unabhängig machte. So verließ Amanda ihren vermittelnden Beschützer und nahm ihren Kundenstamm kurzerhand mit.

Dann war etwas geschehen, was die nächste Stufe ihres Geschäftslebens einläuten sollte. Ein Tuchfabrikant hatte sie engagiert, nicht für sich selbst, sondern um seinen Hauptabnehmer zu beeinflussen. Amandas Einsatz war über alle Erwartungen erfolgreich gewesen und hatte den Käufer dazu bewogen, der Tuchfabrik eine Vielzahl von reich verzierten Brokatstoffen abzunehmen. Die Auftragssumme hatte sich dadurch verdoppelt, und der zufriedene Tuchfabrikant hatte Amanda als Geheimtipp an seine Freunde und Verbündeten weitervermittelt.

So waren einige gut bezahlte Aufträge auf Amanda zugekommen. Der Direktor einer Kistenfabrik hatte sie angestellt, um die Treue seines Prokuristen – der mit der Schwester des Direktors verheiratet war – auf die Probe zu stellen. Das Fazit war: Mit der Treue war es nicht weit her. Ein Zunftmeister spendierte seinem Neffen sein »erstes Mal«. Er fand, es wurde langsam Zeit. Der Neffe war vierundzwanzig Jahre alt gewesen und hatte danach Amanda auf der Stelle heiraten wollen. Ein verheirateter Buchhalter hatte nach über dreißig Jahren Ehe den Verdacht, seine Gattin sei eher ihrem eigenen Geschlecht zugetan. Er beauftragte Amanda, die ihm den Verdacht bestätigte. Die beiden waren noch heute zusammen, er hatte seine Gemahlin nie darauf angesprochen. Ein großer Wurstwarenhersteller hatte einen Konkurrenten gehabt, der eine viel schmackhaftere Salami erzeugte als er. Es dauerte über drei Wochen, und Amanda wurde vom Konkurrenten sogar zu einem sündhaft teuren Zeppelinflug über den Vierwaldstättersee eingeladen, bis sie ihm eines Nachts im vertrauten Gespräch zweier Liebenden die geheime Zutat entlockt hatte. Paraffin.

So kam es, dass die traditionsreiche Schokoladenkette des Patriarchen Dr. Friedrich Klemens sie für »besondere Dienste« im Grandhotel Giessbach am Brienzersee buchte. Er baute auf ihrer Fähigkeit, Männer zu manipulieren, die ihrerseits darin geübt waren, andere zu manipulieren.

Und da war sie nun. Saß im Salon, leer und erschöpft vor einer Tasse Tee und war dennoch zu aufgebracht, um sich schlafen zu legen. Sie hatte keinen Hinweis gefunden, der Palanti als Spion entlarvte. Bei Trusseau hatte sie es fühlen können, die Gewaltbereitschaft, die Neigung zur Erniedrigung. Für Amanda schien es plausibel, dass er mit dem Staat, der Armee oder Ähnlichem zu tun hatte. Palanti hingegen war anders, war ungelenk und hatte ein schwaches Herz. Es sei denn, er war dermaßen ausgeschlafen, dass er ihren Spürsinn zu täuschen vermochte. Schließlich musste sie sich vor Augen halten, dass sie zurzeit nicht gerade in Bestform war.

Nein, Palanti kann es nicht sein. Der wahre Spion muss noch da draußen sein.

»Harte Nacht, Fräulein Amanda?« Mustafa rieb das große Glasgefäß trocken, sorgfältig darauf bedacht, den Verband an seinem Finger nicht nass werden zu lassen. »Schmeckt der Tee?«, fragte er sie mit seinem nahöstlichen Akzent.

Amanda nickte.

Er stellte das Glas auf den Sockel, setzte behutsam den Deckel auf und stellte sich ihr gegenüber lässig an den Tresen. »Der Herr Palanti also …« Er sah sie herausfordernd an. In seinen Augen lag ein amüsiertes Funkeln. »Wie mag es denn der Herr am liebsten?«

Amanda erschrak ob dieser dreisten Frage. Es dauerte einen Moment, bis sie begriff, dass Mustafa sich bloß einen Spaß mit ihr machte.

»Ich sehe schon, Sie beherrschen Ihr Gewerbe. Diskretion ist das A und O«, sagte er.

»So ist es wohl«, stimmte Amanda ihm zu. Er hatte etwas Vertrauenswürdiges, mit seinen buschigen Augenbrauen und dem opulenten Schnurrbart.

Mustafa nahm Amandas Rechte, streichelte sanft darüber und begutachtete sie. »Palanti muss einer dieser Herren sein, die sich gerne den Hintern versohlen lassen.«

Amanda zog die Hand zurück und verbarg sie unter dem Tresen. Tatsächlich war ihre Hand noch immer gerötet und fühlte sich an, als ob sie glühte. Mustafa lachte auf, es klang wie ein Gluckern. Amanda ließ sich anstecken. Es tat gut.

»Sei richtig herrisch!«, hatte Laurenz Palanti sie in gespielter Unterwürfigkeit angefleht. »So richtig!« Amanda tat wie geheißen. Dass Palanti richtig hart angefasst werden wollte, hätte ihr von Anfang an klar sein sollen. Diese Phantasie war gerade bei Patrons und Männern in leitenden Positionen weitverbreitet, was wohl daran lag, dass sie tagein, tagaus über ihre Untergebenen herrschen mussten. Sie fanden Befriedigung darin, wenn jemand zur Abwechslung *ihnen* die Sporen gab. Selbstredend nur hinter verschlossenen Schlafzimmertüren.

Wenn Amanda ganz ehrlich mit sich war, bereitete ihr diese Rollenverteilung sogar Vergnügen. Jemanden, den sie nicht sehr mochte, zu erniedrigen, anstatt ihn anzuhimmeln, gelang ihr irgendwie … authentischer. Wenn es ihr bei Palanti heute auch an Entschlossenheit und Überzeugungskraft gefehlt hatte, so war er am Ende doch zufriedengestellt.

Amanda trank aus, wünschte Mustafa eine gute Nacht und zog sich auf ihr Zimmer zurück.

KAPITEL 7

Montag, 16. Mai 1910, Vormittag
Der erste Kongresstag

Am nächsten Vormittag regnete es noch immer in Strömen. Carl betrat den Saal. Dicke Vorhänge sperrten das Tageslicht aus. Das Publikum lauschte gebannt den Ausführungen eines Referenten. Flüstern, Scharren von Schuhen, ein gelegentliches Husten, die unruhige Stille, die mit Vorträgen einherging. Anspannung hatte ihn erfasst. Kein Lampenfieber, dazu war er zu routiniert, aber es ging heute um viel, womöglich um die Zukunft der Dädalus-Werke.

Der Redner auf der Bühne erläuterte eine Erfindung, die das Fortkommen von landwirtschaftlichen Traktoren auf unbefestigtem Untergrund massiv verbessern sollte. Mit Hilfe eines einfachen Fahrzeugmodells demonstrierte er anschaulich die Fortbewegungstechnik. Anstelle von gewöhnlichen Rädern mit Gummireifen waren Zahnräder montiert. Über diese zog er eine Kette aus breiten Eisengliedern auf. Er setzte das Modell auf dem Rednerpult ab und bewegte es. Es sah aus, als wickle das Vorderrad eine eigene Straße für sich und das Hinterrad ab, die dann das Hinterrad wieder aufnahm und obenherum dem Vorderrad reichte, das sie erneut abwickelte. Die Zacken der Zahnräder griffen dabei präzise in die Glieder der Kette.

Bald war das Referat zu Ende, und Carl wurde von August Reichenbach, dem Kongressleiter, angekündigt: »Es ist mir eine Ehre, unseren nächsten Referenten vorstellen zu dürfen, meine Herren. Carl Lohser, Mitinhaber einer kleinen Automobilwerkstatt. Der Dädalus-Werke. Sohn des uns allen bekannten und geehrten Mitglieds der Orion-Gesellschaft, Köbi Lohser. Carl Lohser gilt als einer der Pioniere auf dem Gebiet der elektrisch betriebenen Automobile. Er ist die treibende Kraft hinter der Entwicklung des Dädalus-Modells Gans II sowie des Vorgängermodells Gans I.« Routiniert ließ Reichenbach die Informationen sacken. »Doch was die Dädalus-Werke von den anderen Dutzenden Schweizer Automobilherstellern unterscheidet, ist der Erfindergeist Carl Lohsers. Er entwickelt die Technik weiter. Nicht evolutionär wie die Konkurrenz, sondern revolutionär! Carl Lohser, meine Herren!«

Carl griff zur Kreide und schrieb drei Prozentsätze an die Wandtafel. »Ungeachtet der von Tieren gezogenen Fuhrwerke, Velocipisten und Fußgänger sind auf den heutigen Straßen achtunddreißig Prozent spritbetriebene Fahrzeuge anzutreffen. Zwanzig Prozent machen Dampfmaschinen aus, im Speziellen aus der Landwirtschaft und dem Schwerverkehr. Sage und schreibe zweiundvierzig Prozent sind elektrisch betriebene Automobile.«

Er ging auf die Vorteile der Elektroautomobile ein und wiederholte dabei beinahe bis aufs Wort, was er Mario Chiorazzo erklärt hatte. Carl erwähnte die Laufruhe und den Betrieb ohne Gestank und Lärm. Man brauche bloß einzusteigen und loszufahren, ohne das mühselige Ankurbeln des Motors. Ohne Getriebe und mit weniger beweglichen Teilen sei die Mechanik weniger kompliziert und weniger anfällig auf Defekte.

Es läuft gut, dachte sich Carl. Das Publikum hing ihm an den Lippen. »Die Beschaffung von Äthanol, Sprit oder Benzin an den Verkaufsstellen ist umständlich. Inzwischen aber ist jede Stadt und bald jedes Dorf an die Elektrizitätsversorgung angeschlossen. Viele Häuser haben einen privaten Stromanschluss, und es werden immer mehr. Bei dieser Gelegenheit möchte ich die Verantwortlichen hierfür begrüßen, die beiden Herren Brown und Boveri. Ich habe erfahren, dass sie auch an diesem Kongress teilnehmen.«

Carl schirmte die Augen gegen das Scheinwerferlicht ab, um sie im Saal ausfindig zu machen. Sie saßen weit getrennt voneinander im Publikum, obwohl lange nicht alle Holzklappstühle besetzt waren. Sie gingen sich offenbar aus dem Weg. Besser, Carl ging nicht weiter auf die beiden ein.

»Das Elektromobil kann man einfach zu Hause laden. Über Nacht an den Strom angehängt, ist es am Morgen bereit für eine gemütliche Sonntagsausfahrt mit der Familie. Es frisst auch keinen Hafer und muss nicht gestriegelt werden.«

Hier hatte Carl bei den Vorbereitungen für den Vortrag eine kleine Pause für den Lacher eingeplant, der auch prompt folgte. Das war zwar kein Varieté, doch Carl beschloss, noch einen draufzugeben. »Dafür schmeckt aber die Salami nicht besonders.«

Der eine oder andere Rappen musste zuerst noch fallen, doch dann bestätigte ein erneutes Lachen Carl, dass es wirklich gut lief. Zufrieden fuhr er fort: »Das Elektroautomobil ist die Technik der Zukunft. Ich wage die Prognose, dass bis in hundert Jahren fünfzigtausend, womöglich sogar hunderttausend Autos auf den Schweizer Straßen fahren, und ich wäre nicht überrascht, wenn gegen hundert Prozent davon Elektroautomobile wären.« Carl ließ die Zahlen sacken. »Natürlich ist diese Technik heute noch lange nicht ausgereift«, sprach er dann weiter.

»Wem sagst du das?«, rief ein Zuschauer.

Unbeirrt fuhr Carl fort: »Die Reichweite mit einer Akkuladung beträgt zwischen achtzig und hundert Kilometern. Einfach weitere Akkus am Automobil anzubringen, macht es nur unnötig schwer und erhöht kaum die Reichweite.«

»Dann muss man wieder eine Nacht lang laden!« Wieder ein Zwischenrufer. Er erntete zustimmendes Gelächter.

Carl mochte solche Störenfriede an Vorträgen nicht. *Such dir doch dein eigenes Publikum!*

Er wollte gerade fortfahren, als er erneut unterbrochen wurde. »Lieber Schatz, ich komme schnell mal zu dir rüber, ich bin übermorgen da!«

Die Stimme kam Carl bekannt vor. Gleichzeitig erkannte er seinen Fehler. *Gib den Leuten ein kleines Witzchen, und sie meinen, du wärst der Pausenclown, über den man laut spotten darf.* Carl kämpfte seinen aufkommenden Groll nieder und nahm sich vor, wohlwollend zu reagieren.

»Ich bin die ganzen hundertachtzig Kilometer von meiner Fabrik im Aargau bis hier mit meinem Elektroautomobil gefahren. Trotz oder gerade wegen der zusätzlichen Übernachtung war das eine wunderbare Reise. Es war eine –«

»Ja, wir alle haben dein armes Automobilchen gesehen!«

Carl suchte das Publikum nach dem Witzbold ab. Es war Laurenz Palanti. Das Großmaul!

Reichenbach schaltete sich ein. »Meine Herren, bitte!«

Jetzt musste Carl sogar der Kongressleiter beistehen, weil er sein Publikum nicht im Griff hatte. Keine weiteren Improvisationen mehr. Er blickte auf seine Notizen und beschloss, das nächste Kapitel einzuleiten. »Die Nachteile des Elektroautomobils sind uns allen bekannt. Und hier ist auch der Punkt, an dem wir ansetzen können. Ich arbeite an einem Prototyp der Energierückgewinnung. Eine Rekuperation.«

Carl begab sich an die Tafel. Mit zügigen Kreidestrichen skizzierte er eine Achse mit zwei Rädern und in der Mitte eine kreisrunde Scheibe. Daneben fügte er ein quaderförmiges Kästchen hinzu, mit einem beweglichen Arm und einem kleinen Rädchen, das auf der Scheibe auflag.

»Wenn ich bremse, wird gleichzeitig dieser Generator aktiviert, der dann die Bremsenergie in Strom zurückverwandelt und in die Akkus zurückspeist.«

Schweigen im Saal. Die Zuschauer brauchten einen Moment, um zu verstehen. Gut, Carl hatte wieder ihre ungeteilte Aufmerksamkeit!

»Ein Perpetuum mobile!« Wieder Palanti.

Ruhig bleiben, mahnte sich Carl.

»Leider nicht ganz, Herr Palanti. Aber elf bis dreizehn Prozent mehr Reichweite dürften damit möglich sein.«

Wie automatisch erläuterte Carl die technischen Details und die Möglichkeiten seiner Erfindung. Das Referat hatte er zu

Hause eingeübt. Unzählige Male heruntergebetet. Das Publikum hörte nun wieder gebannt zu. Die namentliche Bloßstellung von Palanti hatte auch die Zwischenrufe verstummen lassen. Ein Blick in die Reihen verriet Carl, dass dessen feistes Grinsen einer hochroten Stirn gewichen war.

Carl stellte zudem fest, wie interessiert die Herren Brown und Boveri dem Referat horchten. Wenn auch eine große räumliche und offenkundig persönliche Distanz zwischen den beiden herrschte, so kamen sie ihm vor wie zwei Brüder unterschiedlicher Eltern. Sie saßen in derselben Haltung da. Beide hatten sich mit übereinandergeschlagenen Beinen im Stuhl nach vorne gebeugt, das Kinn in die Hand gestützt, während der Zeigefinger auf dem Schnurrbart ruhte.

Eine fruchtbare Zusammenarbeit der Dädalus-Werke mit der mächtigen BBC wäre ein wahres Erfolgskatapult für seine kleine Automobilfabrik. Carl musste im Laufe des Kongresses mit den beiden Großmogulen der Elektrizitätsindustrie ins Gespräch kommen.

Verstohlen blickte er auf seine Armbanduhr. Seine Referatszeit wurde langsam knapp. Er musste nun rasch zum nächsten Punkt überleiten. Wenn auch die Zeit nicht reichen würde, das Prinzip im Detail zu erörtern.

»So viel dazu. Bevor die Fragerunde eingeläutet wird, möchte ich Ihnen noch eine zweite Entwicklung aus unserem Hause vorstellen. Es handelt sich dabei um eine Reichweitenverlängerung für Elektromobile. Wenn eine größere Fahrt ansteht, als die Reichweite der Akkumulatoren zulässt, kann man sich eines raffinierten Geräts bedienen. Ein einachsiger Anhänger kann am Automobil montiert werden, auf dem sich ein Spritgenerator befindet. Dieser erzeugt Strom, um die Akkumulatoren während der Fahrt aufzuladen. Der Wirkungsgrad ist hier um einiges höher als bei einfachen Benzinmot–«

»Jetzt füllt der sogar noch Benzin in sein Elektrospielzeug. Gib es doch zu, das strombetriebene Automobil ist ein absoluter Pfupf!«, posaunte Palanti, erhob sich keuchend und machte sich wütenden Schrittes aus dem Saal, nicht ohne im Vorbeigehen drei freie Stühle umzuwerfen.

Carl ertappte sich, wie er mit offenem Mund auf der Bühne stand, und klappte diesen wieder zu. Es verwunderte ihn doch immer wieder, wie emotional einige Zeitgenossen beim Thema »Elektromobil oder Benzinautomobil« reagierten, als ob es sich um einen Diskurs zwischen Katholiken und Protestanten handelte.

»Ich hätte da eine Frage zu Ihrem Energierückgewinnungssystem, Herr Lohser.«

Carl schirmte seine Augen ab und blickte in die Reihen. Charles Brown hatte sich erhoben und winkte kurz mit der Hand.

»Ja bitte, Herr Brown.«

»Ich kenne den Sachverhalt nur zu gut, dass das Laden der Akkumulatoren nur bei einer bestimmten Drehzahl der Räder und somit des Generators effizient funktioniert. Bei einem Automobil wird aber bekanntlich bei ganz unterschiedlichen Geschwindigkeiten und unterschiedlich stark gebremst.«

Carl dankte Brown insgeheim dafür, dass er es war, der das Referat wieder in Schwung brachte. Wenn ein Genius vom Format eines Charles Brown sein Interesse an einer Technik kundtat, dann würde es sich wohl nicht bloß um einen Pfupf handeln.

Carl bestätigte Browns Einwand. »Bei anfänglichen Versuchen habe ich die Problematik der Drehzahlabhängigkeit ebenfalls feststellen müssen. Daraufhin führte ich einige Optimierungen durch und entwickelte eine Übersetzung, die dem entgegenwirkt.« Mit einigen Kreideskizzen an der Tafel erläuterte er Brown und dem Publikum das Prinzip.

Als Carl seine Ausführungen beendet hatte, meldete sich Reichenbach diskret zu Wort. Er danke Carl Lohser für die Vorstellung seiner zukunftsweisenden Entwicklungen, und man wolle nun zum nächsten Referenten übergehen, einem Chemiker, der –

Jemand unterbrach den Kongressleiter. »Ich hätte da noch ein paar weitere Fragen an Herrn Lohser.«

Carl, der gerade seine Unterlagen in seine Dokumententasche schob, blickte auf. Ein Mann um die fünfzig mit Glatze und Backenbart hatte sich zu Wort gemeldet. In der hintersten Stuhlreihe stand er stramm da. Seinem zackigen Deutsch zufolge musste er ein Bürger des nördlichen Nachbarstaats sein.

»Mit welchen Kosten muss für ein Fahrzeug wie dem Ihren gerechnet werden?«

Carl antwortete: »Die Dädalus Gans II ist noch ein Einzelstück. Bei der Serienanfertigung in unserer Manufaktur von, sagen wir, vierzig Exemplaren wird sich der Stückpreis auf rund sechstausend Franken belaufen.«

Der Deutsche hob die Augenbrauen, ob aus Anerkennung oder aus Skepsis, konnte Carl nicht sagen. »Das ist erstaunlich kostengünstig, Herr Lohser.« Er blickte Carl durchdringend an und wartete.

Carl erkannte, dass das bereits die nächste Frage war, und holte aus, dass es sein Bestreben sei, ein Automobil auch für mittelständische Familien zu bauen. Vielleicht in naher Zukunft sogar für den einfachen Arbeiter. Seine Vorbehalte gegen die Reichen und Bonzen ließ er dabei außen vor. Besser, bei diesem Publikum.

Der Deutsche schob nach: »Ein vergleichbarer elektrischer Kraftwagen der Firma Tribelhorn zum Beispiel wird für sechzehntausend Franken verkauft. Und der hat nicht die fortschrittliche Technik, die Sie uns versprechen.«

Der Deutsche war nicht unvorbereitet zu dem Referat erschienen. Carl blickte zu Reichenbach. Die ihm zugewiesene Zeit für seine Präsentation war bereits deutlich überschritten. Im Vorfeld hatte der Kongressleiter explizit darauf bestanden, dass die Zeiten zwingend einzuhalten seien. Die Zuschauer legten Wert auf ein straffes Programm. Niemand wolle länger auf die Erfrischungsgetränke und die Häppchen warten als nötig. Doch Reichenbach unterbrach den Deutschen nicht. Es musste sich bei diesem wohl um eine einflussreiche Persönlichkeit handeln.

»Wie gelingt es Ihnen, die Kosten so niedrig zu halten, Herr Lohser? Legen Sie etwa noch drauf?« Der Deutsche lachte nicht.

»Keineswegs. Ich gestalte sämtliche Bauteile der Gans II einfach und sehr rudimentär. Ein gewöhnlicher Schlosser, ob in Zürich, Bern oder Berlin, sollte das Fahrgestell nachbauen können. Ein Schreiner die Holzteile, ein gewöhnlicher Wagner die Räder, ein jeder Sattler kann die Sitze nähen. So ist es möglich, sämtliche Bauteile bei dem günstigsten oder gleich bei mehreren Handwerksbetrieben fertigen zu lassen und die Gesamtkosten für unser Produkt niedrig zu halten. Gleichzeitig können die Handwerksbetriebe weitere Arbeiter einsetzen. Ich schätze, dass sich die Automobilindustrie zu einem wachsenden Markt entwickeln wird. Und davon sollen alle profitieren.«

Carl ertappte sich dabei, wie er ins Schwärmen geriet. Er musste sich zügeln, da im Publikum ja Großindustrielle saßen, die sicherlich nichts über den Profit von Kleinbetrieben hören wollten.

Der Deutsche gab Reichenbach mit einem Nicken zu verstehen, dass er fortfahren könne. Dieser bedankte sich erneut bei Carl und kündigte hastig den nächsten Redner an: einen Chemiker, der ein Referat über eine Flüssigkeit namens Schwefelyperit hielt. Carl verlor bald den Faden, und seine Gedanken kreisten um die Fragen, die der Deutsche ihm gestellt hatte, und um den Deutschen selbst, der die Autorität besaß, das strikte Programm des Kongresses nach eigenem Ermessen zu dehnen, ohne dass sich jemand dagegen auflehnte. Was war das Ziel dieses Kongresses? Sicher, es war eine Möglichkeit, neue Technologien an den Mann zu bringen und Kontakte zu knüpfen, doch Carl wurde den Verdacht nicht los, dass noch mehr dahintersteckte.

Der Vortrag war trocken, der Redner, ein Wilhelm Lommel, verhaspelte sich in zu komplizierten Erläuterungen und machte den Eindruck, als wolle er die Angelegenheit nur schnell hinter sich bringen. Carl packte seine Mappe und stahl sich diskret davon.

Als er den Saal verließ, schnappte er noch auf, wie der Chemiker die haut- und atemwegeschädigenden Eigenschaften der nach Senf riechenden Substanz erwähnte.

***

Oberst Gerhard von Fürstenfeldt-Kamp war in seinem Element. Die leidige Angelegenheit mit dem französischen Agenten war erledigt, und er konnte sich seiner eigentlichen Aufgabe widmen. Leutnant Witt klopfte artig an, geleitete den Ingenieur in den Konferenzraum des Grandhotels und verließ ihn wieder. Der Mann machte einen angespannten Eindruck, als sie sich begrüßten und er ihm den Stuhl am großen Tisch anbot.

»Herr Lohser. Mit Ihrer Präsentation haben Sie bei uns großen Eindruck hinterlassen«, eröffnete Fürstenfeldt.

Das war nicht gelogen. Lohsers Referat hatte ihn in der Tat überrascht. Fürstenfeldts Aufgabe bestand darin, nach neuen Technologien Ausschau zu halten, die für das Deutsche Reich von Nutzen sein könnten, und dieser Lohser war offenbar ein Füllhorn an gewitzten Neuentwicklungen.

Seine wahren Ziele wollte Fürstenfeldt noch nicht offenbaren. Er wollte Lohser erst einmal auf den Zahn fühlen. Er entnahm einer silbernen Schatulle eine Visitenkarte und reichte sie seinem Gegenüber.

Gerhard von Fürstenfeldt-Kamp
ADLER Elektrizitätsgesellschaft, Stuttgart

Die Karte von Fürstenfeldts eigentlichem Auftraggeber, der Technischen Sektion, ließ er stecken. Die Schweizer reagierten bei zivilen Instanzen für gewöhnlich zugänglicher als bei militärischen.

»Ihre Nutzbremsung, die Reichweitenverlängerung und die vereinfachte Fertigung von Automobilen sind von großem Interesse für die ADLER Elektrizitätsgesellschaft«, sagte er.

»Ich fühle mich geschmeichelt, Herr von Fürstenfeldt«, erwiderte Lohser.

Er wirkte abwartend, doch allmählich löste sich seine Anspannung. Fürstenfeldt kannte den Typ eines Carl Lohsers. Er war kein Verkäufer. Von großem Genie zweifelsohne, aber im Handel unbeholfen. Lohser war gezwungen, einen Geldgeber für den Familienbetrieb zu finden. An diesem Punkt wollte Fürstenfeldt ansetzen.

»Aber nicht nur die. Der von Ihnen entwickelte Radnabenmotor scheint ebenfalls eine zukunftsweisende Technologie zu sein.«

Zeige, dass du dich auskennst, und zeige, dass du die Hausaufgaben gemacht hast, dann fühlt sich der Verhandlungspartner geschmeichelt. Eine kleine Fachsimpelei schafft Verbundenheit. Verbundenheit schafft Vertrauen.

»Ist dieser vergleichbar mit den Nabenmotoren der österreichischen Lohnerwerke?«

Fürstenfeldt kannte die Technik der Österreicher von Plänen, die der Technischen Sektion vorlagen. Der Prototyp, der »Semper Vivus«, wurde von einem jungen Tüftler namens Ferdinand Porsche mitentwickelt.

Lohser schien aus seinem Schneckenhaus herauszukommen. »Die Technik der Motoren ist vergleichbar. Nur, dass meine Entwicklungen auf ein rein elektrisch angetriebenes Automobil abzielen.«

»Der Lohner-Porsche wird mit Sprit *und* mit Strom betrieben«, wusste Fürstenfeldt.

»Exakt. Während ein herkömmlicher Elektromotor wie der meiner Gans II eine Welle in Drehung versetzt und über Zahnräder die Hinterräder antreibt, könnten zwei Nabenmotoren direkt in den beiden Hinterrädern wirken. Damit können die Antriebswelle, das Getriebe und die mit Gelenken versehene

Antriebsachse gespart werden. Der Nabenmotor erzeugt die Drehung genau da, wo sie gebraucht wird.«

»Weniger mechanische Teile führen zu weniger Reibungsverlusten und einer geringeren Störanfälligkeit. Ihr Fahrzeug verfügt nicht über diese Technik?«, fragte Fürstenfeldt.

»Noch nicht. Unser Radnabenmotor steckt zurzeit in der Entwicklungsphase. Ich kämpfe noch mit einigen technischen Hindernissen.«

Fürstenfeldt blätterte in seinen Notizen. »Herr Lohser, können Sie sich vorstellen, Ihre Technologien auch in größeren Fahrzeugen einzusetzen?«

»Der Elektroantrieb eignet sich gerade für größere Fahrzeuge. Das Gewicht der Akkumulatoren ist ihr Nachteil. Je größer das Fahrzeug ist, desto weniger fallen die Akkus – im wahrsten Sinne des Wortes – ins Gewicht.«

»Sehen Sie sich auch imstande, größere Fahrzeuge komplett zu entwickeln? Ich denke da an Lastkraftwagen, Omnibusse oder auch landwirtschaftliche Geräte.«

»Die Dädalus-Werke sind nicht für die Herstellung dieser Art von Fahrzeugen ausgelegt«, räumte Lohser ein.

»Ich denke da weiter, Herr Lohser. Wären Sie als Ingenieur dazu imstande, wenn Ihnen die erforderliche Infrastruktur geboten würde?«

»Unter diesen Umständen wäre dies denkbar.«

Fürstenfeldt faltete die Hände und blickte Lohser offen an. »Stellen Sie sich folgendes Arrangement vor: Sie entwickeln für die ADLER Elektrizitätsgesellschaft neue Technologien, und Ihnen werden eine Mannschaft gut ausgebildeter Fachkräfte sowie die erforderliche Infrastruktur zur Verfügung gestellt.«

»Das klingt sehr interessant, Herr von Fürstenfeldt.« Lohsers Haltung straffte sich. »Ich stelle mir vor, dieses Arrangement beinhaltet, dass ich im Deutschen Reich arbeiten müsste.«

»Ihr Arbeitsort wäre in Stuttgart. Dies ist mit der Eisenbahn gut zu erreichen. Eine zeitliche Begrenzung des Vertrags ist verhandelbar.«

Lohser sagte nichts. Vermutlich ging er in Gedanken die Möglichkeiten durch. Fürstenfeldt half ihm auf die Sprünge. »Ich schätze, dass Sie Ihren Familienbetrieb nur ungern verlassen. Ziehen Sie aber auch in Betracht, dass Ihr Honorar ausreichen wird, um für den Weiterbestand der Dädalus-Werke zu sorgen.«

Lohser sinnierte noch immer. Fürstenfeldt fuhr fort: »Sie könnten sich sogar jemanden leisten, der die Leitung des Betriebs in Ihrer Abwesenheit übernimmt. Zudem könnten ein paar von Ihren künftigen Entwicklungen in die Dädalus-Werke zurückfließen. Stellen Sie sich vor, welchen Wettbewerbsvorteil Ihnen das verschaffen wird.«

Fürstenfeldt griff in seine Dokumentenmappe und legte Lohser unvermittelt einen Vertrag vor die Nase. Sun Tzu sprach: »Greife ihn an, wo er unvorbereitet ist, tauche auf, wo du nicht erwartet wirst.« Diese Strategie hatte ihm schon in mancher Verhandlung beste Dienste geleistet. Zumindest beeindruckte sie den Verhandlungspartner und vermittelte Entschlossenheit. Selbstverständlich würde einer wie Lohser den Vertrag nicht ungelesen unterschreiben, aber er konnte nicht widerstehen und reichte dem Ingenieur die Feder. »Packen Sie die Gelegenheit beim Schopf, Herr Lohser!«

Carl Lohser lehnte sich zurück und stöberte im gut vierzig Blätter umfassenden Werk. Es schien, als läge es schwer in seinen Händen. Er überflog einige Klauseln. Dann blickte er Fürstenfeldt forschend an. Vermutlich suchte er nach einem Anzeichen, dass sein Gegenüber übergeschnappt war. Fürstenfeldt schenkte ihm ein freundliches Lächeln.

Lohsers erneute Anspannung löste sich wieder, als ob er erkannt hatte, dass er es doch nicht mit einem Verrückten zu tun hatte. Er blätterte weiter.

Fürstenfeldt schaute zum Fenster. Schräg hinter dem See waren Interlaken und die dunstigen Silhouetten der Berge zu erkennen. Lohser bedingte sich einen Tag Bedenkzeit aus, den Fürstenfeldt ihm gewährte. Dann verließ er den Raum.

Der Samen war gepflanzt. Jetzt brauchte er bloß noch zu keimen.

Die Suche nach neuen Technologien sollte lediglich der Deckung von Brechteslohs Mission dienen, indem sie die Anwesenheit der deutschen Delegation in den Augen der Nichteingeweihten auf diesem Kongress rechtfertigte. Dennoch steckte Fürstenfeldts gesamte Leidenschaft hinter dieser Aufgabe.

Die Technische Sektion war zuständig für die Anschaffung neuer Technologien, Kriegsausrüstung und Maschinerien für die deutsche Armee. Sie hatte auch immer einen Blick für die Errungenschaften anderer Armeen. Italien zum Beispiel bezog seit Neuestem die immer mehr aufkommenden Flugapparate in Übungen seines Heeres mit ein. Die Briten hatten bereits im zweiten Burenkrieg vereinzelte Truppen mit Automobilen verschoben, was sich als sehr effizient erwiesen hatte. Ebenfalls waren es die Briten, die einen Draht mit Dornen zur Absperrung verwendeten. Die Eisenbahn und Dampftraktoren wurden schon seit Längerem als Kriegstechniken eingesetzt wie auch elektrische Scheinwerfer, Zeppeline für den Bombenabwurf, Maschinengewehre und die drahtlose Telegrafie. Aber damit war das technische Potenzial noch lange nicht ausgeschöpft. Fürstenfeldt wollte an diesem Kongress noch mit weiteren Referenten Gespräche führen. Mit Ketten versehene Fahrzeuge würden auf unbefestigtem Gelände nie mehr stecken bleiben, und auch für dieses Gas, den Schwefelyperit, sah er eine Einsatzmöglichkeit mit verheerenden Folgen für den Feind.

Aber dieser Lohser hatte es Fürstenfeldt besonders angetan. Er hatte bei ihm zwar einen gewissen Widerstand gespürt, doch durch geschicktes Taktieren ließe sich dieser schon noch überwinden. Die Möglichkeiten, wie seine Techniken im Kriegsfall eingesetzt werden konnten, waren beinahe grenzenlos. Er *musste* ihn einfach für die ADLER und somit für die Technische Sektion einnehmen.

Fürstenfeldt zog ein Papier aus seiner Mappe, das er schon mehrere Male studiert hatte. Es enthielt Lohsers Ergebnisse der Personenüberprüfung vom Deutschen Nachrichtendienst: »Carl Lohser, Geburtsdatum 04. Mai 1877, Größe: 182 Zentimeter, Lohser gehört keiner Partei an und ist in keinem Verein eingetragen. Keine Straftaten gemeldet«.

Und dann stand da noch: »Zivilstand: ledig«.

Der Generalleutnant hatte Fürstenfeldt gesteckt, dass Klemens über eine Tänzerin oder dergleichen verfügte, die inoffiziell als Begleitdame arbeitete. Ein hübsches Ding, das musste Fürstenfeldt schon sagen. Er hatte sie letzte Nacht im Salon beobachtet, wie sie sich erfolgreich an einen Fabrikanten herangeschmissen hatte. Ihr wahrer Wert lag für Klemens darin, an Informationen zu gelangen und Männer zu bestimmten Handlungen zu beeinflussen.

Zivilstand: ledig.

Für Fürstenfeldt war klar: Er musste diese Dame bei Lohser einsetzen.

So verließ er den Konferenzraum, klopfte bei Klemens' Büro an und wurde hereingebeten. Gegenüber dem schweren Pult, an dem der Generalleutnant über Verträge gebeugt brütete, stand seit Kurzem ein einfacher Holztisch, an dem Klemens sich zwischen Bergen aus Akten Notizen machte.

»Ich benötige die Dienste dieser Begleitdame«, sagte Fürstenfeldt geradeheraus.

Klemens warf Brechtesloh einen vorwurfsvollen Blick zu, als ob er ihm damit zu verstehen geben wollte, dass es nicht dienlich war, wenn jeder das Geheimnis dieser Dame kannte. »Zurzeit wickelt sie einen Auftrag für mich ab«, sagte er dann.

»Dann ziehen Sie sie von diesem Auftrag ab.«

»Das geht nicht«, sagte Klemens.

»Worum handelt es sich dabei?«, wollte Fürstenfeldt wissen.

»Es geht um einen Herrn, den ich auf einen begründeten Verdacht hin beschatten lassen muss.«

»Auf welchen Verdacht hin?«

Klemens wand sich. Das Gespräch schlug eine Richtung ein, die ihm nicht behagte. »Spionage.«

»Werksspionage bei Ihren Betrieben?«, fragte Fürstenfeldt.

»Nein. Wir vermuten, dass sich ein zweiter französischer Spion auf dem Gelände aufhält.«

Nun schaltete sich Brechtesloh ein. »Sie erzählen uns erst jetzt von einem zweiten Spion?«

»Es ist eine vage Ahnung, mehr nicht.«

»Worauf gründet denn Ihre *vage* Ahnung?«, bohrte Brechtesloh nach.

Endlich wurde Friedrich Klemens gesprächiger. Einer seiner Lakaien sei bei den persönlichen Gegenständen des französischen Agenten auf eine handschriftliche Notiz gestoßen und habe diese mit einem Umschlag in Verbindung gebracht. Allem Anschein nach sollte dieser Umschlag einem »LDP« am 14. Mai übergeben werden. Gemäß Gästebuch war der einzige Hotelgast mit diesem Kürzel Laurenz Darius Palanti. Klemens bekräftigte, dass dies ein zureichender Hinweis sei, ihn beschatten zu lassen.

»Palanti? Das ist Unfug«, sagte Brechtesloh. »Wir haben ihn umfassend überprüft. Seine Interessen gelten allein einer profitablen Zusammenarbeit mit dem Deutschen Reich. Er würde nie die Hand beißen, die ihn füttert.«

»Falls Ihre Personenüberprüfung standhält«, sagte Klemens kleinlaut.

Brechtesloh überhörte es. »Was war in diesem Umschlag?«

»Tabellen mit Zahlen und Buchstaben. Nicu vermutet, es sind Chiffrekarten.«

»Chiffrekarten des französischen Nachrichtendienstes? Und Sie haben es nicht für nötig befunden, uns diese auszuhändigen?« Brechtesloh hob die Augenbrauen und die Stimme. »Sind Sie von allen guten Geistern verlassen? Werden Sie auf Ihre alten Tage hin …« Er brach ab, räusperte sich und fuhr in gemessenerem Tonfall fort: »Oberst, beschaffen Sie sich umgehend die Chiffrekarten bei Klemens' Mitarbeiter. Die Dame wird von Palanti abgezogen und Ihrer Zielperson zugeteilt.«

»Jawohl, Generalleutnant!« Fürstenfeldt verließ das Büro, und noch bevor die Tür den Schall aussperrte, hörte er Brechtesloh sagen: »Herr Klemens. Wir müssen uns ernsthaft über unsere Zusammenarbeit unterhalten.«

Fürstenfeldt fand, dass Brechtesloh Klemens unrecht tat. Immerhin hatte Klemens wertvolle Dienste für ihre Mission geleistet. Er war einflussreich, ambitioniert und, was am meisten zählte, deutschgesinnt. Er hatte Brechtesloh den Zugang zu den richtigen Amtsinhabern eröffnet. Freilich hatte er keinen Sinn für nachrichtendienstliche Belange bewiesen, und er war auch kein Soldat, aber Brechtesloh hatte auch keinen Haudegen aus der alten Eidgenossenschaft gesucht. Der Generalleutnant hatte jemanden gebraucht, der ihm einen Weg durch die Schweiz ebnete. Klemens seinerseits würde bei ihrem Arrangement auch nicht leer ausgehen. Er selbst war einer der Partner mit den lukrativsten Verträgen. Ein Heer musste versorgt werden. Leicht zu transportierende, haltbare und nahrhafte Verpflegung war gefragt. Exakt das, was Klemens' Fabriken herstellten.

Der Schweizer Preuße leitete die »Klemens Schokolade« in der dritten Generation. Sein Großvater hatte das Unternehmen 1847 in Fribourg von null auf aufgebaut. Sein Vater hatte es zu einer Fabrikkette erweitert. Sehr viel konnte Friedrich bisher nicht zur Firmenentwicklung beitragen, wenngleich er einen Liefervertrag mit der Schweizer Armee für die Militärschokolade zustande gebracht hatte, was besser klang, als es tatsächlich war. Er musste sich den Markt mit einigen Mitbewerbern wie Lindt, Tobler, Frey und Suchard teilen. Am Ende war es kaum mehr von Bedeutung.

Die Schweizer Schokoladenindustrie war dermaßen reglementiert, dass kein großes Wachstum eines einzelnen Betriebs mehr möglich war. So hatte Klemens sein Angebot diversifiziert, indem er weitere Lebensmittelbetriebe aufgekauft hatte, die über die Schokoladenproduktion hinausgingen. Ein Milchpulverbetrieb in Biel, eine Mosterei im Kanton Thurgau und eine Kirschbrennerei im Fricktal. Dennoch blieb er mit seinen bisherigen Leistungen hinter seinen Ahnen zurück. Nun, im Alter von siebzig Jahren, wollte er der Welt noch etwas hinterlassen, und zwar mehr als bloß eine Bronzestatue vor der Hauptfabrik. So setzte er alles daran, den Generalleutnant bei seinem Unterfangen zu unterstützen und als Gegenleistung den Liefervertrag für die Verpflegung des deutschkaiserlichen Heers abzuschließen. Klemens würde seine Fabriken ausbauen müssen, und »Klemens Schokolade« würde einen Wachstumsschub erfahren wie nie zuvor. Getreu Klemens' Motto: »Das Leben muss wie ein Vektor sein, kraftvoll ausgerichtet auf ein Ziel.«

Fürstenfeldt stieg die Treppen ins Dachgeschoss empor und polterte an die Tür der Kammer von Klemens' Schergen. Der Große öffnete ihm mit verschlafenem Blick.

»Herr Oberst«, empfing er ihn und nahm, so gut es unter der niedrigen Dachschräge möglich war, Haltung an.

Fürstenfeldt trat ein. Die Luft roch ranzig, obwohl das Giebelfenster geöffnet war. Auf dem zweiten Bett lag der Rumäne und schnarchte. Auf der Brust hielt er ein aufgeschlagenes Buch. Er hatte gelesen, wer hätte das für möglich gehalten?

»Weck den auf!«

Der Große trat unsanft gegen die Matratze. »He! Besuch.«

Der Rumäne schrak hoch. Während er sich noch den Schlaf aus den Augen rieb, trat Fürstenfeldt ans Fenster. Eine prächtige Aussicht auf den See, man überblickte von hier aus sogar über die Bäume hinweg das gesamte Seetal. Natürlich!, konstatierte Fürstenfeldt. Er riss sich von der Aussicht los. »Erstens. Palanti ist nicht der Spion. Also lasst ihn zufrieden!«

»Aber –«, versuchte es der Rumäne.

»Nicht! Der! Spion! Klar? Also lasst von ihm ab, bevor ihr noch etwas Dummes anstellt! Was wir hier jetzt nicht gebrauchen können, ist jemand, der Dummheiten anstellt.«

»Wir tun nur unsere Arbeit.«

Fürstenfeldt maß ihn mit einem langen Blick. »Ich denke, ich habe mich klar ausgedrückt.«

»Jawohl!«, antwortete der Große für sie beide.

»Zweitens. Klemens hat mich darüber in Kenntnis gesetzt, dass Sie im Besitz von Chiffrekarten sind.«

»Ja, ich. Ich bin im Besitz.« Der Rumäne griff nach dem Stapel Bücher auf dem Nachttischchen. Nahm ein Buch nach dem anderen und warf es aufs Bett. Als er damit durch war, öffnete er die Schublade und wühlte hastig darin herum, sein Gesicht schien sich zu erhitzen.

Ernsthaft? Hat er die Codekarten verschlampt?

Der Rumäne blickte unter das Bett, steckte die Hände unter die Matratze, wurde unruhiger. Er durchwühlte den Wäschestapel im Schrank. Dann blieb er mit einem vorwurfsvollen Blick auf den Großen gerichtet stehen.

»Was schaust du mich so an?«, fragte dieser.

»Wo hast du das Buch?«

»Was soll ich denn mit einem Buch?«

»Das rote Gedichtbuch des Franzosen.«

»Ihnen ist schon klar, wie wichtig für uns die Codes sind?«, machte Fürstenfeldt ihm Beine.

»Aber gewiss.«

»Ich hab sie nicht«, sage der Große.

Der Rumäne überlegte. »Das muss der Spion gewesen sein. Palanti ist hier eingebrochen.«

»Vergessen Sie diesen Palanti!«, sagte Fürstenfeldt. »Finden Sie die Karten!« Damit verließ er die Kammer.

Sie hatten es vergeigt. Schwachköpfe! Alle beide!

***

Carl begab sich auf sein Zimmer, zog sich die Leinenhosen und die bequemen Schuhe an und verließ das Grandhotel durch den Hinterausgang. Hinter dem Hotel gab es einen steilen Aufstieg, der im Zickzack den Hügel hinaufführte. »Ein gesunder Geist in einem gesunden Körper« war Carls Mantra, als er den Pfad emporrannte.

Die Deutschen wollten ihn. Nicht nur das Rekuperationssystem oder den Reichweitenverlängerer. Auch nicht nur das Konzept der vereinfachten Bauteile. Nicht nur den Radnabenmotor, oder was Carl sonst noch entwickelte. Sie wollten das ganze Paket. Die Deutschen wollten ihn als Person!

Carl rannte zu schnell, zu verbissen. Noch ein paar Meter und dann noch ein paar, trieb er sich an. Er schlug ein ums andere Mal mit den Schuhen an vorstehenden Wurzeln an und hastete wie ein Besessener.

Einerseits war dieses Arrangement die perfekte Gelegenheit, die Schulden der Dädalus-Werke zu tilgen. Mehr noch, er könnte dadurch die Fabrik vergrößern und ihr Angebot erweitern. So wie Fürstenfeldt ihm versprochen hatte, könnte er die Techniken, die er entwickelte, für die Dädalus-Werke verwenden. Ihm sollte sogar noch eine Mannschaft zur Verfügung gestellt werden. Bald könnte sein »Automobil für das Volk« mehr sein als ein bloßer Traum. Es würde ihm Tür und Tor öffnen, eine günstige Massenproduktion zu realisieren.

Er keuchte. Musste seinen Schritt verlangsamen.

Andererseits aber: Das Arrangement würde eine Abwesenheit von mehreren Jahren bedeuten. Es bot sich ihm ein Abenteuer an, gewiss, und sein Vater könnte in der Zeit die Dädalus-Werke leiten. Aber war es die einzige Lösung – die Fabrik verlassen, um sie zu retten? Carl war noch nicht überzeugt. Was, wenn sich ihm am Kongress noch andere Möglichkeiten eröffneten? Bessere? Beispielsweise durch Brown und Boveri. Oder durch jemanden der anderen einhundertzwanzig Mitglieder der Orion-Gesellschaft. Carl musste sich bei Fürstenfeldt mehr Bedenkzeit ausbedingen. Am besten bis nach dem Kongress, damit er alle sich ihm bietenden Optionen prüfen konnte.

Carls Ausdauer schwand. Er hatte sich verausgabt. Er hielt an und stützte sich an einer Föhre ab, rang wie ein Fisch auf dem Trockenen nach Luft.

Fürstenfeldt war ein ausgeschlafener Kerl. Geübt in Verhandlungen. Er hatte ein Interesse, ihn so schnell wie möglich an sich zu binden, bevor Carl noch ein besseres Angebot unterbreitet wurde. Er würde auf den einen Tag Bedenkfrist bestehen und morgen einen Entscheid verlangen. Womöglich unter der Androhung, sein Angebot zurückzuziehen. Carl musste standhaft bleiben. Er war am längeren Hebel, schließlich hatte Fürstenfeldt durchblicken lassen, dass sein Interesse an Carl aufrichtig war.

Selbst schuld, wenn er sein Angebot zurückzieht.

Carl musste nur geschickt verhandeln, auch wenn das Verhandeln nicht gerade seine Stärke war. Aber Probleme zu lösen, war seine Stärke, und hier handelte es sich schließlich um ein Problem. Kein technisches, aber eines hatten alle Probleme gemein: Zur Lösung brauchte es Informationen. Und zu Fürstenfeldts Angebot lagen Carl noch viel zu wenige Informationen vor. Er musste sich zuerst über die ADLER Elektrizitätsgesellschaft erkundigen. Beim Diner heute Abend würde er herumfragen, wer Fürstenfeldt war. Welchen Ruf er genoss.

Allmählich beruhigte sich sein Atem wieder. Er schaute auf, und die Aussicht, die sich ihm bot, war phantastisch. Hinter sich, längs über den See, sah er Interlaken und sich auftürmende Regenwolken. Quer über den See lag Brienz mit seinen pittoresken Chalets. Das Dorf war vom Hotel her gar nicht zu sehen.

Er rannte weiter. Der Pfad wurde flacher. Unter ihm zog die Aare eine braune Spur von Sedimenten weit in den türkisfarbenen See. Die gute alte Aare, an der er aufgewachsen war, an deren Ufern er als Kind schon gespielt hatte und noch heute laufen ging. Kaum zu glauben, dass es derselbe Fluss war, der unter ihm in den See mündete.

Im Polytechnikum wurde den Studenten beigebracht, dass, wenn zwei Flüsse sich vereinten, der folgende Fluss den Namen des wasserreicheren Zuflusses erhielt. Bei der Aare verhielt es sich anders. Beim aargauischen Koblenz mündete die Aare in den Rhein. Sie führte aber mehr Wasser als der Rhein. Per Definition mündete also der Rhein in die Aare. Nicht »Vater Rhein«, sondern »Mutter Aare« wäre folglich durch Basel geflossen. Köln an der Aare hätte es heißen müssen. Die Aare mündete bei Rotterdam in die Nordsee. Ein interessanter Gedanke. Carl fragte sich, wieso sich wohl der Rhein durchgesetzt hatte.

Plötzlich blieb er stehen. Eine andere Erinnerung ergriff ihn, die sich ebenfalls an der Aare abgespielt hatte. Es war vor gut einem Jahr gewesen, als er geschäftlich in Aarau zu tun gehabt hatte. Er hatte nach erfolgreichen Kundengesprächen noch etwas an der Promenade spazieren gehen wollen und war Heléne begegnet. Im Grunde genommen war es nicht gerade eine Begegnung. Als er sie aus einiger Entfernung erkannt hatte, blieb er stehen und beobachtete, wie sie sich mit zwei Kindern abgab, einem Jungen und einem Mädchen. Heléne war Mutter geworden. Beide hatten ihren blonden Krauskopf geerbt. Carl riss sich von dem Anblick los und ging davon, noch bevor sie ihn entdecken konnte. Sie hatte zufrieden gewirkt mit ihren Kleinen. Wie hätten wohl Carls Kinder ausgesehen?

Carl und Heléne waren sich auf einem Tanzfest begegnet. Sie hatten etwas zusammen getrunken, und Heléne hatte ihn schließlich zum Tanz aufgefordert. Carl hatte sich bis auf die Knochen blamiert, sein Rhythmusgefühl entsprach viel mehr dem eines Mathematikers denn dem eines Tänzers. Aber es war ihm einerlei. Heléne hatte so herzhaft gelacht, dass er erst mit seinen Tanzversuchen aufhörte, als ihm die Luft ausging. Anschließend gingen sie spazieren. Unter denselben Weiden an der Aarepromenade, wo er sie sieben Jahre später mit ihren Kindern sehen sollte.

In den Tagen nach dem Tanzfest hatten sie sich immer wieder getroffen und wurden schließlich ein Paar. Sie war die Liebe seines Lebens, er wusste es von Anfang an. Es war so leicht, er war bereit, alles mit ihr zu teilen. Nach wenigen Monaten entschied er, ihr den Antrag zu machen, noch nie war er sich in etwas so sicher gewesen. Er wollte mit ihr Kinder haben, sein Leben mit ihr verbringen und mit ihr alt werden, zögerte aber noch einige Zeit, bis er sich getraute, sie zu fragen. Sie bejahte, ohne nachdenken zu müssen, und stieß einen Jauchzer aus. Nie war das Leben besser als in diesem Augenblick! Sie beschlossen, ihr Geheimnis noch etwas für sich zu behalten.

Doch es kam nie dazu. Helénes bürgerliche Eltern führten eine Stofffabrik und hatten andere Pläne mit ihr. Sie wollten ihre Tochter wenn möglich über Stande verheiraten. Da konnte Carl nicht mit Bert Iten aus dem Hause einer Maschinenfabrikdynastie mithalten. Es folgte die Vermählung, die Helénes Familie tatsächlich den erwarteten Auftrieb bescherte.

Carl scharrte mit seinen Schuhen in den braunen Tannnadeln auf dem Hügel über dem Brienzersee. Es schmerzte noch immer, selbst nach fünf Jahren. Sie war ihm entrissen worden.

Heléne hatte sich besser in ihr Schicksal gefügt als er. Bestimmt hatte auch sie anfangs unter dieser grausamen Entscheidung gelitten, musste aber schneller als Carl damit klargekommen sein. Seine Versuche zur Kontaktaufnahme wurden verhindert. Seine Briefe blieben unbeantwortet. Sie hatten sich nie aussprechen können. Er hatte nie erfahren, wie es ihr ergangen war. Die Erinnerungen an sie schnürten ihm noch lange die Kehle zu. Er lernte sie mit der Zeit zu verdrängen. Richtig verarbeitet hatte er all dies wohl nie. Dachte auch sie noch mit Wehmut zurück? Er bereute es noch heute, nichts unternommen zu haben. Anstatt um sie zu kämpfen, hatte er nur mit ohnmächtigem Unglauben zugeschaut. Er hätte mit ihr durchbrennen sollen!

Doch war es nicht besser so? Vernünftiger? Nur, dass *er* auf der Strecke geblieben war.

Wie ließ man seine Liebe los? Geschah es einfach so, indem man sie und die Erinnerungen nach und nach verblassen ließ? Was, wenn sie nicht verblassten, wie es bei Carl der Fall war? Es gab keine Lehrbücher dazu. Keine Tabellen oder Graphen, in denen man herauslesen konnte, wie man jemanden losließ. Keine Konstruktionspläne, auf denen man Gedanken neu ordnete oder wie schlecht funktionierende Teile ersetzte. Doch wenn er so darüber nachdachte, gelangte Carl immer wieder zum selben Schluss: Er *wollte* seine Erinnerungen an Heléne gar nicht loslassen. Da lag der Hund begraben.

***

Amanda hatte die perfekte Gelegenheit verpasst, diesen Palanti loszuwerden.

Er hatte am Vormittag die Referate verlassen, noch bevor sie zu Ende gewesen waren. Irgendetwas musste ihn dermaßen aufgebracht haben, dass er wutentbrannt am Salon und an ihr vorbeigestampft war und sie nicht einmal bemerkt hatte. Sie hatte sich gehütet, ihm nachzugehen, solange er in dieser Verfassung war. Als sie nach dem Mittagessen aber noch immer nichts von ihm gehört hatte, beschloss sie, ihn zu suchen. Sie fand ihn im Park unter einem schmiedeeisernen und von gelben Rosen umrankten Bogen auf einer Bank sitzen. Er hatte sich wieder beruhigt und kasperte mit einer üppigen Dirne in eng geschnürtem Mieder herum.

Hat der sich eine Neue geschnappt? Nicht mit mir, mein Lieber!

Gewiss, aus rein persönlicher Sicht war ihr Palanti herzlich egal. Aber sie würde ihren Auftrag auf keinen Fall an eine andere verlieren. Es galt nun, ihn zurückzuerobern, und es würde ein Leichtes sein, denn sie hatte einen Trumpf im Ärmel: Sie wusste, was Palanti wirklich wollte. Und so wie die billige Dirne ihn mit devotem Hundeblick ansah, wusste diese das nicht. Amanda besuchte die Stallungen und fand etwas ganz Besonderes. Etwas, was Palanti große Freude bereiten würde. Nebenbei schonte es auch ihre Hand.

Mit resoluten Schritten stampfte sie zum Rosenhain. »Hier steckst du also, Laurenz, du ungezogener Bengel!«

Palanti erschrak.

Zu seiner Begleitung sagte sie: »Du, verzieh dich! Das ist

mein Junge.« Um ihre Entschlossenheit zu unterstreichen, ließ Amanda die Reitgerte durch die Luft zischen, was bei der Dirne Wirkung zeigte. Sie raffte ihre Röcke und suchte das Weite. Palanti seinerseits war aufgesprungen wie eine gespannte Feder und stand mit Glanz in den Augen da. Fasziniert betastete er die lederne Rute und sagte: »Nicht hier. Ziehen wir uns in mein Gemach zurück!«

Hätte sie es doch bloß gut sein lassen, so vieles wäre ihr erspart geblieben. Als sie fertig waren, war Palanti zufrieden eingeschlafen. Amanda hatte sein Zimmer verlassen und war die Treppe zum Vestibül hinabgestiegen.

»Fräulein Amanda!«

Zwei Stockwerke über ihr sah sie Nicus Gesicht mit dem schmalen Schnauzer über das Treppengeländer gebeugt. »Warten Sie, ich muss Ihnen etwas mitteilen.«

Während sie seine hastigen, durch einen Teppich gedämpften Schritte näher kommen hörte, setzte sie ihren Weg langsam fort. Eine alte Gewohnheit, Treppen, wenn möglich, zu meiden – noch aus der Zeit, als sie Reifröcke und Korsetts trug. Gleichzeitig kamen sie auf sicherem Boden in der hohen Eingangshalle an. Nicu betrachtete sie unverhohlen von oben bis unten.

»Was ist denn so dringend?«

Er senkte den Blick. »Fräulein Amanda, Klemens möchte Sie sprechen.«

»Worum geht es?«

»Das will er ihnen selber erklären.«

Amanda wollte sich auf das Gespräch vorbereiten können und nicht vor Tatsachen gestellt werden. »Kommen Sie, Nicu, klären Sie mich auf.« Sie sah ihm tief in die Augen.

Bei ihm hatte sie so leichtes Spiel, nach nur einem Augenblick packte er aus. »Er meint, Palanti ist nicht der Spion.«

»Wieso plötzlich?«

»Wegen den Deutschen. Sie sind überzeugt, dass aufgrund ihrer eigenen Personenüberprüfung Palanti nicht in Frage kommt.« Nicu straffte sich. »Aber wenn Sie mich fragen, ist das erst recht ein Beweis, dass Palanti ein ausgefuchster Spion ist. Wer sonst kann einer Überprüfung der Deutschen standhalten?«

»Meinen Sie?« Amanda war wenig überzeugt.

»Ich weiß es, Fräulein Amanda. In den Sachen vom Franzosen habe ich Codekarten gefunden, um Telegramme zu verschlüsseln. Spionagezeugs, Sie wissen schon. Sie waren für Palanti vorgesehen. ›LDP‹.«

Amanda ließ Nicu zurück und traf Klemens in seinem Büro an. Er erklärte ihr, wie von Nicu bereits angekündigt, dass sie von Palanti ablassen sollte. Als ob dies das Einfachste der Welt wäre. Schalter ein, Schalter aus.

»Und da nun Ihre Kapazitäten damit wieder frei sind, habe ich eine neue Zielperson für Sie«, sagte er. Er weihte sie in die Details ihres neuen Auftrags ein, und Amanda gewann den Eindruck, als stehe er nicht mit voller Überzeugung dahinter. Es schien ihr, als müsse er sich jemandem beugen. Steckten da die Deutschen dahinter? Waren sie mehr als gewöhnliche Gäste auf diesem Kongress?

»Carl Lohser. Wissen Sie, wer das ist?«, fragte Klemens.

»Der junge Tüftler.«

»Loten Sie seine Schwächen aus. Wie sieht seine familiäre Lage aus? Was sind seine Vorlieben im Schlafgemach?«, erklärte er ihr ihre Arbeit. »Entlocken Sie ihm seine dunkelsten Geheimnisse. Finden Sie Wissenswertes über seine Manufaktur heraus. Technische Einzelheiten seiner Erfindungen. Kurz: Suchen Sie nach etwas, womit man ihm Druck machen kann.«

»Verstanden, Herr Dr. Klemens.«

»Sie werden weiterhin *mir* Bericht erstatten«, betonte er, und mit den Worten »Das ist dann alles« entließ er sie wieder.

Zumindest handelte es sich dieses Mal nicht um einen bewaffneten Spion. Amanda war wieder auf sicherem Terrain. Aber sie hatte jetzt ein Problem: Ein Stelldichein ließ sich nicht so schnell wieder einstellen. Sie konnte Palanti ja kaum sagen, dass ihr Auftrag bei ihm beendet sei und sie bei jemand anderem Kontakt aufbauen müsse. Man musste einen Abbruch sehr sorgfältig aufgleisen, sich Zeit lassen, Gelegenheiten abwarten. Wie ärgerlich, dass sie die beste Gelegenheit eben gerade vertan hatte. Sie hätte Palanti sich einfach mit der Dirne beschäftigen lassen sollen. Zurückweisungen, Eifersucht und Verlangen entfachten mächtige Empfindungen, mit denen man nicht leichtsinnig umging. Sie bargen die Gefahr, dass das Ganze auf ein Drama biblischen Ausmaßes hinauslief. Das Spiel mit dem Feuer hatte seine Regeln.

Aber Klemens verließ sich auf sie. Sie hatte seinen Auftrag unmöglich zurückweisen können. Wie hätte sie dagestanden? Mehr noch, wie hätte *er* vor den Deutschen dagestanden, die ja offenkundig dahintersteckten? Klemens musste von Amanda erwarten können, dass sie sich um die Details kümmerte.

Wenn hier doch bloß nicht ein solcher Zeitdruck herrschen würde. Lohser war jetzt der dritte Auftrag innerhalb von drei Tagen. Bei den Aufträgen, die sie vor dem Kongress erledigt hatte, waren ihr immer mehrere Tage Zeit geblieben, die Sache sauber abzuschließen. Ein klärendes Gespräch, ein inszenierter Streit. Einige verloren auch ganz von selbst das Interesse an ihr, denn Amanda konnte sich auch langweilig geben, wenn es sein musste. Wenn ihre Zielperson in einer anderen Stadt wohnte und sie nicht zu befürchten hatte, ihr so bald wieder über den Weg zu laufen, konnte sie es sich auch erlauben, einfach ohne Nachricht aus deren Leben zu verschwinden. Aber hier in der Abgeschiedenheit des Grandhotels Giessbach war es beinahe unumgänglich, dass der Verlassene ihr allenthalben begegnete. Auch dann, wenn sie mit ihrem neuen Auftrag unterwegs war. Ja, er könnte auch plötzlich vor ihrer Zimmertür stehen.

Sie ging ihre Optionen durch. Sie konnte dafür sorgen, dass Palanti sein Interesse an ihr verlor und er sie von sich aus freigab. Nach ihrer Darbietung an diesem Vormittag würde ihr dies aber kaum mehr gelingen.

Option Nummer zwei: die Ehefrau – nein, es war keine Option, an sein Gewissen zu appellieren, was wohl seine Frau von ihrem Techtelmechtel halten würde. Es war zwar der wunde Punkt bei den verheirateten Freiern, aber in die Ecke gedrängt reagierten sie bisweilen unerwartet heftig. Zudem widersprach es dem Verhaltenskodex einer jeden Kurtisane, das Thema Ehefrau anzusprechen.

Option Nummer drei: eine Konfrontation zwischen Palanti und Lohser. Es war Lohsers Referat gewesen, das Palanti wutentbrannt verlassen hatte. Die beiden waren folglich nicht gerade die besten Freunde. Wenn sie ihre Karten geschickt ausspielte, könnte sie Palanti so dazu bringen, sie gehen zu lassen. Ob Lohser als Sieger oder Verlierer daraus hervorging, war einerlei. So oder so wäre es eine Gelegenheit, eine Bindung zu ihm aufzubauen, was sie in die Lage brächte, ihm Vertraulichkeiten zu entlocken. Ein kalter Schauer lief Amanda über den Rücken. Ein niederträchtiger Gedanke. In ihrem Kopf drehte sich alles. Sie wünschte sich, sie wäre jetzt zu Hause und hätte mit alldem nichts zu tun.

Dabei schien dieser Carl Lohser gar kein übler Zeitgenosse zu sein. Sie hatte ihm gerne zugesehen, wie er behände an seinem Automobil herumgeschraubt hatte. Und wie er respektvoll mit dem Mechaniker und Mustafa umging. Er schien wie sie nicht so recht an diesen Ort passen zu wollen, der durch die Anwesenheit der Patrons und leichten Mädchen von Dekadenz und Profitgier regelrecht durchwirkt war. Unter anderen Umständen hätte sich Amanda sogar darauf gefreut, den adretten Herren kennenzulernen.

Sie machte sich auf den Weg zum Salon.

»Sie lächeln.« Es war Mustafa, der an sie herantrat. »Was hat denn Ihnen den Tag versüßt?«

Hatte sie wirklich gelächelt? Amanda wurde schlagartig wieder ernst.

»Im Grunde genommen ist mir gar nicht nach Lächeln.«

»Was plagt Sie denn? Erzählen Sie es einem gelangweilten Barmann.«

»Sie wissen schon, dies und das.«

»Das kenne ich. Dies und das hat mir auch schon den Schlaf

geraubt«, kommentierte er, was ihr ein erneutes Lächeln entlockte.

»Wie geht es Ihrer Hand?«, fragte er mit einem anzüglichen Augenzwinkern.

»Bringen Sie mir wieder einen köstlichen Lindenblütentee?«

»Mit Freuden, Fräulein Amanda.«

Als er mit der dampfenden Teekanne zurückkam, wirkte Mustafa, als schien er regelrecht mit einer Entscheidung zu ringen. »Der Mann, den Sie vorgestern begleitet haben, Sie wissen schon, der mit der Narbe«, begann er.

Trusseau! Er interessierte sich für Trusseau! Amandas Gedanken überschlugen sich, und sie spürte, wie sie sich versteifte. Er wusste etwas! Wusste er von ihren Verstrickungen in seinen Tod? Es erforderte all ihre Kraft, eine ausdruckslose Miene zu wahren.

»Es … Es ist mir beinahe schon peinlich, Sie mit einer solchen Lappalie zu belästigen. Er hat eine Flasche Bordeaux auf sein Zimmer genommen und sie bis heute nicht bezahlt. Wissen Sie, wann er abgereist ist?« Mustafa sah sie forschend an.

Amanda zwang sich ein Lächeln ab. »Sie wissen doch, Mustafa, die Diskretion.«

»Ach ja, die Diskretion.«

»Unglück macht Menschen, Wohlstand macht Ungeheuer.«

»Wie meinen Sie das?«, fragte er.

»Na, der reiche Schnösel, der Ihnen eine Flasche Rotwein abgeluchst hat.«

»Da haben Sie wohl recht.«

Mustafa begab sich nachdenklich zum Tresen. Wie gerne hätte Amanda ihm alles offenbart. Ihm erzählt, wie Trusseau mit ihr umgegangen war, wie er zu Tode gekommen war und wie sie sich dabei fühlte. Sie hätte ihm erzählt, welche Probleme ihr bevorstanden, nun, da sie Palanti loswerden musste, um sich um einen anderen zu kümmern, einen guten Mann, der es im Grunde gar nicht verdient hatte, ausgehorcht zu werden. Amanda wünschte im Moment nichts sehnlicher, als Mustafa um Rat zu fragen, was sie in ihrer Lage tun sollte. Freilich, er war ein neugieriger Zeitgenosse, aber auch ein guter Zuhörer. Selbst wenn er sich über ihre Diskretion amüsierte, wusste er ganz genau, wann Zurückhaltung angebracht war. Dennoch war da noch etwas. Es schien Amanda, als ob er ihr etwas über Trusseau verschwieg. Was auch immer das sein mochte.

Mustafa kam zurück an ihren Tisch unter dem Puttenengelchen an der Decke und stellte einen Teller mit drei Keksen neben die Teekanne. »Woher haben Sie den Spruch?«, fragte er.

»Welchen Spruch?«

»Den mit dem Wohlstand, der Ungeheuer macht.«

»Das ist ein Zitat aus ›Die Elenden‹«, klärte Amanda ihn auf.

»›Les Misérables‹«, überlegte Mustafa. Amanda meinte die Rädchen in seinem Hirn drehen zu hören.

Wie von einer Hornisse gestochen, verließ er den Salon.

***

Es war zum Mäusemelken. Nicu hatte gesucht und gesucht, aber die Chiffrekarten waren nicht mehr aufgetaucht. Es blieb nur ein Schluss: Der Spion musste sie aus seiner Kammer entwendet haben. Alle konnten sagen, was sie wollten. Aber Nicu war noch immer davon überzeugt, dass Palanti der Spion sein musste. Wie würden sie ihn bewundern, wenn er ihnen den Beweis auf den Tisch knallen konnte. Er, der Einzige, der Palantis Charade durchschaut hatte und standhaft geblieben war.

Dieser Palanti war gerissen. Nicu hatte noch immer nichts gegen ihn in der Hand. Es sei denn, dieser Barmann Mustafa steckte mit Palanti unter einer Decke. Es war naheliegend. Mustafa hatte einen französischen Ausdruck benutzt, ein Zeichen, dass er Umgang mit einem Franzosen pflegen musste. Nicu hatte in seiner Kindheit ja auch Deutsch gelernt, indem er den Schweizern beim Reden zugehört und einige Redensarten übernommen hatte. Mustafa würde ihn zum französischen Spion führen, da war sich Nicu sicher. Dann war Palanti entlarvt.

Er wollte sich den Barmann etwas genauer unter die Lupe nehmen und brachte sich im Flur vor dem Salon in Stellung. Amanda saß da, in ihrer ganzen Vollkommenheit. Mustafa unterhielt sich mit ihr, und sie lachte.

Dann plötzlich stürmte Mustafa an Nicu vorbei. Nicu folgte ihm unauffällig bis zu einer Tür, auf der »Bibliothek« geschrieben stand. Mustafa trat schnurstracks ein. Nicu blieb stehen und ließ einen Moment verstreichen, bevor er ihm durch die Tür folgte. Die Hotelbibliothek war größer, als man erwartet hätte. Mehrere voll bestückte Regale ragten in den Raum hinein. Neben dem Eingang stand ein Tisch mit einem alten Männlein, das ihn misstrauisch beäugte. Nach einem Augenblick senkte es den Kopf wieder und trug den Roman des ihm gegenüberstehenden Kongressteilnehmers in das Bibliotheksbuch ein.

Nicu begab sich zu den Regalen, wo drei weitere Männer im Angebot stöberten. Einer von ihnen war Mustafa, der wirkte, als suche er nach einem bestimmten Buch.

Nicu positionierte sich so, dass es aussah, als überschaute er ebenfalls das Angebot. Zwischen den Regalböden und Büchern hindurch beobachtete er, wie Mustafa fündig wurde und sich ein schmales Buch unter sein Gewand in die Hose steckte. Es war schnell gegangen, aber Nicu hatte den Titel gerade noch entziffern können. »Les Misérables«. Danach tat Mustafa so, als ob er weitersuchen würde, und ging uninteressiert die restlichen Regale durch. Als er fertig war, begab er sich am Bibliothekar vorbei zur Tür.

»Sind Sie nicht fündig geworden, Herr Mustafa?«, fragte der Bibliothekar mit dünner Stimme.

»Leider nicht.«

»Kann ich Ihnen womöglich helfen?«

»Danke, das wird nicht nötig sein.« Damit verließ er den Raum.

Nicu eilte ihm nach. Er durfte seine Spur nicht verlieren. Gerade als er im Begriff war, den Raum zu verlassen, hielt ihn der Bibliothekar auf und linste über seine Brillengläser. »Bitte entleeren Sie Ihre Säcke hier auf den Tisch!« Im Reich der Bücher hatte er das Sagen. Nicu zögerte.

»Das ist reine Routine, nichts Persönliches, Herr …«

»Butoi«, gab ihm Nicu Auskunft.

»Herr Butoi.«

Von wegen, nichts Persönliches. Trotz seines feinen Anzugs sahen alle nur Nicus Vergangenheit auf der Straße. Es hatte keinen Zweck, sich der Durchsuchung zu widersetzen, er wollte nicht zu viel Aufsehen erregen. Schließlich handelte er nur auf Verdacht. Er entleerte die Hosensäcke, legte Taschentuch, Münzen, ein Klappmesser, ein Stück Schnur und einen schönen Kiesel auf den Tisch. Dabei konnte er sich eine schnippische Bemerkung nicht verkneifen: »Sehen Sie, kein Buch geklaut.«

Als er die Bibliothek verließ, gab es von Mustafa keine Spur mehr.

Aber immerhin: »Les Misérables«. Mustafa hatte ein französisches Buch entwendet. Nicus vager Verdacht erhärtete sich. Er würde den Mann weiterhin im Auge behalten.

Nicu hatte in seinem Leben schon öfter erlebt, dass jemand wie er als zweitrangig angesehen wurde. Der Bibliothekar hatte ihm erneut bewiesen, dass sein gepflegter Schnurrbart, das mit Pomade sorgfältig geglättete Haar und der teure Anzug nicht verbargen, dass er von der Straße kam. Was musste er denn noch tun? Musste er geschwollen dahinreden wie die geschniegelten Patrons, oder fehlte ihm dieser herablassende Tonfall, der die Oberschicht auszumachen schien?

Als Nicus Eltern und er in der Schweiz angekommen waren, hatten sie sich in Aussersihl im Westen Zürichs niedergelassen. Das Quartier wurde auch »Chreis Cheib« genannt, in Anlehnung an die Kadaver, die vor der Erstellung der billigen Wohnsiedlungen hier verscharrt worden waren. Der erhoffte Wohlstand stellte sich nicht ein. Die Gastarbeiterfamilie Butoi blieb in diesem Elendsviertel stecken. Nachts drangen gegrölte

Lieder durch die Fenster der Wohnung wie auch manches Streitgespräch.

An einem Sonntagabend Ende Juli 1896 – Nicu war fünfzehn Jahre alt, und ihm sprossen die ersten Brusthaare, während der Stimmbruch noch auf sich warten ließ – war er mit seinen beiden portugiesischstämmigen Kumpels José und Julio auf dem Nachhauseweg von einem gewinnbringenden Raubzug durch die Beizen. Die Arbeiter hatten gerade ihren Lohn erhalten und mussten dies gehörig begießen. Plötzlich erschallten wütende Stimmen die Langstraße hoch. Lauter als das gewohnte Gegröle der Betrunkenen. Bedrohlicher.

Die Jungen fürchteten zuerst, es ginge ihnen an den Kragen, weil sie doch einige Geldbeutel aufgeschnitten hatten. Doch es war etwas anderes. Rufe hallten durch die Gassen. Schritte rennender Massen. Dann und wann durchrissen von zerberstendem Glas. Es lag diese Spannung in der Luft, wie sie nur bei Krawallen herrschte, wenn Dutzende ihrem Zorn Ausdruck verliehen. Aus Neugier machten die jungen Taschendiebe kehrt, um nachzusehen, was da vor sich ging. Dutzende von Männern waren damit beschäftigt, ein italienisches Restaurant zu verwüsten. Fensterscheiben wurden eingeworfen, Stühle landeten auf der Straße, das gesamte Inventar wurde kurz und klein geschlagen. Einige machten sich mit Grappa- und Chianti-Flaschen unter den Armen davon. Vier Italiener, die augenscheinlich zum Restaurant gehörten, wurden verprügelt.

Die Jungen beratschlagten sich, ebenfalls hineinzugehen und etwas abzustauben. Vielleicht war die Kasse noch aufzufinden oder auch nur ein Sack Maisgries für Polenta. Die Entscheidung wurde ihnen aber schnell abgenommen, als einer der Randalierer sie entdeckte und rief: »Hier sind noch drei! Gebt den Tschinggen auf den Grind!«

Plötzlich kamen eine Handvoll Männer auf sie zu. Die Jungen gaben Fersengeld. Durch die gewundenen Gassen und Passagen hatten sie die Verfolger bald abgehängt. Danach trafen sie noch auf weitere Unruheherde, die ein ähnliches Schauspiel boten.

Die Randalierer waren Schweizer! Zürcher! Es mussten Hunderte sein, die sich in den Wirtschaften zusammengerottet, sich Mut angesoffen hatten und über die italienischen Bewohner Aussersihls hereinbrachen. Sie verwüsteten Wohnungen und Ladenlokale. Sie verprügelten und beschimpften alles, was wie ein Italiener aussah. Der Rumäne Nicu und die beiden Portugiesen hatten keine Lust, jedem, der auf sie zukam, zu erklären, woher sie stammten. Sie beschlossen, sich in Sicherheit zu bringen.

Die italienischstämmigen Gastarbeiter, die immer zahlreicher geworden waren, waren einigen Zürchern schon lange ein Dorn im Auge gewesen. Sie gaben ihnen die Schuld, dass das Stadtviertel verfiel. Dazu kam, dass sie für weniger Lohn arbeiteten und bei jeder Gelegenheit als Streikbrecher bereitwillig zur Verfügung standen.

Ein elsässischer Scherenschleifer, der reichlich über den Durst getrunken hatte, hatte sich dermaßen über die Italiener aufgeregt, dass er einen Gehstock nahm und zwei davon niederschlug. Ein dritter, ein italienischer Maurer, setzte sich mit einem Küchenmesser zur Wehr. Der Elsässer starb kurz darauf an den Verletzungen.

In den Wirtshäusern hatte sich tags drauf, ein Sonntag, eine leicht geänderte Geschichte herumgesprochen, nämlich die, dass ein Italiener einen Zürcher erdolcht hatte. Einfach so, hieß es. Das erhitzte die Gemüter so arg, dass sich eine gewaltbereite Gruppe von an die dreihundert Personen zusammenrottete und durch die Straßen zog. »Man muss etwas gegen die täglich vorkommenden ›Excesse‹ der italienischen Messerhelden unternehmen«, hieß es.

Am Montagabend dann versammelten sich sogar an die zehntausend Einwohner Aussersihls und Wiedikons auf den Straßen, unter ihnen auch eine große Zahl an Schaulustigen. Weitere italienische Wirtshäuser und Unterkünfte wurden verwüstet. Die gerade mal fünfundsiebzig Polizisten, die im Einsatz waren, kamen bald selbst in ernsthafte Bedrängnis, sodass das

Militär einschreiten musste. Mehrere Personen trugen erhebliche Verletzungen davon. In der Kaserne wurden über hundert Randalierer unter Arrest gestellt.

Für den Dienstagabend wurden zweihundert Polizisten, zwei Füsilier-Bataillone und eine Abteilung der Kavallerie aufgeboten. Doch strömte wiederum eine Meute von um die fünftausend Menschen zusammen und belagerte diesmal die Militärkaserne, in der die Verhafteten untergebracht waren. Erst am Mittwoch war der »Italienerkrawall« beendet, wie er in den Zeitungen genannt wurde. Wenn er auch im Grunde ein Krawall der Aussersihler war. Bei den Verhören gaben viele Angeklagte zu Protokoll, »aus Dummheit zu dem großen Haufen hinzugekommen und zu Ausschreitungen mitgerissen« worden zu sein.

Aus Angst vor weiteren Krawallen, die zu Schäden an den Wohnungen führen könnten, kündigten viele Vermieter den Italienern die Unterkunft. Ebenfalls aus Angst vor den Krawallmachern entließ mancher Baumeister all seine italienischen Gastarbeiter.

Ein paar Tage später versammelten sich viele Schaulustige, und die drei Jungen mischten sich unter die Leute auf der Suche nach etwas, das sie abstauben konnten. Die Leute beobachteten die lange, traurige Prozession von vierhundert Italienern, die all ihre Habseligkeiten gepackt hatten und einen bereitstehenden Sonderzug bestiegen. Sie reisten nach Italien ab – um nie wieder zurückzukehren.

KAPITEL 8

Montag, 16. Mai 1910, Abend
Der erste Kongresstag

An diesem Abend kam Carl deutlich früher vor dem Speisesaal an. Die Türen waren noch nicht geöffnet. Vermutlich wurden in diesem Moment gerade vom Servicepersonal die Tische gedeckt. Carl konnte sich aber auch vorstellen, dass alles schon seit Stunden bereitstand und die Türen aus Prinzip noch nicht geöffnet wurden. Dahinter sah er eine gewisse Absicht, wenn er sich so umblickte, denn er war keineswegs der Erste hier. Der Wartebereich schien sogar recht beliebt zu sein. Die Kongressteilnehmer hatten sich zu zweit oder in kleinen Gruppen zu Gesprächen zusammengefunden. Gewiss wurde bei derlei Gelegenheiten so manches Geschäft in die Wege geleitet.

Er stellte sich an einen Stehtisch, und eine Bedienung reichte ihm ein Gläschen Weißen.

Nun müsste er mit den anwesenden Personen ins Gespräch kommen. Wie bewerkstelligte man dies, ohne dass man sich der Lächerlichkeit preisgab? Eröffnete man das Gespräch mit einem Hinweis auf das Wetter? Oder kam man direkt zur Sache? Ging man auf eine Gruppe zu und beteiligte sich an ihrem Gespräch? Oder wartete man gar, bis jemand auf einen zukam? Was, wenn niemand kam?

Gut zehn Schritte von Carl entfernt stand Charles Eugene Lancelot Brown und unterhielt sich mit zwei Kongressteilnehmern. Mit ihm müsste Carl ins Gespräch kommen. Das konnte doch nicht so schwierig sein, schließlich hatte Brown schon nach dem Referat mit Carl gesprochen. Brown musste Carls Blick gespürt haben, er schaute in seine Richtung. Dann entschuldigte er sich bei seinen Gesprächspartnern und kam mit vorgestreckter Hand auf Carl zu.

»Guten Abend, Herr Lohser. Wahrlich inspirierend, Ihr Fachvortrag heute!«

»Herr Brown. Sie machen mich verlegen«, sagte Carl.

»Sie beschreiten da neue Wege, weit abseits ausgetretener Pfade. Eine Strategie, die ich, wann immer möglich, ebenfalls anstrebe. Was inspiriert Sie, woher nehmen Sie Ihre Ideen?«

Inzwischen hatten sich auch Walter Wyss und Zahnlücke Kandlbaur mit Weißweingläsern und Zigarren bewaffnet zu Carl und Brown gesellt.

»Ich liebe es, in historischen Unterlagen zu schmökern«, antwortete Carl. »Vor zwei-, dreihundert Jahren hatten die Menschen noch ein komplett anderes Denken. Zahnräder und derlei Mechanismen waren noch anders aufgebaut als heute.«

Es stellten sich drei weitere Männer zu ihnen. Nun, da Brown sich mit ihm unterhielt, interessierte man sich plötzlich für Carl.

»Faszinierend!«, ermunterte Brown Carl weiterzusprechen.

»Da Vinci, Leibniz oder auch Johann Bessler haben mit ihrem Erfindergeist großartige Leistungen erbracht.«

»Bessler? Glauben Sie denn an Perpetuum mobiles?«, fragte Kandlbaur, und Carl hätte nicht sagen können, ob er einfach nur damit prahlen wollte, etwas über Johann Bessler zu wissen, oder Carl denunzieren.

»Nein, als jemand, der die Grundlagen der Physik kennt, glaube ich nicht an *Perpetua mobilia*«, gab Carl zurück. Nicht erbost über die provokative Frage, aber ihm war einfach danach, die korrekte Pluralform deutlich zu betonen. »Das Drehen eines Rades oder das Ausschlagen eines Pendels kann nicht dauernd aufrechterhalten werden ohne zusätzliche Zufuhr von Energie.«

Er wandte sich wieder Brown zu. »Mich interessieren die Mechanismen und wie sie aufgebaut wurden. Bessler als gelernter Uhrmacher hatte neben seinem angeblichen Perpetuum mobile noch eine Reihe anderer Erfindungen gemacht, deren Pläne ich studieren durfte. Dabei konnte ich die eine oder andere Erkenntnis in meine Entwicklungen einfließen lassen. Zum Beispiel ist die Überlastsperre in meiner Nutzbremsung –«

»Was war denn das für ein Perpetuum mobile?«, wollte Wyss wissen. Er stützte sich auf seinen Gehstock mit Messingknauf und blickte gebannt zu Carl hoch.

Das war der Grund, wieso Carl nicht gerne über Bessler sprach. Wenn Bessler auch ein genialer Erfinder gewesen war und Carl zu seiner Arbeit inspirierte, so wollten die Zuhörer doch stets nur etwas über das Perpetuum mobile erfahren. Zu einem ungestörten Gespräch mit Brown würde es hier nicht mehr kommen. Carl musste zusehen, sich beim Diner neben ihn zu setzen. So begann er halt, über das Besslerrad zu dozieren.

Im Jahre 1715 präsentierte Johann Ernst Elias Bessler ein dreieinhalb Meter hohes Rad, das sich unablässig drehte. Tage, Wochen, ja, sie würde sich sogar ewig drehen, diese Wundermaschine, hieß es. Das Rad klickte und klackerte, war aber mit Leinwand bezogen, sodass man sein Inneres nicht sehen konnte. Bessler wollte den geheimen Mechanismus nur gegen die damals aberwitzige Summe von hunderttausend Thalern offenbaren. Das Besslerrad wurde im Schloss des Landgrafen Karl von Hessen-Kassel aufgebaut, und man ließ es von anerkannten Fachleuten prüfen. Sie versiegelten den Raum, und als sie nach zwei Monaten zurückkehrten, fanden sie das Rad noch immer in Bewegung. Den Mechanismus bekamen aber auch sie nicht zu Gesicht. Bessler wurden Ruhm und Ehre zuteil. Als dann aber neue Begutachter hinzukamen, die etwas zu neugierig wurden, zerstörte er sein Rad in einem Wutanfall. Einige Zeit später gestand eine ehemalige Magd Besslers, das Rad sei aus dem Nebenzimmer mittels eines verborgenen Seilzugs angetrieben worden. Damit war es um Besslers große Zeit geschehen.

»So schnell kann es gehen, und dein Ruf ist versaut«, sinnierte Wyss.

»Klingt für mich etwas zu banal, die Behauptung der Magd«, meinte Brown.

»In einer Gesellschaft, in der es reichte, eine berühmte Person mit einer banalen Geschichte über einen Seilzug in Verruf zu bringen, war es auch möglich, die Leute mit einem ausgeklügelten Mechanismus an ein Perpetuum mobile glauben zu lassen. Bessler war ein genialer Gauner mit der Begabung, die Leichtgläubigkeit der Leute auszunutzen, um Berühmtheit und Reichtum zu erlangen.«

»Was meinen Sie, Carl, wie hat das Besslerrad funktioniert?«, fragte Brown.

»An den besagten Antriebsriemen aus dem Nebenzimmer glaube ich nicht. Das hätte den Fachleuten, die das Rad untersucht hatten, doch zuerst auffallen müssen. Aber ein Gedanke fasziniert mich: Was hätten die Leute vor zweihundert Jahren von einer Dampfmaschine oder einem Elektromotor gehalten?«

»Sie verstanden das Prinzip nicht. Sie hätten es für ein Perpetuum mobile gehalten!«, stieg Brown in Carls Überlegung mit ein.

»Sie meinen, Bessler hatte den Elektromotor erfunden?« Kandlbaur war skeptisch.

»Nur ein Gedankenspiel. Was braucht es für einen einfachen Elektromotor? Kupferdraht, Magnete, nichts, was es zu der Zeit nicht schon gab.«

»Außer Strom«, sagte Zahnlücke.

»Ich mache Ihnen aus einer Kartoffel, einem Kupferstab und einem Zinkstab in zwei Sekunden eine Batterie.«

»Bessler hätte nur regelmäßig seine Kartoffeln austauschen müssen«, rundete Wyss die Überlegung ab.

»Interessanter Gedanke!«, meinte Brown. »Nun, ich denke, wir sollten langsam.«

Carl hatte gar nicht bemerkt, dass sich in der Zwischenzeit die Türen zum Speisesaal geöffnet hatten und die Männer hineinströmten. Sie gerieten in ein Gedränge. Es schien, als wollte jeder einen strategisch geschickten Platz am Table d'Hôte ergattern. Für Carl erübrigte sich die Jagd, da er schon in der Gesellschaft Charles Browns war.

Als er die Anstehenden betrachtete, fielen ihm sofort die herausgeputzten Damen auf, die in der Herde der älteren Männer herausstachen wie Pfauen unter Löwen. »Ich dachte, Frauen ist die Teilnahme am Kongress untersagt?«, wandte er sich an Brown.

»Den Ehefrauen«, präzisierte dieser. »Doch man beschloss, dass an den offiziellen Anlässen ein wenig weibliche Gesellschaft nicht schadete.«

»Sind denn das alles … Sie wissen schon …« Carl stockte. »Bezahlte?«

»Begleiterinnen. Sie lockern die Stimmung auf und lassen die Männer auch über andere Dinge sprechen als bloß übers Geschäft.«

»Sind es nicht die Damen, die aus den Herren das Beste herauszuholen vermögen?«, philosophierte Wyss. Es war Carl gar nicht aufgefallen, dass er sich hinter ihnen angestellt hatte.

»Und auch das Schlechteste!« Kandlbaur hatte sich ihnen ebenfalls angeschlossen.

Der Strom floss langsam ab und ergoss sich in den Speisesaal. Plötzlich ging alles schnell. Carl verlor Brown aus den Augen, und als dieser sich irgendwo hingesetzt hatte, war nur noch der übernächste Platz frei. Sie würden sich kaum mehr persönlich unterhalten können, aber Carl war zuversichtlich gestimmt, dass sich ihm wieder eine Gelegenheit bieten würde. Er setzte sich auf den erstbesten freien Stuhl.

***

Amanda hatte sich sorgfältig zurechtgemacht. Sie trug das Azurblaue in Kombination mit einer Stola und einer dazu passenden Hutkreation aus Paris. Sie erreichte die ausgelassen plappernden Kongressteilnehmer, die auf Einlass in den Speisesaal warteten.

Streifte durch die Grüppchen, die sich unterhielten und sich am Weißwein labten. Dabei musste sie immer in Bewegung bleiben, denn wo sie auch stehen blieb, wurde sie angesprochen. Mal anzüglich, mal anständig. Ohne Begleitung unterwegs, rechneten sich einige bei ihr Chancen aus.

Endlich hatte sie Lohser ausgemacht. Ein paar Männer hatten sich um ihn geschart und lauschten seinen Ausführungen. Es kam Amanda vor, als spreche ein junger Professor vor Studenten, die doppelt so alt waren wie er.

Ihr Ziel war einfach. Sie musste es so einfädeln, dass sie beim Diner nebeneinandersaßen. So hätten sie genügend Zeit, zwanglos miteinander ins Gespräch zu kommen.

Als sich die Türen zum Speisesaal öffneten, versuchte sie, im Gedränge an Lohser dranzubleiben. Ihr Plan sah vor, ihn rechtzeitig zu überholen, sodass er sich zu ihr setzen würde und nicht sie sich zu ihm. Es sollte wie ein Zufall wirken. Aber es klappte nicht. Nachdem sie sich gesetzt hatte, machte Lohser unvermittelt kehrt und steuerte auf einen Stuhl auf der anderen Tischseite zu.

»Nett, dass du mir einen Platz freigehalten hast, mein Täubchen.« Palanti ließ sich neben Amanda nieder und verschwendete keine Sekunde, um ihr Knie unter dem Tisch zu betatschen. Sie wischte seine Hand weg.

Immerhin war Lohser noch in Sichtweite, so musste sie halt improvisieren.

***

Carl ließ seinen Blick schweifen. Walter Boveri suchte sich einen Sitzplatz weit weg von Brown und setzte sich an einen Tisch, an dem bereits Bossard, Reichenbach und Züst saßen.

»Da ist Julius Maggi!« Wyss hatte sich neben Carl niedergelassen und richtete ungeniert seinen krummen Zeigefinger auf einen Mann mit Brille und ungesund rotem Kopf einen Tisch weiter. Mit seiner beachtlichen Körperfülle bereitete es ihm Mühe, sich auf den Stuhl zu setzen. Zwyssig schwamm in seinem Kielwasser mit und redete ohne Unterlass auf ihn ein.

»Hoffentlich tun die hier nicht dieses Maggi-Zeugs in die Suppe«, sagte Kandlbaur.

Die brünette Dame im blauen Kleid, die Kandlbaur gegenübersaß, kicherte über den seichten Witz. Es musste wohl zu ihren Pflichten gehören mitzulachen. Aber es war ein schönes, helles Lachen. In den Ohren von Carl klang es wie das Klingeln von Glöckchen. Er erkannte sie als die Dame, die er bei seiner Ankunft in der Giessbachbahn gesehen hatte. Sie unterhielt sich mit Palanti neben ihr. Worum es dabei ging, konnte Carl bei dem lauten Geschnatter um ihn herum nicht verstehen. Er beschloss, seinem Gegenüber zuzuhören, einem Herrn Egloff, der etwas über die Gewinnmaximierung beim Verpachten von Grundeigentum an Landwirte erklärte.

Die Serviererinnen tischten Kürbiscremesuppe mit Trüffel auf. Sie trugen traditionelle Berner Trachten, mit dem Unterschied, dass diese körperbetonter und deutlich kürzer ausgefallen waren.

Die brünette Dame warf Carl einen kecken Blick zu, während sie mit abgespreiztem kleinem Finger den Suppenlöffel an ihre Lippen hielt.

Nach und nach verstummten die Gespräche, als sich jeder über seinen dampfenden Teller hermachte. Carl nutzte die Gelegenheit, um die Frage in die Runde zu werfen, die ihn so sehr beschäftigte. »Weiß jemand, wer dieser Deutsche Gerhard von Fürstenfeldt ist?«

Die Antwort blieb aus. Mehr als gelegentliches Schlürfen war nicht zu vernehmen.

»Herr Lohser, sagen Sie, welcher Partei gehören Sie an?«, fragte ihn stattdessen Wyss.

»Ich habe mich nie besonders für Politik interessiert«, gestand Carl.

»Aber Sie haben sicher eine Vorstellung davon, wie die es in Bern besser machen könnten.«

»Ich sehe die Politik in etwa so wie ein undiszipliniertes Pferdegespann. Eines der Pferde zieht nur nach links, ein anderes stets nach rechts. Ein Pferd bleibt stur am selben Ort stehen, ein weiteres will zur saftigsten Wiese hin, und das letzte versucht sogar, sich in die Lüfte zu erheben. Die Kutsche schlenkert so hin und her, anstatt dass alle Pferde gemeinsam der Zukunft entgegentraben.«

»Hört, hört! Der Lohser ist ja doch ein Politiker.« Palanti schnalzte mit der Zunge. »Geht es deiner elektrischen Kutsche inzwischen wieder besser?«

»Waren Sie der Tüftler, der sein Elektromobil repariert hat?« Das Interesse der hübschen Dame schien aufrichtig zu sein. »Mich fasziniert, dass man Strom für unterwegs mitnehmen kann. Strom ist ja überhaupt etwas sehr Faszinierendes.«

»Ja, das erzeugt Spannung, nicht wahr?«, ergänzte Wyss mit einem Grinsen.

»Schön, wenn es ein wenig knistert!«, frotzelte Kandlbaur.

Palanti wollte noch einen draufgeben. »Ich habe gelesen, dass Frauenärzte ein elektrisches Gerät verschreiben, das vibriert. Frauen, die unter Hysterie leiden, können sich damit massieren.« Dann ergänzte er in schlüpfrigem Tonfall: »Und zwar da unten!«

»Im Ernst?« Zahnlücke legte den Suppenlöffel in den leeren Teller.

»Dann braucht es uns Männer bald nicht mehr«, überlegte der Greis.

»Herren! Wir sind hier am Essen!«, empörte sich Carls linker Sitznachbar.

Das Chateaubriand war etwas zu blutig, die Tischgespräche blieben fortlaufend seicht. Als das Geschirr des Hauptgangs abgetragen wurde, vernahm Carl den Ausruf des Mannes, der Palanti gegenübersaß: »Bei Glühbirnen?« Es war Gregor Rhynegger, der Rotfuchs.

»Glühbirnen bieten sich geradezu an. Sie werden inzwischen in jedem Haushalt gebraucht«, erklärte Palanti. »Technisch eignen sie sich hervorragend dazu, Schwachstellen einzubauen, damit sie früher durchbrennen. Stell dir nur vor, wie die Verkaufszahlen steigen, wenn die Lebensdauer verkürzt würde.«

»Besteht dann nicht die Gefahr, dass der Kunde die Glühbirnen beim Konkurrenten kauft?«

Palanti meinte: »Nicht, wenn die Konkurrenz auch Schwachstellen einbaut. Man muss sich halt absprechen.«

Carl konnte nicht glauben, was er da hörte, aber Palantis Zuhörerschaft lauschte gebannt seinen Erläuterungen. »Nach ein paar Jahren kann man dieselben Glühbirnen so fertigen, dass sie ein paar Wochen später durchbrennen, und man verkauft sie als revolutionäre Neuentwicklung. Man muss sehen, die Kaufkraft der Konsumenten ist in den letzten Jahren rapide angestiegen. Sie kaufen inzwischen mehr, als sie tatsächlich brauchen. Man muss sich schon etwas einfallen lassen, wenn man *noch* mehr verkaufen will.«

Palanti bemerkte Carls empörten Blick und rief schräg über den Tisch: »Lohser, du als Tüftler. Baust sicher auch die eine oder andere Schwachstelle in deine Automobile. Mehr Verdienst bei den Reparaturen.«

Hatte Carl richtig gehört? »Diese Anschuldigung weise ich entschieden von mir. Produkte müssen so konstruiert werden, dass sie so lange wie möglich halten, ob das nun Automobile oder Glühbirnen sind. Qualität ist schließlich eine Frage des Berufsstolzes.«

Palanti lächelte süffisant. »Die Leute kaufen nicht, was das Beste ist. Die Leute kaufen, was man ihnen sagt, das sie kaufen sollen.« Er nippte an einem Gläschen Grappa. »Du verstehst nicht, wie die Wirtschaft funktioniert, Lohser. Ihr Antrieb ist die Kaufkraft. Und mehr Käufe steigern die Kaufkraft. So einfach ist das. Oder siehst du das anders?«

Carl ließ ihn links liegen. Es hatte keinen Wert, dagegen zu argumentieren.

Palanti wandte sich wieder an sein kleines Publikum. »Man

könnte sogar sagen, man steigert mit Schwachstellen in den Glühbirnen den Wohlstand, weil Wohlstand direkt mit einer gesunden Wirtschaft einhergeht.«

Carl schüttelte den Kopf. Im Grunde genommen müsste er doch heute Abend besserer Laune sein. Sein Referat am Vormittag war gelungen, er hatte ein Angebot für eine interessante Anstellung in Deutschland erhalten, und er hatte sich mit Charles Brown unterhalten. Aber irgendetwas hatte ihm die Laune derart vermiest, dass er den Drang verspürte, einfach aufzustehen und davonzugehen. Es konnte nicht allein an diesem Ekel von Palanti liegen, der gerade ein zweites Mal versuchte, seiner Sitznachbarin unter dem Tisch an die Beine zu fassen. Es war etwas anderes: die Erkenntnis, dass hier in diesem Raum lauter Palantis saßen – mit ein paar Ausnahmen vielleicht.

***

Palanti tastete unter dem Tisch erneut nach Amandas Knie. Sie musste schon entschiedener zupacken und ihre Beine von ihm wegdrehen. Lohser hatte sie beobachtet, wandte den Blick aber sofort wieder von ihr ab.

Die beiden mussten sich ja ziemlich auf dem Kieker haben. Palanti, wie gewohnt redselig und niveaufrei, hatte sich zum Ziel gesetzt, Lohser bloßzustellen. Er nutzte dessen Schwäche aus, die darin bestand, konsequent an seinen Grundsätzen festzuhalten. Lohser war niemand, der sich darin hervortat, mit unanständigen Witzen um sich zu werfen oder andere der Lächerlichkeit preiszugeben, und es war ihm deutlich anzusehen, wie ihm das Treiben hier überdrüssig wurde. Amanda wagte die Prognose, dass er den Saal bald verlassen würde.

Acht Mädchen in züchtigen Berner Trachten nahmen vor der Fensterfront Aufstellung und stimmten ein Lied an, das als »Das Giessbachlied« angekündigt wurde.

Von jenem Berge herüber,
Was blitzt so silbern, so hell?
Die Tannen, die hangen kühn drüber,
Was rauschet und stürzet so schnell,
Was rauschet und stürzet so schnell?

An einem der hinteren Tische vernahm Amanda eine lallende Stimme: »Ich will jetzt die mit den Zöpfen!« Olaf Inderbitzin, offenbar stark alkoholisiert, war aufgesprungen, und zwei seiner Tischnachbarn hielten ihn an den Hemdsärmeln zurück. Er zeigte auf eine der Sängerinnen, ein vielleicht vierzehnjähriges Mädchen, das mit weit aufgerissenen Augen zurückstarrte.

»Nein! Lasst mich!«, rief er aus. Er rupfte am Tischtuch, und etliche Weingläser kippten um. Mehrere Köpfe drehten sich ihm zu, einige lachten, tuschelten, zeigten sich aber mehrheitlich unbeeindruckt.

Die beiden Männer zur Rechten und zur Linken Inderbitzins hatten sich ebenfalls erhoben. Einer legte kameradschaftlich einen Arm über Olafs Schultern und redete eindringlich auf ihn ein. Schließlich ließ sich Inderbitzin von der Aussicht auf ein weiteres Gläschen Schnaps dazu überreden, sich wieder hinzusetzen. Dem Mädchen liefen Tränen über die Wangen, aber es sang tapfer weiter.

Es stürzet mit donnernder Stimme,
Es brauset der Giessbach herab,
Er kämpfet, dass Ruhm er erringe,
Zur Ruhstatt im See und im Grab,
Zur Ruhstatt im See und im Grab.

***

Carl wurde es zu viel. Er tupfte sich den Mund ab, faltete unter mühsam aufrechterhaltener Beherrschung die Serviette und verließ den Saal. Wie passte sein Vater in all das hier? Köbi mit seinem ausgeprägten Sinn für Gerechtigkeit hätte doch nicht still neben einem Palanti dasitzen und dessen Geschwafel unkommentiert lassen können.

Als er den Balkon erreichte, sog er die frische Luft in sich auf. Die hübsche Begleitdame stand an der schmiedeeisernen Brüstung und sah mit einem anrührenden Ausdruck der Sehnsucht zu den Giessbachfällen hoch. Sie hatte eine Stola aus feiner Spitze eng um ihre Schultern gerafft, obwohl es gar nicht kalt war. Es wirkte, als umarme sie sich selbst. Als ob sie sich Trost spenden müsste. Carl hatte sie gar nicht den Saal verlassen sehen.

»Ich habe gehört, dass man sich nicht davor zu fürchten braucht, dass die Welt untergeht.« Sie wies zum Kometen hoch, der über ihnen seine Bahn zog. »Doch ein wenig sorge ich mich schon.«

»Das brauchen Sie nicht, Fräulein …«

»Amanda.« Sie warf ihm einen kurzen Blick zu. Er hatte etwas Intensives.

»Das braucht Sie nicht zu ängstigen, Amanda. – Carl.«

»Höchst erfreut, Carl!« Amanda knickste und schlug ihre Augen nieder. Sie tat dies mit einer Anmut, die Carl rührte.

Als sie sich erhob, warf sie ihm erneut einen tiefen Blick zu. Er dauerte eine Sekunde länger, als es schicklich gewesen wäre. Dann, mit einem leichten Zucken des Mundwinkels, wandte sie sich wieder dem Himmelskörper zu. Sie hatte ihre Hände auf der Balustrade gefaltet und drückte ihren Rücken durch. Sie sah reizend aus. Carl musste sich zwingen, sie nicht anzustarren.

»Aber was ist denn mit dem Cyanid im Schweif, von dem die Zeitungen schreiben?«

»Das ist völlig unbedenklich. Sehen Sie es so: Es hat schon mancher Komet die Erde besucht, und man hat noch nie von einem Menschen gehört, der davon vergiftet wurde.«

Sie überlegte. »Welch bestechende Antwort. Ihnen gelingt es, alle Bedenken kurz und prägnant vom Tisch zu fegen.«

»Tatsächlich sind es die Zeitungen und die religiösen Fanatiker, die diese Angst schüren.«

»Ich verstehe. Die einen wollen ihre Auflage erhöhen, und die anderen sorgen für Zuwanderung zu ihrer Kirche.« Es war, als spräche sie Carls Gedanken fertig aus. Er musste sie wohl falsch eingeschätzt haben. Ehrlich gesagt hatte er zu Beginn den Eindruck gehabt, sie wäre etwas … einfach gestrickt.

»Ich habe Ihnen noch lange bei der Reparatur zugeschaut. Es hat mich an einen Pflegevater erinnert, der oft an Dampfmaschinen herumgewerkelt hat. Gelegentlich durfte ich ihm dabei helfen, Schrauben zu lösen oder ihm Werkzeug zu reichen. Überall hatte ich danach Flecken von Öl und Ruß. Seine Frau schimpfte zuerst mit ihm und danach mit mir. Ich habe ihr aber angesehen, dass sie es nicht so richtig ernst gemeint hat.«

Carl musste sie anschauen. Sie erwiderte seinen Blick. Wieder nur kurz, aber mit einer Intensität, die darin begründet lag, dass sie ihm offen und tief in die Augen sah, als blicke sie durch sie hindurch geradewegs in die Seele hinab. Sie hatte sich wie eine Bürgerliche herausgeputzt und zurechtgemacht, was Carl sehr gefiel, und dennoch hatte sie etwas Bodenständiges an sich.

Dann stahl sich bittersüße Melancholie in ihre Worte: »Es war die schönste Zeit meines Lebens.«

Die schönste Zeit in Carls Leben war zusammen mit Heléne gewesen, überlegte er.

»Ah, da bist du ja, mein Täubchen.« Palanti betrat den Balkon, legte einen Arm um Amandas schlanke Taille und zog sie an sich. Der Platzhirsch verteidigte sein Revier. Vorbei die traute Zweisamkeit, jäh gebrochen von diesem Ignoranten. Sie gehörte zu ihm. Carl hatte verstanden. Gerade als er sich diskret zurückziehen wollte, versuchte sie, sich aus Palantis Griff zu winden. »Ich bin nicht dein Besitz, Laurenz.«

»Das wollen wir mal sehen.« Palanti drückte ihr einen Kuss auf.

»Haben Sie nicht gehört, was die Dame gesagt hat, Palanti? Sie will das nicht«, ging Carl dazwischen.

»Kümmere dich um deine eigenen Angelegenheiten, Lohser!«

»Es wurde gerade eben zu meiner Angelegenheit.«

»Wir können auch die Fäuste sprechen lassen.«

Bluffte Palanti jetzt?

»Überlegen Sie sich gut, was Sie sich wünschen.« Carl hatte sich seit seiner Schulzeit nicht mehr geprügelt, er hatte gelernt, Konflikten mit Vernunft zu begegnen. Dennoch baute er sich mit geballten Fäusten vor Palanti auf. Er überragte ihn um gut einen halben Kopf. Spürte, wie sich sein Herzschlag beschleunigte. Diesem Großmaul würde er auf der Stelle eine reinhauen, wenn es darauf hinauslief. Carl wartete nur noch darauf, dass der andere den Erstschlag führte.

Palantis geringschätziger Ausdruck bekam Risse.

Zu seiner sichtlichen Erleichterung näherten sich Stimmen. Bossard und fünf weitere Mitglieder kamen witzereißend nach draußen. Eine blonde Kurtisane hatte sich dem Dogen an den Hals geworfen und lachte laut auf.

Palanti schnippte seinen angerauchten Stumpen hinunter zu den Tischen, die unter ihnen auf der Terrasse standen, und stapfte davon. »Die ist es nicht wert! Da gehe ich lieber noch einen trinken.«

Amanda und Carl sahen sich an. Der Zauber war verflogen. Carls Stimmung ruiniert. Es lag nicht nur am Auftauchen Palantis und dem Groll, den er in Carls Bauch entfacht hatte. Da war noch etwas anderes. *Jemand* anderes, der auf dem Balkon aufgetaucht war. Zumindest in Carls Kopf.

Heléne.

***

Männer träumten davon, den edlen Ritter zu spielen und der holden Maid in Nöten zu helfen. Und das machte sie beeinflussbar. Genauso verhielt es sich mit Carl Lohser und seinen starken Prinzipien.

»Danke. Der hat mich schon mehrmals bedrängt«, meinte Amanda.

Jetzt nimm dir aber auch die Trophäe, die du gewonnen hast, Lohser!

»Am besten machen Sie sich auf direktem Weg in Ihr Zimmer.« Damit ließ Lohser Amanda stehen. Der Fisch hatte sich von der Angel losgerissen und schwamm davon. Sie musste ihn bei anderer Gelegenheit wieder einfangen.

Amanda begab sich zum Haupteingang. War es das gewesen? War sie Palanti nun endlich los? Nein, sie hatte sich zu früh gefreut. Kaum dass sie das Vestibül betreten hatte, klammerte sich seine fleischige Hand an ihrem Arm fest. »Kommst du auf mein Zimmer, mein Täubchen?«

»Lass mich in Ruhe, Laurenz!«

»Aber wir hatten es doch immer gut zusammen. Denk an letzte Nacht.«

»Ich will das nicht mehr.«

Palanti änderte seine Strategie. »Ich war doch eben sehr unartig. Du musst mich bestrafen«, raunte er leise, darauf bedacht, dass ihn niemand außer ihr hören konnte.

»Hör zu! Du hast mich auf unverschämte Art und Weise bedrängt. Ich werde dich nicht länger begleiten.«

»Machst du etwa Schluss mit mir? Du bist doch meine Mätresse.«

»Ich bin keine Mätresse. Eine Mätresse *gehört* einem mächtigen Mann –«

»Ja, so ist es doch«, unterbrach sie Palanti.

»– während ich komme und gehe, wie ich es will! Das sind die Regeln.«

»So einfach geht das nicht, mein Täubchen. Wie stehe ich denn bei den anderen da als der Zurückgelassene?«

»Daran hättest du vorher denken sollen.«

Sie würde es schaffen. Sie konnte hier und jetzt einen Schlussstrich ziehen und sich voll und ganz dem neuen Auftrag widmen.

Palanti packte sie an beiden Schultern und wirbelte sie herum, sodass sie in einer Nische gegen eine Säule prallte. Amanda stellte fest, dass die Säule nicht aus Stein war, sondern nur mit einer Marmormaserung bemalt. Komisch, was einem in einer solchen Situation alles durch den Kopf ging.

Sie musste ihn besänftigen, nicht dass er ihr noch Gewalt antat. »Ich kann dir den Kontakt zu einer anderen Begleiterin knüpfen. Du darfst sie sogar aussuchen. Dann werde ich überall herumerzählen, du hättest *mich* verlassen.«

»Ich wollte diese Karte gar nicht ausspielen.« Seine Stimme hatte einen bedrohlichen Tonfall angenommen.

»Wovon sprichst du?«

»Es tut mir genauso leid wie dir.« Palantis Lippen berührten beinahe ihr Ohr. »Ich weiß, was hier gespielt wird. Ich weiß alles.«

Er hielt inne, erwartete, dass sie gestand.

Doch sie schwieg.

»Ich werde dich auffliegen lassen. Werde allen in der Gesellschaft erzählen, womit du dein Geld verdienst. Es wird sich schnell herumsprechen unter den Geschäftsleuten, du wirst schon sehen.«

Er wusste es. Amanda musste besonnen bleiben. Wie viel wusste er?

»Nochmals: Wovon sprichst du?« Ihre Stimme zitterte.

Wieder näherte er sich ihrem Ohr. Für Vorbeigehende mussten sie in der Ecke aussehen wie ein schmusendes Paar.

»Ich habe Augen im Kopf. Glaubst du, ich sehe nicht, was hier läuft? Klemens hat dich angestellt, um mich auszuhorchen. Süß zu tun, bis ich einknicke, damit er sich meinen Betrieb unter den Nagel reißen kann. Ich weiß alles über dich!«

Amanda tat weiterhin, als verstünde sie nicht, innerlich aber drehte sich alles. Palanti zog vielleicht die falschen Schlüsse, doch dabei kam er der Wahrheit verflixt nahe.

»Du machst die Beine breit, um den anständigen Herren die Geschäftsgeheimnisse zu entlocken, aber nicht mit mir, mein Täubchen!«

Er stieß sie gegen die Wand, um seine Worte zu bekräftigen.

»Du hast mir kein einziges Betriebsgeheimnis entlockt. Ein Geheimnis werde ich dir aber anvertrauen: Du wirst nie wieder einen Auftrag erhalten, mein Täubchen. Und Klemens auch nicht.« Wieder hielt er einen Augenblick inne. »Es sei denn, du tust, was ich dir sage. Danach werde ich vielleicht – nur vielleicht – dein Geheimnis für mich behalten. Aber gib dir Mühe!«

An diesem Abend hatte Palanti sich einen Schoppen für Kleinkinder vom Zimmerservice bringen lassen. Er war mit Bier gefüllt, sodass durch die Löcher im Schnuller Schaum drang. Amanda musste ihm ein Leinentuch als Windel umbinden. Er verlangte von ihr, ihn wie ein Kind zu halten und ihm das Fläschchen zu geben.

Mit einer Mischung aus gespielter Scham und einem frechen Glanz in den Augen nässte er die Windel ein, sodass sie dem unartigen Balg den Hintern versohlen musste. Sie schlug härter zu als jemals zuvor.

***

Carl hatte keine Lust, sich zurück in den Saal in die Reihen der Orion-Gesellschaft zu setzen. Allein schlurfte er die überdachte Wandelhalle zum Kurhaus entlang.

Von einer ungeahnten Melancholie erfüllt, dachte er an die Freuden der Vergangenheit. Wo wäre er heute, wenn er Heléne geheiratet hätte? Er hätte sich die letzten Jahre vermutlich nicht dermaßen in die Arbeit gestürzt. Hätte nicht nächtelang experimentiert, gezeichnet und konstruiert. Vielleicht wäre eine Gans II nie zustande gekommen. Er wäre nicht an den Kongress als Gastredner eingeladen worden. Aber in diesem Augenblick hätte Carl alles für ein einfaches Leben mit Heléne eingetauscht.

Carl schüttelte den Kopf. Hätte er das wirklich? Liebte er sie tatsächlich noch, oder vermisste er sie einfach als die Person, die er früher einmal geliebt hatte? Mehr noch, trauerte er bloß den schönen Zeiten nach, die er mit ihr gehabt hatte? Er konnte gar nicht sagen, wie viel die Heléne in seinem Kopf noch mit der Heléne der Gegenwart zu tun hatte. Sie, die im wirklichen Leben ihren eigenen Weg gegangen war und wahrscheinlich mit ihrer frisch gegründeten Familie das Glück gefunden hatte. Eine arrangierte Hochzeit musste nicht zwingend heißen, dass man nicht glücklich werden konnte.

Carl machte kehrt, um sich an die Bar zu begeben. Nicht um seinen Kummer im Alkohol zu ertränken, sondern um Mustafa zu fragen, ob er etwas über die Deutschen und Fürstenfeldt wusste.

Was Mustafa unter vorgehaltener Hand berichtete, gefiel Carl ganz und gar nicht. Er hatte dem Barmann von dem Angebot erzählt, ein Team in Stuttgart leiten zu können, um technische Entwicklungen auszuarbeiten, und dass er durchaus in Erwägung zog, das Angebot anzunehmen. Viel brauchte Mustafa gar nicht zu sagen, es reichte ein einziges Stichwort, welches das Angebot der Deutschen in ein komplett anderes Licht rückte: Kriegsindustrie.

»Generalleutnant Brechtesloh hat das Sagen, der Preuße. Oberst von Fürstenfeldt arbeitet für ihn«, enthüllte Mustafa, während er ein Glas mit einem Tuch sauber rieb. Erstaunlich, was ein Barmann so alles erfuhr, wenn er den Gästen zuhörte, ging es Carl durch den Kopf.

Nun war Carl doch bereit für ein Glas Absinth. Mustafa schenkte ihm ein, und Carl tröpfelte an der *carafe fontaine* etwas Wasser über den Zucker. Es schmeckte zu stark.

Was Mustafa Carl hier erzählte, bedeutete, Fürstenfeldt wollte ihn Kriegsmaschinerie oder Waffen entwickeln lassen. Carls Werke sollten doch aber den Menschen dienen und nicht ihnen Leid zufügen.

»Wie ist Fürstenfeldt mit Ihnen in Kontakt getreten?«, wollte Mustafa wissen und stützte sich auf den Tresen. Sein Interesse an diesem Thema schien größer zu sein, als man es von einem Barmann erwarten würde.

»Er hat sich nach meinem Referat zu Wort gemeldet. Am Nachmittag ließ er mich durch einen einschüchternden Mann zum Gespräch holen«, antwortete Carl.

»Worum ging es bei den anderen Referaten?«

Carl erläuterte ihm die Themen. Über den Kettenantrieb wollte Mustafa mehr wissen, und Carl erklärte, dass dieser die Fortbewegung von Fahrzeugen im Gelände ermöglichen sollte. Als Carl das Referat über die Chemikalie Schwefelyperit erwähnte, schien Mustafa regelrecht alarmiert zu sein.

»Die Flüssigkeit soll nach Senf riechen und habe starke Nebenwirkungen. Sie schädigt Haut und Atemwege. Wieso sich Fürstenfeldt dafür interessierte, kann ich nicht sagen. Denken Sie, man kann aus dieser Substanz Sprengstoff herstellen? Oder Treibstoff?«

Mustafa dachte nach. »Womöglich ist er ja gerade an den Nebenwirkungen interessiert.«

Carl konnte nicht folgen.

»Kampfstoff«, ließ Mustafa ihn an seinen Überlegungen teilhaben. »Haben Sie schon einmal von chemischer Kriegsführung gehört, Carl? Man bekämpft den Feind mit Säure oder Giftgas, während dieser noch mit dem Gewehr übers Schlachtfeld stürmt. Es würde ihn völlig unvorbereitet treffen. Verheerende Verluste, endloses Leid.«

Carl nahm einen gehörigen Schluck aus seinem Glas. Mustafa führte weiter aus: »Eine Armee mit diesen Stoffen wäre der gegnerischen um Längen überlegen. Ein kriegsentscheidender Vorteil. An Grausamkeit kaum zu überbieten.«

»Meinen Sie nicht, dass Sie hier zu weit gehen?« Carl war skeptisch.

»Sie lesen doch die Zeitung, Carl. Sicherlich ist Ihnen dabei nicht entgangen, dass Deutschland, Frankreich und Großbritannien im Begriff sind aufzurüsten.«

Carl bestätigte mit einem Kopfnicken.

»Zu einer Aufrüstung gehört auch immer die Suche nach neuen Technologien der Kriegsführung. Es werden enorme Anstrengungen und Unsummen von Geld aufgewendet, um der eigenen Nation jeden nur erdenklichen Vorteil zu verschaffen.«

»Und da bin ich hineingeraten«, sagte Carl mehr zu sich selbst.

»Sehen Sie sich vor!«

Als Carl den Salon verließ und in die Empfangshalle hinaustrat, ließ ihn Mustafas Einschätzung nicht mehr los. Waren die Deutschen tatsächlich hier, um nach neuartigen Kriegstechniken Ausschau zu halten? Er studierte das Plakat, das bei der Rezeption an der Wand angebracht war.

Montag, 16.05.1910, Fortschritt der Technik:
Der Niedergang des Dampfantriebs
Kettenantrieb: Lösung für Landwirtschaft und Bau
Weiterentwicklung des Elektroantriebs mit Carl Lohser
Schwefelyperit und seine Anwendungsmöglichkeiten mit Wilhelm Lommel
Elektrifizierung bei Eisenbahnen, ein erster Erfahrungsbericht von Walter Boveri
Aviatik: Luftschiffe und Flugapparate

Wenn man wollte, könnte man einige Techniken tatsächlich für den Kriegseinsatz missbrauchen. Carl las weiter.

Dienstag, 17.05.1910, Vormittag
Podiumsdiskussion: Elektrischer Antrieb versus Verbrennungsmotor

Carl fühlte sich bei diesem Punkt unangenehm daran erinnert, was ihn morgen erwartete. Er würde sich vor Publikum eine Diskussion mit Palanti liefern müssen. Dabei stand viel auf dem

Spiel. Wenn er sich geschickt anstellte, konnte er den ein oder anderen Industriellen auf seine Seite ziehen.

Dienstag, 17.05.1910, Nachmittag, Fortschritt der Medizin:
Neurasthenie: Symptom der Moderne?
Hydrotherapie: Das Heilmittel gegen Neurasthenie, Dr. Leonard Blumer
Radioaktivität: Strahlende Zukunft für die Medizin

Das Programm vom Mittwochnachmittag wirkte für Carl sogar richtig befremdlich. Interessierten sich die Kongressteilnehmer tatsächlich für derlei Themen?

Mittwoch, 18.05.1910, Fortschritt der Gesellschaft:
Arbeiterbewegung: Umgang mit Arbeiterstreiks, mit Nationalrat Erich Züst
Eugenik: Erkennen von Untermenschen und Kretins/Mit gezielter Zucht zu einer besseren Gesellschaft
Kolonialismus: Eine Insel für die Schweiz?

Für den Abend des 19. Mai war die Schlussfeier anberaumt, sodass jeder seinen Rausch noch ausschlafen und am 20. Mai sich nüchtern auf die Heimreise machen konnte.

Carl zog sich in sein Zimmer zurück. Für den kommenden Tag musste er ausgeruht sein. Wieso hatte er sich bloß dazu überreden lassen, an der Podiumsdiskussion teilzunehmen?

Bald fiel er in einen unruhigen Schlaf. Er träumte von einem Heer von Elektromobilen, alle vom Typ Gans II. Jedes transportierte deutsche Soldaten, die auf dem Trittbrett standen oder sich auf dem Dach hockend ans Blech krallten. Allesamt trugen sie Pickelhauben und schwenkten bedrohlich ihre Gewehre.

Plötzlich erschien auf dem Schlachtfeld das französische Heer auf Pferden. Die Deutschen begannen mit teuflischen Fratzen zu lachen. Ein Lachen im Gleichschritt. Ha! Ha! Ha! Ha!

Schüsse wurden abgegeben, und die Franzosen fielen. Einer nach dem anderen.

Carl erkannte, dass er sich mitten auf dem Schlachtfeld befand, vermochte sich aber nicht zu rühren. Konnte sich weder in Sicherheit bringen noch ins Geschehen eingreifen. Hilflos musste er mitansehen, wie die schnabelförmige Fronthaube der Gans II sich zu einem kantigen Hakenschnabel des Reichsadlers verformte. Senfgelber Nebel und Tod lagen in der Luft.

KAPITEL 9

Dienstag, 17. Mai 1910, früher Morgen
Der zweite Kongresstag

Amanda wurde unsanft aus unruhigen Träumen geweckt. Hatte es eben geklopft? Neben ihr knurrte Palanti, während er sich aus den Federn erhob. Zornig stapfte er zur Tür des Hotelzimmers und öffnete sie. Sein Mechaniker stand davor. »Herr Palanti. Ich bitte Sie um Entschuldigung für das frühe –«

»Jaja, was wollen Sie?«

»Wir haben Probleme mit dem Marquis«, sagte der Mechaniker.

»Was? Woran liegt es?«

»Ich habe es noch nicht herausgefunden. Er springt nicht richtig an. Und wenn doch, dann geht die Zündung nur unregelmäßig.«

»Eine ziemlich unpräzise Diagnose für einen Mechaniker. Wozu habe ich Sie eigentlich eingestellt?«

»Ich dachte, Sie sollten es wissen.«

»Gehen Sie wieder nach draußen. Ich komme nach.«

Hastig zog er sich an. »Ausgerechnet heute. Wie stehe ich denn da, gegenüber Lohsers elektrischem Grashüpfer?«, murmelte er.

Er betrachtete Amanda, die sich verschlafen im Bett aufgerichtet hatte und ihre Blöße bedeckte. »Du! Zieh dich an! Du bleibst mir nicht hier und durchwühlst die Dokumente nach etwas, was meiner Firma schaden könnte.«

Der Wecker verriet Amanda, dass es gerade kurz nach sechs war.

Palanti schloss hinter ihnen ab. An der Rezeption verlangte er den Hotelpagen.

Endlich konnte Amanda sich wieder in ihr wunderbares

Eckzimmer zurückziehen. Sie legte sich ins Bett, fühlte sich schwer und unendlich müde. Die letzte Nacht war schrecklich gewesen. Das Ganze war außer Kontrolle geraten. Palanti war außer Kontrolle geraten. Nun, da er von ihrer wahren Aufgabe an diesem Kongress wusste. Amanda musste sich eingestehen, dass sie nicht mehr in der Lage war, die Angelegenheit allein zu bewältigen. Sie würde Klemens aufsuchen müssen und ihn bitten, seine beiden Schergen loszusenden. Gut möglich, dass es ihrem Ansehen schadete, auf fremde Hilfe angewiesen zu sein, aber das war immer noch besser, als durch Palanti ihrer beruflichen Grundlage beraubt zu werden. Ihr Entschluss stand fest. Klemens musste ihr da heraushelfen. Schließlich war er mitverantwortlich dafür, wie sich alles entwickelt hatte.

Zuvor wollte sie aber nur noch kurz die Augen schließen.

***

Die Bar würde erst in drei Stunden geöffnet, Gelegenheit genug für Nicu, sich etwas umzusehen. Er schätzte, dass Mustafa hier irgendwo etwas versteckt hatte oder dass sich zumindest ein Hinweis finden ließ, um Mustafas Verstrickungen zu Palanti zu bestätigen. Zuallererst öffnete er die Tür zu der Kammer hinter dem Tresen. Diese hatte schon vor Längerem seine Neugier geweckt. Es herrschte ein heilloses Durcheinander. Hastig gestapelte Kisten und leere Flaschen, sodass Nicu darauf achten musste, wo er hintrat. Ein Waschbecken mit tropfendem Hahn war an der Wand montiert. Mehrere Blecheimer voller Scherben zerbrochener Gläser, ein Besen, eine Schaufel und ein Regenschirm, den wohl jemand im Salon vergessen hatte. An der gegenüberliegenden Wand befand sich ein Schrank. Abgeschlossen.

Nicu tastete mit der Hand an der Oberseite entlang. Staub rieselte ihm ins Gesicht. Er fand einen Schlüssel und öffnete. Mehrere Bücher, in welche die Bestellungen eingetragen wurden, befanden sich darin, wie auch Zigarrenkisten und Gläser. Nichts von Interesse. Nicu verriegelte den Schrank wieder und verließ die Kammer. Er durchstöberte die Regale hinter dem Tresen. Öffnete Schubladen, traf auch hier nur auf Flaschenöffner, Schnur und diese kleinen Papierrüschen, die um den Stiel eines Glases gelegt wurden.

»Kann ich Ihnen helfen?«, fragte jemand.

Nicu schrak hoch. Es war Mustafa, der sich an die Bar gestellt hatte wie ein gewöhnlicher Gast.

Nicu schniefte. »Wo zum Teufel hast du die Servietten in dieser Unordnung?«

Mustafa griff über den Tresen auf die Ablage dahinter, nahm eine vom Stapel und reichte sie ihm. Nicu entriss sie dem Barmann und schnäuzte lautstark hinein. Daraufhin kam er hinter dem Tresen hervor und stapfte davon. Er hatte sich gut aus der Affäre gezogen, fand Nicu.

Nun, da sich der Muselmane im Salon befand, konnte Nicu sich Mustafas Schlafkammer vornehmen. Klemens hatte ihm einen Schlüsselbund mit Duplikaten sämtlicher Servicetüren und Angestelltenkammern zur Verfügung gestellt. Aber er fand auch hier nichts. Kein Notizbuch, keinen Hinweis, der Mustafas Verbindung zum Spion bestätigte. Er schloss die Tür zur Schlafkammer wieder gewissenhaft ab.

***

Vor Sonnenaufgang vollzog Oberst Gerhard von Fürstenfeldt-Kamp seine allmorgendliche Routine mit dem Marsch hinab zum Kleinkraftwerk. Er entnahm dem Morseschreiber den beschriebenen Papierstreifen und kehrte in sein Hotelzimmer zurück. Da setzte er sich an das kleine Tischchen beim Fenster, rückte seine Brille zurecht und übersetzte die Dits und Dahs auf dem Streifen mittels Morsealphabets in geschriebenen Text. Es waren acht eingehende und vierzehn ausgehende Nachrichten, die den Hotelbetrieb und die Gäste betrafen.

Und dann war da noch eine fünfzehnte ausgehende Nachricht, die keinerlei Sinn ergab. Sie bestand aus scheinbar willkürlichen Satzzeichen und Zahlen. Er konnte zwar den Inhalt dieser Nachricht nicht entschlüsseln, dennoch wusste er, was sie zu bedeuten hatte.

Bevor er Alarm schlug, musste er sich jedoch Gewissheit verschaffen. Zu diesem Zweck hatte ihm Friedrich Klemens freien Zutritt zum Telegrafenraum des Hotels gewährt. Fürstenfeldt verglich seinen Papierstreifen mit dem des hoteleigenen Morseschreibers und stellte fest, dass auf diesem die fünfzehnte Meldung fehlte. Folglich war sie nicht auf dem offiziellen Gerät abgegeben worden. Irgendwo zwischen dem Hotel und dem Kraftwerk musste ein zweiter Telegraf versteckt sein. Irgendwo im Grandhotel Giessbach musste sich ein zweiter Spion aufhalten, der letzte Nacht ein verschlüsseltes Telegramm abgesetzt hatte.

***

Nachdem Carl sich in seinem Zimmer für die Podiumsdiskussion bereit gemacht hatte, klemmte er seine Mappe unter den Arm und öffnete die Tür. Er musste sich sputen, um noch rechtzeitig beim Podium anzukommen. Zu gerne hätte er die Zeit vorgedreht, sodass alles schon vorüber wäre. Palanti würde es Carl nicht einfach machen. Carl mahnte sich, einen kühlen Kopf zu bewahren, sachlich zu bleiben und sämtliche Animositäten ungerührt von sich abprallen zu lassen. Schließlich war das für ihn die beste Gelegenheit, auf diesem Kongress die Gans einem zahlungskräftigen Publikum vorzuführen.

Vom Flur aus verriegelte er die Zimmertür. Im Augenwinkel nahm er einen Schatten wahr. Carl drehte sich zu der Gestalt um, die rückwärts auf ihn zukam. Er machte einen Schritt zur Seite, um eine Kollision zu vermeiden, während der andere sich im selben Augenblick drehte. Es war ein Page, der ein Tablett mit einer Flasche Dôle, die bereits in der danebenstehenden Karaffe dekantiert war, vor sich hertrug. Alles ging furchtbar schnell, und es kam doch noch zur Kollision zwischen der Karaffe und

Carls Anzug. Behände gelang es dem Pagen zwar, die Flasche und die umgekippte Karaffe vor dem Sturz auf den Boden zu bewahren, aber der Schaden war bereits angerichtet. Der Wein sickerte in Carls Anzug. Nichts war verschont geblieben – Jackett, Hose, Weste, Krawatte, Hemd. Selbst die hellen Schuhe hatten Rotwein abgekriegt. Das Bouquet stieg Carl in die Nase, als er den Schaden begutachtete. Die Weise, wie der Page sich umgedreht hatte, war irgendwie … nicht stimmig gewesen. Oder sah Carl da Gespenster? Zumindest war er ausgesprochen ungeschickt gewesen.

Nun starrte der Page Carl mit weit aufgerissenen Augen an. »Oh! D… Das tut mir leid!«, stotterte er. »Ich wollte nur diesen Wein einem Gast aufs Zimmer bringen«, erklärte er das Offensichtliche.

Carl beschloss, ihm nicht böse zu sein. Behandle die Menschen so, wie du auch gerne behandelt werden möchtest, hatte Mutter ihm auf den Lebensweg gegeben.

»Das kann passieren«, sagte er. *Nur dumm, dass es gerade heute geschieht.*

»Ich bin untröstlich. Ich habe mich bloß kurz nach einem Geräusch im Flur umgeblickt und Sie übersehen. Dabei wurden wir noch in der Ausbildung dahingehend instruiert, immer aufmerksam auf den Weg zu achten.«

Carl winkte ab. »So etwas unterläuft jedem einmal.« Er musste jetzt in sein Zimmer zurück und schleunigst Anzug und Hemd wechseln.

»Sehen Sie sich einmal an. Sie sind ja voller Flecken.« Eilig stellte der Page sein Tablett auf den Boden, nahm die blütenweiße Serviette vom Unterarm und begann, hastig auf Carls Jackett herumzutupfen, sodass sich auf das Tuch rosa Flecken übertrugen.

»Ich werde mich sofort umziehen, Sie können es gut sein lassen«, sagte Carl. Palanti würde bestimmt Carls Verspätung lauthals zu seinen Gunsten zu nutzen wissen.

»Ich bitte vielmals um Entschuldigung für mein Versagen.«

»Sie müssen sich nicht weiter entschuldigen.«

»Aber es war ganz und gar meine Schuld.«

Es wäre unhöflich gewesen, ihn einfach stehen zu lassen. Carl tat der junge Mann irgendwie leid, wie er dastand, als würde er am liebsten im Erdboden versinken. »Es ist alles in Ordnung. So, ich muss jetzt.«

»Aber stellen Sie sich vor, ein Page, der nicht servieren kann. Nicht auszudenken«, sagte der Page.

»Das kann passieren«, Carl wusste nicht mehr, was er noch sagen sollte, er wiederholte sich bereits. Er wandte sich ab und entriegelte die Tür.

Der Page hielt ihn am Jackettärmel zurück. Eine unerwartete Indiskretion. »Ich werde selbstverständlich für die Reinigung aufkommen. Ich bin untröstlich.«

»Alles in Ordnung.« Wie wurde Carl den Jungen bloß wieder los?

Der Griff des Pagen löste sich nicht. Mit langsamen Worten bläute er Carl ein: »Ich wäre Ihnen sehr verbunden, wenn Sie von einer Meldung beim Concierge absehen könnten.«

»Das hatte ich auch nicht beabsichtigt«, sagte Carl allmählich etwas gereizt.

»Ansonsten würde ich ganz schnell meine Anstellung verlieren. Sie wissen schon, da fackeln der Concierge und der Direktor nicht lange. Und ich habe zu Hause eine Familie, zwei kleine Kinder, eine Ehefrau, und selbst Mutter ist auf mein Einkommen angewiesen. Versprechen Sie es mir?«

»Ja, versprochen, aber lassen Sie mich jetzt gehen, sonst muss ich Sie doch noch wegen Nötigung melden«, entfuhr es Carl. Der Page ließ ihn augenblicklich los.

Noch nie hatte Carl so schnell einen Anzug gewechselt und eine Krawatte gebunden. Der Blick auf seine Zenith verriet ihm, dass er bereits zu spät war.

Carl sah das Publikum schon von Weitem, das vor einer provisorisch errichteten Bühne der Ansprache Reichenbachs lauschte. Dieser verkündete gerade: »Gestern hat uns Carl Lohser einen

Einblick in die faszinierenden Neuentwicklungen für elektrische Automobile gewährt.«

Carl setzte zu einem kurzen Spurt an. Es war vorgesehen, dass Palanti und er auf ein Zeichen hin mit den Automobilen den Schuppen verließen und eine kleine Runde auf dem Platz drehten, bevor sie das Podium betraten.

Reichenbach erblickte Carl, und in seiner Miene stand für einen Wimpernschlag lang die Frage zu lesen, wieso Lohser noch nicht hinter dem Steuer saß. Er fuhr fort: »Der ein oder andere von Ihnen hat auch miterlebt, wie es gestern zu einem kurzen Disput zwischen Carl Lohser und dem Automobilenthusiasten und Vertreter der Ölindustrie Palanti gekommen ist.«

Carl betrat den Schuppen. Zwei Mechaniker hantierten hastig unter der Motorhaube des Marquis. Offenbar hatten sie mit einem ernsten Defekt zu kämpfen. Palanti stand der Schweiß auf der Stirn, er vermochte aber sein Bangen zu verbergen, als er Carl mit einem süffisanten Grinsen begrüßte. »Sind wir etwas spät dran, Lohser?«

Carl öffnete die Tür zur Kabine der Gans und setzte sich auf den Fahrersitz. Palantis Blick gerade eben – da war doch etwas im Busch. War der Vorfall mit dem Pagen kein Zufall gewesen? Sondern inszeniert von Palanti?

»Die für diesen Vormittag auf dem Programm stehende Podiumsdiskussion bietet Ihnen die Möglichkeit, meine Herren, sich ein Bild über die Vor- und Nachteile des Verbrennungsmotors und des elektrischen Antriebs zu machen. So möchte ich nun die ersten beiden Teilnehmer auf dem Podium begrüßen«, hörte Carl Reichenbachs Stimme. »Walter Boveri, Gründungsmitglied und Leiter der Brown Boveri & Cie. in Baden.« Reichenbach ließ einen Augenblick für den Applaus verstreichen. »Und Professor Dr. Alphons Feller, Experte für die Ölwirtschaft.«

Carl sah durch die Windschutzscheibe einen Hotelangestellten, der im halb aufgelassenen Tor des Schuppens stand und

Reichenbach ein Handzeichen gab, dass Carl nun bereit war. Carl tippte mit dem Fuß auf das Pedal, als Kontrolle, ob sein Gefährt überhaupt anfahren würde. Ein sanfter Ruck bestätigte es ihm. Hatte er denn daran gezweifelt? Die Gans hatte unbewacht im Schuppen gestanden. Palanti hätte ja etwas beschädigen können – wer jemanden mit einer Karaffe Wein übergießen ließ, war noch zu anderem fähig. Zur Sicherheit betätigte Carl sämtliche Schalter und Hebel, um sie auf ihre Funktionstüchtigkeit zu überprüfen. Zu seiner Erleichterung arbeitete alles wie gewohnt. Er blickte zu Palanti hinüber. Das Problem am Marquis war offenbar noch nicht behoben. Palanti kaute an den Fingernägeln.

Reichenbach fuhr fort: »Der Fortschritt gelangt immer wieder an einer Gabelung an, an der zwei oder mehr Wege weiterführen. Welchen wird er einschlagen? Welche Antriebsart für Automobile wird das Rennen machen, die elektrische oder der Verbrennungsmotor? Eine Frage, die wir nicht heute entscheiden werden. Die Zukunft wird es uns zeigen. Aber für Sie, meine Herren, soll dies eine Gelegenheit bieten herauszufinden, auf welches Pferd Sie setzen wollen.«

Palantis Mechaniker entzündete die zwei Laternen am Marquis, die mit Petrol befeuert wurden und nicht an einer Batterie angehängt waren. Palanti machte keinerlei Zugeständnisse zum elektrischen Strom. Dann drehte der Mechaniker kräftig an der Kurbel. Nach dem vierten Versuch sprang das Ungetüm an und brüllte auf. Schnell breiteten sich Rauch und Gase im Schuppen aus. Der Motor knatterte dermaßen laut, dass Carl Reichenbachs Worte draußen kaum mehr verstehen konnte, obwohl dieser seine Stimme erhoben hatte. »Meine …! Die Gegenwart … Fortschritt! Einen … in die Zukunft!«

Das Tor öffnete sich. Rauch entwich und stieg gen Himmel. Carl gab Palanti mit einem Zeichen die Vorfahrt, aber auf das Einlegen des Ganges und das Lösen der Bremse hatte der Marquis nur ein erbärmliches mechanisches Knacken zur Antwort. Das Publikum wartete, also fuhr Carl los. Anerkennender Applaus, als er das rauchverhangene Innere des Schuppens verließ. Der dunkelblaue Lack glänzte in der Sonne. Mit geschwellter Brust lenkte Carl sein Automobil über die vorbesprochene Route auf dem Kiesplatz. Ein Hochgefühl erfasste ihn. Endlich konnte er sein Werk vorführen.

Plötzlich vernahm er bis in seine Kabine ein erneutes Aufheulen eines Motors, und er beobachtete in Helénes Spiegel, wie nun auch der Marquis den Schuppen verließ. Einige der Zuschauer standen auf, um besser sehen zu können. Der Applaus fiel begeisterter aus als bei der Gans, deutlich begeisterter. Selbst Boveri und Feller auf der Bühne klatschten mit.

Es war spektakulär, wie der Marquis um die Kurve defilierte. Das musste Carl neidvoll zugestehen. Im Schein der Mittagssonne kam das großartige Rot vollends zur Geltung. Sämtliche Bauteile funkelten und waren derart ansehnlich gearbeitet, als ob sie über ihre Funktionalität hinaus Bestandteil eines Gesamtkunstwerks waren. Palantis Automobil zog selbst Carls Blicke auf sich. Als er die Gans auf dem ihm zugewiesenen Platz neben dem Podium abstellte, nahm niemand mehr Notiz von ihm. Dieser Punkt ging an Palanti.

Waren es gerade der Rauch, das Knattern, all diese beweglichen Teile, die Riemen und Zahnräder, die diese Faszination an spritbetriebenen Automobilen ausmachten? Die zahlreichen Hebel und Schalter aus Messing, die im Grunde nur dazu dienten, den Motor am gleichmäßigen Laufen zu halten. Kam man mit der Vernunft und Zuverlässigkeit eines Elektromobils überhaupt dagegen an?

Andererseits: Noch vor zwei Minuten hatten doch Palanti und seine Mechaniker gebangt, den Marquis überhaupt zum Laufen zu bringen. Darauf konnte Carl aufbauen. Da konnte Palanti dagegenhalten, was er wollte.

Als Palanti auf seinem Stuhl auf dem Podium Platz nahm, waren die vier Diskussionskandidaten vollständig. Reichenbach übergab das Wort dem Experten für die Ölindustrie. Professor Alphons Feller entrollte eine große Karte. Darauf war eine Konjunkturkurve abgebildet, die im Zickzack einen deutlich steigenden Trend beschrieb. Er dozierte mit der jahrelangen Routine eines Professors, dass die Ölindustrie stark im Wachstum begriffen sei. »Insbesondere in den Vereinigten Staaten führen die Bestrebungen der Standard Oil unter John D. Rockefeller und anderer Ölgesellschaften zu einem beharrlichen Aufwärtstrend dieses Industriezweigs.« Als Fazit seiner gekürzten Unterrichtsstunde empfahl Feller, auf Öl zu setzen.

Boveri, seines Zeichens einer der Pioniere der schweizerischen Elektrifizierung, war da anderer Meinung. »Wir sind aber nicht in Amerika«, hielt er dagegen. »Überschätzen Sie da vielleicht den Einfluss der Amerikaner – oder die Wichtigkeit des Öls?«

Feller machte sich eine Notiz, anstatt gleich zu antworten. Boveri führte weiter aus: »Denken Sie an all die Vorteile, die uns die Elektrizität gebracht hat. Die Öllampe oder die Dampflokomotive, um nur zwei zu nennen, wurden bereits von der Elektrizität abgelöst. Dieser Trend wird fortbestehen. Wer auf Öl setzt, setzt auf eine veraltete Technik. Öl taugt nur noch dazu, die Lager der Generatoren und Elektromotoren zu schmieren.«

Feller verteidigte sein Argument. Man müsse global denken. »Die Industrie macht weder an der Landesgrenze noch vor Kontinenten halt. Wie viele Güter werden bereits heute aus den Kolonialgebieten über die Ozeane nach Europa gebracht? Dieser Trend – wenn Sie mit Trends kommen wollen, Herr Boveri – wird sich in Zukunft noch verstärken. Die Werften bauen neue und immer größere Frachtschiffe. Schiffe, die nicht mehr mit Kohle, sondern mit Öl betrieben und dadurch immer leistungsfähiger werden. Allein schon diesem Markt sprechen wir ein enormes Wachstum zu!«

Carl verzichtete vorerst darauf, das Wort zu ergreifen. In weltwirtschaftlichen Belangen war er nicht standfest. Bei Diskussionen war es ein Fehler, wenn man mit Argumenten auffuhr, die nicht solide untermauert waren, die Gegenpartei könnte diese zu leicht widerlegen und erhielt Wasser auf ihre Mühlen.

Palanti hingegen, am anderen Ende der Stuhlreihe, wollte auch etwas zum Thema beitragen. Er begann damit, wie das Deutsche Reich eigene Ölvorkommen nutze und seinen gesamten Bedarf selbst decken könne. Am Kaspischen Meer fördere das Russische Zarenreich bereits heute riesige Mengen an Öl, und es würden massenhaft neue Quellen erschlossen. Carl hatte den Eindruck, dass Palanti und Feller sich vorgängig über die Themen abgesprochen hatten und dass sich Palanti nun mit Fellers Federn schmückte. Feller nickte immer wieder bekräftigend, als ob er dasselbe auch gerade hatte ansprechen wollen.

Reichenbach holte das Gespräch auf das eigentliche Thema zurück. »Die weltwirtschaftlichen Belange sind für die Wahl der Antriebsart zweifelsohne zu berücksichtigen. Doch konzentrieren wir uns einmal konkret auf die Vorteile der Antriebsarten beim Automobil, meine Herren. Wir haben vorhin diese beiden Meisterwerke beim Vorfahren bewundern dürfen. Strom oder Sprit, Herr Lohser, wer macht das Rennen?«

Carl übernahm. »Danke, Herr Reichenbach. Ihre Frage ist ganz einfach zu beantworten. Die Antwort ist: der Strom! Die Begründung meiner Antwort ist wiederum bestechend simpel: weil bereits eine funktionierende Infrastruktur vorhanden ist. Beinahe jeder Haushalt hat inzwischen einen Stromanschluss oder zumindest Zugang zu einem. Jeder kann seine Akkus selbst laden.«

»Das sehe ich aber anders als du, Lohser«, ging Palanti dazwischen. »Nur weil jeder zwei Drähte im Haus hat, macht dies die Technik nicht besser. Bei einem Automobil kommt es auf den Motor an. Der Verbrennungsmotor hat die deutlich höhere Leistung und die größere Reichweite.«

Boveri griff ein, indem er erklärte, dass ein großes Problem des Verbrennungsmotors die Verpestung der Luft sei. »Ich bin kein Arzt, denke aber nicht, dass diese Gase gut für die Gesundheit des Menschen und die Natur sind. Man beachte nur die erhöhte Häufigkeit von Atemwegserkrankungen in Gebieten mit starker Industrie. Was meinen Sie, wieso kommen wohl alle in die Berge, um sich zu erholen?«

»Kohle verpestet die Luft«, gab Professor Feller zu bedenken. »Das Öl wird die Kohle ersetzen. Es sind zudem Bestrebungen im Gange, die Raffinerie von Erdöl zu verfeinern, damit der Stoff noch reiner wird und kaum mehr Ruß erzeugt.«

»Kaum Ruß heißt nicht kein Ruß. Elektrizität, wenn sie durch Wasserkraft erzeugt wird, hat keinen Ausstoß von Ruß. Die Luft bleibt sauber.«

»Die Sauberkeit des Antriebsstoffes ist aus wirtschaftlicher Sicht nicht von Relevanz«, gab Feller knapp zurück.

Carl erkannte, was Feller hier andeutete. Die Industrie interessierte es nicht, was für die Konsumenten das Beste war, sondern nur, wie man ihnen das Geld aus der Tasche ziehen konnte.

Reichenbach wollte dieses Thema weiter ausführen. »Wir alle haben eine Menge Rauch aus dem Schuppen aufsteigen sehen. Carl Lohser, Sie waren da drin, betrachten Sie den Rauch ebenfalls als ein Problem?«

»Nachdem Herr Palanti den Motor angelassen hatte, sind wir beinahe an den Gasen erstickt«, sagte Carl.

Palanti wandte sich zu ihm um. »Aber Lohser, die Automobile werden ja für draußen gebaut. – Ah, jetzt wird mir einiges klar! Offenbar sind die Elektroautomobile für Fahrten *im* Haus konzipiert. Da kommt es ja auch nicht so sehr auf die Reichweite an.« Vereinzeltes Lachen in den Zuschauerreihen.

Nicht provozieren lassen!

»Die Reichweite ist tatsächlich ein Feld, an dem weiterentwickelt werden muss. Es sind hierzu auch Bestrebungen im Gange, wie zum Beispiel die Optimierung der Akkumulatoren oder mein Rekuperationssystem.«

»Dann gibst du also zu, dass der Stromantrieb an der Reichweite krankt?«

Palanti sprach mit Carl, als ob er es mit einem unwissenden Kind zu tun hatte. Reine Provokation.

»Keine Technik kommt schon fertig ausgereift zur Welt. Es ist immer noch Potenzial vorhanden, sie zu verbessern. Das ist ja beim Verbrennungsmotor auch nicht anders. Aber wie viel auch noch verbessert wird, die Technik wird es bezüglich Zuverlässigkeit, Sauberkeit und Einfachheit nie mit dem Stromantrieb aufnehmen können.«

»Wenn du meinst, der Kunde wäre an Zuverlässigkeit, Sauberkeit und Einfachheit interessiert, dann liegst du falsch, Lohser. Der Kunde will Emotionen.« Er wandte sich direkt an die Zuschauer. »Stellen Sie sich vor, Sie fahren mit Lohsers Grashüpfer bei ihrem Tennisklub vor. Und jetzt stellen Sie sich vor, Sie kommen mit dem glänzend roten Marquis an.«

»Herr Palanti, Ihr Marquis ist inkontinent! Ich kann von hier aus sehen, dass er Flüssigkeit verliert. Mit solch einem Gefährt werden Sie vermutlich gar nie beim Tennisklub ankommen.«

Diesmal ging das Lachen auf Palantis Kosten, der nur humorlos grinste. Bevor er etwas erwidern konnte, machte Carl weiter. »Ihre Technik ist für mich als Technikenthusiasten durchaus spannend, doch nur als Spielerei. Ich wäre genauso fasziniert, wenn Ihr Automobil mit Sinalco oder Schokolade laufen würde. Elektrotechnik hingegen ist solide und zuverlässig. Dazu muss nicht jeder ein ausgebildeter Mechaniker sein, um einen Wagen zu starten. Man steigt ein und fährt einfach los.«

»Aber ich kann schon davon ausgehen, dass deine Gans von ausgebildeten Mechanikern hergestellt wurde?«, gab Palanti zurück.

Reichenbach hütete sich davor, einzugreifen. Genau das wollten die Zuschauer ja: ein unterhaltsames Streitgespräch. Carl seinerseits aber vertraute darauf, dass die Zuschauer intelligent genug waren, Palantis Charade zu durchschauen.

»Herr Palanti«, sagte er, »versuchen wir doch, so gut es geht, uns wie Erwachsene zu verhalten.« Carl bemerkte, wie eine aufkeimende Wut allmählich seine Wortwahl beeinflusste. »Sie müssen doch zugeben, dass Ihr Fahrzeug im Schuppen gerade noch den Eindruck erweckt hat, dass es nicht anspringen würde. Ich denke, Ihre beiden Mechaniker können dies bestätigen. Im direkten Vergleich dazu ist der Stromantrieb die bessere Wahl.«

Palantis Kopf wurde hochrot, aber auch er hielt sich zurück. Mit gekünstelt sanfter Stimme meinte er: »Ich habe keine Ahnung, wovon du da sprichst.«

Jetzt reichte es mit den Kindereien! »Und vom Zusammenstoß, den Sie inszeniert haben, um mich am Hierherkommen zu hindern, wissen Sie sicherlich auch nichts mehr! Sie hatten wohl Angst, dass Ihre Technik keinen Anklang findet, wenn ich hier auftauche?« Alle sollten wissen, was für ein falscher Kerl dieser Palanti doch war.

Der gab zurück: »Übernimm doch die Verantwortung für dein Handeln selbst! Wenn du mit jemandem zusammenstößt, darfst du nicht dem Erstbesten die Schuld in die Schuhe schieben.«

Reichenbach ging dazwischen. »Bleiben wir doch bei unseren Automobilen, meine Herren.«

»Das ist ein Stück wunderbare und moderne Technik. Vielleicht für dich ein wenig zu kompliziert, Lohser. Doch das ist die Zukunft«, säuselte Palanti.

»Das ist ja gerade das Problem. Diese Technik ist zu komplex, weil sie aus zu vielen Bestandteilen besteht, die alle fehlerhaft sein können. Das müsste doch selbst Ihnen einleuchten, Herr Palanti. Ich von meiner Seite möchte eine Maschine besitzen, die ich abends in den Schuppen stellen und mit der ich am Morgen wieder losfahren kann. Ich will nicht die ganze Nacht nach Fehlern suchen müssen. Oder haben Sie zu Hause nichts Besseres zu tun, als an Ihrer Maschine herumzuspielen?«

Den letzten Satz könnte man jetzt falsch verstehen, erkannte Carl, als er in seinem inneren Ohr noch nachklang.

Palanti schnappte nach Luft. Seine Augen verschossen Blitze. »Was willst du damit andeuten? Dass ich lieber an einer Maschine herumspiele als an meiner Frau?«

Palanti *hatte* es falsch verstanden. »Nein, Herr Palanti, ich meinte, ob Sie zu Hause nicht Ihre freie Zeit nutzen möchten, etwas anderes zu tun, als an Ihrem Automobil nach Fehlern zu suchen«, korrigierte Carl.

»Etwas anderes, wie zum Beispiel, an meiner Frau herumzuspielen? Meine Frau ist eine ehrbare Dame. Ich verbitte mir diesen Tonfall!«

»Herr Palanti, jetzt steigern Sie sich hier in etwas hinein. Ich hatte nie die Absicht, Ihre Frau zu beleidigen.«

Wutentbrannt sprang Palanti von seinem Stuhl hoch und zielte mit seinem Finger auf Carl. »Ich verlange, dass du dich sofort für diese Beleidigung entschuldigst!«

Carl blieb sitzen. »Sie wissen ganz genau, Herr Palanti, dass ich es nicht so gemeint habe! Doch jetzt halten Sie aus bloßer Effekthascherei daran fest!« Carl gab sich einen Ruck, letztlich ging es hier um die Ehre eines Gentlemans, zumindest sah es Palanti so. Er erhob sich ebenfalls. »Gut. Ich entschuldige mich in aller Form, die Worte im verbalen Feuergefecht unbedacht gewählt zu haben, womit sie leicht falsch verstanden werden konnten.« Aber Carl musste auch seine eigene Ehre wahren. »Eine Beleidigung kann ich jedoch nicht eingestehen, dazu bestand zu keinem Zeitpunkt eine Absicht.«

»Du entschuldigst dich also nicht, Lohser?« Palanti dachte einen Moment nach, schien seine Optionen zu prüfen. »Dann verlange ich Satisfaktion!«

Gespannte Stille kehrte ein, die Zuschauer schienen den Atem anzuhalten und blickten abwechselnd zu Carl und Palanti. Im Hintergrund rauschte der Giessbach. Unermüdlich. Ohne Unterlass.

Palanti zog sich an den Rand der Bühne zurück. Feller und Reichenbach gesellten sich zu ihm und redeten mit gedämpften Stimmen auf ihn ein. Carl verstand nicht, worum es dabei ging. Er sah ihn nur immer wieder den Kopf schütteln.

So langsam überspannte Palanti den Bogen. Wie Carl es hasste, den Launen einer Person ausgeliefert zu sein. Noch dazu einer wie diesem egozentrischen Großmaul. Und das auf einer Bühne vor einem großen Publikum! Carl kam sich vor wie ein Statist in einem Theaterstück. Er hatte beinahe den Eindruck, dieser Palanti wäre ein Schauspieler, der von der Erdölindustrie engagiert wurde, um hier eine einstudierte Nummer zum Besten zu geben.

»Was meinen Sie mit Satisfaktion?«, rief Carl zu ihnen hinüber.

Palanti drehte sich weg und kehrte ihm den Rücken zu. Was heckte dieser Schwätzer nun wieder aus? Gewiss, es ging ihm um den Triumph des Spritantriebs über den elektrischen. Doch nur in zweiter Linie, schien es Carl. Er hatte den Eindruck, Palantis Fokus war darauf angelegt, Carls Ruf zu ruinieren und den der Dädalus-Werke und des Elektroantriebs gleich mit. Und das ging ja nicht erst seit heute so. Carl erinnerte sich an Palantis Zwischenrufe beim Referat. Nein, es hatte schon am Abend zuvor begonnen, bei dem Gespräch über die Abseitsregel beim Fußball. Oder noch früher, als die Gans angeliefert wurde und Palanti die Zuschauer von Carl weg zu seinem Automobil gelockt hatte.

Dann fiel es Carl wie Schuppen von den Augen. Es musste noch viel mehr dahinterstecken. Palanti war kaltschnäuzig genug gewesen, einen Pagen dazu zu bringen, Carl für den Auftritt zum Podium aufzuhalten. Womöglich war er ja bereit gewesen, noch weiter zu gehen. Palanti hatte Carl vor drei Tagen im Restaurant in Interlaken ja regelrecht hingehalten und ihn erst gehen lassen, als der Mechaniker hinzugekommen war. Dann die Frage des österreichischen Touristen, ob Carl denn ohne seinen Mechaniker abfahren wollte. Dabei hatte es sich gar nicht um ein Missverständnis gehandelt, wie Carl geglaubt hatte. Der Tourist musste beobachtet haben, wie der Mechaniker unter Carls Automobil hantiert hatte, was nur einen Schluss zuließ: Palantis Mechaniker hatte die Spurstange der Gans II angesägt! Palanti hatte das Risiko in Kauf genommen, einen schweren Verkehrsunfall zu verursachen, nur um sich einen Vorteil zu verschaffen!

Grenzenlose Empörung machte sich in Carl breit, gemischt mit einem unbändigen Zorn. »Ich habe Ihr Spiel durchschaut, Palanti!«, rief er ihm über die Bühne zu.

Boveri erhob sich von seinem Stuhl und nahm Carl zur Seite. »Das Wichtigste ist jetzt, dass Sie sich wie ein Gentleman verhalten und Ihre Ehre verteidigen, Herr Lohser.«

Boveri hatte recht. Genau das würde Carl tun! Keinen Schritt würde er weichen.

Carl stand auf dem ihm zugewiesenen Platz auf der Bühne und blickte in den Lauf einer uralten Vorderladerpistole.

Er hatte die linke Schulter Palanti zugedreht, um ein möglichst schmales Ziel abzugeben. Grimmig rückte er sein Kinn vor. Die Münze hatte entschieden, dass Palanti den ersten Schuss hatte. Dass Carl zuerst auf sich schießen lassen musste.

»Laurenz Darius Palanti, sind Sie bereit?« Wie von weit entfernt erklang die Stimme Reichenbachs, der die Funktion des Schiedsrichters übernommen hatte.

»Ja, ich bin bereit«, knurrte eine Stimme hinter dem Pistolenlauf.

Carl war erstaunt gewesen, wie schnell der mit polierten Messingbeschlägen verzierte Pistolenkasten zur Hand gewesen war. Dem Wappen auf dem Deckel nach zu schließen, war er das Eigentum der Orion-Gesellschaft. Der Steinbock starrte Carl vorwurfsvoll an, der Spruch *»Tempus fugit«* kam Carl vor wie eine prophetische Drohung. *Deine Zeit läuft ab.*

Wo, verflixt noch mal, war er da hineingeraten?

»… ob Sie bereit sind, Carl Lohser?«, weckte ihn Reichenbach aus seinen Gedanken.

»Ja, ich bin bereit.« Carl war nicht bereit. Wie auch?

Palanti hatte Carl doch tatsächlich zu einem Pistolenduell aufgefordert. Walter Boveri hatte Carl die Optionen eröffnet. Entweder Carl würde annehmen und müsste sich Palanti stellen. Dabei gingen beide wieder als Ehrenmänner hervor. Oder Option zwei: Carl würde sich der Verpflichtung entziehen und von den Mitgliedern der Orion-Gesellschaft als ehrlos betrachtet und geächtet werden. Im Grunde genommen gab es nur Option eins. Carl würde nicht als Feigling dastehen und Palanti den Sieg zugestehen. Er musste nur mit ihm mithalten. Irgendwann musste dieser ja einen Rückzieher machen, und dann würde Carl als Sieger hervorgehen. Palanti würde es doch nicht darauf ankommen lassen, jemanden zu erschießen oder gar erschossen zu werden.

Reichenbach hatte Carl gefragt: »Nehmen Sie die Aufforderung an, Herr Lohser?«, woraufhin Carl zu Boveri geblickt, dieser knapp genickt und Carl tief eingeatmet hatte. »Ja, ich nehme die Aufforderung an.«

Darauf war Reichenbach an den Bühnenrand getreten und hatte in feierlicher Ernsthaftigkeit verkündet: »Meine Herren! Laurenz Darius Palanti als der Beleidigte fordert Carl Lohser zu einem Pistolenduell. Carl Lohser erklärt, der Aufforderung Folge zu leisten. Mit Vollzug des Duells wird die Beleidigung beigelegt, und beide Kontrahenten gehen als Ehrenmänner aus der Angelegenheit hervor.« Mit dem ihm eigenen durchdringenden Blick schaute er von einem Gesicht zum anderen. »Auf Wunsch des Beleidigten hat das Duell sofort zu geschehen. Die Tradition der Orion-Gesellschaft gibt das Duell mit festem Standplatz vor. Die Distanz soll zwanzig Schritte betragen, jeder hat einen Schuss. Die Münze entscheidet, wer zuerst schießt.«

Reichenbach hielt einen Augenblick inne, damit sich die Worte setzen konnten. »Als Sekundant von Herrn Palanti steht ihm Professor Alphons Feller zur Verfügung. Walter Boveri hat sich bereit erklärt, Carl Lohser als Sekundant beizustehen. Gibt es Einwände, meine Herren?«

Niemand meldete sich. Carl las in den Gesichtern der Zuschauer gespannte Erwartung und Sensationsgier.

Die Sekundanten Boveri und Feller hatten das Pulver aus dem Horn in den Lauf gegeben und es mit dem Ladestock festgedrückt. Daraufhin legten sie ein rundes, eingefettetes

Stück Stoff, das Schusspflaster, auf die Mündung und stopften es zusammen mit der Bleikugel in den Lauf. Sicherheitshalber wurde der Kurarzt Dr. Blumer herbeigeholt, der sich mit seinem Arztkoffer zu den Zuschauern stellte.

Ein weiterer Münzwurf hatte entschieden, dass Carl die Pistole wählen durfte. Einer Eingebung folgend, wählte er diejenige, die Feller geladen hatte.

So stand er nun zwanzig Schritte von Palanti entfernt und meldete: »Ja, ich bin bereit.«

Der soll bloß nicht meinen, er hätte die stärkeren Nerven. Irgendwann muss er ja den Schwanz einziehen. Carl durfte keine Furcht zeigen.

»Da nun beide Duellanten mir ihre Bereitschaft erklärt haben, werde ich auf drei zählen. Innerhalb dieser Zeit ist der Schuss abzugeben«, erklärte Reichenbach.

»Eins.«

Palanti kniff sein linkes Auge zu, um zu zielen. Ein Mann war im Begriff, jeden Augenblick eine Waffe auf Carl abzufeuern. Es kam ihm alles so unwirklich vor.

»Zwei.«

Der Pistolenlauf vollführte einen leichten Schwenk von Carl weg.

Klick.

»Drei.«

Palanti verharrte noch einen Moment regungslos in seiner Position. Manchmal zündete das Pulver verzögert. In die gespannte Stille hinein war eine Stimme im Publikum zu vernehmen. »Passiert das dem auch im Ehebett?«

Gelächter erklang. Palantis Stirn färbte sich rot. Grimmig senkte er die Waffe und machte den Eindruck, als versuche er, kraft seiner Blicke Carl tot umfallen zu lassen.

Nicht die beste Aussicht für Carl. Denn dieser wusste, was jetzt kam. Ein Duell war entgegen der landläufigen Meinung keine Angelegenheit auf Leben und Tod. Es galt nicht, den Kontrahenten zu töten, sondern die Ehre wiederherzustellen. Es ging um Genugtuung. Es wurden Vorderlader aus dem späten 18. Jahrhundert gewählt, die oft noch über glatte Läufe verfügten und eine geringe Treffergenauigkeit hatten. Viele Duellanten zielten bewusst neben das Ziel wie gerade Palanti. Zudem wurde es auch anerkannt, den Schuss in den Boden abzugeben. Nichtsdestotrotz gingen einige Duelle tödlich aus. Ein Treffer mit der großkalibrigen Kugel konnte verheerenden Schaden anrichten. Und so wie Palanti gerade auf den unangemessenen Spruch reagierte, schwebte ihm ebendies vor. Denn ihm stand noch ein zweiter Versuch zu.

»Der erste Schussversuch schlug fehl. Herrn Palantis Pistole hat versagt.« Auch Reichenbach erntete ob seiner Wortwahl verhohlenes Gekicher. »Er darf mit derselben Pistole noch einmal zum Schuss ansetzen. Möge das Feuer nun zünden. Herr Palanti, spannen Sie den Hahn!«

Darauf hatte dieser nur gewartet.

»Laurenz Darius Palanti, sind Sie bereit?«

»Ja, ich bin bereit.« Ein Knurren.

Dieses Mal wich Palanti nicht vom Ziel ab. Als er den Abzug zog, lag eine exakte Gerade zwischen Palantis Auge, Kimme, Korn und Carls linkem Auge.

Die Kugel hätte Carl getroffen.

Wenn das Pulver gezündet hätte.

Auch den Zuschauern waren Palantis Absichten nicht entgangen. Gemurmel brandete auf, und Reichenbach musste um Ruhe bitten. Carl wurde die Pistole gereicht. Wieder fragte ihn Reichenbach um Bereitschaft. Auch Palanti erklärte sich bereit. Nicht einmal jetzt machte er einen Rückzieher. Carl legte an, nahm den Mann ins Visier, der ihn zu diesem unsäglich dummen Duell gezwungen hatte.

Den Mann, der Carl mit einem inszenierten Zusammenstoß mit einem Pagen vom Erscheinen an der Podiumsdiskussion hatte abhalten wollen. Den Mann, der in Interlaken die Spurstange seiner Gans II hatte ansägen lassen, was beinahe zu einem ernsthaften Unfall geführt hatte.

Sauber hinter Kimme und Korn stand der Mann, der gerade eben Carl erschießen wollte.

»Eins«, zählte Reichenbach an.

Carl holte tief Luft, stieß die Hälfte wieder aus und hielt den Atem an. Genau so hatte er es im Militärdienst gelernt, um einen präzisen Schuss abzugeben. Der Schuss musste sitzen!

Die Miene des Mannes brach und ließ trotz angestrengter Versuche, es zu verbergen, die blanke Furcht erkennen.

»Zwei.«

Der Mann zitterte. Gut so! Carl kostete den Augenblick aus.

Dann schwenkte er leicht nach links und drückte ab. Der Rückschlag war gewaltig.

Auf das Krachen des Pulvers, das die gespannte Stille im Taleinschnitt durchriss, folgte unmittelbar ein Geräusch.

Carl hatte den Knall einer Bleikugel, die auf Blech traf, erwartet. Stattdessen war ein Geräusch zu vernehmen gewesen, das eine Bleikugel erzeugte, wenn sie das Glas einer noch brennenden Petrollaterne durchschlug.

Auch gut, dachte Carl, die Empfindung des Triumphs stieg in ihm hoch.

Palantis Furcht wich der empörenden Erkenntnis, worauf Carl gerade geschossen hatte.

Erstaunte Belustigung erfüllte die Gesichter der Zuschauer, des Arztes, der Sekundanten und des Schiedsrichters.

Der Geruch von frischem Pulverdampf stieg Carl in die Nase. Hände machten sich bereit, um zu applaudieren, Luft wurde eingesogen, um zu jubeln. Brennendes Petroleum tropfte in eine Benzinpfütze. Feuer breitete sich unter einem roten Automobil aus und griff nach dem Benzintank. Ein Krachen. Ein Feuerball stieg zum Himmel. Automobilteile flogen durch die Luft.

Ein eben noch empörter Automobilenthusiast ging in die Knie und gab einen undefinierten Laut von sich, als er sich an den blutenden Oberschenkel griff.

Dr. Blumer war im Nu neben ihm und öffnete seinen Koffer. Nach fachmännischer Untersuchung wagte er eine erste Diagnose, während hinter ihm der Marquis loderte. »Es ist nur eine Fleischwunde. Ein Splitter hat ihn getroffen.«

»Gefährlich, so ein Benzintank!«, kommentierte Reichenbach lakonisch.

Palanti wurde auf einer Trage weggebracht. Schultern von Jubelnden trugen Carl zur Bar.

Carl durchdrang ein klammer Gedanke. Er hätte jetzt tot sein können.

***

Die Sonnenstrahlen, die in das Eckzimmer drangen, weckten Amanda auf.

Sie stellte sich in den sechseckigen Erker und kam sich vor wie eine Prinzessin in ihrem goldenen Turm, als sie die Sonne durch eines der drei offenen Fenster ihre Wangen streicheln ließ. Auf dem Platz vor der Pension für Hydrotherapie hatte sich eine Menschenmenge versammelt. Auf einer Bühne debattierten vier Männer. Ein fünfter stand daneben, und es schien, als fungiere er als Mediator.

Amanda musste über die Geschehnisse an diesem Kongress auf dem Laufenden bleiben. Sie kleidete sich eilig an, trug behände ihr Make-up auf und verließ das Hotel durch den Hinterausgang.

Inzwischen standen auf der Bühne nur noch zwei Männer. Einer von ihnen zielte mit einer Pistole auf den anderen. Es war Carl! Der andere Palanti. Was ging hier vor?

Ein Schuss durchriss die Stille. Palanti zuckte zusammen. Nach einem Augenblick straffte er sich wieder. Carl hatte ihn absichtlich verfehlt und stattdessen Palantis Automobil getroffen. Amanda lachte erleichtert.

Dann explodierte etwas am Automobil. Sie konnte die Hitze des Feuerballs bis zu ihrem Standort in der Wandelhalle spüren. Palanti ging zu Boden und stieß ein Quieken aus. Amanda eilte hinzu und mischte sich unter die Zuschauer. Ein Bruchstück des Automobils war tief ins Fleisch seines Hinterteils gedrungen. Er wimmerte. Ein anwesender Arzt entschied, ihn ins Spital Unterseen zu verlegen.

Was hatte das zu bedeuten? Hatten sich gerade in diesem Augenblick all ihre Probleme in Luft aufgelöst? Es handelte sich hier zwar wieder um eine Tragödie, in die Amanda verwickelt war, aber Palanti war aus dem Weg.

Amanda musste die Gelegenheit nutzen, endlich ihren Auftrag auszuführen. Im Salon drängten sich alle um den Bartresen und um Carl. Sie feierten seinen Meisterschuss. Ein Hoch auf das Elektroautomobil und seinen Helden Carl Lohser! Mustafa und das Servicepersonal waren vollauf mit der Ausgabe von Getränken beschäftigt.

Amanda mischte sich unter die Gratulanten, die nicht müde wurden, Carl zu beglückwünschen. Der ganze Umtrieb um seine Person genierte ihn sichtlich. Höflich und mit verlegenem Lächeln bedankte er sich. Neben ihm auf dem Tresen standen schon Unmengen von Getränken, die ihm spendiert wurden. Als sich ihre Blicke trafen, streckte Amanda ihm die Hand zum Glückwunsch entgegen. Einige der Umstehenden kommentierten die Geste mit einem anzüglichen Zwinkern und breitem Grinsen. Carl fasste ihre Hand, und ein Ausdruck des Bedauerns huschte über sein Gesicht. Er löste sich vom Tresen, legte Amanda eine Hand auf den Rücken und führte sie aus dem Salon.

»Der Lohser holt sich jetzt die Siegertrophäe ab«, behauptete Wyss und erntete raues Gelächter.

Als sie ins Freie traten, meinte Carl: »Ich bedaure zutiefst, Ihnen das angetan zu haben, Fräulein Amanda.«

Sie verstand nicht, worauf er hinauswollte.

»Es war nicht meine Absicht, Herrn Palanti zu verletzen. Es war ein Versehen. Ich wollte bloß sein Automobil treffen. Sie müssen in schrecklicher Sorge um ihn sein.«

»Aber nicht doch. Palanti war nicht mein –«, begann sie, doch sie wurde unterbrochen.

»Hier ist er ja, der Mann des Tages. Kommen Sie herein, Lohser, und feiern Sie noch etwas mit uns!«

Carl war nicht imstande, sich gegen Rhynegger und Kandlbaur zur Wehr zu setzen, die ihn wieder zurück in den Salon drängten.

Amanda ließ ein paar Minuten verstreichen, und als sie an die Bar zurückkehrte, war Carl unter den Feiernden nicht mehr aufzufinden. Die ihm gespendeten, aber unangetastet gebliebenen Getränke auf dem Tresen wurden eines ums andere stibitzt und geleert. Es schien, als würde sein Fehlen kaum bemerkt. Hauptsache war, es gab etwas zu feiern und einen Grund, Alkoholisches zu konsumieren.

Dieser Fisch war schwerer zu fangen, als Amanda es sich vorgestellt hatte.

***

Es war wieder der braun gebrannte Hüne, der Carl aufgesucht und in das Konferenzzimmer geleitet hatte. Aufgrund dessen, was Carl in der Zwischenzeit in Erfahrung gebracht hatte, musste es sich bei ihm um einen Soldaten handeln, was auch sein strammes Auftreten erklärte. Fürstenfeldt saß am Tisch und neben ihm der Mann mit dem Namen Brechtesloh, der gemäß Mustafa in Wirklichkeit das Sagen hatte.

Carl wollte den beiden gerade zu Beginn den Wind aus den Segeln nehmen und sagte, noch bevor Fürstenfeldt ihm den Stuhl weisen konnte: »Oberst von Fürstenfeldt, Sie haben mir eine wichtige Information vorenthalten. Nämlich, dass ich für die deutsche Rüstungsindustrie arbeiten soll.«

»Nehmen Sie doch erst einmal Platz, Herr Lohser. Ich bitte Sie.«

Carl tat wie ihm geheißen.

»Ich bin Visionär, genau wie Sie«, erklärte Fürstenfeldt. »Ich möchte Sie an meiner Vision teilhaben lassen. Sie beruht auf Ihren genialen Erfindungen. Sie durchdenken die elektrische

Mobilität bis ins kleinste Detail. Sie lassen von Ihnen entwickelte Akkumulatoren fertigen, die weit leistungsfähiger sind als die herkömmlichen. Sie entwickeln ein Rekuperationssystem, das beim Bremsen wieder Strom erzeugt und in die Akkus zurückführt.«

Carl erkannte, dass ihn Fürstenfeldt erneut mit Schmeicheleien um den Finger wickeln wollte. Andererseits war er begierig zu wissen, wohin all dies noch führen sollte. Es schadete nicht, sich die Zeit zu nehmen und anzuhören, worum es bei Fürstenfeldts Vision ging.

»Sie entwickeln die Konstruktionswege weiter, sodass die einfach konstruierten Bauteile von gewöhnlichen Handwerkern gefertigt werden können. Sie haben den Prototyp eines Radnabenmotors entwickelt. All dies vermochten Sie zu bewerkstelligen, nur mit Ihrer kleinen Automobilmanufaktur und etwas über zwei Dutzend Angestellten. Überlegen Sie sich, was Sie wohl leisten könnten, wenn das fortschrittlichste und großartigste Land hinter Ihrem Genie stünde!«

Carl verkniff sich eine abschätzige Bemerkung.

Fürstenfeldt fuhr fort: »Im Kriegsfall ist mit einem Ölboykott zu rechnen. Für eine Mobilmachung des Deutschen Reichs reichen die landeseigenen Ölvorkommen nicht. Da stellt sich die Frage: Wieso setzen wir nicht auf ein strombetriebenes Heer? Deutschland stellt seinen eigenen Strom her und verfügt über ein weitgehend flächendeckendes Netz. Mit der elektrischen Bahn werden die Truppen an die Front gebracht. An der Front kommen Automobile zum Einsatz, mit all Ihren bisherigen und zukünftigen Weiterentwicklungen. Diese versorgen die Truppen mit Munition, Gütern und Verpflegung. Eine mit Stahl gepanzerte Variante könnte sogar direkt zum Angriff eingesetzt werden.«

Carl erinnerte sich an seinen Alptraum. Ein kalter Schauer zog sich über seinen Rücken.

»Doch wir brauchen noch weitere Entwicklungen von Ihrer zukünftigen Abteilung. Mit deutschem Strom betriebene

Schlachtschiffe und U-Boote können zur See eingesetzt werden. Luftschiffe mit Akkumulatoren lassen jenseits der Front ihre Bomben auf Munitionslager und Einsatzzentralen fallen. Ein elektrischer Krieg, Herr Lohser, verstehen Sie mich jetzt?«

Carl hatte den Eindruck, Fürstenfeldts Ideen kämen direkt aus dem Roman eines Jules Verne oder H. G. Wells.

»Das Deutsche Reich wird sich ausdehnen. In Frankreich und in den östlichen Ländern Europas ist die Elektrifizierung ebenfalls weitverbreitet. Wo noch Lücken bestehen, können vom Heer schnell Masten aufgestellt und Kabel gezogen werden. Das ist meine Vision.« In Fürstenfeldts Augen lag der Glanz der Begeisterung. Er schaute Carl erwartungsvoll an. »Was sagen Sie dazu?«

Durch seine Erfindungen würden Hunderte oder gar Tausende Männer auf dem Kriegsfeld ums Leben kommen. Da gab es für Carl nichts, worüber er lange nachdenken musste. Er antwortete: »Es dürfte schon möglich sein, ein Heer so auszurüsten.« Carl sprach nun direkt Brechtesloh an. Signalisierte ihm, dass er durchschaut hatte, wer hier eigentlich das Sagen hatte. »Aber bei mir sind Sie an der falschen Adresse. Ich werde mich niemals für die Kriegsindustrie einsetzen.«

»Lassen Sie sich die Entscheidung nochmals durch den Kopf gehen.« Brechtesloh setzte sich neben Fürstenfeldt. »Ich habe Sie heute bei dem Duell beobachtet. Sie haben großen Mut bewiesen. Das können Sie einem kriegserprobten Preußen glauben. Allein, dass bei preußischen Duellen nicht auf Automobile geschossen wird. Ich betrachte das als eine Demonstration Ihrer Kreativität.«

Brechtesloh hob die Kappe von einem Füllfederhalter und schob ihn mitsamt Vertrag Carl zu. »Nehmen Sie unser Angebot an. Bedenken Sie, in einem halben Jahr sind die Dädalus-Werke zahlungsunfähig.«

Woher wusste Brechtesloh das? Nicht einmal sein Vater wusste so genau über die wirtschaftliche Lage des Betriebes Bescheid. Dennoch, Carl schob das Papierbündel zurück.

»Jeder hat seinen Preis, Herr Lohser.« Brechteslohs Miene verfinsterte sich. »Es muss auch nicht zwingend Geld sein. Es gibt noch andere Möglichkeiten, jemanden zu überzeugen.«

Eine versteckte Drohung? Carl hielt an seinem Beschluss fest. »Es gibt Männer des Krieges wie Sie, und es gibt Männer des Friedens. Ich lehne Ihr Angebot strikt ab.«

»Der Krieg macht auch vor Männern des Friedens nicht halt, Herr Lohser«, erwiderte Brechtesloh. »Ich rate Ihnen mit Nachdruck, einzulenken. Wir werden nicht auf Sie verzichten. Das Heer des deutschen Kaisers macht man sich nicht zum Feinde.«

»Die Schweiz ist neutral, Generalleutnant Brechtesloh!« Damit erhob sich Carl und verließ den Raum.

***

»Die Schweiz ist neutral«, hatte Lohser gesagt. Wenn er wüsste, wie falsch er doch damit lag. Fürstenfeldt schnaubte verächtlich. Es würde nicht leicht werden, ihn jetzt noch zu überzeugen.

Die Kurtisane hatte auch noch nichts Brauchbares geliefert. Wie lange so etwas wohl dauerte? Fürstenfeldt war diese Art von Spionage fremd. Er musste aber zugeben, dass ihn die Idee ungemein faszinierte. Vorausgesetzt natürlich, dass es auch wirklich funktionierte. Aber er konnte sich nicht allein auf ihren Erfolg verlassen. Er musste Lohser gleichzeitig selbst bearbeiten. Es war an der Zeit, ihm einen Schuss vor den Bug zu setzen, damit er begriff, dass er nicht unantastbar war. Lohser hatte einzusehen, dass es dem Generalleutnant und ihm ernst war, dass man sich nicht mit den Abgesandten des Deutschen Kaiserreichs anlegte. Er würde Witt damit beauftragen.

Zuerst aber mussten die bevorstehenden Verhandlungen erfolgreich über die Bühne gebracht werden. Für den Kongress war das große Billardzimmer, das sich unter dem Salon befand und durch eine Wand vom Restaurant abgetrennt war, aufwendig im orientalischen Stil eingerichtet und einem persischen

Harem nachempfunden worden. Durchsichtige Vorhänge in verschiedenen Farben trennten Ecken und Nischen ab, in denen Männer auf Kissen saßen und mit Freudenmädchen in Gewändern aus hauchdünnen Stoffen lachten und sich vergnügten. Der Raum war fensterlos und schummrig. Eine Handvoll Tänzerinnen bewegten sich lasziv zu fernöstlichen Klängen aus einem Grammofon. Fürstenfeldt saß auf einem niederen Hocker in schwergewichtiger Gesellschaft. Ihm gegenüber saßen auf unzählige Kissen gebettet Julius Maggi, an einer Zigarre paffend, und Olaf Inderbitzin, der mit lüsternem Blick eine Tänzerin beobachtete. Klemens und Generalleutnant Brechtesloh waren ebenfalls Teil der Runde und wollten einfach nicht so richtig an diesen Ort passen. Weshalb sie *hier* die Vertragsverhandlungen durchführten, war Fürstenfeldt schleierhaft. Es gab verschwiegenere Orte und weiß Gott seriösere.

Ein Sitz in der Runde war noch unbesetzt. Die Männer warteten auf den Herrn Bundesrat Theodor Zobrist, der sich in die hinterste Ecke des Raumes zurückgezogen hatte, wo der Vorhang rhythmisch wackelte.

Eine Bedienung in purpurnem Schleier stellte ein Silbertablett mit Erfrischungen auf das achteckige und mit Verzierungen versehene Tischchen. Danach setzte sie sich, an die beachtliche Leibesfülle Maggis geschmiegt, auf die Kissen, flüsterte ihm etwas ins Ohr, und er kicherte wie ein Schuljunge.

Inderbitzin wurde ungeduldig. »Ich werde mich jetzt auch ein wenig amüsieren gehen.«

»Bleiben Sie sitzen, der Herr Bundesrat wird bald zu uns stoßen«, sagte Klemens.

»Ich werde nicht lange brauchen.«

Fürstenfeldt erkannte in Brechteslohs Blick dessen Geringschätzung für Inderbitzin. Der Generalleutnant stand kurz davor, ihn lautstark zurechtzuweisen. Wenn die Verhandlungen erfolgreich abgeschlossen werden sollten, musste ihm Fürstenfeldt zuvorkommen. »Wir brauchen Sie hier. Sie sind ein wichtiger Dreh- und Angelpunkt für ein erfolgreiches Geschäft.« Das war zwar maßlos übertrieben, aber es schien zu reichen, um Inderbitzin bei Laune zu halten.

Endlich verließ der Bundesrat seine Nische und steuerte auf sie zu. Er hatte einen grau melierten Spitzbart und stets aufgequollene Tränensäcke. Seine streng nach hinten gekämmten und von reichlich Pomade gehaltenen Haare waren etwas durcheinandergeraten. Zobrist schien es zu genießen, fünf Männer vom Ansehen eines Maggi, Klemens und Brechtesloh geduldig auf ihn warten zu sehen, während ihm die Gelegenheit geboten wurde, seine Manneskraft unter Beweis zu stellen. Er war beinahe so alt wie Klemens, und da erkannte Fürstenfeldt auch die raffinierte Taktik dahinter, ein Gespräch an diesem Ort anzusetzen. Klemens hatte seine Hausaufgaben gemacht und wusste um die Vorlieben der wichtigsten Vertragspartner.

Zobrist ließ sich zufrieden in das Kissennest neben Brechtesloh fallen. Klemens erhob sich und kredenzte dem Bundesrat ein Glas Weinbrand und eine krumme, dünne Zigarre.

»Gut, gut. Lassen Sie uns beginnen«, sagte Zobrist, während er die Zigarre anpaffte. Er kannte bereits Klemens' und Brechteslohs Begehr von früheren Gesprächen. Er war sich sehr wohl bewusst, dass er selbst der richtige Mann mit dem richtigen Einfluss zur Politik war. Ein ausgesprochener Glücksfall. Er wusste also, wie sehr sie ihn brauchten, und das durften sie sich auch etwas kosten lassen.

Klemens erklärte: »Es ist uns gelungen, Erich Züst für uns zu gewinnen. Er wird Sie als Fürsprecher für Brechteslohs Unterfangen im Nationalrat tatkräftig unterstützen.«

»Gut, gut. Mit ihm sollte es gelingen, meinen Kollegen, Bundesrat Schlatter, mit ins Boot zu holen. Wie gedenken Sie, die Öffentlichkeit zu informieren?«

»Wenn alles unter Dach und Fach ist, wird Muntwiler das mit der Presse regeln. Er wird es so formulieren, dass Sie als Initiant und Visionär daraus hervorgehen.«

Es dürfte Zobrist nicht schaden, etwas an öffentlichem Ansehen dazuzugewinnen. In seiner bisherigen Amtszeit konnte er noch keine großen politischen Erfolge verzeichnen. Es wurde gespottet, er habe bis jetzt nur seinen Ledersessel in Bern warm gehalten. Selbstverständlich lag es Klemens fern, dies am Verhandlungstisch so zu formulieren.

Fürstenfeldt sah bei den vorherrschenden Lichtverhältnissen kaum, was er notierte. Man hatte ihm die Aufgabe des Protokollars auferlegt, was Klemens und Brechtesloh wichtiger erscheinen ließ.

»Wir alle werden davon profitieren. Geht es der Wirtschaft gut, geht es dem Land gut. Das muss ich Ihnen ja nicht erklären«, sagte der Generalleutnant mit ruhiger Stimme.

»Was bieten Sie mir?«

»Die Unterstützung des Deutschen Kaiserreichs.«

Zobrist maß Brechtesloh mit einem langen Blick, schnaubte und schickte sich an aufzustehen. »Wenn Sie nicht mehr haben, dann ist das Gespräch jetzt beendet.«

Klemens schritt wieder ein. »Herr Bundesrat, hören Sie sich doch zuerst alle unsere Vorschläge an.«

Zobrist setzte sich wieder.

»Wir haben erfahren, dass Ihnen die Bewilligungen für Ihr Bauprojekt nicht erteilt worden sind. Betrachten Sie dies als erledigt.«

»Ach das? Eine Bagatelle. Ärgerlich zwar, aber das werde ich schon selbst regeln.«

»Dann haben wir noch einen weiteren Vorschlag. Als Großwinzer ist Ihnen sicherlich daran gelegen, weitere Weinberge zu erstehen. Wenn im Herbst das Absinthverbot rechtskräftig wird, werden sich Ihre Absätze signifikant steigern.«

»Es ist schwer, an weitere Güter heranzukommen. Die Grundeigentümer sitzen drauf wie die Hennen auf dem Gelege und sind nur für aberwitzige Summen zum Verkauf zu bewegen.«

»Deshalb haben wir die beiden Herren Maggi und Inderbitzin hinzugezogen. Sie wären bereit, Ihnen etliche Hektare für einen angemessenen Preis abzutreten.«

»Wie viel verlangen Sie?«, fragte Zobrist die beiden geradeheraus.

Klemens antwortete für sie: »Zweihundert.«

»Hundertzwanzig«, setzte Zobrist dagegen.

Politik ist die Kunst des Handelns.

***

Viel gab es von Amandas Seite nicht zu berichten, doch Klemens hatte darauf bestanden, regelmäßig von ihr zu hören. In seinem Büro war er nicht vorzufinden. An der Rezeption teilte man ihr mit, dass er sich im großen Billardzimmer aufhielt. Sie huschte die Treppe hinab und traf vor dem Eingang auf Kandlbaur, dem ein mit gelber Ballonhose gekleideter Hotelpage den Einlass verwehrte. »Zutritt nur mit Einladung.«

»Seit wann haben Mitglieder der Orion-Gesellschaft nicht überall Zutritt?«

»Ich bedaure, mein Herr«, sagte der Wächter.

»Kannst du nicht einmal ein Auge zudrücken? Ich habe gehört, da drin soll es recht gemütlich zu- und hergehen.«

»Herr Klemens würde es mir übel nehmen, wenn ich Sie hineinließe.«

Kandlbaur schien abzuwägen, noch weiter auf Einlass zu bestehen oder es gut sein zu lassen, als er feststellte, dass jemand hinter ihm anstand. Er drehte sich um, beäugte Amanda von oben bis unten und sagte: »Vielleicht können ja Sie mir etwas Gesellschaft leisten, schönes Kind?« Er lächelte breit und entblößte dabei seine Zahnlücke.

»Das geht leider nicht, Herr Kandlbaur.«

»Nun ja, fragen darf man ja.« Und so zog er von dannen.

Amanda hatte ebenfalls keine Einladung, doch der als Eunuch verkleidete Wächter öffnete ihr ohne Umstände die Tür und ließ sie eintreten. Ein Dunst von Räucherstäbchen schlug ihr entgegen. Ein Bouquet aus Sandelholz, Jasmin und Villiger Stumpen. Als Amanda die Szenerie betrachtete, wusste sie auch, weshalb sie eingelassen wurde. Frauen waren bekanntlich gerne gesehen in einem Harem, je mehr, desto besser, und hier waren einige zugegen.

Zwischen blauen, roten und grünen Seidenstoffen hindurch, die von der Decke hingen, konnte sie Klemens' Hinterkopf ausmachen. Sie näherte sich ihm. Bevor sie aber den Vorhang zur Seite schob, um ihn auf die Schulter zu klopfen, hielt sie inne. Er musste mitten in einer Verhandlung sein, er feilschte mit jemandem. Mit Bundesrat Zobrist.

Nach einigem Hin und Her einigten sich die beiden auf »hundertdreiundfünfzig«. Worum es dabei ging, hatte Amanda nicht mitbekommen.

»Einverstanden«, sagte Zobrist.

Inderbitzin und Maggi nickten einander zufrieden zu. Fürstenfeldt notierte etwas auf einem Schreibblock, und der Generalleutnant sagte: »Glückwunsch, Herr Bundesrat. Das ist eine Investition, die sich auszahlen wird.«

»Ich verstehe nicht, was die Herren Maggi und Inderbitzin davon haben, mir ihre Ländereien für diesen Preis abzutreten.«

Klemens blickte zu Brechtesloh.

»Sie werden Verträge mit dem Deutschen Kaiserreich abschließen. Lukrative Verträge«, erklärte dieser.

Die Dirne neben Maggi zwirbelte an seinem Schnurrbart. Er wischte ihre Hand beiseite wie eine lästige Stubenfliege und sagte: »Das ist kein Geheimnis. Im Kriegsfall werde ich das Deutsche Heer mit Suppenkonzentrat versorgen.«

Im Kriegsfall? Was ging hier vor sich? Amanda setzte sich in den Sessel, der Rücken an Rücken zu Klemens' Sessel stand.

Sie hörte Inderbitzins Stimme. »Ich habe dasselbe Arrangement. Mit Feldstiefeln.«

»Gut, gut. Ich verstehe.« Zobrist überlegte. »Dann ist da noch Ihr Begehr, Herr Brechtesloh, Ulrich Wille für den Generalstab zu bevorzugen.«

»Er ist dem Deutschen Kaiserreich wohlgesinnt.«

»Es wird mir einige Mühe bereiten. Sie wissen schon, ein

paar Gefälligkeiten hier, ein paar Gelder da. Die Welschen sind nicht gerade begeistert von ihm.«

»Was wollen Sie uns damit sagen?«

»Nun ja, ich denke, Sie müssten noch etwas obendrauf legen.«

»Wille ist Bestandteil der Vereinbarung, die wir mit Ihnen getroffen haben«, insistierte Klemens.

»Dann betrachte ich das Geschäft als nichtig.«

Amanda erkannte, dass Bundesrat Zobrist die stärkere Verhandlungsposition eiskalt ausnutzte.

»Was schwebt Ihnen denn vor?«, fragte Brechtesloh.

»Ein Ansporn. Die Rebberge sind wahrlich eine schöne Sache – aber mit so viel Arbeit verbunden. Ich möchte dazu noch etwas Nettes, etwas, das mir Freude bereitet.«

Er ließ seine Worte im Raum schweben.

Klemens tat ihm den Gefallen und fragte nach: »Was würde Ihnen denn gefallen?«

»Ein nettes kleines Automobilchen«, sagte der Bundesrat mit salbungsvoller Stimme. »Aber ein schickes, wie der Palanti hatte. Nicht etwa eines, das mit Strom läuft.«

»Fräulein Amanda. Wenn ich gewusst hätte, dass Sie auch zur Verfügung stehen …« Eine neue Stimme. Amanda schrak zusammen. Vor ihr stand Gregor Rhynegger, der rothaarige Fabrikant für Seidenbändchen.

Klemens schoss blitzartig hoch, schob den Vorhang zur Seite und erblickte Amanda. Er zog sie grob am Arm hoch und verließ mit ihr den Harem zum Hinterausgang hinaus. Vor der Tür stellte er sie zur Rede. »Wie lange haben Sie schon gelauscht?«

»Ich habe nicht gelauscht, ich bin eben erst angekommen.«

»Das Gespräch war nicht für Ihre Ohren bestimmt.«

»Sie haben mich gebeten, Ihnen regelmäßig Bericht zu erstatten.«

»Gehen wir in mein Büro.«

Nachdem er die Eichentür hinter sich geschlossen hatte, begann er: »Nicu hat den Muselmanen hinter der Bar im Verdacht.

Leider haben wir nichts Konkretes. Werfen Sie auch noch ein Auge auf ihn.«

»Mustafa? Aber das geht nicht.«

»Machen Sie ihm schöne Augen. Umgarnen Sie ihn. Jeder Hinweis kann uns weiterhelfen.«

»Aber ich kann doch nicht schon wieder die Zielperson wechseln.«

»Das sollen Sie auch nicht. Sie bleiben an Lohser *und* am Barmann dran. Organisieren Sie sich.«

»Das ist völlig unmöglich. Es war schon eine Gratwanderung mit Palanti. Ohne den Unfall beim Duell wäre ich nicht so schnell von ihm losgekommen.«

»Sie werden einen Weg finden.«

»Nein! Das werde ich nicht. Dann reise ich ab.« Amanda erschrak selbst über ihren Tonfall.

»Sie widersetzen sich?« Klemens musterte sie erstaunt. »Sie tun jetzt, was ich Ihnen auftrage. Sie wollen mich nicht zu Ihrem Gegner machen, Fräulein Amanda. Haben wir uns verstanden?«

Amanda schluckte trocken.

»Haben wir uns verstanden?«, wiederholte er forsch.

»Ja«, lenkte sie kleinlaut ein, obwohl sie kein bisschen davon überzeugt war.

KAPITEL 10

Dienstag, 17. Mai 1910, später Nachmittag
Der zweite Kongresstag

Carl hatte den Brienzersee erreicht und rannte den Pfad am Ufer entlang.

Das Deutsche Kaiserreich, im Speziellen die Preußen, war eine kriegerische Nation. Carl schalt sich einen Narren, dass er nicht schon früher – beim ersten Gespräch oder bereits bei den Fragen nach seinem Referat – Fürstenfeldts und Brechteslohs Absichten erkannt hatte. Was sonst hätten wohl ihre Beweggründe sein sollen auf diesem Kongress? Freilich, Carl war keiner, der pauschalisierte und behauptete, alle Deutschen seien Kriegstreiber, aber bei Fürstenfeldt und Brechtesloh lag doch der Schluss nahe, die stanken regelrecht nach Schießpulver. Ganz zu schweigen von diesem sonnengegerbten Haudegen, der ihnen diente.

Man konnte den Zeitungen entnehmen, dass der deutsche Kaiser Wilhelm II. sein Reich aufrüsten ließ, dass Manöver abgehalten wurden und neue Kriegsschiffe die Werften verließen. Ein wahres Säbelrasseln fand statt, wobei die anderen Großmächte Europas wacker mitrasselten. Darunter auch Frankreich. Der Deutsch-Französische Krieg war noch keine vierzig Jahre her. Die Kriegserklärung war von Frankreich ausgegangen, adressiert an den damaligen Norddeutschen Bund, zu dem auch Preußen gehörte. Für Frankreich unerwartet traten dann auch die süddeutschen Staaten in den Krieg ein. So wendete sich das Blatt, und die plötzliche Übermacht des Gegners brach Frankreich nach gerade einmal sieben Monaten Gefechten das Genick. Infolgedessen musste Frankreich große Teile von Elsass-Lothringen den Deutschen abgeben. Dazu kam, dass sich die deutschen Staaten zum Deutschen Reich vereinigten, zu einer neuen Großmacht in Europa. Dieser Krieg wurde noch mit Pferden, Kanonen, Säbeln und Gewehren gefochten. Der nächste würde ein Krieg der Maschinen. Fleisch würde durch Stahl zermalmt. Und daran sollte Carl sich beteiligen? Niemals!

Die Beschaulichkeit des vor ihm auftauchenden Seedorfs Iseltwald ließ Carl seinen Schritt verlangsamen. Erst jetzt merkte er, dass er immer schneller gerannt war. Er musste verschnaufen und betrachtete die Chalets mit ihren gepflegten Gärten und die Segelboote in der Bucht, die eine Halbinsel bildete. Auf der Spitze der Landzunge stand eine imposante Villa. Sie schien neu errichtet worden zu sein, die Farbe strahlte noch frisch, und um den vierstöckigen Prunkbau herum war kaum Bewuchs vorhanden. Die Vermögenden liebten es, Schlösser zu bauen, auch heute noch. Carl machte kehrt.

Er wusste nicht, ob es üblich war, dass auf dem Kongress für Zukunftsbetrachtungen Mitglieder anderer Länder teilnahmen. Wo blieben die Österreicher, Russen, Engländer oder Italiener? Wieso wurde Frankreich nicht eingeladen, wieso nur Deutschland? Er musste jemanden fragen. Oder würden dann bloß alle wieder in Schweigen verfallen? Mustafa war in der Hinsicht offener. Er, der sich als Perser ausgab, aber im Grunde genommen aus dem Elsass stammte, einem Teil Frankreichs, der heute zum Deutschen Reich gehörte. Es hieß, dass die Elsässer sich noch immer gegen die Deutschen auflehnten. Er hatte sicher eine Meinung dazu. Aber war diese Carl von Nutzen? Sie würde ihn auch nicht von dem Druck befreien können, den Brechtesloh und sein Handlanger Fürstenfeldt auf ihn ausübten.

»Carl!«, vernahm er jemanden rufen. »Carl, bleib stehen!«

Augenblicklich hielt er inne, und schon hörte er ein Poltern und Knacken im Dickicht über sich. Ein schädelgroßer Stein hätte ihn beinahe getroffen.

»Stell dich unter den Baum!«

Ein Rascheln und Poltern kam auf Carl zu. Er ging neben dem Stamm einer Föhre in Deckung. Steine rollten unaufhaltsam die steile Waldböschung hinab. Sie sprangen an Wurzeln und Baumstümpfen hoch und vollführten unvorhersehbare Bahnen, bis sie schließlich neben dem Uferweg in den See platschten. Carl spürte eine gewaltige Erschütterung im Holz, als einer der Steine den Baumstamm traf. Er wagte nicht, sich von dem Baum zu lösen. Ein Stück weiter des Weges stand eine Gestalt, ebenfalls im Schutze eines Stammes. Es war Bär in seinem blauen Arbeitsanzug. Er signalisierte Carl mit gespreizter Hand, noch etwas zu warten. Nach einigen Augenblicken hörte der Steinschlag auf. Ein kurzes Rascheln war von oben zu vernehmen. Bär signalisierte Carl, zu ihm zu kommen. Carl tat wie geheißen und stellte sich neben ihn an den Stamm. »Was geschieht hier?«

»Pst!«, machte Bär. Als ob er Witterung aufgenommen hätte, starrte er in den Wald hoch. War da jemand, der es auf Carl abgesehen hatte? Carl konnte nichts Verdächtiges ausmachen.

Schweiß stand Bär auf der Stirn und bildete große dunkle Flecken unter seinen Achseln. Sie standen gute zehn Minuten regungslos da und starrten ins Gehölz, als ein Schrei die Stille durchriss. Carl zog ein kalter Schauer über den Rücken. Selbst Bär erstarrte. Der Schrei klang in Carls Ohren nach, schrill wie das Kratzen auf einer trockenen Schiefertafel, und er hatte etwas Kehliges.

Dann noch einer. Dieses Mal näher. Das konnte nicht die Stimme eines Menschen sein. Vielmehr waren es kurze, abgehackte Krächzer, die etwas von einem Bellen hatten. Carl schaute sich fragend nach Bär um. Dieser zuckte nur mit den Schultern.

Ein Rascheln im Laub. Da bewegte sich etwas. Rotbraunes Fell, große Ohren, dunkle Knopfaugen. Der Jungfuchs keckerte erneut und verschwand Blätter aufwirbelnd im Dickicht.

»Ein Füchslein!«, rief Bär lachend aus und verpasste Carl einen Schlag auf die Schulter. »Ein kleines, flauschiges Füchslein!« Er konnte sich kaum mehr einkriegen, während die Anspannung von ihm abfiel.

Gemeinsam machten sie sich auf den Weg zurück zur Anlegestelle.

»Wieso bist du überhaupt hierhergekommen?«, wollte Carl wissen.

»Ich habe dich von der Ländte aus in den Pfad einbiegen sehen. Abgesehen von dir rennen hier nicht viele Leute durch die Gegend. Kurz darauf dachte ich, jemand wäre dir nachgegangen. Bloß ein Schatten. Vielleicht habe ich mich auch getäuscht. Es ließ mir aber keine Ruhe, also hab ich beschlossen, dir zu folgen.«

»Du warst zur rechten Zeit am rechten Ort.« Nicht auszudenken, wenn Bär ihn nicht gewarnt hätte.

»Das war wohl Glück. Wer rechnet schon damit, dass ein Füchslein einen Steinschlag auslöst?«

Glück? Vielleicht. Carl war nicht überzeugt, behielt es aber für sich, um Bär nicht unnötig zu beunruhigen. Oder litt er selbst an Verfolgungswahn? In den letzten Tagen hatte er mit seinem sabotierten Automobil beinahe einen ernsthaften Unfall gehabt, jemand wollte ihn mit einer Duellpistole erschießen, und die deutschkaiserliche Armee drohte ihm. Da konnte man leicht ins Grübeln kommen.

***

Klemens hatte Nicu informiert, dass die Deutschen an diesem Morgen ein Telegramm abgefangen hatten. Eines hatte zum anderen geführt, und Nicu hatte eingestehen müssen, dass die Dechiffrierkarten nicht wiederaufgetaucht waren. Wieder eine nicht enden wollende Schimpftirade von Klemens, wieder der Vorwurf, Nicu sei gänzlich unfähig.

Nun stand er neben Fritz am Tresen und nippte an einem Glas Bier. Dabei taten sie, was sie immer taten: Sie schwiegen einander an.

Der Umstand, dass eine geheime Nachricht abgesetzt worden war, konnte nur bedeuten, dass Palanti nicht der Spion war, denn Amanda war ja die ganze Nacht bei ihm gewesen. Der Barmann hingegen war noch nicht aus dem Schneider. Oder kam noch jemand anderer als Spion in Frage? Der Tüftler mit dem Elektroautomobil war Nicu ebenfalls suspekt wie auch der ein oder andere Teilnehmer an diesem Kongress. Selbst eine der bezahlten Frauen könnte eine Spionin sein. Nicu drehte sich am Tresen um und ließ seinen Blick durch den Salon schweifen. Es herrschte Hochbetrieb. Die reichen Säcke verkürzten ihre Warterei auf die nächste Mahlzeit damit, sich Alkoholisches zuzuführen und über ihre Geschäfte zu lamentieren.

Amanda saß an ihrem angestammten Tischchen und unterhielt sich mit einem schmierigen Fabrikanten, der sie an den Schultern anfasste. Nicu wand seinen Blick ab und drehte sich wieder dem Tresen zu. Die würde wohl auch nie müde, sich Männer anzulachen. Wenn sie eines Tages Nicu gehörte, musste er aufpassen, dass sie nicht andauernd allen um sich herum schöne Augen machte.

Ein lautes Scheppern weckte Nicu aus seinen Gedanken. Der Muselmane hatte eine Kiste mit Schnapsflaschen lautstark auf Amandas Tischchen abgestellt. Er war Nachschub für die Bar holen gegangen. Nicu hatte eine Eingebung. Da sich in der Kammer hinter der Bar lediglich leere Flaschen befanden, wie Nicu heute Morgen festgestellt hatte, musste sich irgendwo in diesem Hotel noch ein Lager mit vollen Getränkeflaschen befinden. Er stürzte den Rest seines Biers hinunter und herrschte Fritz an: »Los, mitkommen!«

Gemeinsam eilten sie aus dem Salon in die Eingangshalle. Linker Hand, noch bevor man das Treppenhaus zu den Zimmern betrat, befand sich der schmale Korridor zu den Toiletten. Nicu probierte einige Schlüssel aus, um eine unscheinbare Tür aufzuschließen. Als er sie öffnete, schlug ihnen ein Luftzug entgegen, der den Geruch von feuchtem Staub und Moder mit sich trug. Eine Treppe führte ins untere Stockwerk hinab. Unten angekommen, zog Nicu an einer feinen Kette, und eine

Glühbirne mit bräunlich verstaubten Spinnweben spendete ein kümmerliches Licht.

Zu ihrer Linken verlief eine grau verputzte Wand, hinter der sich das orientalisch hergerichtete Billardzimmer befinden musste. Rechts bestand die Wand aus gehauenem Felsen. Es war angenehm kühl. Der Gang brachte sie zu drei Kellerräumen. Nicu steuerte auf den hintersten zu. Auf Regalen standen gefüllte Einmachgläser mit Kompott, Konfitüren, Gurken und derlei. Der Raum daneben war mit Kisten voller Flaschen gefüllt. Hier also holte der Muselmane seinen Nachschub. Nur wenige hatten hier Zugang. Ein idealer Ort für ein Versteck. Ein Versteck für ... was auch immer. Nicu würde es erkennen, wenn er es sah. Wie ein Besessener suchte er die Regale ab, stellte Kisten um und öffnete Schränke. Hier musste doch irgendetwas sein! Oder war er mit Mustafa doch auf der falschen Spur? Er zog sein Klappmesser hervor und begann, Schachteln aufzuschneiden.

Fritz war wieder einmal keine Hilfe. Er stand bloß im hinteren Teil des Raumes herum und schaute Nicu mit ausdruckloser Miene zu.

»Du könntest mir auch etwas zur Hand gehen!«

Immerhin begann Fritz nun damit, Kisten aus dem Regal zu ziehen und sie auf den Boden abzustellen. »Hier ist an der Wand eine Holzabdeckung«, meinte er nach einer Weile.

Nicu stürmte herbei, schob Fritz zur Seite und räumte hastig die restlichen Kisten weg. Tatsächlich. Hinter dem Regal stand eine dünne Platte von gut eineinhalb Metern Breite, die ein Stück Fels bedeckte.

***

Klemens' Drohung hallte in Amandas Kopf nach. Sie würde nicht einfach nach Hause zurückkehren können. Sie wusste, wozu Klemens und seine beiden Schergen imstande waren. Auch wenn Nicu einen Narren an ihr gefressen hatte, konnte sie sich nicht darauf verlassen, dass er sich den Anweisungen seines Auftraggebers widersetzen und sie verschonen würde. Falls er sich dennoch verweigerte, würde Klemens ganz einfach andere Männer aussenden, um sie zu erledigen. Amanda wäre nicht mehr sicher, wenn sie sich den Schokoladenbaron zum Feind machte. Sie hatte nur eine Wahl: Sie musste weitermachen.

Sie saß an ihrem Tischchen im Salon und rutschte auf dem Stuhl hin und her. Was wäre, wenn sie gegenüber Klemens bloß den Schein wahrte, Lohser und nun auch Mustafa auszuhorchen? Er konnte ja nicht wissen, welche Geheimnisse ihr die Männer anvertrauten. Sie würde ihm nur Informationen liefern, mit denen er den beiden keinen Schaden antun konnte.

Eine fleischige Hand legte sich auf ihre Schulter, schnell drang Schweiß durch den Stoff an ihre Haut.

»Du bist ja jetzt wieder frei. Also wie wäre es mit uns beiden?«, raunte eine stark alkoholisiert klingende Stimme.

Amanda erschauerte. »Kein Interesse!«, gab sie kalt zurück, ohne den Bittsteller anzusehen.

Er umkreiste sie und umfasste auch noch die andere Schulter. Sein Atem stank. Es war Olaf Inderbitzin.

»Ach, hab dich nicht so!«

Amanda wand sich und rutschte mit dem Stuhl zurück. »Lassen Sie mich bitte!« Jetzt bloß keine Szene machen. Sie hatte ihre Haltung zu wahren. Amanda versuchte aufzustehen, doch er drückte sie in den Stuhl zurück.

»Der Palanti war gut genug für dich. Aber ich bin es nicht, oder was?«

Hinter ihm knallte etwas, und Amandas Teetasse auf dem Tischchen schepperte. Sie schrak zusammen. Auch Olaf schreckte hoch und ließ die Hände von ihr.

»Gibt es hier ein Problem?« Mustafa erschien hinter Olafs Hängeschultern. Er fasste nach den Griffen einer Holzkiste mit Schnapsflaschen und hob sie vom Tisch hoch. »Bitte? Ich kann Sie nicht verstehen.«

Olaf wandte sich ohne eine Antwort ab und ging murrend davon.

»Ihr neuer Freund?«

»Wenn es nach ihm ginge«, meinte Amanda humorlos. »Danke.«

»Wissen Sie, wie es Ihrem alten Freund geht? Mit dem schmerzhaften Splitter in seinem Hinterteil sind Sie nun arbeitslos, schätze ich.« Er lachte.

Amanda war nicht nach Spaß. »Es war schrecklich mit ihm. Dennoch, so etwas hat er nicht verdient.«

»Er wird durchkommen. Sehen Sie es von der positiven Seite: Sie sind ihn jetzt los.«

»Das würde ich gerne, aber ich wurde bereits auf jemand anderen angesetzt. Sogar auf zwei Männer. Das kann nicht funktionieren.« Mustafa hörte ihr aufmerksam zu. Es sprudelte nur so aus Amanda heraus. »Carl Lohser ist ein guter Mann, einer der wenigen Anständigen hier. Er hat es nicht verdient, dass ich seine Schwachstellen auslote und sie meinem Auftraggeber preisgebe.«

»Sie arbeiten für Klemens.« Er formulierte es nicht als Frage.

»Ich will das alles nicht mehr.« Mit einem Mal war sie nicht mehr in der Lage, ihre Tränen zurückzuhalten. Mustafa reichte ihr ein sauberes Taschentuch. Nur allmählich fand sie ihre Contenance wieder. Es tat gut, sich jemandem offenbaren zu können. »Der zweite Mann sind Sie.«

Mustafa schaute sie nur mit offenem Mund an.

»Ich will aussteigen, aber Klemens hat angedeutet, er würde mir etwas antun, wenn ich seinen Anweisungen nicht Folge leiste. Ich habe keine Wahl.«

»Einen Augenblick. Sie sagen, Klemens hat Sie auf mich angesetzt?«

»Machen Sie sich keine Sorgen, Mustafa. Ich werde Sie nicht ausspionieren. Ich werde es Klemens gegenüber bloß so aussehen lassen.«

Mustafa nickte, war aber sichtlich beunruhigt. »Wegen Ihnen

mache ich mir auch keine Sorgen. Doch wenn Klemens Sie auf mich angesetzt hat, dann …«

Ohne den Satz zu beenden, stellte er die Kiste neben ihrem Tisch auf den Boden und hastete aus dem Salon. Amanda hatte allmählich den Eindruck, dass er dies häufiger tat.

Kurz nachdem Mustafa um die Ecke in Richtung Vestibül gebogen war, machte er wieder kehrt und kam zurück. Er beugte sich tief zu ihr hinab und flüsterte: »Übermorgen, am 19., pünktlich um acht Uhr morgens, legt ein Schiff an der Ländte ab. Wenn Sie einen Ausweg suchen, dann besteigen Sie mit mir das Schiff.« Er schien etwas abzuwägen, verwarf es aber wieder. »Weiter kann ich nicht ins Detail gehen. Behalten Sie das unbedingt für sich.«

Amanda nickte.

»Ich habe noch etwas zu erledigen.« Damit wandte er sich ab und verschwand.

***

Nicu fummelte an einer Schraube, die die Abdeckung an der Wand hielt. Da sich diese hinter einem Regal befand, musste er sich mühsam über ein Brett lehnen. Plötzlich hielt er inne. Er hatte eben einen Luftzug gespürt. Jemand musste die Tür zum Treppenabgang geöffnet haben.

»Geh nachschauen, ob jemand kommt!«, trug er Fritz auf, worauf dieser aus dem Kellerabteil in den Gang trottete, um sich umzusehen.

Endlich hatte Nicu die letzte der vier Befestigungen an der Wand gelöst. Er schob die Platte zur Seite. Was er dahinter verborgen fand, bestätigte all seine Vermutungen. Er hatte es immer gewusst. Er war auf der richtigen Spur. Klemens würde all seine Beschimpfungen zurücknehmen müssen.

Fritz kam kopfschüttelnd zurück. »Da war niemand.« Er stellte sich neben Nicu, und beide spähten in die in den Felsen gehauene Nische.

Jetzt hatten sie ihn! Den zweiten Spion, den Verbindungsmann Trusseaus. Es war jemand, der schon seit längerer Zeit im Grandhotel Giessbach die Stellung hielt. Jemand, der jederzeit Zugang zu diesem Kellerabteil hatte, ohne Verdacht zu erregen. Jemand, der hinter ein paar Flaschen Williams und Kirsch einen kleinen Raum verbarg. Es war der Perser!

Nicu kribbelten richtiggehend die Finger. Er kletterte über das Regalbrett und drang dahinter in geduckter Haltung in die Felsnische ein. Eine Holzkiste bildete einen Stuhl und drei weitere ein behelfsmäßiges Tischchen. Darauf stand etwas unter einer speckigen Plane verborgen. Noch bevor Nicu die Abdeckung wegzog, wusste er, was ihn darunter erwartete. Es war mittels Kabeln mit der Haupttelefonleitung verbunden, die sichtbar am Felsen befestigt vorbeiführte.

Die Nachricht, die letzte Nacht abgefangen wurde, musste von hier aus gesendet worden sein. Neben dem Telegrafen lagen ein Block und ein kurzer Bleistift. Nicu hielt den Block schräg ins Licht und erkannte auf dem obersten Blatt Abdrücke von Buchstaben. Er schraffierte mit dem Bleistift darüber. Eine Zeichenfolge wurde sichtbar. Wieder ein Code. »Fritz! Was bedeutet ›VDG 8 19.‹?«

Anstatt einer Antwort vernahm er ein Scheppern von jenseits des Regals.

»Was zum Teufel treibst du da?«, fragte Nicu.

Ein weiteres Scheppern, eine Kiste fiel zu Boden. Flaschen zersprangen. Nicu erhob sich, um nachzusehen, was sein Kumpan da anstellte. Im Lichte des Kellerraumes erblickte er Fritz, wie er mit jemandem rang.

Der Barmann, erkannte Nicu. Der hatte plötzlich nichts mehr von seiner harmlosen und kumpelhaften Behäbigkeit. Er wich flink wie eine Katze den Fausthieben des Baumfällers aus. Wieder und wieder schlug Fritz ins Leere, bis er schließlich seine Taktik änderte und seinen Gegner zu greifen versuchte. Mustafa nutzte den Ansturm, um seinen Kontrahenten mit einer gezielten Grätsche auf die Fußgelenke aus dem Gleichgewicht zu bringen. Fritz fiel wie eine Tanne in den Staub des Naturbodens.

Nicu kletterte auf das Regal. Er musste seinem Partner beistehen. Fritz war sofort wieder auf den Beinen, und es gelang ihm, zwei Schläge in den Rumpf des Muselmanen zu landen, der darauf zurücktaumelte und eine Flasche Quittenschnaps zu fassen kriegte. Er zielte den Scheitel seines Gegners an, verfehlte ihn aber, da Fritz einem Rammbock gleich auf den Muselmanen losstürmte. Wie ein Torero machte der Spion einen Schritt zur Seite und ließ den aufgebrachten Stier gegen ein Regal krachen. Aber Fritz hatte die Kleidung seines Gegners zu fassen gekriegt und riss ihn mit sich zu Boden. Nicu machte sich bereit, in den Kampf einzusteigen. Er griff sich zwei Weinflaschen.

Fritz zog den Muselmanen auf die Füße und versuchte, ihn von hinten in den Schwitzkasten zu nehmen. Mustafa griff nach hinten, bekam den Kragen zu fassen und stemmte sich gegen Fritz' Hüfte. Als Nächstes wurde der große Leibgardist durch die Luft gewirbelt, sodass seine Schuhe die Glühbirne an der Decke zerschlugen. Der Spion beschleunigte in einer fließenden Bewegung die Flugbahn von Fritz und ließ ihn mit Nachdruck auf den Boden krachen. Beim Aufprall entwich Fritz der Atem und erzeugte das Geräusch eines Blasebalgs. Nicu sah im Gegenlicht vom Flur, wie der eine Schemen auf dem Boden liegen blieb und der andere sich ihm zuwandte.

Mit den Flaschen in den Händen stürmte Nicu los und wurde von einem Fausthieb auf die Nase gebremst. Blitze durchzogen seine Sicht. Zwei weitere Faustschläge wehrte er mit seinem Gesicht noch ab. Den nächsten nahm er nur noch von sehr, sehr weit entfernt wahr.

***

Carl lehnte zuerst ab, als Bär ihm anbot, bei ihm zu essen. Der Mechaniker musste es sich täglich hart verdienen, etwas auf dem

Tisch zu haben. Auf Carl dagegen wartete ein mehrgängiges Diner auf dem Kongress, worauf er jedoch nicht gerade begierig war. Schon die Vorstellung, sich mit den herablassenden Industriellen in den muffigen Saal zu setzen, ließ ihn schauern. Zudem hatte er den Eindruck, Bär würde es viel bedeuten, mit ihm zusammenzusitzen und sich zu unterhalten. Carl war ihm ohnehin noch eine Mahlzeit für die Unterstützung bei der Reparatur der Gans schuldig, und – man konnte es schon so sehen – Bär hatte ihm gerade das Leben gerettet. So hastete Carl zum Grandhotel hinauf und fragte sich zur Küche durch. Die Angestellten befanden sich in der gehetzten Betriebsamkeit vor dem Diner. Carls Anliegen wurde dennoch ohne Widerrede erfüllt. Die Angestellten waren so manche Spezialwünsche gewöhnt. Hummer und Sekt mitten in der Nacht, ein Beef Tatar zum Frühstück, einen Topf Schlagsahne für frivole Spielchen. Da war der verschwitzte Herr in Leinenhosen, der kurz vor dem Diner Rauchwurst, Käse, Essiggurken, einen Laib Brot, eine große Flasche Chianti und zwei Flaschen sauren Mosts bestellte, nichts Ungewöhnliches.

Zurück an der Anlegestelle breitete Carl unter dem Dach der geschlossenen Trinkhalle seine Besorgungen auf einem Tisch aus. Bär gingen beinahe die Augen über, und sie machten sich über ihr Abendessen her. Es herrschte kaum Betrieb an der Ländte, da es für den Zeitraum des Kongresses nur Mitgliedern und dem Personal erlaubt war, hier an Land zu gehen, und so stiegen, als ein Kursschiff anlegte, auch nur sechs Personen aus. Zwei Träger schleppten Vorräte zum Hotel empor, und vier Kongressteilnehmer kamen zurück von einer Einkaufstour für ihre Liebsten zu Hause. Sie waren beladen mit Schnitzereien aus Brienz. In einem offenen Korb konnte Carl Murmeltiere, Gämsen, Steinböcke und einen Sennenhund aus Holz erkennen. Einer der Souvenirjäger – es war Zahnlücke Kandlbaur – trug eine sorgfältig ausgearbeitete Kuh in der Größe einer Katze unter dem Arm.

Bär erzählte, wie vor einigen Jahren die Arbeit der Bauern um

Brienz immer geringere Einnahmen eingebracht hatte. Gleichzeitig war der Fremdenverkehr aufgekommen. Touristen waren bereit, eine Menge Geld für Erinnerungsstücke von ihren Reisen auszugeben. So begann mancher Senn, in jeder freien Minute und in den arbeitsärmeren Wintermonaten zu schnitzen, und besserte damit sein Einkommen auf. Einige hatten es zu wahrer Meisterklasse in ihrer Kunst gebracht.

Als das Schiff wieder ablegte, winkten die verbleibenden Fahrgäste den beiden Männern zu, die sich an Wurst und Most gütlich taten.

Bär schien etwas abzuwägen, das ihm sichtlich unangenehm war. Dann plötzlich begann er: »Kennst du Charles Brown, von der BBC?«

»Gewiss. Ich habe mich gestern mit ihm unterhalten.«

»Würdest du sagen, dieser ist ein wenig – wie soll ich sagen – komisch?«

»Es heißt, er sei etwas exzentrisch. Er führt manchmal auf dem Badener Schulhausplatz mit seinem Hochrad Kunststücke vor. Und es heißt, er habe einen Flugapparat von Otto Lilienthal gekauft. Wieso?«

»Heute nach dem Mittag ist er aufgeregt in meine Werkstatt gestürmt. Hat mich gefragt, ob ich einen Bunsenbrenner hätte.« Bär schien sich nicht sicher zu sein, ob er weitererzählen sollte.

»Und weiter?«, musste Carl ihn anstupsen.

»Er hat sich daraufhin fast vollständig entkleidet und mit dem Brenner die Haare auf Beinen, Armen und sogar auf seiner Brust weggemacht.«

»Wieso hat er das getan?«

»Er meinte, es soll eine Überraschung werden. Bitte erzähl es nicht weiter.«

Carl versprach es ihm lachend.

Bär lachte nun auch. »Ich hab den Geruch nach verbrannten Haaren noch immer in der Nase.«

Es war schon dunkel, als Carl sich verabschiedete und den Pfad zum Hotel hinaufstieg. Das Grandhotel Giessbach wirkte wie ausgestorben. In dem Saal, wo das Diner serviert worden war, räumte das Personal die Tische ab. Selbst im Salon und an der Bar waren keine Mitglieder der Orion-Gesellschaft anzutreffen. Und wo sollten sie sich nach dem Essen sonst aufhalten, wenn nicht an der Tränke? Carl fragte den Mann an der Bar, ob denn Mustafa heute nicht arbeitete.

»Der ist noch nicht aufgetaucht. Sonst ist er immer sehr pünktlich und verrichtet seine Arbeit gewissenhaft. Sehr ungewöhnlich für Mustafa. Einmal hatte er sich eine Grippe eingefangen und ist dennoch am Tresen erschienen. Geschwitzt hat er und viel gehustet. Doch heute ist –«

»Das reicht mir als Antwort, danke«, meinte Carl.

Im Hotelflur begegnete er einem Zimmermädchen. Sie lächelte ihn an und klimperte mit den Wimpern. »Wo sind denn die ganzen Leute hin?«, fragte er sie.

Sie schien die Frage nicht richtig zu verstehen. »Es liegt auf Ihrem Bett«, sagte sie nur und verschwand um die nächste Ecke.

***

Nur allmählich kam Nicu wieder zu sich. Er spuckte Dreck und, dem metallischen Geschmack in seinem Mund nach zu schließen, auch etwas Blut. In seinem Schädel dröhnte es, seine Nase schmerzte höllisch. Er konnte nicht hinfassen, die Fesseln ließen kaum Bewegung zu. Er lag auf dem Naturboden des Kellers, eingeschnürt wie ein Rollschinken. Zumindest schätzte er, dass er noch im Keller lag, denn es war stockdunkel.

Ein Knurren neben ihm ließ ihn erkennen, dass Fritz dasselbe Schicksal ereilt hatte. Wie lange waren sie ohnmächtig gewesen? Minuten? Stunden?

Ob Klemens bereits nach ihnen suchen ließ? Das Hotel war riesig, das gesamte Anwesen enorm. Oder hatte er ihr Fernbleiben noch gar nicht bemerkt? Vielleicht ärgerte er sich auch bloß, dass sich die beiden Esel von Leibgardisten noch nicht bei ihm zurückgemeldet hatten. Sie waren also auf sich allein gestellt.

Die Fesseln scheuerten an Nicus Handgelenken. Sie waren hinter seinem Rücken mit den Fußfesseln zusammengebunden. Zudem verspürte er einen unnachgiebigen Druck in der Blase, der ihn an das schnell heruntergestürzte Bier an der Bar erinnerte. Wenn er diesen verdammten Mustafa zu fassen kriegte, würde er ihm –

»Scherben.« Es war Fritz. Doch Nicu verstand nicht.

»Was?«

Fritz hustete. »Hier müssen überall Scherben herumliegen.«

»Mag sein, ja. Ich passe schon auf.«

Fritz hustete wieder. »Such nach Scherben, du Rohrkrepierer, damit wir uns losschneiden können!«

»Wieso sagst du das nicht gleich?« Nicu überlegte. »Wie soll ich denn hier bitte schön nach Scherben suchen? Mit der Stirn über den Dreck streifen in der Hoffnung, dass mir ein Glassplitter ins Fleisch schneidet? Großartige Idee!«

»Hast du eine bessere?«

Er hörte, wie Fritz sich wand und über den Boden scharrte.

Die Erde roch nach Schnaps. Es müssten tatsächlich irgendwo Scherben zu finden sein. Nicu ließ behutsam sein Gesicht über die Erde streichen. Er spuckte und hustete. Soweit es die Fesseln zuließen, krümmte und streckte er sich und rieb seinen gesamten Körper über den Boden. Diese Übung zerrte unfassbar an den Kräften, doch er stieß auf nichts Spitzes oder Scharfes.

Nach einer gefühlten Ewigkeit kam Fritz zu einem ernüchternden Schluss. »Dieser Dattelfresser hat sämtliche Glassplitter aufgelesen.«

Im selben Arbeitsdurchgang würde er auch das Klappmesser auf dem Regal weggeräumt haben, überlegte Nicu.

»Dreh mir den Rücken zu!« Was wollte Fritz nun wieder?

Anstatt nachzufragen, entschied Nicu, es einfach zu tun. Er brauchte einige Anläufe, bis er den erforderlichen Schwung aufbringen konnte, seinen Körper herumzuwerfen.

»Geschafft.« Nicu horchte in die Dunkelheit und hörte, wie

sich Fritz auf dem Boden schabend näherte. Plötzlich prallte er gegen Nicus Schulter und begann, mit seinen Fingern an den Fesseln herumzutasten.

»Warum ist deine Hose nass?«

»Schnaps.«

Fritz tastete ungelenk weiter. Seine Finger waren grobe Dinge wie Baumstämme und den Griff einer Säge gewohnt. Mit einem raffinierten Knoten in einem Strick konnte er jedoch nicht umgehen.

»Tamihindere!«, fluchte Fritz. »Versuch du es bei mir!«

Nicus Wissen über Knoten erschöpfte sich schon damit, sich die Schuhe zu binden, doch was hatten sie für eine Wahl? Seine Finger ertasteten das Seil, und er versuchte, sich erst einmal gedanklich ein Bild von dessen Schlingen und Schlaufen zu machen.

***

Amanda blickte sich im Ballsaal um. Er war für den Kometenball aufwendig mit beleuchteten Modellen von Himmelskörpern wie Schweifsternen, Monden und dem Saturn mitsamt Ring geschmückt. Die Bars und die Bühne stellten fremdartige Landschaften dar, wie man sie auf entfernten Planeten vermuten würde. Amanda schätzte, dass hier erfahrene Bühnenbildner am Werk gewesen waren.

Im grellen Kontrast zu den fremden Welten standen die Kostüme der Kongressteilnehmer. Mehrere Gäste hatten sich als Clowns verkleidet. Der »dumme August« mit seiner roten Nase und den langen Schuhen. Ritter waren unter den Gästen und auch Römer mit buschigem Helmschmuck. Amanda machte Piraten, Cowboys, bärtige Zauberer, Indianer und Hexen aus. Viele trugen auch nur Roben in den fürchterlichsten Farbkombinationen. Die ausgelassenen Fabrikanten und Industriekapitäne vergaßen ihr ernstes Dasein und ließen dem närrischen Treiben freien Lauf. Es wurde getanzt, getrunken, gealbert und natürlich mit der anwesenden Damenwelt geschäkert. Die elektrischen Lampen waren mit farbigen Tüchern verhüllt, was eine Atmosphäre erzeugte, die gut zu der Dekoration aus einer anderen Welt passte. Das gedämpfte Licht erschwerte aber Amandas Suche nach einem bestimmten Kostümierten unter den Kostümierten erheblich. Würde Carl überhaupt auftauchen? Amanda konnte sich nicht vorstellen, wie dieser ernste Mann hier hereinpassen sollte. Andererseits sähe er es gewiss als seine Pflicht, aufzutauchen und sich sehen zu lassen, wenn auch nur kurz.

Wieder hatte Amanda Mühe, die alkoholisierten Interessenten abzuwimmeln, besonders da sie jedem offen ins Gesicht sehen musste, um zu erkennen, ob es Carl war. Sie verfeinerte ihre Suche, indem sie nur die genauer in Augenschein nahm, die groß genug waren und keinen Wohlstandsbauch hatten. Es waren nicht mehr viele.

Ihre ungewohnten Schuhe und der eng gewickelte Rock behinderten sie beim Gehen. Sie hatte ihr Kostüm von zu Hause mitgebracht. Die Auswahl der hier auf dem Kongress für Frauen zur Verfügung gestellten Kostüme war stillos, zu knapp geschnitten oder einfach nur obszön. Amandas Kostüm zeugte zumindest ein wenig von kulturellem Niveau. Es würde Carl sicherlich gefallen.

Lag ihr tatsächlich etwas daran, Lohser zu gefallen? Was war bloß mit ihr los? Sie war aufgeregt wie vor einem Auftritt, dabei hatte sie ja nur ihre gewohnte Arbeit zu erledigen. Aber dieses Mal freute sie sich aufrichtig darauf. Hatte sie sich je auf ihre Arbeit gefreut?

Ein Scheinwerfer wurde auf die Bühne gerichtet. Es knallte. Amanda erschrak, schlug die Hand vor den Mund und unterdrückte einen spitzen Schrei. Roter Rauch wallte von der Bühne empor. Daraus stieg mit einem barocken Kostüm bekleidet August Reichenbach. Mit der Linken hielt er sich die »Bauta« – eine venezianische Maske mit lang gezogener Oberlippe – vor sein Gesicht. Mit einem reich verzierten Stab in seiner Rechten vollführte er ausladende Gesten im Takt der Blaskapelle, die eine dramatische Melodie spielte. Eine Dame erklomm langbeinig das Podest und gesellte sich an seine Seite. Einige der Zuschauer pfiffen ihr nach. Auch sie trug ein venezianisches Kostüm mit geschweiftem Rock, und sie hielt sich mit gestelzter Geste eine mit Goldornamenten durchwirkte Colombina-Maske an einem Stab vors Antlitz.

Die Musik brandete auf und ebbte schließlich langsam ab. Reichenbach wirkte wie ein Magier, der im Begriff war, Zaubertricks vorzuführen, wobei seine Assistentin an der Seite den Eindruck noch bestärkte.

Mit einer weiteren ausladenden Bewegung zog er seine Maske herunter und betrachtete mit bedeutungsschwerem Ausdruck seine Zuschauerschaft. Dann begann er: »Die Chinesen haben sein Erscheinen im Jahr 240 vor Christus dokumentiert, meine Herren und Damen.« Er pochte mit dem Stock auf die Dielen der Bühne. »In babylonischer Keilschrift ist von einem Kometen die Rede, der in den Jahren 164 und 87 vor Christus erschienen war.« Wieder das Pochen. »Der bekannte Teppich von Bayeux beschreibt das Erscheinen im Jahre 1066.« Er stampfte auf. »1301 beobachtete der italienische Maler Giotto di Bondone einen Kometen. 1682 kam der Komet wieder, und kurz darauf begann ein britischer Forscher zu rechnen. Dabei entdeckte er, dass der Komet in etwa alle fünfundsiebzig Jahre auftauchte. Dieser Forscher hieß Edmond Halley, ihm zu Ehren hat man dem Kometen seinen Namen gegeben.« Reichenbach warf seiner Assistentin einen Blick zu. Sie setzte ihm ein Glas an die Lippen und flößte ihm übertrieben theatralisch eine goldene Flüssigkeit ein, worauf er zischend die Luft ausstieß.

Wo trieb sich überhaupt Mustafa herum? Amanda durfte sich nicht allein auf Carl konzentrieren, sondern musste auch noch den Barmann im Auge behalten. Er war hinter keiner der drei Bars im Saal auszumachen. Ob er im Hintergrund für den Getränkenachschub sorgte?

Vielleicht ist er ja gerade mit den unglaublichsten Spionagesachen beschäftigt, überlegte sie und musste schmunzeln. Klemens hatte sich da in etwas hineingesteigert. Hatte sich von Nicus kindlicher Überzeugung anstecken lassen und sah nun auch in jedem einen Spion.

Nicht Mustafa. Die Vorstellung war lächerlich. Oder doch nicht? Auf etwas konnte sie sich keinen Reim machen: Was hatte es mit dem Schiff auf sich, das er mit ihr nehmen wollte? Irgendwie machte ihn das schon ein wenig verdächtig. Es wäre ihre Aufgabe gewesen, Klemens davon zu unterrichten. Doch sie wollte Mustafa nicht in Schwierigkeiten bringen. Viel wahrscheinlicher war, dass er bloß versucht hatte, sie etwas aufzumuntern. Möglich, dass er einfach mit ihr durchbrennen wollte. Seine Art, ihr zu sagen, dass er etwas für sie empfand.

Noch mehr Beifang im Netz.

»Im November 1835«, verkündete Reichenbach, »vor fünfundsiebzig Jahren also, hatte der Komet das letzte Mal die Erde besucht. Zur selben Zeit kam der große amerikanische Schriftsteller bekannt unter dem Namen Mark Twain zur Welt. Vor etwas mehr als drei Wochen ereilte uns die traurige Nachricht, dass Mark Twain die Welt nun wieder verlassen hat. Wieder beim Besuch des Kometen! Reiner Zufall, sagen Sie, meine Herren und Damen? Nun, wenn Sie das glauben wollen.« Er hielt inne und ließ die Worte sacken. Dann fuhr er fort: »Nächste Nacht durchquert die Erde den mehrere Millionen Kilometer langen Schweif des Kometen, der, wie wir alle wissen, Blausäure enthält. Es wird behauptet, die komplette Menschheit wird an Zyankalivergiftung zugrunde gehen.«

Er beugte sich vornüber zum Publikum und zog eine teuflische Grimasse. »Mit dem mächt'gen Riesenschwanze, wie ihn ein Komet nur hat, geht der Satan gleich aufs Ganze und versengt die sünd'ge Saat.« Er schnellte hoch und ließ den Stock geräuschvoll über die Häupter durch die Luft schnellen. »In diesem Sinne, feiern Sie, meine Herren und Damen! Feiern Sie heute den Kometenball, wie Sie noch nie gefeiert haben!«

Der Saal jubelte und applaudierte begeistert. Im selben Augenblick erspähte Amanda Carl, wie er in den Ballsaal trat. Sie musste an sich halten, nicht laut loszulachen. Er war als Afrikaforscher verkleidet, mit Tropenhelm und hellem Leinenhemd. Eine große Lupe steckte in seiner Brusttasche, und er hielt ein Schmetterlingsnetz in der Hand. Er sah sich um und begutachtete mit großen Augen die Kongressteilnehmer in ihren Kostümen. Doch was sie am allermeisten amüsierte, war seine ihm eigene Ernsthaftigkeit, die so gar nicht zu dem albernen Treiben passen wollte.

Er hatte sie noch nicht erkannt. Kein Wunder bei ihrer Verkleidung und all der Schminke.

***

Carl musste einen legendären Auftritt Reichenbachs verpasst haben. Applaus erscholl, unterstützt von lauten Rufen, als ob ein Sektenführer seine Anhänger aufgestachelt hatte. Elektrisches Licht blitzte in wechselnden Farben auf. Reichenbach verbeugte sich, setzte sich eine Maske auf und stieg begleitet von einer Dame von der Bühne. Eine Blaskapelle begann, ein fideles Stück zu spielen.

Carl genierte sich in seinem lächerlichen Kostüm. Das Schlimmste daran war die kurze Hose, die knapp über dem Knie endete. Wie die eines kleinen Jungen im Sommer. Beim Anblick der anderen Kostüme wurde ihm aber schnell bewusst: Er hätte es schlechter treffen können. Deutlich schlechter. Einige der Kostüme gingen weit über die Grenze der Peinlichkeit hinaus. Zahnlücke Kandlbaur mimte den Harlekin. Seine schiefen Zähne stachen im Kontrast zu der weißen Schminke hervor wie Birkenholzleisten. Max Bossard, der Doge, stellte mit weiten, glitzernden Hosen und einem Turban einen fetten Maharadscha dar. An seinem Gürtel hing ein echter Krummsäbel, und seine beiden Begleiter, ein Mädchen und ein Jüngling, trugen ebenfalls jeweils ein indisches Kostüm. Derjenige, der die Kostüme den Gästen zugeteilt hatte, musste sich so manchen Scherz erlaubt haben. Brechtesloh und Fürstenfeldt trugen karikierte Preußenuniformen mit ellenlangen Federn und bunten Adlern auf den Helmen. Beide versuchten, den Fauxpas mit Würde zu tragen. Carl beschloss, sich einen Stehplatz möglichst weit weg von ihnen zu suchen. Beinahe wünschte er sich ebenfalls, eine Maske zu tragen, um unerkannt zu bleiben.

Dem Paket mit dem Kostüm, das er auf seinem Bett vorgefunden hatte, war eine Karte beigelegen. Sie hatte ihn aufgefordert, um zwanzig Uhr am Kometenball zu erscheinen. Carl war gut eineinhalb Stunden zu spät, hatte aber nicht das Gefühl, sehr vermisst zu werden. Eine Bedienung in frech geschnittener Tracht überreichte ihm lächelnd einen »Halleyschoppen«, wie sie das alkoholische Mischgetränk nannte. Es schmeckte erstaunlich gut. Süß und fruchtig mit einer Note Ananas. Es dauerte nicht lange, bis das Glas leer war.

Eine Japanerin mit weißem Gesicht und kleinen aufgemalten Lippen nahm durch die Leute hindurch Notiz von ihm. Mit winzigen Schrittchen trippelte sie auf ihn zu. Dennoch gelang es ihr, sich dabei anmutig zu bewegen. In der Hand hielt sie einen Fächer, und sie hatte sich ein Saiteninstrument mit langem Hals um die Schulter gehängt.

»Seien Sie gegrüßt, Carl. Zurück von Ihren Forschungsreisen in Übersee?«

Carl musste einen Augenblick genauer hinsehen, bis er sie erkannte. Unter der Schminke, die sie puppenhaft aussehen ließ, hinter den mandelförmig nachgezogenen Augen, die eine asiatische Abstammung vorgaukelten, steckte Amanda.

»Können Sie die Laute spielen?«, fragte er.

»Das nennt man eine ›Shamisen‹«, korrigierte sie ihn.

»Eine Shamisen.«

»Es freut mich, dass ich Ihnen auch etwas beibringen kann.« Sie spielte ein paar Töne und erzeugte eine fremdartige Melodie, die sehr fein und lieblich klang.

Es fühlte sich gut an, sich mit ihr zu unterhalten. Carl war nach Feiern zumute. Schließlich war er heute zweimal dem Tod von der Schippe gesprungen. Er tauschte auf dem Tablett einer vorbeigehenden Serviererin sein leeres Glas gegen zwei volle und reichte eines Amanda. »Das nennen sie den ›Halleyschoppen‹, den müssen Sie versuchen!«

Sie stießen an und nippten an ihren Gläsern.

»Wo waren Sie denn beim Diner?«, fragte Amanda.

»Ich habe mit dem Kraftwerksleiter an der Ländte zu Abend gegessen. Das war einmal eine nette Abwechslung zu dieser distinguierten Gesellschaft.«

»Darum beneide ich Sie. Dennoch war es heute sehr angenehm, weil mir Laurenz nicht nachgestiegen ist. Das muss wohl mit Ihnen zu tun haben, Sie Pistolenheld.« Amanda sah ihn keck aus den Augenwinkeln an und lächelte verführerisch. »Sie haben eine vorzügliche Kometenschwanzsuppe verpasst.«

Carl lachte. »Da ist mir wohl was durch die Lappen gegangen.«

Die Blaskapelle machte eine Pause, und ein Geigenspieler betrat die Bühne. Er trug ein Teufelskostüm mit spitzen Hörnern und spielte einen englischen Walzer, wobei er eine respektable Virtuosität an den Tag legte. Um ihn herum hatten sich schnell einige Paare auf der Bühne eingefunden und begannen nun, sich im Dreivierteltakt zu wiegen.

»Fordern Sie mich doch zum Tanze auf!«, schlug Amanda vor.

»Ich bin nicht gerade ein begabter Tänzer«, versuchte Carl, sich aus der Affäre zu ziehen, doch Amanda bestand darauf.

»Ich werde es Ihnen beibringen.«

Carl gab sich einen Ruck. Er verneigte sich und sagte: »Darf ich Sie zu diesem Tanze bitten, Fräulein Amanda?«

Sie knickste. »Aber gewiss, Carl.«

Sie betraten die Bühne, und Amanda gelang es, Carls Bewegungen so weit zu kontrollieren, dass es den Anschein machte, dass er sie führte. Er hatte keine Ahnung, wie sie das bewerkstelligte. Beinahe hatte er den Eindruck, in ihm steckte ein guter Tänzer.

***

»Da ist er!« Nicu machte Fritz auf den Muselmanen aufmerksam, der ein gutes Stück vor ihnen im Begriff war, den großen Saal zu betreten.

Es hatte seine Zeit gedauert, bis sie sich aus ihrer misslichen Lage im Keller hatten befreien können. Erst als Nicu die beiden losen Enden von Fritz' Fesseln gefunden hatte, machte er Fortschritte beim Lösen der Knoten. Als Erstes wechselten sie die Anzüge. Im Lichte des Nobelhotels betrachtet, hatten sie ausgesehen wie Grubenkumpel und gerochen wie Kneipenleichen. Nicu hoffte inständig, dass Klemens ein Einsehen für ihre Situation hatte und für die Schäden und die Reinigung der Anzüge aufkam. Es war nicht Nicus Schuld, dass sich seine Kleidung in einem derartigen Zustand befand. Er hatte bloß seine Pflicht als guter Leibgardist getan.

Drei Dirnen in grellbunten Kostümen huschten durch die Tür, und ein Perser mit spitzem Helm und Krummsäbel stellte ihnen nach. Der Muselmane! Nicu setzte zu einem kurzen Spurt an. Bei ihm angekommen, packte er ihn an den Schultern und zwang ihn mit einem Tritt in die Knie zu Boden. Alles ging so schnell, dass der Perser gar nicht wusste, wie ihm geschah, und er sich bäuchlings unter Nicus Knien wiederfand. Die Leute um sie herum wichen zurück.

»Haben wir dich endlich!«, meinte Nicu, während er ihm die Arme auf den Rücken drehte. Der Spion wand sich ächzend unter dem Griff, musste aber schnell einsehen, dass es zwecklos war.

Nicu schaute zu Fritz hoch. Dieser war nicht eingeschritten, offenbar ließ er ihm den Triumph, Mustafa allein festgenommen zu haben. Nicu war beinahe etwas gerührt von der großherzigen Geste seines Partners. Da steckte in diesem

Holzklotz doch noch ein Herz. Endlich war das Eis zwischen ihnen gebrochen.

Neben Fritz stand ein Indianer mit dem Federschmuck eines Häuptlings. Daneben ein Ritter, der sich das Helmvisier offen hielt. Zu Nicus Linken standen ein Clown, ein Sherlock Holmes, ein Barbarenkrieger und die drei bunten Dirnen. Heute war der Maskenball. Auf eine plötzliche beunruhigende Eingebung hin löste er den Druck seiner Knie und drehte den Gefangenen auf den Rücken. Der buschige Schnurrbart hatte sich halb von der Oberlippe gelöst und hing über einer zornesroten Wange. Zwei Augen funkelten ihn finster an. Der vor ihm Liegende keuchte wütend. Starker Alkoholatem stieg Nicu in die Nase.

***

Der Walzer war viel zu bald zu Ende. Er hielt Amanda gerne an ihrer schlanken Taille fest. Ihr Duft war betörend. Der Geigenspieler setzte zu einem neuen Stück an, etwas Schweres und Düsteres. Carl warf Amanda einen hilfesuchenden Blick zu. Wie tanzte man zu so etwas? Bald wurde das Lied schneller, ein ungarischer Csárdás. Die Tanzenden wirbelten lachend umher, die Zuschauer klatschten und stampften im Takt. Amanda ging voll und ganz in der Musik auf. Sie steckte Carl mit ihrer Freude an. Immer flotter und flotter wurde des Teufels Geigenspiel. Carl jauchzte, wirbelte Amanda herum, drehte sich selbst im Kreis und … trat über den Rand der Bühne ins Leere. Die Zuschauer machten einen Schritt zur Seite. Er fiel der Länge nach hin.

Gelächter erscholl. Die Musik hatte aufgehört. Hände streckten sich nach ihm aus, halfen ihm auf die Beine und klopften den Staub von seinem Hemd. Eine Hand reichte ihm den Tropenhelm. Amanda stieg von der Bühne und gesellte sich zu ihm, während der Geigenspieler zu etwas Gemächlicherem ansetzte.

»Nicht so wild, mein Guter!«

Carl schwitzte und war durstig. Er orderte an der Bar einen

Sekt für Amanda und für sich einen weiteren Halleyschoppen. Verflixt köstlich, dieses Gesöff. Während er sich durch das Gedränge von der Bar wieder wegwühlte, hielt er Ausschau nach Amanda. Ihr schneeweißes Geisha-Gesicht stach aus den kostümierten Gästen heraus wie der Vollmond am Himmel. Sie unterhielt sich mit einem Beduinen, der sich unruhig umschaute. Der Stoff seines Kostüms kam Carl bekannt vor, und er erinnerte sich auch gleich, wo er ihn schon gesehen hatte. Es war derselbe Stoff wie die Vorhänge im Salon. Selbst die Kordel, die der Beduine sich um die Hüfte gebunden hatte, hing vor Kurzem noch am Fenster. Gut improvisiert! Carl musste schmunzeln.

»Wie geht es Ihnen, Carl?« Er drehte sich um. Walter Boveri stand mit dem bunten Federschmuck eines Indianerhäuptlings vor ihm. Carl musste an sich halten, um nicht lauthals loszulachen. Irgendwas in Boveris ernsten Augen verriet ihm aber, dass dieser über Carls Zurückhaltung dankbar war.

»Prima, Herr Boveri.«

»Da bin ich beruhigt. Sie haben gegenüber Palanti starke Nerven gezeigt. Gute Eigenschaft für die Unternehmensführung.« War dies eine versteckte Andeutung für eine Zusammenarbeit? »Aber denken Sie daran, man kann zu leicht übermütig werden nach einer solchen Erfahrung.« Boveri schaute auf die beiden Gläser in Carls Händen.

Carl wollte gerade zu Boveris Andeutung zur Unternehmensführung nachhaken, als sich die Ereignisse überschlugen.

Die Blaskapelle stimmte eine heitere Polka an. Der Beduine hatte sich von Amanda verabschiedet und kam in Carls Richtung. Die elektrischen Lichter gingen aus. Allein zwei Suchscheinwerfer erhellten eine stämmige Dame mit Schleier vor dem Gesicht, die den Saal betrat und mit Luftküsschen um sich warf.

Erst jetzt erkannte Carl den Beduinen am buschigen Schnurrbart. Noch bevor er ihn begrüßen konnte, legte Mustafa sich den Finger auf die Lippen und sah ihn durchdringend an. Er ging an Carl vorbei, klopfte ihm auf die Schulter und verschwand.

Amanda kam hinzu und nahm dankbar ihr Sektglas entgegen. Sie hängte sich an Carls Arm unter. Die beiden Leibwächter von Klemens drängten sich suchend durch die Feiernden.

»Nein, er tut es schon wieder, dieser verdammte alte Narr.« Boveri blickte zu der Dame im Scheinwerferlicht hinüber, die einen Fabrikanten mit hochrotem Kopf mit ihrer Federboa eingefangen hatte und einem anderen ein Küsschen auf die Glatze drückte. Das Johlen und Klatschen übertönte beinahe die Blaskapelle. Es wurde noch lauter, als die Dame frivol ihren Rock raffte und allen Anwesenden Bein zeigte.

Boveri riss sich zornig den Federschmuck vom Kopf und verließ mit einem an Carl gewandten »Entschuldigen Sie mich bitte!« den Saal.

»Wer ist diese Frau?«, wollte Amanda wissen.

Carl grinste.

Die Dame hatte sich inzwischen auf die Bühne begeben und versuchte sich an ungelenken Ballettschritten, hob dann hinten ihren Rock und entblößte den Unterrock.

»Sie wissen doch, wer diese Balletteuse ist, Carl. Verraten Sie es mir!«

»Charles Brown«, sagte Carl lachend, »mit versengter Körperbehaarung.«

Amanda betrachtete noch einen Augenblick lang die Peinlichkeiten und fragte dann: »Möchten Sie das sehen?«

»Nein. Lassen Sie uns an die Bar gehen.«

***

Aus der Tür zum großen Saal erklang wildes Geigenspiel, das Nicu an seine alte Heimat erinnerte. Olaf Inderbitzin, der Ehemann einer Großindustriellen und Mitglied der Orion-Gesellschaft für Fortschrittsfragen, lag im Kostüm eines persischen Kriegers vor Nicu am Boden. Nicu spürte, wie er auf seine Beine gehoben wurde. Große Holzfällerhände schoben ihn zwischen den Schaulustigen hindurch. »Hoffen wir, dass der großmäulige Säufer zu verladen ist, um sich morgen noch an den Vorfall zu erinnern«, meinte Fritz. »Suchen wir den Kameltreiber.«

Nicu war skeptisch. »Wieso denkst du, dass er da drin ist?«

Fritz zeigte auf eines der Fenster. »Hier fehlt ein Vorhang.«

»Na und?«

»Jemand hat sich ein Kostüm beschafft, um unter den Kostümierten nicht aufzufallen. Der Barmann!«

Mustafa! Diese Kombinationsgabe hätte Nicu Fritz gar nicht zugetraut, auch wenn ihn die Schlussfolgerung nicht vollends überzeugen mochte. Mangels Alternativen mischten sie sich unter die Ballgäste. Die Musik war laut, das Gegröle der Betrunkenen in ihren lächerlichen Kostümen noch lauter. Ein Clown mit weißem Gesicht und nasser Aussprache kam auf Nicu zu und erzählte ihm, wie beim Geigenspiel ein Tanzender von der Bühne gestürzt sei. Als dieser erkannte, dass Nicu nicht lachte, ging er ein paar Schritte weiter, klopfte dem Nächstbesten auf die Schulter und erzählte dieselbe Geschichte erneut. Der andere erklärte, er habe es selbst gesehen.

Nicu kam sich lächerlich vor, so ganz ohne Kostüm. Plötzlich ging das Licht aus, und ein Scheinwerfer erhellte den Eingang. Eine aufgedonnerte Dame kam zur Tür herein. Gejohle und freudige Rufe erschollen. Ihr wurde der Weg freigemacht. Ein jeder wollte einen Blick auf das frivole Spektakel erhaschen, und Nicu wurde immer weiter in den Saal gedrängt. Vermutlich eine Prominente, die zu diesem Ball eingeladen worden war. Dann, inmitten der allgemeinen Unruhe, vernahm er etwas, was ihn aufhorchen ließ: »Mustafa, bring mir bitte noch einen Kometenschoppen!«

Nicu drehte sich um seine eigene Achse. Wer hatte hier gerufen? Es war unmöglich, in den ganzen bemalten und maskierten Gesichtern zu lesen. Schnell fiel ihm aber etwas anderes auf. Eine Gestalt bahnte sich eiligst ihren Weg durch die Menschenmenge. Sie trug ein Beduinenkostüm aus Vorhangstoff.

Er setzte sich in Bewegung. Auch Fritz hatte ihn entdeckt

und schloss zu Nicu auf. Sie folgten dem Flüchtenden zum Hinterausgang.

Es hatte wieder zu regnen begonnen, und es hielt sich keine Menschenseele vor dem Grandhotel auf. Der Lärm des Ballsaals drang durch die Fenster bis nach draußen. Der Spion eilte mit seinem wehenden Beduinenkostüm eine Treppe zur Bierhalle hinunter, die ruhig und dunkel in der Nacht lag.

Nicu und Fritz mussten jetzt gemeinsam vorgehen, um den Spion festzunehmen. Sie hatten erlebt, wie er kämpfte. Aber dass sie zusammenarbeiten konnten, hatte ihre Befreiung gezeigt. Eine kleine Geste reichte aus, um Fritz klarzumachen, er solle den Spion über den rechten Weg einkesseln, während Nicu ihm auf dem linken nachhastete. Sie würden ihn bald eingeholt haben, das Kostüm des Flüchtigen hinderte ihn beim Laufen. Dann plötzlich, als Nicu schon beinahe aufgeholt hatte, wirbelte der Spion herum, und Finsternis überkam Nicu. Ein großes Stück Stoff raubte ihm die Orientierung, verhedderte sich in seinen Beinen und brachte ihn zu Fall. Er glitt noch ein gutes Stück auf dem nassen Gras, bis ihn eine Steinmauer unsanft abbremste. Hastig zog er den Vorhang vom Kopf, als er Fritz sah, der mit einem waghalsigen Sprung von seiner höheren Position aus auf den Spion prallte und ihn zu Boden riss.

Beide wälzten sich auf dem Kiesweg. Auf allen vieren gelang es dem Spion, unter dem Holzfäller hervorzukriechen, worauf ihn dieser an einem Fuß packte und wieder zurückzog. Der Spion wirbelte herum und versetzte Fritz mit dem Schuh einen Tritt ins Gesicht. Fritz heulte wütend auf, lockerte seinen Griff aber nicht.

Inzwischen war Nicu wieder auf den Beinen und erreichte die beiden. Ein Augenblick der Unachtsamkeit genügte, und der Spion brachte Nicu mit einem beidhändigen Ruck an seinen Füßen zu Fall. Etwas Hartes traf Nicu am Schädel, und er sah erneut weiße Blitze.

Als Nicu die Benommenheit abgeschüttelt hatte, stand Mustafa bereits wieder auf den Beinen. Er hatte sich aus dem Griff von Fritz befreit, und Nicu erkannte auch, wie ihm das gelungen war. Eine Luger lag schwer in seinen Händen.

Nicu spürte, wie die Nässe des Rasens durch den Anzugstoff drang. Er bibberte. Der Barmann würde sie doch nicht hier und jetzt abknallen wie räudige Hunde? Niemand der Gäste würde die Schüsse hören bei dem Tumult im Ballsaal. Nicu war noch nicht bereit zu sterben. Nicht, bevor er ein einziges Mal mit Amanda zusammen gewesen war.

Mustafa blickte sich gehetzt um. Er schien seine Optionen durchzugehen. Sein Schnurrbart zuckte. »Ich sage euch jetzt, wie es weitergeht«, knurrte er und kam einen Schritt auf sie zu. »Wir werden uns ruhig und ohne Umschweife zum Ärztehaus begeben. Wer dennoch Umschweife macht, wird erschossen.« Sein arabischer Akzent war weg.

Bei der Grundmauer des Chalets angekommen, zog er den Schlüsselbund hervor, den er Nicu im Keller abgenommen hatte. »Du, öffne die Tür!«

Nicu entriegelte mit zittrigen Händen. Der rostige Griff der Türfalle knackte beim Herunterdrücken. Er vernahm ein Rascheln wie das eines geschüttelten Busches. Dann ein dumpfes Pochen. Nicu drehte sich zu den Geräuschen um. Mustafa war in sich zusammengesackt.

»Was treibt ihr hier draußen wieder für Unfug, ihr Pflaumen?« Klemens' Stimme wollte nicht so recht hierher passen. Auch seine bunte Golferkleidung, zu der auch ein Golfschläger gehörte, wirkte irritierend.

»Was steht ihr da wie die Ölgötzen? Los, bringt den Spion hinein, oder wollt ihr, dass ihn hier jeder zu sehen kriegt? Kann man euch denn keinen Augenblick aus den Augen lassen?«

***

Endlich war Carl etwas aus sich herausgekommen. Er schien für seine Verhältnisse regelrecht übermütig. Wie viele Halleyschoppen hatte er bereits geleert? Sie lehnten sich an die Bar und unterhielten sich.

Als Mustafa bei Amanda erschienen war, hatte er sie in ernstem Ton ermahnt: »Vergessen Sie nicht, übermorgen um acht das Schiff zu nehmen. Ich werde bis dahin untertauchen müssen.« Er maß sie mit einem forschenden Blick. »Und noch etwas, Amanda: Ich vertraue Ihnen.«

Damit wandte er sich von ihr ab und verschwand hastig in der Masse. War er wirklich in sie verliebt? Er machte nun gar nicht mehr den Eindruck. Vielmehr erschien er ihr nun tatsächlich verdächtig.

Fürstenfeldt tauchte mit seiner albernen Uniform am anderen Ende der Bar auf. Er beobachtete Amanda und Carl. Es wirkte auf sie, als ob er sie kontrollierte.

Auch Carl schien ihn zu bemerken und wurde unruhig.

»Wollen wir etwas an die frische Luft gehen?«, schlug sie vor.

Carl begrüßte den Vorschlag, und so zwängten sie sich durch das Gedränge dem Ausgang entgegen.

»Sehen Sie sich mit ihm sein Automobil an, interessieren Sie sich für die Details!«, hatte ihr Klemens noch geraten. »Das wird sein Blut in Wallungen bringen und ihm nebenbei die Zunge lockern.«

Dieser alte Lüstling musste ihr nicht erklären, wie sie ihre Arbeit zu verrichten hatte. Aber er hatte recht: Wenn man Männer bezirzen wollte, musste man sich für ihre Schöpfungen interessieren, dann fraßen sie einem aus der Hand. Dasselbe funktionierte im Übrigen auch ganz gut bei Frauen.

***

Carl musste plötzlich feststellen, dass Amanda nicht mehr hinter ihm war. Er machte kehrt und fand sie in der Umarmung eines anderen. Die Männer um die beiden herum grölten und lachten. Das Paar tanzte in ungelenken Bewegungen. In Carls

Verwirrung mischte sich Enttäuschung. Hatte sie sich so schnell einem anderen an den Hals geworfen? Er hatte gedacht, dass er ihr etwas bedeutete. Amandas Geisha-Schuhe scharrten über den Boden. Sie entwand eine Hand und schlug mit der Faust ihrem Tanzpartner auf die Schulter. Amanda wehrte sich!

Carl riss ohne Umschweife die Schulter des Tänzers herum und ließ seine Faust mitten in ein verschwitztes Gesicht krachen. Olaf Inderbitzin torkelte zurück, und der selbst ernannte Casanova im Türkenkostüm ging zu Boden. Amanda rettete sich in Carls Arme. »Alles in Ordnung mit Ihnen?«, fragte er.

»Jetzt haben Sie mich schon wieder gerettet!« Sie lachte.

»*Tami!* Meine Faust schmerzt höllisch!« Carl schüttelte seine Rechte und lachte ebenfalls laut auf.

»Los, lassen Sie uns schnell von hier verschwinden.« Sie zog Carl mit. Ihr Parfüm duftete atemberaubend.

Ihre Begeisterung, das glockenhelle Lachen, das musste die wahre Amanda sein. Als sie die Gans in großen Kreisen um das ausgebrannte Wrack des Marquis lenkte, sah Carl sie von einer anderen Seite. Er konnte kaum den Blick von ihr abwenden. Diese Amanda offenbarte sie bestimmt nicht jedem.

Nach der Podiumsdiskussion und dem Duell hatte Carl in der ganzen Aufregung vergessen, sein Automobil zurück in den Schuppen zu stellen. Hotelangestellte hatten dies für ihn erledigt, nachdem sie die Bühne demontiert hatten. Der ausgebrannte Marquis stand noch immer auf dem Vorplatz, aus Vorsicht für den Fall, dass sich das Feuer erneut entfachte. Sie hatten ihn lediglich mit einer Plane abgedeckt, damit der Schandfleck den Gästen nicht zu sehr die Aussicht verunzierte.

Als Carl und Amanda zuvor beim Schuppen angekommen waren, hatte sie in ihrem Geisha-Kostüm die Gans umrundet und zärtlich die Finger über das lackierte Blech gleiten lassen.

»Soll ich Ihnen beibringen zu fahren? Es ist ganz leicht«, hatte Carl vorgeschlagen.

Sie hatte den Dreh schnell rausgehabt. Nun kurvte sie übermütig über den Vorplatz, während Carl auf dem Nebensitz ausgelassen lachte. Es war niemals seine Absicht gewesen, dem Großmaul Palanti sein Automobil zu zerstören und dann auch noch das Mädchen abzunehmen. Dennoch war es geschehen. Palanti selbst hatte beide aufs Spiel gesetzt und verloren.

Sachte hielt sie den Wagen an und löschte das Licht.

»Was geht da unten vor sich?«, fragte Carl.

Auf der Terrasse des Grandhotels hatte sich eine bunt kostümierte Menge versammelt und blickte gebannt zum Giessbach hoch. Im Dunkel der wolkenverhangenen Nacht hob er sich nur matt von der schwarzen Umgebung ab. Eine Sinfonie erscholl scheppernd aus Lautsprechern.

»Johannes Brahms«, erkannte Amanda.

Dann erstrahlte am Giessbach ein grünes Licht. Ein zweites. Und noch eines. Es wurden immer mehr, der Giessbach erstrahlte in grüner Pracht. Fremdartig. Obskur. Wie von Magie beseelt begann er zu pulsieren, als würden sich seine Kaskaden demnächst von den Felsen lösen und sich befreit in ätherischer Anmut durch die Lüfte davontragen lassen. »Ahs« und »Ohs« entglitten der Zuschauermasse.

Das wöchentlich durchgeführte Giessbachfeuerwerk war weitum bekannt. Selbst Hotelgäste in Interlaken und Brienz ließen sich mit dem Schiff hierherbefördern, um das Spektakel zu bewundern. Der Giessbach wurde dabei mit bengalischem Feuer erhellt. Die Beleuchtung mit elektrischen Scheinwerfern aber war etwas komplett Neues. Installiert eigens für den Kongress. Ein Zeichen des Fortschritts.

Beinahe schmerzte der Kontrast in den Augen, als die Wasserfälle in sattem Rot aufblitzten. Nur kurz. Nochmals und nochmals. In einem elektrischen Crescendo wechselten die Farben dann von Orange zu Gelb, von Grün zu Blau.

Es schien Carl, als würde sich die Elektrizität des Lichterspiels bis in die Kabine zu Amanda und ihm übertragen. Es hatte ihn so sehr in seinen Bann gezogen, dass es ihm beinahe einen Schlag versetzte, als Amandas Hand auf seinem blanken

Knie Kontakt herstellte. Im Schein der wechselnden Farben funkelte ihr Blick. Die Luft knisterte, als zuckten Lichtbögen zwischen ihren und seinen Lippen, die einander immer näher kamen. Als sie sich berührten, entlud sich die Spannung. In Carl legte sich ein Schalter um, und alle Widerstände lösten sich. Funkensprühend gaben sie sich ihrer Lust hin, an Ort und Stelle. Von der ganzen Welt isoliert in der Kabine der Gans.

Regen prasselte aufs Blech. Die Scheiben waren beschlagen.

»Wie praktisch, man kann sich während dem Fahren schminken.« Amanda lag in Carls Armen. Er wusste nicht, worauf sie hinauswollte. Amanda deutete zum Rückspiegel.

»Der ist da, um zu sehen, was hinter einem geschieht. Aber freilich kannst du ihn auch zum Schminken benutzen. Du solltest nur nicht gleichzeitig fahren.«

»Du denkst aber auch an alles.« Sie drehte sich zu ihm und küsste ihn.

All das hier war nicht richtig. Amanda war eine wunderbare Frau, und er fühlte sich sehr zu ihr hingezogen. Der Alkohol, die Tanzerei, sein Hochgefühl, ausgelöst vom Duell und dem entgangenen Steinschlag, hatten dazu geführt, dass Carls Vernunft auf der Strecke geblieben war. Es war falsch, mit Amanda … dies zu tun. Eine Kurzschlusshandlung. Erst recht im Automobil.

Vor Helénes Schminkspiegel.

Heléne. Er hätte vor Langem schon diesen Spiegel durch einen anderen ersetzen sollen. Er erinnerte ihn zu sehr an sie. Sie hatte ihn selbst noch benutzt, um ihr Rouge zu prüfen, bevor Carl ihn am Kabinendach montiert hatte. Aber hätte ihn ein anderer Spiegel nicht auch an sie erinnert? Vielleicht. Vielleicht aber nicht so sehr.

Erst jetzt wurde Carl klar, dass Amanda ihn schon seit einer Weile forschend angeschaut haben musste.

»Wo bist du gerade?«, fragte sie sachte.

Ertappt. Bestimmt hatte sie gespürt, wie weit er von ihr entfernt gewesen war, obwohl sie aneinandergeschmiegt dalagen.

Er hatte die großartigste Frau im Arm, die ihm je begegnet war, und dachte an seine verflossene Liebe.

»Du trägst schweren Kummer in dir, nicht wahr?«

Carl versteifte sich. Sie sah ihn im erbärmlichen Rest des Lichts an, dessen Widerschein es gerade noch vom Hotel durch den Regen bis in die Gans schaffte.

Carl hatte das Gefühl, als erkannte sie die große Hilflosigkeit, die in ihm gor. Die Hilflosigkeit gegenüber der Verkommenheit auf diesem Kongress. Die Hilflosigkeit gegenüber dem drohenden Bankrott seines Familienbetriebs. Die Hilflosigkeit, die Heléne hinterlassen hatte, als sie ihn verließ. Ein saures Kribbeln bahnte sich seinen Weg vom Gaumen zu seinen Augen empor. Carl kämpfte den Drang nieder. Er konnte jetzt doch nicht losheulen! Er, der gerade noch gelacht und Amanda voller Stolz sein Automobil präsentiert hatte. Er, der ein potenter Liebhaber gewesen war. Nun saß er hier mit seiner lächerlichen kurzen Kostümhose. Mit Resten weißer Schminke an den Händen und gewiss auch im Schnurrbart. Carl wollte nicht, dass sie ihn so sah. Der Drang, seine Hilflosigkeit vor ihr zu verbergen, der Drang, diese Kabine zu verlassen, wurde stärker und stärker. Carl musste raus. Er musste allein sein. Er musste schlafen gehen.

»Willst du, dass ich gehe?«, fragte Amanda, als er sich das Hemd zuknöpfte.

»Ich muss den Wagen jetzt zurück in den Schuppen fahren.« Eine unbeabsichtigte Kälte schwang in seinen Worten mit.

Woher dieser plötzliche Stimmungswechsel kam, konnte Carl sich selbst nicht erklären. Er parkte die Gans im Schuppen. Was tat er da bloß? Er hatte Amanda einfach vor dem Kurhaus stehen lassen. Hastig verriegelte er die Kabinentür. Er wollte sich bei ihr für sein Verhalten entschuldigen und ihr gestehen, was ihn für traurige Erinnerungen plagten, welche Last er mit sich herumschleppte. Womöglich konnte sie ihn ja davon befreien.

Als er den Schuppen verließ, war Amanda fort. Allein schlurfte er zum Hotel zurück.

Im Wandelgang begegneten ihm eine Handvoll Kostümierte, die lachten und noch immer nicht genug getrunken haben wollten. Selbst im Park zwischen dem Hotel und dem Kurhaus streunten zu dieser fortgeschrittenen Uhrzeit und trotz des Regens noch immer einige Kongressteilnehmer umher. Unter ihrem zungenschweren Geschwafel war auch gelegentliches Gekicher und Quieken von leichten Mädchen zu vernehmen. Beim Waldrand meinte Carl unzweideutige Bewegungen auszumachen. Ein Paar kam über und über mit Schlamm beschmutzt aus dem Regen zurück unter das Dach des Wandelgangs. Carl erkannte Bundesrat Zobrist nebst einer sich nicht gerade damenhaft gebärdenden Dame.

Voller Abscheu wandte er sich ab. Ein verfluchtes Tollhaus! Alte Lüstlinge auf jungen Leibern. Und er war keinen Deut besser. War eben im Automobil mit Amanda intim gewesen. War er jetzt in der Orion-Gesellschaft für Fortschrittsfragen angekommen, als einer der ihren?

KAPITEL 11

Mittwoch, 18. Mai 1910, früher Morgen
Der dritte Kongresstag

»Lass *mich* machen. Ich habe eine verdammte Wut im Bauch!« Nicu ging auf Mustafa zu, der an einen Holzstuhl geschnürt war, und versetzte ihm eine schallende Ohrfeige. Mustafa fixierte ihn mit einem trotzigen Blick.

Klemens hatte sie angewiesen, Mustafa im hintersten Kellerraum des Kurhauses zu vernehmen. Die Wände waren massiv und würden Schreie ausreichend dämpfen. Dann hatte er sich zurückgezogen. Wieder einmal ließ er seine beiden Handschuhe die Schmutzarbeit erledigen.

»Arbeitest du für die Franzosen?«, fragte Nicu.

Mustafa schwieg.

Eine weitere Ohrfeige. »Los, sag schon, arbeitest du für die Franzosen?«

Ohrfeige. »Wie ist dein richtiger Name?«

Fritz schritt ein. »Willst du ihn jetzt die ganze Nacht über langweilen?«

Nicu ballte die Faust und langte zu. Der Schlag in die Magengegend ließ Mustafa die Luft entweichen, und er krümmte sich, soweit es die Fesseln zuließen. »Arbeitest du für die Franzosen?«, wiederholte Nicu. Er schlug weiter zu, immer weiter. Es tat gut. Er ließ seinem Zorn freien Lauf. Mustafa hatte sie so lange an der Nase herumgeführt. Er hatte den harmlosen Barmann gemimt, während sie auf der Suche nach dem Spion gewesen waren. Er stand die ganze Zeit vor ihrer Nase.

»Bist du LDP?«

Mustafa hatte ihn und Fritz gefesselt im Keller liegen gelassen. Wer wusste, wie lange sie noch so dagelegen hätten, wenn es ihnen nicht gelungen wäre, sich zu befreien?

»Was weißt du?«

Mustafa hatte sich mit Amanda unterhalten, sie hatte gelacht und sich zu ihm herübergebeugt.

»Wo ist das Notizbuch?«

Mustafa keuchte, er litt zusehends unter den Schlägen, schwieg aber weiter.

»Los, sprich! Dann findet das hier ein Ende«, herrschte Nicu ihn an. Nach und nach schmerzten seine Arme. Nicu kamen die Worte seines Vaters in den Sinn, die er zu sagen pflegte, wenn er ihm eine Kopfnuss gegeben hatte: »Es schmerzt mich genauso wie dich, mein Junge.«

»Mach du weiter!«, wandte er sich an Fritz, der ihm bis jetzt nur belustigt zugesehen hatte. Fritz ließ sich kein zweites Mal bitten und knallte dem Spion die Holzfällerfaust mitten ins Gesicht.

»Sprich!«, sagte er dabei. Er schlug zu. »Sprich!« Und wieder: »Sprich!«

Nicus Wut war verflogen. Was taten sie hier?

»Sprich!«

Mustafas Gesicht blutete bereits.

Fritz war deutlich ausdauernder als Nicu. Nicht dass es ihm sichtlich Freude bereitete, jemandem Schmerzen zuzuführen, doch zeigte er eine gewisse Hingabe bei dieser Tätigkeit. Mustafa keuchte, stöhnte und schrie unter Schmerzen, doch sagte er kein Wort. Fluchend trat Fritz in den Flur hinaus, und Nicu hörte ihn im Nebenraum, der als Abstellkammer diente, rumpeln. Als er kurz darauf wieder erschien, führte er ein Eisenrohr mit sich, das gut einen halben Meter maß. Damit zertrümmerte Fritz dem Barmann ein Knie.

Nun ging er zu weit. Nicu musste eingreifen. »Was ist los mit dir, du taube Nuss?« Er entrang Fritz das Rohr und schleuderte es in den hinteren Teil des Raumes, wo es mit einem lauten Klang in der Finsternis versank. »Du schlägst ihn noch tot, bevor er ausgepackt hat.«

Als die Morgendämmerung allmählich durch das verstaubte

Kellerfenster drang, wurde die Kellertür aufgerissen, und Klemens trat ein. »Hat er geredet?«, fragte er zur Begrüßung.

Nicu schüttelte den Kopf.

»Dann muss ich den Generalleutnant in Kenntnis setzen.«

Keine Viertelstunde später traten Witt und der Oberst ein. Klemens glänzte erneut durch Abwesenheit.

***

Oberst Gerhard von Fürstenfeldt-Kamp war erneut eine verschlüsselte Nachricht ins Netz gegangen. Sie musste irgendwann seit seiner letzten Kontrolle von auswärts hereingekommen sein und bestand bloß aus sieben Zeichen. Er schätzte, dass es die Antwort des Deuxième Bureaus auf Mustafas Anfrage vom Vortag war. Er war aber auch dieses Mal nicht imstande gewesen, sie zu entschlüsseln, so ganz ohne Codekarte. Hilfe kam von unerwarteter Seite.

Gemeinsam mit Witt betrat er den Kellerraum, in dem sie den gefangen genommenen Agenten vernahmen. Fritz wandte sich an Fürstenfeldt und raunte ihm unter vorgehaltener Hand zu: »Frag den Spion, was ›VDG 8 19.‹ zu bedeuten hat!«

Hatte er gerade eben Fürstenfeldt geduzt? Ungehalten gab der zurück: »Warum sollte ich?«

»So lautete die Notiz, die Nicu beim Telegrafen gefunden hat.«

»Damit kommt ihr erst jetzt?«

Fritz zuckte die Schultern.

»Und was hat das zu bedeuten?«

»Was weiß ich, darum sollst du ja fragen.«

Eine Abkürzung, zwei Zahlen und ein Punkt also. Je nach Schreibweise waren das sieben Zeichen, genau wie die hereingekommene Nachricht vom Deuxième Bureau in Paris. Da könnte etwas dran sein.

Der Spion saß vor ihnen an einen Stuhl geschnürt und hatte sich bis jetzt geweigert, den Mund zu öffnen. Fürstenfeldt indes war zuversichtlich, dass Witt ihn dazu bewegen konnte, etwas gesprächiger zu werden. Das primäre Ziel der Folter war, zu der Wahrheit zu gelangen, die der Befragte nicht ohne Weiteres preisgeben wollte. So weit ganz simpel. Doch damit hatte sich auch schon alles erschöpft, was simpel war. Ein erfolgreiches Verhör war eine regelrechte Kunstform. Es war nicht bloß damit getan, dem Befragten Schmerzen zuzufügen. Es reichte nicht, ihm in Aussicht zu stellen, dass er nur auszupacken brauchte, um die Pein zu beenden. Es steckte mehr dahinter. Viel mehr. Eine komplette Wissenschaft.

Fürstenfeldt wusste, dass Witt dies in Ostafrika am eigenen Leibe erfahren hatte, denn auch er lag einst auf der Planke. Diese Erfahrung machte ihn später zu einem erfolgreichen Vernehmer. Nur wer den Pfad einmal selbst gegangen war, wusste, wie der Befragte richtig zu führen war. Der Vernehmer ging mit dem Vernommenen eine Verbindung ein. Er führte ihn auf den Pfad der Wahrheitsfindung, der eben und kurz sein konnte oder aber beschwerlich und endlos. Dem Befragten wurde dabei stets das Ziel ihres gemeinsamen Weges vor Augen gehalten: die Wahrheit.

Entgegen der landläufigen Meinung fühlte sich ein guter Vernehmer tatsächlich in den Vernommenen ein. Nicht um die Schmerzen und Ängste mitzuempfinden – dies wäre bloß hinderlich für die Ausübung seiner Aufgabe –, sondern um die empfindlichen Punkte auszumachen, an denen er ansetzen konnte.

Der vorliegende Fall gestaltete sich etwas schwieriger. Der Spion war zwar Klemens' Männern in die Fänge geraten, die ausnahmsweise nicht als komplette Einfaltspinsel gehandelt hatten, doch es gab drei Gründe, warum er für eine Befragung kaum mehr empfänglich war. Als Erstes war davon auszugehen, dass er in seiner Ausbildung als Spion auf peinliche Befragungen vorbereitet wurde. Ein Hindernis, das es zu überwinden galt. Zweitens hielt ein guter Spion an seiner Überzeugung fest, ansonsten wäre er nie Spion geworden. Für diese Überzeugung war er bereit, bis zum Letzten zu gehen, womöglich dafür zu sterben. Damit konnte man umgehen. Wozu einer zu gehen bereit war und wie weit er dann letztendlich ging, waren zwei Paar Schuhe. Der Schwierigkeitsgrad für eine erfolgreiche Befragung erhöhte sich damit aber wesentlich. Das dritte Problem sah Fürstenfeldt als das größte: Klemens' Barbaren hatten den Spion bereits so übel zugerichtet, dass er sich beinahe vollständig von seiner Umwelt abgekapselt hatte. Ein Blick in die geschwollenen, aber leeren Augen verriet ihm, dass der Gefangene bloß noch auf die endgültige Erlösung wartete. Und wenn man seine Verfassung in Betracht zog, spielte die Zeit für ihn. Kurz, er war kaum mehr imstande, den Pfad der Wahrheit zu gehen.

Nicu und Fritz hatten keinen Schimmer, wie eine Befragung durchgeführt werden musste. Doch anstatt die Hände davon zu lassen, waren sie mit Übereifer hineingeprescht und hatten beinahe alles ruiniert. Man lernte dies nicht auf der Straße. Da lernte man höchstens dreinzuschlagen, was die beiden ja auch getan hatten.

Er und Witt wurden viel zu spät herbeigezogen. Doch sie hatten eine Aufgabe, die nicht damit getan war, zu behaupten, sie sei aussichtslos. Aussichtslose Situationen waren die besten Herausforderungen.

Die beiden Lakaien beobachteten Witt mit einer Mischung aus Faszination und Abscheu, wie dieser um den zu Befragenden herumging und überlegte, welche Verhörtaktik er anwenden sollte. Ihm oblag die Wahl der Qual. Schließlich wies er den Rumänen an: »Du, hol mir einen Putzlappen und eine Gießkanne mit Wasser!«

Fürstenfeldt wusste, worauf dies hinauslief. Witt hatte die *tormento de toca* gewählt, eine Methode, die bereits die Spanische Inquisition angewandt hatte. Diese Taktik zur Wahrheitsfindung unterschied sich dahingehend von anderen Verfahren, dass sie beim Befragten keine Schäden hinterließ. Zumindest keine körperlichen. Im vorliegenden Falle war dies zu bevorzugen. Weitere körperliche Verletzungen hätten ihm zu früh den Rest gegeben.

Nach einer Weile erschien der Rumäne wieder in der Tür mit den geforderten Gegenständen. Witt wies Fritz an, den Befragten mitsamt Stuhl auf den Rücken zu legen, den Lappen über Nase und Mund zu spannen und den Kopf festzuhalten.

Mit der Gießkanne sorgte Witt dafür, dass der Lappen stets mit Wasser benetzt blieb. Der Spion keuchte und versuchte erfolglos, sich seiner Lage zu entwinden. Nach exakt fünfunddreißig Sekunden stellte Witt die Kanne ab und wies seinen Assistenten an, den Lappen zu entfernen.

Der Befragte hustete und spuckte.

»Du hast eine neue Nachricht von zu Hause erhalten. Was bedeutet ›VDG 8 19.‹?«, fragte Fürstenfeldt ruhig. Der Befragte schwieg. Der Rumäne verließ den Raum. Witt gab seinem Assistenten ein Zeichen, und der Vorgang wurde wiederholt.

Die *toca* war in Intervallen durchzuführen. Das Heimtückische an dieser intensivierten Verhörtaktik war, dass dem Körper des Befragten vermittelt wurde, er würde ertrinken, obwohl er gar nicht ertrinken konnte, solange alles korrekt durchgeführt wurde. Es wurden schlicht Urängste wachgerufen, selbst bei jemandem, der genau wusste, dass das Ertrinken nur simuliert war. Eine rein nervliche Angelegenheit, aber mit einer aussichtsreichen Erfolgsquote.

Die Kehrseite war, dass mancher Befragte dadurch in bleibenden Wahnsinn verfiel.

***

Sechs palavernde und wild gestikulierende Wissenschaftler bestiegen ein Projektil, das auf das Kommando eines Offiziers hin von zwölf Mädchen in eine Kanone geladen und dem Mond mitten ins rechte Auge gefeuert wurde.

Carl wollte sich die Filmvorführungen an diesem Morgen keinesfalls entgehen lassen. Schon des Öfteren hatte er das Wanderkino besucht, wenn es in der Kantonshauptstadt haltgemacht hatte. Dieses dreizehnminütige Kulissenspektakel von Georges

Méliès mit dem Namen »Le Voyage dans la Lune« hatte er jedoch noch nie gesehen.

Im Saal war ein Filmvorführraum eingerichtet worden. Man konnte noch immer den Maskenball von letzter Nacht riechen, die olfaktorischen Hinterlassenschaften aus Alkohol, kaltem Rauch und Festivitäten, die überall gleich stanken und auch nach stundenlangem Lüften noch wahrnehmbar waren. Nur wenige verkaterte Seelen saßen in den Reihen vor der Leinwand, auf die der »Cinématographe« den Film projizierte. Die übrigen lagen noch mit einem Brummschädel in den Federn. Carl ging es auch nicht viel besser. Wie viele Halleyschoppen hatte er in sich hineingeschüttet? Der letzte war zu viel gewesen, so sagte man – vermutlich schon der zweitletzte. Sein Mund fühlte sich an wie mit Watte gefüllt, obwohl er bereits zwei Tassen Kaffee getrunken hatte. Auf ein Frühstück hatte er bereitwillig verzichtet. Die Filmvorführung kam ihm sehr gelegen, um die Zeit zu überbrücken, bis es ihm wieder besser ging.

Carl wurde es ganz warm, als er an das Liebesspiel mit Amanda in der Gans zurückdachte. Sie war wundervoll gewesen, er hatte ihren Duft eingesogen und seine Hände über ihre sanften Kurven gleiten lassen. Doch als es vorüber war – seine Reaktion auf den Spiegel, er hatte selbst nicht gewusst, wie ihm geschah. Plötzlich vermochte er nicht mehr zu sprechen und zog sich zurück wie die Muschel ihre Weichteile in die harte Schale. Eine Dame wie Amanda wies niemand zurück. Wie sie sich wohl fühlen musste! Er hatte ihr wehgetan. Wenn sie doch nur wüsste, was er für sie empfand.

Die Gelehrten trafen auf dem Mond auf ein Heer zappelnder Bewohner, die sich ganz einfach mit einem Schlag mit dem Regenschirm besiegen ließen. Danach gelang es ihnen, die Kapsel vom Rand des Mondes zu kippen, und sie kehrten zur Erde zurück.

Seit dem Vorfall mit Amanda drehte sich in Carls Kopf immer wieder dieselbe Frage: Wäre es nicht das einzig Vernünftige, noch heute nach Hause zurückzukehren? Seine Arbeit hier war getan. Er hatte keine Pflichten, kein Referat, keine Diskussionsrunde mehr. Zudem hatte er genug gesehen von diesem Pfuhl. Vertreter des Deutschen Heeres bedrängten ihn, und Palanti hatte er ernsthafte Verletzungen zugefügt. Freilich hätte er noch mehr mit den Mitgliedern ins Gespräch kommen und Kontakte knüpfen sollen. Doch ließe sich dies nicht auch von zu Hause aus bewerkstelligen? Es wäre am Ende sogar noch leichter, da in seiner vertrauten Umgebung weniger Ablenkungen vorhanden waren. Sein Vater würde es verstehen. Wie es ihm wohl ergangen war die letzten Tage? Ob sich sein Zustand in der Zwischenzeit gebessert hatte? Er brauchte Carl doch.

Der Film endete, und der Vorführer legte eine neue Rolle ein. »El Hotel Electrico«, verkündete eine zitternde Schrift auf der Leinwand. Ein Ehepaar betrat die Eingangshalle eines Hotels, wo es aufgefordert wurde, sich zu setzen, während die Gepäckstücke selbstständig in das Hotelzimmer glitten. Wie von Zauberhand öffneten sich die Koffer, und deren Inhalt kroch und hüpfte in die Schubladen einer Kommode. Faszinierend, diese Tricktechnik. Die Illusion war perfekt, es blieb einem nichts anderes übrig, als zu glauben, dass die Kleidungsstücke sich selbst zusammenfalteten und einräumten.

Carl war dermaßen gebannt, dass er zusammenzuckte, als sich eine feine Hand auf seine Schulter legte. Amanda. Sie setzte sich neben ihn, ohne ihren Blick von der Leinwand zu lösen. Die Feier der letzten Nacht musste spurlos an ihr vorübergegangen sein, sie sah aus wie aus dem Ei gepellt. Amüsiert schaute sie der Bürste zu, die sich von selbst durch das Haar der Darstellerin kämmte, ohne von einer Hand geführt zu werden. Sie musste Carls Blick gespürt haben, denn sie lächelte und legte ihre Hand auf seine, als sei sein Fehlverhalten letzte Nacht nie geschehen. Carl freute sich aufrichtig, sie zu sehen, und war erleichtert, sie nicht vergrault zu haben.

Du siehst phantastisch aus. Carl sprach es nicht aus. Er sah sie bloß an, während sein Herz den Csárdás klopfte.

Endlich blickte sie ihn an, und Carl nahm ihr Parfüm wahr. Amanda flüsterte: »Habe ich etwas Falsches gesagt letzte Nacht?«

Carl war wie vom Donner gerührt. »Nicht doch! Ich war es, der sich falsch verhalten hat.« Es schmerzte ihn, dass sie die Schuld bei sich suchte.

»Es …«, begann Carl. Er war nicht gut in solchen Dingen. »Eine alte Geschichte. Schon beinahe nicht mehr wahr.« Stammelte er etwa?

»Es hat etwas mit dem Spiegel in deinem Automobil zu tun, nicht wahr? Eine verflossene Liebe?«

Am Schaltpult in dem elektrischen Hotel legte ein Betrunkener den falschen Schalter um, was Blitze an einem Stromgenerator verursachte. Als Folge wuselte das gesamte Mobiliar durch die Lobby und verursachte ein Chaos unter den Hotelgästen und Angestellten. Die Zuschauer im Vorführraum lachten, ihre Zahl hatte in der Zwischenzeit zugenommen. Carl war nicht nach Lachen zumute.

Nach einer Weile des Schweigens sagte Amanda etwas, was er nicht erwartet hätte. »Er hieß Emil. Meine verflossene Liebe«, begann sie. »Ich bin mit dreizehn von zu Hause abgehauen. Emils Eltern hatten mich später als Haushaltshilfe eingestellt. Doch ich durfte mich bei ihnen wie eine Tochter fühlen.« Amanda nestelte an ihrer Stola. »So kam es, dass Emil und ich ein Paar wurden. Ich dachte, ich wäre im Himmel angekommen, als wir zusammen waren. Doch wie es so läuft, nach einiger Zeit hatte ihn ein anderes Mädchen um den Finger gewickelt. Emil und ich verkrachten uns so heftig, dass ich die Familie verlassen musste.«

Carl hatte ihr aufmerksam zugehört. Amanda hatte Ähnliches durchgemacht. Sie konnte ihn verstehen. So begann er, ihr flüsternd von seiner Liebschaft mit Heléne zu erzählen, während auf der Leinwand Filmaufnahmen von einem Übungsmanöver der deutschkaiserlichen Armee flackerten. Carl erzählte, wie sie im Winter zusammen auf dem Kachelofen heißen Kakao getrunken hatten. Wie Heléne ihm eine Mütze gestrickt hatte, die erst nach

Ostern fertig wurde. Wie sie zusammen an Sommerabenden auf frisch gemähten Wiesen gelegen und einander Gedichte vorgelesen hatten. Er erzählte ihr, wie ihre Eltern eine Hochzeit mit einem anderen arrangiert hatten, wie Heléne sich viel zu bereitwillig in ihr Schicksal gefügt und Carl vergessen hatte.

Er endete mit den Worten: »Das ist jetzt fünf Jahre her.«

»Eine lange Zeit. Hast du denn seither niemanden gefunden?«

»Bekanntschaften, aber nicht die Liebe.«

Sie schaute ihn forschend an. »Der Schminkspiegel. Es war ihrer, nicht wahr?«

Carl nickte.

»Er ist ein Teil von ihr, an dem du festhältst. Sie wird dich nie gehen lassen, wenn du sie nicht gehen lässt. Wirf alles weg, was dich an sie erinnert, sonst wird sie dir immer im Weg stehen, wann immer du versuchst, dein Glück zu finden.«

Auf der Leinwand hatte ein neuer Film begonnen. In einem Kunstatelier mischte ein Künstler die Farbe, während sein Modell sich auszuziehen begann. Die Frau stellte sich in Pose, und er begann, sie mit ausladenden Pinselstrichen auf ein großes Papier zu malen. Der Film flackerte stark, die Bilder waren nicht so klar und scharf wie die eines Meisters wie Georges Méliès.

»Glaube mir, ich kenne mich in Liebesdingen aus. Ich habe sie mein Leben lang studiert.«

Die Frau im Evakostüm näherte sich dem Künstler und öffnete seine Hose. Carl schüttelte den Kopf. »Dreht sich denn die Welt hier nur um das eine?«

»Was meinst du?«

»Na, das hier.« Carl zeigte empört auf die Leinwand.

Amanda lachte und winkte mit dem Programmzettel, der auf den Stühlen lag. »Was denkst du, was ›Herrenvorstellung mit pikantem Programm‹ bedeuten soll?«

»Lass uns einen Kaffee trinken gehen«, schlug Carl vor.

***

Sie hatten sich gestern in seinem Automobil geliebt. Amanda spürte, wie sie lächelte. Er hatte etwas an sich. Seine Kultiviertheit und diese menschliche Wärme hatten sie in ihren Bann geschlagen. Eine alte, längst tot geglaubte Regung machte in ihrem Innersten auf sich aufmerksam. Vielleicht war es die Art, wie er sie ansah. Wie er sich zwang, sie nicht anzustarren. Wie er ihren schlanken Hals betrachtete. Wie er einen verstohlenen Blick von ihren Fesseln erhaschte. Sie hatte seine Blicke auf ihrer Taille gespürt. Er schaute sie nicht lüstern an, sondern bewundernd, wie ein Kunstbegeisterter eine antike Alabasterstatue. Unter seinem Blick fühlte sie sich schön. Aber auf eine erregende Art und Weise auch als etwas Verbotenes.

Sie war es gewesen, die ihn geküsst hatte. Aber es war nicht ihre Absicht gewesen, gleich im Automobil aufs Ganze zu gehen. Es hätte gesittet im Bett seines Hotelzimmers geschehen sollen. Eines hatte zum anderen geführt. Die Dinge hatten sich verselbstständigt.

Und es hatte sich so gut angefühlt!

Danach aber war Carl ihr plötzlich fern gewesen. Erneut war er ihr entronnen. Er verließ das Automobil, galant, aber bestimmt. Es tat ihr weh. Aber warum? Was war es, das sich in ihr Bahn brach?

Sie hatte ihn diesen Morgen wieder aufsuchen müssen. Sie durfte ihn nicht verlieren. Gewiss, ihres Auftrages wegen musste sie an ihm dranbleiben. Aber was der Wahrheit viel näher kam: Sie *wollte* ihn nicht verlieren.

***

Carl und Amanda ergatterten im Restaurant einen Platz am Fenster mit einer großartigen Aussicht auf die Wasserfälle. Unten im Taleinschnitt, da, wo der Giessbach ein kleines Becken bildete, bevor er einen Bogen zum See hin vollführte, waren Zimmermänner damit beschäftigt, eine Plattform aus Balken und Bohlen zu errichten.

»Da entsteht gerade die Bühne für die Veranstaltung heute Abend«, kommentierte Amanda.

Reichenbach hatte es vor drei Tagen angekündigt. Waren tatsächlich erst drei Tage vergangen? Carl musste nochmals nachrechnen. Es kam ihm wie eine Ewigkeit vor, gleichzeitig war die Zeit wie ein Zug an ihm vorbeigerast.

Heute war also der Kongressabend anberaumt, die Orion-Gesellschaft würde den angeblichen Weltuntergang feiern, während die Erde den Schweif des Kometen durchquerte.

»Es ist ein Riesenspektakel geplant«, versprach Amanda. »Das darfst du auf keinen Fall verpassen, du wirst mich heute Abend tanzen sehen.« Sie blickte ihn mit ihrem kecken Seitenblick an.

Carl hätte am liebsten diesen Augenblick eingefroren, als plötzlich der Concierge aufgeregt winkend in das Restaurant stürmte. »Carl Lohser? Ist hier ein Carl Lohser?«

Carl schoss aus seinem Stuhl hoch. »Ja, hier.«

»Ein Telefonat für Sie. Eine Frau Gisela ist am Apparat. Kommen Sie mit!«

Gisela, Vaters Haushälterin. War Vaters Krankheit schlimmer geworden? War er am Ende sogar … Es war nicht auszudenken.

Carl eilte in großen Schritten hinter dem Concierge an die Theke und ergriff den Hörer aus schwarzem Ebonit, hielt ihn sich ans Ohr und beugte sich zur Sprechmuschel hinab.

»Gisela. Hier ist Carl!«, rief er aufgeregt.

»Ja. Hier ist Gisela. Grüezi, Carl.« Sie wirkte unruhig. Oder lag es bloß daran, dass ihr generell das Telefonieren nicht geheuer war?

»Carl, wie geht es dir?«, fragte Gisela.

»Gut. Ist etwas mit Vater?«

Ein Rascheln. Dumpf, als ob sie sich den Hörer an die Brust presste. Ein Murmeln, es klang wie: »Carl ist in der Leitung.«

Mit wem sprach sie? »Gisela. Was ist da los bei euch? Geht es Vater gut?« Seine Stimme zitterte.

Er hatte gar nicht bemerkt, wie Amanda hinzugekommen war. Sie nahm seine freie Hand und drückte sie sanft.

Ein Ächzen und Husten war zu vernehmen, doch es klang lange nicht mehr so rasselnd wie letzte Woche. »Carl. Wie läuft es da oben?«

»Gut, gut.« Carl war erleichtert, seinen Vater zu hören. Wenn es Köbi bis zum Telefonapparat im Wohnzimmer geschafft hatte, bedeutete dies, dass es ihm schon besser ging.

»Aber wie geht es dir?«

Köbi schilderte, wie Gisela ihn beinahe erdrückt hatte mit ihrer Fürsorge. »Ich habe diese Zwiebelwickel nicht mehr ausgehalten. Ich rieche wie ein Küchenknecht.« Er habe nur noch einen einzigen Ausweg gesehen, nämlich, so schnell wie möglich wieder gesund zu werden.

Die Anspannung fiel von Carl ab, und er schmunzelte.

Amanda flüsterte ihm ins Ohr: »Ich muss noch für heute Abend üben.«

Carl nickte ihr zu, und sie verabschiedete sich mit einem Schmatzer auf die Wange, sodass ihm die Hitze ins Gesicht stieg. Der Concierge übersah die Zutraulichkeit mit professioneller Diskretion.

»Und wie schlägst du dich da oben?«, fragte Köbi.

Carl berichtete seinem Vater, dass sein Referat ein großer Erfolg gewesen sei.

»Ich hoffe, du hast die Herren nicht mit zu vielen technischen Details gelangweilt.«

»Sie konnten mir gut folgen.«

»Vergiss nicht, das sind Geschäftsmänner. Keine Techniker. Hast du auch bilaterale Gespräche geführt?«

»Gewiss doch. Die Herren Boveri und Brown haben großes Interesse gezeigt.«

»Ach, die beiden. Sprich doch noch mit Erich Züst, der ist Nationalrat.«

»Ja, ich weiß.« *Ausgerechnet der.*

»Und mit Max Bossard musst du dich auch gut stellen. Dem Dogen.«

War das der Grund für seinen Anruf? Carl vorzuschreiben,

wie er seine Aufgabe zu verrichten hatte? Vater musste es tatsächlich wieder besser gehen.

»Glaube mir, ich habe alles im Griff.« Carl fand, dass es besser war, das Duell, den Steinschlag und seinen Verdacht auf Sabotage unerwähnt zu lassen. Vorerst zumindest.

»Hör ruhig auf deinen alten Herren.«

»Tu ich.« Da hatten sie es wieder, diese Vater-Sohn-Situation. Carl schürzte die Lippen. Ausgerechnet was den Fernsprecher betraf, war sein Vater nicht altmodisch. Er wusste ihn geschickt einzusetzen, um seinen Jungen zu kontrollieren.

Köbi musste Carls Verstimmung erahnt haben. Sein Ton wurde sanfter. »Wie kommst du zurecht in der Welt der Orion-Gesellschaft?«

»Einige dieser Leute sind recht eigenwillig.«

Köbi lachte, was einen Hustenanfall auslöste »›Eigenwillig‹ ist gut. Man muss ja nicht bei jedem Unsinn mitmachen.«

Sollte Carl ihn gerade zur Rede stellen, bei welchem Unsinn *er* sich denn früher beteiligt hatte? Er entschied sich dagegen, so etwas besprach man nicht am Telefon. Er würde ihn zu Hause fragen.

Vielleicht.

»Ich bin stolz auf dich, Sohnemann.« Dies kam jetzt völlig unvermittelt für Carl.

Nach Vaters Anruf konnte Carl unmöglich verfrüht nach Hause zurückkehren. Zudem wollte er Amanda eine Freude machen und ihr beim Tanzen zusehen. Er würde bis morgen bleiben und konnte sich auch wieder auf das Knüpfen von Geschäftskontakten konzentrieren. Und was sprach dagegen, sofort damit zu beginnen? Er hatte drei Kongressteilnehmer vor dem Haupteingang beobachtet, die sich mit grobem Schuhwerk und Wanderstöcken gerüstet versammelten: Rotfuchs Gregor Rhynegger, der Schlachtereibesitzer Bänzli sowie Nationalrat Züst. Jeder von ihnen trug ein Körbchen mit Wurst, Käse und Brot bei sich.

Noch bevor sie das Kurhaus passierten, hatte Carl aufgeholt. »Guten Tag, meine Herren. Haben Sie etwas dagegen, wenn ich mich Ihnen anschließe?«

»Herr Lohser, kommen Sie auch mit auf die ›Wanderung‹?« Rhynegger betonte das Wort Wanderung so, als würde er es in Gänsefüßchen setzen.

»Nun ja, es ist ja auch gesünder zu wandern, anstatt mit dem Automobil zu fahren.« Dieser Einstieg in die Thematik war jetzt etwas plump geraten, erkannte Carl. Rhynegger ging nicht darauf ein. Stattdessen deutete er auf Carls leere Hände. »Haben Sie kein Fresspäckchen erhalten?«

»Ich habe nicht vor, allzu weit zu gehen«, sagte Carl.

Rhynegger wandte sich an Bänzli. »Der Lohser sagt, er wird nicht weit wandern.«

Bänzli lachte. »Ja, da hat er recht, ich nämlich auch nicht.« Er keuchte und wischte sich die Schweißperlen von der Stirn. »Ist so schon weit genug.«

Schnell hatten sie die Halde über den Zickzackweg erklommen, und die Pension Beau Site lag vor ihnen. Das Grüppchen steuerte schnurstracks darauf zu. Die hatten tatsächlich nicht vor, weit zu gehen, wurde Carl klar. Obwohl das Beau Site angeblich für die Dauer des Kongresses geschlossen war, herrschte hier reger Betrieb. In der Gaststube hatten sich schon gut ein Dutzend Männer versammelt. Carl erkannte Bundesrat Zobrist, die Brüder Eduard und Arthur Bally und Olaf Inderbitzin. Die Unterhaltungen verliefen mit gedämpften Stimmen.

Bänzli raunte Carl zu: »Friedrich Klemens persönlich hat mich hierzu eingeladen. Wie ich zur Neutralität der Schweiz stehe, hat er gefragt.« Er schmunzelte verschwörerisch.

Rhynegger fügte hinzu: »Mich hat er gefragt, wie ich zum Deutschen Reich stehe. Ich habe gesagt, meine Geschäfte sind grenzübergreifend, man arrangiert sich.«

»Und Sie, Lohser? Hat Klemens auch persönlich bei Ihnen angefragt?«, wollte Bänzli wissen.

»Mir ist es so wie Ihnen ergangen«, flunkerte Carl. »Sind wir einmal gespannt.« Er hatte keine Ahnung, worum es hierbei ging, doch die Neugierde packte ihn, und so reihte er sich in aller Selbstverständlichkeit hinter den Anstehenden vor dem Speisesaal ein.

An der Tür stand einer von Klemens' Leibgardisten mit einer Liste in der Hand. Jeder, der eintreten wollte, musste seinen Namen angeben, selbst der Bundesrat. Carls Name würde nicht auf der Liste stehen. Er beschloss, doch besser zum Hotel zurückzukehren. So trat er wieder aus der Kolonne und drängte sich beim Ausgang an Generalleutnant Manfred Brechtesloh vorbei.

»Herr Lohser, haben Sie es eilig?«, rief ihm dieser hinterher.

»Ich dachte, hier könne man in aller Ruhe zu Mittag essen«, antwortete Carl.

Bossard häufte am Buffet ungeheure Mengen auf seinen Teller. Carl, der neben ihm stand, nahm sich etwas Salat. Es waren einige, die zum Mittagessen im Grandhotel geblieben waren. Sicherlich konnte ihm der Doge Auskunft geben, worum es sich bei der Versammlung im Beau Site handelte. »Was ist denn das für eine Veranstaltung, die gerade stattfindet?«

»Diesen Vormittag finden keine Veranstaltungen statt. Wenn Sie sich bemüßigen würden, einen Blick ins Tagesprogramm zu werfen, würden Sie sehen, dass für heute freies Wandern anberaumt wurde.«

Carl gefiel der belehrende Tonfall Bossards nicht, er schluckte seinen Kommentar aber hinunter. »Ja von den ›Wanderungen‹ habe ich gehört. Sie nehmen nicht daran teil?«

»Was soll diese Frage, Lohser? Sehe ich aus, als ob ich wandere?« Er deutete auf seine Wampe und schaute empört zu Carl hoch.

»Herr Bossard, ich … Es war nicht meine Absicht –«

Bossard unterbrach ihn und drohte mit einem Finger, der von Bratfett glänzte. »Hören Sie, Lohser! Sie mögen vielleicht der Sohn von Köbi sein, aber ich mag Sie nicht.« Damit drehte er Carl seinen feisten Rücken zu und trottete mit dem Teller zu einem Tisch, an dem bereits Zwyssig, Kandlbaur, Wyss und noch weitere zu Mittag aßen.

Unter Bossards glühendem Blick, der besagte: »Komm mir bloß nicht zu nahe«, setzte sich Carl möglichst weit von ihm weg an einen freien Platz neben Boveri und stocherte in seinem Salat. Carl hatte wirklich ein Gespür für Fettnäpfchen. Doch es machte den Anschein, dass der Doge der Orion-Gesellschaft keine Ahnung vom Treffen in der Pension Beau Site hatte.

Boveri vertraute Carl an, dass er den Kongress noch an diesem Nachmittag verlassen werde. »Auf mich wartet zu Hause eine Menge Arbeit.«

»Ich habe mit demselben Gedanken gespielt«, sagte Carl.

Dann betrat Charles Eugene Lancelot Brown den Restaurantbereich. Man sah ihm schon von Weitem die ausschweifungsreiche Nacht an, die hinter ihm lag. Er richtete seine Brille auf der Nase, überblickte das Buffet und entschied sich für eine große Tasse schwarzen Kaffees. Müde wankte er zu den Tischen und setzte sich gegenüber von Carl hin.

»Was für eine Nacht«, sagte er. Er versuchte sich an einem Lächeln, nippte an der Tasse und gelangte offenbar zu dem Schluss, dass das Gebräu noch zu heiß war. »Kaffee ist das Einzige, was jetzt noch hilft.«

Carl musterte Boveri zu seiner Linken. Boveris Miene war irgendwo beim Übergang vom Erstaunen zur Empörung erstarrt. Seine Augen fixierten seinen verkaterten Geschäftspartner, der geistesabwesend einen unsichtbaren Punkt auf dem Tischtuch betrachtete, und Carl fragte: »Wie geht es Ihnen?«

Brown hob den Blick und erkannte erst jetzt den Mann neben Carl. »Ach so. Du bist auch da, Walter? Da ist er wieder, dieser vorwurfsvolle Blick. Ohne den würde ich dich kaum wiedererkennen.« Er schnaubte humorlos. »Ich schätze, meine Darbietung gestern hat dir nicht gefallen. Aber weißt du was? Es war ein Riesenspaß. Ja, es gibt noch Leute, die wissen, was Spaß ist. Nicht so wie du mit deinem Stock im Allerwertesten und deinen Zahlen. Immer deine Zahlen!« Er blickte Boveri herausfordernd an. »Du strafst mich mit Schweigen? Mir soll's recht sein. Ich weiß genau, was in dir vorgeht: Du denkst, ich werfe ein schlechtes Licht auf unseren Betrieb. Schade unserem Ansehen. Du schämst dich für mich. Aber ich schäme mich auch für dich! Nie bist du ausgelassen, nie ein Lächeln oder ein nettes Wort. Nie siehst du großzügig über die Eigenart einer Person hinweg, wenn sie dir nicht in den Kram passt. Aber das war nicht immer so. Du hast dich verändert.«

Die Gespräche im Saal waren verstummt, und alle lauschten seiner Rede. Vielleicht war es ihm entgangen, vielleicht war es ihm aber auch egal.

»Weißt du nicht mehr, was wir vereinbart haben, als wir noch jung waren und uns mit eigenen Kräften die Möglichkeit erarbeiteten, die BBC zu gründen? Wir haben vereinbart, du leitest das Geschäft, und ich widme mich am Konstruktionstisch neuen Entwicklungen. ›Jedem sein Pläsierchen‹, haben wir gesagt. Aber der Betrieb ist gewachsen, Arbeiter wurden angestellt und mehr Arbeiter und noch mehr. Die Presse hat sich für uns interessiert, und plötzlich musste ich mich zurückhalten. Ich musste immer aufpassen, wie ich nach außen wirken könnte. Nicht, weil es mir peinlich war. Oh nein! Sondern, weil es *dir* peinlich war! Du hast dich für das Unikum von Baden, das mit seinem Hochrad auf dem Schulhausplatz Kunststücke vorführt, geschämt.«

Er versuchte erneut, an seiner Tasse zu nippen. »Ich hätte alles werden können, Musiker, Bildhauer, Maler, ich wäre immer ein großer Mann geworden! Viel zu lange habe ich mich deinen Erwartungen gebeugt, habe die Entwicklungsarbeiten sträflich vernachlässigt, um mit dir den Betrieb zu leiten. Aber ich kann so mein Potenzial nicht voll ausschöpfen. Ich will nicht zu einem solch bornierten Bünzli werden wie du! Die Leute mögen mich so, wie ich bin. Aber mögen sie dich auch?« Seine Stimme war laut geworden. »Ja, ich weiß, ich weiß, ich bin noch immer etwas betrunken!« Er blickte sich um und erkannte, dass alle Blicke im Saal auf ihn gerichtet waren.

Er knallte die Tasse auf den Tisch. Kaffee tropfte auf das weiße Tuch, und Brown erhob sich unter großen Anstrengungen vom Stuhl. Mit gemäßigterer Stimme fügte er hinzu: »Das musste mal gesagt werden.«

Er wankte einige Schritte davon, blieb stehen und drehte sich nochmals um. »So, jetzt kannst du beruhigt sein. Ich werde dir weitere Peinlichkeiten ersparen und reise ab nach Hause. Dann kannst du hier ungestört deinen trockenen Geschäften nachgehen.«

Damit zog er von dannen.

***

»Meine Herren. Ihr alle lest die Zeitung«, eröffnete Reichenbach. Der Kongressleiter hatte die ungeteilte Aufmerksamkeit der Zuhörerschaft, die sich im Speisesaal der Pension Beau Site eingefunden hatte. Fürstenfeldt bewunderte sein Talent für feurige Ansprachen, schon seit er ihn das erste Mal hatte reden hören.

»Mütterchen Russland liegt im Krankenbett. Geplagt von inneren Entzündungen. Diagnose: Sozialismus. Das Volk erhebt sich. Droht mit erhobener Faust dem Zaren Nikolaus II. Wird der Zar der Entzündung Herr werden? Oder wird die Entzündung sich auch auf ihn, den Kaiser und Autokraten aller Russen, ausbreiten und ihn in die Knie zwingen? So ist Mütterchen Russland gelähmt vom Fieber. Unfähig, die Decke des Krankenbetts zurückzuschlagen, geschweige denn, über seinen Vorgarten zu wachen.«

Reichenbach wartete das zustimmende Gemurmel seiner Zuhörerschaft ab und fuhr dann fort: »Das Britische Imperium andererseits plagt ein wucherndes Geschwür. Chronischer Hochmut ist die Diagnose. King Georg V. und sein Volk halten sich für die vorherrschende Weltmacht. Halten sich regelrecht für unsterblich. Der König lehnt sich zurück und sieht, dass es gut ist, sein Reich, und ruht sich in seiner unendlichen Herrlichkeit auf seinen Lorbeeren aus. Diese Erkrankung zeigt sich nicht in Unwohlsein, und so sieht man sich auch nicht genötigt, eine Medizin dagegen zu nehmen. Man bemerkt zudem nicht, wie sie blind macht. Blind gegenüber den brodelnden Hexenkesseln von chronischen Volksaufständen und Unruhen, die in den zahllosen Kolonien zum Himmel dampfen. Blind gegenüber dem Rost, der sich unaufhaltsam durch die einst so stolze Kriegsflotte frisst wie der Holzwurm durch Tante Ernas Kommode.«

Beifall erscholl.

»Meine Herren, sehen Sie es mir nach, Sie würden mich korrigieren, wenn ich behaupten würde, ein Flickenteppich sei eine Krankheit. Doch für eine Großmacht *ist* es eine ernsthafte Krankheit, ein Flickenteppich aus vielen verschiedenen Völkern zu sein. Dies trifft auf die kaiserliche und königliche Donaumonarchie Österreich-Ungarn zu. Die Volksgruppen sprechen unterschiedliche Sprachen und sind untereinander verfeindet. Kaiser Franz Ferdinand hat größte Mühe, sein Reich zusammenzuhalten, und was tut er? Er gliedert auch noch Bosnien in das Habsburgerreich ein. Wir alle wissen, dass die bosnischen Serben nicht gerade seine besten Freunde sind. Hoffen wir, dass Österreich-Ungarn nicht den Flickenteppich-Symptomen erliegt.«

Reichenbach leerte ein Schnapsglas mit einem einzigen Schluck. »Frankreich indes zieht sich geschüttelt von fiebrigen Angstanfällen zurück in seine Ecke und befestigt panisch seine Ostgrenze mit Verteidigungsanlagen. Aber verwechseln wir nicht Defensive mit Passivität. So mancher, der mit dem Rücken zur Wand stand, hat rotgesehen und sein Heil im blinden Angriff nach vorne gesucht. Wobei Frankreich vorne ist, das wissen wir nur zu gut, meine Herren. Vorne ist da, wo das Deutsche Kaiserreich liegt. Und – das dürfen wir keinesfalls vergessen – vorne ist da, wo die Schweiz liegt!«

Wieder ließ er seine Worte einen Moment lang sacken und fragte anschließend mit ruhiger, eindringlicher Stimme: »Sollte sich unsere kleine Insel inmitten des brodelnden Meeres namens Europa isoliert halten und der Dinge harren, die noch auf uns zukommen?« Er blickte von einem Gesicht zum nächsten. »Oder sollten wir uns nicht besser mit einem unserer Nachbarn verbünden? Aber mit welchem bloß?«

Er legte mit gekünstelter Geste den Zeigefinger seiner linken Hand auf die Oberlippe und mimte den Denkenden. »Inmitten des kränkelnden Europas befindet sich ein kerngesundes Reich, ein vereintes Volk. Vereint vor vierzig Jahren durch den Visionär und ehemaligen Reichskanzler Otto von Bismarck. Es wird von einem vitalen Kaiser regiert. Es wächst und gedeiht prächtig. Schon jetzt ist sein Bettchen zu klein, sind seine Hosen zu eng. Es will sich auftun, sich ausbreiten nach West und Ost. Wenn wir auf ein Pferd setzen wollen, dann nicht auf einen lahmen Gaul, der im Stroh liegt und den Fliegen beim Kreisen zusieht, sondern auf einen tänzelnden, vor Kraft strotzenden Hengst mit wallender Mähne, der kaum noch hinter der Startlinie zu bändigen ist. Er wartet auf den Startschuss, um seine Kontrahenten im Staube keuchend hinter sich zu lassen.«

Zustimmende Rufe erschallten. Applaus brandete auf. Fürstenfeldt spürte, wie sich ihm angenehm prickelnd die Haare auf den Armen aufstellten.

Reichenbach überbrüllte seine Zuhörerschaft: »Wir alle sind hier, um auf diesen Hengst zu setzen!« Damit schloss er und verließ unter frenetischem Applaus das Rednerpult. Fürstenfeldt hoffte, man möge den Krach nicht bis zum Grandhotel vernehmen.

Wenn es Reichenbachs Aufgabe gewesen war, die Meute für den nächsten Redner, Theodor Zobrist, aufzuheizen, hatte er weit mehr vollbracht. Die Worte des Bundesrats wirkten im direkten Vergleich farblos und einstudiert, doch stießen auch sie bei den »Auserwählten« auf offene Ohren.

Der Generalleutnant und Friedrich Klemens hatten seit nunmehr eineinhalb Jahren auf das hingearbeitet, was hier Formen annahm. Gemeinsam hatten sie an zahlreichen Projektsitzungen

Überlegungen angestellt, welche Personen sie für die Umsetzung von Brechteslohs Unterfangen gewinnen mussten. Hatten Strategien ausgearbeitet, wie sie diese Personen angehen konnten. Hatten festgelegt, wer zu den Auserwählten gehören sollte. Hatten die Prüfresultate sämtlicher Mitglieder der Orion-Gesellschaft ausgewertet. Hatten erörtert, wer voll und ganz ihre Wertvorstellungen teilte oder wer zumindest so weit ideologisch flexibel war, dass man mit ihm arbeiten konnte.

Bei einigen der unzähligen Besprechungen mit Wirtschaftskapitänen und Politikern, die daraufhin folgten, war auch Fürstenfeldt anwesend gewesen. Er hatte festgestellt, dass die Kandidaten, die aus dem Evaluationsverfahren hervorgegangen waren, nicht zwingend zu den angenehmsten Zeitgenossen zählten. Sie waren herablassend, elitär, misstrauisch und schienen dauernd mit der Frage beschäftigt: *Zieht er mich über den Tisch oder ich ihn?*

Unter ihnen gab es aber auch Unterschiede. Manche wollten richtiggehend gehätschelt und umworben werden. Andere folgten einem gnadenlosen Pragmatismus nach dem Motto: »Wenn sich eine Gelegenheit bietet, greife sofort zu! Du kannst immer noch hinterher schauen, wonach du gegriffen hast.« Klemens' und Brechteslohs Verhandlungsgespräche hatten sich noch bis zum gestrigen Tag hingezogen, und auch untereinander setzten sich die Auserwählten hin und sprachen sich ab. Sie wollten sich absichern, was die anderen vom Angebot des Deutschen Kaiserreichs hielten, und tauschten sich über ihre Geschäfte und Gegengeschäfte aus. Dass bis jetzt noch kein einziges Wort nach außen gedrungen war, zeigte nur, wie ernst es allen war.

Ein feinmaschiges Netz, das die gesamte Deutschschweizer Politik und Wirtschaftswelt umfasste, war so entstanden. Jeder Knoten war vorherbestimmt und unverzichtbar. So sahen sich Klemens und Brechtesloh gelegentlich vor Herausforderungen gestellt. Was bot man jemandem an, dessen Einfluss, Macht und Reichtum für das Gelingen des Unterfangens zwingend erforderlich waren? Dem im Gegenzug aber kein Abnahmevertrag mit dem Deutschen Kaiserreich angeboten werden konnte, weil sein Unternehmen Porzellanpuppen oder rosa Stoffbändchen für Geschenkverpackungen herstellte? Es hatte sich dann nach langem Überlegen herausgestellt, dass die Antwort auf diese Frage bestechend einfach war: Man verschaffte ihm die Aussicht auf noch mehr Einfluss, Macht und Reichtum. Die Gier war immer die Triebfeder des Krieges gewesen und würde es immer sein, nicht etwa Nationalismus oder Religion. Man verkaufte Krieg bloß unter diesen Etiketten dem Volk und den Soldaten, um ihnen ein Ziel vor Augen zu halten. In Tat und Wahrheit aber ging es immer um Territorien, Rohstoffe und die damit einhergehende Macht.

Eines hatten alle Ansprachen von geübten Politikern gemein: Man erkannte es am Tonfall, wenn sie sich langsam dem Ende näherten, und so war es auch bei Bundesrat Zobrist nicht anders. Nun kam es zum eigentlichen Kernthema der Veranstaltung, das jeder der hier Anwesenden gespannt erwartete. Alle würden erkennen, wie ernst die ganze Angelegenheit war und dass sie Akteure bei etwas Großem, ja Geschichtsträchtigem sein würden. Nach Reichenbach und dem Bundesrat brauchte der Mann der Stunde keine umschweifenden Worte mehr zu verlieren. Der Generalleutnant stellte sich vor die Karte Mitteleuropas, schwellte die Brust und erläuterte das »Brechtesloh-Manöver«.

***

Nicu musste beim Gefangenen Wache halten und saß sich auf einem einfachen Holzstuhl den Hintern platt. Ihm gegenüber war Mustafa in sich zusammengesunken, sodass ihn nur noch die Fesseln in seiner Position zu halten schienen. Sein Gesicht war kaum mehr wiederzuerkennen, aufgequollen und von unzähligen Wunden gezeichnet, die sich zu einer einzigen vereinten. Er starrte vor geronnenem Blut. Ob Fritz' und Nicus Schläge auch innere Verletzungen verursacht hatten? Er würde wohl kaum in ein Spital gebracht und versorgt werden, es bestand schließlich die Gefahr, dass er entkam und sein Vaterland warnte. Mustafa selbst musste wissen, dass er nur noch in horizontaler Lage diesen Raum hier verlassen würde.

Unvorstellbar für Nicu. Wie konnte jemand, für den keine Hoffnung mehr bestand, sich so vehement gegen die Aussage verwehren, für wen er arbeitete oder wo er dieses vermaledeite Notizbuch versteckt hielt? Oder steckte da mehr dahinter? Steckte so viel Treue für seine Nation dahinter? Oder anders gefragt, beinhaltete dieses Notizbuch solch immens wichtige Informationen, dass es wert war, dafür endlose Schmerzen zu erdulden oder sogar zu sterben? Nicu konnte sich nicht vorstellen, was das sein mochte.

Klemens und die Deutschen aber mussten es wissen, und sie ließen Nicu im Dunkeln tappen. Er hasste es. Fühlte sich ausgeschlossen und zurückgelassen. Währenddessen setzten sie ihren neuen besten Freund, diesen Dirnenspross von Fritz, an der heiteren Versammlung im Gasthaus ein. Zugegeben, er hatte ihnen vom Telegramm des französischen Geheimdienstes erzählt, dessen Inhalt Nicu bereits wieder entfallen war. Dieses VDG-Dings. Und er hatte es auch besser als Nicu ertragen, dem Spion Schmerzen zu bereiten, aber was hatte das schon zu bedeuten? Schließlich waren sie als Leibgardisten angestellt und nicht als Folterknechte.

Dann war da noch etwas, was die Deutschen nicht wissen konnten. Fritz war gar kein so harter Kerl, wie die dachten. Schon zwei Mal war Nicu des Nachts in der Kammer aufgewacht, weil Fritz nach Hilfe rufend im Bett gezappelt und eindeutige Alpträume vom Ertrinken gehabt hatte. Da steckte ein eingeschüchtertes Kind in seinem Innersten. Ein geistiger Schwächling.

»Was starrst du mich so an, hä?«, fragte Nicu den Spion.

Im Lichte der Öllaterne blitzte es aus zwei geschwollenen Augen.

»Du findest das wohl lustig, dass ich hier auf dich aufpassen muss.«

Mustafa fixierte ihn weiter. Sein Atem rasselte gequält.

»Französischer Abschaum!« Nicu spuckte auf den erdigen Boden. »Hättest besser ausgepackt, dann hättest du dir und mir vieles erspart.«

Wenn auch Mustafas Gesicht verunziert war, konnte Nicu so etwas wie Trotz darin lesen. »Du hast besser ausgesehen, als du uns an der Bar alle noch an der Nase herumgeführt hast. Du hattest deinen Triumph. Aber das Blatt hat sich gewendet. Jetzt sitzt du da mit gebrochenen Gliedern und einer unerfreulichen Zukunft.«

Mustafa senkte den Blick.

»War es das jetzt wert? Ist dein Land es wert, dafür zu sterben?« Gab es überhaupt etwas, was es wert war, dafür zu sterben?

Mustafa schien noch mehr in sich zusammengesackt zu sein. Waren es Nicus Worte, die seinen Stolz gebrochen hatten?

»Ja, schweig ruhig weiter.« Nicus Magen knurrte. »Jetzt fressen sie da Salami und Käse, saufen Bier und lassen es sich gut gehen, während ich hier bei dir feststecke.« Nicu musste sich vom Hunger ablenken. »Hattest du auch etwas mit Amanda? Ich habe euch ein paarmal zusammen gesehen.«

Es machte den Eindruck, dass alle, die mit ihr in Kontakt standen, in Schwierigkeiten geraten waren. Palanti wurde verletzt, Trusseau war tot, und Mustafa blühte dasselbe Schicksal. Nur dieser feine Pinkel mit dem Automobil stand noch aufrecht. Das würde sich bestimmt auch bald ändern.

»Du hast diesen Trusseau gekannt, nicht wahr? War sicher ein Freund von dir.«

Natürlich war von Mustafa keine Antwort zu erwarten. Er war still. – Zu still! Das gequälte Röcheln war weg. Nicu sprang aus seinem Stuhl hoch. Mustafa hatte aufgehört zu atmen!

»Stirbst du jetzt?« Nicu konnte sich nicht erlauben, dass er in seiner Anwesenheit den Löffel abgab. Er näherte sich Mustafa und horchte an seiner Nase nach einem Atemgeräusch. Plötzlich riss Mustafa seine Augen auf und knallte seine Stirn gegen Nicus Gesicht. Nicu torkelte zurück und fing sich gerade noch an der Wand. Mustafa explodierte förmlich, wand sich und zerrte an den Fesseln. Mitsamt Stuhl gelangte er auf die Füße. Er spannte und krümmte seinen gesamten Körper. Das Holz begann zu knirschen, aber noch hielt der Stuhl. Nicu schüttelte die Benommenheit ab. Mit der Schulter voran stürmte er auf den tobenden Gefangenen zu und riss ihn zu Boden.

Mustafa schien die Sinnlosigkeit seines Unterfangens eingesehen zu haben und beruhigte sich wieder. Nicu stellte ihn wieder aufrecht hin. »Netter Versuch!«

Mustafa hatte Nicus Riechkolben nur knapp verfehlt, aber sein Schädel brummte. Er nahm sich vor, vorsichtiger zu sein, während er sich wieder hinsetzte.

Mustafa blitzte aus seinen geschwollenen Augen. Nicu starrte wortlos zurück.

Nach einer Stunde öffnete sich die Tür, und Witt und Fritz betraten den Raum. »Was ist denn mit dir geschehen?«, wollte Fritz wissen, als er Nicus blaues Auge sah.

Er hielt ihm einen Leinensack mit Resten der Wanderverpflegung hin. Nicu schnappte ihn sich und stampfte hinaus.

Das Zimmer neben Amandas stand für die Dauer des Kongresses leer. Ein Ort, um ihr etwas näher zu sein und mit ihr private Augenblicke zu teilen. Der ihm von Klemens zur Verfügung gestellte Schlüsselbund machte es Nicu möglich. Das Guckloch hatte er schon vor zwei Tagen mit einem Handbohrer angebracht, als Amanda im Salon beschäftigt gewesen war.

Er würdigte die Aussicht aus dem Fenster auf das zauberhaft glitzernde Wasser des Giessbachs keines Blickes. Es würde sich nie im Leben mit der Aussicht messen können, die sich ihm gerade bot. Amanda tanzte. Nur in Unterwäsche gekleidet: Fischbein-Mieder, Strümpfe und Strumpfhaltergürtel. Das Grammofon schepperte ein klassisches Stück, und die Nadel in der Rille der Schellackplatte kratzte. Der Augenblick – ihr gemeinsamer Augenblick – war perfekt. Im Sonnenlicht, das das Eckzimmer flutete, drehte sie sich im Kreis mit grazil ausgebreiteten Armen.

Als sie die Arme beugte, beschleunigte sich ihre Drehung noch, was Nicu sehr faszinierte. Sie hüpfte auf und landete mit einem Geräusch auf dem hölzernen Fußboden, das nicht lauter war als das einer Katze, die vom Bett gesprungen war.

Das hatte Nicu jetzt gebraucht, um auch gedanklich diesem verdammten Keller der Qualen und bitterer Selbstaufgabe zu entkommen. Der Ort da und der Ort hier hätten entgegengesetzter nicht sein können. Als lägen sie in verschiedenen Welten.

Amanda beugte den Oberkörper nach hinten, als wäre sie aus Kautschuk. Dann klopfte es an ihrer Tür. Sie griff nach dem purpurnen Seidenmantel und schlüpfte hinein. »Wer ist da?«

»Ich bin es.«

Sie öffnete. »Komm ruhig herein.«

Es war dieser Schnösel von Ingenieur. Nachdem er die Tür hinter sich geschlossen hatte, fragte er: »Störe ich dich bei etwas?«

»Nein, ich habe nur getanzt.« Sie begab sich zum Grammofon und hob die Nadel an.

»Lass die Musik doch laufen. Enrico Caruso? ›La Donna è mobile‹.«

Sie lud ihn ein, sich neben sie aufs Bett zu setzen. »Wie war das Gespräch mit deinem Vater?«

»Gut.« Lohser überlegte. »Er ist auf dem Weg zur Genesung.«

Musste der jetzt ausgerechnet hier in ihren gemeinsamen Augenblick hereinplatzen? Nicus friedfertige Stimmung war im Nu verflogen. Jetzt hätte er den Antrieb, wieder in den Folterkeller zurückzukehren und auf den Spion einzuprügeln. Gerade als er im Begriff war, sich sachte und geräuschlos vom Guckloch zu entfernen, vernahm er etwas, was ihn aufhorchen ließ.

»Worüber ich mit dir reden wollte ... In der Pension Beau Site ist etwas Verdächtiges geschehen«, begann Lohser.

»Was meinst du?«

Lohser erklärte, dass er nicht viel sagen könne. Er sei da hineingeraten und schnell wieder verschwunden, als er festgestellt habe, dass er nicht eingeladen war. Danach habe er den Dogen getroffen und ihn zur Rede gestellt. Offenbar wisse der aber von nichts.

»Das Ganze war als Wandertag getarnt. Weißt du mehr darüber?«

Amanda schüttelte den Kopf.

Jetzt hat sie ihn, freute sich Nicu. Endlich konnte Amanda Klemens etwas Handfestes über diesen Kasper liefern. Auch er spionierte im Giessbach herum.

»Ich habe etwas Ähnliches beobachtet. Im Harem«, begann Amanda.

»Harem?«

»Die haben das Billardzimmer wie einen Harem eingerichtet. Ein paar Herren und leichte Mädchen. Du verstehst? Aber das ist nicht, worauf ich hinauswill.« Sie legte Lohser die Hand aufs Bein. »Klemens und Brechtesloh verhandelten da mit dem Bundesrat und zwei Fabrikanten über sehr profitable Geschäfte. Geschäfte mit dem Deutschen Kaiserreich – im Kriegsfall!«

Nicu spürte, wie ihm das Blut aus dem Gesicht wich. *Nein, nicht du auch noch, meine Süße!*

»Den Fabrikanten wurden Abnahmeverträge zugesichert, dem Bundesrat ein Weinberg verkauft, und im Gegenzug würde er einem gewissen Herrn Wille zu irgendeinem Posten verhelfen.«

»Ulrich Wille etwa, dem Korpskommandanten?«, fragte Lohser.

»Möglich.«

»Was geschieht auf diesem Kongress?«, schien er mehr sich selbst zu fragen.

Amanda sah ihn an und zuckte die Schulter.

»Zu dem Kongress wurden nur Deutsche eingeladen, keine Franzosen, Österreicher oder Briten«, sagte Lohser. »Die Deutschen suchen nach neuen Techniken für ihre Rüstung. Innerhalb der Reihen der Orion-Gesellschaft finden geheime Versammlungen statt, bei denen Verträge mit dem Deutschen Kaiserreich versprochen werden.«

Amanda dachte nach. »Ob wir in Gefahr sind?«

Lohser sah sie an und legte beschützend eine Hand auf ihre Schulter. »Nicht doch«, sagte er. »Wo wohl Mustafa steckt? Wir könnten ihn befragen. Er weiß erstaunlich viel darüber, was hier vor sich geht. Scheint aber seit seinem kurz angebundenen Erscheinen beim Maskenball verschwunden zu sein.«

»Ich bin ihm seither auch nicht mehr begegnet.«

»Ich habe gesehen, dass er am Ball noch mit dir gesprochen hat.«

Amanda legte ihre Hände an Lohsers Wangen, zog ihn zu sich und küsste ihn. Bald legten sie sich auf die Matratze und liebten einander.

Nicu konnte das nicht mit ansehen und verließ seinen Posten.

KAPITEL 12

Mittwoch, 18. Mai 1910, früher Abend
Der dritte Kongresstag

Carl verspürte eine wohlige Müdigkeit, nachdem er Amandas Zimmer verlassen hatte und in seines zurückgekehrt war. Seine Kopfschmerzen waren verflogen. Er war gerade im Begriff, sich hinzulegen, um ein kurzes Nickerchen zu machen, als ihm ein Schreiben auf der wollenen Tagesdecke ins Auge stach. Eine Gutschrift für eine Badekur.

Wieso nicht, dachte er sich dabei. Es würde ihm sicherlich guttun. Er machte sich auf zur Pension für Hydrotherapie. Ein Badetherapeut namens Egon nahm ihn in Empfang und weihte ihn in die Geheimnisse der heilenden Wirkung des Giessbachwassers ein. Daraufhin erläuterte er Carl die zahlreichen Kuren, die hier angeboten wurden. Er empfahl das Radiumbad. Ein Heilbad unter der Anwendung des radioaktiven Elements Radon, das die Atemwege säubere, die Haut nachhaltig straffe und die Gelenke und Muskeln jugendlich halte. Das sei der legendäre Jungbrunnen, wie in den alten Mythen beschrieben und hochgelobt.

Carl indes war diese neu entdeckte Radioaktivität nicht geheuer. Stattdessen entschied er sich für das vitalisierende Elektroimpulsbad. Er, der tagtäglich mit Elektrizität zu tun hatte, durfte sich diese Gelegenheit doch nicht entgehen lassen.

»Entspannung unter Spannung«, nannte es Egon und führte ihn ins Herrenbad, einen lang gezogenen, von Säulen gestützten Raum, entlang dessen Wand Dutzende von blütenweißen Vorhängen Abteile abtrennten. Vier Abteile waren geschlossen, und aus ihnen vernahm Carl das Sprudeln von Wasser und dann und wann ein behagliches Seufzen. Die feuchtwarme Luft duftete nach einem angenehmen Gemisch von Heilpflanzen sowie nach

Chlor. Gegenüber einem Bedienpult, das der Konsole in Bärs Kraftwerk nicht unähnlich sah, wies ihm Egon ein Abteil zu. Carl traf darin auf einen Holzhocker, einen Kleiderständer und eine Wanne mit klobigen Elektrodenplatten an ihrer Innenseite. Nachdem er den Vorhang geschlossen, sich entkleidet und in die Wanne mit angenehm warmem und duftendem Wasser gelegt hatte, begann die Kur.

Es war feiner als ein Kribbeln, als ob unzählige winzige Elfenfingerchen den gesamten Körper streichelten. Er spürte regelrecht die Energie durch seinen Körper strömen. Carl als Akkumulator, der geladen wurde.

Es dauerte nicht lange, bis er eindöste.

***

»Carl Lohser ist sauber.« Amanda stand in einem Kleid in frühlingshaften Grüntönen und mit einem mit Schleiern und künstlichen Früchten besetzten Hut vor Klemens, der an seinem Schreibtisch saß und sich nicht bemüßigt fühlte, von seiner Lektüre hochzusehen. »Er interessiert sich allein für seine Erfindungen und seine ehemalige Verlobte, die ihn vor fünf Jahren verlassen hat.«

Sie konnte nicht mit leeren Händen erscheinen. Etwas musste sie Klemens ja erzählen. Dieser tat, als lese er weiter.

»Inzwischen interessiert er sich auch für mich. Falls ich doch noch etwas Nennenswertes aus ihm herauskriege, informiere ich Sie selbstverständlich, Herr Dr. Klemens.«

»M-hm.« Zumindest hörte ihr Klemens mit einem Ohr zu.

»Mit Ihrer Erlaubnis bleibe ich weiter an ihm dran.«

Sie konnte ihn noch immer auf ihrer Haut spüren. Es war anders als gestern, als er etwas beschwipst gewesen war. Dieses Mal war es ehrlicher, vorsichtiger, leidenschaftlicher. *»In vino veritas«* galt nicht immer. Besonders nicht in Liebesangelegenheiten. Die Liebe war wahrhaftiger in nüchternem Zustand.

Amanda war nichts anderes übrig geblieben, als Carl heute

Nachmittag zu verführen. Sie hatte ihn auf andere Gedanken bringen müssen. Was hätte sie ihm denn erzählen sollen, als er sie nach Mustafa gefragt hatte? Sie hatte ihm unmöglich sagen können, dass sie auf Klemens' Geheiß an Mustafa dran war, weil dieser Mustafa der Spionage verdächtigte. Carl hätte eins und eins zusammengezählt und daraus geschlossen, dass Amanda auf ihn angesetzt worden war und er ebenfalls im Fadenkreuz stand. In Tat und Wahrheit aber war Carl inzwischen mehr als ein bloßer Auftrag. Sie mochte es durchaus, bei ihm zu sein. Eigentlich wäre es sogar noch ganz nett, die restliche Zeit hier im Giessbach an seiner Seite zu verbringen. Das erste Mal seit Jahren, dass sie jemanden so richtig gut leiden konnte.

Amanda spürte, wie Nicu sie von der Seite ansah. Er stand mit dem Rücken zum Fenster und bildete eine düstere Silhouette. Als sie zu ihm hinübersah, wandte er seinen Blick sofort wieder von ihr ab.

»Und?«

»Wie meinen Sie, Herr Dr. Klemens?«

»Gibt es da nicht mehr, was Sie über ihn in Erfahrung bringen konnten?«

»Ja, da ist noch etwas. Es ist vermutlich gar nicht der Rede wert. Er ärgert sich über die Deutschen, die bei ihm Druck ausüben.«

Nicu schien angespannt und wechselte unruhig von einem Fuß auf den anderen.

»Und das ist alles?«, fragte Klemens.

»Soviel ich weiß. Wie gesagt, meiner Einschätzung nach ist Carl Lohser sauber.«

Klemens hatte seine Nase noch immer in seinen Unterlagen stecken. Amanda hatte den Eindruck, als erwartete er, mehr von ihr zu hören. Aber sie konnte nicht mehr erzählen. Nicht, ohne Carl in Schwierigkeiten zu bringen.

Nicu nestelte an seinem Jackett.

»So, Ihrer Einschätzung nach«, brach Klemens das Schweigen. Er erhob sich unvermittelt. »Kommen Sie einmal mit, Fräulein Amanda. Ich will Ihnen etwas zeigen.«

***

Carl erwachte aus seinem Schlummer. Das Bad kribbelte spürbar auf seiner Haut. Mehr noch, es schien zu einem Prickeln anzuschwellen, das sich zu einem aufdringlichen Kitzeln steigerte. Das war nun doch etwas unangenehm. War das Bestandteil der Kur? Einer Massage ähnlich, die auch schmerzen konnte beim Lösen von Verspannungen? Inzwischen fühlte es sich wie ein Ziepen an, das sich zu einem Kraulen verstärkte. Wo war dieser Bademeister?

»Egon! Hier stimmt etwas nicht.«

Ein Ziehen durchfuhr ihn. Ein Bohren. Carl hatte genug. Er stützte beide Hände auf dem Wannenrand ab, um aufzustehen. Dann ging ein Schlag durch Mark und Bein, sodass sich Arme und Beine verkrampften. Carl konnte bloß noch ein »Gnnnnnn!« von sich geben und platschte bewegungsunfähig zurück in die Wanne. Nur allmählich löste sich der Krampf wieder, sein gesamter Körper schmerzte, während das Wasser wieder nur leicht kribbelte.

Eine Hand schob den weißen Vorhang zur Seite, und ein belustigter Glatzkopf mit Nickelbrille und Backenbart erschien.

»Guten Tag, Herr Lohser«, gab Fürstenfeldt von sich.

Er betrat das Abteil, sorgfältig darauf bedacht, nicht zu nahe an die Wanne zu treten. Dabei gab er den Blick auf den Südafrikaner frei, der sich am Bedienpult zu ihm umdrehte, während seine Hand auf einem Rad aus schwarzem Ebonit ruhte.

»Bleiben Sie ruhig sitzen«, sagte Fürstenfeldt. »Ansonsten setzt Sie der Leutnant mit einem Dreh am Regler wieder in die Wanne zurück.«

Zur Demonstration drehte Witt sachte am Rad, und Carl spürte, wie sich die Spannung unmittelbar erhöhte. Fürstenfeldts Miene wurde ernst. »Ich habe das Bad räumen lassen und den Überspannungsschutz kurzgeschlossen, damit wir uns offen und frei unterhalten können. Schreien Sie, so kann Witt Sie zum Schweigen bringen. Schweigen Sie, kann er Sie zum Sprechen bringen. Denken Sie daran, Herr Lohser, Witt hat das Rad noch lange nicht bis zum Anschlag gedreht.« Er ließ die Informationen einen Moment sacken. »Sind Ihnen die Regeln so weit klar?«

Carl sagte nichts.

»Na?«, bohrte Fürstenfeldt nach. Witt drehte am Regler.

»Ja! Ich habe verstanden«, blaffte Carl.

»Hervorragend. Dann möchte ich das Wort an Sie weitergeben.« Fürstenfeldt wartete.

»Ich werde nicht für Sie arbeiten.« Carls Stimme hörte sich für ihn wie ein Quieken an. »Sie können mich in Ihr verdammtes Kaiserreich deportieren und in Ketten legen, trotzdem werde ich meine Arbeit nicht fürs Abschlachten von Menschen einsetzen.«

Fürstenfeldt wandte sich an den Soldaten. »Leutnant, ich schätze, Ihr improvisierter Steinschlag hat nicht die erforderliche Wirkung erzielt.« Er wandte sich wieder Carl zu. »Oder haben Sie den Schuss vor den Bug nicht verstanden? Ich habe Sie für einen intelligenten Mann gehalten, trotz Ihres Mangels an Weitsicht. Aber ich bin nicht wegen einer zukünftigen Zusammenarbeit hier. Was wissen Sie über die Versammlung, in die Sie heute Mittag uneingeladen hineingeplatzt sind?«

Das also war der Grund. Womöglich war an Amandas Verdacht doch etwas dran.

Fürstenfeldt wurde ungeduldig. »Leutnant –«

»Nein, warten Sie!«, sagte Carl.

»Ich höre.«

»Ich bin da nur zufällig hineingeraten. Ich habe weder etwas gesehen noch etwas gehört.«

Fürstenfeldt sah ihn lange an. Dann kam er einen Schritt auf Carl zu. »Hybris, Herr Lohser.«

»Ich verstehe nicht«, sagte Carl.

»Ich wette, Sie haben sich bestimmt schon einmal Gedanken über den Namen Ihres Betriebes gemacht. Dädalus war nicht nur ein begnadeter Erfinder in der griechischen Mythologie, sondern er war auch der Vater von Ikarus. Und wie Ikarus hat Sie der Hochmut gepackt, Herr Lohser. Sie fliegen zu nahe an der Sonne. Ihre Flügel werden schmelzen, und Sie werden abstürzen.«

Er kam noch etwas näher an Carl heran. Er war beinahe nur noch eine Armlänge von ihm entfernt. »Ich rate Ihnen einzulenken, bevor Sie hier gegrillt werden. Der Leutnant tut, was man ihm sagt, doch fehlt ihm bisweilen das gewisse Fingerspitzengefühl, was dazu führen kann, dass Dinge zu Bruch gehen.«

Carl flüsterte: »Ich werde Sie alle auffliegen lassen.«

»Was sagen Sie da? Denken Sie daran, Unfälle können einen jederzeit ereilen. Steinschlag, Stromschlag … ist einerlei. Niemand ist unantast–«

Carl war hochgeschnellt und hatte mit beiden Händen Fürstenfeldts Nacken zu fassen gekriegt. Er umklammerte ihn und versuchte, den Oberst in die Wanne zu zerren. Strom durchfuhr ihn, aber auch Fürstenfeldt bebte und schlug mit beiden Fäusten nach Carls Armen. Panisch versuchte er sich loszureißen und hob so Carl ein Stück aus der Wanne. Doch Carls Hände begannen, an Fürstenfeldts Stiernacken abzurutschen, und schließlich platschte er zurück. Der folgende Stromstoß trieb ihn beinahe in die Besinnungslosigkeit.

Fürstenfeldt hatte mit einem Satz das Abteil verlassen und sich neben Witt gestellt. Er ballte die Fäuste, seine Stirn leuchtete vor Zornesröte. Mit gepresster Stimme sagte er: »Wie ich sehe, sind Sie zu keinerlei Kooperation bereit. Wir werden Ihre Fabrik und all Ihre Aufzeichnungen beschlagnahmen. Was mit Ihnen geschieht, ist mir letztlich egal.«

Carl stemmte sich wieder am Wannenrand ab, um auszusteigen. Fürstenfeldt nickte Witt zu. »Zum Teufel mit Ihnen, Lohser!«

Der nächste Stromstoß ließ Carls Lichter ausgehen.

Schmerzen. Er war noch am Leben. Schüttelte die Benommenheit ab. Fürstenfeldt und Witt waren weg. Wie lange wohl? Seit Sekunden oder Stunden? Schritte näherten sich. Vier Gestalten betraten das Abteil. Carl erhob sich aus der Wanne.

»Mein Gott, bin ich froh, Sie zu sehen! Sie glauben nicht was –«

Die Gestalten trugen Kutten. Kapuzen ragten weit über ihre Gesichter. Carl wurde von hinten gepackt und hochgerissen. Der grobe Stoff scheuerte brennend an seiner Haut. Carl verspürte einen Stich im Hals, und erneut umfing ihn Schwärze.

***

Wortlos marschierten sie durch den Wandelgang zur Pension für Hydrotherapie. Amanda hatte Mühe, mit Klemens und Nicu Schritt zu halten. Im Gebäude bogen sie um drei Ecken, stiegen eine steile Treppe ins Kellergeschoss hinab und passierten einen langen, kahlen Flur. Amanda schätzte, dass sie sich nun im hintersten Winkel des Gebäudes befanden.

Klemens ließ sich von Nicu eine Kellertür öffnen. »Wir haben den Spion gefasst«, kommentierte er.

Fritz befand sich im Keller, er bewachte einen –

Oh Gott! Amanda musste an sich halten, um nicht aufzuschreien. Der Anblick ließ ihr das Blut in den Adern gefrieren. Schrecklich. Ein Gefangener. All dieses Blut!

Der Gefangene drehte langsam den Kopf. Es war Mustafa. Als er sie sah, vernahm sie ein unnatürliches Krächzen. *»La fée verte.«*

Amanda verstand nicht. Mustafa schrie: *»La fée verte! La fée verte! La fée verte! La fée verte!«*

Fritz war mit einem Satz bei ihm und brachte ihn mit einem Fausthieb zum Schweigen.

Klemens schloss die Tür und sah sie mit Bedauern an. »Gibt es noch etwas, was Sie uns erzählen wollen, Fräulein Amanda?«

Amanda schluckte. Klemens musste mehr wissen, als sie

bereit war, ihm zu erzählen. Sie musste ihm einen Knochen hinwerfen. Etwas, das er bereits wusste, aber trotzdem relevant erschien. Doch es durfte Carl nicht in Gefahr bringen.

»Vielleicht noch etwas, das mir belanglos erschien. Lohser hat mir erzählt, dass er sich irrtümlicherweise im Beau Site eingefunden hatte, wo eine Versammlung veranstaltet wurde.«

Klemens wartete.

»Er ist dann aber sofort wieder gegangen, als er feststellte, dass er nicht eingeladen war, hat er gesagt.«

Klemens' Augen durchdrangen sie forschend, als könnte er die ganze Wahrheit erkennen.

»Ich hielt das nicht für erwähnenswert«, fügte sie hinzu.

Nicu sah aus, als plagten ihn Schuldgefühle.

Klemens ergriff wieder das Wort. »Gut, Fräulein Amanda. Bereiten Sie sich nun auf Ihren großen Auftritt für heute Nacht vor.« Er überlegte. »Und danach hängen Sie sich wieder an Lohser. Bringen Sie in Erfahrung, was er weiß!«

Er hatte den hingeworfenen Knochen gefressen. Amanda unterdrückte einen Seufzer der Erleichterung. Sie wandte sich ab und eilte durch den trostlosen Korridor davon.

»Das gerade eben in diesem Kellerabteil«, rief Klemens ihr nach. »Sie sehen, wie wir mit Leuten umgehen, die sich gegen uns stellen.«

***

»Wer ist LDP?«, hatten sie ihn gefragt.

Luc de Phitons Befürchtungen, er würde noch einknicken und ihnen alles verraten, lösten sich in Luft auf. Sie würden überhaupt nichts mehr von ihm erfahren. Sein Ende lag in greifbarer Nähe. Irgendein Organ – Luc konnte nicht sagen, welches, in medizinischen Dingen war er eine Null – versagte seinen Dienst. Zu viele Schläge. Sie wussten nicht, was sie taten. Als der Profi aufgetaucht war, war Lucs Schicksal bereits besiegelt gewesen.

Inzwischen hatten sie ihn allein in seinem Verlies zurückgelassen. Selbst der Schmerz hatte ihn verlassen.

Pour la patrie! Sein Opfer würde nicht vergebens sein, wenn er auch niemandem mehr erzählen konnte, was er alles in Erfahrung gebracht hatte.

Amanda hatte ertappt gewirkt, als Luc sie am Montag auf Trusseau angesprochen hatte. Zwar hatte sie sich schnell wieder gefasst und sich geistreich gegeben, doch diesen einen Augenblick lang hatte er etwas in ihren Augen gelesen: Angst. Sie musste an Bailleuls Tod beteiligt gewesen sein. Womöglich hatte sie ihn sogar selbst umgebracht.

»Unglück macht Menschen, Wohlstand macht Ungeheuer«, hatte sie gesagt, was Luc an Bailleuls Zitat erinnert hatte. Dann war es ihm wie Schuppen von den Augen gefallen. Er hatte sich zur Bibliothek begeben, und tatsächlich: In dem Umschlag von »Les Misérables« hatte er Klemens' Notizbuch gefunden.

Kurz zuvor hatte er auch die Codes auftreiben können. Nicu war unvorsichtig gewesen und hatte sie in seiner Kammer offen herumliegen lassen. Luc setzte in der Nacht darauf eine Nachricht an das Deuxième Bureau ab, und die Antwort erreichte ihn postwendend.

Ab da begannen die Dinge schiefzulaufen. Nicu und Fritz hatten den Telegrafen entdeckt, hatten auf dem Notizblock die letzte Nachricht sichtbar gemacht – die bereits entschlüsselte Nachricht! Dieses Mal war Luc unvorsichtig gewesen. Zwar hatte er ihnen den Zettel wieder abnehmen können, doch war der Inhalt kurz genug, dass Fritz ihn sich hatte merken können.

»Was bedeutet ›VDG 8 19.‹?«

Immerhin hatten sie die Antwort des Bureaus nicht verstanden. Bis jetzt. Damit stand und fiel alles, was noch zu einem guten Ergebnis für Frankreich führen konnte. Luc konnte keinen Einfluss mehr nehmen. Es musste reichen, was er in die Wege geleitet hatte.

La fée verte! Ob Amanda die Botschaft verstanden hatte? Ob sie das Notizbuch finden würde? Er hoffte, sie würde damit das Schiff besteigen, wie er ihr aufgetragen hatte. Er hoffte, sie würde das Notizbuch Frankreich aushändigen.

Das Letzte, was Luc in diesem Leben durch den Kopf ging, war: *Ich hoffe, Amanda steht auf der richtigen Seite.*

***

Nur allmählich kam er wieder zu sich, lag ausgesprochen bequem auf einem Polster in vollkommener Dunkelheit. Nahe neben sich, zu beiden Seiten, ertastete er mit Tuch bezogene Wände. Über sich einen Deckel. Ein Klopfen dagegen verriet ihm, dass er sich in einer Kiste aus Holz befinden musste. In einer Kiste, die mit Samt ausgekleidet war. Weiteres Ertasten brachte ihn schließlich zu einer schauerlichen Erkenntnis. Er war in einen Sarg gesperrt worden! Schweiß brach ihm aus. War er lebendig begraben und würde nun langsam ersticken? Er musste die aufkommende Panik niederringen. Er musste mit kühlem Kopf noch weitere Informationen sammeln.

Mit den Fingerknöcheln klopfte Carl erneut gegen das Holz. Es klang hohl. Es klang nicht, als wäre der Sarg von Erde umschlossen. Dann hörte er ein gedämpftes Klopfen von außen. Dumpfe, angsterfüllte Schreie eines Mannes. Etwas weiter entfernt konnte Carl das Brüllen eines anderen Mannes vernehmen. Steckten da noch mehr Leute in Särgen fest?

Ein weiteres Klopfen setzte ein. Kräftiger dieses Mal. Regelmäßiger. Rhythmisch wie Trommeln. Ja, es waren Trommeln, begleitet von einem monotonen, beschwörenden Gesang aus Dutzenden Kehlen. Eine einzelne Stimme erhob sich, sang im Tenor eine immer wieder repetierte Abfolge von Wörtern, die Carl – von Holz und Samt abgeschirmt – nicht verstehen konnte. Er horchte und meinte, ein Raunen und überraschte Rufe zu hören. War da ein Publikum?

Wäre vielleicht nun doch Panik angebracht? Nein! Carl musste seinen Denkapparat in Schwung bringen. Er musste alles, was er wusste, vor sich ausbreiten. Was war das Letzte, woran er sich erinnerte? Er war von Fürstenfeldt und Witt verhört worden. Er fühlte noch immer, wie der Strom durch seinen Körper drang. Plötzlich waren vermummte Personen aufgetaucht. Was danach geschehen war, wusste er nicht.

Ein plötzliches Kratzen am Deckel des Sarges ließ ihn zusammenzucken. Ein Rütteln. Der Gesang flaute ab. Es war nur noch ein gutturales Grollen zu hören, das einem die Nackenhaare zu Berge stehen ließ.

»Tod!«, hörte Carl eine donnernde Stimme rufen. »... und Wiederauferstehung! Erhebe dich gestärkt wie der Phoenix aus der Asche aus dem Schattenreich empor!«

Ein Poltern. Der Sargdeckel wurde abgehoben. Carl wurde unter den Achseln gegriffen und hochgezerrt. Grelles Scheinwerferlicht raubte ihm für einen Moment die Sicht. Zwei Männer in grobem Tuch hielten ihn fest. Zwangen ihn, vor dem Sarg Aufstellung zu nehmen. Allmählich erkannte er, dass zu seiner Linken vier weitere Männer in weißen Gewändern aus Särgen gehoben wurden. Carl schaute an sich hinab, auch er steckte in weißem Leinen.

Vor sich, wo auch das elektrische Licht der Scheinwerfer herkam, konnte er ein großes Publikum ausmachen. Er erkannte einige der Gesichter, die hämisch grinsten. Es waren die Mitglieder der Orion-Gesellschaft. Züst, Zwyssig, Julius Maggi, der Fleischer vom Zürichsee, alle waren sie in Kutten gekleidet. Carl stand auf einer Bühne, war Bestandteil einer Darbietung. Es war die Bühne im Taleinschnitt unter dem Hotel. Die große Kaskade des Giessbachs erhob sich linker Hand und sorgte für eine schauderhafte Kühle.

Der Tenor begann erneut, sein Mantra herunterzubeten: *»Amál nathrach, orth' bháis's bethad, do chél dénmha!«*

Das Trommelspiel wurde lauter und wilder. Eine Gestalt in roter Kutte erschien. Ein Mann, der vor seinem Gesicht den Schädel eines Steinbocks mit beachtlichem Gehörn trug. Mit kräftiger Stimme fragte er: »Wirst du, bis der Tod dich ereilt, treu der Orion-Gesellschaft für Fortschrittsfragen dienen, in guten wie in schlechten Tagen?« Er sprach zu Carl. »Carl Lohser! Wirst du, bis der Tod dich ereilt, treu der Orion-Gesellschaft für Fortschrittsfragen dienen, in guten wie in schlechten Tagen? So antworte mit: ›Ja, ich will!‹«

Die Trommel. Und das Rauschen des Giessbachs.

Alle Gesichter waren auf ihn gerichtet.

»Ja …« Carls Stimme klang krächzend. Er räusperte sich. »Ja, ich will!« Applaus brandete auf.

Ihm wurde eine Medaille umgehängt und versichert, er sei von nun an ein Mitglied der Orion-Gesellschaft. Carl musste ein scheußliches Gebräu aus einem Ziegenschädel trinken. Wie konnte etwas gleichzeitig salzig, bitter und sauer sein? Es brannte scharf im Mund und war überdies hochprozentig mit Alkohol versetzt. Als er angewidert den Mund verzog, zwangen seine beiden Begleiter ihn auszutrinken. Dasselbe Zeremoniell wurde auch bei den vier anderen Anwärtern durchgeführt.

Die Trommeln wechselten den Rhythmus. Im Sprühnebel des Giessbachs schnitten Scheinwerfer Streifen aus der Nacht. Die Blicke der Zuschauer folgten dem Licht. Carl drehte sich um. Hinter ihm führten von der eigentlichen Bühne zwei Treppen auf eine Empore. Darauf stand eine ausgeleuchtete Gestalt von anmutiger Schönheit in einem weißen Gewand und wiegte ihre Hüften. Amanda.

Ein Orchester setzte ein. Sechs Tänzerinnen gesellten sich zu ihr. Sie waren mit nicht viel mehr bekleidet als mit einem Stück braunem Fell um die Hüften. Barbarinnen, die Amanda beistehen sollten. Mit ölglänzender Haut und Schmutzflecken aus Theaterschminke. Amanda ganz in Weiß wirkte neben ihnen geradezu reinlich und unschuldig.

***

Oberst Gerhard von Fürstenfeldt-Kamp konnte die Darbietung unter sich nicht so recht genießen. Freilich wurde ein edler Tropfen von einer drallen Serviererin gereicht, die mit dem Tablett durch die Ränge ging, und er schmauchte einen »Stumpen«, wie es die Schweizer nannten. Doch nagte sein Scheitern in der Badeanstalt an ihm. Er hätte das Problem an Ort und Stelle aus der Welt schaffen können. Es hätte wie ein dummer Unfall ausgesehen. Niemand hätte ihn und Witt verdächtigt. Stattdessen war Lohser ihnen durch die Lappen gegangen, weil Klemens es nicht für nötig befunden hatte, sie darüber zu informieren, dass Lohser für das Initiationsritual abgeholt werden sollte. Fürstenfeldt hatte Klemens darauf angesprochen, worauf dieser nur behauptete, er sei auch nicht in alle Details der Orion-Gesellschaft eingeweiht. Und was hätte er denn auch tun sollen? Verbindungen liebten solcherlei fragwürdige Methoden, neue Mitglieder aufzunehmen. Nun stand Lohser unter ihnen auf der Bühne und wusste nicht, wie ihm geschah. Ohne sein Wissen war er im Rampenlicht in der komfortablen Lage der Unantastbarkeit. Dasselbe galt für die hübsche Begleiterin, die auf der Empore vor aller Augen tanzte. Sie hatte vertrauliche Einzelheiten über Brechteslohs Geschäfte an Lohser weitergegeben. Zudem hatte sie Klemens Informationen über Lohser vorenthalten.

Da haben sich zwei gefunden.

Neben Fürstenfeldt saßen der Generalleutnant und Klemens auf der Bank. Wie er und alle anderen auf der Tribüne waren sie in Kutten mit Kapuzen gehüllt. Witt wippte neben ihm ungeduldig mit dem Bein. Die beiden Stoffel von Leibgardisten waren dazu abgestellt, die Zimmer von Lohser und Amanda zu durchsuchen. Höchste Priorität hatte noch immer das Auffinden dieses verflixten Notizbuchs.

Fürstenfeldt kraulte seinen Backenbart und prüfte die Rasur seines Kinns. Immerhin hatten sie mit Mustafa den zweiten Spion erwischt. Dass er es sein musste, davon waren inzwischen alle überzeugt. Wer sonst hätte Witts Befragungsmethoden über sich ergehen lassen, ohne auszupacken?

Es blieben also nur noch drei Unsicherheitsfaktoren: Lohser,

Amanda und das Notizbuch. Alles andere war sauber aufgegleist. Es brauchte bloß noch durchgeführt zu werden.

***

Die feinen Tröpfchen des Giessbachs benetzten Amandas Haut. Trotz der heißen Scheinwerfer und des Tanzens zog ihr ein kalter Schauer über den Rücken. Wie es wohl den Anwärtern in den Särgen ergangen war? Hatte Carl sich geängstigt? Hatte er um sein Leben bangen müssen? Oder hatte man ihn, bevor er in die Kiste gesteckt wurde, ausführlich in das Vorhaben eingewiesen? Amanda kannte die Antwort. Sie kannte Reichenbach, der die Darbietung maßgeblich mitgeplant hatte. Und sie hatte den Ausdruck in Carls Gesicht gesehen, als sie ihn aus der Kiste genommen hatten: eine Mischung aus Unverständnis, Erleichterung und – Furcht!

Nun stand er auf der unteren Bühne und schaute zu ihr hoch. Sein Blick war verklärt. Der Trank zeigte Wirkung.

Die Musiker setzten zum nächsten Stück an. Eine skurril intonierte Version des Liedes »Zoge am Boge«, die mit der Trommelbegleitung auf eine unerwartete Weise okkultistisch wirkte.

»Nimm's rächt züeche und heb's ume Büüch, – hit wird tanzäd, hit gahts rüüch.«

Amanda erblickte in der Zuschauerschar auf den obersten Rängen die drei Deutschen neben Klemens. In ihrer Haltung, mit ihren Blicken wirkten sie … irgendwie lauernd. Amanda hatte Klemens' Warnung nicht vergessen. Sie würde sie nie mehr vergessen, diese Warnung, die er mit der Vorführung des leidenden Mustafas so eindringlich bekräftigt hatte. Er hatte ihr nicht gesagt, was er alles wusste, Amanda war sich da sicher. Er hatte ihr eine letzte Chance geboten, sich noch zu bewähren. Und Nicu, der ausgesehen hatte, als plagten ihn Schuldgefühle, musste Klemens etwas verraten haben. Aber was? Konnte Nicu wissen, dass sie in Betracht gezogen hatte, die Fronten zu wechseln? Das konnte nur Carl wissen. Oder wurden sie am Ende belauscht? Wenn dem so war, dann schwebte sie tatsächlich in Gefahr. Auch Carl. Dieser hilflose und naive Träumer, der gerade vollkommen außerstande zu sein schien, seine gegenwärtige Lage einzuordnen. Dieser wunderbare Mensch, der zu ihr hochschaute mit seinen bewundernden, tiefen Augen.

Amanda musste ihn von hier wegbringen, und sie hatte auch schon eine Idee, wie sie dies anstellen wollte.

***

Die Lichtkegel erfassten den rot gewandeten Steinbockschädel, und die Welt um ihn herum schien in Finsternis zu versinken. Er erhob beide Hände zum Kometen. »Bote der Götter! Erhöre uns!«

Die Musik verstummte. Allein eine Trommel vermittelte eine unheilvolle Stimmung. Die Mitglieder der Orion-Gesellschaft für Fortschrittsfragen im Publikum überkam eine feierliche Ernsthaftigkeit. Auch sie reckten ihre Arme gen Himmel.

»Siehe, Schweifstern, Bote der Götter, siehe! Wir alle sprechen zu dir in tiefster Demut. Verschone uns von deiner todbringenden Saat. Reise weiter zu den Göttern und unterbreite ihnen unser Begehr. Sie mögen uns profitablen Handel und gewinnbringende Geschäfte bescheren. Möge der Mammon uns wohlgesinnt sein.« Zustimmende Rufe aus den Rängen. »Wir wollen ihnen ein Opfer darbringen, von Reinheit und Anmut wird's sein. Nichts Geringeres den Göttern. Aus tiefster Ehrfurcht vor ihrer immerwährenden Macht.« Er sank auf die Knie.

Carl spürte, wie ihn der Rausch überkam. Auch er fühlte sich mitgerissen und hob die Hände in sakraler Verzückung.

Die flehenden Schreie einer Frau erschollen und irrten im Tal umher. Die Lichtkegel wandelten die Treppen hinauf und erfassten auf der Empore Amanda im weißen Kleid. Nasse Haare fielen ihr ins Gesicht. Sie wand sich und zerrte an Ketten, die zu beiden Seiten an massiven Pfählen befestigt waren.

Allmächtiger, was haben die mit ihr vor?

Zwei Gestalten in gelben Kutten und mit sonderbaren Hauben auf dem Haupt marschierten im Takt der Trommel über die Bühne. Sie stiegen die Treppen zur Rechten und zur Linken empor. In perfekter Choreografie zogen sie dabei zwei Säbel. Weitere Trommeln setzten zu einem Stakkato ein. Schritt um Schritt, Schlag um Schlag erreichten sie Amanda, die in furchtvoller Starre verharrte. Die beiden Säbel wurden ihr über Kreuz auf die Schultern gelegt. Es wirkte im Scheinwerferlicht, als ob Amanda eine grotesk große Schere um den Hals hatte.

»Nehmt unser Opfer an! Nehmt es an, ihr Götter!«, schrie der Steinbock.

Die Orion-Gesellschaft geht zu weit! Carl unterdrückte den Drang, lauthals zu protestieren. Ein Aufbäumen der Vernunft gegen den Rausch. Bloß ein geschmackloses Schauspiel. Verlier nicht den Kopf!, mahnte er sich.

Kurz blitzten die Säbel auf. Die Trommeln verstummten, der Augenblick dehnte sich. Die Spannung hing wie elektrisch knisternd über den Zeugen. Alle starrten sie wie Sonnenstrahlen durch eine Linse gebündelt auf den Brennpunkt des Geschehens. Auf den Schnittpunkt der beiden Klingen.

Amanda stieß einen lang gezogenen Schrei aus, der in ein grausiges Gurgeln überging, als die beiden Säbel in unbarmherziger Langsamkeit durchgezogen wurden. Blut quoll dunkel empor, bespritzte die gelben Gewänder, rann an Amandas weißem Kleid hinab und tränkte es in einem sich ausbreitenden Fleck. Erschlafft fiel sie in die Ketten.

»Tod!«, rief der Prediger in die Stille. Das Licht ging aus.

Schreie im Publikum. Schwindel umfing Carl, seine Knie knickten ein.

Feuerbälle flammten auf, stiegen gen Himmel und lösten sich in Rauch auf. Die Hitze nahm Carl den Atem. Rotes Licht schien von überallher zu leuchten und verlieh dem Geschehen die Atmosphäre sich aufbrechender Abgründe zur Unterwelt.

Der Steinbock stieß ein weiteres Mal beide Arme gen Himmel. »,.. und Wiederauferstehung! Erhebe dich gestärkt wie der Phoenix aus der Asche aus dem Schattenreich empor!«

Eine elektrische Installation erzeugte grelle Lichtbögen zu beiden Seiten von Amandas Körper. Meterlange, blaue Blitze durchrissen krachend das Zwielicht. Ihr Kopf ruckte hoch. Sie sog die Luft mit einem schrillen Keuchen ein. Ihr ganzer Körper zuckte, als ob die Elektrizität sie durchfuhr. Allmählich straffte sie sich und ging in schlangengleiche Bewegungen über, als die Trommeln wieder einsetzten. Ein lockender Tanz zur Melodie aus einem fernen Lande. Sie entwand sich den Handfesseln und wiegte sich in majestätischer Sinnlichkeit.

Carl hätte erleichtert sein sollen, doch er war noch immer starr vor Schreck. Nur am Rande nahm er wahr, wie Dutzende von Barbarinnen mit schrillem Kriegsgeschrei auf die Bühne stürmten. Wie die Tänzerinnen, die Amanda flankierten, waren auch sie unzureichend mit Fellfetzen bekleidet. Eingeölte Haut und aufgemalter Schmutz. Sie alle brachten Hörner mit. Hörner, aus denen Flüssigkeiten schwappten.

Carl konnte Amanda nicht aus den Augen lassen, als ob er sie so davor bewahren konnte, dass ihr noch weitere Grausamkeiten zustießen. Aber sie wirkte fremd auf ihn. Alles wirkte ihm fremd. Seine Sinne gaukelten ihm eine unvertraute Welt vor. Leute aus dem Publikum stürmten auf die Bühne. Hörner wurden herumgereicht. Es wurde aus ihnen getrunken. Barbarinnen und Publikum vermischten sich. Es wurde getanzt, gelacht, gezerrt. Kutten wurden in die Luft gewirbelt und fielen zu Boden wie trockenes Laub.

Carl vermutete, dass er sich womöglich gerade übergeben hatte.

Es mussten mehr als zwei Hände unter seinem Gewand sein, Carl war sich da ziemlich sicher. Ein Mädchen himmelte ihn an. Da! Noch ein zweites. Beides ölige Barbarentänzerinnen in Fellfetzen. Er sah zu Amanda hoch, wie sie tanzte in ihrem weißen Kleid. So fern, so fremd.

Überall diese Barbarinnen! Fielen mit ihren Hörnern über die Leute her. Carl wollte keine Barbarinnen, er wollte die Dame im blutbeschmutzten Kleid. Die fein gepuderte Dame auf der Empore. Doch hier unten waren Wilde! Dreckige! Grubenarbeiterinnen! Und zugleich prächtige, wilde Mädchen aus fernen, exotischen Ländern!

Dann stand sie plötzlich vor ihm. Die fein gepuderte und wunderschöne Dame mit ihren Blutflecken. Sie nahm ihn bei der Hand. Heléne! Sie zog ihn hoch. Sagte etwas, das so klang wie: »Komm mit mir!«

Die Barbarinnen zerrten an seinem Gewand. »Heléne?« Carl freute sich, sie zu sehen. Die Wilden zogen ihn wieder zu sich herab. »Nicht die Grubenarbeiterinnen!«

»Carl!«, rief Amanda. Überall um ihn herum unzüchtiges Treiben. »Carl! Du musst aufstehen!«

»Guten Morgen, Heléne!« War es schon Zeit aufzustehen? »Ich möchte noch etwas liegen bleiben bei den Barbarinnen.« Da oben tanzte sie, seine schöne fremde Amanda im weißen Kleid.

»Komm jetzt hoch, Carl!« Heléne zerrte an ihm. Nein, es war Amanda, er erkannte sie ganz deutlich an all dem Blut.

»Du willst das nicht!«, sagte sie.

Carl wiederholte: »Ich will das nicht!«

»Richtig, du willst das nicht, ich bring dich hier weg!«

»Ja, Heléne.«

***

Amanda zerrte Carl den Pfad den Giessbach hinauf. Bei jeder Wurzel geriet er ins Straucheln und brabbelte dabei unzusammenhängendes Zeug. Sie hatte nicht gedacht, dass er dermaßen verladen war. Immerhin leistete er keinen Widerstand, als sie ihn und sich außer Reichweite Klemens' und der Deutschen brachte.

Schnell wurde ihr heiß unter der Kutte. Sie hatte unbenutzt

auf der Bühne gelegen, und Amanda hatte sie aufgenommen, als sie sich aus dem Staub gemacht hatten. Das Theaterblut aus Gelatine fühlte sich eklig auf ihrer Haut an. Die beiden Scharfrichter hatten unter ihren Gewändern jeweils eine Blase mit sich geführt und sie damit vollgespritzt, während sie mit den stumpfen Klingen über ihren Hals fuhren. Von der Geschmacklosigkeit, ein Menschenopfer darzustellen, einmal abgesehen, war die Idee, die auf Reichenbach zurückging, erstaunlich ausgeklügelt und wirkungsvoll gewesen.

Als die Scheinwerfer ausgegangen waren, hatte sie die Gelegenheit genutzt, der Überwachung der Deutschen zu entkommen. Kurzerhand hatte sie ihr Kleid ausgezogen und es ihrer Nebentänzerin übergestreift. Diese begriff sofort und übernahm Amandas Part, während Amanda hinter den Kulissen darauf wartete, bis der Tumult mit den Bordsteinschwalben losging und sie Carl wegbringen konnte.

Die Tanzerei und der hastige Aufstieg zerrten an ihren Kräften. Allmählich spürte sie ihre Beine ermüden. Carl hingegen hielt ausdauernd mit ihr Schritt, wenn ihm auch der Schweiß auf der Stirn stand. Nur noch ein kleines Stück, trieb sie sich selbst an.

Plötzlich blitzten die Baumstämme und der Pfad vor ihnen blau auf. Ihr Herz setzte einen Schlag lang aus. Ein Knall folgte. Kurz darauf blitzte der Wald rot auf. Das Feuerwerk. Der Höhepunkt des Abends. Neben dem Pfad erblickte sie ein Becken, das der Giessbach unter einer Kaskade bildete. Hier waren sie weit genug vom Festtreiben entfernt, um nicht entdeckt zu werden. Der Wasserfall toste laut und erschien im Lichte des Feuerwerks in wechselnden Farben. Sie fühlte sich auf romantische Weise an letzte Nacht erinnert. Sie streifte Carls Gewand über seinen Kopf. Er kam auf sie zu, hielt sie fest und küsste sie begierig. Mit einem entschlossenen Stoß beförderte sie ihn in das Becken. Carl tauchte spritzend wieder auf, paddelte wild mit seinen Armen und prustete im gletscherkalten Wasser. Es war an der Zeit, dass der Tüftler wieder zu Sinnen kam.

Ein gutes Stück unter ihnen erkannte Amanda im aufblitzenden Licht eine Bewegung zwischen den Bäumen. War da jemand? Einen Feuerwerkskörper später hatte die Gestalt bereits ein gehöriges Stück den Pfad herauf geschafft. Sie schien zu rennen und kam bedrohlich schnell voran. Amanda musste handeln. Und zwar augenblicklich.

Wenige Sekunden später schon bibberte sie vor Kälte. Carl, dessen Schulter ihre berührte, ging es nicht besser. Er war nun so weit wieder nüchtern, dass er den Ernst der Lage verstand. Durch den Schleier des herabstürzenden Wassers vor ihnen beobachteten sie, wie auf dem Pfad die Person näher kam. Unwillkürlich hielt Amanda den Atem an, auch wenn sie beim lauten Brausen des Wasserfalls nicht einmal ihre eigene Stimme gehört hätte.

Es war ein Mann, und er trug einen Arm in der Schlinge. Witt. Er hatte ihre List auf der Bühne durchschaut und ihre Fährte aufgenommen. Nun blieb er ausgerechnet an der Stelle stehen, an der sie vorhin den Pfad verlassen hatten. Hatten sie auch nichts liegen gelassen? Amanda hatte noch geistesgegenwärtig Carls Gewand aufgehoben, bevor sie durch das Becken zur Kaskade gewatet waren. Nun hielt sie die Kutten im Arm in dem Versuch, sie einigermaßen trocken zu halten.

Witt schien zu verschnaufen. Dann richtete er sich auf und horchte in die Nacht. Er überquerte den Streifen Gras zum Bachlauf und blieb auf einem flachen Stein, der ins Becken ragte, stehen. Derselbe Stein, von dem aus Amanda Carl ins Wasser gestoßen hatte. Witt kauerte sich hin und rührte mit seinen Händen im Bach. Nur wenige Meter trennten sie von ihm. Er schöpfte Wasser und benetzte sich Gesicht und Nacken. Wieder hielt er inne, horchte und suchte mit dem Blick einer afrikanischen Großkatze die Umgebung ab. Amandas freie Hand tastete wie von selbst nach Carls und hielt sie fest.

Witts Blicke streiften über den Wasserfall, und für einen Moment hatte sie das Gefühl, als sehe er sie direkt an. Amanda fröstelte. Wie gerne hätte sie sich etwas an Carl gewärmt.

Der Soldat steckte seine Hände erneut ins Wasser und zog

sie mit zwei faustgroßen Steinen wieder heraus. Er holte aus und schleuderte einen Stein in ihre Richtung. Mit unglaublicher Wucht traf er nur wenige Zentimeter neben Amanda auf den Felsen auf. Es bedurfte aller ihr zur Verfügung stehenden Beherrschung, um nicht aufzuschreien und loszurennen. Auch Carl zuckte neben ihr, verhielt sich aber ruhig.

Einem Ballwerfer gleich warf Witt den zweiten Stein in den Wasserfall und wartete, ob er etwas aufgeschreckt hatte. Der Augenblick dehnte sich.

Dann schien etwas Witts Aufmerksamkeit erregt zu haben. Ob eine Bewegung oder ein Geräusch, konnte Amanda nicht sagen. Er fixierte einen Punkt im Wald über ihnen und rannte weiter den Pfad den Giessbach hinauf.

Amanda konnte es kaum erwarten, wieder ins Trockene zu kommen.

KAPITEL 13

Donnerstag, 19. Mai 1910, nach Mitternacht
Der letzte Kongresstag

Am dringlichsten war für Amanda die Befreiung Mustafas, und nachdem sie Carl die Lage des Gefangenen geschildert hatte, teilte er ihre Ansicht. Sie stiegen den Pfad wieder ein Stück hinab und zweigten zur Pension für Hydrotherapie ab. Das Feuerwerk war zu Ende, doch herrschte bei der Bühne noch reger Betrieb. Die Musikkapelle hatte ein fideles Lied angestimmt, und sämtliche Feiernden sangen mit, wobei möglichst laut zu singen einen höheren Stellenwert einnahm als das akkurate Treffen der Töne.

Im Schutze der Nacht und zwischen den Bäumen Deckung suchend, näherten sich Carl und Amanda dem Kurhaus. Carl schlug vor, es zu umrunden und nach dem Kellerfenster zu suchen, hinter dem sich Mustafa befand. Es war mit Gras und Brennnesseln zugewuchert, die er mit einem Stock niederdrückte. Der Kellerraum war dunkel. Amanda schirmte ihre Augen ab und spähte hinein. Sie konnte nichts ausmachen. Die Luft schien rein zu sein.

Auf leisen Sohlen schlichen sie ins Kurhaus und wagten sich in das Untergeschoss hinab.

Die Tür zum hintersten Abteil war nur angelehnt, und Carl stieß sie sachte auf. Ihm wurde klar, wie nahe er sich bei Mustafa befunden hatte, als er in der Badeanstalt in der Wanne lag. Bis auf Mustafa, der an einen Stuhl gefesselt auf dem Boden lag, war der Raum leer. Amanda versuchte, an Mustafas Halsschlagader einen Puls zu fühlen.

»Er … Er ist tot!« Ihre Stimme zitterte. Carl hielt sie fest. Ihre Brust bebte.

Aus dem Flur waren Stimmen zu vernehmen. Sie würden

hierherkommen. In diesem engen Kellerabteil gab es nichts, wo sich Amanda und er hätten verstecken können.

Lass sie kommen, dachte Carl. Er würde ihnen geben, was sie verdient hatten. Sie hatten Mustafa, den gutmütigen Barmann, kaltblütig misshandelt und umgebracht.

Stattdessen zerrte ihn Amanda mit sich in den Flur hinaus und schlüpfte durch die halb offene Tür des benachbarten Kellerabteils. Noch bevor Carl ihr folgte, sah er am Ende des Ganges eine Öllaterne um die Ecke biegen. Und er sah noch, was einer der Männer auf den Schultern trug. Es war eine Rolle – ein Teppich.

Im Raum standen Kisten, alte Rohre, Bretter und ausgediente, mit Planen verdeckte Wannen, die einst zur Hydrotherapie eingesetzt worden waren. Carl hob eine staubige Plane an und legte sich darunter. Amanda legte sich eilig auf ihn drauf und drapierte die Plane über ihnen zurecht.

Schon vernahm Carl den Akzent des Rumänen: »Alle vergnügen sich bei der Bühne, während wir hier die Drecksarbeit erledigen.«

Der andere brummte nur.

»Wir wurden nicht als Bestatter eingestellt. Wir müssten jetzt auf Klemens aufpassen und könnten dabei den Tänzerinnen zusehen.«

»Wohl eher nur einer bestimmten Tänzerin.«

»Na und? Immerhin habe ich mit ihr –«

»Scht! Ich höre etwas.«

Die Tür zu Carls und Amandas Kellerabteil wurde knarrend aufgestoßen. Durch einen Spalt zwischen der Plane und der Wanne hindurch nahm Carl den Lichtschein der Öllaterne wahr. Er spürte, wie sich Amandas Herzschlag beschleunigte.

»Das sind bloß die Ratten. Besser, wir bringen den Barmann jetzt schnell weg, bevor wirklich noch jemand hier auftaucht.«

***

Nicu und Fritz öffneten die Tür zum Folterkeller und schnitten den Muselmanen vom Stuhl los. Seine Arme und Beine hatten sich schon so weit versteift, dass er die sitzende Position beibehielt, als sie den Stuhl entfernten. Nicu musste wegsehen, als Fritz mit erheblicher Anstrengung und unter rohen Flüchen die Glieder streckte, um ihn flach hinlegen zu können. Gemeinsam rollten sie ihn in den Teppich.

»Nun muss ich allein auf den See rausfahren, weil Witt bei der Bühne wohl mit einer rummacht und du Angst vorm Wasser hast«, sagte Nicu.

»Ich habe keine Angst! Nur das Ertrinken macht mir Sorgen. Reine Vorsicht«, verteidigte sich Fritz.

»Gilt das auch für das Baden?«

»Du kriegst gleich meine Faust in dein Mundwerk!«

»Komm und pack schon an. Wir sitzen alle im selben Boot«, sagte Nicu. »Natürlich nur bildlich gesprochen.«

Ächzend schulterten sie den Teppich mit dem Spion, und als sie den Kellerraum verlassen wollten, stand plötzlich der Südafrikaner vor ihnen.

»Ist euch hier jemand begegnet?«, fragte Witt.

»Nein, wir sind allein hier.«

»Ich bin einer Spur gefolgt. Hier sind Wassertropfen auf dem Boden.«

»Fritz schwitzt stark«, sagte Nicu.

Witt tippte mit der Fingerspitze rein und berührte damit die Zunge. »Wasser.« Er riss Nicu die Laterne aus der Hand und hastete in den Flur hinaus. Nicu und Fritz ließen die Rolle auf den Boden fallen und folgten ihm. Witt leuchtete ins benachbarte Abteil.

»Ich bin seit über einer Stunde hinter ihnen her.«

»Hinter wem?«

»Dem Nicholas und dem Paashaas«, schnauzte der Südafrikaner Nicu an. »Wem wohl?«

»Amanda? Ist sie abgehauen?«

Witt näherte sich einer Wanne. »Hier sind Abdrücke im

Staub.« Er griff mit dem gesunden Arm nach der Plane darauf und riss sie zur Seite.

Nicu kam hinzu und schaute hinein. »Du siehst Gespenster.«

»Schau genauer hin! Hier war jemand drin.«

»Ein Pärchen, das rumgemacht hat.«

»Sieht nicht danach aus. Vielmehr hat sich hier jemand versteckt.« Er fasste hinein. »Und das ist noch gar nicht lange her.«

***

Amanda hatte sich auf den Boden gesetzt und lehnte sich an das Bett, Carl setzte sich neben sie. Nun endlich, nach der langen Rennerei und dem Versteckspiel, konnten sie sich etwas Ruhe gönnen. Sie waren hier in Sicherheit.

Vorerst, dachte Amanda.

Es war ein Glücksfall, dass dieses Zimmer nicht verschlossen war. Carl hatte den Streit zwischen den Herren Brown und Boveri mitbekommen, und als er später am Nachmittag ins Bad unterwegs gewesen war, hatte er beobachtet, wie Boveri mit seinem Gepäck das Hotel verließ und abreiste. So fanden sie in Boveris Zimmer einen Unterschlupf. Ihre beiden Zimmer waren durchsucht worden. Die Urheber hatten zwar versucht, es zu verbergen, und alles wieder an seinen angestammten Platz zurückgelegt, doch hatte es ihnen an der nötigen Sorgfalt gefehlt. Zudem hatte Carl schon beim Öffnen der Tür zu Amandas Zimmer Schweißgeruch in die Nase gestochen, und er hatte ihr geraten, das elektrische Licht nicht einzuschalten. Wo auch immer dieser Witt sich da draußen aufhielt, er hatte sicher ein Auge auf das Grandhotel gerichtet, um sofort zu erkennen, wenn im Erkerzimmer das Licht anging.

Boveris Zimmer war leer und unaufgeräumt zugleich. Die Tagesdecke auf dem Bett wies den rechteckigen Abdruck eines Koffers auf. Kleiderbügel waren nicht wieder in den Schrank zurückgehängt worden. Scherben einer Vase lagen unter einem Abdruck in der Tapete.

Carl bewegte sich irgendwo in seiner eigenen Gedankenwelt, während Amanda acht Papierfitzelchen aufklaubte und sie vor sich auf dem Boden zusammenpuzzelte. Eine abgenutzte und über lange Jahre mitgeführte Fotografie der beiden damals noch jungen Gründer der Brown Boveri & Cie. Man hätte sie für Brüder halten können. Beide mit Hut, Stock und Oberlippenbart, beide hatten einen Fuß auf ein Maschinenteil am Boden gestellt. Hinter ihnen ragte ein enormes Schaufelrad in die Höhe. Ihre Haltung strahlte eine Erhabenheit aus, als ob sie es gemeinsam mit der gesamten Welt aufnehmen könnten. In ihren Augen lag noch etwas anderes, Amanda hielt es für Zuversicht, womöglich auch Einigkeit.

Sie legte ihren Kopf an Carls Schulter. Er streichelte ihr gedankenabwesend übers Haar.

»Woher wusstest du, wo Mustafa festgehalten wurde?«, fragte er.

»Klemens hatte mich zu ihm gebracht.«

»Weshalb?«

»Er wollte mir drohen.«

»Ich verstehe gar nichts.«

Es war nun an der Zeit auszupacken. Was würde geschehen, wenn Carl die ganze Wahrheit erfuhr? Würde er sie verurteilen? Sie konnte ihm aber auch nicht ewig ausweichen. Sie atmete tief ein und wieder aus und musste sich selbst einen Ruck geben.

»Mustafa war ein Spion«, sagte sie.

Es überraschte Carl gar nicht so sehr, wie sie erwartet hätte.

Sie fügte hinzu: »Zumindest waren Klemens und die Deutschen derart davon überzeugt, dass sie ihn foltern ließen.«

»Wie passt du denn in diese Geschichte?«, wollte Carl wissen, der sich noch immer kein Bild von den Zusammenhängen machen konnte.

Amanda erzählte, wie Klemens den Verlust eines seiner Notizbücher festgestellt hatte. Er habe einen französischen Gast des Hotels in Verdacht gehabt und sie auf ihn angesetzt. Es sei zu einem Kampf mit Nicu gekommen, bei dem der Franzose tödlich verletzt worden sei.

»War dieser Franzose auch ein Agent?«, fragte Carl.

»Man fand bei ihm Codes für die Verschlüsselung von Telegrammen. Er sollte sie hier jemandem übergeben.«

»Einem zweiten Spion.«

»Sie vermuteten zuerst, es wäre Palanti.«

»Nicht im Ernst!« Carl lachte.

»Während ich die ganze Nacht bei ihm war, wurde ein verschlüsseltes Telegramm abgesetzt. Spätestens da war allen klar, dass jemand anderes der Spion sein musste.«

»Nämlich ich!« Carl schnaubte humorlos. Es widerstrebte ihm genauso wie ihr auszusprechen, worum es in diesem Gespräch tatsächlich ging. Es führte aber kein Weg mehr daran vorbei.

»Nein, ich wurde von Fürstenfeldt auf dich angesetzt. Ich sollte ein Druckmittel gegen dich in Erfahrung bringen«, gestand Amanda.

Carl schüttelte den Kopf und rückte kaum merklich ein Stück von ihr weg. Noch nicht bereit, darauf einzugehen, wechselte er das Thema. »Dieses Notizbuch. Ist es wiederaufgetaucht?«

»Bisher nicht. Ansonsten hätten Nicu und Fritz unsere Zimmer nicht durchsuchen müssen.«

»Was steht drin?«

»Ich weiß es nicht. Vielleicht die Erklärung, was auf dem Kongress vor sich geht.«

»Was ich mich frage, ist, worin Brechteslohs eigentliche Funktion besteht. Und worum es bei dieser geheimen Versammlung ging, von der nicht einmal der Doge wusste. Als Fürstenfeldt mich im Bad verhört hat, ging es nicht um meine Zusammenarbeit mit dem Deutschen Reich. Vielmehr wollte er wissen, was ich über ihr geheimes Treffen in Erfahrung gebracht hatte.«

»Du wurdest auch verhört? War es schlimm?« Amanda griff nach seiner Hand.

»Ich hatte mehr Glück als Mustafa.«

»Das Letzte, was ich Mustafa sagen hörte, war: ›*La fée verte*‹.«

»Was wollte er damit sagen?«, fragte Carl.

»Er hat es immer wieder gerufen, er schien dabei so schrecklich verzweifelt. Ich trug ein grünes Kleid. Deswegen wahrscheinlich. Er muss bereits in einer solch schlechten Verfassung gewesen sein, dass er halluzinierte.«

Carl drückte sanft ihre Hand.

»Wie wohl sein richtiger Name gelautet hat?«, fragte Carl. »Er hat sich mir als Jean vorgestellt, nachdem ich den Franzosen in ihm erkannt hatte. Aber ich sollte ihn weiterhin Mustafa nennen.« Nach einer Pause fuhr er fort. »In der Nacht darauf hatte er sich beim Zitronenschneiden in den Finger geschnitten und fluchte im feinsten Französisch.« Carl lächelte traurig. *»Zut alors!«*

»Luc«, sagte Amanda.

Carl schaute sie an.

»Er hat ihn mir auf dem Maskenball verraten«, erklärte Amanda.

»Was hat er da gesagt?«

»Ich soll heute Morgen um acht Uhr das Schiff nehmen. Ein Ausweg für mich, um alldem hier zu entkommen.«

»Und? Wirst du gehen?«, fragte Carl. »Witt ist bloß hinter mir her.«

»Mein Zimmer wurde ebenfalls durchsucht. Sie haben mich ebenso im Verdacht.«

Eine quälend lange Pause. Carl entzog ihr seine Hand. »Dann war ich bloß ein Auftrag für dich?« Enttäuschung schwang in seinen Worten mit. Nun war es ausgesprochen. Nichts hielt das Schwert des Damokles noch in der Schwebe.

»Anfangs schon. Aber mit der Zeit ...« Es klang selbst in ihren eigenen Ohren matt. Irgendwie abgedroschen. »Fürstenfeldt will an deine Entwicklungen herankommen, wenn möglich sogar an dich selbst und deine Fachkenntnisse.«

»Und was hast du ihm erzählt?« Er ließ sie nicht zu Wort kommen. »Als ich dir erzählt habe, dass ich in diese geheime Versammlung hineingeplatzt bin, hast du das auch ausgeplaudert? Sie haben mich deswegen gefoltert.«

»Nein, ich habe ihnen so wenig wie möglich gesagt. Ich habe aber das Gefühl, sie wussten bereits alles.«

Carl wirkte nicht überzeugt.

Amanda setzte nach: »Ich glaube inzwischen, wir wurden belauscht.«

»Auf welcher Seite stehst du?«, fragte Carl sie mit einer Kälte in der Stimme, die sie schmerzte.

Was sollte sie sagen? *Ich stehe auf deiner Seite.* Oder: *Ich stehe auf meiner eigenen Seite.* Stand sie womöglich noch immer auf der Seite ihres Auftraggebers? Sie wusste es nicht. Vielleicht musste sie sich darüber erst einmal selbst klar werden.

»Ich dachte, du weißt, dass ich als Begleiterin arbeite«, sagte sie stattdessen.

»Ja, das wusste ich. Ich dachte nur, da wäre mehr.«

»Es ist auch –«

»Aber du wurdest gezielt auf mich angesetzt, um mich auszuspionieren«, unterbrach er sie. »Kannst du dir vorstellen, wie man sich dabei fühlt?«

»Zu Beginn warst du für mich bloß ein Auftrag, aber dann –«

»Ich weiß nicht, ob ich dir noch trauen kann. Was ist Wahrheit, und was hast du mir vorgemacht?« Carl schüttelte den Kopf. »Empfindest du überhaupt etwas für mich?«

»Ja«, sie nickte, um es zu bekräftigen. »Seit Langem empfinde ich wieder etwas für jemanden.«

»Ich dachte, es könnte etwas Ernstes aus uns werden.«

»Das kann es auch.«

Carl sprang auf die Beine. »Nein, jetzt nicht mehr.«

In der offenen Tür drehte er sich noch einmal zu ihr um. »*La fée verte.* Die grüne Fee. Damit ist der Absinth gemeint. Lebe wohl, Amanda.«

***

Im Licht der Bühne, das durch das Fenster in sein Zimmer drang, waren die Koffer schnell gepackt. Carl hatte nur ein paar wenige Kleidungsstücke herausgezogen, seit er sich schon am Morgen abreisebereit gemacht hatte. Anschließend hastete er schwer beladen aus dem Hotel und über den Wandelgang hinauf zum Kurhaus. Bei der Bühne waren noch immer einige Nachtschwärmer zugange. Prosteten einander zu, während sie sich mit Dirnen vergnügten. Carl musste endlich hier weg.

Sie hatte ihn für Fürstenfeldt ausspioniert!

Carl hatte manches auf diesem Kongress erlebt, aber das ging doch nun wirklich zu weit. Denen war jedes Mittel recht. Sie kannten keine Grenzen. Keinen Anstand. Stellten eine Frau an, die mit seinem Herzen spielte. Und noch dazu erfolgreich.

Fürstenfeldt, dieser glatzköpfige Wicht, hatte sie angestiftet, nur um seine Ziele zu erreichen. Wo war die Ehre, die bei diesen selbst ernannten Männern des Krieges angeblich so hoch im Kurs stand? Alles nur Lippenbekenntnisse! Elende Wendehälse, allesamt! Oder war es die falsche Person, auf die sich Carls Wut bündelte? Schließlich war es Amanda gewesen, die in ihm diese Gefühle wachgerufen hatte. Sie musste dasselbe auch bei Palanti ausgelöst haben und bei wer weiß wie vielen Männern noch. Kaltschnäuzig hatte sie Carl etwas vorgemacht, bis zum letzten Augenblick. Sie habe Gefühle für ihn entwickelt, hatte sie am Schluss noch behauptet. Dennoch, es wollte Carl nicht gelingen, seine Wut auf sie zu richten. Es war noch zu frisch. Vielmehr empfand er eine bodenlose Enttäuschung, dass das, was sie beide gehabt hatten, bloß Lug und Trug gewesen war.

Carl öffnete die Tore des Schuppens und schmiss die Koffer in die Kabine der Gans. Vor Kurzem erst hatten er und Amanda sich darin geliebt. Er schalt sich einen Narren, auf sie hereingefallen zu sein. Er hatte sie wirklich gemocht. Traurigkeit wollte ihn überkommen. Carl schluckte sie hinunter und zwang sich, vorwärtszuschauen.

Immerhin hatte er *sie* noch, seine Gans.

Die Waldstrecke ließe sich schon irgendwie meistern. Der Rückweg ging ja jetzt größtenteils abwärts, und er hatte die ganze Nacht Zeit. Am nächsten Morgen würde ihn Mario in

Burgdorf sicherlich den Akku wieder laden lassen. Danach würde er endlich heimkehren können. Zurück in sein vertrautes Leben. In den letzten vierundzwanzig Stunden hatte Carl sich verliebt, war betäubt und gefoltert worden, und ein Freund, der sich als Spion entpuppt hatte, war zu Tode gekommen. Sein Vater würde einsehen, warum Carl verfrüht heimkehrte. Carl setzte sich ans Steuer, trat auf das Pedal und lenkte die Gans aus dem Schuppen. Er verzichtete darauf, das Licht einzuschalten. Nur schnell weg hier. Witt würde seine erfolglose Suche bestimmt schon lange aufgegeben haben. Doch sicher war sicher.

Aber war es auch für Amanda sicher?

Was sollte es Carl scheren! Die würde sich schon zu helfen wissen. Würde sich die Nacht noch versteckt halten in Boveris Zimmer und eine List ersinnen, am Morgen Klemens um den Finger zu wickeln. Sie würde ihm irgendeine Geschichte auftischen, die erklärte, wieso sie ihn im Ungewissen gelassen hatte. Würde behaupten, es sei unabdingbar gewesen, um näher an Carl heranzukommen. Womöglich entsprach das sogar der Wahrheit. Oder war es doch nicht so einfach? Legte Carl sich das bloß zurecht, um sich besser zu fühlen? Er trat auf die Bremse. War es richtig, was er hier tat? Das Weite suchen und sie ihrem Schicksal überlassen? Schließlich drohte auch ihr Gefahr.

Carl hatte sie gar nicht aussprechen lassen. Sie hatte mehrere Anläufe unternommen, ihm ihre Gefühle zu erklären. Was, wenn sie zu ihm doch aufrichtig gewesen war? War es ein Fehler gewesen, sie zurückzulassen? Der größte Fehler seines Lebens?

Sie ist in Gefahr!

Kurzerhand wendete er die Gans auf dem Vorplatz, kurvte um Palantis Ruine und schlug den Weg zum Grandhotel hinab ein – als die Kabinentür neben ihm aufgerissen wurde. Carl fuhr zusammen. Eine Hand griff ins Wageninnere. Riss am Steuer. Der Wagen wankte. Kam beinahe vom Weg ab. Ein massiger Körper drängte sich in die Kabine. Das kalte Metall einer Pistole an seinem Ohr nötigte Carl, auf die Beifahrerseite zu weichen. Auf dem abschüssigen Weg legte die Gans schnell an Fahrt zu.

»Wie hält man dieses Ding an?« Der Söldner riegelte an allen Schaltern, bar jeden Verständnisses für Automobile. Carl nutzte den Moment der Unaufmerksamkeit, um den Lauf der Pistole von sich wegzuschlagen. Ein Schuss löste sich und zerbarst Helénes Spiegel mitsamt der Frontscheibe. Splitter regneten auf ihn nieder. Carl bekam Witts Arm zu fassen und zerrte daran. Witt gelang es nicht, mit seinem verletzten Arm das Steuer ruhig zu halten, sodass der Wagen ins Wanken geriet. Die Fahrertür schlug auf und zu. Carls Griff rutschte ab, und er wurde an die Seitenwand der Kabine geschleudert. Noch bevor Witt die Waffe wieder auf ihn richten konnte, trat Carl mit dem Schuh gegen den Kopf des Soldaten, was diesen, unterstützt durch einen Schlenker des Wagens nach rechts, durch die offene Tür kippen ließ.

Sie passierten in voller Schussfahrt das Chalet und gleich darauf die Bierhalle. Witt hielt sich mit beiden Händen am Rahmen der Tür fest. In seiner Linken noch immer die Waffe. Mit schmerzverzerrtem Gesicht zog er sich hoch. Carl erkannte, dass, wenn die Gans ihren Kurs beibehielte, sie mit der Bergstation der Bahn kollidieren oder an ihr vorbei ins Bodenlose stürzen würde. Er riss das Steuer nach rechts, sodass der Wagen den Weg zur Terrasse des Grandhotels emporbrauste. Die Fliehkräfte bei diesem Manöver entrissen Witts Beinen den sicheren Halt auf dem Trittbrett. Er wurde ein zweites Mal aus der Kabine geschleudert. Seine Stiefel polterten auf dem Kies, doch der Zangengriff des Soldaten an der Kabinenöffnung blieb unerbittlich.

Ein dunkler Blutfleck breitete sich im Stoff seines Hemds aus. Reihen von Stühlen und hochgeklappten Tischen wurden von der Wagenfront getroffen und flogen zu beiden Seiten laut scheppernd vom Wagen weg. Carl streckte in dem Versuch, das Bremspedal zu erreichen, sein Bein aus, aber Witt hatte wieder festen Stand gefunden und richtete die Pistole auf ihn. Carl griff danach, riss sie herum, und zwei Schüsse stanzten sich durchs Dachblech. Dann hatte er dem Soldaten die Waffe abgerungen, heiß brannte der Lauf in seinen Händen.

Witts Faust krachte in Carls Gesicht, und er ließ die Pistole fallen. Sie rutschte auf dem Wagenboden in den hinteren Teil der Kabine. Witts nächsten Schlag sah Carl kommen, und es gelang ihm auszuweichen. Bald würde die Terrasse zu Ende sein. Der Rand kam immer näher, die niedrige Brüstungsmauer würde sie nicht aufhalten können. Dahinter befand sich der steile, bewaldete Abhang, der sich einhundert Meter bis zum See hinabzog.

Der Wagen war zu schnell!

Carl tastete mit dem Fuß nach dem Bremspedal und trat es durch.

In Witts Hand blitzte die lange Klinge eines Messers auf, das er sich aus dem Stiefel gezogen hatte. Die Reifen scharrten durch den Kies. Steinchen spritzten hoch, Staub wirbelte auf. Doch der Wagen glitt darüber hinweg, als befände er sich auf einem gefrorenen See.

Carl ertastete den Griff der Beifahrertür, riss daran. Als er die Damaszenerklinge auf sich zukommen sah, stieß er sich mit beiden Beinen ab. Er befand sich bereits in der Luft, als ein Schlag durch das Automobil ging und die Stahlstreben ächzen ließ. Die Hinterräder hoben sich vom Boden ab. Die Steine der Brüstungsmauer gaben splitternd nach. Nun erhob sich die Gans II in die Luft. Scheppernd schrammte sie durch die Äste einer Tanne, traf auf steilen Waldboden, sprang hoch und überschlug sich mehrfach, sodass etliche Bauteile von ihr weggeschleudert wurden wie die Schrapnelle einer Granate.

***

Als die Weiber auf der Bühne losgelassen wurden, hatte Fürstenfeldt dies als Anlass genommen, ins Hotelzimmer zurückzukehren. Nicht, dass ihm dieser Brauch zuwider gewesen wäre, im Gegenteil. Er kannte sich, er hätte sich kaum mehr losreißen können und bis weit in die Nacht hinein gefeiert. Genauso wie die anderen da draußen, deren Gegröle und Geschnatter noch immer bis zu ihm ins Zimmer drangen, obwohl das Fenster auf die vom Festplatz abgewandte Seite hinausging.

Er verzichtete auf die Feierlichkeiten, um am kommenden Morgen ausgeschlafen zu sein. Was ihm aber offensichtlich nicht gelingen sollte. Seit über zwei Stunden wälzte er sich schlaflos hin und her. Es lag nicht am Lärm, Fürstenfeldt hatte schon in lauterer Umgebung tief geschlafen. Nein, es lag daran, dass er viel zu aufgekratzt war. Auf der Versammlung morgen würden sie endlich ihre Mission in trockene Tücher bringen. Sobald die Verträge unterschrieben waren, konnte geschehen, was wollte. Bis dahin aber musste alles stimmen. Fürstenfeldt ging zum fünften Mal in dieser Nacht die Probleme durch, die sich ihnen gestellt hatten.

Die Angelegenheit mit dem Spion war geregelt, und auch wenn er nicht gesprochen hatte – bis auf dieses irre Gebrabbel über die grüne Fee, kurz bevor es mit ihm zu Ende gegangen war –, so hatten sie ihn immerhin unschädlich gemacht. Inzwischen dürfte seine Leiche Fischfutter sein. Der Telegraf des Spions war sichergestellt worden, und der Morseschreiber hatte seither keine verdächtigen Meldungen mehr registriert. Von dieser Seite waren also keine Schwierigkeiten mehr zu erwarten.

Inzwischen dürfte auch das Problem Lohser geregelt worden sein. Rückblickend hatte Fürstenfeldt bei ihm eine falsche Taktik verfolgt. Er musste sich eingestehen, seiner Sache zu sicher gewesen zu sein. Er hatte nicht die nötige Sorgfalt walten lassen und Lohser falsch eingeschätzt. Dass er ihm zu Beginn vorenthalten hatte, für die Armee zu arbeiten, hatte bei diesem eine Abwehrhaltung ausgelöst, die sich nicht mehr hatte überwinden lassen. Witts Steinschlag hatte bei Lohser auch nicht die erwartete Wirkung gezeigt. Anstatt zum Nachdenken gebracht worden zu sein und sich seiner Verletzlichkeit bewusst zu werden, hatte er das Ereignis als Bagatelle abgetan. Viel zu sehr war er wohl durch das Pistolenduell und die Kurtisane abgelenkt gewesen. Auch die Taktik, die Begleiterin auf ihn anzusetzen, hatte Fürstenfeldt keine Druckmittel an die Hand gegeben. Stattdessen hatten sich die beiden verbrüdert und Brechteslohs Gefolgschaft hinterhergeschnüffelt.

Schade um sie, aber es war nur noch die eine Lösung geblieben. Alle beide mussten aus dem Weg geräumt werden. Diskret, sodass das Brechtesloh-Manöver nicht gefährdet wurde. Unter anderen Umständen hätte sich Fürstenfeldt nicht einfach so ins Bett gelegt und dies jemand anderem überlassen. Aber bei Witt waren die beiden in guten Händen. Auf den Leutnant war Verlass. Er hatte sie zwischenzeitlich bestimmt schon dingfest gemacht und ins Kellerabteil einquartiert. Wie sie mit ihnen weiter verfahren würden, konnten sie morgen noch besprechen. Fürstenfeldt malte sich verschiedene Szenarien aus: ein gekentertes Boot mitten auf dem Brienzersee, ein Stromschlag bei einem gemeinsamen Bad, eine Kollision mit dem Automobil. Tragische Unfälle geschahen tagtäglich.

Also sind doch alle Probleme gelöst.

Fürstenfeldt gelang es dennoch nicht einzuschlafen, egal wie sehr er sich anstrengte.

Die Mühlen im Kopf drehten sich weiter. In den letzten Tagen hatten Generalleutnant Brechtesloh, Klemens und Fürstenfeldt mit den Auserwählten Gespräche geführt, hatten verhandelt und vermittelt. Die Verträge waren alle fertiggestellt und warteten bloß noch auf die Unterschrift. Auch in diesem Bereich war erledigt, was zu erledigen war.

Jemand bei der Bühne lachte laut auf. Die Nichteingeweihten feierten noch immer. Die meisten würden sich dermaßen gehen lassen, dass sie von dem morgendlichen Vorhaben erst erfuhren, wenn alles unter Dach und Fach war. Die Auserwählten nahmen die Angelegenheit dagegen äußerst ernst. Fürstenfeldt war nicht als Einziger frühzeitig ins Hotel zurückgekehrt. Beinahe alle, die zu den Auserwählten gehörten, hatten den Weg der Vernunft gewählt und auf Saufgelage und Hurerei verzichtet.

Feiern konnte man jederzeit wieder, aber es gab Gelegenheiten, die sich einem nur einmal im Leben boten.

Die Nichteingeweihten andererseits würden schlichtweg vor Tatsachen gestellt werden, wenn sie morgen erfuhren, dass ihre Orion-Gesellschaft vollständig umstrukturiert und deren Zugrichtung revidiert worden war. Sie würden auch dann erst erfahren, dass Reichenbach anstelle von Bossard zum Dogen erhoben wurde. Dass Reichenbach in Klemens' Interessen handelte, die wiederum den Interessen des Deutschen Reiches entsprachen, sollte vorerst noch inoffiziell bleiben. Wie auch die Inhalte der abgeschlossenen Verträge.

Wer von den Nichteingeweihten bereit war, sich in die neue Ordnung einzufügen, war willkommen. Wer nicht, wurde ausgeschlossen. Ganz einfach. Die heute über einhundert Mitglieder zählende Orion-Gesellschaft würde stark dezimiert werden, damit war zu rechnen. Aber Fürstenfeldt kümmerte dies herzlich wenig. Für ihn zählte nur, dass die Gesellschaft dadurch schlagkräftiger wurde. Schlagkräftiger und dem Deutschen Heer dienlich.

Allmählich spürte er diese herrliche Schwere in sich aufsteigen, die endlich den wohlverdienten Schlaf versprach – als ein Blödmann Böller krachen ließ. Fürstenfeldt schlug wütend die Hand auf die Matratze. Er würde morgen Klemens zurechtweisen. Wieso ließ dieser auch Feuerwerkskörper verteilen, wenn er doch wusste, dass einige der Gesellschaft schlafen sollten? Auf solcherlei Details musste man Wert legen!

Der Knall hallte in seinem Kopf nach.

Das waren keine Böller gewesen. Sondern Schüsse!

Fürstenfeldt fluchte, stand auf und zog sich an.

***

»Carl!«

Eine Hand fasste nach ihm.

»Carl. Geht es dir gut?«

Er lag auf einem Waldpfad. Über ihm eine hoch aufragende Mauer mit einer breiten Bresche in der Krone. Carl murmelte etwas, was er selbst nicht verstand. Es schien auch nicht allzu wichtig zu sein. Er setzte sich auf, Hände halfen ihm dabei.

»Kannst du stehen?« Es war Amanda neben ihm.

Sie half ihm auf die Beine. Carl stellte sich an den Wegrand und blickte den vom Mondlicht beschienenen Wald hinab. Eine Schneise aus abgebrochenen Ästen, abgeknicktem Jungwuchs und ausgerissenen Büschen tat sich auf. An deren Ende, weit unter ihm, lag etwas. Aufgefangen von zwei Baumstämmen. Ein zur Unkenntlichkeit verformtes Knäuel aus Metall, Holz, Gummi, Leder, Stoff und Glas.

Ihre Hand schob sich in seine und ergriff sie fest. »Wir müssen hier weg!«

Amanda zog ihn mit sich, fort von diesem Anblick der Zerstörung. Führte ihn einen schmalen Waldpfad entlang, den er noch gar nicht kannte. Sie stiegen bergwärts, in sicherem Abstand an der Bühne vorbei, bei der noch immer gefeiert wurde. Ein weiteres Mal ging es den Giessbach hinauf.

»Ich habe vom Salon aus gesehen, wie dein Automobil durch die Mauer brach«, erzählte Amanda. »Und gehofft, dass du nicht darin sein mögest.«

Carl sagte nichts.

»Wir sind beide in Gefahr«, sagte Amanda. »Wie geht es dir?«

Allmählich fühlte Carl, wie seine Glieder schmerzten. Immerhin hatte er sich nichts gebrochen, noch schien er sich sonst wie ernsthaft verletzt zu haben. Der wahre Schmerz indes lag tiefer. Carls Gans II war zerstört. Erinnerte bloß noch an ein zerknülltes Blatt Papier. Ein Stück ausgeklügelter Technik, das nie mehr zur Funktionalität zurückgeführt werden konnte. Sein Lebenswerk zur Nutzlosigkeit reduziert, die Hoffnung für die Dädalus-Werke in Luft aufgelöst.

»Es geht schon«, antwortete er.

Gemeinsam überquerten sie den Giessbach über eine Brücke.

Der regungslose Körper des Soldaten hatte in einer unnatürlichen Verkrümmung halb aus dem Knäuel der Gans herausgehangen.

»Ob er umgekommen ist?«, fragte Carl.

»Ich weiß es nicht.« Amandas Griff um seine Hand wurde fester. Eine kleine Geste, die ihm etwas Trost spenden sollte. »Aber sie werden uns suchen. Jetzt erst recht. Wir müssen wieder untertauchen.«

»Wo?«

»Hier.«

Vor ihnen tat sich der Wald auf, und auf einem Geländevorsprung erschien ein Haus. Die Wäscherei.

»Vorerst sind wir hier sicher, bis am Morgen die Wäscherinnen kommen.« Amanda trug einen einfachen tannengrünen Rock, eine weiße Bluse und eine braune, lederne Umhängetasche. Sie war nicht mehr die kokette Verführerin, sondern eine bodenständige Frau. Carl gefiel sie so beinahe noch besser.

Die Eingangstür war abgeschlossen. Sie umrundeten das Gebäude und versuchten es beim Hintereingang. Doch auch dieser war verriegelt. Es handelte sich um eine alte Holztür, die klapperte, als Amanda an der Klinke rüttelte. Mehr war auch nicht vonnöten. Wer brach schon in eine Wäscherei ein?

Carl war nicht wohl dabei. »Wir sollten fliehen. Zu Fuß wären wir in dreieinhalb Stunden in Interlaken und könnten uns da in Sicherheit bringen.«

»Wir wären nirgends in Sicherheit.« Offenbar hatte Amanda dies bereits durchdacht. »Unsere Probleme wären damit nicht gelöst. Selbst zu Hause wären wir in Gefahr. Zudem würden wir zulassen, dass Brechteslohs Vorhaben seinen geplanten Lauf nimmt.«

»Was weißt du über sein Vorhaben?«

»Eine ganze Menge. Ich habe es«, sagte sie mit einem Anflug von Stolz in der Stimme.

»Was hast du?«

Sie zog etwas aus ihrer Tasche. Ein Buch, in braunes Leder

gebunden. »Ich habe es gefunden. ›*La fée verte*‹. Mustafa hatte es im Sockel des Absinthbrunnens versteckt.«

»Du hast Klemens' Notizbuch!«, rief Carl aus.

Amanda trat einen Schritt zur Seite, und Carl warf sich mit der Schulter gegen die Tür. Sie bot kaum Widerstand. Das aus der Zarge herausgebrochene Schließblech schepperte über den Boden.

»Wir müssen eine Ecke finden, wo wir eine Laterne entzünden können, ohne dass der Lichtschein beim Hotel gesehen wird«, überlegte Carl.

Ein Duft nach Blüten und Lauge empfing sie. Sie tasteten sich an zahlreichen Bottichen und gestapelten Körben voller Wäsche vorbei zum hintersten Teil des Baus. Betraten einen Umkleideraum mit Bänken, einem Waschtrog und Kleiderhaltern voller Schürzen der Wäscherinnen. Das winzige Fenster ging bergseitig hinaus.

Carl entzündete eine Laterne und fühlte eine gespannte Erregung in sich aufkommen. Ob das Notizbuch nun endlich ein paar Antworten liefern konnte? Barg es womöglich sogar eine Lösung, die ihn und Amanda heil aus ihrer verfahrenen Lage hinauszuführen vermochte? Das in feines Leder gebundene Buch knarzte leise, als er es aufschlug.

***

Ein Mädchen mit nicht mehr bekleidet als der Steinbockmaske rannte kichernd über die Bühne und stolperte über die eigenen Füße. Unter dem Jubel dreier Kumpane füllte ein Fabrikant mit stark behaarter Wampe die zweite Flasche Wein in ein Trinkhorn, setzte an und schluckte, bis ihm der Bordeaux aus der Nase lief.

Nicu hatte sich auf den Festplatz geschlichen, seine nassen Klamotten ausgezogen und stattdessen eine der herumliegenden Kutten übergeworfen. Er hatte es satt! Er und Fritz hatten die Überreste des Barmanns im Teppich über unwegsame Pfade zum See hinuntergeschafft, stets darauf bedacht, von niemandem entdeckt zu werden. Fritz hatte ihm zwar noch geholfen, den Leichnam ins Boot zu legen und Steine herbeizuschaffen, doch hinausrudern musste Nicu dann allein. Bei dem Versuch, Mustafa über den Rand zu hieven, war das Boot gekippt und er dabei mitsamt dem zu versenkenden Körper über Bord gegangen. Nur mühsam und nach etlichen Anläufen gelang es ihm, das Boot vom Wasser aus wieder aufzurichten und hineinzuklettern. Noch ärgerlicher war es, mit den bloßen Händen zu den Rudern zu paddeln, die in der Zwischenzeit von ihm weggetrieben waren.

Spione foltern, Leichen entsorgen, rudern, dafür war er nicht eingestellt worden. Sollte Klemens doch zusehen, wie er ohne ihn klarkam. Jetzt wollte Nicu auch einmal etwas vom großen Kuchen abhaben, der sonst den Bonzen vorbehalten war. Mit der Kutte blieb er unerkannt und stopfte sich am Festbuffet neben der Bühne mit Hobelfleisch, Bergkäse und Hummer voll. Auf dem Nebentisch standen ein gutes Dutzend gefüllte Weingläser bereit, von denen er mehrere in sich hineinkippte. Eine dem Erschöpfungsgrad nach zu urteilen viel beschäftigte Dame kam auf ihn zu. Sie stellte sich als Lulu vor und war etwas pummelig. Nicu verschwand mit ihr in die Büsche. Das hatte er sich redlich verdient. Als er gerade fest an Amanda dachte, erschien sie tatsächlich ein gutes Stück von ihm entfernt und huschte mit dem Schnösel an der Hand durch den Wald.

Was haben die im Wald vor? Er fühlte erneute Eifersucht aufkeimen.

So kehrte Nicu zur Bühne und zum Buffet zurück und stellte fest, dass sich vor dem Grandhotel etliche Leute zusammengefunden hatten und aufgeregt durcheinandersprachen. Sie schienen etwas zu begaffen, was er von hier aus nicht sehen konnte. Er stieg die Halde zur Terrasse hinauf und erblickte auf deren hinterer Seite eine Bresche in der Brüstungsmauer. Den steil abfallenden Wald dahinter durchzog eine Schneise mit etwas an deren Ende, was ihm einen Anflug süßer Schadenfreude bescherte.

***

Amanda hatte weniger Mühe, Klemens' krakelige Schrift zu entziffern. Carl blickte ihr über die Schulter. Sie stieß auf Gedanken über das Grandhotel Giessbach und die Eignerfamilie Hauser und las Carl flüsternd vor. Klemens hatte mehrere Szenarien ausgearbeitet, wie er Victor Hauser zur Zusammenarbeit überzeugen konnte. Schließlich war er zu dem Schluss gelangt, dass er den Hausers das Anwesen abkaufen musste.

Auf einer anderen Seite hatte Klemens Überlegungen angestellt, wie er August Reichenbach dazu bewegen konnte, für ihn zu arbeiten. Klemens musste eine große Achtung vor dem Sprachrohr der Orion-Gesellschaft haben. Er schrieb über ihn: »Begnadeter Redner, charismatisches Auftreten, verfügt über das Talent, die Meinung der Zuhörerschaft zu beeinflussen«. Er skizzierte eine Strategie, um ihn bei seinem damaligen Arbeitgeber loszukaufen und bei der »Klemens Schokolade« einzustellen.

Carl fragte sich, was Klemens lose in das Buch gelegt hatte. »Sind das Landkarten?« Er griff danach und zog sie heraus.

Amanda stieß auf etwas. »Hier ist eine Liste von Namen. Überschrieben mit ›Die Auserwählten‹.« Sie lachte. »Ziemlich pathetisch, wenn du mich fragst.«

»Was für Namen?«, fragte Carl.

»Rhynegger, Bänzli, Feller, Nationalrat Erich Züst. Hier ist auch unser gemeinsamer Freund Laurenz Darius Palanti.«

»Alles Männer, die ich bei der geheimen Versammlung in der Pension Beau Site gesehen habe«, stellte Carl fest. »Wer ist noch dabei?«

Amanda fuhr die Liste mit dem Finger ab. »Der Herr Bundesrat Theodor Zobrist. August Reichenbach ist auch dabei, Olaf Inderbitzin, Julius Maggi.« Sie zählte. »Zweiunddreißig Männer. Allesamt Mitglieder der Orion-Gesellschaft.«

»Ist Max Bossard unter ihnen?«

Amanda verneinte.

Carl ging in Gedanken durch, wen er während der Versammlung im Hotel am Mittagsbuffet angetroffen hatte. »Brown, Boveri, Wyss? Zahnlücke Kandlbaur?«

»Nein. Ich finde keinen von denen.«

»Die wussten also tatsächlich von nichts«, sagte er.

»Was hat das zu bedeuten?«

»Die auf dieser Liste – das sind die Verbündeten von Klemens und Brechtesloh.«

»Wobei verbündet?«, fragte Amanda.

»Das ist die zentrale Frage.«

Auf den nächsten Seiten befanden sich Notizen über jeden Einzelnen der Auserwählten. Klemens hatte festgehalten, wofür sich diese Personen interessierten, was ihre Ziele waren, aber auch, wonach ihre Unternehmen strebten. Weiter hatte er notiert, was die Unternehmen produzierten und was davon von Interesse für das Deutsche Kaiserreich sein konnte. Zudem hatte er abgeschätzt, welchen politischen Einfluss sie ausübten oder ob sie mit jemandem vernetzt waren, der politischen Einfluss hatte. Er hatte sie durchleuchtet wie ein Röntgenapparat.

Carl klappte die beiden Karten auf und strich sie vor ihnen auf dem Boden flach.

Amanda blätterte weiter. »Hier taucht immer wieder der Ausdruck ›Brechtesloh-Manöver‹ auf.«

Carl kniete sich hin. »Das steht hier auch auf dieser Karte.«

Amanda kniete sich neben ihn, sodass ihn der Duft ihres Parfüms umhüllte. Er tippte mit dem Finger auf den Titel der Karte, der »Brechtesloh-Manöver 1911« lautete. Darunter stand in kleinerer Schrift: »Weiterentwicklung des strategischen Plans von Generalfeldmarschall Alfred Graf von Schlieffen«.

Die Karte umfasste das Deutsche Kaiserreich und die angrenzenden Nachbarstaten. Schwungvolle rote Pfeile zeigten nach Frankreich. Carl konnte nicht fassen, was er da vor sich zu sehen glaubte. Er konsultierte die eingerahmte Legende, die sich unter einer kunstvoll verschnörkelten Windrose befand, welche in ihrer Verspieltheit jedoch die Brisanz des auf der Karte dargestellten Inhalts nicht zu beschönigen vermochte. Neben dem roten Pfeilsymbol stand: »Stoßrichtungen der Armeen«.

Darunter war ein blauer Fleck mit der Bezeichnung: »Festungsanlagen Frankreich und Belgien«. Carl fand auf der Karte gut zwei Dutzend größerer und kleinerer blauer Flecke entlang der Grenzen sowie im Landesinneren. Der größte von ihnen umfasste Paris.

»Ist das ein Angriffsplan?«, fragte Amanda.

»Ich befürchte es, ja«, sagte Carl langsam. Ein kalter Schauer zog sich über seinen Rücken. »Genau das ist es.«

»Was bedeuten die Pfeile?«

Carl fuhr mit den Fingern den obersten Pfeil nach. »Hier marschiert die erste Armee in Frankreich ein.«

Die beiden nördlichsten Pfeile begannen in Deutschland, überzogen Belgien und endeten weit in Frankreich nördlich von Paris. Sie waren mit »1. Armee« und »2. Armee« gekennzeichnet. Ein dritter Pfeil markierte eine Durchquerung der Ardennen, der vierte einen Einmarsch in Frankreich durch Luxemburg. Der fünfte vollführte einen Bogen nördlich um Verdun. Zwei weitere drangen im nördlichen Elsass nach Nancy und Épinal vor.

Dann war da noch ein letzter Pfeil, der den Vorstoß der achten Armee markierte. Das Rot dieses Pfeils schien heller, als ob er später hinzugefügt worden war. In Carls Augen wirkte es intensiver. Bedrohlicher. Dieser Pfeil drang unerbittlich über die Grenze und durchzog mit der gekrümmten Form eines Säbels die Schweiz, um danach in Frankreich zu enden.

Eine unnachgiebige Anspannung nahm Carl in Besitz. Er wollte nicht glauben, was er da sah. Er hob die Karte an, zog die darunterliegende hervor und breitete sie auf der ersten aus. Sie war von deutlich größerem Maßstab und stellte eine Fläche dar, die sich vom südlichen Schwarzwald bis nach Bern ausdehnte.

Am rechten Rand war gerade noch Zürich zu erkennen. Eine blassrote Schraffur, die wie eine Narbe über der Landschaft wucherte, stellte den Korridor der Truppenbewegung dar. Bei Waldshut-Tiengen überschritt sie die Schweizer Grenze, führte die Aare entlang an Aarau vorbei. Weiter passierte sie Solothurn und fand den Weg zwischen dem Neuenburgersee und dem Bielersee hindurch. Schließlich drang die Narbe tief in französisches Staatsgebiet in Richtung Besançon vor.

Einen Moment lang starrte Carl nur vor sich hin.

»Alles in Ordnung?«, riss ihn Amanda aus seinen Grübeleien. Er kniete noch immer am Boden. Er hatte gar nicht bemerkt, wie Amanda seine Hand in ihre genommen hatte. Dann tippte er mit dem Finger auf einen Punkt auf der blassroten Narbe. »Hier wohne ich. Wenn ich aus dem Küchenfenster schaue, sehe ich über die Hecke bis zur Landstraße, die ein gutes Stück entfernt liegt. Manchmal stehe ich nur so da und warte, bis ich ein Automobil sehe. Bei offenem Fenster höre ich dann, ob es ein benzinbetriebenes oder ein elektrisches ist.« Er schaute sie entrückt an. Sie lächelte.

»Was ist, wenn ich da eines Tages eine deutsche Armee durchmarschieren sehe?« Er stellte es sich vor, wie ein nicht abreißen wollender Eroberungszug aus Soldaten mit Gewehren, grauen Mänteln und Pickelhauben auf den Köpfen die Landstraße entlangmarschierte. Automobile zogen Wagen mit Gütern für die Front oder Haubitzen mit dicken, kurzen Läufen hinter sich her. Vielleicht waren auch einige Offiziere darunter, hoch zu Pferde. Marschlieder hallten durch das Thäli, gegrölt aus Tausenden rauen Kehlen. Die Soldaten sangen, um sich Mut für die bevorstehenden Schlachten gegen Frankreich zu machen. Sie würden Tod und Zerstörung bringen, und viele von ihnen würden nicht mehr zurückkehren. Den Familien und Freunden für immer entrissen. Opfer grenzenlosen Wahnsinns.

Amanda legte den Arm um seine Schulter. »Die haben vor, durch das halbe Mittelland zu marschieren. Würde das nicht die Neutralität der Schweiz verletzen?«, fragte sie.

»Darüber setzt sich das Deutsche Reich offenbar hinweg. Belgien und Luxemburg sind auch neutral, und die sollen gemäß dieser Karte auch durchquert werden«, antwortete Carl.

»Die Schweizer Armee würde sich dem aber sicherlich entgegenstellen.«

Carl überlegte. Sie setzten sich zurück auf die Bank. Er fühlte sich plötzlich kraftlos, was nicht von den Strapazen des Tages und dem fehlenden Schlaf herrührte, sondern durch eine Art Ohnmacht gegenüber dieser Entdeckung wachgerufen wurde. »Was wäre, wenn Brechteslohs Bestreben genau dies zu verhindern versuchte?«

»Wie meinst du das?«, wollte Amanda wissen.

»Was wäre, wenn Brechtesloh dafür gesorgt hat, dass die Schweiz einen Durchmarsch des deutschkaiserlichen Heeres zuließe?«

»Wie sollte er das bewerkstelligen?«

»Er könnte Politiker und Industrielle um sich scharen, von denen er überzeugt ist, dass sie sich unter den richtigen Umständen darauf einlassen. Er könnte sie mit Verträgen überzeugen, die ihnen enorme Gewinne bescheren.«

»Die ›Auserwählten‹.« Amanda verstand. »Aber was können die zweiunddreißig schon ausrichten?«

»Es bedarf nicht vieler, wenn es die Richtigen sind. Im Gegenzug zu dem, was er ihnen anbietet, würden sie ihren Einfluss auf die Politik und die Gesellschaft ausüben. Sie könnten erwirken, dass die Schweizer Neutralität aufgehoben oder zumindest kurzzeitig so weit gebogen wird, um einen Durchmarsch zu ermöglichen.«

Amanda musste diese Informationen erst einmal sacken lassen.

Carl zog wieder die große Karte hervor, die bis nach Belgien reichte. »Frankreich verlässt sich auf die Schweizer Neutralität. Sieh nur, wo die blauen Flecken – all die französischen Festungsanlagen – auf der Karte positioniert sind.«

»Entlang der Schweizer Grenze sind kaum welche vorhanden«, stellte Amanda fest.

»Mit einem Zug durch die Schweiz nutzt das Deutsche Reich die Schwachstelle. Die Einkesselung von Norden wird durch die Zangenbewegung vom Süden her unterstützt. Frankreich würde im Nu in die Knie gezwungen.« Carl schüttelte den Kopf. »Um an diese Karten zu gelangen, würden einige töten.«

»Luc und Trusseau sind dafür schon gestorben«, stellte Amanda traurig fest.

***

»Gut, dass Sie auch hier sind, Herr Butoi.«

Nicu blickte sich auf der Terrasse um. Fürstenfeldt stand hinter ihm, er hatte ihn unter den Schaulustigen gar nicht erkannt. Der Deutsche schien ziemlich aufgeregt zu sein. »Kommen Sie mit mir!«

»Vergessen Sie's. Ich habe jetzt Feierabend.« Nicu ließ sich nicht mehr herumkommandieren.

»Gehorchen Sie, Soldat!«, befahl Fürstenfeldt verärgert.

»Ich bin kein Soldat. Von jetzt an könnt ihr mir den Buckel herunterrutschen.« Er wandte sich vom Oberst ab mit dem Vorsatz, zum Buffet zurückzukehren.

Doch Fürstenfeldt war noch nicht fertig mit ihm. »Tun Sie Ihre Pflicht! Oder wollen Sie Ihre Anstellung verlieren? Denken Sie etwa, Klemens wird Sie für die vergangenen fünf Tage entlohnen, wenn Sie jetzt bocken?«

Diese Überlegung hatte etwas, musste Nicu zugeben.

Gemeinsam stiegen sie den Wald hinab und gelangten zum Wrack des Automobils, das zwischen zwei Tannenstämmen festhing. Witt befand sich noch halb in der Kabine. Er stöhnte. Also war noch Leben in ihm.

Es bedurfte einiges an Anstrengung, bis sie ihn frei hatten. Fürstenfeldt verstand sich in Erster Hilfe und legte dem Leutnant einen Druckverband am Bein und einen zweiten an einem Arm an.

Dass das Automobil des Schnösels bloß noch Schrott war,

verursachte in Nicu eine gewisse Genugtuung, noch besser war, dass auch der hochnäsige Spitzensoldat hatte Federn lassen müssen. Witt war kaum mehr in der Lage zu gehen, Fürstenfeldt und Nicu trugen ihn mehr, als dass sie ihn stützten, und schleppten ihn die Halde hinauf schnurstracks zum Ärztehaus. Im Chalet brannte noch Licht. Der Doktor und zwei Assistenten hatten alle Hände voll zu tun, aber als sie den Verletzten erblickten, ließen sie von den anderen Patienten ab – einer von ihnen hatte sich an der Feier an einem Feuerwerkskörper die Hand verbrannt, ein anderer sich nackt auf Glasscherben gewälzt – und nahmen sich des Soldaten an.

Nachdem sie Witt dem Arzt überantwortet und das Gebäude verlassen hatten, sagte Fürstenfeldt: »Lohser und die Prostituierte sind noch immer flüchtig.«

»Sie ist eine Begleiterin. Keine Prostituierte«, berichtigte ihn Nicu.

Fürstenfeldt maß ihn mit einem langen Blick. »Wissen Sie etwa, wo sie sich gerade aufhält, Soldat?«

***

»Dann steht uns ein Krieg zwischen Frankreich und Deutschland bevor. Wie vor vierzig Jahren«, stellte Amanda fest.

Carl tigerte im flackernden Schein der Laterne umher. »Der Unterschied ist, dass dieses Mal Deutschland den Angriff plant. Damals hatte Frankreich Preußen angegriffen und musste überrascht feststellen, dass die anderen deutschen Länder Preußen zur Seite standen, was zur Niederlage Frankreichs geführt hat.« Carl spürte, wie sie ihn ansah.

»Aber es ist nicht das, was dir wirklich zu denken gibt«, erriet sie.

»Vielmehr ist es der Zug durch die Schweiz. Der ist nur dann umsetzbar, wenn die Schweiz ihre Neutralität zugunsten Deutschlands aufhebt.«

»Was ist denn so wichtig an der Neutralität? Ist das nicht bloß eine nette kleine Tradition, die noch auf die alten Eidgenossen zurückgeht?«

»Die Neutralität ist Bestandteil des nationalen Bewusstseins. Wenn unsere unterschiedlichen Landesteile sich auch nicht immer einig sind, so können wir uns doch auf eines verlassen, nämlich, dass nicht eine Region sich mit den Falschen verbündet. Gleichzeitig hat die Neutralität über die Landesgrenze hinweg die Wirkung, dass die Schweiz in Ruhe gelassen wird. Die Großmächte können darauf zählen, dass sie nicht dem Feind beisteht. Dies hatte sich ja bereits bewährt. Beim Deutsch-Französischen Krieg blieb die Schweiz unbeteiligt und deshalb auch unbehelligt.«

Carl verfiel in einen dozierenden Tonfall. »Nach der Niederlage von Marignano im Jahre 1515 hatten die alten Eidgenossen ihre Eroberungszüge an den Nagel gehängt und sich seither von den Streitigkeiten in Europa ferngehalten. Und davon gab es etliche. Das war so etwas wie die Vorstufe der Neutralität.«

»Woher weißt du so viel über Geschichte?«, fragte Amanda.

»Ich habe mich immer schon sehr dafür interessiert«, antwortete Carl.

Es war nicht der richtige Zeitpunkt, ihr jetzt von seinen Recherchen über die technischen Entwicklungen eines da Vinci oder Gottfried Leibniz zu erzählen. Schon gar nicht über Besslers Perpetuum mobile.

»Das bleibt einfach so bei mir hängen.« Er zuckte die Schulter und setzte sich, doch war er zu aufgebracht und sprang sogleich wieder hoch. »Aber worauf ich hinauswollte: Die Schweizer Neutralität, wie wir sie heute kennen, wurde uns erst vor etwa einhundert Jahren sozusagen ›auferlegt‹. Bei seinen Eroberungszügen brachte Napoleon mitunter auch den Raum der Schweiz unter seine Kontrolle. Er löste die alte Eidgenossenschaft auf und machte sie zu einem Vasallenstaat Frankreichs. Nach seinem Sturz wurden auf dem Wiener Kongress die Grenzen Europas neu verhandelt und festgelegt, damit das Mächtegleichgewicht wiederhergestellt wurde. Für das Territorium, über das einst die Eidgenossen geherrscht hatten, gab es verschiedene Pläne. Jeder wollte die Kontrolle darüber ausüben. Österreich und Frankreich wollten es als Satellitenstaat übernehmen, und Preußen sah sogar vor, ein Königreich auf dem Gebiet der Schweiz einzurichten. Schließlich kam man überein, dass es das Beste wäre, wenn zwischen Frankreich und Österreich eine Pufferzone bestehen bliebe. So schlossen also England, Russland, Frankreich, Preußen und Österreich mit der Schweiz einen Vertrag ab, welcher der Schweiz ihre Unabhängigkeit garantierte. Im Gegenzug musste sie sich verpflichten, in künftigen Konflikten neutral zu bleiben. Ich könnte mir vorstellen, dass, wenn die Schweiz bei einem zukünftigen Konflikt ihre Pflicht zur Neutralität nicht einhalten sollte, auch ihre Eigenständigkeit wieder in Frage gestellt wird. Womöglich könnte sie dann von einer der Kriegsparteien ungestraft eingenommen werden. Wenn die Schweiz damals beim Deutsch-Französischen Krieg für eine der Mächte Partei bezogen hätte, wäre sie heute womöglich Teil des Deutschen Reiches. Wie das Elsass.«

»Siehst du da nicht vielleicht ein wenig zu schwarz?«

»Vielleicht ja, vielleicht auch nicht. Doch ein weiterer Umstand könnte diese Gefahr noch verstärken. Die Neutralität verschont uns in gewisser Weise davon, Farbe bekennen zu müssen. Das Land und seine Politik dürfen sich nicht in die Händel anderer Nationen hineinziehen lassen. Der Bürger aber, der hat ein Recht auf seine eigene Meinung. Wenn die Deutschschweiz eher mit dem Deutschen Reich sympathisiert, wenden sich die französischsprachigen Regionen eher Frankreich zu. Wenn also auf diesem Kongress, an dem nur Deutschschweizer anzutreffen sind, beschlossen würde, für Deutschland die Neutralität zu brechen, damit es in Frankreich einfallen kann, wie würden dann wohl die Welschen reagieren?«

»Ich verstehe, was du meinst. Es wird einen ernsthaften inneren Konflikt heraufbeschwören.«

Carl nickte eifrig. »Vermutlich nicht gerade einen Bürgerkrieg oder die Abspaltung des Welschlandes, aber das nationale

Bewusstsein würde dadurch gehörig Schaden nehmen. Innere Streitereien in Kombination mit dem Bruch des Vertrages vom Wiener Kongress könnten die Eigenständigkeit der Schweiz ernsthaft gefährden. Die Pufferzone verkäme zur Farce.«

»Die Schweiz wäre den Großmächten dann mehr wert, wenn sie sie untereinander aufteilten«, führte Amanda Carls Gedankengang weiter. »Ob Klemens und seine Günstlinge das in Betracht gezogen haben?«

»Ich weiß es nicht. Sicherlich sind sie der Meinung, sie hätten alles im Griff. So denken die Mächtigen.«

Amanda nickte seufzend.

»Wir *müssen* das verhindern!« Carl griff nach dem Notizbuch.

Er setzte sich neben Amanda, und sie hielt die Laterne hoch, während er in den Notizen blätterte. Er musste systematisch vorgehen, sich eine Übersicht verschaffen.

»Hier, schau.« Carl hielt ihr eine aufgeschlagene Seite hin.

Amanda las vor: »›18. Mai 1910, halb zwölf Uhr – Pension Beau Site – Orientierung der Auserwählten. Vorgabe im Kongressprogramm: Wandertag‹.«

»In diese Versammlung bin ich hineingeraten«, sagte Carl. »Lies weiter.«

»›19. Mai 1910. Acht Uhr dreißig – Pension Beau Site – Versammlung mit den Auserwählten zur Unterzeichnung der Verträge‹. Das ist morgen früh.«

»Die Unterzeichnung der Verträge.«

»Das müssen wir verhindern.«

»Vergiss nicht, wir werden verfolgt.«

»Wir können nicht bloß herumsitzen und abwarten.«

Carl überlegte. »Gehen wir es einmal durch. Alles ist von *einer* Person abhängig. Wenn Brechtesloh nicht auftaucht, dann wird auch niemand unterschreiben.«

»Da haben wir es. Wir entführen den Generalleutnant und halten ihn fest.«

»Wie willst du das anstellen?«

Amanda grinste frech. »Ich habe da so meine Methoden.«
Carl wollte dies nicht so richtig schmecken.
»Immerhin ist Witt außer Gefecht gesetzt«, gab sie zu bedenken.
»Brechtesloh weiß sich womöglich selbst zu helfen, auch er hat in Kriegen gedient. Zudem müssen wir vor den anderen auf der Hut sein.«
»Und wenn wir ihn umbringen?« Amanda besann sich eines Besseren und fügte schnell hinzu: »Nein, Unsinn. Ich denke nur laut.«
Carl sah sie mit großen Augen an.
»Wir verwüsten das Sitzungszimmer. Wenn der Tagungsort nicht mehr brauchbar ist, dann muss die Sitzung auch verschoben werden«, überlegte Amanda weiter.
Carl stieg darauf ein. »Dies würde uns Zeit verschaffen. Im Schuppen stehen noch zwei Benzinkanister von Palanti. Wenn das Beau Site brennt, sieht man dies von den Dörfern aus, die um den See liegen. Die Feuerwehr würde anrücken und mit ihr die Polizei. Fragen werden gestellt. Die öffentliche Aufmerksamkeit des Brandes wird ihr Übriges tun, um das Brechtesloh-Manöver zu zerschlagen.«
Nun war es an Amanda, ihre Bedenken anzubringen. »Wir können doch kein Haus anzünden. Womöglich befinden sich noch Leute im Beau Site. Davon abgesehen müssten wir mit den Kanistern unerkannt bis dahin kommen.«
Ein Scheppern in der Waschhalle nebenan riss Carl aus seinen Überlegungen, und auch Amanda schreckte hoch. Ein weiteres Geräusch erscholl, gefolgt von einem gezischelten Fluch. Amandas Miene verhärtete sich. Hastig zog sie ihre Tasche heran und wühlte darin. Den kleinen Gegenstand, den sie ihr entnahm, konnte Carl nicht sofort erkennen. Metall blitzte im Laternenlicht auf.
Schritte näherten sich. Es hörte sich an, als wäre es mehr als eine Person. Carl sprang auf die Beine. Sie waren aufgeflogen! Was sollte er tun? Er hatte sie hier so sehr in Sicherheit

gewähnt, dass er sich gar keinen Fluchtplan gemacht hatte. Amanda brachte sich in Stellung, hob den rechten Arm, und Carl erkannte in ihrer Hand eine winzige Pistole mit Perlmuttgriff und Messingverzierungen. Doch Amanda zielte nicht auf den Eingang, unter dem jeden Augenblick die sich nähernden Personen erscheinen sollten. Sie richtete den Doppellauf der Deringer auf Carl.

»Es tut mir leid, Carl.« Das Bedauern auf ihren Zügen wich einer schrecklichen Kälte. »Hier sind wir!«, rief sie laut.

Fürstenfeldt erschien in der Tür. »Fräulein Amanda, Herr Lohser, schön, Sie hier endlich zu treffen.« Klemens' Schläger flankierten ihn mit grimmigen Gesichtern. Fürstenfeldt ließ seine Pistole sinken und streckte die Hand in Amandas Richtung. »Geben Sie mir das, das ist nichts für zarte Frauenhände. Ich schätze, wir haben Herrn Lohser auch so im Griff.«

Amanda händigte ihm die Deringer aus und stellte sich neben den Oberst.

KAPITEL 14

Donnerstag, 19. Mai 1910, späte Nacht
Der letzte Kongresstag

Dieses kleine Luder. Fürstenfeldt musste schmunzeln. Zurück in seinem Zimmer lag er bekleidet auf der Tagesdecke seines Bettes. Das elektrische Licht hatte er brennen lassen. Er würde sich bloß ein wenig ausruhen, bevor es weiterging, es war zu spät, um sich noch schlafen zu legen. In zwei Stunden würde er bereits wieder auf den Beinen sein müssen. Er würde den versteckten Morseschreiber nach verdächtigen Telegrammen überprüfen. Nur für alle Fälle. Danach würde er sich zum Generalleutnant gesellen, um die letzten Vorbereitungen für das frühmorgendliche Treffen mit den Auserwählten abzuschließen.

Die Kurtisane hatte sie alle getäuscht, hatte ihnen vorgemacht, gegen sie zu arbeiten, und dennoch nie vergessen, auf welcher Seite sie stand. Ein genialer Schachzug, das musste Fürstenfeldt zugeben. Nur durch konsequente Unbarmherzigkeit war es ihr gelungen, Lohser hinters Licht zu führen, der ja nicht gerade auf den Kopf gefallen und durch die vergangenen Ereignisse zusehends vorsichtiger und misstrauischer geworden war. Seinen belämmerten Gesichtsausdruck würde Fürstenfeldt nie mehr vergessen. Unbezahlbar. Wie ein Kind mit leerer Waffel, dessen Eiskugel auf dem Boden gelandet war.

Ihr war gelungen, was Klemens und seinen Handlangern nicht in einhundert Jahren gelungen wäre. Ja selbst Leutnant Witt, der arme Teufel, der diese Nacht im Krankenzimmer des Ärztehauses verbringen musste, hatte dieses Mannes nicht habhaft werden können, geschweige denn des Notizbuchs. Doch sie hatte es vollbracht. Sie war eine wahre Meisterin, eine begnadete Strategin in ihrem Fach.

Fürstenfeldt hatte es sich verkniffen, ihr gegenüber seine Verblüffung über ihren Schachzug zu offenbaren. Stattdessen hatte er ihr Zimmerarrest auferlegt. Der Erfolg sollte ihr nicht zu Kopfe steigen. Dennoch spielte er mit dem Gedanken, ihr eine verdeckte Anstellung bei der ADLER Elektrizitätsgesellschaft zu beschaffen. Was würden einer Kurtisane ihres Kalibers für Leute ins Netz gehen? Ein Schauer lief ihm über den Rücken, wenn er sich ausmalte, welche Möglichkeiten sich ihm mit ihr boten. Nach der Versammlung würde er Klemens darum bitten, sie nach Deutschland nehmen zu können. Nein, er würde nicht bitten, er würde Klemens vor vollendete Tatsachen stellen.

Die Pläne hingegen, Lohser als technischen Leiter einzusetzen, musste sich Fürstenfeldt abschminken. Lohser würde sich nie mehr einsetzen lassen. Man konnte ihm mit der Pistole drohen, ihn geistig brechen, und man würde womöglich auch das hinterste und letzte technische Geheimnis aus ihm herausquetschen können, doch würde er in einer solchen Umgebung keinen kreativen Streich mehr tun. Und Lohsers Kreativität war das A und O. Ohne die wäre er wertlos, kaum besser als jeder andere Mechaniker.

Was mit Lohser nun geschehen sollte, konnten der Generalleutnant oder Klemens entscheiden. Sollten sie ihn ruhig im Keller unter Fritz' eiserner Bewachung versauern lassen. Fürstenfeldt brauchte ihn nicht, um in die Dädalus-Werke einzudringen und ein paar Entwürfe und Pläne zu ergattern, die der Entwicklungsabteilung der ADLER von Nutzen sein könnten. Ergiebiger aber wäre das Automobil gewesen mit all den in die Realität umgesetzten Entwicklungen und Detaillösungen, die nun zerstört waren. Da hatte es Leutnant Witt wahrlich vermasselt. Ein solches Versagen hätte Fürstenfeldt dem weißen Askari niemals zugetraut. Bis vor Kurzem hatte ihn Fürstenfeldt noch bewundert und um seine Kraft, seine Agilität, seine Selbstsicherheit beneidet. Doch wo war all das jetzt? Es hatte sich gezeigt, dass auch er nur mit Wasser kochte. Fürstenfeldt indes würde bald abreisen und den Kongress im Wissen um erfolgreich abgeschlossene Geschäfte hinter sich lassen können.

Und es wartete zu Hause eine treue Seele auf ihn, was Witt ebenfalls nicht vorzuweisen hatte. Soviel Fürstenfeldt wusste.

Er drehte sich auf dem Bett zur Seite und griff nach dem Notizbuch auf dem Schreibtisch. Er wollte sich ein Bild davon machen, was dieser Hanswurst von Klemens alles über ihr Vorhaben festgehalten hatte. Ob das ganze Gewese um dieses Buch auch wirklich gerechtfertigt war.

Dann klopfte es sanft an der Tür, und sie öffnete sich, noch bevor Fürstenfeldt etwas sagen konnte. Im Rahmen stand Fräulein Amanda, bekleidet mit einem weißen Seidenkimono. Sie schloss die Tür und kam langsam auf ihn zu.

»Ich möchte mich bei Ihnen noch für meine Rettung bedanken.«

»Ich hatte den Eindruck, Sie hatten alles im Griff.«

»Ich bin bloß eine schwache Frau.« Der Kimono floss von ihrer seidigen Haut, als ob er Wasser wäre. »Ein ungehorsames Mädchen auf der Suche nach einem erfahrenen Mann, der mir den rechten Weg zu weisen vermag.«

Fürstenfeldt blieben die Worte im Hals stecken. Sie stand vor ihm, wie Gott sie geschaffen hatte. Und Gott war ein wahres Kunstwerk gelungen.

Sanft strichen ihre Brustwarzen über sein Hemd, und sie begann, es aufzuknüpfen.

»Magst du Fesselspiele?«, fragte sie geradeheraus.

Fürstenfeldts Stimme brachte bloß noch ein fiependes »Ja« zustande.

Das hatte er sich jetzt verdient.

***

Seitdem Klemens' zwei Vasallen Carl in den Kerker gestoßen hatten, hielt er sich nur im rechten Teil des Raumes auf. Er wollte die Stelle, auf der noch vor wenigen Stunden Mustafa gelegen hatte, nicht mit seinem Getrampel entweihen. Inzwischen hatte er sich an der rau verputzten Wand auf den Boden gehockt. Gelegentliches Husten, ein Knacken von Gelenken und das Scharren groben Schuhwerks auf dem Betonboden verrieten Carl, dass vor der Tür Fritz Wache hielt. Die ersten Finger der Morgendämmerung drangen durch das vergitterte und verkrautete Kellerfenster und zerrissen die gnadenlose Dunkelheit seines Verlieses. Es war diese Art von kaltem, grauem Licht, das noch weniger tröstlich war als die Finsternis selbst.

Carl hatte versagt. Noch vor Kurzem hatte er sich ernsthaft Gedanken darüber gemacht, wie er Brechteslohs und Klemens' Ränkespielen für die Kriegsvorbereitung einen Strich durch die Rechnung machen konnte, wie er den Marsch des Deutschen Heeres durch die Schweiz und den folgenschweren Bruch der Neutralität hätte verhindern können. Doch was wollte er kleiner Mann schon ausrichten? Wie hatte er sich nur anmaßen können, es mit der Orion-Gesellschaft oder zumindest den Auserwählten aufzunehmen? Waren doch die Patrons und Politiker aus einem ganz anderen Holz geschnitzt. Was hätte er ihrer Skrupellosigkeit schon entgegenzusetzen gehabt, ihrer Verschlagenheit, ihrer Gier?

Nichts!

Carl hätte das Grandhotel Giessbach hinter sich lassen sollen, als er es noch gekonnt hatte. Er hatte ja bereits in der Gans gesessen und den Nachhauseweg eingeschlagen. Was hatte ihn geritten, zu Amanda zurückzukehren? Dachte er etwa, er könnte sie mit nach Hause nehmen? Er hatte doch da schon gewusst, dass sie ein falsches Spiel spielte. Es war nicht bloß seinem Pflichtbewusstsein geschuldet gewesen, sie von hier wegzubringen. Vielmehr war es ein Drang gewesen, sie zu beschützen. Hatte sie dieses Verlangen gezielt in ihm ausgelöst? Waren ihre Verletzlichkeit und ihre Liebenswürdigkeit bloße Projektionen, die bei Carls naiver Gutgläubigkeit auf fruchtbaren Boden gestoßen waren?

Er war der Meinung gewesen, sich von ihr losgerissen zu haben, als er sie in Boveris Zimmer zurückgelassen hatte, und doch hatte er sich noch immer in ihren Fängen befunden. Sie hatte ihm offen gestanden, dass sie ihren Lebensunterhalt damit verdiente, Männer Dinge tun zu lassen, die sie nicht ohne Weiteres tun würden. Sie hatte Carl erklärt, dass sie für ihn vollkommen unerwartet Gefühle entwickelt hatte wie seit Langem nicht mehr für jemanden. Sie hatte exakt die richtigen Worte getroffen, um ihn davon abzuhalten, den Kongress zu verlassen. Mit Speck fing man Mäuse, mit Licht die Motten, und mit Frauen wie Amanda fing man Männer wie Carl: naive, leichtgläubige Idioten. Sie hatte die größte seiner Schwächen ausgenutzt: seine romantischen Gefühle. Er hatte nicht einmal gewusst, dass er überhaupt noch zu solchen Empfindungen fähig war. Carl fragte sich, ob er einfach seine alten Gefühle für Heléne auf sie übertragen hatte.

Er erhob sich. Ging in seinem Verlies auf und ab. Etwas wollte noch immer keinen Sinn ergeben. Fürstenfeldt war drauf und dran gewesen, Carl im Bad einen tödlichen Stromstoß zu verpassen. Er hatte die Hoffnung aufgegeben, ihn noch umstimmen zu können. Wenn Amanda im Auftrag Fürstenfeldts gehandelt hatte, warum hatte sie denn nicht auch von Carl abgelassen? Stattdessen hatte sie ihn aus der Gefahrenzone bei der Bühne weggebracht und war mit ihm zusammen vor dem Leutnant geflüchtet. Ein bloßer Trick, um sein Vertrauen zu festigen? Waren am Ende gar Fürstenfeldt und Witt in ihren Plan eingeweiht, und Carl wurde von ihnen allen an der Nase herumgeführt?

War es da nicht viel naheliegender, dass Amanda ohne deren Wissen gehandelt hatte? Dafür sprach, dass sie in der Wäscherei Fürstenfeldt belogen hatte. Sie hatte behauptet, er, Carl, habe das Notizbuch bei sich gehabt, obwohl sie es selbst gewesen war, die es gefunden hatte.

Es war auch noch eine dritte Lösung denkbar: Amanda hatte die ganze Zeit gar nicht Carl an der Nase herumgeführt, sondern Fürstenfeldt. Dies würde bedeuten …

Nein, ermahnte sich Carl, keine falschen Hoffnungen mehr! Ein drittes Mal würde er ihr nicht auf den Leim gehen. Es gab

Dringlicheres, worüber es sich Gedanken zu machen lohnte. Zuallererst musste er versuchen, hier herauszukommen. Carl wollte sich nicht ausmalen, was sie mit ihm vorhatten. Er tastete im Dunkeln nach brauchbaren Gegenständen. Vielleicht könnte er Fritz hereinlocken und ihn überwältigen. Dieser schien schließlich nicht das hellste Lämpchen am Leuchter zu sein.

Carl wühlte im Staub des erdigen Bodens an der Wand entlang. Die Überreste von Mustafas Stuhl hatten sie eingesammelt, bevor sie Carl hier hineingesteckt hatten. Etwas hatten sie jedoch übersehen. Im hintersten Teil des Raumes, im Moder verborgen, stieß er auf ein einen halben Meter messendes Stück Rohr aus rostigem Eisen. Damit konnte es klappen.

Carl hustete laut, wieder und immer wieder. Er legte ein Kratzen in sein Husten, ein heiseres Röcheln. Er gab einen regelrechten Hustenanfall vor.

»He! Du gehst mir hier drin nicht etwa drauf?«, war Fritz' Stimme durch die verriegelte Tür zu vernehmen.

Carl gelang es, sein Husten schrill pfeifend klingen zu lassen. Seine Kehle begann allmählich zu schmerzen, lange würde er die Charade nicht durchstehen. Er brachte sich neben der Tür in Stellung.

»Hör auf! Du bringst mich noch in Schwierigkeiten!«

»Hilf…«, machte Carl heiser. »Arzt … Anfall!« Er gab ein lautes Ächzen von sich, ließ den kratzenden Husten immer verzweifelter klingen. Seine Kehle brannte wie Feuer.

Der Schlüssel drehte sich hektisch im Schloss. Mit beiden Händen umklammerte Carl das Eisenrohr und hob es über seinen Kopf. Er hatte nur einen Versuch.

Die Tür öffnete sich. Das Licht vom Flur drang herein. Der dicke Kopf erschien. Carl zog das Eisen mit aller ihm zur Verfügung stehenden Kraft durch. Er erwartete den dumpfen Widerstand des Schädels zu spüren. Stattdessen wurden seine beiden Hände, die das Rohr hielten, von etwas gebremst, das hart wie Holz war. Es war die Hand des Lakaien. Blitzschnell entwand er Carl das Eisen, und die zur Faust geballte Linke traf ihn mitten ins Gesicht. Carl taumelte weit in den Raum zurück und fiel in den Schmutz.

Fritz hob das Eisenrohr auf. »Netter Versuch, du Wurm!« Er lachte höhnisch, verließ den Raum und verriegelte die Tür.

Carl schmeckte den Geschmack nach Kupfer auf seinen Lippen. War es das gewesen? Hatte er gerade seine einzige Chance vertan, hier noch lebend herauszukommen? Sie würden ihn nach dem Kongress wohl kaum gehen lassen. Carl wusste zu viel. Er hätte dem Brechtesloh-Manöver auch nach den Vertragsunterzeichnungen noch beträchtlichen Schaden zuführen können. Er könnte versuchen, sich an die Presse oder die Polizei zu wenden. Wenn die Orion-Gesellschaft auch große Bereiche dieser beiden Instanzen kontrollierte, war nicht auszuschließen, dass Carl an jemanden geriet, über den sie keine Macht ausüben konnten. Sie mussten anders mit Carl verfahren, Wege finden, ihn zu kontrollieren. Fürstenfeldt könnte seine Vision in die Realität umsetzen, Carl ins Deutsche Reich verschleppen und Waffen entwickeln lassen. Als Druckmittel könnten sie androhen, das Firmeneigentum zu beschlagnahmen oder gar seinem Vater Gewalt anzutun. Andererseits, wozu sollten sie all den Aufwand treiben und das Risiko eingehen, dass Carl sich womöglich nie kontrollieren ließe?

Unfälle passieren immer wieder, Herr Lohser, hörte er Fürstenfeldt noch sagen. Bei Mustafa waren sie auch nicht zimperlich gewesen. Es führte kein anderer Weg daran vorbei: Er musste aus diesem Verlies heraus. Aber damit war es nicht getan. Er wäre nirgendwo mehr sicher. Schon gar nicht zu Hause. Auch sein Vater war in Gefahr. Sie beide mussten untertauchen. Vielleicht sogar das Land verlassen.

Eine vertraute Stimme drang vom Flur her zu ihm und holte ihn von seinen Überlegungen zurück. »Trinkst du ein Gläschen mit mir, starker Mann?«

»Was willst du hier?«

»Ich wollte mich für meine Rettung bedanken. Ohne dich hätte es Fürstenfeldt nicht geschafft.« Tatsächlich. Es war Amanda. Carl lauschte. »Deine kraftvolle Erscheinung bringt mein Blut in Wallung.«

»Ich habe keine Zeit für Spielchen«, entgegnete Fritz barsch.

»Ach, trink doch ein kleines Schlückchen mit einem einsamen Mädchen. Vielleicht werde ich dich danach noch etwas ...«

Dann hörte Carl das dumpfe Pochen, das vorhin bei seinem Versuch mit dem Eisenrohr ausgeblieben war. Es wurde begleitet vom Splittern von Glas.

»... verwöhnen«, beendete Amanda den Satz.

Der Schlüssel wurde umgedreht, die Tür öffnete sich.

»Carl! Ist bei dir alles in Ordnung?« Amandas Silhouette zeichnete sich gegen das Licht im Flur ab. Fritz lag auf dem Boden in einer Pfütze aus Champagnerschaum. Daneben lagen eine geborstene Flasche und zwei ordentlich hingestellte Kristallgläser.

Amanda knüpfte sich ihre Bluse zu und lächelte verlegen. »Komm! Hilf mir, ihn hier reinzuschaffen, und dann lass uns von hier verschwinden, bevor er wieder zu sich kommt!«

***

Nachdem sie Amanda und den Geschniegelten in der Wäscherei aufgespürt hatten, hatte Nicu die Gelegenheit genutzt, drei Stunden zu schlafen. Viel zu wenig. Er hatte ein dumpfes Pochen in seinem Schädel, und seine Kehle fühlte sich trocken an. Das Vermächtnis des Trinkgelages von vergangener Nacht. In Klemens' Arbeitszimmer hockten der Generalleutnant und Klemens an den letzten Vorbereitungen für die anberaumte Versammlung, während Nicu vor der Eichentür Wache hielt. Sie öffnete sich, und Klemens zitierte ihn hinein.

»Wo ist der Oberst?«, fragte Brechtesloh ungehalten.

Nicu zuckte die Schultern.

»Das ist keine Antwort, Soldat!«

»Ich weiß nicht, wo der Oberst ist.« Was sollte mich das kümmern, dachte Nicu.

»Dann gehen Sie ihn suchen! Beginnen Sie in seiner Kammer!«

Dieser Befehlston ging Nicu langsam gehörig auf den Sack. Noch bevor er die Tür hinter sich schloss, vernahm er, wie Brechtesloh an Klemens gewandt sagte: »Der Oberst verliert hier zusehends an Disziplin. Fürs Verschlafen sollte man erschossen werden.«

Als Nicu bei Fürstenfeldt anklopfte, antwortete ihm zunächst niemand. Dann nach einem Augenblick, als hätte er es sich anders überlegt, rief Fürstenfeldt: »Wer ist da?«

»Butoi«, antwortete Nicu.

Wieder hörte Nicu einen Augenblick lang nichts. »Klemens und Brechtesloh verlangen nach Ihnen.«

»Verdammt!«, sagte Fürstenfeldt, dann lauter: »Treten Sie schon ein!«

Nicu tat wie geheißen, und er verstand nicht sofort, was er im Zimmer erblickte.

»Schließen Sie schon die Tür!«, befahl ihm Fürstenfeldt. Er lag mit gespreizten Armen und Beinen entblößt auf dem Bett. Alle vier Gliedmaßen waren mit bunten Seidenschals an das Bettgestell geschnürt.

»Amanda?«, fragte Nicu.

»Machen Sie mich los!«

War denn Nicu der Einzige in diesem Hotel, dem sie sich nicht anbot?

Er löste die Fesseln, und Fürstenfeldt zog sich eine Hose an. »Zu niemandem ein Wort! Haben Sie mich verstanden, Soldat?«

»Ich bin nicht Ihr Soldat«, entgegnete Nicu.

»Lösen Sie Ihren Kameraden ab, der bei Lohser Wache hält. Dann weisen Sie ihn an, beim Kurhaus während der Versammlung Wache zu stehen.«

»Geht das auch ohne diesen Befehlston?«

»Los, tun Sie es!«, rief Fürstenfeldt aus, während er sich ein frisches Hemd aus dem Schrank nahm.

Nicu verließ das Hotel, eilte zum Kurhaus und stieg in den Keller hinab.

***

In Nebengebäude des Giessbach-Anwesens einzubrechen, war schon beinahe zur Gewohnheit geworden, doch dieses Mal musste Carl keine Hintertür eintreten, Amanda konnte sie regulär mittels Herunterdrückens der Klinke öffnen. Als Unterschlupf war die leer stehende Trinkhalle an der Schiffsanlegestelle ideal. Sie setzten sich im dunkleren Bereich des Raumes an ein Tischchen mit rot-weißem Tuch und konnten die Ländte überblicken, ohne gleich entdeckt zu werden. Sie würden das Schiff rechtzeitig ankommen sehen und erreichten schnell den Steg.

»Ich dachte zuerst, Mustafa, also Luc, wollte mit mir durchbrennen, als er mir riet, dieses Schiff zu nehmen.« Amanda lachte traurig.

»Wann kommt es an?«, wollte Carl wissen.

»Punkt acht.«

Carl blickte auf seine Zenith. »In wenigen Minuten. Wie soll dieses Schiff dir weiterhelfen, einmal davon abgesehen, dass es dich in Sicherheit bringt?«

»Ich weiß es nicht. Vielleicht hatte er vor, einen Mittelsmann zu treffen. Wir werden es erfahren, wenn wir es bestiegen haben.«

»Wir?«

»Du kannst doch nicht hierbleiben.«

Carl schwieg.

Amanda schien zu erkennen, was ihn beschäftigte. »Entschuldige, dass ich dir die Pistole unter die Nase gehalten habe und sie dich daraufhin eingesperrt haben. Ich war gezwungen zu improvisieren.«

Carl sagte noch immer nichts.

»Du verstehst doch, wenn sie uns beide eingeschlossen hätten, könnten wir jetzt nicht von hier verschwinden.«

Selbstverständlich verstand Carl. Dennoch hätte es ihr nicht so leichtfallen dürfen. Sie war zu überzeugend gewesen.

»War es denn so schlimm für dich?«

»Ich bin davon ausgegangen, dass du mich hintergangen hast.«

»Hast du denn nicht gesehen, wie ich dir zugezwinkert habe?«

»Ich war wohl zu sehr mit dem verzweifelten Versuch beschäftigt, die neue Situation einzuordnen.« Carl schüttelte den Kopf.

Sie drückte ihm tröstend die Hand. Plötzlich richtete sie sich wieder auf. »Hier«, Amanda zog das Notizbuch aus ihrer Tasche. »Nimm du es!«

Carl verstand die Geste. Sie verhieß, dass er ihr ruhig trauen konnte. Es wollte ihm aber nicht so einfach gelingen. »Empfindest du wirklich so für mich, wie du mir in Boveris Zimmer erzählt hast?«, fragte er.

»Ja«, sagte sie leise. »Es war nie meine Absicht gewesen, dir wehzutun. Zu Beginn warst du ein Auftrag für mich, das stimmt. Doch dann ist etwas geschehen. Nach und nach wurde mir klar, dass ich sehr viel für dich empfinde. Du kannst mir das glauben oder nicht, doch es ist die Wahrheit.« Sie klang lange nicht mehr so selbstsicher wie in den letzten Tagen. »Was empfindest denn du für mich?«

Was sollte er dazu sagen? Er war gerade eben noch von grenzenloser Enttäuschung niedergedrückt worden, die erst einmal abklingen musste. Das Gefühl, das in ihm vorherrschte, war Unsicherheit. Er wusste nicht, was er für sie fühlte, was er fühlen sollte, was das Beste wäre zu fühlen. Da war bloß dieses schreckliche Durcheinander. Ihr zu sagen, wie sehr er sie begehrte, fühlte sich für ihn in diesem Augenblick nicht richtig an. Irgendwie.

»Ich weiß es nicht«, sagte er.

Die Distanziertheit, die er daraufhin in Amandas Blick sah, schmerzte ihn. Carl legte ihr den Arm um die Schulter, zog sie an sich.

»Ich meine, mir ist gerade nicht klar, was ich fühle.« Das klang auch nicht besser. »Ich brauche zuerst noch etwas Zeit.« Herrje, was sollte er denn sagen? Er wechselte das Thema. »Wie geht es bei dir weiter, wenn du nach Hause kommst?«

»Ich werde meine Tätigkeit als Kurtisane beenden und möchte ein neues Leben beginnen. Vielleicht werde ich auf Reisen gehen, in Paris Mata Hari beim Tanzen zusehen. Und was hast du vor?«

»Ich muss die technischen Entwicklungen, die ich in die Gans II gesteckt habe, neu aufbauen, solange sie noch in meinem Kopf sind.«

»Aber erst später. Du hast gar nicht vor, mit mir das Schiff zu nehmen.«

Amanda durchschaute ihn. Er konnte all das hier nicht einfach hinter sich lassen. Zum einen würden ihn die Verschwörer oder gar die Deutschen zu Hause behelligen. Zum anderen würde er sich selbst niemals verzeihen können, wenn er zuließe, dass sich das Brechtesloh-Manöver durchsetzen konnte. Die Konsequenzen für die Schweiz und weit über deren Grenzen hinaus wären verheerend.

»Es ist meine Pflicht, etwas gegen diese Machenschaften zu unternehmen, solange ich dieses Buch in den Händen halte«, sagte er. »Wir warten das Schiff ab. Vielleicht haben die Franzosen Verstärkung für Mustafa gesandt. Vielleicht unterstützen sie uns.«

»Was ist, wenn niemand kommt?«

Carl entnahm dem Notizbuch die beiden Karten und hielt sie Amanda hin. »Dann möchte ich, dass du mit diesem Schiff nach Interlaken fährst und die Karten einer Zeitung vorlegst. Die Verschwörer sind gezwungen, das Brechtesloh-Manöver ganz sachte und wohlüberlegt in der Politik aufzubauen. Wenn aber die Öffentlichkeit damit aus dem Nichts konfrontiert würde, wäre der Aufschrei immens. Das Volk wäre empört und würde sich entschieden dagegenstellen. Und wenn der Volkswille einmal gebildet ist, wird er nicht so schnell wieder umgestimmt werden können.«

»Frankreich würde es ebenfalls erfahren und heftig darauf reagieren«, sagte Amanda.

»Das wäre sicherlich weit weniger folgenschwer als ein Einmarsch Deutschlands nach Frankreich, bei dem der Sieger am Ende die Schweiz einnimmt.«

Durch die Fenster erblickten sie das Schiff, wie es Kurs auf die Ländte nahm. Bis auf drei Hotelangestellte hielt sich niemand beim Steg auf. Unvermittelt fiel Amanda Carl um den Hals und drückte ihn an sich. Carl erwiderte die Umarmung und küsste sie. Ihr Parfüm duftete leichter als am Vortag. Der Duft hatte etwas von Freiheit. Würde er sie je wiedersehen? Ein klammes Gefühl nahm von ihm Besitz.

Amanda schaute ihn an. »Was wirst du nun tun?«

»Ich greife von der anderen Seite her an. Wir beide machen es, wie das Deutsche Heer es plant: Wir nehmen den Gegner in die Zange.«

***

Fritz war nicht auf seinem Wachposten vor der Kellertür. Stattdessen lagen da die Reste einer Champagnerflasche auf dem Boden. Der Schlüssel steckte im Schloss. Nicu entriegelte und fand Fritz, der gerade zu sich gekommen zu sein schien. Er setzte sich auf und schüttelte die Benommenheit ab. Nicu half ihm auf die Beine. Allmählich schienen Fritz' Erinnerungen zurückzukehren, denn er begann, ausgiebig zu fluchen.

»Wo sind sie hin?«, fragte Nicu.

»Woher soll ich das wissen?« Fritz stieß ihn zur Seite und stampfte in den Flur. Nicu folgte ihm. Er verzichtete darauf, weitere Fragen zu stellen, er hätte damit nur Fritz' Zorn auf sich gezogen. Ohne Umschweife erreichten sie Amandas Zimmer, und Fritz platzte hinein, sodass das darin arbeitende Zimmermädchen beinahe vor Schreck aufschrie. Das Zimmer war leer geräumt. Amanda war abgereist. Das Einzige, was von ihr noch geblieben war, war ein Hauch ihres Parfüms, den Nicu in sich aufsog.

Fritz fluchte erneut. Das Zimmermädchen suchte sein Heil in der Flucht und huschte an ihnen vorbei in den Flur. Als Fritz einen Blick aus dem Fenster warf, verstummte er. Er starrte auf den See hinaus, und in seinem Kopf schienen sich winzige Holzrädchen zu drehen.

»VDG 8 19.«, wiederholte er die Nachricht vom Schreibblock des Telegrafen.

Nicu stellte sich neben ihn, erkannte aber nicht, was Fritz Interessantes zu sehen glaubte. Der See lag ruhig in einem tiefen Türkis da, und ein Schiff zog eine graue Dampfwolke hinter sich her.

Es schien Kurs auf die Anlegestelle zu nehmen.

Wie von einer Hornisse gestochen, stürmte Fritz los, und Nicu rannte ihm durch den langen Hotelflur nach. Noch im Treppenhaus fragte er: »Was bedeutet denn jetzt dieser Code?«

»Kein Code, sondern eine Abkürzung. ›Vereinigte Dampfschifffahrts-Gesellschaft‹«, antwortete Fritz, ohne anzuhalten. »›Acht Uhr. Am Neunzehnten.‹«

Also heute – jetzt!

Wieso sollten sich Amanda und Lohser deswegen an der Anlegestelle aufhalten? Konnten sie auch von dieser Nachricht wissen? Es war eine Spur, und dies schien Fritz zu genügen, der noch einen Zahn zugelegt hatte. Als Nicu aus der Hoteltür ins Freie trat, war Fritz schon nicht mehr auszumachen.

Der Waldpfad schlängelte sich im Zickzack die Böschung hinab, und bei jedem Schritt schlug es Nicu auf die Knie. Er blieb an einer Stelle stehen, von der aus er zwischen den Tannen hindurch weit unter sich die Gebäude der Ländte überblicken konnte. Das Schiff hatte gerade festgemacht. Tatsächlich konnte er eine Frau und einen Mann auf dem Steg erkennen. Es schien, als ob sie darauf warteten, dass jemand Bestimmtes an Land kam. Ob dies Amanda und Lohser waren? Nicu konnte es von hier aus nicht sagen. Er musste weiter.

Nur noch heute und morgen. Er brauchte bloß noch diese beiden Tage hinter sich zu bringen, dann hatte er seine Pflicht auf diesem Kongress endlich erfüllt. Klemens würde ihn auszahlen, und Nicu würde in seinen gewohnten Alltag zurückkehren. Zurück in die Gosse auf der Suche nach bezahlter Arbeit. Von Klemens' Seite her waren sicherlich keine Aufträge mehr zu erwarten, so wie all das hier gelaufen war. Aber Nicu war dies recht, die Welt der Reichen und Mächtigen war nicht die seine.

Ein spitzer Schrei ließ sein Blut gefrieren.

Amanda!

Nicu rannte schneller. Geriet ins Straucheln, konnte sich gerade noch am Stamm einer Tanne festhalten und rannte weiter. Als er die Station schon beinahe erreicht hatte, vollführte der Pfad eine letzte Biegung und führte ihn zu einem schmalen, mit Steinen verputzten Durchgang unter der Bahn hindurch. Er passierte den Weg hinter der überdachten Rampe, die es den Gästen ermöglichte, vor Witterung geschützt auf die Bahn zu warten. Unter dem ausladenden Vordach begegnete er einem Stationsangestellten, der einen Reisigbesen festhielt. Ein Hotelangestellter war mit Packen beladen und im Begriff, sie zum Giessbach hinaufzutragen. Ein Dritter, mit dem Schnauzbart eines Zirkusdirektors, der schwarzen Weste mit Messingknöpfen nach zu schließen der Stationsvorsteher, hielt eine blecherne Gießkanne in der Hand, um die Blumentöpfe zu wässern. Alle drei hatten eines gemein: Sie hielten in ihrer Arbeit inne, starrten erschrocken zu dem groß gewachsenen Mann, der mit den Fäusten jemanden bearbeitete wie ein außer Kontrolle geratener Dreschflegel. Eine hübsche junge Frau sprang den Mann an und versuchte, ihm das Gesicht zu zerkratzen.

Dies hatte zur Folge, dass Fritz von Lohser abließ und, ein gutturales Geräusch ausstoßend, Amanda schwungvoll von sich wegzerrte. Sie kam hart auf dem Boden auf und fiel hin. Als Fritz sich ihr zuwenden wollte, entfesselte Lohser neue

Kräfte und landete beim Holzfäller zwei empfindliche Treffer am Kiefer. Nicu griff sofort ein. Er packte Lohser von hinten und hielt ihn an beiden Armen fest. Fritz kam langsam auf sie zu und fixierte Lohser mit einem bösen Grinsen. In seiner Hand blitzte die Klinge eines Schnappmessers auf. Lohser wehrte sich erfolglos. Versuchte, sich aus Nicus Griff zu entwinden.

Dann, wie aus dem Nichts, wich die Boshaftigkeit auf Fritz' zerkratztem Antlitz einem Anflug von Verwunderung. Sein Blick schien von etwas angezogen zu werden, was sich hinter Nicu abspielen musste. Noch bevor sich Nicu umsehen konnte, spürte er, wie ihn etwas in die Luft hob. Er ließ von Lohser ab und wurde wie ein Sack Kartoffeln hingeworfen. Bei der Landung gaben seine Beine nach, und er ging schmerzhaft zu Boden. Lohser war nun wieder frei. Gerade rechtzeitig, um einen Messerstoß von Fritz zu parieren, wobei er sich einen Schnitt am Unterarm zuzog. Er zuckte zusammen und griff sich an die Stelle, die augenblicklich zu bluten begann.

Nicu versuchte, auf die Beine zu kommen, aber ein Faustschlag streckte ihn nieder. Das Krachen verriet ihm, dass sein Nasenbein nun doch noch in die Brüche gegangen war. Durch einen roten Schleier erkannte er den neuen Gegner. Es war der stämmige Mechaniker des Kraftwerks von nebenan. In seinem blaugrauen Arbeitsanzug schob er sich vor Lohser und stellte sich Fritz entgegen. Er überragte diesen noch um eine Handbreit, und mit seinem Bart und dem entschlossenen Ausdruck sah er zum Fürchten aus. Fritz indes ließ sich nicht beeindrucken und startete einen erneuten Angriff mit der Klinge. Ein geschickter Tritt, den Nicu dem sonst so behäbig wirkenden Mechaniker gar nicht zugetraut hätte, ließ Fritz die Waffe aus der Hand gleiten. Blitzschnell war der Mechaniker an Fritz heran, packte ihn und hob ihn mit dem Griff eines Schwingers von den Füßen. Danach ließ er sich nach hinten fallen, sodass beide hart auf die Steinplatten krachten. Am Boden setzte Fritz sich zur Wehr, und sie rangen um die Oberhand, als ob es einen Zuchtstier zu gewinnen galt.

Lohser rannte Amanda zu Hilfe und zog sie auf die Beine.

Dem Mechaniker gelang es, Fritz auf den Bauch zu wuchten, anschließend drehte er ihm den Arm auf den Rücken. Aber wenn Fritz einmal in Fahrt war, gab er nicht so leicht auf. Er wand sich unter dem Gewicht seines Gegners, drückte sich mit dem blutenden Gesicht im Staub hoch und so weit vom Boden ab, dass er seinen anderen Arm unter sich freibekam und nach dem Messer ausstrecken konnte. Mit den Fingerspitzen berührte er den Schaft, vermochte es aber nicht zu greifen. Er warf Nicu einen glühenden Blick zu. Nicu verstand und tippte die Stichwaffe mit dem Schuh an. Fritz kriegte sie zu fassen, wirbelte seinen Arm blindlings herum und verletzte den Mechaniker am Oberschenkel. Dieser löste augenblicklich seinen Griff und schoss hoch.

Dann ging plötzlich alles furchtbar schnell. Ehe Nicu sich versah, hatte Fritz Amanda zu fassen gekriegt. Grob zerrte er sie an sich. Erfolglos versuchte sie, sich seinem Griff zu entwinden, schlug um sich und zappelte, erstarrte dann aber augenblicklich, als Fritz ihr die Klinge an die Kehle drückte.

»Das muss doch nicht sein!«, rief Nicu.

»Nimm die beiden fest!«, befahl ihm Fritz und drehte ihm den Rücken zu, damit er seine beiden Gegner im Auge behalten konnte, die ihn angespannt belauerten.

Amanda fixierte Lohser. »Gemeinsam!«, sagte sie.

Lohser machte einen Schritt auf Fritz zu.

»Ruhe! Ihr scheint noch nicht richtig motiviert zu sein.« Fritz drückte ihr mit seiner freien Pratze Mund und Nase zu.

Jetzt geht er zu weit. Nicht mit Amanda!

»He, sie kriegt ja keine Luft mehr!«, sagte Nicu.

»Hört ihr? Sogar der Simpel hat begriffen, woher der Wind weht. Also haltet euch zurück oder ich lasse die Kleine ersticken.« Demonstrativ ließ er seine Hand mit dem Messer sinken. »Wir wollen einmal schauen, wie viel Luft noch in ihr steckt.«

Lohser trat einen Schritt zurück. Mit seitlich ausgestrecktem

Arm bedeutete er dem Mechaniker, sich ebenfalls zurückzuhalten.

Vom Stationspersonal war kein Einschreiten zu erwarten. Die drei Männer hatten sich zwischenzeitlich in Sicherheit gebracht. Die Gießkanne lag umgekippt in einer sich langsam ausbreitenden Pfütze. Das Schiffspersonal, das bisher bloß entsetzt dem Geschehen zugesehen hatte, wurde durch den Befehl des Kapitäns »Leinen los!« aus der Erstarrung geweckt. Ein Matrose löste die Taue, während ein anderer die Landungsbrücke mit einem Tritt auf den Steg beförderte. Das Fauchen und Zischen des Schiffsmotors schwoll an. Amanda zerrte und zappelte vergeblich. Nicu hatte den Eindruck, dass ihre Kräfte bereits schwanden. Er musste einschreiten.

»Fritz!«, herrschte er ihn an.

»Fessle die beiden mit ihren Gürteln!«

»Nein, du lässt Amanda gehen!«

Lohser und der Mechaniker schienen den Moment der Uneinigkeit zwischen ihren Gegnern zu bemerken, doch wagten sie es nicht, ihn auszunutzen.

»Du bringst sie noch um.« Er war tatsächlich im Begriff, Amanda zu ersticken!

»Wenn du willst, dass sie lebt, machst du besser vorwärts!« Fritz sah sich zu Nicu um. »Was willst du denn damit?«

Nicus Hände umschlossen den Gießkannenhals, sodass die Knöchel weiß hervorstachen. Er holte weit aus und traf knapp über Amandas Kopf hinweg den Neandertalerschädel. Es schepperte, und das Blech verbog sich. Fritz geriet ins Wanken und ließ von Amanda ab. Das Klappmesser klackerte auf dem Boden auf.

Amanda war frei und rang verzweifelt nach Atem.

Was nun, fragte sich Nicu. Ein Schlag wie dieser reichte niemals aus, Fritz außer Gefecht zu setzen. Noch kauerte er mit dem Rücken zu ihm auf dem Boden und hielt sich mit beiden Händen den getroffenen Schädel. Aber das anschwellende Knurren, das er absonderte, signalisierte Nicu, dass er das nächste Ziel von

Fritz' Aggression sein sollte. Er war ihm in den Rücken gefallen, hatte ihn verraten. Es war noch nicht überstanden. Nicu musste weiter gehen. Weiter, als er jemals gegangen war. Er hob das Messer vom Boden auf und bündelte all seine Abneigung gegen den Holzfäller in diese eine Bewegung. Und stach zu.

Fritz jaulte. Sank in sich zusammen. Der Messergriff ragte grotesk aus seinem oberen Rücken.

Amanda blickte sich zu Lohser um, und Nicu hörte Lohser sagen: »Geh! So haben wir es vereinbart. Los!«

Amanda nickte, mit einem Schatten des Bedauerns auf ihrem Antlitz. Sie griff sich ihre Tasche und hastete auf den Steg hinaus. Das Schiff befand sich bereits in Bewegung. Der Motor lief auf Hochtouren, die Schaufelräder stampften im Wasser.

»Du auch noch …«, knurrte Fritz, der sich wieder erhob. Er tastete über die Schulter nach dem tief im Fleisch feststeckenden Messer.

Amanda machte winkend einen Matrosen auf Deck auf sich aufmerksam. Er verstand. Kurz entschlossen eilte er zum Geländer, hielt sich daran fest und streckte ihr den Arm entgegen. Sie ergriff ihn mit beiden Händen, und er hievte sie an Bord, während der Spalt zwischen Steg und Rumpf breiter und breiter wurde und dabei weiß brodelte.

Amanda hat es geschafft! Nicu atmete erleichtert aus.

Fritz ächzte. Gerade noch sah Nicu, dass es ihm zwischenzeitlich gelungen sein musste, das Messer aus seiner Muskelmasse zu ziehen. Er tat einen Schritt auf Nicu zu und vollführte eine rasche, fließende Bewegung. Die Klinge versank tief in Nicus Leib. Nicu stellte noch verwundert fest, dass der erwartete Schmerz ausblieb, als seine Welt schwarz wurde.

***

Fritz war vollkommen außer Kontrolle, von einer unzähmbaren Raserei getrieben hatte er seinen Kameraden niedergestochen und starrte nun wie ein gehetztes Tier Carl und Bär an.

Die beiden Enden seines Schnurrbarts hoben sich, seine Zähne blitzten auf. Sein Mund verzog sich zu einer grinsenden Fratze. Er schaute sich zum Schiff um, das gerade abgelegt hatte. Der Abstand zwischen Rumpf und Steg vergrößerte sich zusehends. Fritz rannte los. Mit einem enormen Satz sprang er vom Steg ab und bekam den untersten Holm der Reling zu fassen, worauf sein Körper mit großer Wucht auf dem Rumpf aufprallte. Mit den Füßen nachhelfend, sodass die Schuhe schwarze Striemen auf dem weiß lackierten Blech hinterließen, gelang es ihm, sich hochzuziehen.

»Amanda!«, entwich es Carl. Er rannte ebenfalls auf den Steg hinaus. Er konnte es Fritz gleichtun. Er durfte Amanda nicht allein diesem rasenden Kerl überlassen. Sein Augenmaß berechnete, wie er mit dem rechten Bein an der vorderen Kante abspringen würde, als ihm ebendieses Augenmaß vermittelte, dass es nicht reichen würde, und ihn stehen bleiben ließ. Bär war ihm gefolgt. Stellte sich neben ihn.

Inzwischen hatte sich Fritz über die Reling gezogen und war auf Deck aus Carls Sichtfeld in die Aufbauten verschwunden. Nach wenigen Sekunden erschien er wieder und stieß Amanda vor sich her bis zum Geländer. So, dass es die beiden Männer am Ufer gut sehen konnten, legte er seine Pratzen um ihren schlanken Hals.

Amanda versuchte, sich zur Wehr zu setzen. Schlug mit ihren kleinen Fäusten ziellos hinter sich, doch ihre Treffer prallten an Fritz ab wie Regen an einem Felsen. Sie wirkte so zerbrechlich klein in seinem Schatten.

»Tu ihr nichts an! Bitte!«, rief Carl zum sich entfernenden Schiff hinüber. »Wir ergeben uns, du hast gewonnen. Ich werde dir das Notizbuch aushändigen.« Carl zog es aus seinem Jackett und winkte damit.

Es schien, als ginge es Fritz gar nicht um das Buch. Vielmehr genoss er Carls Flehen und die Macht, die er mit seinen bloßen Händen an ihrem Hals über ihn ausüben konnte. Carl sah, dass er zudrückte.

»Tu es nicht.« Seine Stimme hatte ihre ganze Kraft eingebüßt.

Alles in Carl verkrampfte sich. Tränen der Verzweiflung trübten seinen Blick. Wie ein eingesperrter Tiger ging er auf dem Steg auf und ab. Zur Untätigkeit verdammt.

Amanda hatte immer zu ihm gehalten, auch wenn er den Glauben an sie verloren hatte. Er hatte sich nie dafür bedankt, war ihr stattdessen mit Argwohn begegnet. Er hätte sich viel entschlossener Fritz gegenüberstellen sollen, hätte Bär nicht zurückhalten sollen.

Was war er für ein Mann? Er hätte sie in Sicherheit bringen müssen. Er hätte Fritz aufhalten müssen, anstatt wie erstarrt dazustehen und die Zeit verstreichen lassen. Er hätte springen müssen, anstatt anzuhalten. Vielleicht hätte er es doch noch geschafft.

Auf dem Schiff brachte niemand den Mut auf einzuschreiten, Fahrgäste waren kaum welche auszumachen. Aber das Schiffspersonal! »Wieso hilft ihr niemand? Helft ihr doch!«, rief er aus. Ein Einzelner würde kaum etwas gegen Fritz ausrichten können, aber zwei oder drei zusammen sollten ihn doch von seinem Vorhaben abbringen können. Von seinem Vorhaben, sie zu erwürgen.

Amanda schaute Carl mit panischen Augen an. Seine Knie gaben nach, und er sank auf den hölzernen Steg. Er blinzelte die Tränen weg, wollte ihren letzten Augenblick mit ihr teilen. Es war das Einzige, was er noch für sie tun konnte. Für die Frau, die sein Herz im Sturm erobert hatte.

Zwei Silhouetten zeichneten sich auf Deck ab. Eine Bäuerin und ein weißhaariger Tourist mit Gehstock näherten sich von beiden Seiten Fritz und Amanda. Etwas stimmte nicht mit ihnen. Ihre Bewegungen wollten nicht zu den Erscheinungen passen, die sie boten. Sie bewegten sich zu sicher, zu flink. Die Bäuerin traf Fritz mit einem gestreckten Tritt auf Kopfhöhe. Der alte Tourist riss ihn herum und ließ die Fäuste vorschnellen. Amanda knickte ein und hielt sich am Geländer fest. Geschwächt, aber entschlossen zog sie sich weg vom Gerangel, das hinter ihr wütete.

Die Bäuerin, die unmöglich eine Bäuerin sein konnte, unterstützte den alten Touristen, der um einiges jünger sein musste als seine Erscheinung und sicherlich auch kein Tourist war, bei dem Versuch, des wütenden Berserkers habhaft zu werden. In seiner Raserei riss Fritz sich von ihnen los, nur um auf sie zuzustürmen und sie zu Boden zu reißen. Doch die beiden schienen nicht das erste Mal zusammen zu kämpfen, koordiniert wichen sie Fritz aus und nutzten den Schwung seines Ansturms, um ihn über das Geländer zu befördern.

Fritz ging über Bord und verschwand für einen Augenblick im Kielwasser des Dampfers. Dort, wo er unterging, reckten sich kurz darauf Hände in die Luft und griffen wie nach einem unsichtbaren Seil, das über dem Wasser hing. Nur dass da kein unsichtbares Seil war. Als sein Kopf auftauchte, hustete er Wasser und krächzte, nur um wieder unterzugehen. Es schien, als wäre er außerstande, sich über Wasser zu halten. Nicht weit draußen im Brienzersee, nur ein paar kräftige Schwimmzüge vom rettenden Ufer entfernt, schlug er noch einmal wild um sich und verschwand dann endgültig. Als ob nie etwas geschehen wäre, breiteten sich die Wellen weiter aus, und der weiße Fleck des von Fritz Huggentobler aufgewirbelten Wassers löste sich auf. Das Schiff hatte sich weiterbewegt. Niemand hatte ihm einen Rettungsring zugeworfen.

Die Bäuerin und der Tourist stützten Amanda und halfen ihr auf die Beine. Taumelnd ging sie zum Geländer. Sie hob ihre Arme und winkte Carl zu, bedeutete ihm, dass es ihr gut ging.

Auch Carl hatte es inzwischen wieder auf die Beine geschafft. Er winkte zurück. Die Erleichterung verschaffte ihm neue Kräfte. Er blickte dem Schiff nach, bis er sie kaum mehr auf dem Deck ausmachen konnte. Sie war in Sicherheit.

Der bittere Schmerz des Abschieds aber blieb. Er hätte ihr seine Gefühle gestehen sollen, ungeachtet dessen, dass es ihm an Zeit gefehlt hatte, über diese Klarheit zu erlangen. Mussten Gefühle klar sein, um ausgesprochen zu werden? Galten sie nicht für den Augenblick? Mehr brauchte es doch nicht.

Doch jetzt durfte er darüber nicht länger sinnieren. Carl riss sich los. Es gab etwas Dringenderes zu erledigen. Er blickte auf die Uhr. Es war kaum mehr Zeit. Carl sah Bär neben Nicu auf dem Boden knien.

»Er ist noch am Leben!«, rief er Carl zu und presste ein Stück Stoff gegen die Wunde. Blut hatte sich auf Nicus Hemd ausgebreitet und tropfte auf die Pflästerung. Carl eilte zum Schalter des Stationshäuschens. Der Stationsvorsteher erschien hinter der Scheibe, als ob er gerade aus einem Versteck gekrochen kam. »Melden Sie im Ärztehaus einen Schwerverletzten!«, wies Carl ihn an. »Und machen Sie augenblicklich die Bahn zur Abfahrt bereit!«

Gemeinsam brachten sie Nicu hinauf. Das Stationspersonal transportierte ihn zum Ärztehaus, während Carl zu Bär sagte: »Ich brauche dich noch im Hotel. Ich habe da eine Aufgabe für dich.«

***

Eiskalt hatte sie ihn erwischt. Fürstenfeldt konnte nur hoffen, dass der Lakai von Klemens, der ihn entblößt und gefesselt in seinem Bett vorgefunden hatte, auch wirklich dichthielt. Die Prostituierte hatte ihn überlistet, das Notizbuch hatte sie selbstverständlich mitgenommen, aber was sollte sie jetzt damit noch anstellen können? Die Eröffnung der Versammlung stand kurz bevor, und auf Lohser konnte sie auch nicht zurückgreifen, schließlich war der sicher im Keller verwahrt. Sollte sich fortan Klemens um seine fahnenflüchtige Hure und seine verfluchte Kladde kümmern. Er hatte sich dies selbst eingebrockt.

Was Witt betraf, hätte man nicht sagen können, dass er sich schon von seinem Unfall erholt hatte. Er hatte einige Brüche und Prellungen erlitten, und die Ärzte hatten stundenlange Arbeit geleistet, um ihn zu schienen und zu verbinden. Es hatte den weißen Askari jedoch niemand davon abhalten können, vom Krankenbett aufzustehen und sich zum Beau Site hinaufzuschleppen, damit er für die Dauer der Versammlung Wache stehen konnte. Seine Anwesenheit vor der Tür hatte allerdings mehr repräsentativen Charakter. Der Holzfäller sollte inzwischen Witt zur Seite stehen, während der Rumäne das Verlies von Lohser bewachte. So wurde ein jeder eingesetzt, wie er von größtem Nutzen war. Oder, was Klemens' Handlanger betraf: wie er den geringsten Schaden anrichten konnte.

Wenn Blicke töten könnten, hätten Brechteslohs Augen Fürstenfeldt auf der Stelle niedergestreckt, als er ihm erklärte, er habe verschlafen. Die Entschuldigung, eine anstrengende Nacht hinter sich zu haben, vermochte den Generalleutnant nicht im Ansatz zu überzeugen. Zwar verzichtete er auf eine augenblickliche Zurechtweisung, doch würde diese später folgen, so sicher wie das Amen in der Kirche. Aber alles war besser als die beschämende Wahrheit.

Was jetzt zählte, war die reibungslose Durchführung ihrer finalen Versammlung in der abgelegenen Pension Beau Site. Fürstenfeldt hakte auf seiner Liste den letzten der zweiunddreißig Auserwählten ab, der sich noch rechtzeitig im zum Tagungsraum umfunktionierten Speisesaal eingefunden hatte. Das erste und eines der wichtigsten Etappenziele ihrer Mission stand kurz vor der Erfüllung: die Absegnung der Verträge mittels Unterschrift. Es herrschte eine feierliche Aufregung unter den Anwesenden. Die perfekte Ausgangslage für Reichenbach, der auf die Sekunde genau an das Rednerpult trat.

»Meine Herren! Schauen wir uns um! Betrachten wir ganz genau den Kameraden links von uns und den rechts von uns. Betrachten wir den nächsten und den übernächsten.«

Die Anwesenden drehten tatsächlich die Köpfe, sie blickten in erwartungsvolle Gesichter und lächelten einander zu.

»Wir alle sehen Sieger«, fuhr Reichenbach fort. »Sind wir uns dieses Augenblicks gewahr! Wir stehen kurz davor, das Geschäft unseres Lebens abzuschließen.« Reichenbach klopfte auf das Pult und hob die Stimme. »Mehr noch. Viel mehr! Heute wird Geschichte geschrieben, meine Herren, im Hier und Jetzt! Heute werden wir die Welt in eine neue Richtung lenken!«

Fürstenfeldt spürte, wie er lächelte. Die optimistische Aufbruchsstimmung, die Reichenbach verströmte, war auch auf ihn übergesprungen, selbst wenn er die Worte etwas zu hoch gegriffen fand. Aber wer konnte das schon so genau wissen, am Ende behielt Reichenbach gar recht. Diese Versammlung war der Auftakt zu etwas, das weitgreifende Folgen für Europa haben sollte, womöglich gar weltweit. Sie war der erste Schritt, dem Deutschen Kaiserreich endlich den seit Langem verdienten Platz an der Sonne zu bescheren. War Frankreich erst einmal unter deutscher Kontrolle, waren es schnell auch die französischen Kolonien, und diesen Kolonien würden weitere folgen.

In meinem Reich geht die Sonne nie unter. Das würde bald auch Kaiser Wilhelm II. sagen können.

Im Frühling 1911, in gut einem Jahr also, würde das Deutsche Reich bereits frische Croissants zum Frühstück knuspern. Das Überraschungsmoment eines Einmarsches durch die Schweiz würde Frankreich augenblicklich in die Knie zwingen. Die französische Festungslinie, die *barrière de fer*, war entlang der Schweizer Grenze schlichtweg inexistent. Die schweizerische Neutralität wog Frankreich in trügerischer Sicherheit. Das Brechtesloh-Manöver kam einem Stoß in die ungeschützten Weichteile gleich. Ein Geniestreich, das musste Fürstenfeldt dem Generalleutnant lassen.

Der Realisierung stand jetzt nichts mehr im Weg. Selbst dieses unsäglich lästige Konzept der Neutralität, von dem der Schweizer dachte, er hätte es erfunden, und an dem er festhielt wie an seinem Putzfimmel, war nun auf dem besten Weg, abgeschafft zu werden. Die heute zu unterschreibenden Verträge setzten eine politische und vor allem wirtschaftsorientierte Maschinerie in Bewegung, welche die Neutralität in ein paar Monaten zu einer kleinen, witzigen Anekdote im Geschichtsbuch zurückstufen würde. Die Auserwählten im Saal, die der

Generalleutnant mit Klemens' Hilfe zusammengeschart hatte, verfügten über den erforderlichen Weitblick und das geschäftliche Gespür, um nicht an solchen nationalen Prinzipien festhalten zu müssen. Sie hatten erkannt, dass die Neutralität bloß ein Hindernis für den Fortschritt und besonders für ihren Profit war.

Wenn Fürstenfeldt auch den Grundgedanken hinter der Schweizer Neutralität verstand und ein Stück weit nachvollziehen konnte, so hegte der Generalleutnant eine ganz andere Sichtweise, wie er ihm unlängst einmal geschildert hatte, als sie unter sich waren.

»Einem ideologisch gefestigten Preußen widerstrebt das Konzept der Neutralität zutiefst. Schließlich hat man Farbe zu bekennen. Man steht in erster Linie hinter dem eigenen Staat und gliedert die anderen Staaten in zwei Kategorien: in Verbündete und Feinde. So einfach ist das. Man hält sich im Konfliktfall nicht einfach nichts tuend im Hintergrund und schaut zu, was um einen herum geschieht. Dabei wären die Schweizer ja gar nicht wehrlos. Sie verfügen über eine gut ausgebildete Armee, die sich am preußischen Prinzip orientiert.«

Brechteslohs Miene hatte sich aufgeheitert. »Sie nennen das übrigens ›Militärdienst‹, und dabei spielen sie in den Alpenfestungen mit ihren Mauleseln Krieg. Aber schauen Sie zurück ins Mittelalter. Ab dem dreizehnten Jahrhundert legten sich die Eidgenossen mit den Habsburgern an, und es gelang ihnen sogar, dem Gegner große Territorien abzuringen. Die Tapferkeit der Krieger wurde zur Legende, und kein Feldherr in Mitteleuropa, der etwas auf sich hielt, kam darum herum, Eidgenossen für sein Heer anzuheuern. Im vierzehnten und fünfzehnten Jahrhundert wurden Heere nicht nur an der Mannstärke gemessen, sondern auch an der Anzahl Eidgenossen, die mit ihren Hellebarden mitmarschierten. Heute indes fabriziert der Schweizer bloß noch Schokolade und Käse oder pfriemelt an feinen Uhrwerken herum. Trotz seiner glorreichen Vergangenheit verfällt er der Lethargie der Neutralität.«

Wenn jemand den Generalleutnant fragte, was mit der Schweiz geschehen sollte, wenn Deutschland gesiegt hatte, sagte er immer: »Wir blicken in eine glorreiche Zukunft fruchtbarer Zusammenarbeit.« Wenn sie aber untereinander waren, formulierte er es anders: »Die Schweiz, das kleine Stachelschwein, nehmen wir auf dem Rückzug ein.«

Jede Kriegsführung gründete auf Täuschung. Man täuschte den Gegner, bisweilen auch das eigene Volk. Wieso also nicht auch seine Verbündeten?

***

Amanda betrachtete die Bäuerin und den alten Touristen, die ihr gerade das Leben gerettet hatten. Trotz der Kostümierung erkannte sie, dass beide, der Mann und die Frau, eher Mitte dreißig waren. Er hatte schwarzes, krauses Haar unter der grauen Perücke, und sie wies maskuline, aber keineswegs unfreundliche Züge auf.

Sie stellte sich als Amanda Amon vor und bedankte sich überschwänglich auf Französisch für ihr Einschreiten.

»Nennen Sie uns Iréne und Henri«, sagte die Frau.

»Decknamen. Ich verstehe«, stellte Amanda fest. Die beiden antworteten nicht, weshalb sie fortfuhr: »Und ich schätze, Sie hatten Ihre Befehle, nicht von Bord zu gehen, wenn Luc nicht persönlich erscheint.«

»Wissen Sie, wo er sich gerade aufhält?«, fragte Iréne.

»Er wurde geschnappt und ...«, es fiel ihr schwer, es auszusprechen. »Er wurde getötet.«

Betroffenheit machte sich auf den Gesichtern breit.

Henri fand als Erster die Worte wieder. »Was ist da im Grandhotel geschehen?«

Amanda schilderte ihnen die Umstände von Lucs Tod und auch von Pièrre Trusseau, dessen wahren Namen sie nicht kannte und der ihr von den beiden Agenten auch nicht preisgegeben wurde. Sie erzählte vom Vorhaben des Deutschen

Kaiserreichs, vom Brechtesloh-Manöver und von der bevorstehenden Versammlung, die alles in Bewegung setzen sollte. Sie hatte gehofft, die beiden wären bereit, Carl zu unterstützen, doch konnte sie sie nicht dazu bewegen.

»Eine solche Einmischung kann einen internationalen Zwischenfall auslösen«, erklärte Henri.

Einen internationalen Zwischenfall! Wenn sie die Zeitungen über den Kongress und die konspirativen Machenschaften Brechteslohs und Klemens' informierte, wäre genau dies die Folge. Das Verhältnis zwischen Frankreich und der Schweiz würde arg in Mitleidenschaft gezogen werden. Beide Länder wären aufgrund des öffentlichen Drucks gezwungen, Stellung zu beziehen. Frankreich hatte Spione auf dem Territorium der Schweiz eingesetzt, und die Schweiz hatte mit dem Feind paktiert. Wenn Frankreich aber auf inoffiziellem Weg davon erführe, würde es diese Information unter Verschluss halten und konnte insgeheim Vorkehrungen zu einem deutschen Angriff treffen.

So beschloss sie, den Agenten die beiden Karten des Manövers auszuhändigen.

Was Carl betraf, so rechnete ihm Amanda große Chancen zu, den Zangenangriff von seiner Flanke aus erfolgreich durchführen zu können, nun, da Nicu, Fritz und auch Witt außer Gefecht gesetzt waren.

Sie bedauerte zutiefst, ihn vergrault zu haben, dennoch war es schön zu wissen, dass sie noch immer zur Liebe fähig war.

Die Zeit war gekommen, endlich ihr neues Leben zu beginnen. Als Erstes willigte sie gegenüber den beiden französischen Agenten ein, im Deuxième Bureau eine ausführliche Aussage zu machen. Es freute sie zu erfahren, dass das erste Etappenziel ihrer Reise Paris sein sollte.

***

Carl klopfte beim Zimmer des Dogen an. Es folgte keine Reaktion. Er klopfte erneut, dieses Mal mit etwas mehr Nachdruck. Nach einem langen Augenblick vernahm er ein zorniges »Was?«.

»Herr Bossard, machen Sie auf! Es ist dringend«, rief Carl.

Wieder verging kostbare Zeit. Dann öffnete der Doge mit hochrotem Kopf.

»Was ist denn?« Er trug einen nachtblauen Seidenkimono, der seine Fülle nur notdürftig bedeckte.

»Entschuldigen Sie bitte, Herr Bossard, aber –«

»Herr Lohser, Sie elender Störenfried! Sie rauben mir meinen wohlverdienten Schlaf.« Hinter Bossard erblickte Carl in dem breiten Bett eine junge Frau und einen Jüngling unter der Decke.

»Es ist dringend«, versuchte es Carl erneut.

Bossard drohte ihm mit dem Finger. »Das wird ein Nachspiel haben, jetzt scheren Sie sich zum Teufel.« Mit diesen Worten knallte er die Tür vor Carls Nase zu.

»Herr Bossard!«, rief Carl. »Es findet gerade eine Versammlung statt, von der Sie wissen sollten.«

Bär kam den Flur entlang. Über beide Schultern hatte er sich jeweils eine Kuhglocke gehängt. »Kein Erfolg?«, fragte er.

»Nein, leider nicht.«

»Umso besser. Das wollte ich schon immer einmal tun: die faulen Pinkel aus ihren warmen Federn reißen.« Er begann seinen ganzen Körper zu wiegen. Es schien beinahe, als wollte er einen dieser orientalischen Bauchtänze zum Besten geben. Dabei läuteten die Glocken lauter und lauter. Carl musste sich die Ohren zuhalten, doch der Krach zeigte Wirkung. Reihum sprangen die Zimmertüren auf. Verschlafene Gesichter erschienen, Dutzende Männer in Pyjamas und Morgenmänteln traten heraus. Flüche wurden ausgestoßen, die im ohrenbetäubenden Lärm ungehört blieben. Carl erkannte Kandlbaur, Wyss, den Landverpächter Egloff und auch Zwyssig unter ihnen. Als er fand, dass jetzt genug Leute in den Flur hinausgetreten waren, gab er Bär ein Zeichen, der unter einiger Mühe die Glocken zum Schweigen brachte.

Noch bevor die Protestrufe gegen die Ruhestörung losgehen konnten, begann Carl. Er beschloss, auf entschuldigende Worte zu verzichten, die ihm unter anderen Umständen die Höflichkeit geboten hätte. »In diesem Augenblick findet eine geheime Versammlung eurer Kameraden in der Pension Beau Site statt. Ziel dieser Versammlung ist es –«

»Das ist doch Blödsinn!«, unterbrach ihn eine wütende Stimme.

Carl hielt das Notizbuch in die Höhe. »Ich halte hier die Aufzeichnungen von Friedrich Klemens in meinen Händen. Hier drin steht, dass heute um acht Uhr dreißig die Versammlung beginnen soll.«

Dann begannen alle, laut durcheinanderzurufen. »Was soll dieser Unfug?« und »Es findet keine Versammlung statt« war herauszuhören.

»Hören Sie mir zu, ich werde Ihnen alles erklären, doch bewahren Sie bitte Ruhe«, versuchte er die aufgebrachte und verkaterte Meute zu bändigen.

Die Tür zu Bossards Zimmer wurde erneut aufgerissen. »Lohser, jetzt reicht es endgültig! Ich werde Sie –«

»Reichenbach wird der neue Doge der Orion-Gesellschaft. Sie werden abgesetzt.«

»Was?« Endlich hatte Carl seine Aufmerksamkeit.

»Klemens hat sämtliche Lücken in den Statuten ausfindig gemacht und nutzt sie jetzt, um ebendies zu bewerkstelligen.«

Die Stimmen um sie herum erhoben sich erneut.

»Ruhe jetzt!« Bossards Worte zeigten Wirkung.

Carl fuhr fort: »Die gesamte Struktur der Orion-Gesellschaft soll auf dieser Versammlung reorganisiert werden.« Carl blickte in verständnislose Gesichter. Er brauchte ein handfesteres Argument. »In diesen Aufzeichnungen«, Carl blätterte in den Seiten, »befindet sich eine Liste der beteiligten Personen. Wer mir nicht glaubt, der frage sich einmal, ob Nationalrat Züst unter euch ist.«

Alle blickten sich suchend um.

»Oder Gregor Rhynegger.«

Auch er war nicht unter den Geweckten.

Carl begann aufzuzählen: »Reichenbach, die Gebrüder Bally, Inderbitzin?«

Bossard stampfte zu einer Zimmertür, die sich bis jetzt nicht geöffnet hatte. »Olaf! Komm heraus und setz diesem Melodrama ein Ende!«

Niemand antwortete ihm.

»Was tun die denn auf dieser Versammlung?«, wollte Zwyssig wissen.

»Es werden Verträge mit dem Deutschen Reich unterschrieben.«

»Davon weiß ich nichts«, sagte Kandlbaur.

»Es wurde euch verschwiegen. Nur ein paar sogenannte ›Auserwählte‹ wurden in die Verschwörung eingeweiht. Ihnen wurden lukrative Geschäfte angeboten. Als Gegenleistung sollen politische Mechanismen in der Schweiz in Gang gesetzt werden, welche die Neutralität für das Deutsche Reich außer Kraft setzen.« Alle lauschten Carl gebannt. »Sie sollen dem Deutschen Reich erlauben, eine Armee ungehindert über Schweizer Boden in Frankreich einmarschieren zu lassen.«

***

Im Speisesaal des Beau Sites plapperten einige der Auserwählten ausgelassen durcheinander und erzählten einander von den ihnen bevorstehenden Geschäften. Andere blätterten noch immer in ihren Verträgen und vollzogen eine letzte Kontrolle. Vielleicht wollten sie auch nur sichergehen, dass sie all dies hier nicht träumten, dachte Fürstenfeldt. Er schaute auf die Uhr. In vier Minuten war es so weit, und die Verträge, die auf den in der Mitte des Raumes zusammengeschobenen Tischen bereitlagen, würden alle gleichzeitig unterschrieben.

Als Fürstenfeldt den Blick durch den Saal schweifen ließ, kam er nicht umhin zu bemerken, dass Klemens sich in seinem Stuhl entspannt zurückgelehnt hatte. Eine Haltung, die Fürstenfeldt in ihrer gesamten Zeit noch nie an ihm beobachtet hatte, er hatte sogar daran gezweifelt, dass Klemens dazu imstande war. Mit verklärtem Blick beobachtete der das Treiben, wie ein Großvater, der seinen Enkeln beim Spielen zuschaute. Auf seinem Gesicht lag ein Ausdruck seliger Zufriedenheit, seinen sonst stets verhärmten Mund umspielte der Anflug eines Lächelns.

Es lag eine schwere Prüfung hinter ihm. Friedrich Klemens hatte so viel Ärger und Unbill ertragen müssen, besonders mit seinen beiden Fehlgriffen von Leibgardisten. Er hatte Intrigen gesponnen, Winkelzüge konstruiert und manche Grenze überschritten. Er hatte es mit seinem Eifer und ungebrochenem Einsatzwillen erst ermöglicht, dass sich heute die richtigen Personen in diesem Saal befanden. Es musste ihn mit unbändigem Stolz erfüllen, Generalleutnant Manfred Brechtesloh, den er insgeheim so bewunderte, die Grundsteinlegung für die neue Weltordnung ermöglicht zu haben. Ein Hochgefühl musste ihn erfüllen, endlich den Punkt erreicht zu haben, an dem er nicht mehr hinter den Leistungen seiner Ahnen zurückstand. Seine Fabrikkette würde zu einem wahren Imperium anwachsen.

Auch der Generalleutnant neben ihm machte den Eindruck, als sei er im Einklang mit sich und der Welt. Er würde noch heute mit folgenschwerem Gepäck nach Deutschland abreisen. Bald sollte er die goldenen Achselstücke erhalten und zum Generaloberst aufsteigen. Womöglich würde der Kaiser ihm persönlich eine Belobigung aussprechen und ihm den schwarzen Adlerorden an die Brust heften. Es würde auf sein Schaffen und sein Genie zurückgeführt werden können, wenn das Deutsche Kaiserreich Europa beherrschte wie zu Zeiten Karls des Großen. Brechteslohs Name würde in einem Zuge mit Friedrich dem Großen, Bismarck und Kaiser Wilhelm genannt werden.

Fürstenfeldt fühlte in sich hinein, wo blieb seine Zuversicht? Er beneidete seine beiden Mitstreiter. Er wollte sich auch zufrieden zurücklehnen und mit Stolz auf ihr gemeinsames Werk blicken können. Schließlich hatte er sich ebenfalls maßgeblich an der Umsetzung des Vorhabens beteiligt, wenn auch aus dem Hintergrund heraus. Ihm war es dabei nie um den Ruhm gegangen. Den Ruhm, der Brechtesloh und Klemens nun bevorstand. Es ging ihm stets um den Dienst für das Vaterland. Er hatte im Verborgenen gefochten und taktiert und für das Deutsche Kaiserreich sein Bestes gegeben. Und von den Rückschlägen bei Lohser und der Prostituierten abgesehen, war sein Handeln auch von durchgehendem Erfolg gekrönt. Auch auf ihn würde zurück in Deutschland eine Beförderung warten. Er würde der Technischen Sektion einige neue und erfolgversprechende Kriegstechniken vorlegen können, die den bevorstehenden Krieg womöglich zugunsten von Deutschland entschieden.

Er freute sich darauf, noch heute zurückzureisen und den Kongress im Grandhotel Giessbach hinter sich zu lassen. Dennoch wollten sich bei ihm weder Entspannung noch ein Hochgefühl einstellen. Lag es daran, dass diese Gefühle von der erregten Erwartung überstrahlt wurden, die er empfand, wenn er auf die Ereignisse der kommenden Monate in Europa blickte? Oder lag es vielmehr an etwas anderem: einer bösen Vorahnung? Einer Befürchtung, dass noch nicht alles durchgestanden war? Es fühlte sich an, als ob noch etwas darauf lauerte zuzuschlagen. Das Ganze war noch nicht in trockenen Tüchern. Die Verträge waren noch nicht in Deutschland und in Sicherheit. Sie waren noch nicht einmal unterschrieben und rechtsgültig. Unruhig rutschte er in seinem Stuhl hin und her.

Noch zwei Minuten. Die Auserwählten standen bereit, hatten ihre Füllfedern zur Hand und warteten bloß noch darauf, dass der Minutenzeiger auf der Sechs ankam.

Diese verdammte preußische Pünktlichkeit! Fürstenfeldt war versucht aufzuspringen und laut auszurufen: »Jetzt macht einmal vorwärts!«

***

Carl war es schließlich gelungen, die Herrschaften zu überzeugen. Dabei musste er sogar über sein Ziel hinausgeschossen sein, denn sie waren von ihrer anfänglichen Skepsis geradewegs in einen unaufhaltsamen kämpferischen Tatendrang übergewechselt. Unsanft hatten sie ihre Kameraden in den anderen Etagen aus den Federn geholt und dazu bewegen können, sich ihnen anzuschließen. Bär hatte seine Glocken abgehängt und marschierte neben Carl und dem keuchenden Dogen zur beschaulichen Ferienpension hinauf. Gemeinsam führten sie eine Armee aufgebrachter Industrieller und Wirtschaftsführer in ihren Schlafanzügen an.

Über ihnen der Komet, der ungerührt seine Bahn zog. Sie hatten vergangene Nacht den Schweif durchquert und standen noch alle aufrecht. Carl fühlte in sich hinein. Nichts. Kein Anzeichen von Vergiftung oder Unwohlsein. Nicht dass er etwas anderes erwartet hätte. Dennoch war bei ihm trotz gefestigter Überzeugung ein gewisser Restzweifel verblieben. Die Leute mit ihren Ängsten übten immer einen gewissen Einfluss auf andere aus. Auch wenn er es nicht wollte, so musste Carl sich den Hauch einer Erleichterung eingestehen.

Aber da war noch eine andere Empfindung, die in ihm gor. Nicht die des Schlafentzugs oder des Triumphs, die Herren dazu bewogen zu haben, mit ihm zum Beau Site zu marschieren. Auch nicht die gespannte Erwartung, worauf die Lawine, die er losgetreten hatte und auf die er kaum mehr Einfluss ausüben konnte, zurollte. Nein, in ihm brodelte die Streitlust. Eine Empfindung, die Carl für gewöhnlich im Keim erstickte, denn sie war in keiner Weise hilfreich, diente lediglich dazu, seinen eigenen Stolz zu befriedigen, machte aber für gewöhnlich alles nur noch schlimmer. Wenn er sich unter seinen Mitstreitern umblickte, war er keineswegs der Einzige, der von dieser Empfindung beherrscht wurde. Sie schien alle um ihn herum ergriffen zu haben, und Carl hatte sich anstecken lassen. Er hatte diese unbändige Streitlust zugelassen, denn sie tat so herrlich gut.

Als sie das Beau Site schon beinahe erreicht hatten, erwartete

Carl eine Überraschung. Vor dem Eingang stand der Söldner aus Südafrika, der sich vor Kurzem noch in der sich überschlagenden und eine Schneise der Zerstörung hinter sich herziehenden Gans II befunden hatte. Er hätte tot sein müssen. Oder zumindest an ein Pflegebett gebunden, stattdessen stand dieser zähe Hund breitbeinig, wenn auch auf Krücken gestützt vor der Tür und schob Wache. Trotz unzähliger Blessuren strahlte er eine unnachgiebige Entschlossenheit aus, jeden daran zu hindern, die Pension zu betreten.

»Der gehört mir!«, sprach die Streitlust aus Carl, und er stürmte vor.

Wäre doch gelacht, wenn er gegen den Verletzten nicht bestehen konnte. Aber wen hätten sie sonst vor die Tür stellen sollen? Klemens' Lakaien waren aus dem Verkehr gezogen, und jeder andere wurde drinnen gebraucht. Da blieb bloß noch Leutnant Witt, der mit lauerndem Blick und einer raubkatzengleichen Körperspannung den auf ihn zurennenden Carl erwartete. Ein Blick in Witts entschlossene Augen ermahnte Carl, seinen Gegner nicht zu unterschätzen. Trotz Verletzungen könnte der kampferprobte Soldat noch immer zähen Widerstand leisten. Carl musste alle ihm zur Verfügung stehenden Tricks einsetzen, um ihn in die Knie zu zwingen. So beschloss er, sich der Wissenschaft zu bedienen. Physik! Noch im Laufen holte er mit der Faust aus, um den Schwung mitzunehmen. Kräfte addierten sich. Im letzten Augenblick sprang er hoch und fügte auch noch die Gravitationskraft zur Gleichung hinzu. Der auf Witt einwirkende Kräftevektor sollte sich verheerend auswirken.

Witt, der Formeln der Mechanik zwar nicht mächtig, wusste dennoch ganz gut mit Kräftevektoren umzugehen. Einen Augenblick bevor Carl seine gesamte kinetische Energie an ihm entladen konnte, schuf er mit Hilfe der Krücken neue Randbedingungen, fälschte Carls gleichmäßige Flugparabel nach links ab und wich gleichzeitig nach rechts aus.

Carl traf auf der Fußmatte des Eingangs zum Schankraum auf. Noch während er versuchte aufzustehen, hinderte ihn der

Holm einer Krücke über dem Genick. Er fühlte das Gewicht auf den Holm kontinuierlich zunehmen.

Bei welcher Last kam es bei einem menschlichen Genick zum mechanischen Versagen? – Statik.

Carl, weder imstande, sich zu regen, noch, den Kopf zu drehen, spürte plötzlich, wie sich der Druck wieder löste. Er nutzte die Gelegenheit, rollte sich weg und erblickte Bär auf den Soldaten einwirken. Zahnlücke, der Greis und zwei weitere Männer stürmten hinzu. Egloff, der Landverpächter, griff als Nächster an. Witt stand noch immer aufrecht und teilte wacker aus. Zwyssig wollte es ebenfalls wissen. Aber erst als sich die gesamte Meute in Bewegung setzte, gelang es ihnen schließlich, den Soldaten niederzuringen.

Sie betraten die Gaststube, und Carl öffnete dem Dogen die Doppeltür zum Speisesaal. Fürstenfeldt war der Erste, der aufblickte. Er wirkte, als hätte er das Schlimmste erwartet – und sah es nun eintreten.

Bossards donnernde Stimme lies den Saal erbeben: »Was zum Teufel ist hier los?«

Die Auserwählten fuhren zusammen und drehten sich dem noch amtierenden Präsidenten zu. Wie ein Fels im Fluss wurde er zu beiden Seiten von den Nichteingeweihten umspült, die in den Saal drangen. Walter Wyss ging schnurstracks auf Rhynegger zu, der seinen Füllfederhalter ins Jackett steckte, als hätte er damit vorgehabt, etwas Verbotenes anzustellen.

»Gregor Rhynegger!« Die Stimme des Greises überschlug sich vor Empörung. »Du gehörst auch zu denen?«

Der Rotfuchs machte ein ertapptes Gesicht.

»Das hätte ich nie von dir gedacht. Ich habe dich immer für einen anständigen Kerl gehalten.«

»Mit Anstand macht man keine großen Geschäfte«, antwortete der Rotfuchs.

»Mumpitz!« Wyss fuhr im mahnenden Tonfall eines Lehrers fort: »Hiermit gefährdest du, gefährdet ihr alle die Neutralität der Schweiz.«

»Nein, die Neutralität ist der Mumpitz. Sie hindert die Schweizer Wirtschaft daran, in Zeiten wie diesen gescheite Geschäfte machen zu können.«

»Hältst du das für ein gescheites Geschäft, den Deutschen deine Seidenbändchen zu verkaufen?«

»Es ist mehr als das. Viel mehr. Im Kriegsfall werde ich –«

»Im Kriegsfall?«

»Du lebst noch in der Vergangenheit, Walter.«

Wyss schüttelte konsterniert den Kopf. »Du hast nie ein Wort darüber verloren. In all unseren Gesprächen nicht.«

»Wie sollte ich auch, wenn du dauernd darüber lamentierst, wie sehr sich die Welt doch zum Schlechten entwickelt? Du Tattergreis!«

»Ich zeige dir den Tattergreis!« Mit erhobenem Stock ging Wyss auf Rhynegger los. Dieser kriegte den Stock zu fassen, entwand ihn und ließ ihn gegen Wyss' Hüfte peitschen. Der schrie auf. Kandlbaur ging beherzt dazwischen.

Noch immer stürmten Leute herein und drängten die vor ihnen weiter in den Speisesaal. Sie kesselten die Abtrünnigen in der Mitte des Raums ein. Es wurde diskutiert, gerungen und gezerrt. Man hörte das Reißen von Stoffen teurer Jacketts und Morgenmänteln. Wilde Beschimpfungen und wüste Flüche wurden ausgestoßen. Karten wurden von den Wänden gerissen, die dieselben Marschzüge nach Frankreich und durch die Schweiz darstellten wie die Karten, die Carl dem Umschlag des Notizbuchs entnommen hatte. Papierstapel, die eben noch fein säuberlich auf den Tischen in der Mitte des Raums aufgereiht gewesen waren, wurden in die Luft geworfen, zerpflückt und zerknüllt. Es waren Verträge wie der, den Fürstenfeldt vor Tagen Carl zugeschoben hatte.

Und da erblickte Carl auch schon Fürstenfeldt, wie er sich an die Wand drückend dem Ausgang zubewegte und versuchte, den Radau zu nutzen, um sich aus dem Staub zu machen. Carl schnitt ihm beim Durchgang zum Schankraum den Weg ab. »Nicht so schnell, Herr Oberst.«

»Herr Lohser, lassen Sie mich durch!«

»Denken Sie wirklich, dass ausgerechnet ich Sie gehen lassen werde?«, erwiderte Carl.

Einer der Nichteingeweihten drehte sich zu ihm herum. »Da ist ja der Oberst.«

»Gebt ihm auf den Grind!«, schlug eine Stimme vor.

Fürstenfeldt sah sich gehetzt um. Ein jeder um ihn herum ließ von seinen Händeln ab und wandte sich ihm zu. Er entschied durchzubrechen, versetzte dem Nächstbesten einen Schlag ins Gesicht und stürmte auf Carl zu. Von allen Seiten langten Hände nach ihm und hielten ihn an Jackett und Hemd zurück.

»Entweder Sie lassen sich jetzt brav zurück nach hinten begleiten oder ich überlasse Sie den Herrschaften hier«, stellte ihn Carl vor die Wahl.

Fürstenfeldt entschied sich für das geringere Übel. Carl packte ihn am Kragen, und mit einem schroffen »Lasst uns durch!« schob er den Oberst zurück zur hinteren Wand, wo Klemens in eine Art Schockstarre verfallen zu sein schien. Neben ihm stand auch Fürstenfeldts Vorgesetzter, Generalleutnant Brechtesloh, mit unstetem Blick und Schweißperlen auf der Stirn.

Bär hatte sich schützend vor Brechtesloh gestellt.

Was tut er da bloß?, fragte sich Carl.

»Lass uns durch, Mechaniker! Wir wollen nur den hier«, verlangte ein Herr mit Zwirbelschnauz, der mit dem Finger auf den Generalleutnant zielte.

»Nein! Den Deutschen wird kein Haar gekrümmt«, bestimmte Bär.

»Aber die haben ein paar Backpfeifen verdient.«

»Teeren und federn wir sie!«, kam ein Vorschlag von weiter hinten. Carl hatte den Eindruck, als käme der Ausruf sogar von einem der Auserwählten. Das würde zu ihnen passen: Schnell auf die Seite der Sieger überlaufen, wenn einem das Wasser bis zum Wendehals stand.

»Dann müsst ihr aber erst an mir vorbei«, sagte Bär entschlossen.

»Bist du jetzt etwa auch auf der Seite der Schwaben?«, fragte Kandlbaur.

»Ich habe mehrmals gesehen, wie der Glatzkopf frühmorgens das Kraftwerk besucht hat«, wusste ein anderer zu berichten. »Der Mechaniker steckt bestimmt mit ihnen unter einer Decke.«

»Dann kann er auch gleich sein Fett weghaben.«

»Gemeinsam schaffen wir ihn.«

Einige der streitlustigeren und rüstigeren Patrons kamen durch die Menge nach vorne. Sie ballten die Fäuste, und Bär nahm einen breiten Stand an. Sie rückten näher, und mit seinen langen Armen gelang es ihm, die vordersten Männer auf Distanz zu halten, doch lange würde er dem Ansturm nicht standhalten können. In ihren Gesichtern las Carl die Bereitschaft, bis zum Äußersten zu gehen.

»Sofort Halt!«, schrie Carl.

Alle Köpfe drehten sich ihm zu. Er gab dem Oberst einen Schubs, um ihn anzuweisen, sich hinter Bär zu stellen. Dann trat er vor die aufgebrachte Meute. »Wir dürfen den Deutschen nichts antun.«

»Warum denn nicht?«, fragte Kandlbaur.

»Seht! Ein Angriff auf ein hochrangiges Mitglied der deutsch-kaiserlichen Armee könnte einen internationalen Zwischenfall auslösen.«

»Na und?«

»Ihr lest ja alle auch die Zeitung«, sagte Carl. »Nur ein Funke reicht, um das Pulverfass Europa hochgehen zu lassen.«

»Lohser hat recht.« Es war Bossards Stimme. Mit seiner Wampe pflügte er eine Schneise durch die Männer und trat vor. »Die Mächte warten nur auf einen Grund, endlich loslegen zu können. Wir werden hier und heute keinen Krieg provozieren!« Er schnürte seinen Kimono enger um seine Leibesfülle.

»Aber wir haben hier jemanden, der uns zutiefst enttäuscht hat und der nicht unter diplomatischem Schutze steht.«

Alle Blicke wandten sich Klemens zu, der immer kleiner zu werden schien. Bossard baute sich vor ihm auf, schob seinen

Unterkiefer vor und ließ drohend seine fleischige Faust vor Klemens' blassem Antlitz kreisen. »Mit dir habe ich noch ein Hühnchen zu rupfen, Bürschchen«, knurrte er.

Reichenbach trat mit beschwichtigend erhobenen Händen vor. »Meine Herren –« Weiter kam er nicht.

Bossard brachte mit einem beherzten Faustschlag seinen Thronräuber zu Fall. »Und mit dir auch!«, sagte er. Danach verwies der Doge die Deutschen, Klemens und Reichenbach in die Ecke und trat hinter die Tischreihe. Er blickte in den Saal. »Lasst die sogenannten ›Auserwählten‹ los. Ihr braucht sie nicht festzuhalten. Wir wissen genau, wer involviert ist.« Er wedelte mit dem Notizbuch und fuhr fort: »Es wird sich etwas ändern in der Orion-Gesellschaft für Fortschrittsfragen. Aber nicht so, wie die sich hier das vorgestellt haben.«

KAPITEL 15

1. Juni 1910, Abend
Dreizehn Tage nach dem Kongress

Émile Lambert, der Leiter des Deuxième Bureaus, empfing eine Dame in seinem Arbeitszimmer an der Rue Serpente in Paris. Ihre Stimme war sanft, hatte etwas Betörendes, Sinnliches, trotz ihres leichten Akzents. Er befragte sie zu einem Kongress, an dem sich das Deutsche Reich und die Schweiz gegen Frankreich verschworen hatten. Es war eine ungeheuerliche Geschichte, die sich vor zwei Wochen in einem Hotel in den Alpen abgespielt hatte. Christine verstand die Zusammenhänge nicht vollständig, hielt aber mit einem weichen Bleistift das Wesentliche auf ihrem Notizblock fest.

Das Tippen einer Schreibmaschine ließ sie erkennen, dass sich noch jemand im Arbeitszimmer unter ihr befinden musste, der die Aussage protokollierte. Als die Dame geendet hatte, hakte Lambert nach. »Mademoiselle Amon.«

»Amanda reicht.«

»Sie geben zu Protokoll, dass es nur Ihnen und einem Mann gelungen ist, diese Verschwörung zu vereiteln.«

»Wir beide haben sie aufgedeckt. Vereitelt hat es die Orion-Gesellschaft.«

»Das verstehe ich nicht. Der Verein war doch selbst für die Verschwörung verantwortlich?«

»Nein, es waren zweiunddreißig Abtrünnige, die mit dem Deutschen Reich verhandelt haben«, erklärte sie, »nicht die gesamte Gesellschaft.«

Christine juckte es an fünf Stellen ihres Körpers. Die Spinnweben ekelten sie, einige waren noch bewohnt. Doch sie durfte sich nicht regen, man hätte sie im Raum unter ihr hören können. Dazu kam noch diese Hitze, die sich unter dem Dachstuhl staute. Die Pariser Sommersonne hatte die Ziegel den ganzen Tag lang aufgeheizt.

Vor gut einer Woche hatte sie am Kamin einen Stein herausgebrochen, was ihr erlaubte, ein Mikrofon am Kabel ins untere Zimmer hinabzulassen und mit einem Kopfhörer mitzuhören, was gesprochen wurde. Nur das Deutsche Reich verfügte über solch moderne Abhörgerätschaften, und sie, das Mädchen vom Lande, durfte diese einsetzen. Es erfüllte Christine mit Stolz. Sie wurde seit ein paar Tagen im Hauptquartier des französischen Geheimdienstes eingesetzt. Dabei kam es ihr zugute, dass es mit dem Deuxième Bureau nicht gerade zum Besten stand. Offiziell hätte es ja gar nicht mehr in Betrieb sein dürfen. Zudem fehlten die Gelder. Das Hauptquartier war in einem gewöhnlichen Stadthaus eingerichtet, und die Sicherheitsvorkehrungen waren lasch. Christine konnte den Dachstuhl ganz einfach im Schutze der Nacht über die benachbarten Dächer und eine locker sitzende Holzvertäfelung erreichen.

»Ich muss sagen, Ihr Erscheinen bei uns hat mich erstaunt«, meinte Lambert. »Sie sind vor dreizehn Tagen unseren beiden Agenten entwischt, die Sie vom Giessbach auf direktem Wege hatten hierhergeleiten sollen.«

Beim Wort »Giessbach« klingelte etwas in Christines Kopf. Sie hatte schon einmal von diesem Ort gehört. Es musste irgendwie mit Heiner zu tun haben. Sie vermisste ihn.

»Was hat Sie dazu bewogen, doch noch im Bureau aufzutauchen?«, fragte Lambert.

»Ich bin zu der Überzeugung gelangt, dass Frankreich ein Recht hat, von diesen Ereignissen zu erfahren. Es soll Vorkehrungen treffen können, falls das Deutsche Reich doch noch aufmarschiert.«

Heiner war Christines eigentlicher Verbindungsmann – und ihr Liebhaber. Sie hatte ihn seit drei Wochen nicht mehr gesehen. Er war auf einer Mission, die sich länger hinzog als ursprünglich geplant. Er fehlte ihr, wenn er auch manchmal etwas grob mit ihr umging. Doch er musste sie auch lieben, denn an jenem schicksalhaften Tag, bevor er abgereist war, hatte er ihr das Leben gerettet.

Sie hatte da noch Claudette geheißen, und er hatte sie unter den Dielen von Lamberts Laube hervorgezogen. Es war ihr Fehler gewesen, zweifellos. Sie hatte eigenmächtig gehandelt. Sie hatte sich nicht mit ihm abgesprochen. Beinahe wäre alles aufgeflogen. Aber Heiner hatte geistesgegenwärtig reagiert. Er ließ sich nichts anmerken, zerrte sie in einen Schuppen und war dabei so überzeugend, dass selbst sie geglaubt hatte, ihr letztes Stündlein hätte geschlagen. Aber Heiner hatte sie verschont, auch wenn er dabei seine eigene Tarnung gefährdete. Die Tarnung, die er sich über Jahre unter dem Namen Antoine Bailleul aufgebaut hatte. Claudette hätte sich keine Sorgen machen müssen. Heiner war ein Meister in seinem Fach. Nur jemandem wie ihm konnte es gelingen, unter den Augen des Geheimdienstchefs eine Leiche verschwinden zu lassen, die gar keine Leiche war.

Einige Opfer hatte sie aber dennoch bringen müssen. Claudette hatte da im Schuppen aufgehört zu existieren. Sie musste ihre Identität wechseln und wurde zu Christine. Sie hatte nach Paris umziehen müssen, hatte ihre Haare kurz geschnitten und dunkel gefärbt, und jeden Tag strich sie sich Wagenschmiere ins Gesicht, um als Clochard durchzugehen. Der beste Weg, um sich in Paris unsichtbar zu machen.

Im Zimmer unter ihr tat sich etwas. Lambert hatte dem Protokollierer befohlen, den Raum zu verlassen. Die Dame indes forderte er auf, sitzen zu bleiben. »Da ist noch etwas, Mademoiselle Amanda«, sagte er. »Mir liegt ein Telegramm vor, das uns am siebzehnten Mai von unserem Agenten im Giessbach zugestellt wurde.«

Er las vor: »›Auftrag gescheitert. Bal. eliminiert durch Zumstein. Erbitte Verstärkung‹.«

»Ich verstehe die Agentensprache nicht.« Die Stimme der Dame hatte plötzlich eine distanziertere Färbung angenommen.

»Unterschätzen Sie das Bureau nicht, Mademoiselle. Wir haben unsere Hausaufgaben gemacht. Ihr bürgerlicher Name ist Klara Zumstein.« Er machte eine kurze Pause und fuhr dann fort: »Auf den Mord an einem französischen Staatsangestellten steht die Todesstrafe.«

»Ich habe ihn nicht umgebracht. Und der, der ihn niedergeschlagen hat, tat es aus Notwehr!«

»Dann würden Sie sagen, unser Agent hat uns belogen?« Lamberts Stimme hatte etwas Höhnisches.

»Mustafa – also Luc – war nicht dabei, er muss die falschen Schlüsse gezogen haben.«

»Und inzwischen ist auch er im Giessbach umgekommen. Das haben Sie eben selbst ausgesagt.«

»Sie wollen andeuten, dass Sie mich für den Tod von Trusseau und von Luc verantwortlich machen? Sie haben keine Beweise, und zwar deshalb, weil ich es nicht gewesen bin.«

»Beweise lassen sich immer finden. Das französische Volk will den Verantwortlichen für den Tod zweier Agenten vor dem Erschießungskommando sehen.«

»Ich durchschaue Sie, Monsieur Lambert. Reines Säbelrasseln. Ich wäre schon lange im Gefängnis, wenn dies Ihre Absicht wäre.«

Lambert schien nachzudenken. Womöglich nickte er auch, denn er sagte: »In Ordnung. Ich habe andere Pläne mit Ihnen. Unsere Hausaufgaben haben auch Ihre bemerkenswerten Talente als Kurtisane aufgedeckt.«

»Sie wollen, dass ich für Sie arbeite.«

»Sie verstehen schnell.«

»Nein.«

»Nein? Dann bevorzugen Sie das Erschießungskommando?«

»Ich bevorzuge Tor Nummer drei.«

»Das wäre?«

»Sie lassen mich laufen.«

»Warum sollte ich das tun?«

»Ich habe Ihnen alles über das Brechtesloh-Manöver mitgeteilt. Zudem war ich maßgeblich daran beteiligt, es zu verhindern. Das müsste Ihnen als anständiger Person reichen.«

»Man kommt nicht aus reinem Anstand in meine Position.«

»Sie sind gescheitert. Sie haben zwei Ihrer Agenten verloren.«

»Das ist bedauerlich, gewiss, doch Agenten gehen immer mal verloren. Deswegen schlafe ich nachts nicht schlecht.«

»Ihnen ist das volle Ausmaß Ihres Scheiterns noch gar nicht bewusst, Monsieur Lambert. Nun werde *ich* Ihnen zwei Optionen unterbreiten. Entweder Sie erfüllen meine Bedingungen, lassen mich laufen und können das Wissen über die deutschen Angriffspläne als nachrichtendienstlichen Coup verkaufen. Dies würde das zurzeit sehr angeschlagene Deuxième Bureau retablieren.«

»Und die zweite Option?«

»Ich habe Informationen, die dazu führen könnten, dass Sie Ihren Laden ganz dichtmachen müssen.«

»Legen Sie sich nicht mit dem Bureau an.« Lamberts Stimme brauste auf.

»Ich lege mich mit *Ihnen* an, Monsieur Lambert. Schließlich haben Sie mir gerade mit dem Erschießungskommando gedroht.«

»Was beinhalten denn Ihre Informationen?«

»Sie haben sicherlich von der Schießerei eines französischfreundlichen Attentäters in Bern gehört? Trusseau hatte das in die Wege geleitet.«

»Unsinn.«

»Sie glauben mir nicht? Das bestätigt meine Vermutung: Sie haben ihm nie die Anweisung dazu erteilt.«

»Er würde nie eigenmächtig handeln.«

»Nicht ›eigenmächtig‹. Viel besser: Er stand in den Diensten der Deutschen.«

Christine wurde hellhörig. Dieser Trusseau war auch jemand, der für das Deutsche Reich arbeitete?

»Unsinn! Er würde nie …« Lambert brach ab und überlegte. »Das ergibt überhaupt keinen Sinn. Das Attentat in Bern galt Brechtesloh. Weshalb sollte das Reichskommando seinen eigenen Generalleutnant liquidieren wollen?«

»Nicht das gesamte deutsche Kommando. Ein paar hohe

Tiere waren nicht mit Brechteslohs Vorgehen einverstanden. Trusseau war sogar der Meinung, dass selbst Wilhelm II. gegen einen Angriff auf Frankreich ist. Der Kaiser muss aber vor seinen Generälen den Schein wahren.«

»Woher wollen Sie all dies wissen?«

»Neben den Chiffrekarten hatte Luc auch Trusseaus Aufzeichnungen gehütet. Ein Büchlein, vollgekritzelt mit Zeichnungen, Zitaten und berühmten Gedichten.«

Heiner las Christine auch immer aus seinen Gedichten vor. Beim Gedanken daran wurde ihr ganz heiß. Wie sehr sie ihn doch vermisste.

»Ich habe alles gelesen und festgestellt, dass die zitierten Gedichte nicht dem originalen Wortlaut entsprachen. Und da steckte ein System dahinter. Als ob sie eine verschlüsselte Botschaft enthielten«, erklärte die Dame.

»Und dann sind Sie meinen beiden Agenten entwischt und tauchen erst heute hier wieder auf?«

»Iréne und Henri haben sich schnell abschütteln lassen. Sie waren leicht zu beeinflussen, man muss nur die romantische Spannung unter ihnen zu nutzen wissen. Sagen wir es so: Es haben sich zwei gefunden, ich habe bloß das Liebesengelchen gespielt.«

Dann senkte sie verschwörerisch die Stimme. »Ich kenne eine Menge einflussreicher Leute. Franzosen wie auch Deutsche. In den letzten zwei Wochen haben mir die einen mit der Entschlüsselung von Trusseaus Texten geholfen. Den anderen konnte ich das ein oder andere Geheimnis entlocken. So setzte sich das Puzzle allmählich zusammen. Es offenbarte mir die für Sie, Monsieur Lambert, höchst unbequeme Wahrheit. Nämlich, dass Ihr bester Agent für den Feind spioniert hat. Und Sie haben das nicht erkannt.«

Lambert überlegte einen Augenblick und meinte dann: »Das ist ein gefährliches Wissen, Mademoiselle Amon. Wenn es denn stimmt. Warum soll ich glauben, dass Sie sich das nicht bloß aus den Fingern gesogen haben?«

»Ich weiß etwas, das ich unmöglich wissen dürfte. Trusseau hatte eine Affäre mit einer jungen Spionin, die ebenfalls für die Deutschen arbeitete. Eine Dienstmagd mit dem Namen Claudette. Sie, Monsieur Lambert, wurden mehrfach von ihr belauscht.«

Christine erstarrte.

»Bailleul hatte sie eigenhändig aus dem Weg geräumt«, meinte Lambert.

»Nur zum Schein.«

In Christines Kopf überschlugen sich die Gedanken. Die Frau da unten erzählte Lambert von ihr und davon, wie sie von Heiner verschont worden war. Aber da wurde ihr noch etwas anderes klar. Etwas viel Schwerwiegenderes: Dieser Trusseau musste demnach Bailleul sein. Bailleul war Heiner. Also war Heiner tot! Ihr Liebster war tot! Und diese Frau im Zimmer unter ihr war allem Anschein nach verantwortlich für seinen Tod. Christine musste alle ihr zur Verfügung stehenden Kräfte aufbringen, um nicht laut loszuschluchzen. Tränen der Verzweiflung trübten ihre Sicht.

Sie würde Heiner rächen! Sie würde die Frau umbringen, sobald diese einen Fuß auf die Straße setzte.

»Haben Sie die Aufzeichnungen dieses Agenten dabei?«, fragte Lambert.

»Sie sollten inzwischen erkannt haben, dass ich nicht dumm bin, Monsieur Lambert. Ich habe Vorkehrungen getroffen. Sollte mir etwas zustoßen wie zum Beispiel Ihr Folterknecht, der mich über den Verbleib der Texte befragt, wird das Büchlein nebst decodierten Texten an eine der großen Zeitungen übergeben. Le Matin, Le Temps, La Croix, Le Figaro. Suchen Sie sich eine aus, Sie können nicht alle überwachen.«

Lambert atmete tief ein und wieder aus. »Was wollen Sie?«

»Ich will Immunität, eine Passage in eine französische Kolonie und ein anständiges Startkapital, um ein neues Leben beginnen zu können.«

»Wie kann ich sicher sein, dass Sie Ihrerseits die Abmachungen einhalten?«

»Das können Sie nicht.«

Christine malte sich aus, wie sie der Frau ihr Messer in den Bauch rammte. »Für Heiner!«, würde sie dann laut verkünden und sich aus dem Staub machen. Aber wie sollte sie die Frau erkennen, sie kannte ja nur ihre Stimme? Sie blickte auf ihre Hände. Ihre schmutzigen Fingernägel lieferten ihr auch schon die Lösung. Sie war ein Clochard. Sie würde einfach jede, die aus dem Eingang kam, um Geld anbetteln. Christine musste sie bloß dazu bringen zu sprechen.

Lambert willigte in den Handel ein, und sie vereinbarten die Modalitäten. Als er sich erhob, um sie zu entlassen, bat sie ihn um einen Bleistift und Papier. Christine vernahm, wie die Frau etwas auf das Papier kritzelte, dann hörte es sich an, als würde sie ihm das Papier über den Tisch zuschieben.

Lambert sprang hoch und verließ den Raum.

Christine hörte ein Geräusch und fuhr zusammen. Jemand machte sich an der Luke zum Dachstuhl zu schaffen. Sie war aufgeflogen!

Sie streifte den Kopfhörer ab und krabbelte dem Ausgang entgegen. Ihre Hände und Knie polterten laut auf den Dielen. Sie kratzte sie sich an dem groben Holz auf, doch darüber konnte sie sich später Gedanken machen.

Nur raus hier!

Als sie die Holzvertäfelung zur Seite schob, empfingen sie die Abendsonne und drei bewaffnete Beamte.

EPILOG

13. August 1914, sechs Uhr abends
Vier Jahre danach

Carl ging von Bord und betrat den Schiffssteg eines neuen Landes, eines neuen Kontinents, einer neuen Welt. Er blieb stehen und ließ die Eindrücke auf sich wirken. Ein heißer Wind trug ihm einen Duft von fremdartigen Blüten und Gewürzen entgegen. Um ihn herum verließen Reisende, Geschäftsleute und Familien das kleine Dampfschiff, das ihn von Batavia hierhergebracht hatte. Andere warteten darauf, es betreten zu dürfen. Gepäckstücke wurden entladen, Holzkisten unterschiedlicher Größe an Land aufgereiht. Fahrgäste schulterten ihre Koffer und verschwanden zwischen den Häusern. Ein holländischer Offizier in Uniform schloss freudig seine Frau und Kinder in die Arme, nachdem sie an Carl vorbei an Land gestürmt waren.

Carl betrat den sandigen Strand und ließ sich auf eine Bank nieder, von der er – die glitzernde Javasee im Rücken – die mit Palmwedeln bedeckten Holzhäuser überblicken konnte. Fischer flickten ihre Netze oder werkelten an bunten Booten herum, während die Frauen damit beschäftigt waren, die nächste Mahlzeit zuzubereiten. Eine Schar kichernder Kinder hielt in ihrem Spiel inne, beäugte neugierig das Schiff und winkte den Passagieren zu. Im Gegensatz zur betriebsamen und auch etwas schmutzigen Stadt Batavia war dieser Ort mit dem Namen Pantai – was auf Java einfach nur »Strand« hieß – ein verschlafenes Nest. Ganz nach Carls Geschmack. Zwei Matrosen legten sein Reisegepäck neben der Bank ab, und er bezahlte ihnen ein anständiges Trinkgeld.

Die Fahrt von Batavia zu diesem netten Fleckchen war die letzte Etappe seiner über drei Monate dauernden Reise gewesen.

Carl hatte sich Zeit gelassen, um auf dem Weg hierher so viel wie möglich von der Welt zu sehen.

Seit den Ereignissen am Giessbach waren über vier Jahre vergangen. Der Halley'sche Komet hatte die Erdbevölkerung nicht vernichtet. Im Juni indes, nachdem der Himmelskörper weitergezogen war, kam der Regen. Abergläubige Stimmen wurden laut, der Komet sei der Vorbote für die darauffolgende Katastrophe gewesen.

Der Föhn hatte in den Alpen die großen Schneemassen des vergangenen Winters zum Schmelzen gebracht und ließ die Bäche und Flüsse anschwellen. Dann begannen tagelange, heftige Regenfälle. Sie durchnässten das Erdreich, bis es ins Rutschen geriet. Muren gingen nieder, Ströme aus Schlamm und Steinen rissen alles um, was sich ihnen in den Weg stellte. Bäume wurden entwurzelt, Straßen und ganze Häuser ins Tal mitgerissen. Die durch das Schmelzwasser schon überlasteten Fließgewässer waren nicht mehr imstande, die sintflutartigen Niederschläge abzuleiten. Die Wassermassen schwemmten die Ufer aus, rissen Bäume mit und zerstörten Brücken. Sie brachen über die Ufer in einem Maße, wie man es noch nicht erlebt hatte. Braunes Wasser stürzte in die Keller, drang in die niedrigeren Wohnungen und beschädigte Häuser sowie das Hab und Gut der Menschen. Es nahm das Vieh und das Holz mit und verbreitete Angst und Schrecken unter der Bevölkerung. Es brach Dämme, riss Straßen weg und verheerte die Frucht auf dem Felde. Mancherorts wurden das Telegrafennetz und die Elektrizität unterbrochen, weil die Fluten Leitungen freigelegt hatten.

Die Dädalus-Werke hatten dabei noch Glück gehabt, es waren bloß Schäden am Vorplatz entstanden, wo das Wasser des Dorfbachs zehn Zentimeter hoch stand. Der Keller blieb verschont wie auch die Werkstatt mit den Maschinen. Carl und seine Angestellten hatten rechtzeitig mit ein paar gut positionierten Brettern und Sandsäcken das Wasser fernhalten können. Die Orion-Gesellschaft unterstützte ihre beiden Mitglieder

Köbi und Carl Lohser für die Behebung des Schadens. Die Zahlungen, die eingegangen waren, lagen weit höher als der Schaden selbst. Carl vermutete, dass sich die Gesellschaft in dieser Form für seinen Einsatz am Giessbach kenntlich zeigen wollte. Ferner schanzte sie den Dädalus-Werken einige neue Kunden zu, und fünf Mitglieder bestellten eine Gans II. Gleichzeitig begann eine lukrative Zusammenarbeit mit der BBC in Baden. Dies erlaubte Carl, den Betrieb noch einige Zeit aufrechtzuerhalten, und er machte sich mit großem Eifer daran, den nächsten Prototyp aufzubauen, die Gans III.

Von den Ereignissen am Giessbach war nichts an die Öffentlichkeit gelangt, was sicherlich dem noch immer gut ausgebauten Netzwerk der Orion-Gesellschaft zuzuschreiben war. Dennoch blieb die »Giessbach-Affäre«, wie sie unter den verbliebenen Mitgliedern und hinter vorgehaltener Hand genannt wurde, nicht folgenlos. Deutschlands auf das Jahr 1911 terminierter Einmarsch nach Frankreich hatte nicht stattgefunden, es war kein europaweiter Krieg ausgebrochen.

Eines Tages hatte Carl ein Brief aus Paris erreicht. Als er ihn aus dem Umschlag zog, stellte er fest, dass das Papier nach Amandas Parfüm duftete. Ihre Schrift war sorgfältig und hatte gleichzeitig mit ihren Schwüngen etwas Zwangloses.

Amanda berichtete über ihren Aufenthalt in der Stadt der Liebe. Sie erwähnte, dass ihr Gespräch mit »Du weißt schon wem« erfolgreich verlaufen sei. »Er war sichtlich froh zu hören, was wir in unseren Ferien im Hotel in Erfahrung gebracht haben. Am Anfang hat er sich zwar noch etwas geziert, sich erkenntlich zu zeigen, aber durch gutes Zureden konnte ich ihn schließlich dazu bewegen einzulenken.«

Über eine andere Person in Paris wusste sie ausführlicher zu berichten: »Ich habe sie tanzen sehen, Carl! Stell dir vor, die große Mata Hari. Sie war wunderbar. Eine Grazie! Viele behaupten zu Unrecht, sie hätte ihren Zenit überschritten, wäre mit ihren vierunddreißig Jahren ins Alter gekommen. Nichts davon ist wahr, sie wirkt frisch wie eine exotische Blume und strahlt diese Lebensfreude aus, wie es nur ihr gelingen kann. Glaube nicht, wenn du liest, dass sie bald aufhören wird. Das ist ein schnöder Werbetrick. Überall in Paris trifft man auf Plakate von Etablissements, die ihre beste Tänzerin als ›die neue Mata Hari‹ anpreisen. Kaum eine kann ihr das Wasser reichen, glaube mir. Ist es nicht eine Auszeichnung für sie, so oft kopiert zu werden? Es zeigt doch, dass sie etwas wahrhaft Großes geschaffen hat.«

Amanda schloss den Brief mit: »Sei umarmt und geküsst, deine Klara«. Sie hatte ihren Künstlernamen abgelegt.

Carl antwortete und berichtete von dem Hochwasser, der Unterstützung durch die Gesellschaft und dem Verlauf seiner Geschäfte. So begann ein regelmäßiger Briefwechsel, der auch dann nicht abriss, als Klara Paris verlassen hatte, um die Welt zu bereisen. Jedes ihrer Schreiben erreichte ihn von einem anderen Land. Ihre Ausführungen waren so voller Begeisterung, dass Carl das eine oder andere Mal sich beim Wunsch ertappte, auch zu erleben, was sie erlebte. Doch er hatte Verpflichtungen zu erfüllen. Sein Betrieb baute auf ihn, die Dädalus-Werke waren noch nicht so weit in der Geschäftswelt angekommen, dass er sich hätte zurücklehnen oder gar auf Reisen gehen können. Täglich arbeitete er hart, führte die Buchhaltung, umsorgte Kundennetzwerke und betreute seine Mitarbeiter. Bis tief in die Nacht hinein war er noch an seinem Entwicklungstisch anzutreffen.

Ein weiteres Jahr zog dahin, und Klara schrieb ihm, sie habe ihre Reise beendet und sich an einem wunderbaren Fleckchen am Ende der Welt niedergelassen, wo sie ein neues Leben beginnen und beim Aufbau einer Schule für die eingeborenen Kinder helfen wolle. Es sei dieselbe Insel, auf der eine gewisse Marguerite Campbell einige Zeit lang gewohnt habe und sich von den Tänzen der eingeborenen Mädchen habe inspirieren lassen. Diese Tänze, oder genau genommen eine viel freizügigere Version davon, hätten Marguerite in Paris unter dem Namen Mata Hari berühmt gemacht. Die Insel sei eine niederländische Kolonie und heiße Java. Carl solle sie doch einmal besuchen kommen.

Als Carl eines Tages nach erledigten Geschäften in Aarau an der Promenade spazieren ging, fiel ihm eine Familie ins Auge. Es war beinahe an derselben Stelle, an der er einige Jahre zuvor Heléne mit ihren Kindern beobachtet hatte. Die Frau hielt ein in Decken gehülltes Kleinkind in den Armen und wiegte es sanft. Ein kleines Mädchen mit roter Lockenpracht, die es offenbar von seiner Mutter geerbt hatte, saß auf den Schultern seines Vaters und spielte mit dessen Schiebermütze. Das Familienidyll rührte Carl. Auch wenn ihre Kleidung abgetragen war und sie offenbar nicht mit großem Reichtum gesegnet waren, strahlten die vier eine einträchtige Zufriedenheit aus. Plötzlich nickte der breitschultrige Mann Carl zu und lächelte. Carl erwiderte den Gruß, und da erst erkannte er ihn. Er hatte sich den schmalen Schnurrbart abrasiert. *Nicu.* Er schien sein Glück gefunden zu haben.

Ihm selbst war das Glück hingegen nicht so wohlgesinnt. Trotz der Unterstützung der Orion-Gesellschaft, der Zusammenarbeit mit Boveri und Carls neuer Entwicklungen waren die Verkaufszahlen plötzlich wieder rückläufig. Der Vormarsch des Verbrennungsmotors war nicht aufzuhalten. Kaum jemand kaufte mehr ein elektrisches Automobil. Dazu kam, dass im Winter 1913 Jakob Lohser nach langem Kampf einer Lungenentzündung erlegen war. Carl stand nun ganz allein da.

Im April 1914 stand der nächste Kongress für Zukunftsbetrachtungen auf der Agenda, und er sollte auch wieder am selben Ort durchgeführt werden. Carl ließ sich einschreiben, und die Gans III erreichte das Grandhotel aus eigener Kraft.

Das Anwesen war nicht mehr im Besitz Friedrich Klemens', sondern gehörte inzwischen der Hotel Giessbach AG mit dem Lausanner Ferdinand Grillet im Verwaltungsrat. Es hatte ein paar bauliche Anpassungen erfahren. Das Vestibül erschien Carl heller als in seiner Erinnerung, und die Fassade erstrahlte in frischen Farben. Die Bahn war mit einer hydraulischen Antriebsmaschine auf der Bergstation ausgestattet worden, die Zeiten, als die Tanks des oberen Wagens mit Wasser gefüllt werden mussten, waren vorüber. Eigentlich schade für dieses ausgeklügelte und einfache System, dachte Carl. Es wich nicht nur, was überholt war, dem Fortschritt, sondern auch manch gute Idee.

Auch auf dem Kongress waren die Folgen der Giessbach-Affäre spürbar: Vieles hatte sich in der Orion-Gesellschaft für Fortschrittsfragen geändert, so wie es der Doge angedroht hatte. Einigen der Auserwählten war nahegelegt worden, ihre Mitgliedschaft zu kündigen. Einige der Nichteingeweihten hatten den Glauben an diese Institution verloren und waren ebenfalls ausgestiegen. Die Statuten waren angepasst worden, damit sich ein Vorfall wie dieser nicht wiederholte.

Die Eröffnungsrede hielt Bossard selbst anstelle des verstoßenen August Reichenbachs. Er legte für Köbi Lohser und auch für Julius Maggi, der vor zwei Jahren verstorben war, eine Schweigeminute ein. Daraufhin rief er allen mit mahnendem Finger die Geschehnisse des letzten Kongresses in Erinnerung. Als er Carl persönlich für seinen damaligen Einsatz dankte, waren neben den zustimmenden auch murrende Stimmen zu vernehmen. Im Allgemeinen war die Stimmung verhalten, was nicht nur am Verzicht auf die feierlichen Darbietungen wie die Kuttenträger mit den Glocken lag. Vielmehr herrschte eine unausgesprochene Spannung zwischen den noch verbliebenen Auserwählten und den übrigen Mitgliedern. Jeder, der in geselliger Runde etwas erzählte, wählte seine Worte mit Bedacht oder führte bloß belanglose Themen aus. Niemand sollte ihm später etwas vorwerfen können.

Nach dem Diner zog sich die gesamte Gesellschaft in den Salon zurück, dessen Luft schnell mit Zigarrenrauch und Alkoholatem angereichert wurde. Die orientalische Dekoration war verschwunden. Sie hatte einer folkloristischen Einrichtung mit Gamsschädeln, Schnitzereien und der Schweizer Fahne weichen müssen. So spiegelte der Salon auf eine merkwürdige Art und Weise den Wandel wider, der in ganz Europa beobachtet werden konnte. Überall fand eine Abkehr vom Exotischen und Mystischen statt hin zu einer Rückbesinnung auf die Landestradition und nationales Gedankengut.

Carl vermutete, dass dieser Wandel auf die Feindseligkeiten unter den Nationen Europas und den drohenden Krieg zurückgeführt werden konnte. Die Einkehr zu den landeseigenen Bräuchen förderte den nationalen Zusammenhalt eines Volkes und gleichzeitig die Ballung der Aggression nach außen. War es eine Begleiterscheinung der vorherrschenden Stimmung, oder wurde der Wertewandel gezielt von den Regierungen geschürt? Carl wusste es nicht.

Er setzte sich an ein Tischchen neben Boveri. Charles Brown war zwischenzeitlich aus dem Geschäft ausgestiegen und lebte nun im Tessin in einem opulenten Anwesen. Kandlbaur und Wyss gesellten sich zu ihnen. Zahnlücke wusste zu berichten, dass Klemens' Schokoladenfabrik starke Einbußen hatte in Kauf nehmen und ihre Tochtergesellschaften hatte abstoßen müssen. Klemens selbst hatte sich aus dem operativen Geschäft zurückgezogen und die Leitung August Reichenbach überlassen.

»Ob bei seinem Sturz die Orion-Gesellschaft ihre Hände im Spiel hatte?«, mutmaßte Carl.

»Es würde mich wundern, wenn es nicht so wäre«, sagte Boveri. Kandlbaur nickte nur.

»Ähnlich muss es den deutschen Offizieren Brechtesloh und Fürstenfeldt ergangen sein«, brachte sich Wyss mit ein. »Ich habe erfahren, dass beide ihren Hut nehmen mussten. Man munkelt, dass Bundesrat Zobrist dies persönlich beim Heereskommando veranlasst habe.«

»Ausgerechnet Zobrist? Der dreht sein Fähnchen auch in den Wind«, lachte Kandlbaur.

»So hält man internationale Beziehungen aufrecht«, entgegnete Wyss zynisch.

Plötzlich spürte Carl eine Hand auf seiner Schulter.

»Sind Sie jetzt zufrieden, Herr Lohser?«

Carl blickte sich um. Es war Palanti, flankiert von Rotfuchs Rhynegger und dem ehemaligen Nationalrat Züst.

»Ihnen ist es zu verdanken, dass die Orion-Gesellschaft einige ihrer besten Mitglieder verloren hat«, meinte Züst.

»Ich sehe, Sie drei sind ja noch immer dabei«, entgegnete Carl.

»Wir hatten mit dieser Geschichte nichts zu tun«, sagte Palanti scharf.

»Das hatten Sie sehr wohl! Wir alle kennen die Liste mit den sogenannten ›Auserwählten‹«, gab Carl zu bedenken.

Palantis Blick verfinsterte sich. »Sie haben mir eine Menge Unannehmlichkeiten beschert und mich eine große Summe Geld gekostet.«

Carl stand auf und schaute auf Palanti hinab. »Wollen Sie damit etwa andeuten, dass ich die Schuld dafür trage?«

Palanti trat unwillkürlich einen Schritt zurück. »Ist es etwa nicht so? Schließlich waren Sie es, der –«

Ein schrilles Gejohle unterbrach ihn. Gut zwanzig frivole Damen stürmten tanzend und mit farbigen Tüchern wedelnd in den Salon und wurden freudig von den Männern in Empfang genommen. Palanti nutzte die Gelegenheit und machte sich aus dem Staub. Carl setzte sich wieder und fragte Boveri: »Denken alle so? Geben sie mir die Schuld?«

»Gewiss nur ein paar Einzelne, Herr Lohser.«

Wyss meinte dazu: »Einigen Leuten kann man es nicht austreiben, anderen die Verantwortung für ihr eigenes Scheitern anzuhängen.«

Carl hatte genug gesehen. Am nächsten Morgen verlud er sein Gepäck in die Gans III, die neben einem guten Dutzend weiterer Automobile stand – alle mit Verbrennungsmotor –, und verließ den Giessbach.

Das Fernweh, das Klara mit ihren Reiseberichten in ihm entfacht hatte, machte sich wieder bemerkbar. Mehr denn je. Wie gerne würde er all diese Orte, die sie ihm geschildert hatte, mit eigenen Augen sehen. Er lebte schließlich in einer Welt, in der es möglich war, in jedes Land zu reisen. Selbst der Nord- und der Südpol waren erreicht worden. Was sollte er da ein Leben lang zu Hause hocken und seine Nase in Pläne stecken? Was hielt ihn noch hier? Sein Vater war nicht mehr da, und kaum jemand interessierte sich mehr für seine Entwicklungen. Noch auf der Heimfahrt fasste er einen Entschluss.

So kam es, dass eine Firma, die Schubkarren fertigte, den Betrieb mitsamt Belegschaft übernahm, und Carl packte die Koffer. Er bestieg ein Schiff, ging am nächsten Hafen von Bord, und sobald er vom Land genug gesehen hatte, betrat er ein weiteres Schiff. Von Marseille gelangte er nach Sizilien, bestieg da den Ätna und blickte in die Gewalten aus dem Erdinnern. In Athen besuchte er die Akropolis und bestaunte in Ägypten die Tausende von Jahren überdauerten Hinterlassenschaften der Pharaonen. In Arabien zog er mit Beduinen durch die Wüste und trank Tee in einem Zelt, und in Indien lernte er, Elefanten zu reiten.

Bald zeigte sich, dass er Europa gerade noch zur rechten Zeit verlassen hatte. Als er Anfang August in Bombay angekommen war, berichteten die Zeitungen vom Ausbruch eines Krieges. Der von den Mächten lange erwartete Funke hatte gezündet, und alle waren sie bereit gewesen loszulegen. In Sarajevo hatten am 28. Juni Revolutionäre den österreichischen Thronfolger Erzherzog Franz Ferdinand ermordet. Österreich-Ungarn brachte Serbien in Verbindung mit dem Attentat und stellte ein einmonatiges Ultimatum zur Zerschlagung der verantwortlichen Untergrundorganisation »Mlada Bosna«.

Nachdem die Frist ergebnislos verstrichen war, erklärte Österreich-Ungarn Serbien den Krieg. Doch Serbien war ein Bündnispartner Russlands, worauf der Zar der Donaumonarchie den Krieg erklärte. Das Deutsche Reich sagte Österreich-Ungarn bedingungslose Unterstützung zu. Am 1. August 1914 gab Kaiser Wilhelm II. den Mobilmachungsbefehl und erklärte den Russen am selben Tag den Krieg. Auch Frankreich machte mobil, es war durch die französisch-russische Allianz mit dem Zarenreich verbunden. Angeblich sollte ein französisches Flugzeug

Nürnberg angegriffen haben, so sah sich das Deutsche Reich veranlasst, Frankreich anzugreifen. Getreu dem ursprünglichen Schlieffen-Plan umgingen die deutschen Truppen Frankreichs Befestigungsgürtel und marschierten durch die neutralen Staaten Belgien und Luxemburg. Dieses Manöver ließ Belgiens und Frankreichs Verbündeten Großbritannien in den Krieg eintreten.

In der Schweiz begann die Grenzbesetzung, die Sicherung der Landesgrenzen gegen einen Einmarsch Deutschlands und auch Frankreichs. Am 3. August 1914 ordnete der Schweizer Bundesrat die allgemeine Mobilmachung an, und tatsächlich wurde Ulrich Wille durch die Bundesversammlung zum Oberbefehlshaber der Schweizer Armee gewählt.

Carl erinnerte sich an Fürstenfeldts Vision eines modernen Krieges mit Maschinen, die gegen Soldaten eingesetzt wurden. Er hatte nie geglaubt, mit dem Aufdecken des Brechtesloh-Manövers den Krieg verhindern zu können, doch insgeheim hatte er gehofft, dass er nie ausbrechen würde.

Er wischte die finsteren Gedanken beiseite und ließ die friedvolle Stimmung der Umgebung um sich herum auf sich wirken. Die Sonne näherte sich unaufhörlich dem Horizont der Javasee und tauchte die einfachen Behausungen der Fischerfamilien in ein goldenes Licht.

Er würde in der Schule die Kinder in Mathematik unterrichten, vielleicht auch in Physik, und er hatte sich vorgenommen, ihnen einen friedlichen Umgang untereinander zu vermitteln. Daneben würde er gewiss auch noch Gelegenheiten finden, sein Geschick für die Mechanik unter Beweis zu stellen, sicherlich gab es hier und da eine Wasserpumpe, einen Stromgenerator und dergleichen zu reparieren.

Plötzlich stand Klara im Lichte der Abendsonne vor ihm, in einer weißen Leinenbluse und khakifarbenem Rock. Sie lachte ihr glockenhelles Lachen, und um ihre Augen bildeten sich winzige Fältchen. Sie hatte ihm nie besser gefallen.

Historische Hintergründe

Im September 1912 besuchte der deutsche Kaiser Wilhelm II. begleitet von einem hochrangigen Gefolge die Schweiz. Er wollte die Herbstmanöver der Schweizer Armee mitverfolgen. Auch hohe Offiziere aus anderen Staaten nahmen daran teil, doch war es Wilhelm II., der bereits im Vorfeld reges Interesse in der Bevölkerung und in der Presse ausgelöst hatte. So wohnten an die einhunderttausend Zuschauer dem Spektakel bei. Allerdings waren sie weniger an dem militärischen Manöver interessiert, sondern gespannt auf das exzentrische Staatsoberhaupt Deutschlands und den protokollarischen Ablauf.

Das sogenannte »Kaisermanöver« ging in die Geschichtsbücher ein. Die Übungen wurden im unteren Toggenburg vom 3. Armeekorps der Schweizer Armee durchgeführt, welches dem Korpskommandanten Ulrich Wille unterstellt war, demselben Ulrich Wille, der im Ersten Weltkrieg zum General erhoben werden sollte. Die Absichten hinter der Visite des Kaisers waren kein Geheimnis, er wollte sich selbst ein Bild vom militärischen Wert der Schweizer Armee machen. Er wollte wissen, was die Schweizer aufbringen konnten, falls Frankreich über Schweizer Staatsgebiet gegen Deutschland aufmarschieren sollte. Wenn es der Schweiz tatsächlich Ernst war mit dem Schutz ihrer Neutralität und sie in der Lage war, diese wirksam zu verteidigen, war die linke Flanke Deutschlands vor einem Angriff Frankreichs verlässlich geschützt.

Die Übungen schienen ihn zufriedengestellt zu haben. Angeblich soll er gesagt haben: »Eure Armee erspart mir sechs Armeekorps.«

Tatsächlich waren die Befürchtungen des Kaisers keine Hirngespinste. Nach dem Ersten Weltkrieg wurde der französische »Plan H« bekannt. Das H stand für »Helvétie«, und der Plan sah vor, die Schweiz einzunehmen und das Deutsche Reich an seiner ungeschützten Südflanke im Schwarzwald anzugreifen. Dazu ist es zum Glück nie gekommen.

Über zwanzig Jahre später, zu Beginn des Zweiten Weltkriegs, wurde der »Plan H« zum »Manöver H« umgedreht. Die Vorzeichen wurden geändert: Frankreich und die Schweiz sollten gemeinsam auf schweizerischem Staatsgebiet eine deutsche Invasion zurückschlagen.

So ist das »Brechtesloh-Manöver« keineswegs reine Fiktion, wenn auch ein Generalleutnant Brechtesloh und Oberst Fürstenfeldt nie gelebt haben. Eine »Klemens Schokolade« und einen Bundesrat Zobrist hat es ebenfalls nie gegeben. Wie auch keine Dädalus-Werke und keine Gans II, wobei auch diese nicht gänzlich der Phantasie des Autors entsprungen sind.

Noch heute bekannt ist die Firma Tribelhorn, von der sich noch ein fahrtüchtiges Vehikel in der Sammlung des Verkehrshauses Luzern befindet. In der Belle Époque, wie die Zeit vor dem Ersten Weltkrieg rückblickend genannt wird, waren elektrisch angetriebene Automobile auch in der Schweiz weitverbreitet. Es wurden dieselben Gründe wie heute vorgeschoben, warum die Leute sich für Automobile mit Verbrennungsmotor entschieden: Reichweite, Leistung und Kosten. Die Faszination am Verbrennungsmotor mit seinem Knattern, dem Rauch und den vielen zusammenspielenden Teilen der Maschine dürften ebenfalls ihren Beitrag dazu geleistet haben. Ähnlich der Faszination, die ein schnurrender Achtzylinder oder ein blökendes Auspuffrohr noch heute auf viele Enthusiasten ausüben. Argumente für den Umweltschutz hingegen spielten damals eine eher untergeordnete Rolle.

Neben den fiktiven Figuren des Textes stehen die realen Personen. Über Charles Brown, Walter Boveri, aber auch über Julius Maggi wurden allein schon Bücher geschrieben. So wurden ihre köstlichen Marotten überliefert, die sich so schön in die Nebenhandlungen haben einflechten lassen.

Ebenfalls real und auch heute noch putzmunter ist die wichtigste Nebenfigur in dieser Geschichte: das Grandhotel

Giessbach, umgeben von seiner eigenen kleinen Welt mit den Giessbachfällen, dem Kurhaus und der Standseilbahn. Nachdem infolge des jahrzehntelangen Verfalls sogar der Abbruch zugunsten einer baulichen Siebziger-Jahre-Sünde gedroht hatte, wurden Gelder von der »Stiftung Giessbach dem Schweizervolk« zusammengetragen, und das Anwesen durfte eine umfassende Restaurierung erfahren. Heute erstrahlt es wieder im Glanz seiner besten Jahre. Mehr noch, wenn man sich gründlich mit ihm auseinandersetzt, gewinnt man sogar den Eindruck, dass es *heute* seine besten Jahre durchlebt. Sind doch heute keine rauchenden Schornsteine mehr vorhanden, und auch das Abwasser wird nicht mehr ungeklärt in den Giessbach abgeleitet. Ein Besuch in den wärmeren Jahreszeiten lohnt sich.

Inzwischen ist es auch mit dem Automobil erreichbar, ohne dass sechs Maulesel davorgespannt werden müssen. Man wird feststellen, dass einige Nebengebäude über die Jahre auf der Strecke geblieben sind. So wurde die Pension Beau Site abgerissen, vermutlich hatten die randalierenden Nichteingeweihten zu große Schäden angerichtet, als dass sie wiederhergerichtet werden konnte. Auch die Bierhalle ist auf späteren Fotografien nicht mehr zu finden, wie auch die Wäscherei. 1949 wurde ein leistungsfähigeres Kraftwerk in Betrieb genommen, das noch heute an der Schiffsanlegestation steht. Das alte, jenseits der Giessbachmündung, wurde rückgebaut. Die höhere Leistung erlaubte die Elektrifizierung der Giessbachbahn, die, vom Antrieb einmal abgesehen, noch heute im selben Kleid erstrahlt wie zu Zeiten Carls des Tüftlers.

Auf der einen Seite war die Welt der Belle Époque der heutigen erstaunlich ähnlich. Die Neurasthenie, die gestresste Frauen und Männer plagte, wird heute einfach Burn-out genannt. Die Zeitungen waren voll vom Klatsch über Berühmtheiten und verbreiteten Angst und Schrecken vor »Dynamittanten«, den heutigen Sprengstoffattentätern und Terroristen. Der Stromantrieb steht auch wieder dem Verbrennungsmotor gegenüber, und viele der Fußballclubs von damals treten noch heute gegeneinander an, wie der FC Aarau, FC Basel, Grasshopper Club Zürich und die Young Boys Bern.

Aus dem Aberglauben des Mittelalters erhoben sich die Esoterik und unseriöse Wissenschaften, die in den Lehren des Dritten Reichs gipfelten. Die damals aufkeimende Pseudowissenschaft der Eugenik führte zum Gedanken der »Herrenrasse« mit all den abgründigen Folgen, die uns die Geschichte lehrt. Mögen sie niemals in Vergessenheit geraten!

Damals wie heute wurden Geschäfte auf den krummen Rücken der Schwachen gemacht, angetrieben von der Profitgier der wenigen Mächtigen. Damals wie heute traf man auf den herablassenden Umgang selbst ernannter Herrgötter, die sich nahmen, was ihnen beliebte, und deren oberstes Ziel es schien, Macht über andere auszuüben.

Auf der anderen Seite aber erstaunen die großen Unterschiede zu heute. In der Zeit unserer Ururgroßeltern hatten die Arbeiter selbst in der Schweiz kaum Rechte, und das Frauenstimmrecht ließ noch weitere sechzig Jahre auf sich warten. In der Schweiz herrschten Armut und Alkoholismus: Der durchschnittliche Konsum lag bei Erwachsenen bei dreißig Litern Reinalkohol im Jahr, wobei er heute bei unter acht Litern liegt. Die Spanische Grippe, die 1918 grassierte, forderte vierundzwanzigtausendvierhundert Menschenleben – allein in der Schweiz!

Elend, Krankheit und Hunger, die durch den Krieg noch verstärkt wurden, führten im selben Jahr dazu, dass die Arbeiter endlich schweizweit zum Generalstreik auf die Straßen traten und die Gesellschaft allmählich zum Umdenken zwangen.

Ebenfalls erstaunt heute, wie es als selbstverständlich angesehen wurde, dass sich die Staaten rund um die Schweiz auf Kriege untereinander rüsteten. Bekanntlich bedurfte es noch der Schrecken zweier Weltkriege vor unserer Haustür, bis zumindest die Mächte Westeuropas endlich zur Räson kamen.

Die Belle Époque hatte zwei Gesichter, ihren Namen verdankt sie dem heiteren der beiden. Es war eine Zeit der berauschenden Feste und wallenden Kleider der gehobenen

Gesellschaft. Es war eine Zeit des Aufbruchs, eine Periode optimistischen Fortschritts und mutigen Pioniergeistes.

Mit der Elektrifizierung, den ersten Kunststoffen, den Grammofonen, Automobilen, großen Bauvorhaben und vielem mehr wurden die technischen Grundsteine für die folgenden Jahrzehnte gelegt. Die Belle Époque war der Auftakt zu einem neuen Zeitalter, das wir heute erst, angefeuert durch die fortschreitende Digitalisierung, allmählich wieder verlassen.

Dank

Ich will mich bei allen Beteiligten an diesem Werk von ganzem Herzen bedanken:

- dem Archivar des Grandhotels Giessbach, Thomas Krebs, für die faszinierenden Einblicke und seine geduldige Beantwortung meiner zahlreichen Fragen
- der Leitung des Grandhotels Giessbach für ihr ermunterndes Interesse
- dem Lektor Lothar Strüh für sein Gespür, Holpersätze auszubügeln, und seine Geduld mit den Eigenarten des Schweizerdeutschen
- dem Team des Emons Verlags, Angela Eichner, Stefanie Rahnfeld, Hannah Naumann, Jana Budde, Christel Steinmetz, Sophie Olk, Nina Schäfer, Ingeborg Simandi, Daria Gaberdan, Leslie Schmidt und Dominic Hettgen, die mir tatkräftig zur Seite standen und dieses Buch erst ermöglichten
- Florian Leupin für seine Geburtshilfe – ohne ihn wäre diese Geschichte nie entstanden
- meinen Testlesern Lisa, Beat, Tobias, Martin und Michi, die so manches kritisch, aber stets konstruktiv hinterfragten
- Markus, Marcel und Franz, die mir mit dem Teilzeitpensum das Schreiben neben dem Brotjob ermöglichten
- meiner Familie und allen, die mich mit ihren motivierenden Worten am Schreiben halten

Quellenverzeichnis

Archiv des Grandhotels Giessbach

Philipp Blom – Der taumelnde Kontinent, Europa 1900–1914, Deutscher Taschenbuch Verlag, 2011

Schweizer Radio und Fernsehen – anno 1914, Leben wie vor 100 Jahren, SRF-Dokumentation, 2014

Sun Tzu – Die Kunst des Krieges, Neuer Kaiser Verlag, 2017

Verein für Wirtschaftshistorische Studien – Schweizer Pioniere der Wirtschaft und Technik, Nr. 55, Gründer eines Weltunternehmens: Charles E. L. Brown und Walter Boveri, VfWS, 1992

Titus Müller – Tanz unter Sternen, Wilhelm Heyne Verlag, 2011

Alex Capus – Patriarchen, Zehn Portraits, btb Verlag, 2006

Heinz Marzulla – Ehrensache! Das Pistolenduell, Ares Verlag, 2005

Enrique Gómez Carrillo – Mata Hari, Das Geheimnis ihres Lebens und ihres Todes, Europäischer Literaturverlag, 2011

www.gra-nat.ch, Graubünden und Naturgefahren (GraNat) – Das Hochwasser 1910 in Graubünden

www.docplayer.org, 6. Modernisierung und ein neuerlicher Polizeihauptmann-Skandal – Der Italienerkrawall

www.grindelwaldgeschichten.ch/jahresrueckblick – 1908: Grindelwald in Schrecken versetzt